David Mason

Schatten über Babylon

David Mason

Schatten über Babylon

Roman

Aus dem Englischen
von Sibylle Schmidt

Blanvalet

Die Originalausgabe erschien 1993 unter dem Titel
»Shadows over Babylon« bei Bloomsbury Publishing Ltd., London

Umwelthinweis
Dieses Buch und der Schutzumschlag wurden auf
chlorfrei gebleichtem Papier gedruckt.
Die Einschrumpffolie (zum Schutz vor Verschmutzung) ist aus
umweltschonender und recyclingfähiger PE-Folie.

1. Auflage

Satz: Uhl + Massopust, Aalen
Druck und Bindung: Wiener Verlag
Printed in Austria
ISBN 3-7645-5486-x

Iustum et tenacem propositi virum
Non vultus instantis tyranni
Mente quatit solida...

Dem Mann des Rechts, der fest am Entschlusse hält,
Macht nicht... eines Zwingherrn drohend Antlitz
Wanken den stetigen Mut.

Horaz, »Römer-Oden«

Die Personen

Die Planer	
Der Minister	Minister der Regierung
Roger Asher	Medientycoon
Die Macher	
Sir Peter Dartington	Vorsitzender von Darcon International plc
Ed Howard	Chef von XF Securities Ltd.
Johnny Bourne	ehemaliger Offizier der britischen Armee
Mike Ziegler	ehemals bei den US Special Forces
Andy Denard	Buschpilot, ehemals bei den rhodesischen Special Forces
Chris Palmer	Flugzeugingenieur, ehemals bei den rhodesischen Special Forces
Mel Harris	ehemals bei den britischen Special Forces
Bob Usher	ehemals bei den britischen Special Forces
Tony Ackford	ehemals bei den britischen Special Forces
Danny MacDonald	Profijäger
Die USA	
George Bush	Präsident der Vereinigten Staaten
Brent Scowcroft	Nationaler Sicherheitsberater des Präsidenten
John Kelly	Staatssekretär
General Charles Burnside	Stellvertretender Vorsitzender der Vereinigten Stabschefs
Douglas Longmire	Stellvertretender Finanzminister

Robert Gates	Direktor der Central Intelligence Agency (DCI)
Der DD(I)	Stellvertretender Direktor (Nachrichtendienst) der CIA
Martin Faga	Direktor des National Reconnaissance Office (DNRO)
Walter Sorensen	Supervisor
John Kearwin	Erster Analytiker, NRO
Jerry Freedman	Analytiker, NRO
Peter Stannard	Zweiter Analytiker
Ray Sullivan	Pilot

Großbritannien

John Major	Premierminister
Sir Peter Imbert	Polizeipräsident der Metropolitan Police
Patrick Jones	Commander, Department SO 11, Metropolitan Police
Hughie Carter	Detective Superintendent, Metropolitan Police
Paul Hallam	Detective Chief Inspector, Metropolitan Police
Jerry Willson	Detective Inspector, Metropolitan Police
Der Colonel	Offizier der Armee a. D.
Max Goodale	Deputy Director General des MI5 (Security Service)
Major Henry Stoner	Schriftführer der Londoner Niederlassung der National Rifle Association
Juliet Shelley	Johnny Bournes Wohngenossin
Lady Dartington	Sir Peter Dartingtons Gattin
Dorothy Webster	Dartingtons Assistentin

George und Mary Jephcott	Dartingtons Gärtner und Haushälterin
Morag Cameron	Besitzerin des Carvaig Inn
Sheila Cameron	Morag Camerons Tochter

Saudi-Arabien

Tony Hughes	Direktor der Darcon-Niederlassung in Saudi-Arabien
Alvin Kennings	amerikanische Botschaft in Riad
Jonathan Mitchell	britische Botschaft in Riad

Bahamas

Julian Smith	britisches Konsulat von Nassau

Irak

Saddam Hussein	Staatspräsident
Izzat Ibrahim	Vizepräsident
Taha Yasin Ramadan	Ministerpräsident
Tariq Aziz	Vizepremierminister (vormals Außenminister)
Hussein Kamil Hassan	Verteidigungsminister
Ali Hassan al-Majid	Innenminister
Sa'adi Tumah Abbas	Militärischer Berater des Präsidenten
Ala'a Hussein Ali	Colonel beim Mukhabarat (Nachrichtendienst/Geheimdienst)
Major Hassan Omair	Kompaniekommandeur der Republikanischen Garde
Lieutenant Saleh Masoud	Offizier der Republikanischen Garde
Lieutenant Aziz Ali	Offizier der Republikanischen Garde

TEIL I

Dunkle Motive

1

Der Jäger betrachtete das Gelände bedächtig durch sein Jagdglas, dann verstaute er es in der Innentasche seiner Jacke. »Das nächste Stück müssen wir sehr langsam zurücklegen«, flüsterte er seinem Begleiter zu. »Die drei Hirschkühe links machen's uns nicht leicht. Sie haben uns die nächsten vierzig Meter voll im Blick, bis wir den kleinen Fluß da drüben erreicht haben.«

Das »Gewehr«, ein ehemaliger Colonel der Army, gab durch ein Nicken zu verstehen, daß er bereit war. Er zweifelte keine Sekunde an der Kompetenz des Jägers; wenn Danny sagte, daß man nur so vorwärts kam, dann war es so. Er war erstaunt darüber, daß sie es so weit geschafft hatten. Schon seit einer Stunde bewegten sie sich langsam an vereinzelten Hirschkühen mit ihren Kälbern vorbei; es erschien ihm wie ein Wunder, daß sie unentdeckt bleiben konnten, und da sie einen leichten Wind hatten, der sich zuweilen legte und dann wieder die Richtung änderte, war es um so verblüffender, daß das Wild sie nicht gewittert hatte. Der geringste Windhauch, der Menschengeruch zum hochempfindlichen Windfang einer der Hirschkühe getragen hätte, wäre das Ende gewesen: Sie wäre sofort geflüchtet, und alle Tiere im Umkreis von mehreren hundert Metern wären ihr gefolgt.

Selbst wenn er nichts erlegte, dachte der Colonel, war diese Pirsch eine der interessantesten und aufregendsten, die er seit langer Zeit mitgemacht hatte. Er hob vorsichtig den Kopf und blickte über das mit Sumpfgras bewachsene Geländestück, das sie jetzt hinter sich bringen mußten. Es gab keinerlei Deckung, und sie befanden sich voll im Blickfeld der Hirschkühe, die sich links von ihnen und am Hang bewegten. Nichts verbarg die beiden Männer – die Tiere mußten sie einfach sehen. Noch ästen die Kühe und hatten die Nähe von Menschen nicht wahrgenommen, aber sie waren kaum hundertfünfzig Meter entfernt und würden die geringste Bewegung sofort bemerken. Der Colonel wußte, daß Danny und er sich so langsam voranschieben mußten, daß die Bewegung unmerklich war – sie mußten sich an den Boden drücken und sich wie in Zeitlupe voranschlängeln. Der Jäger nickte ihm ein letztes Mal zu, dann kroch er vorwärts, auf die freie Fläche hinaus. Der Colonel tat es ihm gleich, in minutiöser Langsamkeit.

Die beiden Männer schoben sich behutsam voran. Der Colonel konzentrierte sich auf die Stiefel des Jägers, die sich wenige Zentimeter vor seinen Augen befanden. Immer wieder erstarrten sie in der Bewegung; der Colonel reagierte sofort, indem er sich stockstill verhielt, bis sie sich wieder rührten. Er wußte, daß dann eine der Hirschkühe vermutlich das Haupt aufgeworfen und gesichert hatte. Dem Colonel war klar, daß er nicht aufschauen durfte. Wenn sie entdeckt worden waren, würde er es früh genug merken: Die Hirschkuh würde einen rauhen, bellenden Warnlaut ausstoßen und flüchten, und die Pirsch wäre gescheitert.

Die Oktoberregenfälle der vergangenen Woche hatten den Hang durchweicht; beide Männer waren bis auf die Haut durchnäßt, obwohl es aufgehört hatte zu regnen. Sie brauchten weitere zwanzig Minuten, um das kleine Bachbett zu erreichen, und der Colonel atmete schwer nach der Anstrengung. Am Bach konnten sie vorübergehend von den Hirschkühen nicht gesehen werden; sie erlaubten es sich, auf allen vieren zu gehen. Der Colonel staunte, daß sie unbemerkt geblieben waren.

Der Bach rauschte laut, aber der Jäger sprach weiter im Flüsterton. »Der Hirsch ist jetzt etwa zweihundert Meter entfernt, vielleicht ein bißchen näher. Wir bewegen uns etwa sechzig Meter am Bach entlang bis zu dem kleinen Hügel rechts; von dort aus könnte ein Schuß möglich sein.«

Wieder nickte der Colonel und folgte dem Jäger. Seit Beginn der Pirsch vor zwei Stunden, als sie eine halbe Meile weiter unten am Hügel aufgebrochen waren, hatte er das Tier nicht mehr gesehen. Er war ein kleiner drahtiger Mann, der für seine dreiundfünfzig

Jahre bei guter Kondition war; sein Sehvermögen war nicht beeinträchtigt, doch Danny hatte ihm genau zeigen müssen, wo sich der Hirsch befand.

Der Jäger bedeutete dem Colonel, an seinem Platz zu verharren, und kroch ein paar Meter vorwärts, von Gras und Heidekraut fast verdeckt. Der Colonel atmete tief durch und konzentrierte sich auf das Kommende. Er ging seit über dreißig Jahren auf die Pirsch, doch es war für ihn noch immer so aufregend und fesselnd wie zu Anfang. Das Jagen lag ihm im Blut; er liebte es. Wenn er von seiner alljährlichen Woche Pirsch auf Rotwild in sein Londoner Büro zurückkehrte, waren seine Sinne geschärft, und er fühlte sich auf eine Art erfrischt, die keine andere Tätigkeit ihm verschaffte. Kam nichts dazwischen, würde der Hirsch in ein paar Minuten tot sein, und er selbst würde die übliche berauschende Mischung aus Hochgefühl und Traurigkeit über das Ende eines lebenden Wesens empfinden.

Der Jäger kehrte ebenso lautlos und unsichtbar zurück, wie er verschwunden war. »Er liegt immer noch an derselben Stelle. Ich glaube, von dieser Seite des Hügels aus können wir einen vernünftigen Schuß abgeben.«

»Wo ist er?« fragte der Colonel. »Was für eine Entfernung?«

»Er liegt uns schräg zugewandt, etwa hundertvierzig Meter entfernt, etwas hügelabwärts«, antwortete der Jäger. »Ich kann ihn rege machen, aber ich würde es lieber vermeiden. Wir müssen sehr vorsichtig sein. Etwa sechzig Meter vor uns sind mehrere Hirschkühe mit Kälbern, zwischen uns und dem Hirschen. Die Kuh, die am dichtesten bei uns steht, ist sehr wachsam; wenn sie uns wittert, ist sie weg. Ich schätze, Sie müssen ihn treffen, solange er liegt.«

»Wie ist er?«

»Sehr alt, vielleicht sein letztes Jahr. Nur ein Siebenender, kleines, schmales Haupt, aber er läßt sich gut schießen. Er wird etwa sechsundsiebzig Kilo wiegen, vielleicht achtundsiebzig. Vom Hügel aus gut zu treffen. Er hat mit den Kühen geäst, und jetzt ruht er sich aus. Er ist vom Moor ziemlich schwarz, und er wirkt erschöpft.«

Der Colonel hörte das mit Wohlgefallen. Er hatte nie das Bedürfnis verspürt, eine Trophäe zu schießen oder einen jungen, kräftigen Hirsch; er zog es bei weitem vor, ein altes Tier mit schlechtem Geweih zu schießen. Die Neuigkeit, daß es sich bei diesem Hirsch um ein betagtes Tier handelte, war ganz nach seinem Geschmack. Er wußte um den Tod, der einen Hirsch erwartet, der seinen letzten, schon locker gewordenen Zahn verlor. Von Hunger und Kälte ausgezehrt und geschwächt, seiner letzten Kraftreserven beraubt, würde er sich schließlich in bitterer Winterkälte niederlegen und sterben. Die Nebelkrähen würden sich auf ihn stürzen, noch bevor er tot war, und ihm die Augen aushakken und ihn traktieren, während er sich in seinem letzten Kampf wand. Ein Ende durch einen Schuß war gnädiger.

Der Jäger zog das Rigby aus seinem Segeltuchfutteral und entfernte den Plastikschutz vom Zielfernrohr. Ganz leise schob er den Kammerverschluß vor, ließ eine 275er-Patrone aus dem Magazin in die Kammer gleiten und legte den Sicherungsflügel um. Näher als auf hundertvierzig Meter würden sie nicht an diesen Hirsch herankommen. Es war eine vernünftige Distanz für einen anständigen Schuß, und er hatte gestern am Schießstand bei der Hütte gesehen, was der Colonel zu leisten imstande war. Es war vollkommen ausreichend – genaugenommen sogar ziemlich gut. Er würde auf diese oder sogar eine größere Entfernung einen Blattschuß abgeben können. Dennoch versuchte er, seine Begleiter immer so weit wie möglich heranzuführen; und auch den Besten gestattete er nur Schüsse aus hundertachtzig bis maximal zweihundert Meter Entfernung. Er bedeutete dem Colonel, ihm zu folgen, und sie krochen die letzten Meter am Hang hinauf.

Allmählich gewann der Colonel Ausblick auf die Landschaft. Direkt vor ihm befanden sich die Hirschkühe und die Kälber; eine schien ihm sehr nah. Sie hatte das Haupt erhoben, äugte hügelabwärts. Weiter hinten sah er den alten Hirsch, liegend, wie der Jäger es ihm gesagt hatte. Sehr langsam reichte dieser ihm das Gewehr, und der Colonel begab sich in eine bequeme Stellung zum Schuß.

Plötzlich warf die Hirschkuh, die ihnen am nächsten war, das Haupt herum und äugte direkt zu ihm. Der Colonel erstarrte. *Gott, sie schaut direkt zu uns*, dachte er, *jetzt muß sie uns entdecken*. Eine Ewigkeit, so schien es, starrten Mensch und Tier einander an.

Die Hirschkuh hatte aus dem Augenwinkel eine winzige Bewegung wahrgenommen, und sie äugte alarmiert in diese Richtung. Nichts bewegte sich, aber etwas hatte sich verändert, eine Kleinigkeit. Sie war unsicher, unruhig. Drohte Gefahr? Sie war nicht sicher. Sie verlagerte das Gewicht, und ihre Unruhe übertrug sich auf ihr Kalb, das näher an sie heranrückte. Die Kuh blickte kurz zu dem Kalb, dann wieder zurück zu der Stelle, wo sie glaubte, die Bewegung gesehen zu haben. Eine jüngere Hirschkuh zehn Meter weiter äugte neugierig zu ihr und folgte ihrem Blick; als sie nichts wahrnahm, verlor sie nach einigen Minuten das Interesse. Das Kalb schien verwirrt, sah erst in die eine Richtung, dann in die andere. Nachdem eine weitere Minute verstrichen war, wandte seine Mutter den Blick wieder ab. Sie äste weiter, aber sie war nicht ganz bei der Sache; sie blieb mißtrauisch.

Der Colonel seufzte erleichtert, als die Hirschkuh schließlich das Haupt senkte und wieder äste. Mit äußerster Sorgfalt richtete er das Zielfernrohr auf den Hirsch aus und legte an. Der Colonel richtete das Fadenkreuz weit unten auf das Blatt des Hirsches, nahe dem rechten Bug. Es wurde heller, und als er den letzten Atemzug vor dem Schuß tat, brach ein Sonnenstrahl durch die Wolken und ließ die Konturen des Tieres schärfer hervortreten. *Perfekt*, dachte der Colonel; er begann langsam auszuatmen und krümmte den Finger am Abzug.

Diesmal zögerte die Hirschkuh nicht; sie hatte einen Lichtblitz von derselben Stelle erfaßt; die Sonne hatte sich in der Optik des Zielfernrohrs gebrochen. Sie hatte die Gefahr gewittert, stieß ein lautes bellendes Schrecken aus und stob davon. Die anderen Hirschkühe taten es ihr gleich.

Die Sinne des Colonels nahmen den Laut wahr, aber er war jetzt ganz auf den Hirsch konzentriert und bemerkte die Bewegung der Kühe nicht. Durch das Fernrohr sah er, wie der Hirsch das Haupt herumriß und in seine Richtung äugte. Er drückte den Abzug durch. Genau in dem Moment, als er schoß, rappelte sich der Hirsch hoch.

Der Knall war ohrenbetäubend. Vor dem Colonel waren durch den Mündungsknall auf dem nassen Gras Wassertropfen zerplatzt, und er und der Jäger sahen kurzzeitig nichts mehr. Etwa eine halbe Sekunde nach dem Mündungsknall hörten sie das typische *thump*, als das Geschoß in den Hirsch eindrang. Das Sprühwasser verflog, und sie hatten wieder Ausblick. Das Rudel flüchtete.

Der alte Hirsch war gerade hochgekommen, als er einen heftigen Schlag an der rechten Flanke spürte, etwa eine Handbreit hinter dem Vorderlauf; fast wäre er eingebrochen. Den Knall hatte er etwa eine Viertelsekunde später wahrgenommen. Er hatte ihn schon oft gehört; er bedeutete immer Gefahr – Menschen. Er quälte sich hoch. Er äugte in die Richtung des Geräuschs und sah den feinen Wassernebel, der über dem Gras hing. Das war Zeichen genug; er flüchtete in großen Sprüngen.

»Er ist angeschossen, Colonel.« Der Jäger schaute durch sein Fernglas, als die Tiere davonstoben. »Ja, er ist getroffen, ganz klar, aber ich kann nicht mit Bestimmtheit sagen, wo. Wenn es ein Blattschuß ist, wird er hundert Meter weiter oder vorher stürzen, aber ich glaube, Sie haben ihn etwas weiter hinten getroffen. Am besten geben Sie mir das Gewehr, für alle Fälle.«

»Der alte Gauner hat sich bewegt, Danny!« Nach der Anspannung und Schweigsamkeit der Pirsch wurde der Colonel plötzlich gesprächig. »Er hat sich bewegt, just in dem verdammten Moment, als ich abgezogen habe! 'ne halbe Sekunde noch, mehr hätte ich nicht gebraucht!«

Der Hirsch sprang davon. Er fühlte sich schwach und atemlos, und er war unsicher auf den Beinen, aber mit seinem Blut strömte Adrenalin durch seinen Körper. Sein Überlebenstrieb hielt ihn wach.

Die Hirschkühe waren schon geflüchtet, sie jagten mühelos und in Windeseile über den unebenen Boden davon; der Hirsch folgte ihnen. Nach hundert Metern stürmte das Rudel über eine Kuppe in ein Kar und war außer Sicht. Danny sprang auf. »Kommen Sie, Colonel, wir dürfen sie nicht verlieren.« Er stürzte los, der Colonel ihm hinterher.

Danny war noch recht weit vom Rand des Kars entfernt, als er sich auf einem grasbewachsenen Hügel hinwarf und das Gewehr anlegte. Er zog den Kammerverschluß zurück und warf die leere Patronenhülse aus, dann lud er nach. Einige der Hirschkühe waren jetzt zu sehen, wie sie weit entfernt auf der anderen Seite des Kars einem Paß auf der Hügelkuppe zustrebten. Der Colonel holte ihn ein. »Warum bleiben wir hier?« keuchte er. »Sollten wir nicht lieber weitergehen?«

»Sehen Sie die Kühe da drüben, Colonel? Es sind dieselben. Entweder liegt Ihr Hirsch tot unten im Kar, oder er folgt den Kühen. Das wird der einfachste Weg für ihn sein, obwohl er ansteigt. Wenn es Ihnen nichts ausmacht, gebe ich am besten diesen Schuß ab.«

Der Colonel ließ sich neben Danny hinfallen und sah ihn von der Seite an. Was meinte er damit, er wolle diesen Schuß abgeben? Von *hier* aus? Das war eine geradezu lachhaft weite Entfernung. Wovon um alles in der Welt sprach er? Sie täten bestimmt besser daran, dem Hirsch auf der Spur zu bleiben, in der Hoffnung, daß er bald geschwächt war und niedertat.

Das Gesicht des Jägers war ruhig. Nach ein paar Sekunden verengten sich seine Augen, er konzentrierte sich. Der Colonel folgte seinem Blick. Wie Danny es vorhergesagt hatte, war der Hirsch in Sicht gekommen und erklomm auf derselben Strecke, den die Kühe genommen hatten, den Hügel.

»O Gott«, murmelte der Colonel, »ich habe ihn nur angeschossen. Und jetzt ist er meilenweit weg. Herrje, was für ein scheußliches Schlamassel!«

»Ich muß mich jetzt konzentrieren, Colonel.« Danny legte das Gewehr an und schaute mit einem Auge durchs Zielfernrohr.

Der Colonel blickte wieder zur Seite und beobachtete den Jäger eingehend. Das konnte er doch nicht ernst meinen, daß er von hier aus einen Schuß abgeben wollte?

Der Hirsch war jetzt etwa fünfhundert Meter entfernt und blieb weit hinter seinen Kühen zurück. Er fühlte sich sehr schwach; wo der Schuß ihn getroffen hatte, spürte er nichts mehr, und in seine Eingeweide grub sich ein dumpfer Schmerz. Beim Abstieg in das Kar hatte er einige Male gehustet und war gestolpert, doch bergauf ging es leichter. Das fremde Gefühl in seinem Körper erzeugte die notwendige Furcht. Ihm war danach, sich hinzulegen und auszuruhen, aber der Instinkt trieb ihn voran.

Danny drückte den Abzugsbügel. Das Projektil schoß mit einer Geschwindigkeit von annähernd dreitausend Stundenkilometern über das Kar. Nach einer Dreiviertelsekunde schlug es in fünfhundert Meter Entfernung ein.

Der alte Hirsch hörte den Schuß nicht mehr. Er spürte nur einen weiteren krachenden Schlag am Rücken, direkt zwischen den Schulterblättern, und dann – Schwärze. Das Echo des Schusses wurde von den Wänden des Kars zurückgeworfen, dann donnerte es ins Tal.

Der Colonel konnte es kaum fassen. Der Hirsch war zusammengebrochen, eindeutig tot. »Heiliger Strohsack«, keuchte er, »so was habe ich im Leben noch nicht gesehen! Himmel, das Tier war meilenweit weg! Und es rannte immer noch, beim Heiland! Das war der absolut sagenhafteste Schuß, den ich je gesehen habe!«

Danny erhob sich gelassen. Er warf die Patronenhülse aus dem Rigby aus, brachte die Schutzvorrichtung für das Zielfernrohr wieder an und steckte das Gewehr zurück in sein Futteral. »Ach, weiß ich nicht, Colonel«, sagte er leichthin. »War vielleicht einfach ein bißchen Glück. Kann man nie so recht sagen. Kommen Sie, lassen Sie uns gehen und nach Ihrem Hirsch sehen.«

Der Colonel ging hinter Danny her; er konnte es noch immer kaum glauben. So etwas hatte er wirklich noch nie im Leben gesehen; er hätte es als verrücktes Glücksspiel betrachtet, auf diese Entfernung ein bewegliches Ziel treffen zu wollen, ganz zu schweigen von der Absicht, das Tier mit einem einzigen Schuß zu töten.

Eines wußte er jedoch genau, obwohl seine gesamte Erfahrung ihm sagte, daß es schierer Dusel gewesen sein mußte. Er hatte den

Gesichtsausdruck des Jägers beobachtet, als er abgezogen hatte. Der Colonel war sich absolut sicher, daß Glück nicht das mindeste damit zu tun gehabt hatte.

2

»Mr. Asher, wie schön, daß Sie es einrichten konnten. Ich bin Ihnen sehr dankbar, daß Sie so viel von Ihrer kostbaren Zeit für mich erübrigen können.« Der Minister setzte ein freundschaftliches Lächeln auf, als er Roger Asher zur Begrüßung die Hand schüttelte. Er hoffte, daß er nicht übertrieb. Er neigte dazu, etwas zu überschwenglich zu werden, wenn er jemanden begrüßte, den er nicht leiden konnte. Einer seiner Freunde hatte ihm das einmal gesagt, und es hatte ihn ziemlich irritiert. Es war jedoch etwas Wahres dran, was ihn seither veranlaßte, vorsichtiger zu sein. Glücklicherweise verfügte er über ausreichend Charme, um es hinzukriegen; es gab nur wenige Leute, die sich diesem Charme entziehen konnten. Er hatte sich auch als höchst nützlicher Faktor bei der Gestaltung seiner erfolgreichen Karriere in der Politik erwiesen.

Er betrachtete angewidert Ashers Gesicht, wobei sein freundliches Lächeln seine tatsächlichen Gefühle trefflich kaschierte. Er stellte fest, daß kein Anlaß zur Sorge bestand. Roger Asher war Schmeicheleien gewöhnt. Vielmehr wurde ihm wohl selten etwas anderes entgegengebracht; er schien Komplimente und Unterwürfigkeit geradezu als sein angestammtes Recht zu erachten. So wird man wohl, sinnierte der Minister, wenn man sich nur mit Speichelleckern und Jasagern umgibt.

»Das Vergnügen ist ganz auf meiner Seite«, dröhnte Asher. Der Minister wies zuvorkommend auf einen ausladenden, bequemen Sessel. Asher ließ sich in die Lederpolster sinken, die unter seinem gewaltigen Gewicht ein leichtes Ächzen von sich gaben. Der Minister bemerkte, daß Asher schwitzte. Es entzog sich völlig seinem Verständnis, wie der Mann in einen solchen Zustand geraten konnte; keuchend und extrem übergewichtig, war er geradezu ein Monument ungezügelten Lebensstils.

»Ein Glas Limonade? Sie ist hausgemacht. Ich finde sie sehr erfrischend.«

»Das wäre nett.«

Der Minister goß Limonade in ein Glas. Er setzte sich Asher gegenüber in einen Sessel und sah zu, wie der schwere Mann das Getränk gierig in sich hineinschüttete. Der Minister fragte sich, ob Ashers schlechte Manieren ihm dabei dienlich gewesen waren, solch immensen Reichtum anzuhäufen, oder ob der einmal erworbene Reichtum gute Manieren überflüssig gemacht hatte? Eine interessante Frage. Jedenfalls bestanden Ashers Zugeständnisse an die feineren Nuancen gesellschaftlichen Verhaltens aus Lippenbekenntnissen. Sein Ego war so aufgeblasen wie sein Leibesumfang, und vermutlich war ihm die Meinung anderer Leute über seine Gewohnheiten einerlei – falls er überhaupt einen Gedanken an die Meinung anderer verschwendete. Es war jedoch nicht zu übersehen, daß es zu Ashers speziellen Vergnügungen gehörte, mit mächtigen Männern auf du und du zu sein und von Ministern um Rat gefragt zu werden. Die Einladung zu diesem Treffen hatte er mit beinahe unziemlichem Eifer angenommen.

»Ich hoffe, Sie hatten einen guten Flug?« Der Minister gab sich beflissen. Asher war in seinem privaten Gulfstream IV-Jet aus New York hergeflogen, der, wie der Minister wußte, ganz nach Ashers fragwürdigem Geschmack ausgestattet war. Vulgär, sicher, aber bestimmt nicht unbequem.

»War völlig zufriedenstellend, danke, Herr Minister«, antwortete Asher, »obwohl ich nicht sonderlich gern fliege. Ich habe noch nie gesteigerten Wert darauf gelegt.« Er trank noch einen Schluck Limonade und stellte das Glas ab.

Da man die einleitenden Höflichkeiten hinter sich gebracht hatte, betrachtete der Minister kurz seine Fingernägel und kam dann zur Sache. »Die Regierung hat ein ziemlich unangenehmes Problem.« Er hielt inne, als zögere er fortzufahren. Er wußte genau, was er sagen wollte, aber er wollte den Eindruck erwecken, daß er etwas peinlich berührt sei. Er wußte, daß er gut war im Umgang mit Menschen. Es ging nur darum, einen Zugriff zu jedem einzelnen zu finden. Er bildete sich keine Sekunde ein, daß er es hier nur mit einem ungehobelten Flegel zu tun hatte. Asher war außerordentlich erfolgreich; er war gerissen, clever und verstand sich darauf, Menschen zu manipulieren.

Na, das Spielchen kann ich auch, dachte der Minister. Er selbst hatte großes Geschick beweisen müssen, um angesichts der einschneidenden Veränderungen, die mit der Politik der achtziger Jahre einhergegangen waren, seine Position beizubehalten. Seine vornehme Herkunft und Erziehung hatten ihm nicht so viele Vorteile verschafft, wie es früher der Fall gewesen wäre. Eine alte Familie, Eton, Oxford... diese Art von Herkunft und Erziehung wurde heutzutage als Anachronismus betrachtet, und das war noch höflich ausgedrückt. Der Minister hatte sich mit Verweisen auf diese Dinge zurückgehalten und war unversehrt davongekommen. Bei der neuen Führung war nun ein eher dezenter und gemäßigter Ansatz gefragt. Das kam dem Minister entgegen, denn Feingefühl und Bedachtheit lagen ihm mehr als Dreistigkeit. Die Wahl im Frühjahr 1992 würde, so hoffte er, diesen neuen Ton besiegeln.

Er fuhr fort. »Es gibt da eine Sache, die der Regierung einige Schwierigkeiten bereitet hat. Es scheint uns nun notwendig, diese Schwierigkeiten zu beseitigen, und wir sind der Ansicht, daß Sie uns dabei beraten und vielleicht einige Vorschläge zu den erforderlichen Maßnahmen machen könnten.« Der Minister wußte, daß er Asher mit diesem Herangehen ködern konnte. Er warf einen Blick auf das Gesicht des schweren Mannes und sah, daß er seine Aufmerksamkeit hatte. »Es ist eine etwas delikate Angelegenheit«, sagte er und versuchte, noch peinlicher berührt zu wirken.

»Herr Minister, es ist mir eine Ehre, daß Sie mich als Berater für geeignet halten«, begann Asher. »Natürlich möchte ich gerne behilflich sein. Es wäre mir eine Ehre«, wiederholte er.

Man ehrte Asher nicht, dachte der Minister, sondern man schmeichelte ihm. Er war lediglich außerstande, den Unterschied zu erkennen. Er war jedoch auf die Worte »delikate Angelegenheit«

angesprungen. Asher war kein Dummkopf, und er war sich mit Sicherheit darüber im klaren, daß diese Worte auf eine Angelegenheit von höchster Unfeinheit hinwiesen. So weit, so gut, dachte der Minister. Wie erwartet, hatte Asher bei der Andeutung, daß er möglicherweise zwischen die Fronten geraten könnte, nicht mit der Wimper gezuckt. Um auch ganz sicherzugehen, wollte er noch etwas deutlicher werden.

»Wir sind, wenngleich widerstrebend, zu dem Schluß gekommen, daß diese Angelegenheit kompromißloses Vorgehen verlangt.« *Weiterhin kein Anzeichen von Unruhe oder Ablehnung auf Ashers Gesicht,* dachte der Minister. Plumper und direkter konnte man es nun wirklich nicht mehr ausdrücken, und der schwere Mann nickte zustimmend. Die Sache war leichter, als er angenommen hatte. Er beschloß, die nächsten sorgfältig vorbereiteten Sätze unter den Tisch fallen zu lassen. Er war fast etwas enttäuscht, daß er bei diesem Mann seine Redekünste nicht zum Einsatz bringen mußte. »Das Problem bezieht sich auf eine Einzelperson«, sagte er und hielt erneut inne, um der Bemerkung die notwendige Wirkung zu verleihen. Ashers direkte Entgegnung traf ihn unvorbereitet.

»Es gibt sicher eine Menge Einzelpersonen, die ein Problem für die Regierung darstellen könnten. Und wie groß ist das Problem, das diese Person verursacht?« Asher beugte sich schwerfällig vor, um sich Limonade nachzugießen. »Hmmm, die ist hervorragend. Ich muß meine Leute anweisen, daß sie so was auch mal machen. Ich nehme an«, fuhr er fort, »daß es sich hierbei nicht um eine geringfügige Unannehmlichkeit handelt?«

»Ich merke«, stellte der Minister fest, wobei er sich bemühte, die Fassung zu bewahren, »daß es nicht notwendig ist, weiter um das Thema herumzureden. Ich habe Ihre schnelle Auffassungsgabe schon immer bewundert – ich wünschte, ich hätte es häufiger mit dieser Eigenschaft zu tun.« *Großer Gott,* dachte er, *der Bursche nickt wahrhaftig zustimmend!* »Vielleicht wäre es am besten, ich komme direkt zur Sache.«

Fünfzehn Minuten später beendeten die Männer ihre Unterredung und erhoben sich. Der Minister schüttelte Asher herzlich die Hand und bedankte sich wortreich für die Unterstützung, die er ihm zugesichert hatte. Das Treffen hätte gar nicht besser verlaufen können. Asher hatte zugesagt, sich um alles zu kümmern. Eine Beteiligung der Regierung würde nicht durchschimmern. Es würde einen ... wie war noch der abscheuliche Ausdruck? Richtig, einen »Strohmann« geben.

Als der schwere Mann gegangen war, schloß der Minister die Bürotür und lehnte sich einen Moment dagegen, denn ihm war beinahe schwindlig, weil alles so kindisch einfach gewesen war.

3

Sir Peter Dartington war höchst fasziniert von der Einladung, die er erhalten hatte. Und wie er zugeben mußte, war er auch geschmeichelt und ein wenig aufgeregt. Natürlich hatten angesehene Geschäftsleute wie er nicht aufgeregt zu sein. Er rief sich zur Räson. Dartington lag sehr viel daran, angesehen zu sein; er hatte sich diesen Status hart erarbeitet und war über die Maßen stolz auf seine Erfolge.

Ja, dachte er, *er hatte wirklich zeit seines Lebens Knochenarbeit geleistet. Wortwörtlich.* Er wurde es nie müde, Leuten von den kleinen Verhältnissen zu erzählen, aus denen er stammte, von der Verletzung, die sein Leben verändert hatte, und von der Verwandlung der väterlichen Firma Dartington & Son (Builders) Ltd. in Darcon International plc. Er wußte, daß die Geschichte eindrucksvoll war, und er hatte keine Zweifel daran, daß sie vielen Menschen zu der Überzeugung verhalf, mit harter Arbeit und Zielstrebigkeit könne jeder zu Erfolg kommen.

Ein Vorbild – wie oft war er schon in Reden so dargestellt worden? Dutzendfach, wenn nicht hundertfach. Und in seiner Erwiderung hatte er meist dieselbe Anekdote zum besten gegeben.

»Ich schätze, man könnte mich einen aufgeputzten Bauunternehmer nennen«, sagte er dann immer, »und das nicht nur in einer Hinsicht. Aufputzen ist ein Ausdruck aus der Baubranche, mit dem man die letzten Handgriffe nach dem Errichten des Gebäudes bezeichnet. Kleine Risse ausspachteln, vergipsen, solche Dinge. Verschönerungsarbeiten, wenn Sie so wollen. Nun, ich kann Ihnen sagen, daß nach meinem Unfall damals bei mir einige Risse ausgespachtelt werden mußten, und vergipst war ich von Kopf bis Fuß. Ob ich allerdings seither schöner geworden bin, muß trotzdem bezweifelt werden.« Damit erntete er immer ein bis zwei Lacher.

Dartington hatte eine natürliche Redebegabung; er hatte keine Sekunde erwogen, seinen breiten Provinzakzent abzulegen, und er hatte auch nicht allzu viele Konzessionen an die Verhaltensweisen gemacht, die üblicherweise von erfolgreichen Geschäftsleuten erwartet wurden. Einige hatten sich natürlich nicht vermeiden lassen. Er hatte ziemlich bald festgestellt, daß ohne ein bestimmtes Maß an Skrupellosigkeit in der Baubranche kein Erfolg zu erzielen war. Anfänglich hatte ihm das nicht behagt, doch dann hatte er gemerkt, daß es ihm von Natur aus nicht schwerfiel, hart zu sein in seinen Entscheidungen. Er hatte jedoch darauf geachtet, daß man ihn auf solches Verhalten nicht festlegte, und es war ihm gelungen, seinen Ehrgeiz mit seiner unveränderten Abneigung gegen Arroganz und Protzigkeit zu kaschieren. Es gab nicht viele Leute, die sich mit ihm angelegt hatten; und diese wenigen hatten sehr bald verstanden, aus welchem Holz er geschnitzt war, und ihr Handeln bereut. Alle anderen glaubten ihm unbesehen. Er erhielt mehr Einladungen zu gesellschaftlichen und geschäftlichen Anlässen, als er wahrnehmen konnte.

Diese hier jedoch konnte er einfach nicht ausschlagen. »Mr. Roger Asher hofft, daß Sie es einrichten können, ihm für ein Wochenende auf der *Princess Scheherezade* vor Cannes Gesellschaft zu leisten.« Ashers Assistentin hatte weiter erläutert, falls Sir Peter es einrichten könne – die Frau klang nicht, als hätte sie daran Zweifel –, würde ihm für die Reise nach Cannes und zurück

Mr. Ashers Privatjet zur Verfügung stehen, und am Flughafen würde ihn ein Wagen erwarten, der ihn zum Jachthafen bringen würde.

Für Dartington kam das völlig überraschend, und einen Moment lang war er sprachlos. Er hatte natürlich von Asher gehört – wer nicht? –, war ihm aber nie begegnet. Er murmelte etwas von wegen seine Termine abklären und fragte eilig über die Anlage bei seiner eigenen Assistentin an. Tatsächlich war am Wochenende nichts vorgesehen: Seine Frau beabsichtigte wieder einmal, sich auf ihrer Lieblingsschönheitsfarm aufzuhalten – und er konnte zu Hause Däumchen drehen. Das war also klar; er hatte zugesagt.

Und da lag er nun auf dieser riesigen, mondänen Jacht auf einer Sonnenliege, umgeben von Lakaien, die ihn von hinten bis vorne bedienten. Als weitere Überraschung hatte sich herausgestellt, daß er und Asher allein an Bord waren – abgesehen natürlich von der Crew: elf Mann, für zwei Passagiere! –, aber noch verblüffter war er gewesen, als Asher nach dem Dinner am Vorabend den Steward weggeschickt und unvermittelt ein Geschäftsgespräch begonnen hatte. Und über was für Geschäfte! In seinem Kopf ging es immer noch drunter und drüber. Was für ein außergewöhnlicher Vorschlag! *Pete, alter Junge,* dachte Dartington bei sich, *hier mußt du auf der Hut sein.*

»Morgen, Peter.« Dartington sah auf und erblickte Asher, der in einem Morgenmantel aus dem Salon trat. Der schwere Mann schlurfte aufs Deck hinaus und ließ sich in einen großen Sessel fallen. »Noch einen Drink? Andrew!« grölte er in Richtung Salon. »Drinks für Sir Peter und mich.«

»Guten Morgen, Roger«, gab Dartington zurück. Er beschloß, nicht darauf hinzuweisen, daß es längst nach Mittag war. Wie man so spät aufstehen konnte, war ihm ein Rätsel. Er war seit eh und je Frühaufsteher. Er wollte auch keinen weiteren Drink mehr; der arme kleine Andrew hatte ihm schon drei Gin Tonics gebracht, die er kaum angerührt hatte. *Der junge Steward hatte wahrscheinlich Weisung, sie sofort zu ersetzen, wenn das Eis zu schmelzen begann,* dachte Dartington.

Andrew erschien mit einem großen Becher Orangensaft für Asher, der ihn wortlos in Empfang nahm und das Getränk hinunterstürzte, und einem neuen Gin Tonic für Dartington. Dartington dankte dem Jungen. Andrew lächelte ihn an und zog sich zurück.

»Noch mal über unser Gespräch von gestern abend nachgedacht?« Asher wischte sich einen Tropfen Orangensaft vom Kinn.

Dartington erhob sich und stellte einen Stuhl in den Schatten des Sonnensegels, wobei er seine Antwort erwog. »Ich bin sicher, du verstehst, Roger, daß diese Sache für mich etwas fremd ist. Ich meine... mit so etwas hatte ich noch nie zu tun.«

»Ich auch nicht, mein Bester«, sagte Asher munter. »Es ist eine etwas unorthodoxe Verfahrensweise, ich weiß. Aber das Wichtigste daran ist, daß es um die Belange unseres Staates geht. Ich bin Patriot, und ich weiß natürlich, daß du es auch bist. Das ist der Hauptpunkt. Wir tun es, um unserem Land zu helfen.«

»Ich vertraue deiner Zusicherung in dieser Sache vollkommen, Roger. Daran kann es gar keinen Zweifel geben. Aber warum machen die Burschen es nicht selbst? Ich meine, warum beauftragen sie nicht den SAS oder sonstwen damit? Mir ist nicht klar, warum sie das nicht schon längst getan haben.«

»Ich glaube, ich gebe damit keine Geheimnisse preis, wenn ich dir sage, daß das natürlich erwogen wurde. Es gibt dabei ein dreifaches Problem. Zum einen bräuchten sie sehr lange dazu, sich eine Position zu verschaffen, von der aus sie das Ding durchziehen könnten. Mindestens ein Jahr, würde ich denken. Zum zweiten gäbe es natürlich keine Erfolgsgarantie, was im Falle eines Mißlingens und der Aufmerksamkeit der Öffentlichkeit eine Katastrophe für die Regierung wäre. Ein schmähliches Versagen – so gering die Gefahr auch sein mag – könnte unvorstellbaren Schaden anrichten.« Asher hielt inne und nahm einen weiteren Schluck Orangensaft zu sich. »Zum dritten – und das ist wohl der wichtigste Punkt – gibt es eine Art ungeschriebenes Gesetz, nach dem Regierungen sich niemals gegen Individuen wenden. Ein anderes Land können sie übel zurichten, was ja auch häufig geschieht, aber es gibt keine Aktionen gegen Einzelpersonen. Ich kann dir versichern, daß es in diesem Fall einen internationalen Aufruhr gäbe, wenn es herauskäme. Es ist lächerlich, aber die Wahrheit.

Es gibt ein paar Beispiele, die man sich ansehen sollte, bei denen der Schuß fast nach hinten losging, als dieses Gesetz mißachtet wurde.« Asher zählte sie an den Fingern auf. »Die beiden eindeutigsten Fälle betreffen Aktionen seitens der Vereinigten Staaten: erstens, als sie sich in Panama über Noriega hergemacht und ihn gefangengenommen haben; und zweitens, als sie sich diesen Ghaddafi schnappen wollten und dafür Libyen bombardiert haben. Beide Aktionen wurden als Angriffe auf Einzelpersonen gewertet; beide richteten sich gegen Individuen, deren Ableben oder Inhaftierung kein Mensch bedauert hätte. Und in beiden Fällen« – Asher schüttelte betrübt den Kopf – »warf man den USA untragbare Überschreitung der nationalen Souveränität, totalitäre Methoden und allen möglichen anderen Blödsinn vor, den sich diese Halbaffen bei der UN ausgedacht haben. Das Problem ist nur«, ergänzte er, »daß neunzig Prozent aller Mitgliedstaaten der UN von Tyrannen oder Despoten der einen oder anderen Couleur regiert werden, und die wollen keinen Präzedenzfall, der dazu führen könnte, daß sie sich eines Tages selbst in dieser Lage wiederfinden. Deshalb halten sie zusammen, und deshalb geht keine kluge Regierung Risiken ein, indem sie gegen dieses ungeschriebene Gesetz verstößt.«

Asher schien alles gesagt zu haben, doch dann fiel ihm noch etwas ein. »Es gibt natürlich ein Land, das dieses Gesetz nie beachtet und beharrlich Individuen, vorwiegend Terroristen, zur Strecke gebracht hat. Ich spreche natürlich von Israel. Ich muß wohl kaum hervorheben, bester Freund, daß Israel seit vielen Jahren eines der isoliertesten Länder der Welt ist.«

Dartington war aufgestanden und schritt mit gerunzelter Stirn auf und ab. »Du willst mir also sagen, Roger, daß sie, wenn jemand schmutzige Arbeit für sie erledigen soll, zu jemandem wie dir oder mir kommen, um das zu organisieren und auszuführen?«

»Ich habe keine Ahnung«, entgegnete Asher leichthin, »da man bisher mit solchen Anliegen auch nicht an mich herangetreten ist. Aber ich schätze wohl, so ist es.«

»Und warum ausgerechnet ich?« *Warum du?* wollte er fragen.

»Das läßt sich leicht erklären. Sie kommen nicht zu dir. Sie kommen zu mir. Sie wissen noch gar nicht, daß ich dich im Auge habe. Und an dich bin ich zum einen herangetreten, weil ich weiß, daß du Patriot bist und bewiesen hast, daß dir dein Land etwas bedeutet, und zum zweiten, weil deine Firma in der besagten Region tätig ist und sich daher gut als Basis für die Operation eignen würde. Der dritte Grund ist etwas komplizierter, aber ich schätze, ich bin dir eine Erläuterung schuldig. Sie wird dir dabei helfen zu verstehen, weshalb sich die Regierung auf etwas einläßt, das nach internationalem Recht eine illegale Handlung ist.«

Asher dachte einen Moment nach, bevor er weitersprach: »Ob du's glaubst oder nicht: Die britische Regierung achtet genau darauf, die Gesetze nicht zu übertreten. Das gestaltet der Regierung das Leben von Zeit zu Zeit etwas unbequem, aber so bleibt sie unangreifbar. Außerdem kannst du dir vielleicht vorstellen, was für eine Wirkung das auf weniger skrupulöse Regierungen hätte, wenn ausgerechnet die Regierung der ältesten parlamentarischen Demokratie der Welt die Gesetze mißachtet. Zumindest können wir hier in Großbritannien uns moralisch erhaben fühlen und die Taten jener verurteilen, die diese Grenzen eben nicht einhalten. Manchmal kann es sehr hinderlich sein, diese Haltung zu bewahren, aber alles in allem gibt es mehr Vor- als Nachteile dabei. Ich war, wie du weißt, zeitweilig selbst Parlamentsmitglied, und ich kann dir versichern, es ist, wie ich sage. Gelegentlich gerät die Regierung in eine Situation, in der sie zu Handlungsweisen gezwungen ist, die gegen dieses Prinzip verstoßen. Solch ein Fall ist hier entstanden. Ich will es dir erklären.« Asher hielt erneut inne und leerte den Becher. »Wie du wohl weißt, bin ich überzeugter Europäer. Meine Zeitung...« Er wedelte vage mit der Hand, und sein Blick schweifte ab, bevor er wieder Dartington fixierte. »Ich denke, du wirst mir zustimmen, daß mein Ruf in dieser Hinsicht untadelig ist.«

Dartington nickte. Der Ruf des schweren Mannes, was Europa betraf, war in der Tat untadelig, aber er wußte nicht, worauf er hinauswollte. Was hatte die EG mit alldem zu tun?

Asher fuhr fort. »Unsere europäischen Bruderstaaten sind gelegentlich ... nun, sagen wir, schwierige Verhandlungspartner. Wie du weißt, sind wir derzeit dabei, einen Vertrag auszuhandeln, der in einigen Monaten in Maastricht unterzeichnet werden soll. Dabei gibt es einige höchst knifflige Probleme zu lösen. Die Mehrheit der Länder erwartet einen föderalistischeren Ansatz – für sie hat dieses Wort eine andere Bedeutung, und sie stehen dem Föderalismus weniger mißtrauisch gegenüber als die meisten Briten. Meiner Meinung nach hat die britische Regierung die Stimmung im Lande korrekt eingeschätzt, und sie wird nur bis zu einem bestimmten Punkt mitmachen. Es ist ein Jammer, aber meine persönliche Meinung ist, daß die Regierung recht damit hat, sich zu diesem Zeitpunkt einer stärker föderalistischen Ausprägung zu widersetzen. Es wäre sinnlos, jetzt für etwas eine feste Zusage zu geben, das später vom Volk abgelehnt wird oder im Vorfeld der Wahlen zu Querelen im Parlament führt. Der richtige Zeitpunkt für eine solche Zusage ist gekommen, wenn alle die Richtung, die Europa einschlägt, und die möglichen Vorteile des Föderalismus klarer erkennen können. Im Augenblick jedoch läßt sich das noch nicht deutlich sehen, weshalb die Weiseren unter uns bereit sind abzuwarten, bis die Bevölkerung unseres Landes hinter uns steht – so sehr auch diejenigen mit der Vision von einem vereinten Europa sich eine schnellere Gangart wünschen.

Aber ich schweife ab. Tatsache ist, daß einige unserer Partner darauf bestehen, die Entwicklung zu föderalistischen Prinzipien schneller voranzutreiben. Ein Land tut sich diesbezüglich ganz besonders hervor. Ich denke, du weißt, um welches es sich handelt.«

Die Franzosen, dachte Dartington. *Es müssen die verdammten Franzosen sein. Was haben die mit dieser Sache zu tun?*

»Frankreichs Wirtschaft«, fuhr Asher fort, »hat im letzten Jahr infolge der internationalen Lage einige Tiefschläge einstecken müssen. Du hast sicher von einigen dieser Skandalgeschichten gehört, aber ich kann dir versichern, daß noch mehr dergleichen auftauchen wird. Die Handelsbilanz ist stark angegriffen. Ich muß dazu sicher nicht mehr sagen, angesichts der skrupellosen Haltung dieses Landes; am einfachsten läßt es sich formulieren, indem man sagt, daß es sich in der Vergangenheit bereit erklärt hat, mit jedem beliebigen Land, ungeachtet dessen politischem Hintergrund, Handelsvereinbarungen zu treffen. Du kannst dich sicher an die Schadenfreude erinnern, mit der die Franzosen während des Falklandkrieges Exocet-Raketen an die Argentinier verkauft haben.

Ungünstigerweise – jedenfalls, was sie selbst anbetrifft – sind sie nun in einem bestimmten Punkt mächtig unter Druck geraten. Ein oder zwei besonders große und lukrative Verträge sind nicht einlösbar. Die Franzosen möchten unter allen Umständen, daß diese Situation sich verändert. Dabei gibt es eine bestimmte Sache, die im Weg ist. Nur eine. Siehst du, worauf ich hinaus will?«

Das tat Dartington. »Aber was spielt die britische Regierung dabei für eine Rolle?«

»Ganz einfach«, sagte Asher. »Die Franzosen verfügen offenbar nicht über genügend Kenntnisse, um dieses Hindernis selbst zu beseitigen. Das wissen sie, und die britische Regierung weiß es ebenfalls. Also hat die britische Regierung versprochen, die Sache in die Hand zu nehmen. Zum Ausgleich dafür werden die Franzosen unsere Bedingungen bei der Unterzeichnung des Maastrichter Vertrags zum vereinten Europa akzeptieren. Und die britische Regierung verdeckt ihre Haltung, indem sie diese Operation von Privatleuten ausführen läßt, nicht vom SAS. Natürlich wissen die Franzosen von diesem Teil nichts.

Jedenfalls«, fuhr Asher fort, »ist das der Hintergrund. Die Vereinbarung mit Frankreich ist der Grund für das Projekt; ich glaube nicht, daß die britische Regierung andernfalls irgendwelches Interesse an dieser Sache hätte – es gibt tatsächlich eher Gründe dafür, alles so zu lassen, wie es ist. Aber die Notwendigkeit einer Einigung in Maastricht macht es für die Briten erforderlich, Frankreich in dieser Sache entgegenzukommen.

Ich denke«, sagte Asher und sah Dartington fest an, »daß du auch verstehst, warum ich mich an dich gewendet habe. Ich weiß, daß du proeuropäisch eingestellt und gleichzeitig Patriot bist.

Diese zwei Haltungen sind keineswegs unvereinbar, wie einige Leute uns glauben machen wollen. Ich hoffe, daß ich dir genügend Gründe liefern konnte, dich auf dieses Projekt einzulassen. Es gibt noch einen weiteren Grund, aber bevor ich dir den mitteile, brauche ich deine Zusage zu dem Unternehmen.«

»Entschuldige bitte, Roger, aber das ist alles ein bißchen viel auf einmal.« Dartington war sich genau darüber im klaren, was Asher mit der alten Patrioten-Nummer im Schilde führte. *Aber das ging schon in Ordnung,* dachte er; *er war schließlich Patriot. Wo sollte da der Haken sein?* Aber seine ureigene Besonnenheit hielt ihn davon ab, sich zu einer übereilten Zusage drängen zu lassen. »Kann ich noch ein wenig Bedenkzeit haben?«

»Gute Idee«, sagte Asher. »Sehr vernünftig. Gehen wir doch rein und essen zu Mittag.«

Das Essen verlief fast ohne Gespräche. Asher verschlang riesige Portionen, zwischen denen er ab und zu eine Äußerung machte, wohingegen Dartington sein Essen kaum anrührte und sich seinen Gedanken hingab. Er dachte angestrengt darüber nach, worauf er sich da wohl einließ. Er sah die Logik hinter der Sache. Ashers Rede über das vereinte Europa hatte Dartington kalt gelassen. Was Europa anging, war er Pragmatiker, kein Enthusiast. Was ihn persönlich betraf, wäre es ihm lieber gewesen, die Briten hätten sich der zunehmenden Einflußnahme von Brüssel und Straßburg entziehen können. Er hatte nichts gegen die Franzosen, bewunderte im Gegenteil ihr Geschäftsgebaren. Die Deutschen mochte er nicht, weil er sie insgesamt für dumm, überheblich und großspurig hielt, aber wenn es notwendig war, kam er mit ihnen zurecht.

Auf der geschäftlichen Ebene dagegen war Dartington klar, daß man sich der europäischen Sache anschließen mußte. Was seine Firma betraf, gab es keine Zweifel: Europa war der einzig realistische Weg in die Zukunft. Er hatte das in all seinen Geschäftsreden hervorgehoben, und sicher hatte Asher dabei etwas über seine »proeuropäische« Haltung aufgeschnappt. Doch diesen Standpunkt vertrat er nur in bezug auf die Firma. Eigentlich war er der

Ansicht, daß es bei der EG schlicht und einfach um Korruption ging. Wenn man ihr beitrat, hatte man Chancen im Konkurrenzkampf um Verträge; tat man es nicht, hatte man keine. Privat verabscheute er diese Mechanismen und hätte sich eher als »Euroskeptiker« bezeichnet; und manchmal, zum Beispiel wenn er im Fernsehen das scheußliche Gesicht von Jacques Delors erblickte, fühlte er sich beinahe als Eurohasser und hegte die Ansicht, daß der verstorbene Air Marshal Sir Arthur Harris in puncto Europa die einzig praktikable Haltung an den Tag gelegt hatte.

Was er wirklich schwer schluckte, war der religiöse Eifer, mit dem die fanatischen Europaverfechter ihr Ziel verfolgten. Alle bedienten sie sich derselben Sprache, die sie bis zur Unverständlichkeit mit idiotischen Metaphern und schwachsinnigen Formeln spickten; pausenlos faselten sie vom »europäischen Traum« oder von der »europäischen Vision«. *Es war weder ein Traum* noch *eine Vision,* dachte Dartington. Er hatte beide Wörter im Lexikon nachgeschlagen. Bei beiden fand sich ein gemeinsamer Ausdruck, der im übrigen wesentlich zutreffender war als beide zusammen – Halluzination.

Aber er mußte zugeben, daß das Projekt, das Asher ihm angetragen hatte, nicht ohne Reiz war. Was für eine Sache, wenn er dereinst seinen Enkeln davon erzählen könnte! Nein, pfiff er sich zurück, davon würde er wohl niemandem je berichten dürfen. Aber was für ein Vorhaben! Wie aufregend! Da war es schon wieder, dieses Wort – aber verdammt noch mal, warum auch nicht? Er wurde auch nicht jünger, und jeder Mann sollte schließlich auf etwas Bedeutendes zurückblicken können. Vor diesem Wochenende war seine gesamte Energie darauf ausgerichtet gewesen, seine Firma durch die Talsohle der Rezession zu steuern. Vielleicht hatte es genau diese Sache gebraucht, um ihn aus dem trübsinnigen Trott zu reißen ...

Die zwei Männer waren kurz vor drei mit dem Essen fertig und begaben sich wieder nach draußen. Andrew servierte in einer Silberkanne Kaffee. Das Wetter war mild und angenehm, und Dartington stellte fest, daß er sich in absoluter Hochstimmung befand.

Was für ein Leben, dachte er. *Sechzig Jahre alt, und dann auf einmal so etwas. Warum nicht!*

»Okay, Roger, ich bin interessiert. Ich schätze, ich kriege das hin. Ich habe schon ein paar Ansatzpunkte.«

»Prächtig!« dröhnte Asher. »Eine sehr vernünftige und patriotische Entscheidung, wenn ich das mal sagen darf.« Er hielt inne und schlug einen bedeutungsschwangeren Tonfall an. »Ich kann dir nun auch versichern, daß sich die Regierung dafür erkenntlich zeigen wird.«

»Ich verstehe nicht. Hattest du nicht gesagt, daß die Regierung gar nicht weiß, daß du an mich herangetreten bist?«

»So ist es. Und offiziell wird sie auch künftig nichts davon erfahren – *offiziell,* was ich dabei stark betont wissen möchte. Dennoch habe ich Vollmacht, stellvertretend für die Regierung eine Vereinbarung zu treffen.«

»Was meinst du damit?«

»Harte Zeiten«, sagte Asher, »für uns alle. Ich hoffe, du hast Verständnis dafür, daß ich ein paar Nachforschungen betrieben habe. Und ich besitze auch ein paar Darcon-Anteile«, sagte er mit einem Achselzucken. »Es ist kein Geheimnis, daß die Baubranche im letzten Jahr ziemlich ins Schwitzen gekommen ist.«

»Worauf willst du hinaus, Roger?« Dartingtons Miene hatte sich verdüstert, und er sah gereizt aus. »Wir stehen nicht zum Verkauf, falls du das meinst.«

»Nein, um Himmels willen, nein!« protestierte Asher. »Mein lieber Freund! Weit gefehlt! Ich habe da eine ganz andere Problemlösung im Kopf. Gedulde dich bitte einen Moment, während ich das ausführe.« Asher besann sich und lächelte aufmunternd.

Dartington blieb still und mißtrauisch.

»Darcon bereitet, wenn ich recht informiert bin, derzeit Offerten für insgesamt elf große Bauausschreibungen vor, drei davon in Großbritannien, zwei weitere in Europa und die anderen in Übersee. Dabei geht es«, fügte er hinzu, »um Offerten für Aufträge, von denen sich jeder einzelne auf eine Summe von über fünfzig Millionen Dollar beläuft.«

Dartington blieb der Mund offenstehen. Asher fuhr unbeirrt fort.

»Mit einem einzigen dieser Aufträge könnte Darcon sich eine ganze Weile über Wasser halten. Deine Firma würde überleben. Falls zwei dieser Aufträge heraussprängen, sähe die Zukunft für Darcon geradezu rosig aus. Aber es gibt natürlich reichlich Konkurrenz für diese Projekte.« Asher leerte geräuschvoll seine Kaffeetasse. »Ich will nicht drumherumreden. Sollte dieses Unternehmen gelingen, garantiert dir die Regierung, daß zwei dieser Offerten angenommen werden. Es besteht natürlich auch die Möglichkeit, daß du noch einen dritten Auftrag bekommst und vielleicht noch einen vierten für deine Verdienste. Aber von mir bekommst du schon mal eine Grundgarantie für zwei.«

Dartingtons Kinn befand sich mittlerweile irgendwo auf Höhe seines Bauchnabels. Er stierte sein Gegenüber fassungslos an und erwog das ungeheure Versprechen, das Asher ihm soeben gemacht hatte. Es mußte sich um ein Versprechen handeln. Asher hatte ihm das eröffnet, *nachdem* er das Angebot angenommen hatte, nicht vorher. Warum hätte er das tun sollen, wenn er nicht die Handhabe besaß! Es mußte sein Ernst sein.

Asher stand auf; er klopfte Dartington bekräftigend auf die Schulter und stapfte davon, während Dartington wie vom Blitz getroffen auf Deck sitzen blieb.

Drei Stunden später teilte die Stewardeß in dem Gulfstream IV-Jet dem Piloten mit, daß Sir Peter Dartington sich ziemlich seltsam benehme. Es sei etwas beunruhigend, sagte sie. Der Mann würde alle paar Minuten wie ein Schulmädchen vor sich hinkichern. Aus heiterem Himmel, sagte sie. Ob wohl alles in Ordnung mit ihm sei?

Der Pilot sagte ihr, sie solle sich keine Sorgen machen. Der Boß habe häufig so eine seltsame Wirkung auf Menschen.

4

Ed Howard war fünfundvierzig Jahre alt. Er war groß, hager und hatte dunkle Augen und dreizehn Jahre aktiven Militärdienst auf dem Buckel; von 1966 bis 1979 war er Berufsoffizier bei den Royal Marines und beim Special Boat Service gewesen.

1976 hatte er geheiratet; seine Frau, Claire, begann bald darauf zu drängen, daß er das Militär hinter sich lassen und sich einen Job mit besserer Bezahlung und angenehmeren Arbeitszeiten suchen sollte. Als der Vater eines Freundes bei den US-Special Forces ihm einen Job in London anbot, machte Claire mächtig Druck; widerstrebend nahm er seinen Abschied und willigte ein.

Howard hatte gewußt, daß ihm das Leben beim Militär fehlen würde. Er fühlte sich unwohl in London. Er kannte niemanden in der Stadt, verstand nichts vom Handel und hatte keine Ahnung von Büroarbeit. Nachdem er sich eine Woche herumgequält hatte, sagte er seinem Arbeitgeber, daß er untauglich für diese Arbeit sei, aber das erschütterte den alten Ziegler nicht im mindesten. Statt dessen war er erfreut – Howard hatte sich mutig und ehrlich gezeigt. »Ed, ich habe Sie nicht aufgrund Ihrer Kenntnisse über die künftige Marktentwicklung eingestellt. Ich habe Sie eingestellt, weil Sie urteilsfähig und dynamisch sind. Sie sollen die richtigen Leute für Projekte finden und sich um sie kümmern. Mehr will ich nicht.« *Der alte Mann war aufrichtig zu ihm gewesen,* dachte Howard; *aber nur bis zu einem bestimmten Punkt.* Sein anderes Motiv hatte er nicht erwähnt: Howard sollte seinem Sohn Mike als Beispiel dienen. Der alte Ziegler hatte häufig zu Howard gesagt, er wünsche sich, sein Sohn würde endlich aufhören, sich beim Militär herumzutreiben, und sich endlich geschäftlich etwas aufbauen.

In den nächsten drei Jahren erwies sich das Vertrauen des alten Mannes in Howards Fähigkeiten als berechtigt. Howard graste den Markt ab, stieß auf einen frustrierten und ehrgeizigen jungen Kaufmann, der für eine große Firma arbeitete, und überredete ihn zu einem Wechsel. Der Mann brachte sein Team mit; Howard verschaffte ihm Verfügungsgewalt und ein großzügiges Bonuspaket, was engagierten Einsatz und nach einer dreimonatigen Anlaufzeit den Beginn einer höchst erfolgreichen Zusammenarbeit zur Folge hatte. Der alte Ziegler war hocherfreut, und Howard stellte zu seiner Überraschung fest, daß er tatsächlich gar kein so schlechter Geschäftsmann war. Sein Team überließ die Verwaltungsarbeit bereitwillig – und erleichtert – ihm.

Howard wurde gut behandelt und bestens bezahlt, doch seine Abneigung gegen die Beschränkungen des Stadtlebens wurde er nicht los. Er hielt drei Jahre durch und teilte seinem Arbeitgeber dann mit, daß er aussteigen wolle. Der alte Mann war betrübt, akzeptierte aber seine Entscheidung. »Was werden Sie machen, Ed?«

»Personen- und Werkschutz – Firmen und Einzelpersonen in Sicherheitsfragen beraten und dafür sorgen, daß sie sich nicht der Gefahr von Erpressung durch Terroristen und Kidnappern aussetzen. Das ist heutzutage ein großer Markt. Außerdem hat es mehr mit meiner Ausbildung zu tun.«

»Nehmen Sie auch Mike mit?« Davon ging Ziegler aus; wie er gehofft hatte, war sein Sohn zwar Howards Beispiel gefolgt, aber der alte Mann hatte nach einer Weile festgestellt, daß Mike wirklich nicht fürs Geschäftsleben geschaffen war.

»Ich habe ihn noch nicht gefragt«, sagte Howard, »und ohne Ihre Zustimmung würde ich das auch nicht tun. Aber es ist schon möglich, daß er einsteigen will, wenn er von dem Plan hört. Wenn dem so sein sollte, werd' ich ihn vom Fleck weg nehmen.«

Der alte Mann seufzte ergeben. Er wünschte Howard viel Glück, und sie schieden als gute Freunde.

Claire war außer sich, als er ihr erzählte, daß er den Job an den Nagel hängen würde, und sie drehte völlig durch, als er ihr sagte, was er statt dessen zu tun gedenke. Sie machte ihm zwei Wochen die Hölle heiß. Dann reichte es ihm, und er empfahl ihr, sich doch statt eines Ehemanns einen Fußabtreter zuzulegen – jemanden, der ihre Launen ertragen und sie weiterhin materiell so verhätscheln könne, wie sie es dank seines Einkommens mittlerweile gewohnt war. Sie schrie und warf ein Hackmesser nach ihm, was statt seiner das Küchenfenster traf und um ein Haar ein Eichhörnchen enthauptete, das auf dem Fensterbrett nach Vogelfutter suchte. Er revanchierte sich, indem er seelenruhig eine Schale Gazpacho über ihren Kopf leerte, um sie abzukühlen, und dann zum Telefon marschierte, um die Dinnerparty abzusagen. Er hatte Gazpacho noch nie ausstehen können – er bekam Magenschmerzen davon.

Claires teures Kleid landete am nächsten Tag wegen der Flecken in der Reinigung; Howard landete wegen des Scheidungsverfahrens beinahe im Armenhaus. Aufgrund eines unbegabten Anwalts saß er hinterher zwar mit fünfzig Prozent des Hauses in Fulham, aber desgleichen mit hundert Prozent der schwergewichtigen Hypothekenbelastung da – mit annähernd nichts also. Seine Ersparnisse gingen für die Gerichtskosten, eine gesalzene Entschädigungssumme für Claire und ein kleines Apartment in Wandsworth drauf, so daß für den Einstieg in sein neues Unternehmen reichlich wenig übrigblieb.

Mike Ziegler, der Sohn des alten Mannes, kam ihm finanziell zu Hilfe. Sie stiegen gemeinsam in das Unternehmen ein und stellten ein Team zusammen, das aus ehemaligen Bekannten von den Forces, hauptsächlich den Special Forces, bestand. XF Securities war geboren. Mike Ziegler und sein Viererteam deckten von Los Angeles aus den amerikanischen und den asiatischen Markt ab, während sich Howard mit einem halben Dutzend Männer vom Londoner Büro aus den größeren Brocken vornahm – Europa, Afrika und den Nahen Osten.

Ein früher Erfolg war ihnen beschieden, als ein wohlhabender italienischer Klient gekidnappt werden sollte; der Kidnapper hatte das Pech, daß sich einer von Howards Männern gerade in nächster Nähe des Klienten befand. Die drei sardischen Kidnapper wurden im Handumdrehen entwaffnet und verbrachten vor ihrem Prozeß einige Wochen unter der Aufsicht eines angesichts der Umstände lachhaft großen Polizeiaufgebots im Krankenhaus. Selbst wenn sich die vier schwerbewaffneten *carabinieri* die ganze Zeit im Tiefschlaf oder Vollrausch oder beidem befunden hätten, wären die Kidnapper wohl kaum in der Lage gewesen, zu flüchten. Ihr Anwalt machte vor Gericht viel Wind um die unverhältnismäßige Gewaltanwendung, der seine bedauernswerten Klienten durch Howards Mitarbeiter, den finster dreinblickenden Mr. Harris, ausgesetzt gewesen seien. Er mußte diesen Punkt nicht weiter ausführen; die physische Befindlichkeit der drei »Opfer« von Mr. Harris, die allesamt im Rollstuhl in den Gerichtssaal gefahren wurden, jeweils mit dem rechten Bein und beiden Armen in Gips, sprach für sich.

Der Richter erwies sich ihrem Mißgeschick gegenüber allerdings als wenig großherzig. Er hörte sich dagegen mit großem Interesse Harris' Zeugenaussage an. Hier hatte man es mit einem Mann zu tun, dachte der Richter, der keine halben Sachen machte. Er nickte weise, als Harris in schlichten Worten erklärte, die beste Methode, einen Mann vom Gebrauch einer Waffe abzuhalten, bestünde darin, ihm beide Handgelenke zu brechen; er nickte wiederum, als Harris ferner erklärte, daß die verläßlichste Methode, selbigen Mann vor dem Eintreffen der Polizei vom Verlassen des Tatorts abzuhalten, jene war, ihm die rechte Kniescheibe zu zertrümmern. Nein, sagte Harris, er habe nicht daran gedacht, auf die Uhr zu schauen, aber das Ganze habe vielleicht fünf, höchstens zehn Sekunden gedauert. Nein, nicht pro Mann, sagte er. Für alle drei.

Allerhand, dachte der Richter. Mr. Harris' Logik war äußerst einleuchtend. Das erwähnte er auch in seinem Resümee, und er fügte hinzu, daß Mr. Harris lobenswerte Handlungsbereitschaft gezeigt sowie der Allgemeinheit einen wichtigen Dienst erwiesen habe und daß jeder, der als potentielles Entführungsopfer in Frage käme, ein Dummkopf sei, wenn er nicht die Dienste von Mr. Harris und seiner Organisation in Anspruch nehme.

Der Prozeß fand viel Beachtung in der Öffentlichkeit; nicht wenige prominente Bürger nahmen sich die Empfehlung des Richters zu Herzen, und es mangelte nicht an Aufträgen. XF Securities gedieh prächtig. Man mußte zeitweilig einen Rückschlag hinnehmen, als Howard mit einem seiner Männer sechs Monate in der Türkei im Gefängnis von Ankara saß. Sie waren festgenommen und verurteilt worden, weil sie für das Opfer einer Entführung

Lösegeld bezahlt hatten, doch sogar das hatte zu ihrer Popularität beigetragen; das Opfer hätte andernfalls die Statistik der verschwundenen Industriellen erhöht, und so wurde der Mann unversehrt freigelassen. Die Firma des Entführten, die erst nach der Entführung bei Howard vorstellig geworden war, hatte sich angemessen dankbar gezeigt, ganz im Gegensatz zu den türkischen Behörden. Trotz der Tatsache, daß dank Howard das Lösegeld sichergestellt worden war und die Kidnapper von der türkischen Polizei verhaftet und erschossen werden konnten – in dieser Reihenfolge –, waren Howard und seine Mitarbeiter der Beteiligung an illegalen Verhandlungen mit Kriminellen angeklagt worden. Die Firma des Opfers hatte die Tatsache, daß Howard sich über sie ausschwieg und sie bei diesem Verfahren nicht zur Sprache brachte, sehr zu schätzen gewußt und seither nur noch XF Securities beschäftigt, was ihre Sicherheitsbelange anging.

Bei der betroffenen Firma hatte es sich um Dartington Construction Ltd., später Darcon International plc gehandelt. Howard saß nun dem Chef derselben im Arbeitszimmer seines Hauses in Kent gegenüber.

»Ist es Ihnen wirklich ernst damit, Peter?« Ed Howard wußte die Antwort im voraus. Er sah den entschlossenen Blick in Peter Dartingtons Augen, einen Blick, den er nur zu gut kannte. Er überlegte kurz, ob Dartington wohl übergeschnappt war. Seine lange Zusammenarbeit mit Dartington war für beide Seiten zufriedenstellend; es wäre ein Jammer, dachte Howard, wenn er einen seiner besten Kunden verlieren würde.

»Es ist mir absolut ernst, Ed. Ich möchte, daß Sie die Sache durchdenken – wenn Sie wollen, hypothetisch – und mich dann unterrichten, zu welchem Schluß Sie gekommen sind. Falls Sie wirklich zu dem Ergebnis kommen sollten, daß das Ganze nicht machbar ist, werden wir beide vergessen, daß dieses Gespräch je stattgefunden hat; aber wenn Sie es für möglich halten, möchte ich wissen, wie und mit wem sich die Sache verwirklichen ließe. Könnten Sie mir, sagen wir, bis in vierzehn Tagen einen Bericht erstellen?«

Howard strich sich nachdenklich übers Kinn. »In zwei Wochen werde ich nicht sehr weit kommen, Peter. Aber ich kann einige Hintergrundrecherchen anstellen und die Möglichkeiten sondieren. Um ehrlich zu sein: Ich weiß nicht viel mehr über die Situation als das, was in den Zeitungen steht. Aber ich werd's mir gerne anschauen, ja.«

»Gut. Sie müssen allerdings einige Einschränkungen dabei hinnehmen. Zum ersten ist die Sache streng vertraulich. Niemand außer mir darf bei Darcon davon erfahren; sprechen Sie also bitte mit keinem von meinen Leuten darüber. Falls Sie mit einem von Ihren Männern darüber sprechen müssen – und hier würde ich raten, so wenig Leute wie möglich einzuweihen –, dürfen sie *unter keinen Umständen* von meiner Beteiligung erfahren.« Dartington hielt inne, um sich eine Zigarette anzuzünden. »Zweitens – und das ist ebenso wichtig – dürfen Sie nicht an jemanden herantreten, der sich an die Behörden wenden könnte. Ich fürchte, davon sind alle Ihre Kontakte zur Polizei und zu den Sicherheitskräften betroffen. Diese Sache ist ganz und gar inoffiziell, und das muß sie auch bleiben. Angesichts der Umstände ist das sehr hinderlich, aber es läßt sich nicht ändern.«

Das war nicht sehr schlau von dir, dachte Howard. *Ziemlich entlarvend, was du da von dir gibst.* »Peter, ich habe einige Fragen. Zum einen: Ich nehme an, falls es mir gelingt, einen möglichen Plan auszuarbeiten, möchten Sie, daß ich ihn auch ausführe. Ist das richtig?«

»Genau.«

»Gut. Ich wollte in diesem Punkt nur sicher sein. Nun zum zweiten. Es handelt sich hierbei um ein höchst risikoreiches Projekt. Es ist mit Sicherheit risikoreicher als alles, was ich bisher getan habe, und das trifft für die anderen, die daran beteiligt sein könnten, ebenfalls zu. Wissen Sie, worauf ich hinaus will?«

»Nicht genau. Aber fahren Sie fort.«

»Ich will sagen, daß nach einer solchen Sache nichts mehr wie vorher ist. Für jeden, der seine Mitarbeit zusagt, muß es einen extrem starken Anreiz geben. Es geht hier um eine große Sache, also hoffe ich, es macht Ihnen nichts aus, wenn ich frage, wie hoch das Budget ist?«

Dartington zog an seiner Zigarette und warf Howard einen kühlen Blick zu, bevor er antwortete. »Ed, ich sagte Ihnen, die Sache ist ernst. Es ist ein Riesending. Wenn Sie es durchziehen können, bin ich bereit, Ihnen fünf Millionen Pfund zu bezahlen.«

»Peter, ich fürchte, das wird nicht ausreichen.« Howard hielt inne und sah Dartington direkt ins Gesicht. Hatte sich da eben für eine Sekunde so etwas wie Überraschung abgezeichnet? »Sehen Sie's mal von dieser Seite. Ich werde ein Team von hochkarätigen Spezialisten zusammenstellen müssen. Ein solches Team würde wahrscheinlich die Bank von England hochnehmen können. Mit einhundertprozentiger Sicherheit könnten diese Männer jedoch einige größere Raubüberfälle durchziehen, bei denen insgesamt circa zehn Millionen rausspringen würden. Und sie würden nicht Gefahr laufen, bei der Sache draufzugehen. Okay: Jeder, den ich auswählen würde, hat eine saubere Weste, weshalb solche Dinge natürlich nicht in Frage kämen; sonst würde ich die Leute nicht einstellen. Aber was Sie von ihnen verlangen, ist auch nicht eben rechtens.«

Dartington streifte seine Zigarette in einem kleinen Silberascher vor ihm ab, ohne den Blick abzuwenden.

»Als erstes«, fuhr Howard fort, »muß ich fünfzigtausend für das Erstellen des Berichts verlangen. Falls sich herausstellt, daß er nicht so viel wert ist, sage ich es Ihnen. Wenn er Ihnen zusagt und Sie den Startschuß geben, wird vermutlich eine halbe Million Vorschuß notwendig sein, Minimum. Dann werden Vorbereitungskosten entstehen.« Er unterbrach sich erneut; Dartingtons Gesicht blieb ausdruckslos. »Die könnten sich allein schon auf eine runde Million belaufen. Dazu kommt die Frage der Vergütung. Wie ich schon sagte: Angesichts des Risikos muß es sich für die Beteiligten schon lohnen. Ich schätze, Sie müssen sich insgesamt auf einen Zehner einrichten. Ich glaube wirklich nicht, daß sich die kompetenten Leute für weniger darauf einlassen würden.«

Dartington antwortete mit versteinertem Blick. »Ich verstehe

Ihre Argumentation, Ed. Ich weiß, was Sie meinen. Okay. Fangen Sie mit dem Bericht an.« Er dachte einen Augenblick lang nach. »Ich werde sehen, wie ich die Finanzierung auf die Beine stellen kann. Sie werden Verständnis dafür haben« – er lächelte Howard aufmunternd an –, »daß zehn Millionen Pfund ein Haufen Geld sind. Aber ich werde sehen, was sich tun läßt.«

Dartington wollte aufstehen, doch Howard hielt ihn mit erhobener Hand davon ab. »Da ist noch eine Sache, Peter. Bei einem Projekt wie diesem kann alles mögliche schieflaufen. Einen Punkt haben Sie schon selbst vorgebracht – Sicherheit. Ich bin völlig Ihrer Ansicht, daß von Ihrer Seite niemand daran teilnehmen sollte. Auch wenn Sie es nicht von sich aus erwähnt hätten, hätte ich darauf bestanden. Sie müssen ab jetzt, was dieses Projekt betrifft, ein Doppelleben führen, in Ihrer eigenen Firma und sogar in Ihrer Familie. Keine Sekretärinnen, keine Tonbandaufnahmen, keine Notizen, keine Spuren, gar nichts. Für mich gilt dasselbe, bis ich anfange, Leute zu rekrutieren. Nichts. Verstehen Sie?«

Dartington nickte.

»Also sollten wir«, fuhr Howard fort, »doch gleich damit anfangen.«

Dartington sah verwirrt aus.

Howard streckte den Arm aus. »Das Band, Peter.« Er hielt ihm auffordernd die Hand hin. »Geben Sie mir das Band, okay?«

Auf Dartingtons Gesicht zeichnete sich langsam ab, daß er verstanden hatte. Howard war nicht sicher, ob er es bereitwillig tat, aber er zog die Schreibtischschublade auf und stellte den Recorder ab, der die gesamte Unterhaltung aufgezeichnet hatte. Er nahm das Band heraus und überreichte es Howard, wobei er ihn leicht entschuldigend ansah.

»Ist schon okay, Peter. Unter normalen Umständen wäre das eine vernünftige Routinemaßnahme. Tut mir leid, daß ich Sie darum bitten mußte. Im Prinzip bin ich ja froh, daß Sie meine Ratschläge annehmen. Aber das hier ist weder normal noch Routine, nicht?« Howard grinste und stand auf. »Ich melde mich in vierzehn Tagen. Falls dabei etwas herauskommt, berücksichtige ich die Kosten und

Zahlungsverfahren. Ich bringe den Bericht mit – eine Kopie –, damit Sie ihn gleich lesen können. Dann nehme ich ihn wieder mit und vernichte ihn. Gibt es sonst noch was?«

Dem war nicht so. Dartington brachte Howard zu seinem Wagen und winkte ihm, als er die Auffahrt hinuntersteuerte.

Howard war nur halb bei der Sache, als er mit seinem Saab auf der M2 Richtung London fuhr. Er ließ sich das Gespräch mit Dartington noch einmal durch den Kopf gehen. Er zwang sich dazu, die Dinge zu bedenken, die Dartington *nicht* erwähnt hatte. Laß das Projekt selbst erst einmal beiseite, dachte er; konzentriere dich auf Dartingtons Beweggründe. Mit der Bemerkung, daß er nicht auf seine üblichen Kontakte zurückgreifen konnte, hatte Dartington sich eine Blöße gegeben. Bei der Erörterung der Finanzen hatte er nicht gewußt, wie weit er gehen konnte. Gut, zehn Millionen waren ein Haufen Kies. Würde bei solchen Summen nicht jeder unruhig reagieren? Natürlich. Aber er war nicht nervös gewesen, nur unsicher. Und warum sollte Dartington selbst ein solches Unternehmen angehen? Howard kannte sich mit Dartingtons gegenwärtigen Projekten und den Interessen der Firma aus. Nichts von alledem war so gefährdet, daß ein derartiges Vorhaben auch nur annähernd gerechtfertigt schien.

Zu Hause goß Howard sich einen Whisky ein und zündete im Kamin ein kleines Feuer an. Er setzte sich in seinen Sessel, schwenkte die Eiswürfel in seinem Drink und sah zu, wie die Kassette verkohlte und schmolz. Als das Band zu brennen anfing, loderten die Flammen hell auf. *Wer steht hinter dir, Peter?* dachte er. *Die Regierung? Wahrscheinlich. Aber irgendwas stimmt nicht an der Sache.*

Er ging zu seinem Schreibtisch, schaltete seinen Computer an und wartete, bis er startklar war. Als dieser ihn nach dem Paßwort fragte, gab er es ein und rief dann sein Textverarbeitungsprogramm auf. Er eröffnete eine neue Datei auf der »Memo«-Ebene. Diese Datei, dachte er, würde er nicht auf Festplatte speichern. Er würde sie nur auf einer 3,5-Zoll-Diskette speichern, während er daran arbeitete, und die Diskette würde er dann im Safe lagern oder bei sich tragen. Auf dem Bildschirm erschien die Zeile »An:-«, und er gab »PD« ein. Darunter erschien bereits »Von:- EH«. Der Computer gab ihm jetzt »Betrifft:-« vor. Howard tippte eine Zeile ein, lehnte sich dann zurück. Ja, dachte er, das würde eine interessante theoretische Übung werden, auch wenn nichts aus der Sache würde – was eher wahrscheinlich war. Er ließ seine Gedanken schweifen und ging einige Punkte durch, die erwogen werden mußten. Er starrte aus dem Fenster, bemerkte kaum, wie sich die Blätter des Kirschbaums draußen im Wind bewegten. Er war weit weg mit seinen Gedanken.

Auf dem Bildschirm blinkte der Cursor geduldig am Ende der drei Zeilen und wartete auf weitere Befehle.

An:- PD

Von:- EH

Betrifft:- Ermordung des irakischen Präsidenten Saddam Hussein.

5

Die nächsten zehn Tage verbrachte Howard in einem Zustand, den ein Beobachter vielleicht als ziellosen Müßiggang erachtet hätte. Anfänglich verließ er seine Wohnung nur, um Raubzüge durch Buchhandlungen zu unternehmen, von denen er, bepackt mit Büchern über den Nahen Osten, den Golfkrieg 1991 und Saddam Hussein zurückkehrte; er bezahlte alle bar, nicht mit Kreditkarte. Stundenlang brütete er über den Büchern, markierte einzelne Passagen mit einem grünen Faserstift und Klebezetteln.

Ein Freund von der BBC, der von Tel Aviv aus über den Golfkrieg berichtet hatte, besorgte ihm aus den BBC-Archiven Kopien von allen Videotapes über die Invasion in Kuwait und den Golfkrieg. Das waren Berge von Material, und Howard spulte mit der Fastforward-Taste der Fernbedienung vor, bis er auf interessante Sequenzen stieß. Er hätte dem Freund gerne genauere Angaben gemacht und direkt um Material über Saddam gebeten, aber er hatte seine Anfrage absichtlich so allgemein wie möglich gehalten. Die Bildqualität des VHS-Recorders ließ ziemlich zu wünschen übrig, und die Fernbedienung funktionierte entnervend langsam; er wünschte sich sein altes Betamax-Gerät herbei, das wesentlich besser und schneller gewesen war. Auf dem Fernseher in Howards Wohnung war nun regelmäßig das Gesicht des Diktators zu sehen; er betrachtete alles Material über Saddam mit großer Sorgfalt, studierte genauestens seine Erscheinung und die Details der Umgebung. Bei den wenigen Aufzeichnungen von Saddam in der Öffentlichkeit analysierte Howard beinahe jedes Detail der einzelnen Bilder.

Stundenlang saß er in der British Newspaper Library in der Colindale Avenue über alten Ausgaben von Zeitungen und Zeitschriften, machte sich Notizen und ab und an eine Fotokopie; außerdem stattete er Edward Stanford Ltd. in Long Acre einen Besuch ab und kaufte sämtliche verfügbaren Landkarten vom Irak und dem Nahen Osten.

Nach einer Woche und einem Abstecher zu den Docks in Felixstowe begannen sich die Ansätze eines Plans in seinem Kopf zu formieren, aber er wußte, daß er noch nicht genug Material hatte. Zum einen waren die Karten, die er bekommen hatte, nicht präzise genug. Zum anderen war er auch nach ausführlicher Lektüre über den Irak kein Sachverständiger für den Nahen Osten; er würde mit Johnny Bourne sprechen und seine Reaktion abwarten müssen. Das dritte Problem schien unlösbar, und er bezweifelte, daß Johnny ihm dabei helfen konnte. Er würde mit den Karten anfangen; sie stellten das kleinste Problem von den dreien dar, obwohl ein gewisses Sicherheitsrisiko damit verbunden war. Er ging zum Telefon und wählte die Privatnummer eines Freundes vom 21. Regiment des SAS, der während des Golfkriegs in Northwood beim Stab gewesen war.

»Derek? Hier spricht Ed Howard. Kannst du mir einen Gefallen tun?« Howard spann sich eine Geschichte über eine Firma aus, die Kunde von ihnen und an Wiederaufbauarbeiten in Kuwait und im

Norden von Saudi-Arabien beteiligt war. »Das Problem, so seltsam es klingt, besteht darin, daß es keine exakten Karten von der Gegend zu geben scheint, mal abgesehen von der Tactical Pilotage mit Maßstab 1 : 500 000 und den Operational Navigation Charts, Maßstab 1 : 1 000 000. Die TPCs sind gut, aber nicht detailliert genug für meine Belange, und außerdem sind sie von 1981. Die ONCs sind neuer, von 1990, aber nicht so genau. Ich hab mich gefragt, ob das Verteidigungsministerium bessere hat. Hast du eine Ahnung?«

Derek druckste eine Weile herum; er schlug das London Map Centre vor, wo Howard schon gewesen war, und erwähnte dann das Army Map Centre in Guildford. »Das Problem ist, daß ich die Karten anfordern und einen Fahrer hinschicken müßte«, sagte er.

»Wenn es was nützt, kann ich auch selbst hinfahren und sie abholen«, bot Howard an. »Aber sind sie wirklich aktuell? Das ist der Knackpunkt.«

»Ganz ehrlich, ich weiß nicht genau, was sie da haben. Wahrscheinlich auch keine anderen als die, die du schon bei Stanford gekriegt hast – die TPCs und ONCs. Wenn Stanford keine besseren hat, gibt es keine – die haben ein exzellentes Lager.«

Das wußte Howard. »Also meinst du, das Verteidigungsministerium hat auch keine neueren? Keine anhand von Satellitenbildern erstellten, die für den Golfkrieg entwickelt worden sind?«

»Na ja . . .« – Derek klang etwas zweifelnd – »es gab da schon ein paar solcher Dinger, aber die waren absolute Geheimsache, und sie decken keinesfalls alles ab – da waren nur bestimmte Ziele und Gebiete dargestellt. Jetzt, wo der Krieg vorbei ist, sind sie vielleicht nicht mehr unter Verschluß; auf jeden Fall sind sie ziemlich aktuell, wenn man mal von spezifischen Veränderungen der Landschaft absieht, die die RAF und die USAF dort bewirkt haben. Du weißt schon, gesprengte Brücken und Gebäude. Aber das war alles im Irak, und du sagst, du brauchst Kuwait und Saudi-Arabien. Kuwait sieht etwas anders aus als vorher. Schutt und Asche von Saddams Abschiedsfeuerwerk, neue Wege von unseren Panzern, Einschußlöcher in den Palästen und so weiter.«

Wir kommen der Sache näher, dachte Howard. »Das klingt eher danach. Kann ich da irgendwie an Karten rankommen?«

»Von denen gibt's etwa so viele wie gute Menschen, Bruder. Aber ich hab meine noch irgendwo ...«

Volltreffer, dachte Howard. *Vorsicht jetzt.* »Meinst du, ich könnte sie mir ein oder zwei Tage leihen, nur um sie mit meinen zu vergleichen?« Er klang locker und beiläufig.

»Wieso nicht. Komm doch auf 'nen Drink vorbei, und ich geb dir das ganze Werk. Ich glaube, ich hab's in einer Kiste auf dem Dachboden. Aber ich würde es gerne wiederhaben.«

»Das wäre ideal, Derek. Kein Problem – ich bring dir alles am Mittwoch wieder. Ich will nur einen kurzen Vergleich machen. Ich könnte auch gleich kommen, wenn es dir recht ist ... Sagen wir, in einer Viertelstunde?«

»Um Viertel vor acht dann. Bis später.« Derek legte auf.

Howard griff nach seiner Jacke und verstaute die Diskette, dann brach er auf.

Eine Stunde später war er mitsamt Dereks Karten zurück; ein Blick hatte genügt, und er hatte gewußt, daß sie genau das waren, was er suchte. Er würde sie gleich am Mittwoch kopieren und Derek zurückbringen. Ein Problem erledigt, blieben zwei weitere.

Er beschloß, sich einen kleinen Imbiß zu machen und sich um neun die BBC-Nachrichten anzusehen. Dann wollte er Johnny anrufen.

6

»Nun, wie sehe ich aus?«

»Hmm? Gut, sehr gut.« Johnny Bourne saß in Hemdsärmeln an seinem Schreibtisch am Fenster und überarbeitete einen Bericht, der bis zum nächsten Morgen fertig sein mußte.

»He, schau mich zumindest an, du Halunke!«

»Oh, tut mir leid, Juliet, ich war gerade in Gedanken versunken.«

Johnny drehte sich mit seinem Stuhl herum und betrachtete seine Mitbewohnerin. »He, nicht übel!« *Wahnsinn*, dachte er; *das nenne ich eine Veränderung.*

Er erkannte sie kaum wieder. Keine Spur mehr von den formlosen Jeans und dem schlabbrigen Pullover mit Farbflecken, den zusammengebundenen Haaren und dem ungeschminkten Gesicht – eigentlich schon immer ein hübsches Gesicht, wenn er es sich recht überlegte –, das er nun kannte, seit sie vor drei Wochen eingezogen war und begonnen hatte, sich das freie Zimmer herzurichten. Wenn sie nicht gerade mit ihren Büchern beschäftigt gewesen war, hatte er sie meist nur inmitten von Farbe oder Tapetenkleister gesichtet. Sie hatte immer ... na ja, ziemlich chaotisch ausgesehen, obwohl sie zum Glück nirgendwo Chaos angerichtet hatte.

Schon als sie sich auf die Zimmeranzeige gemeldet hatte, war sie ihm geradlinig und unkompliziert vorgekommen; sie wirkte unaffektiert und ausgeglichen, und alles Weitere war bloße Formalität gewesen. Sie hatte sich als hervorragende Mitbewohnerin erwiesen, dachte Johnny. Sie ersetzte immer alles, was sie verbrauchte – Kaffee und Zucker und solche Sachen; sie stopfte den Kühlschrank nicht mit irgendwelchem schrägen Modefutter voll; sie half beim Saubermachen, und sie hatte keine Berge von weiblichem Krimskrams angeschleppt, nur ein paar hübsche kleine Dinge. Ihr Freund Mark war keine Plage – er hatte nur ein paarmal angerufen und war nie länger als ein paar Minuten geblieben. Und vor allem wurde man nicht Tag und Nacht im Badezimmer von einem spinnwebartigen Geflecht aus Strumpfhosen und anderen weiblichen Accessoires empfangen. Ja, sie war wirklich eine gute Mitbewohnerin. Es war leicht, mit ihr klarzukommen. Er hoffte, daß sie ihn ebenso umgänglich fand wie er sie. Sie hatte ihm einige Male abends sogar etwas zu essen gemacht, wenn sie sah, daß er viel zu arbeiten hatte; und er hatte sich revanchiert, als sie im Streß gewesen war. Eine lockere, völlig streßfreie Freundschaft war zwischen ihnen entstanden. Aber er hatte sie noch nie ... nun, er hatte sie bisher nicht *wahrgenommen.*

Jetzt sah sie erstklassig aus, dachte Johnny. Das klassische, schlichte schwarze Blusenkleid betonte dezent ihre schlanken Formen, die er bislang komplett übersehen hatte, die dunklen Haare fielen locker über die Schultern und rahmten ihr Gesicht ein, ein Hauch von Make-up ließ ihre dunklen Augen intensiver wirken ... *Lieber Gott, ja, sie sah hinreißend aus. Umwerfend.* »Großer Auftritt, was? Wohin führt er dich aus?«

»Oh, nur zum Abendessen. Er wollte mich in zwanzig Minuten abholen, um neun herum.« Johnny Bournes überraschter Gesichtsausdruck war Juliet nicht entgangen. Ein kleines Lächeln bildete sich in ihrem Mundwinkel. Sie wandte sich ab, damit er es nicht bemerkte. »Willst du einen Drink, Johnny?«

»Hmm? O ja – danke, das ist lieb von dir. Whisky, bitte, mit etwas Eis, wenn welches da ist. He, Juliet, tut mir leid. Du siehst wirklich süß aus.« Sie warf ihm einen Blick über die Schulter zu, als sie seinen Drink zubereitete, und lächelte. Er wandte sich wieder seiner Arbeit zu, klopfte sich mit dem Bleistift ans Kinn, während er las. *Die Deutschen sollen mich mal*, dachte er; seine Konzentration war dahin.

Juliet brachte ihm den Drink. Sie stellte das Glas auf einen Untersetzer und blieb neben seinem Stuhl stehen. »An was arbeitest du da?« Sie beugte sich vor und warf einen Blick auf die Blätter.

»Ach, nur ein Sicherheitsbericht für einen unserer deutschen Kunden. Nicht besonders interessant, fürchte ich.« *Großer Gott*, dachte er, *was trug sie bloß für ein Parfum?* Er sah lächelnd zu ihr auf. »Ehrlich gesagt ist es ziemlich öde.«

»*Wirklich* öde?« Sie erwiderte das Lächeln und ließ ihre linke Hand auf seiner Schulter ruhen, während er einen Schluck von seinem Whisky trank. Er stellte das Glas ab, kippte den Stuhl zurück und legte ihr locker den rechten Arm um die Hüfte. Sein Arm fühlte sich gut an um ihre Taille, als hätte er schon immer dort hingehört. Wirklich gut. *Vorsicht, Johnny, alter Junge*, dachte er. *Erinnere dich an deine eiserne Regel. Fang nie was mit Mitbewohnerinnen an. Das gibt immer eine Katastrophe.*

»Ja, Juliet, es würde dich echt nicht interessieren.« Er sah ihr in die Augen und grinste schelmisch. »Blöde Deutsche.« Seine Hand lag auf ihrer Hüfte. *Gott, fühlt sie sich gut an.*

Juliets lange Fingernägel spielten leicht unter Johnnys dichten braunen Haaren. Ihre Finger waren eiskalt von dem Whiskyglas. *Allmächtiger,* dachte er. Ein Kribbeln jagte seinen Rücken hinunter; wieder drang ihm ihr Duft in die Nase. Sein Lächeln ließ ein wenig nach, als er erneut zu ihr aufsah. Ihr Gesichtsausdruck hatte sich fast unmerklich verändert. Ihre Finger spielten noch immer in seinem Nacken. Es fühlte sich unglaublich erotisch an. *Himmel, was geht hier vor sich?* Er gestattete es seiner Hand, an ihrem Bein hinunterzugleiten, es durch den glatten Stoff ihres Kleides zu streicheln. Sie schwankte ein wenig; ihre Hüfte lehnte leicht an seiner Schulter. Seine Hand rutschte weiter hinunter.

»Mmm. Juliet, weißt du was? Du fühlst dich wirklich toll an.« Ihre Lippen waren ein wenig geöffnet; er sah, wie ihre Zunge über ihre Zähne strich. *Gott, ist das wirklich dasselbe Mädchen?*

»Du bist nett, Johnny Bourne. Und du fühlst dich auch toll an.« Ihre Hand bewegte sich in seinem Nacken. Ihre Nasenflügel bebten ein wenig, ihr Mund öffnete sich noch ein bißchen weiter.

Herr im Himmel, dachte Johnny, als ihre Finger über seinen Hals strichen. *Was geschieht hier eigentlich?* Sein Kopf war völlig vernebelt. Ihre Hand war jetzt unter seinem Hemd, ihre Nägel zeichneten feine Muster auf seine Brust. *Halt dich zurück, Johnny, nicht die Regel vergessen ...* Irgendwie hatte sich jetzt schon der dritte obere Hemdknopf geöffnet.

Seine Hand erreichte den Saum ihres Kleides, und er berührte ihr Bein. *Es ist bloß ihre Wade,* zwang er sich zu denken. *Wie kann sich ein Bein nur so unglaublich sexy anfühlen?* Sein Herz hämmerte jetzt, und er wußte, daß seine Augen ihn verrieten. Seine Hand rutschte langsam an ihrem Bein hoch, stieß auf ihre linke Kniekehle. *Lieber Gott, fühlt sich das wahnsinnig an.*

»Du hast deinen Drink vergessen, Johnny.« Ihre Stimme war tief und ein wenig heiser. Als er wieder in ihre Augen schaute, sah er, daß sie ein dunstiges Rauchschwarz angenommen hatten und weit offen waren.

Seine Hand war jetzt über ihrem Knie. Ihr schlankes, straffes Bein fühlte sich überirdisch an. *O Gott, das ist Seide, kein Nylon. Und dieser Duft ...* »Ich komme irgendwie nicht an mein Glas. Da steht ein hübsches Mädchen im Weg ...« Er bemühte sich, seine Stimme zu beherrschen, aber in seinen Ohren dröhnte es. Er verlor die Kontrolle. Jetzt würde sie sich bestimmt entfernen, bevor das zu weit ging ... ihr Schenkel ... *O heiliger Vater im Himmel ...*

Juliet beugte sich über ihn und hielt ihm das Glas an die Lippen. Er nahm einen Schluck Whisky. Ihre Hand zitterte leicht – oder waren das seine Lippen? Ein Tropfen Whisky rann über sein Kinn. Schnell beugte sie sich herab und leckte ihn mit Zunge und Lippen fort.

Die plötzliche Nähe ihrer Lippen war erschütternd, und er unterdrückte ein Stöhnen. Seine Hand war jetzt an der Innenseite ihres Schenkels, erkundete die sanften Rundungen ihres Beines; fest, aber so weich durch die Seide ... *Bitte, Gott, mach, daß sie jetzt nicht weggeht ...* Ihre Lippen schienen seine Wange zu streicheln, als sie sich langsam wieder aufrichtete. Da war erneut der Duft, diesmal vermischt mit der Süße ihres Atems ... Ein langes, tiefes Seufzen entrang sich seiner Brust, er gab den Widerstand auf, schloß die Augen. Seine Hand wanderte immer höher an ihrem Schenkel und ... *Herr im Himmel.* Das Ende ihrer Strümpfe. Von kleinen, zarten Clips gehalten ... seidig weiche, nackte Haut, so wunderbar weich und warm ... *Himmel ...*

Sie stöhnte und zitterte leicht, als Johnnys Hand ihren Schenkel streichelte, sanft am Rande des kleinen Spitzenhöschens entlangstrich. *Das muß ein wunderbarer Traum sein, es kann nicht wahr sein ...* Sie griff sachte nach unten, knöpfte sein Hemd ganz auf, dann näherte sie sich der Gürtelschnalle ... Er hob die linke Hand, verfing sich in ihrem dunklen Haar und zog ihren Kopf zu sich herunter ... Johnny erbebte, als ihre rechte Hand ihn fand und ihn behutsam befreite. Das Dröhnen in seinen Ohren war jetzt betäubend, da war nichts mehr, nur noch dieses paradiesische Wesen ...

Langsam, zitternd wie im Fieber, stand er auf, und ihre Körper preßten sich hungrig aneinander, der unwiderstehlichen Macht ihres Verlangens ausgeliefert. Er nahm sie auf die Arme. Sie klammerte sich an ihn, krallte sich in seine Brust und seinen Nacken, als er sie ins Schlafzimmer trug und mit einem Tritt die Tür hinter sich schloß.

»Großer Gott, Juliet!« Johnnys Stimme war leise, fast ehrfürchtig. »Was zum Teufel ist da eben passiert?« Er lag auf dem Rücken, nackt, inmitten des Durcheinanders, das zwanzig Minuten früher noch ein ordentlich gemachtes Bett gewesen war. Das Mädchen, ebenfalls nackt, lag halb auf ihm und umfaßte ihn mit dem linken Arm, und ihre Brüste drückten sich weich an seine Rippen. Auf ihrem Rücken schimmerten Schweißperlen, bis hinunter zu den vollkommenen Rundungen ihres Hinterns. Er hielt sie fest, war noch immer betört von ihrem Duft. Die Heftigkeit ihres Liebesakts war über beide hereingebrochen wie ein Orkan. Sie atmeten jetzt ruhiger; sie lagen entspannt und träge auf dem Bett, ineinander verschlungen.

Sie schaute ihm in die Augen und lächelte. »Nun, ich denke eher, wir sind passiert. Einer dem andern.« Sie kicherte glücklich und strich sachte über sein Gesicht.

Sie küßten sich. *Verdammt noch eins*, dachte Johnny. *Sie ist so wunderschön* ... Ihm war immer noch ganz schwindlig vor Überraschung. Das konnte man mit der Richter-Skala messen; es war wirklich ein Wunder, daß das Bett nicht in Brand geraten war. Noch vor zwanzig Minuten hatte er diese Frau kaum angesehen, und nun ... Er konnte sich nicht erinnern, jemals etwas von solcher Heftigkeit und Kraft erlebt zu haben wie das Gefühl, das sich jetzt seiner bemächtigt hatte. *Wie ist es nur möglich, daß ich sie vorher nie wahrgenommen habe – war ich blind?* Sie war einfach überwältigend; er hatte ihr nicht widerstehen können. *Wow!* »Juliet, meine Liebste, du bist vierundzwanzigkarätiges Dynamit. Du hast mich komplett geschafft. Ich weiß einfach nicht, was über mich gekommen ist. Du bist phantastisch!« Seine Stimme wurde leiser. »Du bist so schön ...« Er zog sie an sich und hielt sie ganz fest.

Juliet biß sich auf die Lippen, und sie unterdrückte ein Schaudern. *Mach jetzt nichts falsch,* dachte sie. *Nicht zu schnell.* »Also war ich an allem schuld, was? Du alter Lüstling. Soviel zu deiner Regel von wegen kein Sex mit Mitbewohnerinnen. Und was war das für eine Nummer mit meinem Bein? Hast du 'ne Ahnung, wie ich mich anstrengen mußte, um bloß dazustehen und die Fassung zu bewahren, während du da zugange warst?«

Johnny grinste und küßte sie wieder. Sie lag auf ihm und schaute schelmisch zu ihm herunter. Dann wurde er wieder ernst; er zog sie herunter und drückte sie an sich. Ihr Herz hämmerte, als er ihr etwas ins Ohr flüsterte. »Juliet, es ist die Wahrheit. Du bist … ein wirklich wunderbares Mädchen. Es hat mich einfach noch nie so erwischt wie jetzt.« Seine Augen brannten sich in die ihren, dann entspannte er sich wieder. »Du bist so schön. Ich konnte mir nie vorstellen … ich glaube, ich … ich meine, du bleibst doch, oder?«

Oh, wow! dachte sie. Ihr Gesichtsausdruck wurde sanft, und sie strahlte ihn an. Als sie seinen ängstlichen Blick bemerkte, ließ sie den Kopf wieder an seine Brust sinken, damit er ihr Gesicht nicht sah. Sie spürte, daß ihr die Tränen kamen, als sie sprach. »Na ja, ich habe bis jetzt keine Pläne, woanders hinzuziehen …« *Das war die Untertreibung des Jahrzehnts,* dachte sie und biß sich wieder auf die Lippe. »Natürlich bleibe ich, du großer dummer Kerl. Aber nur unter einer Bedingung.« Sie zwinkerte die Tränen aus den Augen, stützte sich dann auf einen Ellenbogen auf und drohte ihm in gespieltem Ernst mit dem Finger. »Diese Regel, gegen die verstößt du einzig und allein mit mir, ist das klar?«

»Ist geritzt«, sagte Johnny glücklich und küßte sie, kostete erneut die frische Süße ihrer Lippen. Ihr köstlicher Duft betörte seine Sinne, und er sog ihn tief ein. »Mmm, Juliet, was trägst du eigentlich für ein wahnsinniges Parfum? Bist du sicher, daß das ohne Waffenschein durchgeht?«

Sie seufzte zufrieden. »Kein Parfum, Liebling«, flüsterte sie ihm verträumt ins Ohr. »Bin ich selbst.«

Er drückte sie an sich, völlig überwältigt. *Sie ist zauberhaft,* dachte er. *Ich glaube, ich träume, bestimmt träume …*

Das Telefon klingelte, und Juliet bewegte sich.

Johnny zog eine Grimasse. »Laß das blöde Ding klingeln. Die Maschine ist ja da.« Er konnte sich nicht erinnern, ob er den Anrufbeantworter angestellt hatte. Wäre dumm, wenn er es vergessen hätte. Wer konnte das überhaupt sein, zum Teufel? ... »HIMMEL!« Er fuhr hoch und sprang vom Bett herunter. Juliet fiel auf den Rücken und sah ihm erstaunt hinterher. *Gott*, dachte sie, *wie schnell er sich bewegen kann. Wie eine Katze ...*

»Hey, Juliet! Das ist Mark! Was ist mit Mark! Der arme Kerl wird jede Minute hier eintreffen!«

»Nur die Ruhe, Liebster.« Sie lachte und zog ihn zurück aufs Bett. Jetzt blickte er erstaunt. »Ich sagte, *Ruhe*, Johnny. Entspann dich! Mark kommt nicht.« Sie kicherte. »Ist alles in Ordnung. Ich hab ihn heute nachmittag bei der Arbeit angerufen und abgesagt.«

»Du hast was? Dann ...« Er begann zu begreifen. »Du hast wirklich diese ganze Sache geplant ... du kleines Biest!« Er legte sich wieder hin, stützte sich auf den Ellenbogen und ließ den Blick über ihre schlanke Gestalt gleiten. Mit der anderen Hand umfaßte er zärtlich eine ihrer Brüste, seine Lippen senkten sich auf die ihren, und er küßte liebevoll ihre Augenlider. Sie wurde erneut von einem wunderbaren Schwindel erfaßt, als sein Mund an ihrem Ohr spielte, und zwischen den Küssen murmelte er: »Wie lange hast du das schon vorbereitet, du wunderbares, schlimmes, herrliches Mädchen?«

Sie umklammerte ihn. *Schon von Anfang an, du umwerfender Mann*, wollte sie sagen. *Ich glaube, ich wußte es vom ersten Moment an. Aber ich mußte wissen, wie du wirklich bist, damit ich nicht wieder einen Fehler machte, deshalb habe ich alte Schlabberklamotten getragen und mich unauffällig benommen, so daß mein Aussehen dir egal sein mußte ... Und du warst so nett, so einfühlsam, so aufrichtig und lieb zu mir ... Dein Lächeln, deine Augen ... irgendwo liegt Schmerz in ihnen, der älter ist als du selbst, und doch auch noch der kleine Junge – der kleine Junge, dem es etwas peinlich war, mir von seiner Regel mit den Mitbewohnerinnen zu erzählen ... damals.* Aber sie wußte, daß sie ihm das niemals

erzählen würde, denn dann würde er sich vielleicht ändern ...
»Wäre dir ein plötzlicher Anfall von Wahnsinn lieber gewesen?«

»Ach, Blödsinn. Und was wäre gewesen ... nun, wenn nichts gewesen wäre?«

»Oh, dann hätte ich einfach den ganzen Abend hier herumgesessen und ein elendes Gesicht gemacht und deine Schultern angestiert, solange du am Schreibtisch warst, bis du dich entschlossen hättest, anständig zu sein und mich zum Essen einzuladen.« Sie kicherte wieder und kuschelte sich an ihn. Nach ein paar Sekunden kroch ihre Hand zu seinem Hals hoch und streichelte ihn. »Johnny?«

»Hier, Rauchauge«, murmelte er.

»Hast du noch mehr Regeln, gegen die wir verstoßen können?« Ihre Hand bewegte sich wieder, diesmal nach unten.

»Nur die eine, fürchte ich.« Er strich über ihre Schultern, verfolgte die Linie ihres Rückgrats mit den Fingern. »Wollen wir noch mal gegen sie verstoßen?«

»O ja, bitte!«

Als seine Hände und sein Mund über ihren Körper wanderten, zerfloß ihr Geist wieder in Wogen der Ekstase, und sie hatte das Gefühl, daß er ihr in einer fremden Sprache Liebkosungen zuraunte; sie verstand nichts, aber der Klang war von einer schmerzhaften Schönheit, und sie spürte, daß seine Seele sich für sie öffnete: »Ma'shkani, ma'shka elàyn el-mudakhkhaniyn, 'shek alaan wa dyim al ayyaam, ma'shkani, ma'shka latfa ...«

Als er erneut in sie eindrang, ließ sie die Tränen der Freude zu, ließ sie fließen, weinte laut, als sie mit ihm verschmolz, grenzenlos, in einem wunderbaren Wogen höchster Erfüllung. In diesen Augenblicken wußte sie es. Sie schrie und bebte, und sie verglühte und erhob sich in die Lüfte und fühlte, wie ihr Herz überquoll vor Glück, einem Glück von ungekannter Kraft. Endlich war es soweit: Sie hatte sich fallenlassen. Juliet Shelley hatte sich zum ersten Mal in ihrem Leben hingegeben, und sie war rasend verliebt.

7

»Aber warum machen sie das mit? Warum ertragen sie ihn, lassen es zu, daß er all dieses Unglück über sie bringt, eins nach dem anderen?«

»Ach je, Ed, das ist eine hochkomplizierte Frage – darüber könnte man Stunden reden. Die einfache Antwort darauf, daß er seine Herrschaft mit Terror und Lügen, Morden und falschen Aussagen aufrechterhält, erklärt es nicht. Das ist zu simpel. Es stimmt zwar, aber die Beschränkung auf diese Antwort erklärt auch zum Teil, warum der Westen über die Jahre in dieser Region soviel Mist gebaut hat.« Johnny zog an seiner Zigarette und fuhr fort.

Howard hörte ihm aufmerksam zu. *Er redete flüssig und kannte sich sehr gut aus,* dachte Howard. Er ließ ein Band mitlaufen, damit er nicht mitschreiben mußte, aber später jederzeit auf Johnnys Informationen zurückgreifen konnte. Howard stellte fest, daß es ihn auch persönlich, nicht nur beruflich interessierte, was Johnny zu diesem Thema zu sagen hatte.

»... also schauen wir uns doch mal für einen Moment die Frage der Wahrheit an. Das ist ein Schlüsselthema, weil es dabei gravierende Mißverständnisse gibt. Wir aus der westlichen Welt, vor allem wir Briten, haben diese Menschen seit Jahren angelogen, betrogen und ausgebeutet – seit wir mit ihnen in Kontakt kamen. Sie halten uns für Rowdys und Lügner, die darauf aus sind, ihre Kultur zu unterwandern und zu zerstören. Womit sie im wesentlichen recht haben. Wir halten Araber meist für doppelzüngig und hinterhältig. Wir sehen sie als verschlagene, schielende, verlauste, verräterische Gestalten in einer Art schmutzigem Nachthemd, mit einem krummen Dolch in der Hand, den sie uns in den Rücken stoßen wollen. Verdammt, so sehen sie doch im Kino aus, oder? Gut, ab und zu gibt es einen Helden in sauberen Kleidern, Typ Wüstenscheich. Den mögen wir natürlich. Und warum? Weil wir glauben, daß er westliche Werte hat, denkt wie wir, von uns gelernt hat. Blödsinn! Wir liegen voll daneben. Ursprünglich haben wir nämlich von *ihm* und seinesgleichen gelernt, nicht umgekehrt. Diese Menschen haben eine Kultur, die weitaus älter und ehrwürdiger ist als die unsere. Liebe Güte, das ganze Prinzip der Ritterlichkeit – daß man das Spiel ehrenhaft spielt und nicht versucht, um jeden Preis zu gewinnen – kommt aus Arabien, nicht aus England, wie wir uns das so gern einbilden. Und die Araber versuchen immer noch, danach zu leben. Alle, auch der ärmste Mann in Lumpen. Leben wir noch nach solchen Werten? Den Teufel tun wir.

Wenn also jemand wie Saddam, einer der ihren, ein starker Mann, das Wort ergreift und ihnen diese Dinge erzählt, glauben sie ihm. Er erzählt ihnen, daß es triumphale Siege über die Ausbeuter geben wird, daß die arabische Kultur die Oberhand gewinnen wird und all das. Sie glauben ihm. Sie glauben ihm, weil sie ihm glauben *wollen*. Und hier liegt zum Teil der Schlüssel zum Verständnis: Für einen Araber ist die Wahrheit häufig das, was er als Wahrheit haben möchte – kalte, konkrete Fakten haben dort nicht den gleichen Stellenwert wie bei uns. Und abgesehen davon – sprechen unsere Politiker die Wahrheit? Die meisten sind doch verlogen wie sonstwas.

Für einen Araber sind der Islam und die Ehre die höchsten Prinzipien – die Wahrheit kommt erst danach, denn Ehre *ist* Wahrheit. Und in der arabischen Kultur gibt es so viele Feinheiten ...

... es ist einfach ein Jammer, daß es so häufig die Halunken sind, die es ganz nach oben schaffen ...«

So läuft's aber in der Welt, Junge, dachte Howard. *Du mußt noch viel lernen, Johnny, auch wenn du schon achtundzwanzig bist.* Doch er sagte nichts, sondern hörte Johnny zu, wie er sich über die Vielfalt und Komplexität der arabischen Welt ausließ; die Sympathie und die Hochachtung, die dieser ziemlich idealistische junge Mann für diese Menschen empfand, ließen Howard nicht unberührt.

»... O ja, jetzt, nachdem er sie so oft und übel hat hängen lassen, hassen und fürchten ihn die meisten; tatsächlich haben ihn die meisten schon immer gehaßt. Aber das heißt noch lange nicht, daß sie nun auf einmal finden, daß wir recht haben. Sie wären froh, wenn er abtreten würde, sicher, aber sie wollen jemand anderen an seiner Stelle, einen anderen starken Mann, der für ihre Belange eintritt ...

... ziemlich viele Schwierigkeiten, die der Irak hat, basieren auf den essentiellen Unterschieden zwischen den drei ethnischen, religiösen und kulturellen Hauptgruppen dort. Sie sind innerhalb ihres Landes entfernter voneinander als wir und die Russen auf dem Höhepunkt des Kalten Krieges ...«

Später kamen sie zu konkreteren Punkten: militärische Schlagkraft, Hierarchien, Verwaltung, Strukturen. Bislang hatte Johnny nicht gefragt, worum es ging. Ed zog mit seinen Männern von XF häufig solche Übungen durch, bei denen er sie nach Strich und Faden über bestimmte Dinge ausfragte, bevor die Firma sich auf neues Gebiet begab. Johnny war höchstens etwas überrascht, daß er damit erst jetzt dran war – Ed hatte diesen Teil der Welt einfach ihm überlassen.

Gegen Mittag machten sie eine Pause, um sich zu stärken; Howard hatte vom Laden an der Ecke Sandwiches besorgt, die sie mit Dosenbier hinunterspülten. Howard wunderte sich, als er auf die Uhr sah; seit vier Stunden waren sie dabei, und er selbst hatte kaum etwas gesagt, nur ein paar Fragen gestellt und ab und zu das Gespräch in eine andere Richtung gelenkt. Entspannt saßen die beiden Männer in den bequemen Sesseln in Howards Wohnung. *Johnny sah plötzlich müde aus,* dachte Howard. *Müde, aber ...*

Howard sah genauer hin. Der junge Mann verschlang seine Sandwiches, als hätte er seit einer Woche nichts mehr gegessen. *Das gibt's doch nicht,* dachte Howard nach ein paar Sekunden, während sich in seinem Mundwinkel ein Lächeln breitmachte. »Johnny?«

»Hmm?«

»Wie heißt sie?« Das Lächeln hatte sich zum Grinsen ausgewachsen.

»Was? Woher ...?« Der junge Mann starrte ihn überrascht an.

Das gibt's doch nicht, dachte Howard wieder. *Klein-Johnny wurde allen Ernstes rot!* »Na los, Johnny. Raus mit der Sprache. Wer ist es?« Heiliger Strohsack! Der Junge war jetzt fast purpurrot angelaufen! Howard stöhnte innerlich. Das hatte ihm gerade noch gefehlt.

Johnny war tatsächlich müde; seine Hochstimmung war trotzdem nicht zu übersehen. Er konnte sich nicht mehr bremsen und sprudelte los, während Howard sich das Ganze mit wachsendem Erstaunen anhörte. »O Gott, Ed, sie ist einfach wunderbar! Sie hat mich schlichtweg umgehauen, das kann ich dir sagen. So hat's mich noch nie erwischt ...« Er plapperte noch ein paar Minuten weiter, dann versiegte sein Redestrom, und er lächelte einfältig, als er Howards amüsierten Gesichtsausdruck wahrnahm. »Nun komm schon, Ed. Schau mich nicht so an. Ich meine es ernst.«

Das sehe ich, dachte Howard. *O ja, das sehe ich deutlich.* »Wann hast du sie kennengelernt?«

»Na ja, eigentlich gestern abend ...«

»GESTERN ABEND?!«

»Na ja, ich will damit sagen, daß ich sie vorher nie so richtig bemerkt habe. Ich meine ... du kennst sie übrigens. Es ist meine neue Mitbewohnerin.«

»Herrgott, Johnny!« Howard lachte laut. »Und dann verzapfst du die ganze Zeit diesen Mist von wegen deinen Regeln, was Mitbewohnerinnen angeht. Meinst du etwa diese vergammelte Kleine, die ständig mit Farbe bekleckert war?«

»ED!« Johnnys Tonfall war schneidend wie ein Peitschenhieb. Die Muskeln an seinem Hals und seinen Schultern spannten sich, er ballte die Fäuste, und seine Augen funkelten zornig. *Herrje. Reiß dich zusammen, Ed,* dachte Howard. *Das war idiotisch von dir. Sei nicht so grob zu dem Jungen.* »Tut mir leid, Johnny. Das war ziemlich daneben. Ich hab's wirklich nicht so gemeint. He, komm schon. Du mußt zugeben, daß es was Komisches hat – du und deine eiserne Regel. Aber tut mir leid. Also – bei dir hat's eingeschlagen, was?« Er lächelte versöhnlich.

Johnny entspannte sich, blickte zu Boden. Er sprach leise. »Ja. So ist es. Ich kann es selbst kaum glauben. Ich ... ich hab ihr Dinge gesagt, die ich noch nie jemandem gesagt habe. Und wenn ich jetzt dran denke, hab ich's auch genau so gemeint.«

»Was hast du ihr gesagt, Johnny?« fragte Howard sanft.

»Nun ...« – Johnny grinste – »sie hat kein einziges Wort verstanden. Aber ich glaube, die Aussage ist rübergekommen.«

»Wie meinst du das, sie hat es nicht verstanden?«

»Ich hab arabisch gesprochen. Zeilen aus einem alten arabischen Gedicht, das ich, äh, etwas abgewandelt habe. Später hab ich's ihr dann übersetzen müssen.«

»Und was hast du ihr nun gesagt, Johnny?« Howard blieb weiterhin sanft und unbeirrbar.

»Ich hab ihr gesagt, daß ich sie liebe. Daß ich sie wirklich liebe. Und dann hab ich gesagt ...«

»Ja?« Howard war plötzlich flau zumute.

»Na ja, und da wurde es auf einmal ganz verrückt. Sie fing an zu weinen und ...«

»Johnny, was hast du gesagt?«

»Ich hab sie gebeten, mich zu heiraten ...«

O Gott!

»... und sie hat ja gesagt.«

Oh, Scheiße! Mit einem gequälten Stöhnen sackte Howard in seinem Sessel zusammen. *Ich kann's nicht glauben. Nicht jetzt, zum Geier, wo ich ihn für diese ... Oh, elender Dreck!*

Mit einiger Mühe gewann Howard seine Fassung zurück. »Johnny, hey, ich freu mich für dich. Gratuliere, Junge!« *Denk jetzt nach*, befahl er sich. *Denk positiv. Versuch nicht, ihn davon abzubringen – das wird eh nichts.* »Erzähl mir von ihr. Was macht sie beruflich?«

»Komisch, daß du fragst.« Johnny war wieder in seinem Element, und seine Augen leuchteten, als er von Juliet sprach. »Ich wußte es bis gestern abend gar nicht. Ich dachte, sie sei Studentin oder so was. Ist sie auch, auf 'ne Art. Sie lernt für eine Beförderung. Sie hat demnächst Prüfungen. Sie ist ein richtiger Senkrechtstarter, Ed.«

»Und was macht sie, Johnny?«

»Nun, sie ist Detective Sergeant bei der Polizei. Sie wird demnächst Inspector! Kriminalpolizei. Stell dir das vor! Ich und verheiratet mit einer Polizistin! Hey, Ed ... bist du okay? Ed?«

Ed Howard war mit einem Stöhnen in seinen Sessel zurückgesunken. Mit geschlossenen Augen saß er da und erwog ganz ernsthaft, sterben zu wollen.

Juliet Shelley erwachte um 1 Uhr 15 mittags aus tiefem Schlaf. Einen Moment lang wußte sie nicht, wo sie war – bis plötzlich die Erinnerung wiederkam und ein Lächeln auf ihr Gesicht trat. Sie räkelte sich genüßlich und merkte, daß Johnny nicht da war. Dann sah sie die Nachricht, die an den Lampenschirm geheftet war, löste sie ab und öffnete den Umschlag.

Mein Liebling –
ich wünschte, ich könnte da sein, wenn du aufwachst, aber der Anruf gestern abend war von meinem Chef – er hat eine Nachricht auf dem Anrufbeantworter hinterlassen, und ich mußte ihn treffen. Ich bin heute abend zurück, vermutlich gegen 18 Uhr.
Laß uns heute abend essen gehen, um das Ereignis zu feiern, und morgen möchte ich ein Stück Edelmetall – ein echt edles Stück – für deinen Ringfinger erwerben. Und trag bloß nicht wieder dieses kleine Schwarze, das du gestern abend anhattest, sonst kann ich nicht dafür garantieren, daß wir jemals aus der Wohnung kommen.
Aber wenn ich's mir recht überlege – komm bloß nicht auf die Idee, es nicht zu tragen!
Ich liebe dich – J.

Sie drückte die Nachricht an sich, dann wälzte sie sich herum und quietschte vor Vergnügen ins Kissen. Nach einer Weile stand sie auf, wobei sie beinahe über den Sektkühler gestolpert wäre, in dem noch eine halbleere Flasche Sekt stand. Mit einem Kichern zog sie Johnnys Hemd von der Hängelampe herunter. Sie roch daran, sog seinen Duft ein; dann zog sie es an und knöpfte es bis auf die oberen beiden Knöpfe zu. Es reichte ihr bis zu den Knien.

Sie ging zum Fenster, zog die Vorhänge weit auf und ließ die Oktobersonne hereinströmen. Auf der anderen Straßenseite nahm ein Bauarbeiter auf einem Gerüst die Bewegung wahr und sah herüber, wobei er angesichts der spärlich bekleideten Person am Fenster, die nur fünfzehn Meter entfernt war, fast seine Kelle fallen ließ. Sie warf ihm ein strahlendes Lächeln zu und verschwand aus seinem Blickwinkel.

Flotte Kleine, dachte der Bauarbeiter anerkennend; er konnte sich schon vorstellen, warum sie so gut gelaunt war. Er wandte sich wieder seiner Arbeit zu.

Juliet spazierte in die Küche, weil sie plötzlich einen Bärenhunger hatte, und bereitete sich einen Salat mit einem großen Stück Camembert zu; dann trug sie den Teller ins Wohnzimmer, kringelte sich in den großen Sessel neben Johnnys Schreibtisch und dem Telefon und rief ihre beste Freundin Janey an. *Sie mußte es einfach jemandem erzählen, dachte sie.*

Wer in den nächsten anderthalb Stunden versuchte, Johnnys Nummer zu erreichen, bekam ein ständiges Besetztzeichen zu hören; und wer zufällig in die Leitung geraten wäre, hätte wohl angenommen, daß er einen Teenagerplausch belauschte und nicht ein Gespräch zwischen zwei vernünftigen, gelassenen Karrierefrauen Mitte Zwanzig. Juliets Hochstimmung war ansteckend.

Der Hauptgesprächsgegenstand des langen Telefongesprächs saß noch immer in Howards Sessel und legte gedankenvoll die Stirn in Falten. Eds erste Reaktion auf seine Neuigkeiten – die ihm zunächst unerklärlich gewesen war – wurde Johnny nun etwas verständlicher.

Howard hatte sich entschieden, ihm von dem Projekt zu berichten; er sah keine andere Möglichkeit. Er kannte keinen anderen Arabisten, dem er so bedingungslos vertrauen konnte, und es gab auch niemanden, der es mit Johnnys Organisationstalent oder seinem Gespür fürs Detail aufnehmen konnte. Er hatte beschlossen, daß er ihn brauchte, wenn auch nur für die Vorbereitung und die

Anfänge der Unternehmung und nicht für das Eindringen in den Irak selbst. Johnny interessierte sich bestimmt nur noch für andere Arten des Eindring ... *Hör auf damit,* sagte er sich. *Sei nicht so vulgär. Du kannst dem Jungen doch nichts vorwerfen.*

Er wußte, daß Johnny absolutes Stillschweigen bewahren würde, sogar dem Mädchen gegenüber, und er wußte, daß Johnny sich wie üblich mit zweihundertprozentigem Einsatz dem Projekt widmen würde – falls sie grünes Licht bekamen. Der junge Mann hatte seine außergewöhnliche Konzentrationsfähigkeit deutlich unter Beweis gestellt; schließlich hatte er sich heute morgen volle vier Stunden lang ohne das geringste Anzeichen von Ermüdung und ohne Abschweifen mit Howard und dem anliegenden Thema beschäftigt. Dabei war dieser Tag sicher einer der glücklichsten und aufregendsten seines Lebens, und er hatte vermutlich auch nicht viel geschlafen – wenn überhaupt.

Ja, er konnte sich darauf verlassen, daß Johnny bei diesem Projekt vollen Einsatz brachte, und er konnte sich auch darauf verlassen, daß er die Sache für sich behielt. Dennoch empfand er es als notwendig, das erhöhte Sicherheitsrisiko anzusprechen, das Johnnys neue Liaison für die Operation darstellte.

»Du mußt einiges bedenken, Johnny, deshalb möchte ich, daß du mir noch einen Moment geduldig zuhörst und die Sache analytisch betrachtest. Du hast zwei Faktoren hier, nämlich ihren und deinen Blickwinkel. Zum ersten: Du bist im Moment emotional sehr verletzlich. Du hast dich deiner Freundin gerade geöffnet, und zum ersten Mal seit langer Zeit – vielleicht überhaupt zum ersten Mal – möchtest du alles mit einem anderen Menschen teilen. Auch all deine Gedanken. Das ist vollkommen natürlich, und etwas anderes würde ich auch nicht erwarten. Es ist mir nur wichtig, daß du dir dessen ständig bewußt bist und einen Weg findest, mit den Schuldgefühlen zurechtzukommen, die sich einstellen werden, weil du ihr in dieser ersten Zeit eurer Freundschaft etwas verheimlichst. Verstehst du, was ich meine? Ich hoffe, ich trete dir nicht zu nahe – ich gehe hier nur logisch vor.«

Johnny nickte nachdenklich.

Vernünftiger Bursche, dachte Howard; er blieb tatsächlich analytisch und gab sich nicht seinen Emotionen hin. »Gut. Tut mir leid, daß ich das zur Sprache bringen mußte, aber ich wußte, daß du es verstehen würdest. Jetzt zum zweiten. Sie hat sich offenbar Hals über Kopf in dich verknallt. Ich finde das sehr schön für euch beide und sehr gut für dich. Aber die meisten Frauen stellen in diesem Stadium fest, daß sie absolut alles über den neuen Mann in ihrem Leben wissen möchten. Ihr kennt euch kaum – sie wird verrückt danach sein, alles über dich zu erfahren. Sie wird alles aufsaugen, eine Menge Fragen stellen, genau hinhören, dich zum Reden bringen. Sie wird extrem neugierig in bezug auf alles sein, was dich betrifft. Was du machst und so weiter. Ich will mit keinem Wort sagen, daß sie dich ausspionieren will oder so etwas, aber sie wird sich für jede Kleinigkeit in deinem Leben interessieren – sogar für so alte Kerle wie mich, die mit dir arbeiten. Verstehst du, was ich meine?«

Johnny nickte wieder.

»Daß sie offensichtlich sehr intelligent ist, erschwert die Sache noch. Um in diesem Alter bei der Kriminalpolizei so einen Rang einzunehmen, muß man ziemlich viel draufhaben. Andererseits«, grinste Howard, »stimmt das wohl doch nicht. So schlau kann sie gar nicht sein, wenn sie auf 'nen Penner wie dich reinfällt.«

Johnny drohte ihm spielerisch mit der Faust, aber seine Augen lachten.

»Aber ernsthaft«, sagte Howard, »sie ist nicht nur schlau, sie ist auch von ihrer Ausbildung her extrem aufmerksam. Ich meine, ich hab ihr ja nur mal Hallo gesagt, aber wenn sie mit fünfundzwanzig schon dabei ist, Inspector zu werden, ist sie ein echt kluges Kind. Es wird dir verdammt schwerfallen, ihr irgendwas vorzumachen, Bruder. Und zwar in bezug auf *alles*. Verzeih, aber ich bezweifle, daß du diese Seite von ihr schon kennst. Und verzeih mir ein weiteres Mal, aber du bist nicht gerade ein Buch mit sieben Siegeln. Manchmal kann man dir alles vom Gesicht ablesen. Eben hatten wir doch das beste Beispiel dafür, oder? Dein Gesicht sprach Bände, du Traumknabe.«

Johnny nickte resigniert und lächelte leicht säuerlich.

»Ich würde sogar zu behaupten wagen, daß deine Offenheit sehr anziehend auf sie wirkt. Ja, ich weiß, du bist ein extrem gutaussehender, charmanter Kerl, all dieser Mist. Aber vergiß nicht, diese Frau bringt den größten Teil ihres Lebens damit zu, sich mit üblen Gestalten rumzuschlagen – Lügnern, Gaunern, Scheinheiligen, heimlichen Perversen, Schlampen und solchem Pack. Sie kennt alles und kann die Zeichen deuten. Sonst wäre sie nicht da, wo sie ist. Plötzlich trifft sie einen offenen, ehrlichen, natürlichen und sympathischen Burschen wie dich, der nicht aufgeblasen und kein Zyniker ist und sich vielleicht sogar zum Helden eignet – ich wette, daß sie über deine Verdienste bei der Army Bescheid weiß –, und das findet sie interessant. *Hoch*interessant.« Howard hielt inne und leerte seine Bierdose. »Ich behaupte nicht, daß sie absichtlich nach deiner Achillesferse Ausschau halten wird, aber sie wird ständig nach Bestätigung suchen, daß du wirklich ein so netter Kerl bist, wie sie glaubt, und wenn irgendwo etwas nicht stimmt, wird sie es herausfinden, verlaß dich drauf.

Wenn wir das alles zusammenfassen, was haben wir dann? Ein Riesenproblem, nichts anderes. Es wird extrem schwer werden für dich. Genau zu dem Zeitpunkt, wo du dich zum ersten Mal jemandem öffnen möchtest, mußt du etwas verbergen. Du mußt sie täuschen, obwohl das das letzte ist, wonach dir zumute ist oder was du geplant hast. Es wird schwer sein, Bruder. Sauschwer. Schau, es tut mir leid, daß ich das alles so gnadenlos zerlegen mußte – ich möchte wirklich nicht überheblich wirken, auch wenn das wahrscheinlich der Fall ist. Wenn dem so ist, nimm meine Entschuldigung an. Vielleicht hätte ich besser den Mund halten sollen.«

Johnny schwieg eine Weile, dachte über Howards Analyse der Situation nach. Er sah die Logik darin nur allzu deutlich. »Nein, Ed, du hast recht. Vollkommen. Es gefällt mir nicht, aber ich kann es nicht verleugnen. Ich kann Freunde nicht gut täuschen. Zum Glück kann ich behaupten, daß ich es bis jetzt auch nicht probiert habe, aber ich sehe ein, daß ich es tun muß – zumindest einige Tage lang, bis wir uns die Sache genauer angesehen haben und du den Bericht fertiggestellt hast. Aber was ich wirklich gut kann, ist, meine einzelnen Lebensbereiche auseinanderzuhalten. Wenn ich will, kann ich meine Arbeit zu Hause völlig vergessen, und ich kann mein Privatleben total ausblenden, wenn ich arbeite. Das hast du heute morgen erlebt, und das ist immerhin etwas, da stimmst du mir sicher zu. Ich könnte dir assistieren, indem ich diese Kraut-Geschichte an Peter weiterreiche – er soll sie fortsetzen, der Bericht ist ohnehin fast vollständig – und mich mit einem unserer Klienten in Saudi-Arabien beschäftige. Darcon vielleicht; die wären geeignet ...«

In Howards Gesicht bewegte sich nichts. Er hatte Sir Peter Dartington oder Darcon mit keinem Wort erwähnt; Johnny wußte nicht, wer den Bericht in Auftrag gegeben hatte.

Johnny sprach weiter, nicht ahnend, daß er gerade ins Schwarze getroffen hatte. »... wir müssen uns ohnehin mit einem oder zwei dieser Saudi-Konzerne befassen, falls die Sache anläuft. Auf die Art würde ich dicht dran, aber nicht direkt daran arbeiten, wenn du verstehst, was ich meine. Wenn sie mich fragt, was ich mache, kann ich ihr in die Augen schauen und sagen, ich arbeite an einer geheimen Sache, die etwas mit Saudi-Arabien zu tun hat, und das ist dann im wesentlichen die Wahrheit. Wenn es sich vermeiden läßt, möchte ich sie nicht anlügen. Aber ich schätze, ich kann damit leben, ihr nicht die ganze Wahrheit zu erzählen. Tja, wo ich grade dran denke« – Johnny lächelte reuig – »sie hat mich mächtig reingelegt, was? Du hast sie vorhin als vergammelt bezeichnet, und ich bin wütend geworden. Aber so war es wirklich. Sie war uninteressant, sie hat mich in dem Glauben gelassen, sie sei Studentin, hat mir kaum je in die Augen geschaut ... sie hat mich voll an der Nase rumgeführt. Meine Herrn, du hättest den Unterschied gestern abend sehen sollen! Ich sage dir, es war unglaublich. Sie sah absolut erstklassig aus, Ed ...« Johnny verlor sich einen Augenblick in schwelgerischen Erinnerungen, und Howard wartete, bis er wieder bei der Sache war.

Die beiden Männer begannen damit, das Projekt genauestens unter die Lupe zu nehmen und jeden einzelnen Aspekt zu bedenken. Bei der einen oder anderen von Howards Ideen pfiff Johnny anerkennend und machte hin und wieder eigene Vorschläge. Er war wieder voll da und widmete sich der Sache mit der ihm eigenen Intensität. Sie sprachen über Transport, Routen, Abläufe, Ausrüstung, Dokumentation, Rückzugssicherung, administrative Details, Sicherheitsfragen und Täuschungsmanöver. Sie einigten sich auf die geeigneten Persönlichkeiten für ein Team; im Moment herrschte stummes Einvernehmen zwischen ihnen in bezug darauf, daß Johnny dem Team selbst nicht angehören würde, aber ein Mann, der fließend arabisch sprach, würde unerläßlich sein, auch wenn beiden auf Anhieb kein Spezialist einfiel, der das entsprechende Feld abdecken konnte.

Um 17 Uhr, nachdem sie dem Projekt einen ganzen Tag Brainstorming gewidmet hatten, machten sie Feierabend. Sie hatten fast alles abgehakt, und Howards Material für den Bericht für Dartington war annähernd komplett. Sie hatten sich bereits sehr viel ausführlicher mit dem Unternehmen beschäftigt, aber in dem Bericht würden die meisten operativen Details nicht enthalten sein. Dartington benötigte nur die Basisfakten.

Howard brachte Johnny zur Tür, dann schob er seinen Sessel beiseite und schlug den Teppich zurück. Er öffnete den kleinen Bodensafe und entnahm ihm die Diskette. *Sie würde nun Gesellschaft von sechs 90er-Kassetten von der heutigen Sitzung bekommen,* dachte er. Nur eine wichtige Einzelheit fehlte, und Howard dachte, daß es Dartington nicht schaden könne, wenn seiner eine Überraschung harrte. *Ja, er würde das als Trumpf im Ärmel behalten, nur um Dartingtons Reaktion zu testen.*

Der Computer signalisierte Bereitschaft, und Howard rief sein Textverarbeitungsprogramm auf und lud die Datei von der Diskette. Er begann zu schreiben.

Zwei Meilen entfernt, Stunden später, lagen sich Johnny Bourne und Juliet Shelley entspannt und zufrieden im dunklen Schlafzimmer in den Armen. Ihrem Liebesspiel war ein Abend wie aus dem Liebesroman vorangegangen: Blumen, Kerzenlicht, Dinner, zärtliche Blicke...

»Johnny?« Ein schläfriges Murmeln an seiner Seite.

»Mmmm?«

»Du bist verhaftet.«

»Hä? Weshalb?«

»Angriff auf einen Polizeibeamten. Mich«, fügte sie hinzu.

»Es war Notwehr.«

»Keine Ausrede. Nimmst du den Urteilsspruch des hohen Gerichts an?«

»Es war eine Falle, ehrlich. Oh, okay, ich bekenne mich schuldig. Wie lautet das Urteil, Officer?«

»Lebenslänglich.«

»Mit dir?«

»Und ob.« Sie zog seinen Kopf herunter und küßte ihn. »Johnny?«

»Anwesend.«

»Gehen wir morgen zum Juwelier?«

»Jawohl.«

»Zu welchem?«

»Wart's nur ab, du Naseweis. Wenn du's unbedingt wissen willst – zu einem alten Freund aus meiner Army-Zeit.«

»Du hast mir noch nicht viel von deiner Army-Zeit erzählt. Ich will alles darüber wissen.« Sie gähnte verträumt und schlummerte langsam ein. »Ich will alles über dich wissen. Alles. Jede Kleinigkeit. Jedes klitzekleine Detail...« Sie verstummte, atmete regelmäßig. Sie war in seinen Armen eingeschlafen.

»Ich liebe dich, Rauchauge«, flüsterte Johnny.

8

Howard wartete schweigend, während Dartington den dreißig Seiten umfassenden Bericht las. Nach Lektüre der ersten Seiten hatte Dartington ein anerkennendes Murmeln von sich gegeben und sich für die folgenden zwanzig Minuten jeglichen weiteren Kommentars enthalten. Howard hatte fast erwartet, daß Dartington die Hintergrundabschnitte über die Geschichte des Irak, die Geographie, das Klima und die Bevölkerung nur überfliegen würde, aber er las alles und schien sich wirklich für die Inhalte zu interessieren.

Andererseits, dachte Howard, *war es vielleicht auch nicht erstaunlich, daß Dartington sich den Bericht genau ansah; er hatte schließlich fünfzigtausend Pfund dafür bezahlt.* Für die Hälfte dieser Summe hätte er sich eine der seltenen Erstausgaben von T. E. Lawrences *Sieben Säulen der Weisheit* kaufen können. Und er hätte sie behalten können, wohingegen er den Bericht wieder Howard überantworten mußte, wenn er ihn gelesen hatte.

Es würde Dartington sicher nicht entgehen, dachte Howard, *daß der Bericht ihm selbst ebensoviel Nutzen brachte wie Dartington.* In seiner zweiwöchigen Recherchezeit hatte Howard Massen von Material bearbeitet, darunter vier zeitgenössische historische Werke, einen Roman, drei Reiseberichte, fünf generelle Abhandlungen zur politischen Situation im Nahen Osten, zwei Biographien und drei hastig produzierte Bücher über den Golfkrieg und seine unmittelbaren Auswirkungen. Er fand, daß der Versuch, sich Kenntnisse über den Irak und den dort herrschenden Tyrannen anzueignen, geglückt war; und es war eine nützliche Übung gewesen, die wichtigsten Fakten herauszuarbeiten und aufzubereiten. Ja, er hätte wohl so etwas auch in Angriff genommen, wenn Dartington es nicht in Auftrag gegeben hätte.

Schließlich kam Dartington zum letzten Teil. Er zog überrascht die Augenbrauen hoch, sagte aber nichts. Statt dessen schlug er die letzte Seite um und legte den Bericht vor sich auf den Tisch. »Ja«, sagte er und warf Howard einen kurzen Blick zu. »Sie haben sich wirklich ins Zeug gelegt. Ich habe ein paar Fragen, aber damit haben Sie sicher gerechnet. Der letzte Absatz sagt mir nicht sehr zu, aber dazu später.« Da Howard nur nickte, fuhr Dartington fort. »Erst einmal: Sind Sie sicher, was all die vorangegangenen Attentatsversuche betrifft? Waren es wirklich so viele?«

»Nein. Es waren mit an Sicherheit grenzender Wahrscheinlichkeit mehr als nur die sechs, die ich in dem Bericht erwähnt habe. Es ist allerdings schwer zu bestimmen, wer jeweils dahinterstand. Einige waren mit ziemlicher Sicherheit hausgemacht: Damit meine ich, sie gehen auf Initiativen einzelner Iraker zurück, nicht auf Komplotte ausländischer Regierungen. Einige wurden bestimmt im Ausland ausgeheckt, wobei der israelische Mossad als einer der Hauptakteure betrachtet werden darf. Israel sieht in Saddam eine der größten Bedrohungen für seine Existenz und würde ihn gern loswerden. Ferner kommt die CIA in Frage. Wie diese Attentate auch verliefen, es war jedenfalls nie ein amerikanischer oder israelischer Staatsbürger direkt daran beteiligt – sie sorgten lediglich für finanzielle und moralische Unterstützung, waren bei Organisation und Ausrüstung behilflich. Die Schmutzarbeit wurde immer von Irakern erledigt, die Saddam haßten. Aber das betrifft nur diese sechs Anschläge, über die ich etwas erfahren habe – es kann durchaus mehr gegeben haben. Und die halbgaren Versuche, die von vornherein chancenlos waren, habe ich weggelassen. Außerdem sind hier nur die Versuche aufgeführt, die nach dem Golfkrieg stattfanden. Die früheren habe ich nicht erwähnt, auch nicht die im Vorfeld des Krieges.«

»Hmm.« Dartington sah überrascht aus. »Ich verstehe, daß die Israelis ihn abservieren wollen, aber die Amerikaner? Hat George Bush nicht öffentlich geäußert, daß es Sache des irakischen Volkes ist, sich seiner zu entledigen? Hat er gelogen?«

»Nicht eigentlich. Drei Gründe. Erstens, ich rate nur. Vielleicht gab es gar keine CIA-gesteuerten Attentatsversuche. Zweitens, falls es sie doch gab, besteht die Möglichkeit, daß der Präsident nichts davon wußte oder sie nicht autorisiert hat – sie können von der CIA selbst ausgegangen sein. Drittens, *falls* es ein CIA-Komplott gab, war, wie ich eben schon erwähnte, kein CIA-Personal daran beteiligt – keine US-Bürger mit dem Finger am Abzug sozusagen. Die CIA wäre dann nur mit aufrührerischen Elementen in der irakischen Armee und an anderen Stellen in Kontakt getreten und hätte sie darauf angesetzt – und hätte Geld, Schutz, Macht geboten; Sie wissen, die üblichen Lockmittel. In gewisser Weise konnte Bush also jederzeit behaupten, daß es rein technisch immer

Iraker waren, die es auf Saddam abgesehen hatten, nicht die CIA. Die Unterstützung aufrührerischer Elemente entspräche durchaus seiner offiziellen Linie.«

»Wie haben Sie von diesen Komplotten erfahren?«

»Oh« – Howard machte eine vage Handbewegung – »ich halte die Ohren offen. Sie haben die Hinweise darauf vermutlich selbst gesehen, sie aber nicht richtig gedeutet. Erinnern Sie sich an die Geschichte über eine Säuberungsaktion in hohen Rängen der irakischen Armee, die vor einigen Monaten durch die Zeitungen ging?«

»Ja. Stimmte das?«

»Auf den Punkt. Eine große Anzahl hoher Offiziere wurde zusammengetrommelt, gefoltert und erschossen. Saddam überwachte die Aktion persönlich und erschoß selbst einige von ihnen, sofern sie nicht schon unter der Folter gestorben waren. Darunter waren die führenden Köpfe, die hinter einem der Attentatsversuche gesteckt hatten.«

»Was war mit denen, die nichts mit der Verschwörung zu tun hatten?«

»Oh, das ist typisch für Saddam. Die wurden auch getötet. So etwas macht er ständig, nur um jeden in seiner Nähe zu terrorisieren und verunsichern. Er würde alles tun, jeden umbringen, um an der Macht zu bleiben. Darauf bin ich in dem Bericht auch eingegangen – Sie erinnern sich an den Teil über den Umgang mit seinen Kabinettsmitgliedern und sogar Mitgliedern seiner eigenen Familie. Diejenigen, die ihm am nächsten stehen, sind immer am gefährdetsten. Er hat sich einiger seiner loyalsten Anhänger entledigt, einzig und allein aus dem Grund, weil sie so viel Einfluß und öffentliche Aufmerksamkeit erlangt hatten, daß er sie als Bedrohung für sich selbst betrachtete. Ein Kabinettsmitglied hat er tatsächlich am Kabinettstisch vor allen anderen erschossen – Sie können sich die Wirkung auf die anderen vorstellen. Er weiß, daß Terror seine beste Waffe ist, und er setzt sie gnadenlos ein. Tatsächlich weiß er gar nicht, was Gnade ist – er versteht nicht einmal die Bedeutung des Wortes. Am längsten haben in der irakischen Hierarchie diejenigen überlebt, die absolut unterwürfig sind und sich, so seltsam es klingt, in gewisser Weise als inkompetent erwiesen haben – Eigeninitiative und Ehrgeiz bei anderen sieht Saddam als potentielle Bedrohung an. Er ist nämlich nicht nur ein grausamer, gewissenloser Psychopath, sondern auch, wie ich erwähnt habe, Paranoiker. Wo er hinschaut, glaubt er Komplotte und Verschwörungen zu entdecken. Das ist einer der Gründe dafür, warum es sich bisher als so schwierig erwiesen hat, ihn aus dem Weg zu schaffen.«

»Wie wollen Sie es also bewerkstelligen? Darüber haben Sie sich nicht präzise geäußert.«

»Tut mir leid, aber das habe ich aus guten Gründen getan. Es ist sicherer, wenn Sie nichts darüber wissen. Es ist nicht persönlich gemeint, aber wenn jemand zu Ihnen durchdringt, muß ich mich schützen können.« Howard bemerkte, daß Dartington plötzlich unangenehm berührt dreinblickte. »Direkt im Anschluß an unsere Unterredung sollten wir uns über allgemeine Sicherheitsvorkehrungen unterhalten. Ich werde Ihnen ein paar Tips zu Ihrer eigenen Sicherheit geben. Ich hoffe, daß Sie nicht auf sie zurückgreifen müssen, aber besser auf Nummer Sicher als lange Gesichter.«

Dartington wirkte beschwichtigt, aber er ließ dennoch nicht locker. »Ich fürchte, ich muß Sie trotzdem darum bitten, mir eine Vorstellung von Ihrer Vorgehensweise zu vermitteln.«

Diese Frage bestätigte Howards Annahme, daß Dartington nicht der führende Kopf dieser Unternehmung war. Er wählte seine Antwort mit Bedacht. »Wir werden ein kleines Team sein. Wir würden einen ›Hit-and-run‹-Ansatz wählen, uns also so kurz wie möglich im Irak aufhalten und mit Tricks und Täuschungsmanövern arbeiten, obwohl wir natürlich alles so vorbereiten werden, daß wir rein- und wieder rauskommen, ohne daß jemand unsere Identität aufdeckt. Es tut mir leid, Peter, aber mehr kann ich Ihnen nicht sagen.«

Dartington nickte ergeben. Er schlug einen anderen Weg ein. »Was ist mit dieser anderen Sache hier, mit dem Teil über Saddam und seine ganzen ›Doubles‹? Wird das nicht ein großes Hindernis sein?«

»Allerdings. Meines Wissens hat er zwölf Doubles, die von Zeit zu Zeit seine Stelle einnehmen. Inzwischen können es auch mehr als zwölf sein. Er schickt sie herum, damit ›er‹ von den Leuten gesehen wird, während er in Wirklichkeit in seinem Bunker in Bagdad sitzt, wo ihm keiner an den Kragen kann. Einige haben nur wenig Ähnlichkeit mit ihm, aber zumindest von zweien heißt es, sie sähen ihm verblüffend ähnlich – so sehr, daß nur wenige Leute wissen, welcher der echte ist. Erinnern Sie sich beispielsweise an diese Aufnahmen von Saddam, wie er kurz nach der Invasion mit seinen Soldaten plaudert?«

»Ich glaube, ja. Wollen Sie damit sagen ...«

»Ganz recht. Das war nicht Saddam, sondern eines seiner Doubles. Saddam würde niemals irgendwo hingehen, wo er sich nicht absolut sicher fühlt. Und, was noch bezeichnender ist: In seiner Anwesenheit sind die normalen Soldaten nie bewaffnet, damit nicht einer plötzlich losballert. Die Soldaten damals waren bewaffnet. Außerdem trägt Saddam immer eine Pistole. Immer. Er tut keinen Schritt ohne sie. Der Mann in dem Filmausschnitt trug keine.«

»Woher wissen Sie von diesen Doubles?«

»Ich habe einen Freund beim SIS. Keine Sorge«, fügte er hinzu, als sich Alarmiertheit auf Dartingtons Gesicht abzeichnete, »ich habe Ihre Anweisung befolgt. Ich habe ihm gegenüber kein Wort über diese Operation verloren. Das Gespräch hatten wir vor Ewigkeiten, während des Golfkrieges. Er hat mir von den plastischen Chirurgen erzählt.«

»Plastische Chirurgen?«

»Zwei an der Zahl. Beide exzellente Spezialisten, beide am Rande der Seriosität operierend, würde ich sagen. Der eine war Deutscher, der andere Schweizer. Beiden bot man – jedem einzeln – höchst lukrative Verträge für Operationen an europäischen Klienten an. Beide reisten nach Frankreich – beide verschwanden. Dem Mossad wurde zugetragen, daß sie nach Bagdad geflogen waren. Ein Informant aus dem Irak – selbst Arzt – bestätigte dies später und berichtete interessanterweise, daß beide Chirurgen zur selben Zeit in unterschiedlichen Kliniken Operationen ausführten. Also kann man davon ausgehen, daß zwei Leute operiert wurden. Kurze Zeit später verschwanden die beiden Chirurgen. Man hat von keinem je wieder gehört. Die ganze Sache ergänzte sich perfekt mit einem Gerücht über Saddams Doubles, das zu der Zeit umging, und bald darauf begannen diese beiden Doppelgänger sich statt seiner in der Öffentlichkeit zu zeigen. Einer von ihnen soll Saddam geradezu frappierend ähnlich sein – bei ihm soll sogar die Stimme echt klingen. Aber sie dürfen keine eigenen Waffen tragen.«

Dartington schüttelte verblüfft den Kopf. »Ja, wie zum Teufel wollen Sie dann an Saddam herankommen?«

»Darum geht es in dem letzten Abschnitt des Berichts, Peter«, sagte Howard freundlich. »Ohne verläßliche Informationen seitens des Geheimdienstes ist es unmöglich. Ich hätte nicht den Hauch einer Chance. Ich kann nicht einfach in den Irak spazieren und nach dem Mistkerl Ausschau halten oder mit einer Armee nach Bagdad ziehen und einen der abertausend Bunker oder Tunnel angreifen, in der Hoffnung, daß Saddam gerade darin herumlungert. Ich muß wissen, wann und wo ich die Möglichkeit habe, an ihn heranzukommen. Wenn das nicht geht, können wir die ganze Sache vergessen, jetzt gleich hier.«

»Ist es das, was Sie mit der Formulierung meinen, ich soll ›mit meinem Auftraggeber‹ sprechen?«

»Reden wir nicht länger um den Brei herum, Peter. Ich weiß, daß das hier nicht Ihr Ding ist. Erstens ist es nicht Ihr Stil. Zweitens sind Sie zwar ein reicher Mann, aber nicht so reich, daß Sie zehn Millionen Pfund – bei deren Erwähnung Sie nicht mal mit der Wimper gezuckt haben – einfach so lockermachen könnten. Und in den Büchern können Sie so eine Riesensumme auch nicht aufführen. Was Darcons Vorhaben angeht, ist kein einziges durch irgendeine Handlung seitens Saddams gefährdet – zumindest nicht so dramatisch, daß eine solche Summe gerechtfertigt wäre. Das heißt, daß eine andere Einzelperson oder Organisation die Rechnungen bezahlt. Und dieser Jemand oder dieses Etwas muß sauber sein, sonst hätten Sie sich nicht darauf eingelassen. Für meine

Begriffe ist der einzige passende Kandidat die Regierung, aber ich rate bloß. Ich kann verstehen, daß sie keine offiziellen Wege beschreiten wollen, um Saddam loszuwerden, und warum sie sich auch als Helfer dabei nicht zu erkennen geben wollen.

Schauen Sie«, fuhr Howard fort, »ich möchte gar nicht wissen, wer es ist. Ich werde auch nicht weiter raten. Es ist nur notwendig, daß ich mit dem Verantwortlichen rede. Ich muß ihn nicht einmal treffen – wir können uns telefonisch austauschen. Ich habe nur diese eine Frage, die ich ihm stellen muß, und zwar ihm persönlich. Es ist besser, Sie erfahren nicht, was er mir antwortet – ich muß sogar darauf bestehen, daß wir so verfahren. Es ist ganz einfach: Ohne daß ich weiß, wo sich Saddam Hussein an einem beliebigen Tag aufhält, habe ich nicht die geringste Chance, an ihn heranzukommen und ihn zu beseitigen. Ich brauche einen Zeitpunkt und einen Ort. Ich bezweifle, daß Sie Zugang zu solchen Informationen haben. Ihr Auftraggeber könnte in der Lage sein, sie zu beschaffen; also muß ich mit ihm persönlich sprechen. Reden wir Klartext.«

Es entstand ein langes Schweigen. Schließlich zuckte Dartington die Achseln. »Nun gut; ich dachte mir schon, daß Sie früher oder später dahinterkommen würden. Sie haben recht, hinter der Sache steht jemand anders; aus naheliegenden Gründen kann ich Ihnen nicht sagen, wer es ist. Ich muß Ihr Anliegen erst mit ihnen besprechen.«

»Okay«, sagte Howard. »Wir machen es folgendermaßen: Aus Sicherheitserwägungen für uns beide soll er mich unter einer Nummer anrufen, die er nicht zu mir zurückverfolgen kann. So kann er nicht herausfinden, wer ich bin. Es wird ein Mobiltelefon sein. Nicht meines; ich schlage Ihres vor – das, was Sie nur für Anrufe nach draußen benutzen, damit ich keine Anrufe bekomme, die für Sie bestimmt sind. Schlagen Sie ihm vor, er möge mich an irgendeinem Montag zwischen acht und neun Uhr morgens unter dieser Nummer anrufen. Ich werde mich als Mr. Hatcher melden; Ihr Auftraggeber soll sich Mr. Jethro nennen. Erinnern Sie ihn bitte daran, daß man Gespräche mit Mobiltelefonen über VHF/UHF-Funk mithören kann, er sich also indirekt ausdrücken muß.«

»In Ordnung«, willigte Dartington ein, »ich werde es arrangieren.«

»Gut«, sagte Howard. »Dann ist da noch eine Sache, gegen die Sie hoffentlich nichts einzuwenden haben. Ich werde zu einem bestimmten Zeitpunkt in dieses Haus hier einbrechen müssen.«

»Was? Weshalb, um Himmels willen?« Dartington sah ihn irritiert an.

»Hauptsächlich, um Sie zu schützen. Ich werde die Darcon-Niederlassung in Saudi-Arabien als Tarnung für bestimmte Dinge benutzen müssen. Dafür brauche ich Informationen. Natürlich könnten Sie mir die einfach geben, aber ich gehe davon aus, daß irgendwann jemand in dieser Angelegenheit auf Darcon stößt, deshalb brauche ich eine Erklärung, wie jemand an diese Informationen herankam. Dazu dient der Einbruch. Ich melde mich noch bei Ihnen wegen des Zeitpunkts. Es wäre besser, wenn Sie dann nicht hier wären. Vielleicht könnten Sie an diesem Abend mit Ihrer Frau in London ins Theater gehen oder etwas in der Art. Aber Sie sollten dafür sorgen, daß man in Ihrem Büro weiß, wo Sie sind. Ich möchte, daß Sie hier im Schreibtisch einige Akten hinterlassen. Ich werde ein bißchen Schaden anrichten müssen – nichts Schlimmes, und es wird nur in Ihrem Arbeitszimmer sein, so daß Lady Dartington sich nicht allzusehr aufregen muß; und ich werde ein oder zwei Sachen mitnehmen müssen, wie beispielsweise den Videorecorder hier, um es glaubhaft zu machen. Wenn Sie zurückkehren, möchte ich, daß Sie sich bei der Polizei deutlich darüber beklagen. Es kann sich ruhig jemand im Haus aufhalten; Mrs. Jephcott oder sonst jemand kann hier schlafen, wenn Sie das sonst so handhaben, wenn Sie ausgehen, aber es wäre besser, wenn Sie selbst nicht hier wären. Es wäre auch gut, wenn die betreffende Person kein nervöser Typ wäre, der womöglich einen Herzanfall bekommt. Mrs. Jephcott scheint mir ziemlich vernünftig und unerschütterlich – ich würde sie für ideal halten. Hilfreich wäre auch, wenn dieses Fenster hier unverriegelt wäre, aber sagen Sie das nicht Mrs. Jephcott. Es macht nichts, falls sie es verriegelt.« Howard deutete auf eines der beiden georgianischen Schiebefenster zum Garten.

»Was ist mit der Alarmanlage?«

»Ich kenne mich damit aus, wissen Sie nicht mehr? Das ist kein Problem. Und zum richtigen Zeitpunkt wird der Alarm auch ausgelöst – wenn ich das will.«

Dartington willigte ein. Howard teilte ihm mit, welche Akten er in der Schublade lassen sollte, und Dartington sagte, er würde Howards Anruf erwarten. Die beiden Männer standen auf; Dartington überreichte Howard sein Mobiltelefon und den Bericht, und Howard setzte sich in seinen Saab und fuhr nach London zurück.

9

Am 28. Oktober fuhr Howard frühmorgens von London los und steckte gegen acht Uhr, wie er es beabsichtigt hatte, im üblichen Montagmorgenstau auf der M25 fest. Tausende von Autos krochen träge voran; niemandem würde ein einzelner Saab auffallen. Selbst falls – was höchst unwahrscheinlich war – jemand versucht hätte, den Anruf, den er erwartete, zurückzuverfolgen, wäre es unmöglich gewesen, ihn mit seinem Wagen in Verbindung zu bringen. Um 8 Uhr 10 trällerte das Mobiltelefon, und Howard meldete sich. »Hier Mr. Hatcher. Wer spricht dort, bitte?«

»Hier ist Mr. Jethro. Man hat mir gesagt, daß Sie mich sprechen wollten.«

Die flache, körperlose, metallische Stimme verblüffte Howard einen Moment lang. Dann wurde ihm klar, daß »Mr. Jethro« eine elektronische Vorrichtung zur Verfremdung seiner Stimme benutzte. »Vielen Dank für Ihren Anruf, Mr. Jethro. Ich glaube, daß Sie mir helfen könnten. Wie Sie wissen, hat man mich gebeten, für Sie in Übersee einige geschäftliche Angelegenheiten zu erledigen. Unglücklicherweise habe ich zur Zeit noch nicht genügend Informationen, um handeln zu können. Die Person, die ich kontaktieren soll, ist sehr schwer zu finden, und ich muß wissen, wann und wo ich sie treffen kann. Ich werde mindestens zwei Monate benötigen, um die Reisevorbereitungen zu treffen. Könnten Sie mir Auskunft über die notwendigen Details für ein Treffen mit der Person geben?«

»Ich werde etwas Zeit brauchen, um die Informationen zu beschaffen, Mr. Hatcher. Ich muß Sie zurückrufen. Vielleicht nächste Woche um dieselbe Zeit. Falls nicht zu diesem Zeitpunkt, eine Woche später.«

»Ich danke Ihnen. Ich erwarte Ihren Anruf.«

»Auf Wiederhören, Mr. Hatcher.«

Die Leitung war tot, und Howard hing seinen Gedanken nach. Obwohl der Anruf kurz und die Stimme verfremdet gewesen war, hatte er Jethro als starke und dominante Persönlichkeit empfunden. Und irgendwie arrogant – oder bildete er sich das ein? Howard lehnte den Mann instinktiv ab und fragte sich, wer er wohl war. Entweder war Jethro sehr vorsichtig, oder seine Stimme war allgemein bekannt. Howard zuckte die Achseln. Er würde es nicht erfahren, aber er fühlte sich jetzt in seiner Überzeugung bestätigt, daß Jethro für die Regierung auftrat. Er nahm die nächste Ausfahrt von der M25 und fuhr Richtung London. Er war mit einem Freund im Travellers' Club zum Essen verabredet.

Roger Asher legte auf und schaltete den Stimmverfremder ab. Mit dieser Wendung hatte er nicht gerechnet. Er würde weitere Telefonate führen müssen, und dabei hatte er wichtige andere Dinge zu erledigen. Eine schwere Erkältung, die er nicht loswurde, trug nicht zur Besserung seiner Laune bei.

Er würde den Minister anrufen müssen, der den bisherigen Erfahrungen nach schwer zu erreichen sein würde. Am ärgerlichsten daran war, daß er den Anruf selbst tätigen mußte; eine Sache wie diese konnte er nicht über die Vermittlung gehen lassen. Er würde es heute abend versuchen. In der Zwischenzeit mußte er sich um andere Dinge kümmern.

Um 12 Uhr 45 fuhr das Taxi vor dem Travellers' Club vor, und Howard stieg aus. Der Portier teilte ihm mit, daß sein Gast schon eingetroffen sei und ihn in der Bar erwarte.

Howard ging hinein und begrüßte seinen Freund. »Henry! Freut mich, daß du kommen konntest. Schön, dich zu sehen.« Die zwei Männer schüttelten sich die Hand; Howard bestellte einen Drink für sich und einen weiteren für Stoner.

Major Henry Stoner war Anfang Fünfzig. Als Howard sich zum 42. Kommando der Royal Marines gemeldet hatte, war er sein Kompanieführer gewesen. Stoner war jetzt im Ruhestand und Vorsitzender der Londoner Abteilung der National Rifle Association. Er war sowohl ein leidenschaftlicher Schütze als auch ein guter Organisator, und er verbrachte viel Zeit bei den Schießständen in Bisley und beteiligte sich an der Organisation der diversen nationalen und internationalen Schützentreffen. Er war selbst sehr gut im Umgang mit dem Gewehr und hatte beim Wettbewerb um die Queen's Medal den zweiten Platz gemacht. Er verfolgte das Geschehen zwar noch, war aber nun überwiegend als Trainer des Südost-Teams tätig.

Beim Lunch plauderten die beiden Männer über alte Zeiten, wobei Stoner Howard mit Vorliebe an Pannen erinnerte, die dem seinerzeit frisch ernannten Offizier vor vielen Jahren passiert waren. *Offiziere im Ruhestand benahmen sich wie Eltern,* dachte Howard und lächelte in sich hinein; *sie wollten nie sehen, daß man nun wirklich erwachsen war.* Er mochte Stoner sehr gern, und in seinen ersten zwei Jahren bei den Royal Marines hatte er viel von ihm gelernt.

Schließlich wandte sich das Gespräch dem Schießen und Bisley zu, wie Howard es vorausgesehen hatte. Stoner war ein echter Enthusiast, der sein Lieblingsthema nie lange ruhen ließ.

»Es wird immer technischer dieser Tage, Ed. Ich muß dich mal einen Tag mit runternehmen, damit du siehst, wie es zugeht. Es gibt erstaunliche neue Entwicklungen – in letzter Zeit hat sich viel getan, was die Technologie betrifft.«

»Findest du nicht, daß das ein Jammer ist? Ich meine, ist es nicht schade, wenn du an früher denkst, wo es nur auf Können und Begabung ankam?«

»Ganz und gar nicht. Es geht mehr denn je darum, am Handwerk zu arbeiten. Auch ein hervorragender Techniker bringt es zu nichts, wenn er nicht gleichzeitig ein verdammt guter Schütze ist. Es läuft immer noch darauf hinaus, ob du's hast oder nicht. Mit Training und Übung kannst du viel ausrichten, aber um wirklich gut zu sein, mußt du nach wie vor Talent haben.«

»Und wie stößt du auf gute Schützen? Gehst du von Regiment zu Regiment und hältst nach den besten Ausschau?«

»Erstaunlicherweise ist das nicht nötig. Die guten Schützen von der Armee tauchen über kurz oder lang sowieso in Bisley auf, mit ihren Schützenteams vom Regiment. Da erkennt man dann sehr schnell die wirklich guten. Das Problem ist nur, daß das Niveau bei der Armee beunruhigend nachgelassen hat. Das macht mir Sorgen, und nicht nur mir allein.« Stoner schüttelte betrübt den Kopf.

»Wie kommt das? Ich dachte, das neue SA 80 sei ein Gewehr, das das Niveau gehoben hat, nicht umgekehrt.«

»Eine Zeitlang war es so«, antwortete Stoner. »Aber Fortschritte machten nur die, die mit dem SLR trainiert hatten. Verstehst du, die haben das Schießen noch richtig gelernt. Die jetzige Generation hat nur mit dem SA 80 gearbeitet. Es gilt als absolut idiotensicher, also meinen sie, die Soldaten würden mit weniger Ausbildung an der Waffe als früher auskommen. Und die Ergebnisse, die dabei rauskommen, sind... nun, ehrlich gesagt, schauderhaft. Ich will dir ein Beispiel geben: Wir haben kürzlich in Bisley einen Kurs für Schießausbilder veranstaltet. Du weißt – für Offiziere und Offiziersanwärter, die zu ihren Bataillonen zurückgehen und dort an den Schießständen ausbilden. Vermutlich die besten Schützen des jeweiligen Regiments. Nur einer von ihnen schaffte eine bessere Treffergruppe als fünfzehn Zentimeter auf hundert Meter. Und das mit Anschlag im Liegen. Die Hälfte von den Hanseln wußte nicht mal, wie man ein Gewehr einschießt. Es gibt überhaupt kein Trainingskonzept mehr. Niemand bringt ihnen mehr die Grundlagen bei – richtiges Atmen und so weiter. Es ist jämmerlich. Das verheißt nichts Gutes für das Niveau im Umgang mit Schußwaffen beim Militär.

Heutzutage findest du die aufregendsten Talente meist unter Zivilisten. Wenn sie mit Leidenschaft dabei sind – und das ist das Wichtigste –, finden die auch ihren Weg nach Bisley. Es gibt einige phantastische Schützen, die nie gedient haben. Wenn man denen ein bißchen Training und Know-how zukommen läßt, sind die im Handumdrehen so gut wie die Jungs von der Armee – viele von ihnen sogar besser. Von den hundert besten Schützen im Lande wären unter den fünfzehn ersten wahrscheinlich so viele Zivilisten wie Armeeangehörige. Die restlichen wären überwiegend Zivilisten. Das Militär gerät ins Hintertreffen; die Guten waren mit von der Partie, als anständige Ausbildung noch die Regel und nicht die Ausnahme war. Wenn die Zivilisten mal anfangen zu trainieren, lernen sie sich kennen, tauschen Wissen und Erfahrung aus und entwickeln noch mehr Ehrgeiz. Es herrscht eine tolle Stimmung da unten in Bisley: Leute aus den unterschiedlichsten Berufen, die eines verbindet – die Liebe zum Sport. Wenn du so willst, ein wirklich funktionstüchtiges Beispiel für die klassenlose Gesellschaft, wie sie sich der Premierminister wünscht.«

»Also betätigst du dich auch noch als eine Art Talentscout?«

»Na ja, jeder, der so dabei ist wie ich, freut sich, wenn er Talente entdecken und fördern kann. Natürlich halte ich Augen und Ohren offen. Ich denke doch, daß ich über die Jahre einige entdeckt habe. Ab und zu höre ich von jemandem, der vielversprechend klingt, und den versuche ich dann zu überzeugen, daß er herkommen und es mal versuchen soll. Es klappt natürlich nicht immer, was jammerschade ist.«

»Wie meinst du das?«

»Nun, beispielsweise hat ein Freund von mir kürzlich von einem jungen Kerl namens MacDonald erzählt, einem Profijäger. Alle Jäger sind natürlich ziemlich gute Schützen – müssen sie einfach sein. Aber dieser Bursche hörte sich nach etwas Außergewöhnlichem an. Ich hab ihm geschrieben und ihn gebeten, doch mal auf einen Versuch herzukommen, aber er hatte kein Interesse. Er lebt in Schottland, natürlich. Ich würde ihn für mein Leben gern mal zu Gesicht kriegen und sehen, was er kann.«

»Erzähl mir mehr von ihm«, sagte Howard.

Der Minister legte auf, saß ein paar Minuten reglos da und dachte konzentriert nach. Es paßte ihm nicht, daß Asher ihn zu Hause angerufen hatte, aber es hatte sich wohl nicht vermeiden lassen. Asher war bestimmt vorsichtig mit dem Telefon, und ihr Gespräch war unverfänglich gewesen, für den Fall, daß wider Erwarten doch jemand mithörte. Dennoch konnte er dieses Risiko kein zweites Mal eingehen. Asher hatte seinen Zweck in dieser Sache erfüllt; der Minister hatte jetzt die Nummer des ominösen »Mr. Hatcher« und konnte selbst mit ihm reden. Es hörte sich vielversprechend an. Er konnte die Art von Information einschätzen, die Hatcher brauchte. Bis dahin gab es viel zu erledigen ...

Am Nachmittag des 30. Oktober, zwei Tage nach seinem Telefonat mit dem Minister, wurde Asher ein Brief zugestellt. Der Motorradbote hatte sich geweigert, ihn einer seiner Sekretärinnen auszuhändigen, und darauf bestanden, daß er ihn Asher persönlich übergeben müsse. Die Sekretärin hatte dem Boten klarzumachen versucht, daß das nicht möglich sei, aber er hatte sich nicht beirren lassen.

»Sagen Sie Mr. Asher, daß es um Mr. Jethro geht.« Die Stimme des Boten dröhnte dumpf aus dem Integralhelm, den er nicht abgenommen hatte.

»Bitte sehr, aber ich kann Ihnen jetzt schon sagen, daß das nichts ändert«, sagte die Sekretärin, der es gelang, gleichzeitig ebenso herablassend wie mißtrauisch zu blicken. Im stillen fürchtete sie einen erneuten Wutanfall von Asher, der schon bei guter Laune reizbar, in letzter Zeit jedoch unentwegt schlechter Stimmung war.

Sie irrte sich. Asher bat sie sofort, den Boten hereinzulassen; er überreichte Asher den Brief, ohne den Sturzhelm abzunehmen, und ging wieder. Asher riß ihn auf und winkte die Sekretärin nach draußen. Zehn Minuten später meldete er sich auf der Gegensprechanlage und gab ihr den Auftrag, den Gulfstream klarzumachen, damit er morgen früh nach Gibraltar fliegen könne.

»Gibraltar, Sir? Oh – ja, natürlich. Möchten Sie, daß ich Joseph Bescheid sage?«

»Nein. Joseph wird nicht mitkommen.«

»In Ordnung, Sir.« Sie saß einen Moment nur da und schüttelte den Kopf. *Es ging zu wie im Irrenhaus,* dachte sie. *Von Tag zu Tag wurde es verrückter. Der Boß war ein echter Exzentriker.*

Asher verbrannte in seinem Büro die Mitteilung des Ministers in einem schweren Glasaschenbecher.

Zweitausend Meilen weiter südlich, vier Tage später, legte Asher den Hörer auf. *Schon wieder* andere Pläne. Er überlegte kurz, ob der Minister ihn an der Nase herumführte, verwarf den Gedanken dann aber wieder. So wie sich die Sache entwickelte, hatte er ohnehin keine andere Möglichkeit. Und es wartete ja auch die Entlohnung...

Trotzdem war es ärgerlich. Er sollte am Montag, dem 4. November, abends in London eine Rede halten, und am Dienstag hatte er eine Verabredung in New York. Er hatte anderthalb Tage auf Madeira Däumchen gedreht. Nun, es half alles nichts. Er würde seinen Sohn bitten, statt seiner die Rede zu halten. Und das Treffen in New York mußte er eben in den Wind schreiben.

Zu allem Überfluß wollte auch diese verdammte Erkältung einfach nicht weichen. Er mußte ihr mit mehr Vitamin C zu Leibe rücken. Er schaltete sich mit der Gegensprechanlage in die Kombüse. »Andrew! Bringen Sie mir einen Krug frischen Orangensaft.« Dann meldete er sich bei der Kommandobrücke. »Gus, es geht doch noch nicht nach Hause.« Er sah aus dem Fenster zur Hafeneinfahrt. Das Meer war ruhig; es war ein windstiller, dunstiger Tag. »Teneriffa«, befahl Asher. »Kurs auf Teneriffa.«

Um vier Uhr nachmittags legte die *Princess Scheherezade* in Funchal ab, ließ Madeira hinter sich und steuerte Richtung Süden. Asher, der abgesehen von seiner Elf-Mann-Crew als einziger Passagier an Bord war, arbeitete in seinem Büro unter Deck.

10

Am Dienstag, den 5. November, hatte Dartington Sorgen. Der Aufmacher der Nachrichten an diesem Morgen beunruhigte ihn zutiefst. Er rief in seinem Büro an und sagte, er fühle sich nicht wohl, dann saß er den Rest des Tages herum und überlegte, was er tun solle. Howard anrufen? Nein, das war unvorsichtig. Nach langem Grübeln entschied er sich dafür, vorerst gar nichts zu tun.

Abends, um kurz vor sieben, hielt ein röhrendes Motorrad vor dem Haus. Dartingtons Frau öffnete; der Fahrer, der einen Sturzhelm trug, überreichte ihr einen Umschlag und röhrte wieder davon.

Lady Dartington ging ins Arbeitszimmer ihres Mannes. »Dieser Brief ist gerade für dich gekommen, Liebling.«

»Oh? Von wem ist er?« Er drehte den weißen Umschlag hin und her. Er war mit Maschine beschriftet, aber es standen nur sein Name und seine Adresse darauf.

»Das sagte er nicht. Einer dieser Motorradboten, weißt du.«

»Danke, Liebes.«

Dartingtons Frau ging hinaus, und er schlitzte den Umschlag auf. Auf dem Brief darin stand lediglich eine maschinengeschriebene Mitteilung.

Sir Peter, Sie werden über die Ereignisse der letzten vierundzwanzig Stunden verständlicherweise beunruhigt sein. Hiermit wird Ihnen versichert, daß die Vereinbarung mit Ihnen bestehen bleibt und es keinen Grund zur Beunruhigung gibt. Das Projekt wird wie vereinbart durchgeführt.

11

Am Montag, dem 4. November, hatte Howard morgens in seinem Saab auf der M25 auf einen Anruf gewartet, aber es hatte sich nichts getan. Am folgenden Montag, dem 11., klingelte das Telefon um 8 Uhr 32.

Er meldete sich wie beim letzten Mal. »Hier Mr. Hatcher. Wer spricht dort bitte?«

»Mr. Hatcher, ich vertrete Mr. Jethro. Ich bin sein Assistent.« Howard war überrascht, eine neue Stimme zu hören. Diesmal war sie nicht elektronisch verfremdet; der Mann hatte einen englischen Public-School-Akzent und hörte sich ruhig und selbstsicher an. Die Stimme sprach weiter. »Ich hoffe, Sie haben nichts dagegen, daß ich statt seiner mit Ihnen in Kontakt trete.«

»Nein, kein Problem«, sagte Howard. »Ich nehme an, Mr. Jethro hat Ihnen mitgeteilt, daß ich Informationen bezüglich des Auftrags in Übersee benötige, den ich für ihn ausführe?«

»Das hat er getan. Es ist verständlich, daß Sie diese Informationen benötigen – der Klient ist wirklich nicht leicht zu erreichen. Er wird aber am 28. April an einem Treffen in seiner Heimatstadt teilnehmen. Es wird ein großes Treffen sein, aber ich hoffe, daß Sie dort mit ihm in Kontakt treten können.«

Howard dachte schnell. Er hatte ein Datum und einen Ort bekommen – genau das, was er brauchte; und es war eine öffentliche Sache. Er würde sich die Karte vom Irak noch einmal genau ansehen müssen, aber er meinte sich zu erinnern, daß der Ort nicht allzuschwer zu erreichen war. Dann fiel ihm ein, daß sich auf einer der Karten von Derek eine exakte Darstellung der Stadt befand.

»Seine Heimatstadt, am 28. April. Ich danke Ihnen. Gibt es weitere Informationen, die ich haben sollte?«

»Es werden Repräsentanten anderer Firmen an diesem Treffen teilnehmen. Sie werden nur als Beobachter fungieren, nicht als aktive Teilnehmer. Sie sollten sie als unwichtig erachten. Das ist alles, was ich Ihnen sagen kann.«

»Danke – ich denke, das sollte genügen. Ich werde es prüfen, aber ich denke, es wird mir möglich sein, an diesem Treffen teilzunehmen. Wäre es wohl möglich, daß Sie oder Mr. Jethro mich wie bisher noch einmal anrufen, falls sich weitere Anfragen meinerseits ergeben sollten? Falls ich mich nicht melde, können Sie davon ausgehen, daß alles nach Plan verläuft. In der Zwischenzeit hielte ich es für wichtig, daß weder Sie noch Mr. Jethro das Treffen einem anderen gegenüber erwähnen.«

»In dieser Hinsicht können Sie völlig beruhigt sein, Mr. Hatcher. Einer von uns beiden wird Sie in vierzehn Tagen anrufen, und danach weiterhin im Abstand von zwei Wochen. Ich danke Ihnen für Ihre Mitarbeit.«

Die Leitung war tot. Howard warf das Mobiltelefon auf den Beifahrersitz und lenkte seine Gedanken auf den Mann, der sich als Jethros »Assistent« ausgegeben hatte. *Der Bursche war absolut kein Assistent,* dachte Howard. *Er gehörte der Regierung an; das war ziemlich eindeutig.* Er hatte erwogen, ihn zu fragen, warum die Regierung die Sache nicht selbst in die Hand nahm, wenn sie Zugang zu dieser Art von Informationen hatte. Das war brandheißer Geheimdienststoff, soviel war klar. Es wäre ein leichtes, eine Cruise Missile auf Saddam zu programmieren – aber das würde natürlich deutlich auf die Regierung hinweisen, was zweifelsfrei der Grund war, warum sie ihn angeheuert hatten.

Der »Assistent« hatte angedeutet, daß ausländische Diplomaten an dem »Treffen« teilnehmen würden, und indem er zum Ausdruck gebracht hatte, daß sie nicht wichtig seien, hatte er recht deutlich darauf hingewiesen, daß es ihm egal sei, wenn sie in die Sache verwickelt würden – oder sogar getötet. Puh, dachte Howard. Harter Stoff.

Eine Sache verwirrte ihn etwas – das Datum. Er würde den Anlaß nachschlagen müssen. Tag der Armee? Nein, der war am 6. Januar. Jahrestag der Revolution? Nein, das war der 8. Februar. Revolutionstag der Baath-Partei? Noch mal nein – das war erst am 17. Juli. Hatte es etwas mit dem Ramadan zu tun? Er würde nachsehen müssen, wann 1992 Ramadan war. Er hoffte, daß es etwas anderes war; während des Ramadan kam alles völlig zum Stillstand, und das würde die Sache komplizieren.

Er dachte immer noch über das Datum nach, als er zur M40, der Abfahrt nach London, kam. Er stellte seine Spekulationen vorläufig zurück und grübelte statt dessen, während er auf der Western Avenue in die Stadt fuhr, über das verdeckte Vorgehen der Regierung bei diesem Unternehmen nach: einfach der Versuch, eine saubere Weste zu behalten, als unbeteiligt betrachtet zu werden. Selbstschutz war das höfliche Wort dafür. Er hätte es eher als Versteckspiel bezeichnet. Wie dem auch war: Jetzt, wo er alle nötigen Informationen besaß, empfand er eine freudige Spannung. Die Operation lief. Er hatte grünes Licht und konnte loslegen. Regierung, wie? Er würde sich ziemlich vorsehen müssen.

12

Am Mittwoch dieser Woche stattete Howard Dartington abends einen kurzen Besuch in seinem Haus in Kent ab. Die zwei Männer gingen hinaus in den Garten.

Dort teilte Howard Dartington mit, daß er Termine mit ihm besprechen wolle. Beim ersten ging es um den 19. November, den kommenden Dienstag; Dartington sagte, er würde an diesem Abend ausgehen, und versprach, die von Howard benötigten Akten in seinem Schreibtisch zu hinterlassen. Dann fragte Howard Dartington, ob er für das kommende Jahr schon Urlaubspläne habe.

»Ja, haben wir. Wir fahren im März für drei Wochen auf die Bahamas. Warum?«

»Ich möchte, daß Sie zu einem anderen Zeitpunkt fahren, Peter. Können Sie auf die letzten drei Aprilwochen umbuchen? Vom 9. bis zum 30.? Es ist wichtig.«

»Herrje, Ed, wir fahren mit Freunden. Ich möchte sie nicht hängenlassen. Wie wichtig ist es denn diesmal?«

»Sehr wichtig. Es kann in diesem Zeitraum Überprüfungen geben, und möglicherweise kommen Fragen von einem Ihrer Projekte in Übersee. Es wäre am besten, wenn Sie nicht erreichbar wären und sie nicht beantworten müßten. Sagen Sie im Büro, daß Sie Ruhe brauchen und nur in dringenden Notfällen gestört werden wollen. Dadurch bleiben Sie sauber, und ich habe etwas mehr Zeit. Können Sie das so regeln?«

»Nun gut; ich werde sehen, was sich tun läßt.«

Nachdem Howard gegangen war, dachte Dartington noch eine Weile über das Gespräch nach. Er war nicht begriffsstutzig; er hatte sofort verstanden, daß Howard die notwendigen Informationen bekommen haben und das Attentat für einen Zeitpunkt zwischen diesen beiden Daten geplant sein mußte. *Ja,* dachte er, *es wäre wirklich eine gute Idee, nicht ansprechbar zu sein, während sich das Ganze abspielte.* Im übrigen, dachte er schaudernd, fand er die Idee, zwei Wochen auf einer Jacht in der Karibik zu verbringen, auch nicht mehr sehr verlockend. Er würde die Buchung zurückziehen und statt dessen ein Hotel nehmen. Für seine Frau und seine Freunde hatte er eine perfekte Erklärung auf Lager, und er glaubte nicht, daß es deswegen großes Theater geben würde. Nicht nach dem, was Asher zugestoßen war.

13

Am Donnerstag, dem 14. November, wartete Howard am Terminal 4 in Heathrow auf die Ankunft des British-Airways-Fluges 282 aus Los Angeles. Auf der Ankunftstafel wurde pünktliche Landung um 12.25 angekündigt; vierzig Minuten später erschien eine lange schlaksige Gestalt mit einem großen Rucksack und einem Aktenkoffer.

»Ziggy! Schön, dich zu sehen!«

»Wie geht's denn so, Ed?« Mike Ziegler schüttelte Howard herzlich die Hand, und die beiden Männer marschierten zum Ausgang.

Sie holten den Saab aus dem Parkhaus und fuhren Richtung Londoner Innenstadt. Ziegler streckte sich und gähnte. In Großbritannien war gerade erst Mittag vorbei, aber seine biologische Uhr versuchte ihm weiszumachen, daß es mitten in der Nacht sei.

»Du hast es geschafft, daß ich bald vor Neugier platze, Ed.« Zieglers träge Sprechweise erweckte den Eindruck, als sei er völlig uninteressiert, aber Howard wußte nur zu genau, daß die Lässigkeit täuschte. Am Telefon hatte er nicht viel gesagt; er hatte Ziegler nur mitgeteilt, es gäbe da »ein interessantes neues Projekt«, das demnächst wohl in die Tat umgesetzt werde. Als Ziegler wissen wollte, *wie* interessant, hatte Howard nur geschwiegen. Er hatte gewußt, daß Ziegler etwas *so* Interessantes unwiderstehlich finden würde.

Howard dachte an die Zeit zurück, als Ziegler und er sich zum ersten Mal begegnet waren; zwanzig Jahre war das her. Er war per Verbindungsversetzung zum Sea, Air and Land Service der US Navy geschickt worden – zum SEALS –, um etwas über die Ausbildung der amerikanischen Special Forces zu lernen. Der junge SEALS-Offizier, der ihn am San Diego Airport abgeholt und zum Stützpunkt nach Coronado gebracht hatte, war Mike gewesen.

Howards amerikanische Gastgeber erwiesen sich in militärischer Hinsicht als weitaus professioneller, als er angenommen hatte. Der SEALS hatte seinerseits nicht vermutet, daß der britische Special Boat Service ihm in puncto Erfahrung und Tips viel bieten könne. Howard und seine Gastgeber waren gleichermaßen beeindruckt voneinander und freudig überrascht, daß man sich gegenseitig unterschätzt hatte. Mike Ziegler war – ebenso wie Jahre später sein Vater – ein guter Freund geworden, und einige Monate später war er per Austauschversetzung nach England gekommen, zum Stützpunkt des SBS in Poole in Dorset; seit damals hatten die beiden Kontakt gehalten und sich häufig besucht. *Ja,* dachte Howard, *das war wirklich eine geschichtsträchtige Freundschaft...*

Ziegler unterbrach ihn in seinen Erinnerungen. »Na, Ed, willst du mir jetzt nicht mal erzählen, weshalb du mich von so weit hergeholt hast?«

»Es ist was ganz Großes, Mike.« Howard beschloß, es noch ein Weilchen spannend zu machen. »Du darfst raten.«

»Okay, ich würd sagen, die Queen hat uns geheuert, um ihren mißratenen Dobermännern Benimm beizubringen.«

»Ganz kalt. Außerdem sind es Corgis.«

»Sprich mal mit eurem amerikanischen Botschafter hier, der wird dir sagen, daß das 'ne Kreuzung aus Alligator und Dobermann ist. Das Außenministerium mußte ihm 'ne neue Hose für seinen besten Anzug bezahlen, nachdem er im Buckingham Palace auf einen Tee mit Gurkensandwiches – vielleicht war's auch 'n kaltes Bier mit Pizza – reingeschaut hatte. Das hat ein ganz schönes Loch in den US-Haushaltsplan gerissen. Rechnungsposten: eine Hose des amerikanischen Botschafters in Großbritannien. Zerfetzt.«

»Er hatte es wahrscheinlich nicht besser verdient. Du mußt aber noch mal raten. Ich geb dir einen Tip: Wer ist der unbeliebteste Mann der Welt?«

»Das ist leicht. Ein Polizist namens Morton Kleinberg vom Los Angeles Police Department. Hat mir neulich einen Strafzettel für zu schnelles Fahren verpaßt. Du kannst dir nicht vorstellen, wie ich den Kerl verabscheue. Wieso, sollen wir ihn umlegen?«

»Daneben.«

Ziegler warf Howard einen scharfen Blick zu. Der konzentrierte sich auf die Straße, aber Ziegler bemerkte, daß in seinen sonst ausdruckslosen Augen ein fiebriges Leuchten war, das er dort seit Jahren nicht mehr gesehen hatte. *Oh, Mann...* »Der olle Saddam? Statten wir ihm 'nen Besuch ab? Ist es das?«

»Treffer. Wählen Sie Ihren Preis. Rosa Plüschteddybär oder eine Schachtel Orangenstäbchen.«

»Na, nicht zu fassen. Werd ich eingeladen?«

»Ich überleg's mir.«

»Ich spiele mit dem Gedanken, mich zu bewerben. Ich habe natürlich einige Forderungen. Erstens möchte ich seine Baseballbild-Sammlung und den Schlüssel zu seiner Privatwohnung in Bagdad behalten. Du mußt die irakische Staatsverschuldung abtragen, und wir teilen das Erdöleinkommen fifty-fifty.«

»Klingt fair.« Howard schaffte es, nicht zu grinsen. »Weitere Forderungen?«

»Du schreibst den Kondolenzbrief an Mrs. Saddam. Ich mach's jedenfalls nicht.«

»Komm schon, Mike. Gerechtigkeit muß sein; das ist dein Job. Du bist doch derjenige von uns beiden, der an der Uni war.«

»Kommt nicht in Frage. Da kannst du gleich umkehren. Ich fahr zurück nach Los Angeles.«

»In Ordnung. Aber was hältst du davon, wenn wir erst was zu Mittag essen? Die anderen Jungs erwarten uns.«

Während sie den Rest der halbstündigen Fahrt nach London hinter sich brachten, unterrichtete Howard Ziegler über die Hintergründe des Projekts. Wie auch Johnny Bourne gegenüber brachte er Dartington nicht namentlich ins Spiel, aber er berichtete Ziegler von seinen Vermutungen über die Auftraggeber. Nachdem er seine Darstellung beendet hatte, stimmte ihm Ziegler in allen Punkten zu. Ihm lag ebensoviel an straffen Sicherheitsvorkehrungen, und er war froh, daß Howard den »Strohmann« nicht über die operativen Details des Attentatsplans ins Bild gesetzt hatte.

»Wie steht's mit den beiden Kerlen, mit denen du telefoniert hast?« fragte Ziegler. »Was ist von denen zu halten?«

»Schwer zu sagen. Jethro sitzt eindeutig sehr weit oben. Das muß so sein, wenn er so einfach über den Strohmann verfügen kann. Den anderen Burschen, diesen Assistenten, kann ich nicht einschätzen. Für mich klang er nicht, als sei er jemandes Assistent. Könnte ein höherer Staatsbeamter sein, aber dann wäre er ziemlich sicher vom SIS. Das ist möglich, aber ich bezweifle es. Nein, ich denke eher, daß er noch über Jethro steht. Jethro könnte auch einfach ein arroganter Schnösel sein, der den ersten Anruf erledigen sollte. Wer weiß. Aber es schmeckt so oder so nach Regierung. Ich bin sicher, daß der Strohmann sich sonst nicht darauf eingelassen hätte.«

»Ja, ich schätze, du liegst richtig. Gut, wie sieht der Plan aus? Wie stellen wir es an?«

»Das führe ich näher aus, wenn wir uns mit den anderen treffen.

In ein paar Minuten sind wir da. Aber vorher möchte ich noch ein paar Dinge mit dir abklären.«

»Schieß los.«

»Zum ersten möchte ich Johnny Bourne als stellvertretenden Kommandeur einsetzen. Normalerweise wäre das deine Position, aber er kennt sich mit diesem Teil der Welt aus, und wir werden bei dieser Sache häufig seine Führung brauchen. Bis jetzt ist er der einzige außer dir, der weiß, worum es geht.«

»Kein Problem. Bin einverstanden. Guter Mann.«

»Zum zweiten solltest du wissen, daß er sich gerade frisch verliebt hat – diesmal ist es ernst, und er ist diesbezüglich ausgesprochen empfindlich. Ich muß schon sagen, erstklassiges Timing von ihm. Das Mädchen könnte zum Problem werden.«

»Wie das?«

Als Howard es erläuterte, verdrehte Ziegler die Augen und murmelte: »Oh, Scheiße.«

»Übrigens sind zwei Jungs mit dabei, die du noch nicht kennst.«

»Ah ja? Wer?«

»Sie kommen aus den ehemaligen Kolonien«, sagte Howard. »Andy Denard und Chris Palmer.«

»Was ist ihre Spezialität?«

Howard erklärte es ihm. Zehn Minuten später kamen sie zu seiner Wohnung in Wandsworth. Howard parkte den Wagen, und kurz darauf stießen Ziegler und er zu den anderen.

»Ich habe euch ausgesucht, weil ich weiß, daß ihr die Besten auf eurem jeweiligen Gebiet seid.« Howard blickte in die Runde. Sieben Augenpaare sahen ihn an. »Bis jetzt wissen nur Johnny und Mike, worum es geht. Der Rest weiß bislang nur, daß es eine große Sache ist, daß es um eine Summe geht, mit der man aussteigen kann – und zwar mit dicken Rücklagen –, und daß unsere Chancen, das Ding durchzuziehen, etwa fünfzig zu fünfzig stehen. Ich will es noch deutlicher sagen: Die Chancen, hinterher davonzukommen, stehen noch schlechter. Und wir reden hier nicht nur von Gefängnis. Hier geht's rund. Möchte einer von euch aussteigen?«

»Du hast von Gefängnis gesprochen, Boß. Wie illegal ist die Sache?« Bob Usher, ein Mann Ende Dreißig mit harten Gesichtszügen, meldete sich zu Wort. Usher hatte das Gefängnisleben hassen gelernt – er war derjenige, der sechs Monate mit Howard im Untersuchungsgefängnis von Ankara verbracht hatte. Das Essen war grauenhaft gewesen, und der Vitaminmangel hatte dazu geführt, daß ihm fast alle Haare ausgegangen waren; er war beinahe kahl. Seltsamerweise machte ihn das nicht älter – eher das Gegenteil war der Fall. Seine starken Kinnmuskeln ließen ihn angriffslustig wirken. Bevor er sich XF Securities angeschlossen hatte, war Usher Sergeant beim 22. Regiment des Special Air Service gewesen.

»Ich fürchte, wir werden auch hier ein oder zwei kleine Vorschriften mißachten müssen, aber das fällt nicht groß ins Gewicht. Der größte Teil wird sich in Übersee abspielen. Was wir dort tun, ist zweifelsfrei illegal, wenn sie uns erwischen. Aber wir tun allen einen Gefallen.«

»O Gott«, sagte Usher und schnitt eine Grimasse, »da wären wir wieder.«

»Danke, Bob«, sagte Howard grinsend. »Ich seh zu, daß du Haftminderung wegen guter Führung kriegst.«

»Wenn ihr die Sache für okay haltet, du, Mike und Johnny, bin ich dabei, Boß.« Der Mann, der jetzt sprach, Mel Harris, wirkte ruhelos; er saß auf der Kante seines Stuhls, die Ellbogen auf den Knien, die Hände vor sich gefaltet. Er machte einen unauffälligen Eindruck, aber ein Merkmal verriet ihn immer: seine Augen. Sie waren stechend blau; niemand übersah seinen intensiven Blick. Harris war sich dessen bewußt und trug Brillen mit getönten oder dunklen Gläsern, wenn er nicht auffallen wollte. Wie Usher war auch er beim 22. Regiment des SAS gewesen. Er besaß die ausgeprägteste Reaktionsfähigkeit, die Howard je bei jemandem erlebt hatte – er war sogar noch schneller als Bourne. Er war derjenige, den die drei sardischen Kidnapper so folgenschwer unterschätzt hatten.

»Danke, Mel. Tony, wie steht's mir dir?«

»Zähl mich dazu, Boß«, sagte Tony Ackford, »ich könnte mal 'n paar Wochen Urlaub von der Kleinen brauchen.« Howard grinste. Ackford war früher bei den Marines gewesen – ein Hüne von einem Mann. Fünfzehn Jahre hatte er beim Special Boat Service Dienst getan, dem Gegenstück der Marine zum SAS, und hatte eine Beförderung immer abgelehnt. Seine zierliche irische Frau war berühmt für ihr wildes Temperament.

Ackfords Ruf als harter Bursche war noch immer lädiert von einem Vorkommnis in einem Pub in Poole, wo Ackfords Frau ihren Mann und einen Trupp Marines bei einer nächtlichen Sauftour empfindlich gestört hatte. Die kleine Person – um die eins fünfzig – war mit einem Wortschwall von Verwünschungen über ihren ein Meter neunzig großen Gatten hergefallen und hatte ihn mit einem gezielten Handtaschenschwinger beinahe ausgeknockt.

»Na schön, Tony, aber was erwartet dich dann, wenn du wieder heimkommst?«

»Ich bring ihr Blumen mit, Boß. Da wo wir hingehen, gibt's doch Blumen?«

»Da hab ich so meine Zweifel.« Howard wandte sich an die zwei verbleibenden Männer. »Andy, Chris, was meint ihr?« Andy Denard und Chris Palmer waren die einzigen in der Truppe, die nicht auf der Gehaltsliste von XF Securities standen. Bei seinem Telefongespräch mit Denard hatte sich Howard noch kryptischer ausgedrückt als bei den anderen, da Denard in Simbabwe lebte; Howard hatte ihn schließlich in seinem Haus in Borrowdale in den nördlichen Vororten von Harare aufgestöbert. Denard hatte dann vorgeschlagen, Palmer hinzuzuziehen. Howard hätte ihm grundsätzlich unbesehen zugestimmt, da er vollständiges Vertrauen in Denards Urteilskraft hatte, aber dessen beiläufige Bemerkung, daß der Mechaniker nicht nur die erforderlichen Qualifikationen besaß, sondern auch »ein guter Scout« sei, hatte ihn zusätzlich überzeugt. Er wußte sofort, wovon Denard sprach: Palmer hatte während des Unabhängigkeitskrieges in Simbabwe den berüchtigten Selous Scouts angehört. Die »erforderlichen Qualifikationen« würden sich ebenfalls als unentbehrlich erweisen – Palmer war Flugzeugmechaniker.

Außer Howard kannten nur Bourne und Usher Denard, und Palmer war ganz neu in der Runde, aber Howard spürte, daß die anderen mit den beiden Ex-Rhodesiern von den Special Forces gut zurechtkamen. Ihr trockener Humor und ihre geradlinige, gelassene Art schienen den anderen Männern zu gefallen. Denard war klein und drahtig, während Palmer wie ein Rugbyspieler gebaut war. Beide hatten von den Jahren unter der afrikanischen Sonne braune, wettergegerbte Gesichter.

Denard meldete sich zu Wort. »Wie sieht's mit dem Fliegen aus, Ed? Krieg ich eine F16 oder was Hübsches in der Art zum Spielen? Ich hab mächtig die Schnauze voll davon, für die UAC Touristen rumzufliegen.«

»Tut mir leid, Andy, so großartig wird's nicht werden. Kann sogar sein, daß du keinen Kampfeinsatz fliegen mußt.«

»Mist. Ich hätt's wissen müssen. Na ja, ich werd wohl trotzdem mitkommen. Überall muß ich heutzutage den Taxifahrer machen.«

»Mehr bringst du doch auch nicht mehr, du Penner«, knurrte Palmer. »Keine Angst, Jungs, ich werd das Kerlchen schon im Zaum halten.«

Howard blickte zufrieden um sich. Alle hatten sich prinzipiell bereiterklärt, sich dem Team anzuschließen, wie er es vermutet hatte. Er wußte, daß Geld dabei die geringste Rolle spielte. Er war vermutlich der einzige, der aus finanziellen Gründen zugesagt hatte; er sehnte sich danach, aus dieser Wohnung auszuziehen und etwas übrig zu haben nach den Beschränkungen, die er durch die Unterhaltszahlungen an Claire hinnehmen mußte. *Den anderen,* dachte er, *war Geld nicht sonderlich wichtig. Aber die hatten auch nicht solche Biester als Ex-Frauen. Vielleicht konnten sie sich den Luxus leisten, einfach aus Spaß am Abenteuer dabeizusein. Für ihn ging es einzig und allein um die Bezahlung. Nun, es war nicht schlecht, daß er es aus diesem Blickwinkel sah. Für einen warmen Händedruck führte man einen Auftrag wie diesen jedenfalls bestimmt nicht aus.*

»Okay, Jungs, es geht um folgendes.« Howard stellte es ihnen in einigen knappen Sätzen dar. Es gab zwei oder drei überraschte

Pfiffe und beifälliges Nicken. Mel Harris bekam leuchtende Augen und schlug sich begeistert mit der Faust in die andere Hand. Nur Tony Ackford kaute gelassen einen Kaugummi und wirkte ziemlich unberührt.

»Dieser Einsatz«, fuhr Howard fort, »läßt sich mit nichts vergleichen, was wir beim Militär gemacht haben. Wir bekommen keinerlei Hilfe und Unterstützung. Außerdem wird uns nicht viel Zeit bleiben; wir müssen uns rein- und wieder rausmogeln. Wir werden gegen so ziemlich jede militärische Regel verstoßen, die ihr euch denken könnt. Aber ich glaube, es kann funktionieren.

Jedenfalls – die wichtigen Daten zuerst.« Er förderte sieben dicke braune Umschläge zutage und warf jedem der Männer einen zu. »In jedem dieser Umschläge stecken zwanzig Riesen. Ich möchte, daß ihr euch alle für die Hälfte einen vernünftigen fahrbaren Untersatz zulegt. Nichts zu Spritziges. Unauffällig, seriös, solide Motoren. Am besten aus zweiter Hand – nicht älter als achtzehn Monate, höchstens zwei Jahre. Bezahlt in bar und füllt die Zulassung selbst aus – mit falschem Namen. Sagt dem Händler, ihr kauft den Wagen für eure Freundin oder so was. Die Autos dürfen nicht mit euch in Verbindung gebracht werden, und ihr fahrt sie nur, wenn es um diesen Job geht. Versichert sie nicht einzeln – sorgt dafür, daß ihr bei eurer normalen Versicherung eine Klausel für andere Fahrzeuge habt. Auf die Art ist es legal, aber wenn die Sache vorbei ist, gibt es nichts, womit man die Autos zu euch zurückverfolgen kann. Parkt sie weit entfernt von zu Hause, wenn ihr sie nicht benutzt. Wir reden später noch darüber, wie ihr sie wieder loswerdet.

Johnny muß es als einziger anders machen – er braucht einen hochklassigeren Wagen für seine Aufgabe. Er muß zwanzigtausend dafür springen lassen. Der Rest des Geldes ist für sonstige Ausgaben. Aber es ist nicht zum Rauswerfen da. Chris, ich verlasse mich darauf, daß du diesen lüsternen kleinen Piloten hier von den Nachtclubs und Casinos fernhältst, okay?«

Palmer grinste und tätschelte Denard den Kopf. »Ich schließ ihn ein, wenn's dunkel wird, keine Sorge.«

Denard murmelte etwas Unflätiges.

»So, es gibt noch mehr Umschläge.« Howard reichte sie herum; auf jedem Umschlag stand der Name des Adressaten. »Macht sie auf.«

Sie enthielten generelle Anweisungen, eine Aufgabenliste und wiederum Geld. Der Betrag richtete sich nach den geschätzten Ausgaben des Betreffenden.

»Mel, du siehst, daß wir nächste Woche eine Kleinigkeit gemeinsam erledigen werden; dann machst du mit Andy eine Kurzreise in die USA. Du kennst dich in Texas gut aus, also würde ich vorschlagen, du fängst dort an. Ihr sollt einen Cowboypiloten auftreiben, der Andy so ähnlich sieht, daß er als er selbst durchgeht. Es ist mir egal, ob es ein Gauner oder ein Schmuggler oder was auch immer ist, solange er eine gültige Berufspilotenlizenz für Zweimotorige besitzt und flugtechnisch was drauf hat. Andy kann seine Flugkünste testen, aber ich möchte, daß ihr ihn unter dem Gesichtspunkt aussucht, ob er bei der Stange bleiben wird. Einen Säufer oder Hitzkopf können wir nicht brauchen. Gebt ihm einen Vorschuß von zehntausend Dollar, weitere neunzigtausend gibt es, wenn die Arbeit getan ist. Erzählt ihm so wenig wie möglich, und sagt ihm nicht eure Namen. Wir werden ihn frühestens Ende März dort drüben brauchen. Alles klar?«

Mel Harris nickte, noch immer mit leuchtenden Augen.

»Gut«, sagte Howard. Er wandte sich an Ziegler. »Mike, du fährst auch in die Staaten, aber mit einer anderen Aufgabe. Du wirst sehen, daß wir einiges an High-Tech-Ausrüstung brauchen. Solche Dinge kriegst du drüben leichter, und du weißt, wo du suchen mußt. Johnny wird dir noch sagen, wohin du sie verschiffen sollst.

Chris, dich möchte ich zuallererst bitten, dir einen Bart stehen zu lassen.«

Der stämmige Mann aus Simbabwe zog leicht die blonden Augenbrauen hoch; dann nickte er.

Howard fuhr fort. »Eine Weile werdet ihr allein arbeiten, aber die Aufgaben sollten nicht allzuviel Zeit in Anspruch nehmen.

Johnny muß einige kaufmännische Arrangements machen, dann kann er euch helfen. Ihr müßt ein Flugzeug auftreiben und es leasen oder kaufen. Acht oder mehr Sitze, solider, kräftiger Motor – so was wie eine Islander oder Twin Otter. Sie sollte mit Ballonreifen und einem Vorrat an Ersatzteilen ausgestattet sein. Weitere spezifische Anforderungen an das Flugzeug stehen auf euren Listen. Wenn etwas fehlt, laßt es einbauen. Johnny wird die Finanzierung für euch regeln, weil es das teuerste Stück der Ausrüstung sein wird und wir es nicht mit Bargeld bezahlen können.

Ich selbst habe noch eine größere Sache vor mir. Unser Team ist nämlich noch nicht vollständig. Wir brauchen einen weiteren Mann, der auf etwas spezialisiert ist, was keiner von uns beherrscht, jedenfalls nicht so, wie es vonnöten ist. Ich habe jemanden im Sinn, der der Richtige sein könnte, aber ich bin noch nicht an ihn herangetreten.« Howard zog an seiner Zigarette und beobachtete, wie die anderen zu erraten versuchten, wer wohl Fertigkeiten besaß, über die keiner im Raum verfügte. Schließlich sagte er: »Wir brauchen einen erstklassigen Scharfschützen. Den besten, den es gibt.«

Bis auf einen nickten alle, als das eingesickert war. Tony Ackfords Stirn legte sich immer stärker in Falten, während er seine Einkaufsliste studierte. Nach einer Weile platzte er heraus damit. »Boß, was ist das alles für ein Scheiß, den Bob und ich kaufen sollen? Ich seh ja noch Sinn in dem Kassettenrecorder und den Arabisch-Kassetten – ich meine, ich kann mir denken, daß es wichtig sein könnte, auf arabisch zu sagen ›Steh ganz still, du Weichei, sonst schieß ich dir deinen pockennarbigen Kopf weg‹ –, und die Kletterausrüstung und diese ganzen Seile und Flaschenzüge könnten nützlich sein, wenn wir den Kerl aufhängen wollen, statt ihn zu erschießen, aber was zum Geier sollen wir mitten in der verfluchten Wüste mit einem fünf Meter langen Gummischlauchboot, wasserdichten Stausäcken, Neoprenanzügen, Paddeln und einem Außenbordmotor? Und mit diesen Flaggen und Aufklebern? Und diesem Kram hier – kleiner Bleiklumpen ... ein Sack Gips? Schweißausrüstung? Hydraulischer Wagenheber? Zwei Airconditioner? Und dann dem hier – zehn Tonnen Betonplatten? *Vier* Tonnen *Dosenmargarine*? Chemische Toilette und Campingausrüstung? Ein vierzehn Meter langer Tiefkühlcontainer und Sattelschlepper, um Himmels willen? Das ist doch der nackte Wahnsinn – wollen wir eine Campingtour nach Bagdad machen, um dort ein Betonstrandhaus zu bauen, ein Kamel in Margarine zu fritieren und das Scheißteil dann tiefgefroren, an einem Schlauchboot vertäut, wieder nach Hause zu schaffen?«

Die anderen brüllten vor Lachen, und allmählich machte sich auch auf Ackfords Gesicht ein Grinsen breit. Howard hatte sich gedacht, daß diese Liste etwas Verwirrung auslösen würde und Ackfords Ausbruch vorausgeahnt. »Du hast die dreißig Zentner gefrorene Erbsen vergessen, Ack«, sagte er jetzt. »Wir fritieren das Kamel, dann essen wir es, zusammen mit den Erbsen. Das chemische Scheißhaus ist für hinterher.«

Howard wartete, bis das Gelächter sich legte; dann lieferte er eine Erklärung.

14

Am Freitag morgen wurde ein Telefongespräch für Dartingtons Büro zu Mrs. Webster, seiner Assistentin, durchgestellt; eine schmeichlerische, aufdringliche Stimme wollte wissen, ob es möglich sei, »Pete« Dartington zu sprechen. Die brave Mrs. Webster ließ keinen Zweifel an ihrer Mißbilligung dieses Umgangstons, als sie versuchte, den Anrufer abzuwimmeln, aber er erwies sich als hartnäckig.

»Es ist schrecklich wichtig, Herzchen«, säuselte er.

Mrs. Webster zuckte zusammen; sie haßte es, wenn jemand sie »Herzchen« nannte.

»Ich muß ihn irgendwann in den nächsten Tagen zu Gesicht bekommen«, fuhr der Anrufer fort. »Ich könnte ihn natürlich auch zu Hause treffen, wenn das besser passen würde. Leider schaffe ich es dieses Wochenende nicht. Ob er wohl Montag oder Dienstag ein bißchen Zeit hätte?«

»Sir Peter ist ein vielbeschäftigter Mann, Mr....?« Mrs. Webster wartete darauf, daß der Mann seinen Namen sagen würde, aber nichts dergleichen geschah. Sie sprach weiter. »Ich fürchte, ich kann Ihnen keinen Termin geben, solange Sie mir nicht den Anlaß Ihres Besuches mitteilen möchten. Er hat am Montag und Dienstag einen sehr vollen Terminkalender.«

»Nun, wie wäre es denn mit Dienstag abend? Ich könnte zu seinem Landhaus rausfahren. Dienstag abend ginge bei mir bestens.«

»Es wäre zwecklos, Mr....« Sie versuchte ein weiteres Mal, dem Anrufer seinen Namen zu entlocken, und diesmal war ihr Erfolg beschieden.

»Harrington, Herzchen, Brian Harrington. Nennen Sie mich Brian.«

»Nun, Mr. Harrington, ich fürchte, es wäre zwecklos, Sir Peter zu Hause aufzusuchen. Geschäftliche Termine bei sich zu Hause hat er schon immer abgelehnt. Außerdem ...« Sie brach ab und biß sich auf die Lippe.

»Ach, ist er denn nicht zu Hause am Dienstag?« Die Stimme triefte vor Freundlichkeit.

»Mr. Harrington«, sagte Mrs. Webster bemüht und beschloß, die Taktik zu ändern, weil sie äußerst verärgert darüber war, daß der Anrufer sie nervös gemacht hatte, »ich schlage vor, daß Sie Ihr Anliegen schriftlich einreichen. Sie können versichert sein, daß Sir Peter Ihnen so bald wie möglich antworten wird. Mr. Harrington?«

Die Leitung war tot.

Mit einem angewiderten Stirnrunzeln legte Dorothy Webster den Hörer auf. Sie dachte einen Moment nach, dann erhob sie sich, klopfte behutsam an die Tür zum Büro ihres Chefs und ging hinein. Dartington blickte fragend auf.

»Sir Peter, es tut mir leid, aber ich habe gerade einen sehr merkwürdigen Anruf erhalten. Ein Mann namens Brian Harrington bestand darauf, Sie bezüglich einer angeblich wichtigen Angelegenheit treffen zu müssen.«

»Harrington? Ich kenne keinen Harrington. Was wollte er?«

»Dazu wollte er sich nicht äußern, Sir. Er sagte, er wolle Sie zu Hause aufsuchen, und schlug den kommenden Dienstagabend vor. Ich habe versucht, ihn so direkt wie möglich abzuwimmeln.«

»Nun, ich werde ihn schon los, falls er auftauchen sollte. Danke für die Warnung, Dorothy.«

»Ich fürchte, am Dienstag abend sind Sie und Lady Dartington in London, Sir, wenn Sie sich erinnern. Möchten Sie, daß ich Mr. und Mrs. Jephcott auf einen etwaigen Besucher vorbereite?«

»Oh. Ja. Gute Idee. Sagen Sie Jephcott, er soll nach dem Kerl Ausschau halten und ihn verscheuchen. Und machen Sie sich keine Sorge, Dorothy, ich bekomme auch zu Hause eine Menge dummer Anrufe. Ich wünsche mir oft, daß Sie auch dort wären, um die gleich auszusortieren.«

Mrs. Webster lächelte und kehrte in ihr Büro zurück.

Dartington sah zu, wie sich die Tür hinter ihr schloß. Er klopfte sich mit einem Bleistift an die Zähne. Es war ziemlich offensichtlich, wer das gewesen war, dachte er. Howard war so subtil wie ein Rhinozeros vorgegangen. Die arme Dorothy. Aber sie würde sich jedenfalls an den Vorfall erinnern und zu gegebener Zeit zwei und zwei zusammenzählen.

15

Etwas ließ Howard keine Ruhe, als er über den Landkarten von Schottland brütete. Er hatte sich ein vollständiges Werk von Landranger-Meßtischblättern im Maßstab 1 : 50 000 besorgt und arbeitete es systematisch durch. Er hatte zwei Anhaltspunkte – einen Ort und einen Nachnamen. Der Ort war nicht im Index seiner Karte aufgeführt, aber durch den Namen wußte er zumindest ungefähr, wo er anfangen mußte zu suchen.

Er fand den Ort auf der dritten Karte, Blatt 41. Er hatte fünfzig Minuten dazu gebraucht, aber plötzlich war ihm der Name ins Auge gestochen. Er mußte es sein – schrieb sich mit C, nicht mit K, wie Henry Stoner ihm gesagt hatte. Deshalb war die Suche im Index erfolglos gewesen – er hätte es sich denken können. Er sah sich das Umland genauer an. Rauhe Gegend, dachte er; bergig, wild, einsam. Das kleine Dorf war eingezeichnet, und er stieß dort auf das Zeichen für eine Unterkunft. Er schlug in seinem Autoatlas nach. Ja, es war aufgeführt; ein Gasthaus. Zimmer zu vermieten. Wahrscheinlich ziemlich primitiv, aber es würde ihm genügen. Er empfand ein kurzes Erfolgsgefühl, daß er den Ort aufgespürt hatte. Aber er würde nicht viel damit anfangen können, solange er nicht mehr in der Hand hatte – etwas, das ihm Zugriff auf diesen Mann ermöglichte.

MacDonald. Woher kannte er den Namen? Kein ungewöhnlicher Name, in all seinen Schreibweisen – er prangte unübersehbar an Hunderten von widerwärtigen Fast-food-Niederlassungen, die ihm heutzutage auf Schritt und Tritt begegneten. Da oben war es ein Allerweltsname – in diesem Teil von Schottland hieß doch bald jeder zweite MacDonald. Dennoch ließ ihm der Name keine Ruhe. Er meinte, irgendwo etwas über ihn gelesen zu haben, und vielleicht gab es da eine Verbindung. Wie lange war das her? Es war erst kürzlich gewesen, da war er sicher. Warum hatte sich ihm der Name eingeprägt? Er konnte sich nicht erinnern. Er mußte ganz von vorn anfangen.

Seine Notizen hatte er allesamt aufbewahrt; er suchte sie zusammen und machte sich wieder zur British Newspaper Library auf. Er fuhr mit der Northern Line der U-Bahn direkt dorthin und war um 11 Uhr 30 bereits in die Stapel von Zeitungen vertieft, die er bestellt hatte. Um 16 Uhr 35 stieß er auf die Meldung, die ihm damals aufgefallen war. Er hatte gerade noch Zeit, für den nächsten Tag eine Fotokopie davon zu bestellen, bevor im Leseraum die Glocke schrillte, die das Ende der Öffnungszeit um 17 Uhr ankündigte.

Am nächsten Tag, einem Sonntag, erschien er pünktlich zur Öffnungszeit um zehn Uhr morgens in der Bücherei. Er bestellte einzelne Ausgaben von vier überregionalen Tageszeitungen, zwei überregionalen Wochenzeitungen, zwei schottischen Tageszeitungen und einer schottischen Wochenzeitung. In dreien von diesen neun Zeitungen entdeckte er ebenfalls Meldungen zu diesem Thema, aber die ausführlichste Berichterstattung fand er in der regionalen Lochaber-Ausgabe des *Press & Journal* aus Aberdeen. Er überlegte kurz, ob er noch andere Regionalzeitungen bestellen sollte, beschloß aber, sich die Mühe zu sparen. Er machte sich einige Notizen und bat sicherheitshalber darum, ihm eine Kopie von dem Artikel aus dem *P & J* nach Hause zu schicken.

Howard verließ die Bücherei kurz vor elf. Er hatte Glück gehabt; er hatte gefunden, was er brauchte. Er war ziemlich sicher, daß er MacDonald damit zum Mitmachen bewegen konnte.

16

Mel Harris fuhr seinen kürzlich erstandenen Golf GTI rückwärts in die Ausfahrt der Farm und schaltete das Licht aus. Er und Howard ließen die Seitenfenster herunter und saßen zehn Minuten schweigend da, während sie auf die Geräusche draußen horchten und darauf warteten, daß ihre Augen sich an die Dunkelheit gewöhnten. Schließlich nickte Howard, und sie stiegen aus. Howard deutete auf das große Haus auf der anderen Seite des Felds; es war drei Uhr morgens, und die Außenlampe auf der Veranda war die einzige Lichtquelle am Haus. Beide Männer zogen einen Overall und Handschuhe an. Dann holten sie eine klobige schwarze Sporttasche und eine dünne Metallröhre aus dem Kofferraum des Autos.

Harris flüsterte: »Ich fühl mich wie ein Yeti mit diesen Kid-Sportschuhen, Boß.«

»Denk nicht dran, Mel«, flüsterte Howard. »Denk an die bewundernden Blicke, die wir im Kittchen ernten, wenn wir für diesen kleinen Raubzug hier eingebuchtet werden. Los, gehen wir.«

Harris und Howard überquerten zügig das Feld und kletterten auf der Rückseite des Hauses über die Mauer zum Küchengarten. Geräuschlos näherten sie sich unter Umgehung der Blumenbeete dem Haus und schlichen zu den Fenstern des Arbeitszimmers an der Vorderseite. Am Ende des Schotterwegs, der Auffahrt, lag das Pförtnerhäuschen; Jephcott würde wahrscheinlich dort sein, aber Mrs. Jephcott würde bestimmt im Haus schlafen. Howard untersuchte das Fenster und hielt den Daumen hoch: Der Riegel war nicht vorgelegt. Harris, der nichts von Dartingtons Beteiligung wußte, verdrehte die Augen ob solcher Nachlässigkeit von Hausbesitzern, die sich nicht die Mühe machten, die Fenster zu verschließen. Na, auch gut, dachte er; sparen wir Zeit.

Während Howard lautlos das Fenster hochschob, nahm Harris die Teleskopangel aus dem Futteral. Mit Klebestreifen befestigte er ein kleines Drahtrechteck an der Spitze der Angel und klebte an beide Seiten des Drahts, die in rechtem Winkel zu der Angel standen, etwas Kitt. Von einem beidseitig haftenden Klebestreifen, an dessen einer Seite bereits ein etwa fünfzehn Quadratzentimeter großes Stück Pappkarton haftete, zog er den anderen Schutzstreifen ab, dann drückte er die Rückseite des Kartonstücks gegen den Kitt an dem Drahtrechteck. Durch den Rahmen und den Kitt saß das Kartonstück jetzt am Ende der Angel fest.

Howard deutete stumm auf die Stelle, wo sich der Sensor des Infrarotbewegungsmelders befand, wobei er darauf achtete, seine Hand nicht durchs Fenster zu stecken. Harris schob die Angel mit dem kartongespickten Ende voran durchs Fenster.

Der Sensor befand sich in der Ecke des Zimmers, auf derselben Seite wie das Fenster. Er hatte einen Blickwinkel von 90 Grad, deckte also den gesamten Raum ab; er registrierte sofort jede Bewegung einer Wärmequelle, eines menschlichen Körpers beispielsweise, innerhalb des Raumes. Er reagierte jedoch nicht, wenn das Fenster geöffnet wurde – da es sich an derselben Wand befand, übersah es der Sensor. Wenn er Augen gehabt hätte, wäre ein rechteckiges Stück Karton, das sich direkt auf ihn zubewegte, alles gewesen, was er nun wahrgenommen hätte. Weil das Kartonstück eine neutrale Infrarotstrahlung abgab, wurde es nicht bemerkt. Der Klebestreifen kam mit der Plastikummantelung des Sensors in Kontakt und blieb haften. Behutsam zog Harris an der Angel, die sich von dem Kitt löste. Der Karton klebte jetzt fest über dem Sensor, bedeckte das kleine Fenster und machte ihn so vollständig blind. Als Harris die Angel herausgezogen hatte, warf Howard einen Blick auf seine Armbanduhr; dann warteten sie. Nach sechs Minuten nickte Howard, und sie stiegen lautlos in das Zimmer.

Dort blieben sie eine Weile stehen und horchten, aber im Haus war es still. Die zwei überfütterten Hunde schnarchten vermutlich in der Küche am anderen Ende des Flurs vor sich hin; und Mrs. Jephcott lag sicher in ihrem Zimmer im zweiten Stock im Tiefschlaf.

Harris öffnete den Reißverschluß der Sporttasche und holte vier schwere dunkle Wolldecken und ein Päckchen Kartennadeln heraus. Gemeinsam brachten sie an jedem Fenster und an der Tür zum Flur mit den Nadeln eine Wolldecke an. Als sie schließlich noch die schweren Vorhänge zuzogen, war es absolut dunkel im Zimmer. Howard schaltete seine kleine Taschenlampe ein und ging zum Schreibtisch. Er prüfte, ob sich die Schubladen öffnen ließen, dann holte er ein kleines Stemmeisen aus der Tasche und begann, die zwei oberen, abgeschlossenen Schubladen aufzuhebeln. Harris benutzte seine eigene Taschenlampe, um sicherzugehen, daß von dem Kitt an dem Kartonstück nichts heruntergefallen war.

Harris schaltete den Kopierer neben dem Schreibtisch ein, und das Gerät summte und wärmte sich auf. Howard sah die Akten durch, die er der Schublade entnommen hatte, und nahm achtunddreißig Seiten heraus; er legte die erste auf die Glasfläche im Kopierer und schloß die Klappe. Harris breitete die vierte Decke über das Gerät und Howards Hand, die er über die grüne Kopiertaste hielt. Als alles abgedeckt war, drückte Howard auf die Taste.

Die Geräusche des Kopierers waren kaum hörbar, und kein Licht drang nach außen. Harris nahm die Decke hoch, und sie wiederholten diese Prozedur, bis alle Seiten kopiert waren. Dann nickte Howard, und Harris schaltete den Kopierer aus. Die Kopien der Dokumente wurden zusammen mit einigen Briefbögen mit dem Darcon-Firmenzeichen und entsprechenden Umschlägen in einen Ordner gelegt, der in die Sporttasche befördert wurde.

Howard untersuchte rasch den Inhalt der anderen Schubladen; ein Taschendiktiergerät, eine Kamera und etwas Bargeld folgten dem Ordner nach. Harris zog den Stecker von Dartingtons Faxgerät und Videorecorder heraus und packte beides ebenfalls in die Tasche. Zwei silberne georgianische Kerzenhalter und zwei silberne Aschenbecher, die einzigen eindeutig wertvollen Gegenstände im Raum, stellten sie ans Fensterbrett. Dann brachten die beiden Männer drei Minuten damit zu, sorgfältig den Raum zu verwüsten – sie zogen leise Bücher aus den Regalen, öffneten Schubladen und Schränke –, damit der Eindruck entstand, jemand habe hastig nach kleinen Wertgegenständen gesucht.

Als Howard zufrieden war, verstreute er die Bestandteile der Akten auf dem Boden. Das zuvor ordentliche Zimmer bot nun einen ausreichend chaotischen Anblick. Harris und er schalteten ihre Taschenlampen aus, nahmen die Decken an Fenstern und Tür ab und steckten sie gemeinsam mit den Kartennadeln in die mittlerweile ausgebeulte Tasche. Nachdem sie den Reißverschluß zugezogen hatten, stieg Howard aus dem Fenster. Er setzte die Tasche ab und nahm die silbernen Kerzenhalter und Aschenbecher lose in die Hand; die Handschuhe trug er immer noch.

Innen steckte Harris die Angel in ihr Futteral zurück und reichte sie Howard durchs Fenster hinaus. Dann ging er zu dem Sensor und entfernte den Karton, wobei er darauf achtete, daß nichts von dem Klebeband am Sensor haftenblieb. Er faltete den Karton und steckte ihn in die Jackentasche.

Der Sensor registrierte augenblicklich die Anwesenheit eines Eindringlings. Im Flur gab die Alarmkontrollbox ihre Anweisung an das automatische Wahlgerät im Schrank weiter; das Gerät wählte die Nummer der Notrufzentrale der Wachgesellschaft.

Als der Wählvorgang beendet war, war Harris bereits aus dem Fenster gestiegen und hatte sich sachte zu Boden gleiten lassen. Er zog das Fenster herunter, dann schlug er mit einem Ende des Angelfutterals neben dem Riegel eine der kleinen Scheiben ein. Anschließend schob er das Fenster wieder hoch und ließ es offen.

Howard und Harris nahmen die Tasche, die durch ihre Beute inzwischen ein beträchtliches Gewicht hatte, in die Mitte und gingen rasch in ihren eigenen Fußspuren durch den Küchengarten zurück zu der Mauer am Feld. Dort ließ Howard die Kerzenhalter und Aschenbecher zu Boden fallen, bevor sie über die Mauer kletterten.

Mrs. Jephcott hatte einen leichten Schlaf. Sie wachte auf, als ein leichtes Klirren an ihre Ohren drang, und ging zum Fenster. Sie sah nichts Ungewöhnliches, rief aber dennoch im Pförtnerhaus an. Ihr Mann nahm beim vierten Läuten ab.

Als ihm seine Frau berichtet hatte, sagte George Jephcott fest und entschieden zu ihr: »Bleib, wo du bist, Mary; geh nicht nach unten. Die Alarmglocke hat eine fünfminütige Verzögerung. Wir wollen sie nicht vorwarnen. Die Polizei wird schon unterwegs sein. Sie sollen sie auf frischer Tat ertappen.« Er zog sich an, so schnell er konnte. Zwei Minuten später verließ er das Pförtnerhaus mit seiner Flinte; er schloß das schwere Eisentor auf und öffnete es weit für die Polizei. Dann eilte er zum Haus hoch, wobei er nicht auf dem Schotterweg, sondern auf dem Grasstreifen seitlich des Wegs ging.

Zu dem Zeitpunkt, als Mrs. Jephcott ihren Mann anrief, schickte die Polizeiwache, die von der Wachgesellschaft informiert worden war, den Streifenwagen, der sich in der Nähe befand – er war zufällig nur drei Meilen entfernt – zu dem gemeldeten Notruf. Der Streifenwagen näherte sich mit Höchstgeschwindigkeit ohne Martinshorn und Blaulicht auf der hinteren Straße dem Haus. Er kam an der Einfahrt vorbei, in der noch immer Harris' Golf GTI versteckt war. Dreihundert Meter weiter bog er an der Kreuzung rechts zu der Zufahrt zum Pförtnerhaus ab, dann fuhr er durch das Tor zum Haus hoch. Harris und Howard, die gerade das Feld überquerten und nur noch etwa hundert Meter von ihrem Wagen entfernt waren, sahen den Streifenwagen vorbeifahren. Sie wechselten einen Blick. Keiner der beiden Männer hatte ein Wort gesprochen, seit sie fünfundvierzig Minuten vorher von dem Golf aus aufgebrochen waren.

Genau fünf Minuten nachdem Harris das Kartonstück von dem Sensor entfernt hatte, ging die Alarmglocke außen am Haus los. Es verwirrte George Jephcott, der mit seiner Flinte im Gebüsch vor dem Haus wartete, daß niemand auftauchte. Eine Viertelmeile entfernt fuhr der Golf unbemerkt aus der Farmauffahrt. Der Streifenwagen traf dreißig Sekunden später am Haus ein. Sämtliche Spuren, von den Abdrücken der Sportschuhe in der Erde bis zur Art der gestohlenen Gegenstände, würden bei der Polizei zu der Annahme führen, daß es sich bei den Einbrechern um Jugendliche gehandelt hatte – eine Schlußfolgerung, die noch überzeugender schien, als Jephcott etwas später die nachlässig weggeworfenen Silbersachen an der Mauer entdeckte.

Harris fuhr zurück nach London. Unterwegs hielt er kurz an einem Rastplatz, wo Howard zwei Paar fast neue Sportschuhe, zwei dunkelblaue Overalls und eine komplett funktionstüchtige Kamera sowie ein ebensolches Diktiergerät und einen Videorecorder in einen Müllcontainer warf.

17

Der junge Immobilienmakler konnte sein Glück kaum fassen. *Es war einfach unglaublich,* dachte er. *Im einen Moment saß er noch in seinem Büro, drehte Däumchen und sann über seine trübe Zukunft nach, und im nächsten marschierte dieser pausbäckige Bursche herein und wollte ein paar Objekte mieten, die er schon lange abgeschrieben hatte. Unglaublich!*

Eigentlich war mit den Gewerbeobjekten in der Loundis Road alles in Ordnung. Es handelte sich nur um einen Fall von schlechtem Timing seitens des Initiators. 1988 waren sie fertig geworden; zehn auf einmal. Optimal an den Mann zu bringen – zumindest in der Theorie. Zufahrt zur M4 an der Auffahrt 16; gute, vielseitige Objekte, bei denen alles bedacht worden war. Das Problem war die Rezession. *Nur vier von ihnen waren vermietet gewesen, als sich die harten Zeiten bemerkbar gemacht hatten; danach,* dachte der Immobilienmakler, *konnte man sie anpreisen wie warme Semmeln, nichts tat sich mehr.* Der Initiator hatte sich gesträubt, der Realität ins Auge zu sehen; er weigerte sich, die Miete herunterzusetzen, trotz guten Zuredens von allen Seiten. Wenn er bei seiner Bank nicht tief in der Kreide gestanden hätte, wäre es vielleicht anders ausgegangen; indem er hohe Mieteinnahmen in Aussicht stellte, hatte er verhindern können, daß ihm die Bank das Darlehen kündigte.

Anfangs war alles gut gelaufen. Die Probleme fingen an, als der erste Mieter die Segel streichen wollte. *Da hatte sich der Initiator ziemlich unklug verhalten,* dachte der Immobilienmakler. Der Mieter hatte noch neun Monate, bis er erstmalig von seinem Optionsrecht zur Vertragsauflösung Gebrauch machen konnte, bat aber darum, aus dem Vertrag entlassen zu werden. Der Initiator geriet in Panik wegen seiner Zinszahlungen und war ungnädig gegenüber dem Mieter, der an seinen Vertrag gebunden war und die Miete zahlen mußte – und infolgedessen bankrott ging. Der Immobilienmakler hatte den Initiator dringlich gebeten, doch mit der Miete herunterzugehen, aber der wollte sich auf nichts Derartiges einlassen.

Das Resultat war absehbar. Der Mieter war der finanzschwächste von den vieren; als er einbrach, schuldete er dem Initiator noch vier Monatsmieten. Die anderen drei Mietparteien wußten jetzt, woran sie waren. Als der Zeitpunkt gekommen war, machten sie von ihrem Optionsrecht Gebrauch und zogen weg. Jetzt standen alle zehn Objekte leer – die Loundis Road war ausgestorben. Natürlich gab es einen neuen Besitzer. Dieser Trottel von einem Initiator und seine gleichermaßen blöde Bank hatten das Feld geräumt. Der neue Besitzer hatte die Gebäude zu einem Schleuderpreis vom Grundeigentümer bekommen und dieselbe Maklerfirma beauftragt, weil die Firma sich gut mit dem Objekt auskannte. Der neue Besitzer benahm sich wesentlich vernünftiger, aber nun bestand das Problem darin, daß die ganze Anlage inzwischen einen schlechten Ruf hatte. Natürlich fragte sich jeder potentielle Mieter, warum alles leerstand. Und wer mietete heute, mitten in der Rezession, schon Gewerbehöfe an? Niemand. Es gab keinerlei Interessenten. Die Objekte standen alle leer.

Bis heute eben. Der pausbäckige Bursche war einfach vor ein paar Tagen hereinspaziert, sagte, ihm gefielen die Objekte und ob er – sage und schreibe – nicht eines, nicht zwei, sondern *drei* von ihnen mieten könne. Einfach so. So was nannte man durchstarten! Und er hatte auch nicht wegen der Miete herumargumentiert. Endlich lief das Geschäft wieder, und jetzt, wo drei Objekte vermietet waren, konnte das auch das Interesse an den anderen beleben...

Es war die reine Freude gewesen, mit dem pausbäckigen Mr. Bryce zu verhandeln. Er hatte den Mietvertragsentwurf durchgelesen und sich sofort mit allen Punkten einverstanden erklärt; er hatte Bankreferenzen dabei gehabt, die *sehr* erfreulich gewesen waren; sie waren zusammen in Bryces Wagen rausgefahren, um sich die Höfe anzusehen; sie hatten den Deal mit Handschlag besiegelt und waren wieder zurückgefahren. Schnuckliges Gefährt hatte Mr. Bryce. Sehr schnucklig. BMW 325i, Schalensitze mit Lederbezug, CD-Anlage, ging ab wie eine Rakete. Mr. Bryce hatte keine Liquiditätsprobleme, soviel stand fest. Jedenfalls, die Sache war im Kasten! Und er hatte anstatt der üblichen drei auch noch sechs Monatsmieten im voraus bezahlt! O ja, dachte der Makler, als er Mr. Bryce zum Abschied winkte, heute würde es im Büro ordentlich was zu trinken geben.

Der BMW ließ das Maklerbüro und Swindon hinter sich, fuhr zur Auffahrt 16 und über die M4 nach London zurück. Johnny Bourne öffnete den Mund, zog die zwei rosa Gummipolster aus seinen Backentaschen, steckte sie in ein Plastiksäckchen und verstaute dieses im Handschuhfach neben einer kleinen Flasche »Plastikhaut«. *Mit den Polstern sah er aus, als hätte er gerade einen ziem-*

lich schmerzhaften Aufenthalt beim Zahnarzt hinter sich, dachte er. Sie stopften seine Backen wirklich mächtig aus; aber jeder, der ihn nicht kannte, würde ihn mit einem rundlichen Gesicht in Erinnerung behalten. Die farbigen Kontaktlinsen störten nicht so sehr, wie er befürchtet hatte; er hatte sich ziemlich schnell an sie gewöhnt. Er durfte nicht vergessen, sie wieder herauszunehmen und sich die Haare zu kämmen, damit er nicht weiter mit dem Mittelscheitel herumlief. Er rieb seine Fingerspitzen an den Autositzen, die Plastikhaut an den Fingerspitzen löste sich.

Die drei Gewerbehöfe waren perfekt. Keine anderen Mieter in den restlichen sieben, und die Anlage befand sich am Ende einer Sackgasse. Der Zugang zur M4 war gut, sie hatten gerade die richtige Größe, und man würde sie dort nicht stören.

Bourne hatte eine arbeitsreiche Woche hinter sich. Der Flug nach Liechtenstein, die Gründung einer Holdinggesellschaft dort und der Transfer von einer Million Pfund von einem anonymen Nummernkonto auf ein neues Konto der Holdinggesellschaft bei einer anderen Bank, dann die Rückreise nach England und die Gründung dreier weiterer Firmen mit Sitz in Großbritannien: im Lebensmittelgroßhandel, im Fracht- und Transportgewerbe und im Handelsgewerbe. Drei verschiedene Anwalts- und Buchhaltungsfirmen in drei Städten hatten sich mit den erforderlichen Dokumenten befaßt, und drei Druckereibetriebe hatten eine Auswahl an Briefpapier mit Firmenkopf, Rechnungsformularen und anderen Dokumenten hergestellt. Dann hatte er weitere Geldtransfers in die Wege geleitet, und zwar diesmal vom Konto der Holdinggesellschaft in Liechtenstein auf drei neueröffnete Konten bei drei verschiedenen britischen Banken. In Kürze würde ein reger finanzieller Austausch zwischen den Firmen stattfinden, der die Banken davon überzeugen würde, daß es sich um gesunde Betriebe handelte. Die Bankmanager würden die Adressen der beiden anderen Firmen, mit denen Geschäfte getätigt wurden, nicht zu Gesicht bekommen und deshalb nicht ahnen, daß sie Tür an Tür saßen. Das Konto der Holdinggesellschaft in Liechtenstein würde langsam schrumpfen. Natürlich würde keine der Transaktionen einer gründlichen Buchprüfung standhalten; doch das war auch nicht erforderlich. Bis es dazu kam, würden die Messieurs Bryce und Hatcher und die anderen Geschäftsführer über alle Berge sein.

Solange würde Bourne auf seine Frisur, die farbigen Kontaktlinsen, die Plastikhaut und diese elenden Backenpolster achten müssen. Gar nicht auszudenken, wenn Juliet ihn so sehen würde. Er lächelte, als er an sie dachte, und merkte, daß er kräftig aufs Gaspedal trat. *Nur die Ruhe, Johnny*, sagte er zu sich selbst und ließ wieder locker. *Halt dich an die Geschwindigkeitsbeschränkungen. Ich weiß, daß du's nicht erwarten kannst, sie wiederzusehen, aber es wäre bescheuert, jetzt wegen Rasens angehalten zu werden...*

18

Am Freitag, den 29. November, traf Howard mit dem Mittagsflug von Heathrow in Edinburgh ein. Nachdem er sein Gepäck geholt hatte, ging er zum Avis-Büro und erledigte die notwendigen Formalitäten für den Mietwagen, einen Ford Escort, den er telefonisch vorbestellt hatte. Vom Flughafen aus fuhr er auf der M90 Richtung Norden, sparte durch die neue Umgehungsstraße das Zentrum von Perth aus und nahm dann die A9 nach Inverness. In Dalwhinnie bog er eine Stunde später von der A9 ab und fuhr auf der A86 Richtung Spean Bridge und Fort William.

Es war kalt, und starke Windböen fegten über die Straße und rüttelten am Wagen. Schon jetzt, um 15 Uhr 45 nachmittags, dämmerte es; bis er ankam, würde es dunkel sein. Es herrschte kaum Verkehr, und die Landschaft war karg; auf den Berggipfeln oberhalb von Loch Laggan lag Schnee. Nach einer Weile konnte er auch sie nicht mehr erkennen, und als er in Spean Bridge eintraf, war der Himmel fast schwarz. Zehn Meilen weiter südlich mußte irgendwo im Dunkeln der Ben Nevis emporragen.

Fünf Meilen hinter Spean Bridge bog er auf die Landstraße ab, die zu dem kleinen Dorf Carvaig führte. Nach weiteren zwei Meilen wurde die Straße einspurig. Weiße Zeichen in Rautenform wiesen auf die Ausweichstellen hin. Howard fuhr langsam und konzentriert. Das Scheinwerferlicht brach sich ab und zu in den Augen von schwarzen Schafen, die in kleinen Gruppen am Wegesrand lagen; die Tiere kümmerten sich nicht um das herannahende Auto, und er mußte sogar einige Male anhalten und hupen, damit sie die Straße freimachten.

Kurz nach fünf sah er schließlich in der Ferne Lichter, und zehn Minuten später traf er in Carvaig ein. Er hatte keine Mühe, das Gasthaus zu finden; das ganze Dorf bestand nur aus etwa zwanzig Cottages und flachen Häusern. Er parkte, holte seine Taschen aus dem Kofferraum und klingelte an der Tür.

Ein etwa achtzehnjähriges Mädchen mit kastanienfarbenem Haar öffnete ihm. Sie trug Jeans und einen dicken Pullover und hatte ein hübsches Gesicht. Mit einem weichen, leicht singenden Westküstenakzent sagte sie: »Guten Abend. Was kann ich für Sie tun?«

»Mein Name ist Hatcher, Edwin Hatcher. Ich habe telefonisch ein Zimmer reserviert. Ich hoffe, das geht immer noch in Ordnung?«

»O ja, natürlich, Mr. Hatcher – entschuldigen Sie bitte. Kommen Sie doch herein! Ich hätte wissen müssen, daß Sie es sind!« Das Mädchen lächelte ihn an und war ihm mit dem Gepäck behilflich.

Sie ging eifrig voraus, plauderte und gab ihm das Gefühl, willkommen zu sein. Sie führte ihn in das kleine Wohnzimmer und verschwand, um ihm eine Tasse Tee zu machen. Eine Frau kam herein. Sie lächelte und wischte sich die Hände an ihrer Schürze ab, bevor sie ihn begrüßte. Sie war klein und schlank, etwa um die Vierzig – bestimmt nicht viel älter, dachte Howard.

»Mr. Hatcher – willkommen in Carvaig! Ich bin Morag Cameron – Sheilas Mutter.«

Howard erkannte ihre Stimme wieder; bei ihr hatte er das Zimmer reserviert. Eine angenehme Stimme, sanft und freundlich, in der leichtes Erstaunen darüber mitschwang, daß jemand Ende November an einem so entlegenen Ort das Wochenende verbringen wollte. *Sie war sehr attraktiv,* dachte Howard, als er sie jetzt ansah; sein wohlwollender Blick wurde mit einem freundlichen Lächeln zur Kenntnis genommen. Die Ähnlichkeit zwischen ihr und dem Mädchen war verblüffend. Ihr Händedruck war fest und erstaunlich energisch; Howard schloß daraus, daß sie harte Arbeit gewohnt war. Sein Aufenthalt im Gasthaus bedeutete für die Familie sicherlich eine erfreuliche Aufbesserung der Einkünfte.

Morag Cameron führte Howard hinauf und zeigte ihm sein Zimmer, das klein, aber gemütlich war – keineswegs so spartanisch, wie er es erwartet hatte. Es war schlicht eingerichtet und in frischen Farben gehalten, und es blitzte vor Sauberkeit. Howard kam plötzlich der Gedanke, daß dies ein angenehmer Ort für einen erholsamen Sommerurlaub sein könnte. Es war Jahre her, daß er zum letzten Mal in Schottland gewesen war, und als er das Fenster öffnete und tief die einzigartig würzige Luft einatmete, in die sich ein leichter Tanggeruch vom entfernten Meer mischte, kehrten die Erinnerungen zurück. Zufrieden fing er an, seine Taschen auszupacken.

Eine halbe Stunde später, nach einem heißen Bad in wunderbar weichem, nach Torf duftendem Wasser, ging er hinunter an die Bar. Genausogut kann ich es gleich hinter mich bringen, dachte er. Es war noch leer an der Bar; das würde sich später ändern. Er ließ sich mit einem Buch in einem Sessel nieder und bot überzeugend den Anblick eines Touristen, der sich nach einer langen Autofahrt entspannt.

Morags Tochter kam herein und fragte ihn, ob er gerne einen Drink hätte. Sie war merklich erfreut, als er einen teuren Maltwhisky bestellte. Er entschuldigte sich dafür, daß er ihn mit etwas Wasser verlangte; im Süden, sagte er, wo das Wasser so schrecklich nach Chlor schmeckte, daß es jeden guten Whisky ruinierte, würde er das nie tun. Sie lächelte.

Howard blieb eine ganze Weile einziger Gast in der Bar und führte ein angenehmes Gespräch mit der Kleinen. Er wußte, daß früher oder später die Neugier bei ihr die Oberhand gewinnen würde, und war entsprechend vorbereitet, als sie ihn schließlich höflich fragte, was ihn Ende November nach Carvaig führe.

Vor vielen Jahren, als junger Spund von zwölf Jahren, erzählte er ihr, war er mit seinem Vater hiergewesen. Sein Vater hatte eine Einladung erhalten, drei Tage im Jagdrevier von Glen Carvaig auf die Pirsch zu gehen, und hatte seinen Sohn mitgenommen. Er hatte zuerst gar keine Lust gehabt, in den Bergen herumzustreifen, doch dann fand er es wunderbar und hatte es nie vergessen. Schon immer hatte er wieder einmal hierher zurückkommen wollen, sagte er, aber erst jetzt habe er die Gelegenheit dazu gefunden. »Es ist also ein bißchen nostalgisch, wenn Sie so wollen.«

Die Geschichte entsprach zum Teil der Wahrheit, aber auch die wahren Teile hatten sich an einem anderen Ort abgespielt. Er hatte sich bei seinem Studium der Landkarte genügend Einzelheiten eingeprägt, um mit Namen einzelner Berge im Glen Carvaig aufwarten zu können, falls das Gespräch darauf kam, aber wenn sie sich nach Namen von Leuten erkundigte, konnte es brenzlig werden.

»Ich finde es schön, wenn alte Besucher zurückkommen, Mr. Hatcher. Oh – entschuldigen Sie, ich wollte damit nicht sagen ...«

Er lächelte. »Keine Sorge – Sie haben völlig recht! Das ist sehr lange her – da waren Sie noch nicht mal auf der Welt. Sogar Ihre Mutter war da wahrscheinlich noch ein kleines Mädchen. Ich bin fünfundvierzig, und so alt kann sie unmöglich sein. Sie sieht viel jünger aus als ich.«

Sheila Cameron wollte zu einer weiteren Entschuldigung ansetzen, aber als sie sah, daß Howard es ihr wirklich nicht übelnahm, unterließ sie es. Howard wechselte das Thema. »Ich habe mir überlegt, ob ich wohl eine Wanderung durch das Tal machen könnte – vielleicht morgen vormittag. Ich könnte mir ein Sandwich oder so etwas mitnehmen. Müßte ich irgend jemanden wegen einer Erlaubnis ansprechen?«

»Oh, das geht bestimmt auch so, Mr. Hatcher. Die Jagdsaison für die Pirsch ist vorbei, und die Hirschkühe sind noch nicht so weit. Ich bin sicher, solange Sie auf dem Weg bleiben, wird niemand etwas dagegen haben. Und ich kann Ihnen etwas zur Verpflegung machen, wenn Sie mir sagen, was Sie möchten – wir haben guten Speck, aber auch Schinken oder Käse.«

»Speck hört sich gut an. Das wäre sehr nett. Wie komme ich dorthin? Wäre es sinnvoll, zur Jagdhütte hochzufahren? Ich habe in Erinnerung, daß es ein paar Meilen sind, oder?« Das war der Fall; er sah den Abschnitt auf der Landkarte deutlich vor sich.

»Ja, Sie können mit dem Wagen hinfahren. Es stört sicher niemanden, wenn Sie ihn den Tag über dort stehenlassen. Von dort aus wird es dann ziemlich unwegsam, Ihr Wagen nützt Ihnen da nichts mehr. Es ist eine schöne Wanderung – von der Hütte sind es etwa zehn Meilen am Fluß entlang bis zum Talende. Das Tor an der Hütte wird verschlossen sein, aber für Wanderer gibt es einen Durchgang durch den Wildzaun.«

»Das hört sich hervorragend an. Aber muß ich nicht jemandem Bescheid sagen, bevor ich so alleine losziehe? Dem Jagdaufseher vielleicht?«

»Na ja, Sie treffen Duncan vielleicht oben an der Hütte, wenn er nicht selbst im Tal unterwegs ist. Duncan Macrae. Er ist der Jagdaufseher.«

Howard war einen Moment verwirrt. Duncan Macrae? Das war nicht der richtige Name. War er am richtigen Ort? Er dachte schnell nach. »Glen Carvaig ist ein ziemlich großes Revier für nur einen Jagdaufseher, oder? Ich dachte, es seien zwei.«

»Ja sicher, das stimmt. Aber Duncan ist der eigentliche Aufseher. Danny arbeitet nur während der Pirschzeit – und er hilft auch mit den Hirschkühen.«

»Danny?«

»Danny MacDonald. Er – ist ein Freund von mir.« Das Mädchen senkte den Blick und wischte mit einem Lappen an einem unsichtbaren Fleck auf dem Tresen herum.

Aber du möchtest gerne, daß er mehr ist als nur ein Freund, nicht wahr, dachte Howard. *Großer Gott. Als ob Bournes Techtelmechtel nicht schon vollauf genug wäre.* Er sah auf ihre linke Hand und stellte erleichtert fest, daß sie keinen Ring trug. Noch nicht. »Ist er nett, dieser Danny?«

Sie platzte richtiggehend heraus damit; sie hätte ihre Gefühle gar nicht verbergen können. Sie war ganz offensichtlich in Danny

MacDonald verliebt. Die zwei Familien kannten einander und waren seit Jahren befreundet; dann, als Sheila neun gewesen war, hatte sich die Tragödie ereignet. Ihre und Dannys Eltern waren nach einem gemeinsamen Abend in Fort William in einer regnerischen Nacht zusammen nach Hause gefahren, und ein entgegenkommender Lastwagen hatte auf der einspurigen Straße bei hoher Geschwindigkeit eine Kurve geschnitten. Dannys Mutter saß am Steuer. Sie riß das Lenkrad herum, um den Zusammenstoß zu vermeiden, und der Wagen kam von der Straße ab, raste eine steile Böschung hinunter, knallte auf einen Felsen und ging in Flammen auf. Sheilas Mutter wurde herausgeschleudert; Sheilas Vater und Dannys Eltern kamen ums Leben. Morag Cameron kroch – mit gebrochenem Arm und Bein – zur Straße hoch und wurde dort zwei Stunden später, halbtot vom Schock und von der Kälte, von einem vorbeikommenden Autofahrer entdeckt. Der Lastwagen und sein Fahrer waren nie gefunden worden.

Danny war achtzehn gewesen, als seine Eltern starben, sein Bruder Fergus sechzehn. Danny war in Edinburgh auf dem College, Fergus hätte ebenfalls bald dorthingehen sollen. Beide hatten während der Ferien als Jagdgehilfen für ihren Vater gearbeitet, der Jagdaufseher in Glen Carvaig gewesen war. John MacDonalds Nachfolger war nach zwei Jahren entlassen worden, nachdem ihn der Revierverwalter eines Morgens um halb zwölf sturzbetrunken im Bett vorgefunden hatte. Dann hatte Duncan Macrae, ein guter Jäger, die Stelle bekommen, und er war klug genug gewesen, Danny, ein Naturtalent im Jagen, zu seinem Stellvertreter zu ernennen. Seit damals hatte er diese Stellung inne.

Fergus, Dannys jüngerer Bruder, hatte am College einen guten Abschluß als Ingenieur gemacht und war nach Aberdeen, an die Nordsee, gegangen, um dort im Erdölgeschäft zu arbeiten. Er war beruflich viel im Ausland gewesen und hatte dort geheiratet; nach Hause kam er selten. Dann hatte sich die zweite furchtbare Tragödie ereignet, und er würde nie wieder nach Hause kommen...

Howard stellte Sheila keine Fragen über das Unglück, das Fergus widerfahren war. Er sah, daß sie aufgewühlt war, und brachte das

Gespräch schnell wieder auf Danny. Während das Mädchen von ihm erzählte, begann in Howards Kopf ein Bild von dem jungen Schotten zu entstehen. Entschlossen, selbstsicher, zäh, durchtrainiert und stark – alles gute Eigenschaften. Offen und ehrlich – nicht notwendigerweise ein Nachteil. Leicht erregbar – kein Vorteil.

»Und was macht er außerhalb der Saison?«

»Ach, er arbeitet im Sportgeschäft seines Onkels in Fort William. Eigentlich führt er den Laden. Sein Onkel und seine Tante ... na ja, die haben heutzutage an nichts mehr großes Interesse. Danny macht dort alles.«

Howard konnte sich den Grund für das mangelnde Engagement von Onkel und Tante denken und fragte nicht nach. Für viele der Fluch der Highlands – Alkohol. Diese endlosen Winternächte, in denen man nur eine Flasche als Gesellschaft hatte ... »Lebt Danny bei den beiden?«

»O nein. Er hat ein eigenes Cottage. Er hat es von seiner Großmutter geerbt.«

»Wo ist das – hier im Dorf?« *Ich kann ruhig dick auftragen*, dachte Howard. *Bin neugierig, was dann passiert.*

Das Mädchen warf ihm einen seltsamen Blick zu, bevor es antwortete. »Nein, es ist an der Straße nach Spean Bridge«, sagte sie vage. »Nun, Mr. Hatcher« – sie richtete sich auf und schlug einen förmlicheren Ton an – »ich sollte mich jetzt um Ihr Abendessen kümmern, bevor all die anderen kommen. Was hätten Sie gern? Wir haben sehr schöne Forellen, die ich Ihnen wirklich empfehlen kann.«

Die frische braune Forelle erwies sich als Köstlichkeit; Howard bestellte sich eine Flasche Weißwein dazu. Sheilas Mutter brachte sie ihm und fragte, ob alles zu seiner Zufriedenheit sei.

»Allerdings, Mrs. Cameron«, sagte er. »Es ist so angenehm und friedlich hier. Ich fühle mich ausgesprochen wohl.« Sie lächelte erfreut und schickte sich an, in die Küche zurückzugehen; doch Howard hielt sie zurück. »Mrs. Cameron, möchten Sie mir vielleicht auf ein Gläschen Gesellschaft leisten? Sie haben hart gearbeitet, und ich habe eine lange Fahrt hinter mir. Ein bißchen Entspannung könnte uns beiden nicht schaden, denke ich.«

Morag Cameron wandte sich um. Auf ihrem Gesicht zeichnete sich Überraschung ab. Sie erwiderte den Blick seiner dunklen, beinahe ausdruckslosen Augen. Plötzlich stellte sie fest, daß sie mochte, was sie da sah. »Das ist sehr freundlich von Ihnen, Mr. Hatcher. Das könnte ich eigentlich tun. Es wird noch ein Weilchen dauern, bis an der Bar etwas los ist.« Sie band ihre Schürze ab und setzte sich; Howard schenkte ihr ein Glas Wein ein. Sie betrachtete sein Gesicht. *Ein gutaussehender Mann,* dachte sie. Schwer zu ergründen. Er hat kein leichtes Leben gehabt... ein interessantes Gesicht – diese dunklen Augen verraten nicht viel. Sie stützte den Kopf in die Hände und sah ihn ruhig und aufmerksam an. »Sagen Sie mir, Mr. Hatcher, was führt Sie hierher?«

Howard begann zu erzählen. Er beantwortete die Frage auf die gleiche Weise wie schon vorher ihrer Tochter gegenüber; dann kam er auf andere Themen zu sprechen, berichtete von seinen Interessen und fragte sie nach ihren.

Sie unterhielten sich eine halbe Stunde. Dann sah Morag plötzlich auf ihre Uhr und sprang auf. »Oh, Sie müssen mich entschuldigen, Mr. Hatcher. Ich muß mich um einiges kümmern. Ich wußte gar nicht, daß es schon so spät ist.« Sie hielt ihm die Hand hin, und er stand auf. Sie lächelte ihn an. »Vielen Dank. Es war nett, sich mit Ihnen zu unterhalten.«

»Das fand ich auch, Mrs. Cameron. Es war wirklich ein Vergnügen.«

»Gute Nacht, Mr. Hatcher. Ich hoffe, Sie finden das Bett bequem.«

»Gute Nacht, Mrs. Cameron. Oder darf ich Sie Morag nennen?«

Auf ihrem Gesicht lag immer noch die Andeutung eines Lächelns, aber sie sagte nichts und wandte sich zum Gehen.

Howard setzte sich wieder und trank sein Glas aus. Zehn Minuten später hielt er sich in seinem Zimmer auf und konzentrierte sich auf sein Buch, so gut es eben ging.

Im Lauf der nächsten Stunde hörte er durch das offene Fenster die Geräusche des Barbetriebs; die Einheimischen fanden sich allmählich ein, um das Ende einer weiteren Arbeitswoche zu begießen. Um neun, schätzte Howard, mußte die Bar voll gewesen sein; dann, als sich der Abend dem Ende entgegenneigte, wurde es langsam ruhiger. Howard hörte, wie sich die Stimmen und Schritte der Männer auf der Straße entfernten; etwas später hörte er, wie an der Eingangstür der schwere Riegel vorgelegt wurde. Um 23 Uhr 30 war es still.

Howard stand auf und öffnete die Zimmertür. Er trat hinaus und ging lautlos über den mit Teppichboden ausgelegten Flur zur Feuertür am anderen Ende neben der Treppe. Ein Schild verkündete »PRIVAT«. Er öffnete die Feuertür und ging weiter. Dahinter befanden sich drei weitere Räume; aus einem von ihnen drang Licht. Nach ungefähr einer Minute ging das Licht aus. Er klopfte sachte an die Tür; das Licht wurde wieder eingeschaltet, und die Tür öffnete sich.

Morag Cameron stand in einem Nachthemd vor ihm. Sie sah überrascht aus. Einige Sekunden sagte sie gar nichts, sah ihn nur an. Sie setzte gerade zum Sprechen an, als sich seine Arme um ihren schlanken Körper legten. Sein Mund senkte sich auf ihren. Sie war überrumpelt von der Direktheit der physischen Nähe. Die Kraft und Leidenschaft seiner Umarmung raubten ihr kurz den Verstand, und lange Sekunden gab sie ihrem eigenen vehementen Verlangen nach; dann machte sie sich heftig von ihm los und trat zurück. Ihre Augen funkelten vor Zorn. Ihr Schlag in sein Gesicht traf ihn wie ein Peitschenhieb.

Sie starrte ihm verblüfft in die Augen. Er hatte sich nicht gerührt. Ihre Hand brannte von der Wucht des Schlags, aber nichts wies darauf hin, daß er ihn gespürt hatte. Sie holte rasch zum nächsten Schlag aus, doch im nächsten Moment hielt er ihr Handgelenk fest. Sie versuchte kurz, ihn abzuschütteln, und wunderte sich, daß sie die Hand nicht mehr bewegen konnte. Er legte den Zeigefinger der anderen Hand an seine Lippen, bedeutete ihr, still zu sein, und berührte dann ihren Mund. Behutsam, zärtlich strich er über ihre Wange, dann über ihren Hals. Sie bebte und schloß die Augen, und er ließ ihr Handgelenk los. Er nahm ihr Gesicht in beide Hände, und sie fühlte, wie er sie erneut an sich zog. Sie legte die Arme um seinen Nacken, wurde ganz weich, schmolz, gab sich seiner Kraft hin... o Gott, noch nie war sie so geküßt worden...

Sie sanken auf den Teppich; hinter ihnen fiel leise die Tür ins Schloß.

Als Morag Cameron unter Ed Howard lag, stieg das lang vermißte Gefühl in ihr auf. Sie stöhnte leise, hielt ihn ganz fest, grub ihre Fingernägel in seinen Rücken. Dann stöhnte sie wieder, lauter, und Howards Hand legte sich auf ihren Mund. Sein Mund näherte sich ihrem Ohr, dann berührte er ihren Hals, und sie wurde von Strömen der Lust überflutet, von diesem überwältigenden, berauschenden Gefühl, das ihr jahrelang fern gewesen war... sie wand sich und schrie lautlos in sein Ohr, zitternd bäumte sie sich ihm entgegen, hungrig... dann wurde sie nachgiebig, sank zurück, entspannt wie nie zuvor, schweißüberströmt... doch er bewegte sich noch immer, und sie antwortete ihm wieder, langsam, in beglücktem Staunen... das konnte doch nicht sein... verschlungen ineinander rollten sie herum, sie lag nun auf ihm... dann kamen die Fluten wieder, diesmal noch wilder, von unerträglicher Köstlichkeit... fast schwanden ihr die Sinne... dann sank sie wieder zusammen... *O Gott, es war so wunderbar, so herrlich... aber, Gott, er bewegt sich immer noch, er wird nie wieder aufhören, ich weiß nicht, ob ich noch mehr ertragen kann...*

Als Morag die Augen aufschlug, sah sie, daß er sie intensiv anblickte. Sie stieß einen Seufzer aus. Sein Mund legte sich wieder auf ihren, sanft, zart diesmal, und er hielt sie an sich gedrückt, liebkoste ihren geschmeidigen Körper, flüsterte in ihr Ohr. Ihre Augen leuchteten erfüllt; sie suchte wieder seinen Mund und küßte ihn hingebungsvoll. Er trug sie zum Bett und schlug die Decke zurück. Sie streckte ihm die Arme entgegen; er legte sich zu ihr. Nachdem sie sich eine Weile in den Armen gehalten hatten, begannen sie zu reden, flüsterten, um ihre Tochter im Zimmer nebenan nicht aufzuwecken. Morag fühlte, wie sie langsam in den Schlaf sank, und seine Arme umfaßten sie; ihre letzte Erinnerung war, daß er leise murmelte, sie habe das schönste Gesicht, das er je gesehen habe...

Um fünf Uhr morgens stand Ed Howard leise auf. Der Wind hatte sich gelegt; sie bewegte sich und lächelte im Schlaf. Er stand einen Moment neben dem Bett und blickte auf sie herab. Mondlicht drang durchs Fenster und leuchtete auf ihrem Gesicht. Der müde Ausdruck war verschwunden; ihr Gesicht war bezaubernd jetzt, wie das eines jungen Mädchens. Gott, ja, sie war schön...

So lautlos wie er gekommen war, verschwand er auch, ging den Flur entlang zu seinem eigenen Zimmer, in einem Zustand ungewohnter Aufgewühltheit.

19

Am 29. November hielten sich Harris und Denard seit genau einer Woche in Texas auf. Sie hatten mit ihrem gemieteten Chrysler bei ihren scheinbar ziellosen Streifzügen durch den Süden des Bundesstaates annähernd tausend Meilen zurückgelegt.

Als sie in Texas angekommen waren, hatten sie sich in einem Motel am Rande von San Antonio eingemietet, und Harris hatte auf einem Tisch in seinem Zimmer die große Flugkarte von Mexiko und dem Süden von Texas ausgebreitet.

Denard stöhnte entnervt, als er die vielen Flugplätze auf der Karte sah. »Heiliger Vater! Hier besteht ja alles aus Start- und Landebahnen. Hat hier eigentlich jeder 'n Flugzeug?«

»Jedenfalls ziemlich viele, Andy. Hier liegt alles weit auseinander. Du könntest Großbritannien mehrfach auf der Fläche von Texas unterbringen. Viele Leute hier fliegen eben lieber, statt mit dem Auto zu fahren; also gibt's viele Flugplätze. Ich schätze, am besten schauen wir uns zuerst hier im Süden um. Und zwar zunächst in einem Umkreis von hundert Meilen um San Antonio, also in der Nähe der Grenze zu Mexiko. Du suchst dir welche raus, die du für ergiebig hältst.«

Eine Stunde später hatte Denard die Karte markiert; sie war übersät mit verschiedenfarbigen Klecksen von bunten Filzmarkern. Er rief Harris zu sich. »Okay. Dieser große rote Kreis zeigt genau einen Umkreis von hundert britischen Meilen um den San Antonio International Airport an. Innerhalb dieses Kreises gibt es zwei internationale Flughäfen – San Antonio und Austin. Die können wir gleich vergessen. Dann gibt es fünfzehn größere Flughäfen mit mehr als einer Landebahn und ausreichend Kapazitäten für große Flugzeuge. Fünf davon gehören der US Air Force, kommen also nicht in Frage für uns, und die restlichen zehn sind zu groß für unsere Ansprüche, also können wir die auch außer acht lassen. Unser Mann, wo er auch stecken mag, arbeitet auf jeden Fall von einer kleineren Anlage aus.

Machen wir mit denen mit gelben Punkten weiter. Die sind immer noch als größere Flugplätze angegeben, aber das passiert automatisch bei jedem Platz mit einer befestigten Piste, die länger als neunhundert Meter ist. Einige davon werden vermutlich gewerblich zur Versorgung kleiner Städte genutzt, und einige sind wohl privat und gehören zu einer Ranch oder zu einem Ölfeld. Alle werden vermutlich in der Lage sein, bis zu einem gewissen Grad Jets zu versorgen; kein Problem für Learjets und ähnliches, und größere Flugzeuge könnten mit Sicherheit dort landen – aber ob das der Fall ist, hängt beispielsweise von den Noteinrichtungen ab. Mit einer 727 möchte man schließlich nicht so gern irgendwo landen, wo die Navigationshilfe aus einem Windsack und der Feuerschutz aus einem Eimer Wasser besteht. Einige sind sicher auf mittlere Passagierflugzeuge eingerichtet, wohingegen andere rein private Anlagen sein werden. Von dieser Sorte gibt's in unserem Hundert-Meilen-Kreis einundsechzig Stück.

Und schließlich haben wir noch die interessanteste Kategorie – die kleineren Flugplätze. Die sind vermutlich ziemlich unterschiedlich. Für große Flugzeuge sind sie ungeeignet; sie haben entweder eine nicht befestigte Landebahn, oder, falls sie asphaltiert ist, ist sie nicht länger als neunhundert Meter. Viele davon sind wohl privat, aber einige werden möglicherweise von Flugclubs, kleinen Frachtgesellschaften, Sprühfliegern und so was benutzt. Einige sind als stillgelegt angegeben, aber das heißt nicht, daß sie es auch sind.

Hier haben wir reichlich Auswahl – es gibt einhundertsiebenundvierzig von dieser Sorte. Das ergibt eine Summe von zweihundertfünfundzwanzig Flugplätzen im Umkreis von hundert Meilen.«

Harris legte die Stirn in Falten. »Das dauert ein halbes Jahrhundert, bis wir uns die alle angeschaut haben. Läßt sich das nicht eingrenzen?«

»Doch«, sagte Denard. »Ich würde vorschlagen, wir konzentrieren uns auf bestimmte Regionen. Die Bereiche, die hier mit blauen Linien markiert sind, werden militärisch genutzt und sind meist mit den Namen der dazugehörigen Air-Force-Stützpunkte bezeichnet, beispielsweise Randolph hier in San Antonio und Randolph Auxiliary im Osten. Dann ist da Laughlin, sehr weit westlich und außerhalb unseres Kreises, aber der Flugverkehr betrifft unseren Bereich. Das heißt nicht, daß dort kein ziviler Flugverkehr erlaubt ist, aber er wird kontrolliert und unterliegt bestimmten Beschränkungen, entsprechend der militärischen Nutzung. Ich schätze, wir können uns die Mühe sparen, uns irgendwas innerhalb dieser Regionen anzusehen. Damit fällt im Osten, Süden und Westen einiges aus dem Kreis raus. Ich würde sagen, laß uns da oben anfangen, im Norden.«

»In Ordnung«, stimmte Harris zu, »morgen nehmen wir uns den ersten vor.« Er gähnte. »Ist dir klar, daß es nach britischer Zeit vier Uhr morgens ist? Ich brauch 'ne Mütze Schlaf.«

In den folgenden Tagen besichtigten sie Dutzende von Flugplätzen. Einige erwiesen sich als erstaunlich groß und gut ausgebaut, andere waren so gut wie aufgegeben. Harris nahm bei sechs unterschiedlichen Fluglehrern je eine Flugstunde, Denard charterte dreimal Halbstundenflüge in Leichtflugzeugen, und beide machten zwei Touristenflüge mit. Wenn sie jedoch danach mit den jeweiligen Besitzern oder Piloten sprachen, war es immer ein Schuß in den Ofen. Von den Piloten waren drei durchaus begierig auf Arbeit, aber alle anderen schienen mit ihren Jobs und Einkünften zufrieden zu sein. Widerstrebend gestanden die beiden sich ein, daß die drei Interessierten nicht in Fragen kamen; zwei waren über eins achtzig, und der dritte war mindestens sechzig Jahre alt.

»Es ist echt wahr, was sie über Texas erzählen«, grunzte Denard, als sie mal wieder eine Niete gezogen hatten und weiterfuhren, »seit wir hier sind, hab ich nicht einen einzigen Kerl gesehen, der so groß ist wie ich.«

»Wir haben ausreichend Zeit«, beruhigte ihn Harris. »Es muß hier irgendwo jemanden geben, der kleiner ist und gerne mit links hunderttausend Steine verdienen möchte. Es wäre natürlich hilfreich, wenn du nicht so'n abgebrochener Riese wärst und wir mehr Auswahl hätten.«

Am Nachmittag des 29. kamen sie zum Flugplatz Los Morelos, dreißig Meilen nordwestlich von Austin. Große Anschläge am Eingang verkündeten, was diverse Piloten auf diesem Flugplatz alles zu bieten hatten: Charterflüge, Flugstunden, Aussichtsflüge über den Llano und den Colorado, Frachtdienste, Airtaxi; die Liste war umfassend.

»Könnte was sein«, brummte Harris.

»Das hast du bestimmt schon zwanzig Mal gesagt.«

Harris fuhr zum Tower und parkte den Chrysler. Die beiden Männer stiegen aus und gingen hinein. Bis auf einen Flugleiter hinterm Tresen und einen Mann, der in einem Sessel saß und aus einem Styroporbecher Kaffee trank, war der Raum leer.

Harris näherte sich dem Tresen. »Wir haben gerade draußen gelesen, daß man hier Flüge über den Colorado machen kann. Sehen wir da auch den Grand Canyon?«

Der Flugleiter war höflich und zuvorkommend. »Nein, Sir, das ist ein anderer Fluß. Der Colorado, an dem der Grand Canyon liegt, ist in Arizona. Aber das ist eine schöne Gegend hier. Kann ich wirklich empfehlen.«

»Okay«, sagte Harris. »Müssen wir was buchen, oder ist ein Flugzeug jetzt gleich verfügbar?«

»Sie fliegen am besten mit Dan Woods oder seinem Partner Gene Barcus. Ihre Firma heißt River Flying Services. Sie sind jetzt beide mit Fluggästen oben, kommen in zwanzig Minuten zurück. In einer Stunde hat Dan eine weitere Buchung für zwei Personen, und da wäre noch Platz für Sie beide.«

Harris sah auf seine Armbanduhr und zuckte die Achseln, unschlüssig, ob sie so viel Zeit mit Warten vergeuden sollten. Harris wandte sich wieder an den Flugleiter. Sie konnten sich die Zeit damit vertreiben, sich die Leute anzusehen, die hereinkamen; die Piloten unter ihnen machten sie auf den ersten Blick aus. Er wollte gerade zusagen, als hinter ihnen eine Stimme mit texanischem Akzent zu hören war.

»Sie können's auch mit Ray Sullivan probieren.« Sie wandten sich um und sahen den Mann in dem Sessel, der seinen Becher abgestellt hatte und sich gemächlich erhob. »Er hat sein Büro weiter hinten. Ich bring Sie rüber. Ist nicht weit. Ich muß da eh rüber.«

Harris und Denard sahen sich an, dann sagte Harris »okay«. Der Mann verließ mit ihnen den Tower, während ihnen der Flugleiter mit ärgerlich gerunzelter Stirn hinterherblickte.

»Was macht dieser Sullivan so?« fragte Denard, während sie durch den Staub stiefelten. Zweihundert Meter weiter stand eine alte Nissenhütte mit einer zweimotorigen Cessna davor. Auf der Baracke stand in großen roten und weißen Buchstaben »RAY SULLIVAN AIR CHARTERS, INC.«.

»Ach, der macht fast alles. Was Sie wollen. Ein-Mann-Betrieb, freut sich, wenn er was zu arbeiten kriegt. Guter Pilot. Macht auch seine Wartung selbst. Alte Kiste, fliegt aber bestens.«

Harris und Denard, die hinter ihrem Führer hergingen, wechselten einen weiteren Blick. Als sie an der Nissenhütte ankamen, marschierte der Mann ohne anzuklopfen durch eine schmale Tür an der Seite. In einer Ecke stand ein kleiner Schreibtisch, auf dem sich ein Telefon und Berge von Papier befanden. Überall im Raum lagen Ersatzteile herum. Es sah chaotisch aus; kein Mensch war zu sehen.

Der Mann drehte sich um und streckte ihnen die Hand hin. »Na, dann herzlich willkommen, Jungs! Nett, daß ihr reinschaut. Ray Sullivan, zu Ihren Diensten!« Er grinste. »Nichts für ungut wegen dem Theater, aber 'n Auftrag könnte nicht schaden.«

Harris sah Denard an, und auf seinem Gesicht breitete sich ein erfreutes Grinsen aus.

Anderthalb Stunden später kletterten sie aus der Cessna und verständigten sich kurz, während Sullivan das Flugzeug für die Nacht sicherte.

»Was meinst du?« fragte Harris. »Was hältst du von seiner Flugtechnik?«

»Völlig in Ordnung. Und ich hab ihn nach seiner Lizenz gefragt. Ist eine gültige Berufspilotenlizenz. Hat 'ne Menge Erfahrung.«

»Ich glaube, er ist der Richtige«, sagte Harris mit glänzenden Augen. »Er scheint mir ziemlich unerschütterlich und ausgeglichen, und er hat ja schon gesagt, daß er nichts gegen etwas Asche hätte. Reden wir mit ihm.«

»Mel, der Bursche ist aber noch einiges größer als ich. Vom Gesicht her gibt es Ähnlichkeiten, das gebe ich zu. Aber ich hab helle Haare, und er hat dunkle und 'nen Schnurrbart.«

»Hör zu, Bruder«, sagte Harris. »Laß uns ein Bier mit ihm trinken und mit ihm reden. Wir können uns seine Lizenz zeigen lassen, und wenn die wirklich okay ist, bieten wir ihm den Job an. Wenn er zusagt, geh ich morgen mit dir einkaufen. 'n hübsches Paar Cowboystiefel mit extrahohem Absatz, 'nen waschechten Cowboyhut und Haarfarbe. Und du darfst anfangen, dir 'nen Schnauzer stehenzulassen. Einverstanden?«

Am späteren Abend stand Ray Sullivan, der unversehens um zehntausend Dollar reicher geworden war, in bester Stimmung am Tresen einer Bar am Rand von Granite Shoals und winkte den beiden Männern in ihrem Chrysler hinterher. Seine beiden neuen Freunde, Mr. Hoskins und Mr. Dackman, hatten ihm soeben seine nähere Zukunft dargelegt. Eine Weile würde er noch in Los Morenos weitermachen wie bisher und keine Aufmerksamkeit auf sich lenken, indem er zuviel Geld ausgab; nach Weihnachten würde er dann seinen Betrieb auflösen und das einzig wertvolle Stück, die Cessna, verkaufen. Mitte März würde er aus der Gegend wegziehen und sich vorübergehend eine Wohnung in der Nähe von Houston oder Pasadena mieten; er würde Mr. Dackman anrufen und einen Termin Ende März oder Anfang April bekommen, zu dem er nach London in England fliegen würde. Einen Monat später würde er sich an irgendeinem Plätzchen der Welt, wo es ihm gefiel, zur Ruhe setzen können. In Fernost vielleicht ...

20

Howard zog Wanderkleidung an und frühstückte in aller Ruhe. Von Morag keine Spur. Er nahm das Lunchpaket an sich, das Sheila Cameron ihm gemacht hatte, und fuhr dann mit dem Wagen zur Jagdhütte von Glen Carvaig. Die Abfahrt fand er problemlos, und er fuhr auf dem asphaltierten Weg bis zur Hütte hoch. Es war niemand da. Er parkte den Wagen, zog statt seiner Straßenschuhe Wanderschuhe an und marschierte, mit Fernglas und Karte gerüstet, das Tal hoch.

Der Weg verlief parallel zum Fluß und stieg stetig an. Nach einer Meile wurde der Kiefernbestand lichter und durch Birken aufgelokkert, dann verloren sich die Bäume ganz, und an den Hängen fanden sich nur ab und an Ebereschen, und im Flußtal unten wuchsen vereinzelt Kiefern und Eichen. Der Fluß hatte nach den Regenfällen Hochwasser, und links und rechts an den Bergen stürzten Bäche herab, deren Gischt sich weiß gegen die matten Grün- und Brauntöne von Gras, Moosen und Heidekraut und gegen das Grau und Schwarz der kahlen Granitfelsen abhob. Diese Landschaft kannte keine Zeit; die imposanten siebenhundert Meter hohen Berge mit ihren runden Kuppen waren so alt wie die Erde selbst.

Manchmal sah Howard Wild an den Abhängen, und ab und an beobachtete er die Tiere durch sein Fernglas. So spät im Jahr wagten sie sich nicht mehr hoch hinauf; wenn das kalte Wetter einsetzte und die Fliegen und Mücken verschwanden, die sie im Sommer weiter hinauf in die Berge getrieben hatten, kamen sie allmählich herunter zu den tiefergelegenen Hängen und den Auen am Fluß, wo sie im Winter Futter fanden. Er sah, wie sie neugierig in seine Richtung blickten, mit ihren scharfen Augen hatten sie ihn auf eine Meile Entfernung wahrgenommen, lange bevor er sie sah. Sie wirkten nicht besonders beunruhigt durch seine Anwesenheit, obwohl ein kleines Rudel sich davonmachte, als er sich ihnen auf eine halbe Meile näherte. Die Tiere kletterten mühelos und ohne Hast den Abhang hoch und waren bald verschwunden.

Howard legte ein zügiges Tempo vor, und nach weniger als zwei Stunden erreichte er den leeren Stall am Ende des Tals, wo sich der Weg verlor. Die Ponys wurden während der Jagdsaison in einer umzäunten Koppel gehalten; der Stall selbst war ein solides Steingebäude mit einem rostigen Wellblechdach. Über das Dach zogen sich dicke Eisendrähte, die an jedem Ende mit großen Steinbrocken beschwert waren, damit das Dach bei Sturm nicht davonflog. Es regnete jetzt ununterbrochen, und Nebel senkte sich ins Tal; Howard ging in das Stallgebäude, um dort seinen Imbiß zu sich zu nehmen. Er blickte währenddessen aus der offenen Tür und dachte, daß die meisten Menschen die Szenerie trostlos finden würden: eine karge Landschaft in strömendem Regen. Howard fühlte sich angenehm entspannt nach dem Marsch und fand sie großartig.

Das hartnäckige Klopfen an der Tür drang allmählich zu Morag durch. Langsam kam sie zu sich.

Das Klopfen fing wieder an. »Mutter? Alles in Ordnung? Es ist schon halb elf. Mam?«

Morag wurde schlagartig hellwach. Sie sah auf ihren Wecker am Bett und versuchte sich aufzusetzen. Sie stellte fest, daß sie kaum imstande war, sich zu bewegen. *Gott, fühle ich mich gut,* dachte sie, und ein zufriedenes Lächeln trat auf ihr Gesicht. »Ja, alles in Ordnung, Liebes«, rief sie mit verträumter Stimme. »Ich habe nur so fest geschlafen. In einer halben Stunde bin ich unten.«

»Gut.« Sheilas Stimme klang etwas unsicher. *Das sah ihrer Mutter gar nicht ähnlich,* dachte sie. Sie war sonst eine richtige Frühaufsteherin. Sie hatte nie etwas dafür übrig gehabt, lange zu schlafen. *Na ja,* dachte sie, *es würde ihr nicht schaden.* Sie ging nach unten.

Morag hörte, wir sich die Schritte ihrer Tochter entfernten. Sie kicherte in sich hinein. Wenn sie wüßte, dachte sie. Sie streckte sich wieder. *O Gott, ich fühle mich so wunderbar. Was für ein hinreißender Mann...*

Nach ein paar Minuten zwang sie sich dazu, aus dem Bett zu steigen; zuerst konnte sie sich kaum auf den Beinen halten. Dann kehrten ihre Kräfte langsam zurück, und sie spazierte ins Badezimmer und ließ sich ein heißes Bad ein. Sie betrachtete sich im Spiegel. Ihr Lächeln erstaunte sie. *O Gott, man sieht es! Ich sehe...* Zum ersten Mal seit Jahren gefiel sie sich wieder. *Nicht schlecht,* dachte sie. *Wirklich gar nicht schlecht. Vor allem heute morgen...*

Dankbar stieg sie in das heiße Wasser, fühlte sich zufrieden und völlig entspannt. Ihr Körper schien zu glühen.

Zwanzig Minuten später war sie angezogen; sie hatte sich für einen Rollkragenpullover entschieden, um die Liebesmale am Hals zu verdecken. Sie ging hinunter in die Küche.

Sheila sah sie seltsam an. »Sieht dir gar nicht ähnlich, so lange zu schlafen, Mam. Aber ich glaube, es hat dir gutgetan. Du siehst erholt aus.«

Morag drehte ihr den Rücken zu, um ihr Lächeln zu verbergen, und begann, die morgendliche Lebensmittellieferung im Kühlschrank zu verstauen. »Ich glaube, ich habe es gebraucht, Sheila.« *O Gott, und wie ich es gebraucht habe,* dachte sie und unterdrückte ein Kichern. *Wenn die Kleine bloß wüßte – aber nein, sie soll es nicht erfahren.* »Komm, es sind Gäste an der Bar. Wir müssen uns um sie kümmern. Übrigens«, fügte sie beiläufig hinzu, »da wir gerade von Gästen sprechen, wo ist denn Mr. Hatcher heute morgen?«

»Ach, er ist ins Tal hochgegangen. Er sagte, er wolle heute abend zurück sein.«

»Ah, gut«, sagte Morag mit sanfter, abwesender Stimme.

Sheila sah sie neugierig an. Ihre Mutter schien ungewöhnlich entspannter Stimmung zu sein; normalerweise war sie energisch und übertüchtig. Sie beschloß, sie zu fragen; was hatte sie schließlich schon zu verlieren? »Mam?« fragte sie zaghaft. »Meinst du, ich könnte morgen tagsüber etwas unternehmen?« Hinter ihrem Rükken verschränkte sie fest die Finger der rechten Hand. *Bitte, sag ja, Mam,* flehte sie innerlich. *Bitte!*

»In Ordnung, Liebes«, sagte ihre Mutter vage. »Warum nicht. Ja«, sagte sie noch einmal, als sie die Küche verließ, »das ist völlig in Ordnung.«

Sheila sah ihr verblüfft nach. Es war so einfach gewesen. Sie hatte ja gesagt – einfach so. Sie hatte nicht einmal gefragt, wo sie hingehen wollte, und sonst war sie immer so streng und besorgt. Sie zog die Augenbrauen hoch und folgte ihrer Mutter in die Bar.

Einige Minuten später, während sie am Tresen Getränke servierten, lächelte Morag ihre Tochter an und fragte: »Mit wem triffst du dich denn morgen, Liebes?«

»Na ja, als ich vorhin mit Danny telefoniert habe, hat er mich gefragt, ob ich nicht mit ihm einen Ausflug machen wolle. Ich hoffe, du hast nichts dagegen. Wir gehen nur ein bißchen spazieren.« *Ändere jetzt bitte nicht deine Meinung, Mam, bitte... Jetzt hat mich Danny endlich gefragt, und ich habe schon so lange darauf gewartet...*

»Danny MacDonald?« sagte Morag lächelnd. »Das ist ein netter junger Mann, wirklich ein sehr netter junger Mann. Das freut mich für dich, Liebes.«

»O danke, Mam!« rief Sheila aus und fiel ihrer Mutter um den Hals. »Danke!«

Howard verschloß die Stalltür und machte sich auf den Weg zurück zum Wagen. Es regnete ohne Unterlaß, und nach kurzer Zeit war er völlig durchnäßt. Normalerweise fand er es scheußlich, naß zu werden; im Augenblick war es ihm egal. Er war mit seinen Gedanken woanders, als er den Talweg zurückging. Als er unten ankam, kam die Hütte wieder in Sicht.

Seine Pause miteingerechnet, hatte er für den Zwanzig-Meilen-Marsch vier Stunden gebraucht. Er hatte das Laufen als höchst angenehm empfunden und verstand sehr gut, was Männer wie MacDonald an der wilden, kargen Landschaft hier faszinierte.

Als er bei der Hütte ankam, holte er eine Plastiktüte mit trockenen Sachen aus dem Wagen. Im Schutz eines angebauten Verschlags, in dem Brennholz gelagert wurde, zog er sich um.

Aus einer Scheune weiter hinten kam ein kleiner, stämmiger Mann um die Vierzig mit einem breiten, freundlichen Gesicht. Es war Duncan Macrae, der Jagdaufseher. Howard stellte sich als Edwin Hatcher vor. Macrae war freundlich und aufgeschlossen und bat Howard auf eine Tasse Tee in seine Hütte. Howard nahm die Einladung erfreut an, und die zwei Männer unterhielten sich eine halbe Stunde über Schottland und die Pirsch. Schließlich bedankte sich Howard herzlich bei Macrae für die freundliche Aufnahme und verabschiedete sich.

Als er wieder im Wagen saß, fuhr er nach Carvaig zurück. Er hielt nicht im Ort, sondern ließ den Gasthof links liegen und blieb auf der Straße nach Spean Bridge und Fort William. Kurz vor zwei traf er in Fort William ein, parkte den Wagen am Bahnhof und ging zu Fuß weiter.

Im Branchenverzeichnis des Gasthofs hatte er vier Sportgeschäfte in Fort William gefunden; er hatte sich morgens die Adressen notiert, einen der Läden jedoch gedanklich bereits abgehakt, da er sich gegenüber vom Bahnhof, nicht in der High Street selbst befand. Am Alexandra Hotel überquerte er die Straße und ging die High Street entlang. Die Auslage im Schaufenster des ersten Geschäfts auf seiner Liste setzte sich aus Joggingschuhen, Trainingsanzügen, Skateboards und Windsurfing-Zubehör zusammen. Im Inneren sah er einen jungen Mann, der sich um jugendliche Kunden kümmerte. Er war höchstens zwanzig, schlank und trug die Haare vorn und an den Schläfen kurzgeschnitten, über der Stirn aber in einer Tolle. Howard nahm sich den nächsten Laden vor.

Das zweite Geschäft befand sich etwa zweihundert Meter weiter, und das Schaufenster war vollgepackt mit Outdoor-Equipment: Stiefeln, Schlechtwetterkleidung, Bergsteigerausrüstung, Angelzubehör, Spazierstöcken, Taschenlampen, Taschenmessern, Rucksäcken und Campingartikeln. Eine Fundgrube für den Outdoor-Freak, dachte Howard. Er sah sich den dritten Laden an, der klein und in erster Linie mit Anglerartikeln ausgestattet war. Das uninteressant gestaltete Schaufenster war an der Rückfront mit Holz ausgekleidet, und die Tür war mit einer Jalousie verhängt, um den Blick zu versperren. Howard öffnete die Tür und betrat den Laden. Ein mürrischer, einsilbiger Mann Ende Fünfzig hörte sich Howards Ansinnen an und zeigte ihm dann ein Sortiment an Köderfliegen. Howard kaufte zwei und ging.

Er holte seinen Wagen und parkte in Fahrtrichtung Spean Bridge fünfzig Meter vor dem zweiten Laden. Dann wartete er. Um etwa 16 Uhr 30 hielt ein großer Volvo Kombi vor dem Laden; der Fahrer stieg aus und ging hinein. Fünf Minuten später tauchte er wieder auf, gefolgt von einem kräftigen jungen Mann Ende Zwanzig, der zwei Kartons mit je zweihundertfünfzig Patronen Flintenmunition Kaliber 12 trug. Er lud die Kartons in den Wagen des Kunden und winkte kurz, bevor er wieder hineinging. Um fünf Uhr verließ der junge Mann den Laden und schloß ab. Er ging um die Ecke in eine Seitenstraße, stieg in einen blauen Toyota Pickup und fuhr los.

Howard folgte ihm in Richtung Spean Bridge. Vier Meilen hinter Fort William blinkte der Toyota rechts und fuhr in eine halbversteckte Einfahrt. Howard verlangsamte das Tempo und ließ ihn abbiegen; als er vorbeifuhr, erhaschte er einen Blick auf den Namen des Cottages, der an der Einfahrt stand. Howard fuhr noch eine halbe Meile weiter, dann kehrte er um und hielt sich wieder Richtung Fort William. An einer Tankstelle außerhalb machte er halt und steuerte auf die Telefonzelle auf dem Gelände zu. Es gab hundertdreiundachtzig Einträge unter »MacDonald, D.« im regionalen Telefonbuch. Fünfzehn von ihnen hatten Nummern in Fort William. Howard stieß schnell auf die eine mit der Adresse »Glenside Cottage«. Er nahm den Hörer ab und wählte.

21

Howard verließ die Telefonzelle, stieg in seinen Escort und fuhr wieder Richtung Spean Bridge. Zehn Minuten später bog er auf MacDonalds Grundstück ein, stieg aus und ging über einen Kiesweg zur Haustür.

Der blonde junge Mann, der ihm öffnete, sah so durchtrainiert aus, wie Howard es von einem Profijäger erwartet hatte, obwohl seine athletische Gestalt von einem dicken Pullover und einer Cordhose verborgen wurde. Er sah Howard offen an, und die beiden Männer taxierten sich kurz; Howard stellte fest, daß die blaugrauen Augen seines Gegenübers extrem hell waren – man glaubte fast, hindurchsehen zu können.

»Mr. MacDonald? Ich bin Peter Hanbury. Ich hatte gerade angerufen. Es ist sehr freundlich von Ihnen, daß Sie mich empfangen.«

»Danny MacDonald. Es ist mir ein Vergnügen. Kommen Sie herein, Mr. Hanbury.« Sie gaben sich die Hand, dann ging MacDonald in ein kleines Wohnzimmer voraus. »Setzen Sie sich doch. Möchten Sie eine Tasse Tee?«

»Das wäre sehr nett.« Howard sah sich kurz um, als MacDonald in die Küche ging. Das Zimmer war einfach eingerichtet. Unter dem Fenster stand eine lange Werkbank, die mit Werkzeugen, Dosen, Flaschen und diversen Maschinenteilen übersät war. Hier ist keine Frau am Werk, dachte Howard. Zumindest noch nicht. Außerdem waren da zwei Stühle, ein einfacher Tisch, ein Fernsehgerät und ein altes Radio mit Netzanschluß. Im Kamin qualmte ein Kohlenfeuer. Er hatte es gerade erst angezündet; der Raum war kalt. An den Wänden hingen Vergrößerungen von Fotografien, auf denen Landschaften der Highlands zu sehen waren; Howard erkannte die Berge von Glen Carvaig. Die einzigen persönlichen Gegenstände waren zwei gerahmte Schwarzweißfotos auf dem Kaminsims. Auf dem einen war ein Paar um die Dreißig mit zwei kleinen Jungen abgebildet, von denen der eine vielleicht acht, der andere sechs Jahre alt sein mochte; auf dem anderen waren dieselben Jungen als Teenager zu sehen. Sie standen irgendwo am Berg oberhalb des Tals und grinsten fröhlich in die Kamera.

MacDonald erschien mit zwei Bechern Tee. »Bitte, Mr. Hanbury. Setzen Sie sich doch.«

Howard nahm den Becher in Empfang und ließ sich nieder. »Nun, Mr. MacDonald«, setzte er an, »wie ich Ihnen schon am Telefon gesagt habe, schreibe ich gelegentlich für eine amerikanische Zeitschrift, die sich bei Jägern und Schützen in den Vereinigten Staaten großer Beliebtheit erfreut. Ich liefere in erster Linie Storys und Anekdoten vom Schießen, der Pirschjagd, Großwildjagd und so weiter. Sie scheinen dort gut anzukommen. Nun, jedenfalls hat man mir zugetragen, daß Sie letztes Jahr einen bemerkenswerten Schuß abgegeben haben sollen, und ich dachte, der würde sich als Einstieg für eine Geschichte gut eignen. Ich kann Ihnen fünfzig Pfund dafür anbieten, daß Sie mir davon berichten.«

MacDonald zeigte keine Reaktion, während Howard sprach; als Howard geendet hatte, nickte er. »Ich habe nichts dagegen. Was genau möchten Sie wissen?«

»Ich habe mit dem Colonel gesprochen, und er hat mir von der Pirsch damals erzählt.« Howard log. Er war dem Colonel nie begegnet – er hatte sich nur mit Stoner unterhalten. »Vielleicht könnten Sie mir einfach erzählen, wie Sie den Schuß abgegeben haben. In seiner Erzählung klang das ziemlich unglaublich, muß ich sagen – obwohl ich nicht das Gefühl hatte, daß er zur Übertreibung neigte. Er war höchst beeindruckt.«

»Der Colonel ist ein guter Mann«, sagte MacDonald, »und selbst ein fähiger Schütze. Er hatte nur ein bißchen Pech. Der Hirsch bewegte sich in dem Moment, als er zum Schuß ansetzte, und er ging nicht in die Lunge, sondern ins Gescheide. Das Tier flüchtete mit den Hirschkühen, und wir kamen erst wieder zum Schuß, als der Hirsch fünfhundert Meter entfernt war.«

»Aber warum haben Sie auf diese Entfernung geschossen, obwohl sich der Hirsch bewegte?« Howard beugte sich vor und sah MacDonald gespannt an.

»Eine verständliche Frage, Mr. Hanbury«, antwortete MacDonald, »aber ich war mir sehr sicher. Es war nicht unbedingt notwendig, da das Tier sehr schwach war und bald niedergetan hätte. Aber es hätte eine Stunde oder länger dauern können, bis wir wieder in seiner Nähe gewesen wären, und ich finde, daß ein Tier nicht unnötig lange leiden soll.

Der Schuß war bei weitem nicht so kompliziert, wie es scheint. Einige Faktoren kamen mir zu Hilfe. Zum ersten hatten wir nur eine ganz leichte Brise, direkt ins Gesicht. Wenn ich zum Beispiel Windstärke fünf von der Seite gehabt hätte, hätte ich auf diese Entfernung dreißig Zentimeter Abweichung berechnen müssen, um das auszugleichen.« MacDonald hielt inne und sah Howard prüfend an. Als er nickte, fuhr er fort. »Zum zweiten ist es nicht schwer, das Tempo eines Tiers einzuschätzen. Der Hirsch bewegte sich mit einer Geschwindigkeit von circa elf bis dreizehn Stundenkilometer vorwärts, das heißt, er kam an dem steilen Hang etwa anderthalb Meter pro Sekunde voran. Bei fünfhundert Meter Entfernung beträgt die Fluggeschwindigkeit des Geschosses etwas weniger als eine Dreiviertelsekunde, also mußte ich einen Punkt anpeilen, der etwa einen Meter vor dem eigentlichen Zielpunkt lag.«

Howard nickte erneut, MacDonald sprach also weiter. »Dann war da die Entfernung als solche. Mit entsprechender Erfahrung kann man Entfernungen gut einschätzen, aber bei einer Distanz von fünfhundert Metern kann eine Fehleinschätzung um fünfzig Meter eine Senkung der Flugbahn um dreißig Zentimeter oder mehr bedeuten. Unter normalen Umständen, wenn man die Entfernung nicht genau kennt, kann man nicht davon ausgehen, das Ziel zu treffen, geschweige denn einen tödlichen Schuß abzugeben.«

»Ah ja?« fragte Howard. »Und weshalb waren Sie dann so sicher?«

»Das ist ganz einfach«, sagte MacDonald. »Sehen Sie, das Tier flüchtete frontal zu uns den Hügel hinauf, präsentierte uns nahezu sein gesamtes Rückgrat. Jeder Schuß, der irgendwo zwischen Träger und achtem Rückenwirbel, das ist etwa auf Höhe des ersten

Rumpfdrittels, trifft, ist tödlich. Sehen Sie, worauf ich hinauswill? Die Senkung der Geschoßbahn durch eine leichte Fehleinschätzung der Distanz war nicht dramatisch. Das Ziel war schmal, aber es war fast einen Meter lang. Eine 275er-Patrone aus einem auf zweihundert Meter eingeschossenen Gewehr senkt sich bei einer Entfernung von fünfhundert Metern um einen Meter zwanzig. Wenn man jetzt den Meter hinzurechnet, der durch die Bewegung des Tiers hinzukam, mußte ich lediglich einen Zielpunkt anpeilen, der zwei Meter zwanzig vor dem eigentlichen Zielpunkt lag. Ich zielte also auf einen Punkt anderthalb Meter vor dem Zielpunkt. Meine Berechnung kam hin; die Kugel traf hinter dem Träger, direkt über dem Blatt. Ja, es war ein guter Schuß, aber er war nicht riskant. So«, fügte er hinzu, »sieht es zumindest in der Theorie aus. In Wirklichkeit war es ganz anders.«

Howard war irritiert. »Wie meinen Sie das?«

»Theorie ist gut und schön«, sagte MacDonald, »aber Sie können nun mal nicht mit einem Taschenrechner am Hang hocken und sich das alles ausrechnen. Es ist natürlich nützlich, wenn Sie diese Fakten und Zahlen im Kopf haben, damit Sie wissen, was alles eine Rolle spielt. Aber Sie können jeden fähigen Schützen fragen, was er tut, wenn er eine rasche Entscheidung treffen muß, wieviel er mitziehen muß wegen des Windes oder der Bewegung oder der Entfernung, und er wird Ihnen sagen, daß es fast ausschließlich eine Instinktsache ist. Entweder Sie haben's in sich, oder Sie haben's nicht. Wenn der Colonel mich damals gefragt hätte, wieviel höher ich den Zielpunkt angesetzt habe, hätte ich es ihm nicht sagen können. Das habe ich mir erst später überlegt.«

»Und trotzdem waren Sie sicher?«

MacDonald nickte. »Ja.«

Howard war begeistert. Der Jäger hatte seine Kenntnisse und Fähigkeiten überragend unter Beweis gestellt. »Nein, Mr. MacDonald, Sie haben das alles sehr einleuchtend erklärt. Ich habe das Geschehen sehr gut nachvollziehen können.«

»Davon war ich ausgegangen, Mr. Hanbury.« MacDonalds Augen verengten sich, und er beugte sich vor und sah Howard direkt ins Gesicht. »Dann könnten Sie mir jetzt vielleicht sagen, warum Sie hier sind. Sie sind genausowenig Journalist, wie ich es bin. Sie haben mir nicht gesagt, wie Ihre amerikanische Zeitschrift heißt, Sie haben sich keine Notizen gemacht, und Sie scheinen, was diesen Schuß betrifft, ausschließlich an der Technik interessiert zu sein. Eine gute Geschichte besteht aber aus mehr als nur aus technischen Details, das wird Ihnen jeder Journalist sagen. Sie sind mir heute abend mit dem Wagen hierher gefolgt, bevor Sie mich angerufen haben. Jemand, dessen Beschreibung auf Sie paßt, hat sich in Carvaig im Gasthof eingemietet und Fragen nach mir und dem Revier gestellt. Ich finde, Mr. Hanbury oder Hatcher oder wie auch immer Sie heißen, daß Sie mir eine Erklärung schuldig sind.«

Howard hatte sich angestrengt um eine ausdruckslose Miene bemüht, während MacDonald sprach, aber nun konnte er nicht mehr an sich halten. Ein fröhliches Grinsen machte sich auf seinem Gesicht breit.

22

Nachdem er MacDonald seinen echten Namen gesagt hatte, teilte Howard ihm mit, daß er ihm ein interessantes Angebot zu machen habe. Er entschuldigte sich für das Versteckspiel, und MacDonald nickte. Bevor er ihm jedoch diesen Vorschlag mache, sagte Howard, wolle er abklären, ob er überhaupt realistisch sei.

MacDonald war erstaunt und irritiert, aber weniger mißtrauisch als zu Anfang. »Also, daß wir uns recht verstehen, Mr. Howard: Sie wollen von mir wissen, ob es theoretisch möglich ist, auf eine Entfernung von circa zwölfhundert Meter ein Ziel von etwa fünfzehn Zentimeter Durchmesser zu treffen? Hab ich Sie da recht verstanden?«

»So ist es.«

»Gut. Also, die Antwort lautet, daß es theoretisch möglich ist. Ein erstklassiges Hochpräzisions-Scharfschützengewehr mit

Matchmunition, das akkurat auf die betreffende Entfernung eingeschossen ist, ist theoretisch zu einer Streuung von weniger als einer halben Bogenminute imstande. Das bedeutet auf hundert Meter eine Abweichung von weniger als einem Zentimeter Durchmesser. Auf zwölfhundert Meter verzwölffacht sich die Abweichung, so daß Sie eine Streuung bekommen, die innerhalb eines Kreises von weniger als fünfzehn Zentimetern Durchmesser liegt. Aber in der Praxis ist es nicht ganz so leicht. Um die naheliegendste Fehlerquelle zu nehmen: Der Schütze darf sich nicht den kleinsten Patzer erlauben, nicht die kleinste Bewegung; perfekte Zielgenauigkeit und hundertprozentige Konzentration sind unerläßlich. Und es gibt noch alle möglichen anderen Faktoren, die bedacht werden müssen.«

»Zum Beispiel?«

»Nun, gehen wir zunächst mal davon aus, daß Sie mit großkalibriger, hochrasanter, extrem stromlinienförmiger Munition arbeiten, die sehr viel größer und schneller ist als die Standard 7.62er-Munition der NATO. Aber das ist sowieso klar. Das NATO-Standard-Geschoß verliert Geschwindigkeit und wird bei etwa neunhundert Metern transsonisch – danach bleibt es unter Schallgeschwindigkeit. Sie erinnern sich bestimmt an die Probleme der Piloten, die zum ersten Mal die Schallmauer durchbrachen – ihre Flugzeuge waren nicht mehr steuerbar, als sie durchbrachen. Dasselbe passiert bei einem Geschoß. Es wird instabil, und die Präzision ist hinüber. Um also auf diese Entfernung einen Schuß abzugeben, brauchen Sie ein extrem starkes Geschoß – eines, das bei zwölfhundert Metern noch Überschallgeschwindigkeit hat.

Doch es müssen noch weitere Dinge berücksichtigt werden. Die weniger problematischen sind Luftfeuchtigkeit, Lufttemperatur und Luftdruck. Fangen wir beim ersten an: Veränderungen in der Luftfeuchtigkeit können wir übersehen. Sogar ziemlich starke Veränderungen diesbezüglich machen auf zwölfhundert Meter höchstens eine Abweichung zwischen ein und zwei Zentimetern aus. Der Unterschied ist so geringfügig, daß man sich nicht darum zu kümmern braucht.

Die Lufttemperatur ist entscheidender. Ein Grad Celsius Temperaturunterschied erzeugt auf zwölfhundert Meter eine Abweichung von circa zweieinhalb Zentimetern. Dann hat man beispielsweise zwischen Morgengrauen und Mittag, wo es vielleicht Temperaturunterschiede von zehn Grad gibt, eine Differenz von fünfundzwanzig Zentimetern – womit die Streuung außerhalb des Kreises von fünfzehn Zentimetern Durchmesser läge.«

»So viel? Das wußte ich nicht.«

»Es ist leider so. Und das bezieht sich nur auf extrem wuchtige Munition. Mit der 7.62er, die kleiner ist und eine niedrigere Fluggeschwindigkeit hat, wäre die Abweichung viel größer.«

»Es war mir schon klar, daß es etwas verändert, aber daß es so viel ist, erstaunt mich.« Howard rieb sich nachdenklich das Kinn. Er bedauerte jetzt, daß er nicht auf Stoners Angebot eingegangen war und sich in Bisley die Arbeitsweise der Präzisionsschützen angesehen hatte.

»Unseligerweise«, fuhr MacDonald fort, »ist das erst der Anfang. Machen wir mit dem Luftdruck weiter. Der hängt mit der Wetterlage und der Höhe zusammen. Die zwei sind untrennbar, verstehen Sie. Je höher sie sind, desto niedriger der Luftdruck – darauf basiert die Technik der meisten Höhenmesser. Die Höhe zu berechnen ist leicht – Sie finden sie auf einer Landkarte und können sich die Anpassung mit Tabellen errechnen. Grob umrissen sieht es so aus, daß Sie bei einem Höhenunterschied von fünfunddreißig Metern oder einer Luftdruckveränderung von zwei Hectopascal mit einer Differenz von zweieinhalb Zentimetern bei der Trefferleistung rechnen müssen. Nun ergeben sich je nach Wetterlage häufig Luftdruckveränderungen von bis zu dreißig Hectopascal und mehr, und um die Höhe bis auf fündunddreißig Meter genau zu bestimmen, braucht man eine sehr gute Karte. Je höher man ist, desto niedriger der Luftdruck und desto dünner die Luft; der Luftwiderstand ist also geringer, weshalb die Kugel weniger schnell Geschwindigkeit verliert. Die Wirkung der Schwerkraft auf das Geschoß wird deshalb geringer sein, weil es schneller das Ziel erreicht; es wird also höher treffen, als das bei geringerer Höhe und höherem Luftdruck der Fall wäre. Können Sie mir folgen?«

»Ja, ich denke schon.« Howard war beeindruckt. MacDonald kannte sich offensichtlich hervorragend aus auf seinem Gebiet und hatte Zahlen und Statistiken im Blut.

»Gut. Wenn also das Gewehr an einem kalten Tag, sagen wir bei zehn Grad Celsius, an einem Schießstand im Süden von England neunhundert Meter über dem Meeresspiegel eingeschossen wurde, kann man an einem warmen Tag in den Bergen hier nicht dieselbe Leistung erwarten. In vierhundertsechzig Meter Höhe bei einer Lufttemperatur von zwanzig Grad Celsius würde das Geschoß bei einer Entfernung von zwölfhundert Metern sechzig oder neunzig Zentimeter über Ihrem Zielbereich von fünfzehn Zentimetern Durchmesser einschlagen. Bei kürzeren Distanzen fallen diese Faktoren natürlich weniger ins Gewicht, und bei weniger als dreihundert Metern kann man sie getrost außer acht lassen. Aber wir reden eben von Spezial-Matchmunition, die eine extrem hohe Fluggeschwindigkeit hat. Mit NATO-Munition wären die Abweichungen wesentlich stärker. Sie fangen allmählich an zu begreifen, wie leicht sich dieser Fünfzehn-Zentimeter-Kreis verfehlen ließe, nicht wahr?«

»Allerdings.« Howard war etwas beunruhigt. Es war wesentlich komplizierter, als er angenommen hatte.

»Und damit nicht genug«, sagte MacDonald. »Haben Sie schon mal vom sogenannten Magnus-Effekt gehört?«

»Nein. Hat das etwas mit der Erdumdrehung zu tun?«

MacDonald lächelte. »Nein. Zum Glück müssen Sie sich darüber bei Handfeuerwaffen keine Gedanken machen. Der Magnus-Effekt hat mit der Rotation des Geschosses zu tun. Die Rillen im Gewehrlauf geben dem Geschoß die Drehung, mittels derer es auf der Flugbahn stabil bleibt. Normalerweise verläuft der Drall nach rechts – im Uhrzeigersinn also. Ein Geschoß mit Rechtsdrall neigt dazu, nach rechts abzuweichen. Glücklicherweise läßt sich dieser Effekt im Verhältnis zur Entfernung berechnen. Bei dem Geschoß, von dem wir reden, wird die durch den Magnus-Effekt erzeugte Abweichung bei einer Entfernung von zwölfhundert Metern etwa zwei Bogenminuten betragen. Das sind sechzig Zentimeter – ein erheblicher Unterschied. Sie müssen Ihr Absehen also sechzig Zentimeter nach links verstellen, um das auszugleichen.«

»Ich hatte ja keine Ahnung«, sagte Howard stirnrunzelnd. »Und wenn der Schuß bergabwärts abgegeben wird?«

»Das macht weniger aus, als Sie glauben«, sagte MacDonald. »Von welcher Höhendifferenz gehen Sie aus?«

»Na ja«, sagte Howard, »sagen wir mal, die Schußposition liegt sechzig Meter über dem Ziel. Das ist ziemlich hoch, nicht?«

»Es klingt so, ja. Aber bei einer solchen Distanz macht es nicht viel aus. Das läßt sich leicht errechnen. Also...« MacDonald dachte einen Augenblick nach, dann nickte er. »Genau. Das ist ein Winkel von zwei oder drei Grad. Das heißt, daß der Schuß bei zwölfhundert Metern Entfernung etwa fünfzehn Zentimeter höher treffen würde. Ich müßte es präzise ausrechnen, aber es ist nicht so viel, wie sie glauben.«

»Das hör ich gern«, murmelte Howard.

»Nicht zu früh freuen«, sagte MacDonald, »das dicke Ende kommt noch. Da gibt es noch zwei weitere Faktoren, die eine wesentlich größere Rolle spielen. Sie haben starken Einfluß, und auf sie kommt es wirklich an. Entfernung und Wind. Wenn einer von diesen beiden Punkten nicht stimmt, ist es vorbei. Ich will Ihnen ein Beispiel geben; gehen wir weiterhin von der Hochrasanzmunition aus. Normalerweise ist die Entfernung kein Problem, weil solche Schüsse meistens am Schießstand abgegeben werden, wo man den Abstand zwischen Schußposition und Ziel bis auf den Meter genau weiß. Sowie man aber die Entfernung nicht genau kennt – und ich meine, wirklich *genau* –, hat man ein echtes Problem. Nehmen wir mal an, Sie verschätzen sich bei Ihren zwölfhundert Metern um hundert. Auf freiem Gelände ist das schon eine sehr präzise Schätzung. Nehmen wir an, Sie sagen, es seien dreizehnhundert Meter. Nehmen wir auch an, daß Sie glauben, der Wind würde mit einer Geschwindigkeit von zehn Knoten von rechts kommen; aber irgendwo zwischen Ihnen und dem Ziel tut der Wind etwas ganz anderes, was bei dieser Art von Distanz nicht nur möglich, sondern sogar ziemlich wahrscheinlich ist – vor allem in unebenem Gelände. Aber das ist sogar in einer flachen Gegend möglich. Das läßt sich auf See gut erkennen: Wenn Sie einen windstillen Tag haben, gibt es trotzdem hier und da Böen, die das Wasser kräuseln. Aber gehen wir mal davon aus, daß Sie sich um drei Stundenkilometer bei der Windgeschwindigkeit verschätzen – was bei einer solchen Entfernung kein gravierender Fehler ist. Ist Ihnen klar, um wieviel Sie dadurch Ihr Fünfzehn-Zentimeter-Ziel verfehlen werden?«

»Schonen Sie mich nicht«, sagte Howard düster.

»Die Kugel wird einen Meter achtzig über und einen Meter zwanzig neben dem Ziel einschlagen. Soviel macht es aus. Verstehen Sie?«

»O Gott«, stöhnte Howard. »Ich hatte keine Ahnung, daß es so kompliziert ist.«

»Das Problem kann natürlich gelöst werden«, sagte MacDonald, »und Scheibenschützen haben es sogar sehr viel leichter. Wie ich schon sagte – die wissen ihre Entfernung zum Ziel bis auf den Meter. Außerdem gibt es an Schießständen überall am Rand Fahnen, die die Windrichtung angeben. Und natürlich dürfen Scheibenschützen Probeschüsse abgeben, um alles zu überprüfen.«

»Okay«, sagte Howard, »machen wir's konkreter. Angenommen, wir wissen die Höhe bis auf dreißig Meter genau, wir haben die Möglichkeit, den Luftdruck zu messen, die Temperatur und die Luftfeuchtigkeit abzulesen ...«

»Moment«, unterbrach ihn MacDonald. »Es dauert eine Weile, sich das mit Tabellen und Formeln auszurechnen. Dafür brauchen Sie etwa zwanzig Minuten.«

»Es sind höchstens fünf Minuten drin.«

»Ausgeschlossen, es sei denn, Sie haben sich vorher schon diverse Möglichkeiten errechnet. Dafür brauchen Sie Tage. Aber, so oder so, Sie haben noch nichts von Entfernung und Wind gesagt.«

»Vielleicht könnten wir ein oder zwei kleine Fahnen aufstellen. Nicht mehr. Was die Entfernung betrifft – keine Ahnung. Sagen wir mal, wir wissen es bis auf fünfzig Meter genau. Was halten Sie davon?«

»Das wäre eine sehr präzise Schätzung. Ich weiß nicht...« MacDonald dachte angestrengt nach. »Aber wenn es ein warmer Tag wäre, könnten wir uns vielleicht den Mirage-Effekt zunutze machen...«

Howard unterbrach ihn. »Mirage-Effekt? Was meinen Sie damit?«

»Sie wissen doch, was eine Mirage ist. Bei einer solchen Entfernung erzeugt vom Boden aufsteigende Wärme ein leichtes Flimmern in der Luft zwischen der Schußposition und dem Ziel. Das Ziel wirkt dann, als bewege es sich auf und ab. Der untere Teil kann sogar verschwinden. Wenn es sehr heiß ist, ist ein Schuß unmöglich, aber wenn der Effekt nur schwach ist, kann man sehen, wie sich das Flimmern im Wind bewegt. Das ist eine sehr nützliche Hilfestellung bei der Einschätzung der Windgeschwindigkeit.«

»Oh.« Howard starrte einen Moment ins Leere. Was, wenn es zu heiß war, wenn es darauf ankam?

»Also gut«, sagte MacDonald, »gehen wir jetzt mal davon aus, daß Sie die Schußweite und die Windgeschwindigkeit gut einschätzen können. Was ist mit Einschießen?«

»Was meinen Sie?«

»Wie viele Probeschüsse kann der Schütze abgeben, bevor er dieses Ziel von fünfzehn Zentimeter Durchmesser treffen soll?«

»Keinen.«

»Sie meinen, keinen *einzigen?«*

»Ganz genau.«

»Mr. Howard«, sagte MacDonald kopfschüttelnd und mit einem mitleidigen Lächeln, »ich kann Ihnen nur versichern, daß selbst der beste Schütze der Welt unter diesen Umständen, bei einem leichten Wind und einer nicht genau bekannten Entfernung, keine Chance hätte, beim ersten Schuß zu treffen. Er wäre schon ziemlich gut, wenn er da ein Ziel von einem Meter achtzig Durchmesser treffen würde, aber fünfzehn Zentimeter sind ein Witz. Ich übertreibe nicht. Ehrlich, das ist einfach nicht drin. Mit einem erfahrenen Schußbeobachter mit Beobachterfernrohr, der mit ihm zusammenarbeitet, hätte er vielleicht beim zweiten, dritten oder vierten

Schuß eine Chance, wenn er alles andere vorbereitet hat. Aber mit dem *ersten*? Ausgeschlossen.«

»Gibt es nicht die Möglichkeit, wie wir dieses Problem mit der Einschätzung der Entfernung lösen könnten?«

»Doch, mit einem guten Entfernungsmesser wäre das wohl möglich. Sie sehen aus, als wären Sie beim Militär gewesen. Hat die Army nicht welche? Die mit Laser arbeiten? Mir ist, als hätte ich mal davon gehört.«

»Die ersten wurden für Panzer entwickelt«, sagte Howard. »Sie sind sehr schwer, und ich glaube auch nicht, daß man als Zivilist an so einen rankommen kann. Es gibt heutzutage auch kleinere, aber sie werden nur an militärische Spezialeinheiten ausgegeben.« Howard dachte darüber nach. Selbst seine Kontakte beim SBS würden ihm in dieser Angelegenheit nichts nützen. Er wußte, daß Dartington völlig recht hatte: Kontakte mit den Sicherheitskräften mußten vermieden werden. »Ich habe keine Möglichkeit, für die betreffende Sache einen zu besorgen. Ich fürchte, wir müssen auf die Idee verzichten. Gibt es noch eine andere Möglichkeit?«

»Nun, wenn man in der Nähe des Ziels ein Objekt hat, dessen Größe genau bekannt ist, könnte man sich mit einem Fernglas mit Rastermarkierung die Entfernung relativ genau ausrechnen, indem man den gegenüberliegenden Winkel mißt. Normalerweise geht man dabei von einem mittelgroßen Mann aus. Aber bei dieser Distanz würde eine Fehleinschätzung um zweieinhalb Zentimeter schon wieder eine Differenz von zwanzig Metern bei der Entfernung bedeuten. Man bräuchte ein wesentlich größeres Objekt. Ich würde sagen, da ist immer noch die Wahrscheinlichkeit einer Ungenauigkeit von etwa sechzig Metern oder mehr. Bei dieser Entfernung senkt sich das Geschoß auf jeden Meter etwa zweieinhalb Zentimeter. Schon eine Differenz von *sechs* Metern, ganz zu schweigen von sechzig, reicht aus, um das Ziel zu verfehlen.«

»Gibt es denn nichts –«

»Warten Sie mal, ich hab da eine Idee. Sie könnten einen Schnittbildentfernungsmesser benutzen. Die sind groß, aber ziemlich genau – bei dieser Entfernung würde die Fehlangabe höchstens zwei oder drei Meter betragen. Sie arbeiten mit getrennten Bildern. Sie peilen ein vertikales Objekt an und bringen mit einem Drehknopf die obere und untere Hälfte zusammen, so daß die vertikale Linie durchgehend ist. Dann lesen Sie auf der Skala die Entfernung ab. Ja, das müßte gehen. Da hätte ich vorher drauf kommen müssen.«

»Kann man sich so ein Gerät leicht besorgen?«

»Mein Onkel hat eines. Es ist ein altes Teil von der Marine, das sein Vater aus dem Krieg mitgebracht hat. Als ich klein war, habe ich immer damit gespielt. Es ist ein großes, schweres, sperriges Ding, und es wirkt vorsintflutlich, aber es funktioniert. Zumindest war das früher so. Vielleicht hat er es noch.«

»Gut«, sagte Howard erleichtert. »Und was machen wir mit dem Wind, wenn wir keine Fahnen benutzen können?«

»Sie brauchen auf jeden Fall etwas, um die Windgeschwindigkeit messen zu können. Am besten ein Anemometer, wie es die Meteorologen benutzen. Und davon mehrere. Wissen Sie, diese Dinger mit den drei kleinen Halbkugeln, die sich im Wind drehen. Man müßte einige von ihnen parallel zur Flugbahn der Kugel aufstellen, und jemand müßte die Windgeschwindigkeit ablesen und per Funk durchgeben. Man könnte kleine benutzen, die man in der Hand halten kann. Das wäre sehr viel präziser als Windfahnen.«

»Hervorragend!« rief Howard aus. »Ein Freund von mir ist Elektronikexperte. Ich bin sicher, daß er ein paar Anemometer beschaffen und so präparieren kann, daß sie per Funk die Windgeschwindigkeit an ein Instrument zum Ablesen weitergeben. Es kann niemand danebenstehen; sie müßten per Fernbedienung funktionieren.«

»Wieso kann denn niemand danebenstehen?«

»Bevor ich Ihnen das erkläre, Mr. MacDonald, noch eine weitere Frage: Angenommen, wir haben den Entfernungsmesser, die Anemometer, Tabellen für Temperatur etcetera – könnten *Sie* ein solches Ziel beim ersten Schuß treffen?«

MacDonald dachte einen Augenblick nach, dann warf er Howard einen neugierigen Seitenblick zu, bevor er antwortete. »Ja, Mr. Howard, ich glaube, ich hätte ganz gute Chancen. Garantieren könnte ich es nicht; das kann niemand. Aber bei nicht allzu schlechtem Wetter halte ich es für möglich. Starker Wind oder Regen könnten das Ganze allerdings extrem erschweren.« MacDonald sah Howard jetzt direkt an und beugte sich vor. »Ich nehme an, es gibt da eine Vorgeschichte. Vielleicht haben Sie mit jemandem eine Wette abgeschlossen. Aus irgendeinem Grund haben Sie sich jedenfalls viel Mühe gemacht, mich ausfindig zu machen und zu testen. Ich nehme an, es hat was mit diesem Burschen aus Bisley zu tun, der mir ständig schreibt und versucht, mich da runter zu locken und seinem Team einzuverleiben. Stimmt's?«

Howards Gesicht zeigte keinerlei Regung. »Nun«, fuhr MacDonald fort, »ich habe nichts dagegen, bei einer Wette mitzumachen, wenn Sie meine Ausgaben übernehmen; ich glaube, es wäre sogar eine Herausforderung für mich. Ich müßte natürlich das Gewehr und die Munition bestimmen können. Es gibt weltweit nur einen einzigen Hersteller, der die Waffe baut, mit der Sie ein solches Unterfangen angehen könnten. Wenn aber«, sagte er fest, »dahinter der Versuch steht, mich regelmäßig da runter zu locken und in ein Schützenteam zu kriegen, können Sie das Ganze auf der Stelle vergessen. Ich habe kein Interesse an so etwas. Und jetzt sagen Sie mir bitte, was dahintersteckt. Worum geht es, und was ist dieses geheimnisvolle Ziel von fünfzehn Zentimetern Durchmesser, das ich treffen soll?«

Howard sah MacDonald an und antwortete sanft. »Es geht nicht um eine Wette, Mr. MacDonald. Die Sache ist ernst, tödlich ernst sogar. Das Ziel ist ein Mensch.«

»Was?« MacDonald sprang abrupt auf. Er wies mit dem Finger auf Howard, während sich seine Augen weiteten und sich sein Gesicht dunkelrot verfärbte. Er bemühte sich, seine Stimme unter Kontrolle zu halten. »Können Sie mir einen guten Grund sagen, Sie Wahnsinniger, warum ich nicht augenblicklich zur Polizei gehen und Sie anzeigen soll?«

Howards Stimme blieb weiterhin sanft und ruhig. »Das Ziel ist Saddam Hussein.«

MacDonald wich das Blut aus dem Gesicht, und er ließ sich

wieder in den Sessel sinken. Howard beobachtete, wie ein Schwall widerstreitender Gefühle über ihn hereinbrach. Es war sehenswert; Howard erfuhr in diesen wenigen Sekunden mehr über den Charakter des Jägers als während ihrer gesamten Unterhaltung. Dann trat ein starrer Blick in MacDonalds Augen. Er brachte kaum mehr als ein Flüstern hervor. »Sagen Sie mir, daß das kein Scherz ist. *Sagen Sie's mir!*«

»Es ist mein absoluter Ernst, Mr. MacDonald. Das ist kein Scherz, und das wissen Sie auch. Sie wissen es, und ich kenne drei gute Gründe, die Sie, glaube ich, davon abhalten werden, zur Polizei zu gehen.« Howard blickte absichtlich leicht zur Seite.

MacDonald nahm diese Bewegung wahr; seine Hände krampften sich um die Armlehnen des Sessels, und die Adern an seinen Armen und seiner Stirn traten hervor. Mit zusammengebissenen Zähnen zischte er: »Oh, Sie Schweinehund. Sie Dreckskerl. Sie haben es gewußt, nicht wahr? Ja. Ich mache es. *Ich mache es!*«

23

Als Morag sich abends ins Bett legte, klopfte ihr Herz vor Vorfreude. Würde er wieder zu ihr kommen? Oder blieb es bei dieser einen wunderbaren, berauschenden Nacht? Hatte er gemeint, was er zu ihr gesagt hatte? O doch, ja, entschied sie. Es mußte so sein, es *mußte* einfach...

Sie hörte das Geräusch der Tür kaum. Dann plötzlich war er wieder bei ihr, stand neben dem Bett, beugte sich herab und küßte sie, und sie hob die Arme und umschlang ihn... *O Gott*, dachte sie, *wie sich sein Körper anfühlt, seine Arme, seine Kraft...*

Kurze Zeit später hatte sie das Gefühl, wieder zu versinken; sie ergriff seine Hand und drückte sie auf ihren Mund, wie zuvor, dann ließ sie die Wellen der Lust kommen und über ihr zusammenbrechen, wieder und wieder...

Howard blieb bis halb sieben Uhr morgens bei ihr. Dann schlief er in seinem Zimmer bis neun, stand wieder auf und packte. Sheila servierte ihm im Eßraum das Frühstück. Ihm fiel auf, daß sie abgelenkt war; sie sah ständig auf ihre Armbanduhr. Er überlegte sich einen Moment, ob sie ihn und Morag wohl gehört hatte, verwarf den Gedanken aber wieder.

»Ist etwas nicht in Ordnung, Sheila?« fragte er freundlich.

Das Mädchen schrak leicht zusammen. »O nein, Mr. Hatcher«, sagte sie eilig, »es ist nichts. Ich habe nur überlegt, wo meine Mam bleibt. Sie steht sonst immer so früh auf, und ich habe heute etwas vor...« Ihre Stimme verlor sich, und sie blickte leicht peinlich berührt.

»Lassen Sie sich von mir nicht aufhalten«, sagte er. »Ich habe alles, was ich brauche. Ich werde noch ein Weilchen die Zeitung lesen. Ich möchte mich noch von Ihrer Mutter verabschieden.«

Sheila sah ihn an. Ihr anfängliches Mißtrauen ihm gegenüber war verflogen. Er war höflich und aufmerksam gewesen, ein angenehmer Gast. Im nachhinein schämte sie sich etwas, daß sie Danny von ihm erzählt hatte, aber so hatte sie zumindest eine Ausrede gehabt, ihn anzurufen, und dabei war die Verabredung zustande gekommen... Sie lächelte. »Na ja, wenn es Ihnen nichts ausmacht...«

Er erwiderte das Lächeln. »Na, dann viel Vergnügen. Und vielen Dank«, sagte er und stand auf, um ihr die Hand zu schütteln, »für Ihre Fürsorge. Es hat mir sehr gut gefallen hier. Ich hoffe, ich finde die Zeit, mal wieder hierherzukommen.«

Sie wurde rot, sagte »Auf Wiedersehen« und wandte sich abrupt ab. Durchs Fenster sah er, wie sie in ihren Fiesta stieg und wegfuhr, dann ging er hinauf.

Er klopfte an die Tür zu Morags Zimmer. Als er zu ihr hineinsah, regte sie sich und lächelte selig, aber dann fuhr sie plötzlich erschrocken hoch. »Ed! Bist du verrückt? Denk an Sheila!«

Er machte eine beruhigende Handbewegung, ging zu ihr und setzte sich auf die Bettkante. »Ist schon in Ordnung. Sheila macht einen Ausflug. Wir sind allein hier – wir beide.« Er küßte sie. »Ich wollte mich von dir verabschieden. Ich muß gehen.«

Sie hielt sein Gesicht in ihren Händen und sah ihm tief in die Augen. »Ich hoffe nicht, daß du denkst, daß ich mich gegenüber allen meinen Gästen so verhalte.«

»Da würdest du auch Probleme mit mir kriegen«, sagte er grinsend. »Kann ich dich irgendwann wiedersehen?«

»Wenn du's nicht tust, kriegst du Probleme mit mir«, sagte sie zärtlich. »Wiedersehen, Fremder.«

»Wiedersehen, Morag«, sagte er sanft.

Sie umarmten sich, hielten sich fest, dann war er verschwunden.

Tief in Gedanken versunken, legte Howard die Strecke nach Edinburgh zurück. Er lieferte den Mietwagen wieder ab und flog zurück nach London. Es war Sonntag, der 1. Dezember. Als er im Flugzeug saß, wurde ihm klar, daß er dieses Wochenende nicht so schnell vergessen würde. Nachdem er Danny MacDonald für die Sache gewonnen hatte, konnte er sich jetzt den Details des Plans widmen; und dann war da Morag gewesen... Ihm wurde klar, daß er mit ihr leichtfertig ein Risiko eingegangen war. Er zwang sich dazu, sich einzugestehen, daß er sich unprofessionell verhalten hatte. Aber sie hatte so etwas... so etwas Begehrenswertes...

Am Montag morgen fuhr er nach Swindon, wo er im Hof 8 des Gewerbegeländes auf Bob Usher stieß, der mit der Kontrolle gelieferter Waren beschäftigt war. Bourne saß im Büro nebenan und befaßte sich mit den Papieren. Die Räume glichen inzwischen einem Lagerhaus; überall standen Kisten und Paletten herum. In einer Ecke war ein gemieteter Gabelstapler abgestellt, der an der Steckdose hing und aufgeladen wurde.

Howard ging zum Büro hinüber. »Morgen, Johnny. Wie läuft's?«

»Glänzend. Wir liegen besser in der Zeit als geplant. Gestern morgen sind Mel und Andy aus Texas zurückgekommen – sieht aus, als hätten sie einen passenden Piloten gefunden.« Bourne berichtete ihm von Sullivan.

»Klingt gut. Was Neues von Mike?«

»Nein. Er ist seit einer Woche in den Staaten. Diese NSBs sind wahrscheinlich nicht leicht zu kriegen. Betreffs der anderen Sachen weiß ich nichts. Ich schätze, er wird anrufen, wenn er Probleme hat. Wie bist du in Schottland vorangekommen? Deinem Gesicht nach zu urteilen muß ja alles bestens gelaufen sein.«

»Das siehst du richtig. Danny MacDonald ist besser, als ich zu hoffen gewagt hatte.« Howard gab die Einzelheiten ihrer Begegnung wieder, ließ jedoch den Teil aus, als MacDonald ihn nach seinem richtigen Namen gefragt hatte. »Er ist sehr aufmerksam. Ich habe mit meiner Fragerei bei dem Mädchen im Gasthaus ziemlich dick aufgetragen – ich war sicher, daß sie ihm davon erzählen würde. Und auf dem Weg zu seinem Cottage war ich ihm ziemlich dicht auf der Pelle. Aber angesichts der Tatsache, daß er keinen besonderen Grund hatte, auf so etwas zu achten, hat er ziemlich schnell zwei und zwei zusammengezählt.«

Bourne nickte beifällig. »Ich freue mich darauf, ihn kennenzulernen. Übrigens, als Andy und Mel anriefen, hab ich ihnen gesagt, sie sollen sich Chris anschließen – er sucht immer noch nach einem Flugzeug.«

Howard nickte. Chris Palmer hatte bereits angekündigt, daß es eine Weile dauern würde, ein geeignetes Flugzeug zu finden, aber er hatte ihm versichert, daß es nur eine Frage der Zeit sei. »Hättest du ihm nicht helfen können?«

Bourne schüttelte bedauernd den Kopf. »Leider nicht. Ich bin hier völlig eingedeckt. Drei Firmen auf einmal zu leiten ist schwieriger, als ich dachte.«

»Mein Mitgefühl ist dir sicher.« Howard grinste. »Nur weiter so. Okay, ich werd mal ein paar Worte mit den anderen wechseln. Wo ist Tony? Ich hab eine Aufgabe für ihn.«

»Eine Tür weiter in Hof 9. Wir benutzen Hof 9 als Werkstatt, diesen hier nur für Lieferungen und als Lager. Er ist mit diesen AK-Schalldämpfern zugange. Dachte, er könnte mal mit denen anfangen.«

«Schon irgendwas in Hof 10?«

»Nein. Ende der Woche kommt der Container; den werden wir

da reinstellen. Wir können nur *in situ* daran arbeiten, auf seinem Anhänger. Hof 10 hat eine Hebevorrichtung, aber sie ist nur für zehn Tonnen zugelassen.«

»Gut. Okay, zurück zu deinen Bürovorsteherpflichten, Junge.« Howard verschwand aus dem Büro, um mit Usher zu reden.

»Alles klar, Boß?« wollte Usher munter wissen, als Howard sich näherte.

»Bob, ich hab einen Spezialjob für dich. Könntest du so was zurechtbasteln?« Er reichte ihm die Notizen, die er sich zu den Anemometern gemacht hatte. »Denk mal drüber nach und sag mir Bescheid, ob das hinhaut. Ich muß mal mit Tony über das Gewehr sprechen, das wir brauchen.«

Usher vertiefte sich in die Notizen, und Howard ging eine Tür weiter. Ackford, mit einer Schutzbrille im Gesicht, beugte sich über eine Werkbank. Zwischen den Spannfuttern der Drehbank rotierte ein zwölf Zentimeter langer Stahlzylinder. Ackford bohrte ihn auf, um daraus eine Röhre herzustellen.

Als Howards Schatten auf die Werkbank fiel, sah Ackford auf und schaltete die Maschine aus. »Morgen, Boß. Gute Reise gehabt?«

»Ja, danke, Tony. Unser Junge hat eingewilligt. Er hat mir eine Liste von Dingen gemacht, die er braucht. Wie kommst du vorwärts?«

»Gut. Ich hab schon einen Schalldämpfer als Muster fertiggemacht. Mit diesem hier habe ich erst angefangen. Willst du mal sehen, wie er am Ende aussieht?« Ackford zeigte Howard das fertige Stück. »War ziemlich leicht, wie ich gesagt habe. Hier am Ende läßt er sich abschrauben, und die Dämpfer sind hier drinnen. Das andere Ende ist mit demselben Gewinde ausgestattet wie die Standard-Mündungsbremse eines AK. Wir müssen lediglich die Mündungsbremse ab- und statt dessen dieses Ding hier draufschrauben. Hier, ich hab ein entschärftes AK 47 hier, da kann ich dir zeigen, wie's funktioniert. Ich hab es in einem dieser Läden gekauft, die Replikas anbieten.« Ackford holte das AK 47-Sturmgewehr hervor. Der Lauf war mit einem Stahlblock verbolzt und der Verschlußblock herausgebohrt und verschweißt worden, so daß das Gewehr nicht mehr abgefeuert werden konnte. In diesem Zustand konnte man es ohne Waffenschein kaufen, obwohl es von außen unverändert war. Ackford drückte auf eine kleine Metallklappe am Ende des Laufs und schraubte einen Ring von einem Zentimeter ab. Dann schraubte er statt dessen den fertiggestellten Schalldämpfer auf das Gewinde.

Howard sah sich das Ergebnis an. »Sieht prima aus, Tony. Haben alle AKs dasselbe Gewinde am Laufende?«

»Ja. Das AK 47, das AKM, das AKMS, all die. Sogar die chinesische Ausführung. Das AK 74 natürlich nicht – das hat eine besondere Mündungsbremse.« Das AK war das meisthergestellte und meistkopierte Sturmgewehr der Welt. Die Urform des Avtomat Kalashnikova 47, benannt nach einem Sowjetrussen, der es Ende der vierziger Jahre entworfen hatte, war seit damals größtenteils unverändert geblieben. Um Gewicht einzusparen, waren spätere Modelle aus gepreßtem statt aus gewalztem Stahl hergestellt worden, und die einfache Manschette hatte man durch eine beschnittene Mündungsbremse zum Aufschrauben ersetzt – was die Ausbrechneigung der Mündung beim Automatikfeuer unterband. Das Gewehr war simpel, aber wirkungsvoll gebaut. Das AKMS, das an sowjetische Luftlandetruppen und Panzerbesatzungen ausgegeben wurde, hatte einen Klappschaft. Die meisten Staaten des Warschauer Pakts und auch einige andere hatten eigene Varianten der Grundform hergestellt. Das AK 74 war eine neuere Version; statt des alten 7.62-mm-Kalibers hatte es ein kleineres, 5.45 mm. Das AK 74 war in größeren Stückzahlen nur in der Sowjetunion aufgetaucht; das AK 47 oder das AKM gehörten fast überall zur Standardausrüstung.

»Wie lange wird es dauern, bis du die acht Schalldämpfer fertig hast?«

»Ist in ein paar Stunden geschehen, Boß. Kleinigkeit mit dieser Ausstattung hier.« Ackford deutete auf die anderen Werkzeuge – Stanzen, Schneidemaschinen, Pressen, Bohrer, Gewindebohrer und Schneidkluppen. »Morgen abend müßte ich fertig sein.«

»Gut. Wir dürfen nur nicht vergessen, daß die Kugeln auch auf kurze Distanz immer noch subsonisch sind, es wird also knallen, wenn sie abgefeuert werden. Der Verschluß wird auch ziemlichen Lärm machen. Aber die Schalldämpfer werden zumindest den Mündungsknall unterdrücken. Also, ich habe hier jedenfalls die Details für das Scharfschützengewehr, das wir brauchen werden. Sagt dir das was?« Howard reichte ihm einen Zettel.

Ackford sah ihn sich an. »Accuracy International, wie? Vom feinsten. Was kriegen wir – das L96?« Accuracy International hatte das Scharfschützengewehr L96 entwickelt, das nun von der britischen Armee anstelle des etwas altertümlichen L42 benutzt wurde.

»Nein. Es gibt inzwischen ein weiterentwickeltes L96, das noch besser ist, das sogenannte AW. Aber wir kriegen die Spezialversion hiervon – die Super-Magnum-Ausführung.« Die schwedische Armee hatte das AW bereits bestellt. Sowohl das L96 als auch das AW wurden im NATO-Standard-Kaliber 7.62 mm (.308 Winchester) hergestellt; auf eine Entfernung bis zu achthundert Metern konnten Scharfschützen damit präzise Schüsse abgeben, aber bei jeder größeren Entfernung gab es zu starke Abweichungen in der Flugbahn, und die Auftreffenergie des Geschosses ließ merklich nach. Accuracy International hatte deshalb die Super-Magnum-Version mit stärkeren Kalibern entwickelt; darunter das .338er Lapua Magnum, ein extrem starkes Geschoß, das auf tausend Meter die fast sechsfache Auftreffenergie des 7.62er hatte. Einige Einheiten der Special Forces hatten bereits Lieferungen der Super-Magnum-Munition mit Kaliber .338 erhalten und setzten sie bei extremen Distanzen ein.

»Von .338er Winchester Magnum hab ich schon gehört, aber noch nicht von .338er Lapua Magnum«, sagte Ackford.

»Ich hatte davon gehört, wußte aber bis gestern nicht viel darüber«, sagte Howard. »Eine wesentlich stärkere Patrone. Sie basiert auf der Hülse der .416 Rigby. Es ist eine große, massige Patrone, die mit einer Mündungsgeschwindigkeit von neunhundertfünfzehn Metern pro Sekunde ein 250-grains-Geschoß abschießt.«

»Puh. Wenn er davon mehr als ein paar abfeuert, wird er 'ne wunde Schulter kriegen. Und bei welcher Entfernung wird sie subsonisch?«

»Erst nach dreizehn- oder vierzehnhundert Metern – also vierhundert Meter später als die 7.62er.« Eine Mündungsgeschwindigkeit von neunhundertfünfzehn Metern pro Sekunde übertraf die Schallgeschwindigkeit um ein Dreifaches; aber aufgrund des Luftwiderstandes verlor ein Geschoß schnell an Geschwindigkeit und Energie und fiel dann auf lange Distanzen unter Mach 1 – 340 Meter pro Sekunde. Mit einer schweren Hochrasanzpatrone mit guten aerodynamischen Eigenschaften ließ sich diese Wirkung im Gegensatz zu konventionellerer Munition hinauszögern.

»Wäre es nicht besser, wenn wir was hätten, was innerhalb unserer Distanz subsonisch würde, wegen des Lärms?«

»Ich habe das mit Danny besprochen. Er hat eindeutig Stellung bezogen, was das angeht. Erstens wird ein Projektil instabil, wenn es aus dem Überschallbereich austritt, wodurch die Treffsicherheit leidet. Außerdem ist der Knall eines einschlagenden Überschallgeschosses so beschaffen, daß man nicht orten kann, woher es kommt. Ein subsonisches Projektil würde nur das übliche Zischgeräusch verursachen, wenn es einschlägt, und außerdem wäre die Flugbahn ungenauer. Es wäre ebenso offensichtlich, daß es sich um ein Projektil handelt, aber vielleicht wäre jemand geistesgegenwärtig genug, nach dem Mündungsknall zu horchen – während man beim Überschallknall auf den Verwirrungsmoment setzen kann. Wir haben auch über den Nutzen eines Schalldämpfers gesprochen, aber das steht nicht zur Debatte. Das Gewehr hat jedenfalls eine gute Mündungsbremse, die einen Großteil des Knalls schlukken wird. Wir werden so weit entfernt sein, daß die Verzögerung relativ groß ist, und auf diese Distanz ist der Mündungsknall nicht mehr sehr laut.«

»Okay. Soll ich die Bestellung einreichen? Ich glaube nicht, daß es leicht wird. Du weißt so gut wie ich, daß Accuracy International nicht an jeden verkauft. Ich muß die Waffenhandelslizenz der Firma benutzen, und ich werde es vermutlich als Bestellung einer freundlich gesonnenen ausländischen Regierung darstellen müssen.« XF Securities fungierte unter anderem als zugelassener Waffenhändler. Von Zeit zu Zeit forderten Klienten spezielle Waffen für Sicherheitszwecke an, und die Waffenhandelslizenz, wenn erforderlich vorgezeigt in Kombination mit einer Exportlizenz von der Handelskammer, ermöglichte es Howards Firma, diesen Ansprüchen zu genügen.

»Geht klar. Nimm Kolumbien. Ziggy kann das regeln, wenn er zurückkommt – er arbeitet da drüben mit dem Segen der britischen Regierung. Du weißt, das Drogenproblem. Die neue kolumbianische Regierung versucht die Kartelle zu erledigen. Da fällt mir gerade ein, daß Johnny auch darüber Bescheid weiß – er soll sich darum kümmern. Und denk daran, daß wir zwei von diesen Gewehren brauchen, nicht nur eines. Glaubst du, daß es mit den anderen Sachen auf der Liste irgendwelche Schwierigkeiten gibt?«

Ackford ging die Liste durch und hakte jeden Punkt mündlich ab. »Hundert Schuß Munition – zweihundertfünfzig grains, Vollmantel, Boattail – okay, fünfzig Schuß panzerbrechende Brandgeschosse – okay, tragbares ballistisches Chronometer – okay, Zielfernrohrmontage – okay, taktisches Scharfschützen-Zielfernrohr mit zehn- bis vierzigfacher Vergrößerung von Bausch & Lomb – okay. Ja, das geht alles klar. Accuracy wird alles fertig machen und es für die Munition einschießen, wenn ich ihnen sage, daß wir es aus einem Los und kalibriert haben wollen. Ich nehme nicht an, daß ich daran noch was tun muß. Was ist das für ein Zielfernrohr? Kenn ich nicht.«

»Ein erstklassiges, mit sehr präzisen Absehenverstellungen. Es hat bei jeder Viertelbogenminute ein Klick, nicht nur bei jeder halben oder ganzen, wie bei den meisten Scharfschützen-Zielfernrohren. Das sind auf tausend Meter sechseinviertel Zentimeter pro Klick, statt zwölfeinhalb oder fünfundzwanzig. Das ist wesentlich genauer.«

»Aber Scharfschützen-Zielfernrohre müssen doch gröbere Verstellungen haben, weil die Flugbahnveränderungen bei diesen Entfernungen massiv sind.«

»Dieses hier nicht. Die Verstellungen umfassen über siebzig Bogenminuten – das ist mehr als genug. Abgesehen davon wissen wir in etwa die Entfernung, für die wir es einsetzen. Danny kann damit ein paar Probeschüsse abgeben, bevor wir aufbrechen. Und vergiß die zwei Beobachterfernrohre nicht. Dreißig- bis sechzigfache Vergrößerung, Zoom, mit kleinen Stativen.«

»Okay, Boß, ich mach mich dran.«

Howard klopfte ihm auf den Rücken und ging wieder nach nebenan.

Usher kam herüber. »Diese Anemometer sollten kein Problem sein, Boß. Einige der moderneren haben Digitalanzeigen. Es dürfte nicht schwierig sein, die in ein Funksignal umzuwandeln. Ich hätte gerne Chris dafür – er könnte ein paar Ideen beisteuern. Er ist ziemlich auf Zack, was Elektronik betrifft.«

»Bestens. Aber denk daran, sie müssen so klein und unauffällig wie möglich sein, und die Batterien müssen zur Not achtundvierzig Stunden durchstehen. Besorg dir khaki- und sandfarbenen Emaillelack und verpaß ihnen einen Tarnanstrich. Und such dir eine Frequenz aus, auf der es keinen Funkverkehr gibt. Sie sollte etwas über dem normalen kommerziellen VHF-Band liegen, aber unterhalb des internationalen Wellenbereichs – sagen wir, etwa bei hundertzehn Kilohertz. Da wirst du dich ein bißchen umtun müssen. Wir wollen doch nicht, daß sich irgendein Pilot oder sonstwer in der Nähe fragt, was er da für ein seltsames elektronisches Signal empfängt.«

»Okay, ich kümmer mich drum. Hey, Boß?«

»Ja, Bob?«

»Du hast doch die Türkei nicht vergessen, oder?«

Howard lächelte, als er wieder an die harten sechs Monate dachte, die Usher und er gemeinsam im türkischen Knast zugebracht hatten. Der zähe, muskulöse ehemalige SAS-Mann war ein perfekter Zellengenosse gewesen; trotz des rohen Umgangs im Gefängnis und der miesen Mahlzeiten war kein böses Wort zwischen ihnen gefallen. Die meisten anderen Insassen waren so verzweifelt gewesen, daß sie sich bekämpft hatten wie die Ratten, statt zusammenzuhalten und sich gegenseitig zu unterstützen. Howard mochte Usher sehr gern; nach einem solchen Erlebnis hatte man entweder einen Freund fürs Leben oder einen erbitterten Feind. Sie brachten einander höchsten Respekt entgegen. »Keine Sorge, Bob«, sagte er mit einem hinterhältigen Grinsen. »Was auch passiert, eines kann ich dir versprechen: Es werden dir keine Haare mehr ausgehen, wie damals.«

Usher lachte und versetzte ihm einen spielerischen Fausthieb an die Schulter. »Da fällt mir doch ein Stein vom Herzen«, sagte er, »aber angesichts der Umstände weiß ich nicht, was ich davon halten soll. Falls es dir noch nicht aufgefallen sein sollte«, bemerkte er sarkastisch, »das letzte Haar auf meinem Schädel hat bereits vor Jahren kapituliert.«

24

Am Donnerstag rief Palmer Johnny Bourne aus Dublin an und vermeldete, das passende Flugzeug sei gefunden. Der sonst so stoisch wirkende Rhodesier war höchst beschwingt; das Flugzeug, eine zweimotorige Pilatus Britten-Norman Islander BN2B-20, war in hervorragendem Zustand und vor kurzem generalüberholt worden. Die BN2B-20 hatte keine serienmäßigen Tiptanks, aber sie waren in diese Maschine bereits eingebaut worden, womit das Flugzeug insgesamt achthundertvierzehn Liter Kraftstoff fassen konnte und mit vollen Tanks über eine Nutzlast von vierhundertachtunddreißig Kilo verfügte. Damit hatte es bei der empfohlenen Reisefluggeschwindigkeit von einhundertachtundzwanzig Knoten auf 1,075 nautische Meilen eine maximale VFR-Reichweite.

Die Islander war mit sämtlichen anderen notwendigen Einrichtungen, einem Autopiloten beispielsweise, ausgestattet; Palmer mußte nur noch die hinteren Sitze herausmontieren und einen GPS-Navigationssatelliten installieren. Die beiden hinteren Türen an den Rumpfseiten waren breit genug zum Be- und Entladen, und die Niedrigdruckreifen waren geeignet für eine Landung auf weichem Boden in einsamen Gegenden; außerdem brauchte die BN2B-20 für Start und Landung jeweils nur zweihundertfünfzig Meter.

»Ideal für unsere Ansprüche, Johnny«, sagte Palmer abschließend, nachdem er die Eigenschaften der Islander erläutert hatte. »Ich schätze, wir sollten uns ranhalten, bevor jemand anders zugreift.«

Bourne beglückwünschte Palmer zu seiner Entdeckung. »Exzellente Arbeit, Chris«, sagte er. »Ed wird begeistert sein.«

Am späten Abend flog Bourne nach Dublin. Am nächsten Morgen trafen er – wieder als »Bryce« – und Palmer den Eigentümer der Islander und leiteten die Formalitäten für den Geldtransfer und die Umschreibung der Flugzeugpapiere in die Wege.

25

Der schwere Sattelzug bog in die Loundis Road ein und fuhr langsam bis zum Ende durch. Die Druckluftbremsen zischten laut; der Fahrer stieg aus und klingelte an der Seitentür von Hof 10. Ein Mann in Jeans kam heraus und stellte sich als »Mr. Bryce« vor; er unterhielt sich kurz mit dem Fahrer. Dann öffnete Bryce das große Rolltor der Halle; der Fahrer setzte sich wieder ans Steuer.

Zehn Minuten später stand der Auflieger mit der Kupplung nach vorn in der leeren Halle, und Mr. Bryce unterzeichnete die Papiere über den Erhalt des Auflegers und seiner Ladung, einen leeren, zwölf Meter langen Tiefkühlcontainer. Der Fahrer kuppelte die Hydraulik-, Elektro- und Druckluftleitungen von der Scania-Zugmaschine ab und bockte die vorderen Stützräder auf; dann nahm er die unterschriebenen Papiere in Empfang, stieg wieder in den Laster und fuhr davon.

Mr. Bryce schloß das Rolltor, nahm seine Backenpolster heraus und verwandelte sich wieder in Johnny Bourne, dann ging er durch die Seitentür hinaus und holte die anderen.

Usher, Harris und Howard spazierten langsam und schweigend um den Aufleger herum und nahmen den massigen, gelbgestrichenen Container in Augenschein. Er war zwölf Meter lang, zwei Meter fünfzig breit und zwei Meter fünfzig hoch. Ackford ging zum Heck; er zog eine kleine Leiter heran und stieg hinauf, dann öffnete er die schweren Ladetüren. Als er sie aufklappte, fluchte er vor sich hin. »Scheiße. Sie haben das verdammte Ding eingeschaltet. Es ist eiskalt da drin. Wir müssen warten, bis es aufgewärmt ist, vorher kann ich nicht dran arbeiten.«

»Sie dachten wahrscheinlich, wir würden ihn gleich beladen, Tony«, sagte Howard. »Diese Dinger stehen nicht allzu lange leer herum, wenn die Besitzer die Wahl haben.«

»Nun, *hier* zumindest wird er 'ne Weile leer herumstehen. Aber er gehört uns ja auch, oder? Wenn ich fertig damit bin, wird er jedenfalls 'ne ziemlich ungewöhnliche Ladung transportieren.«

»Wir haben jede Menge Zeit. Wenn gerade nicht an diesem Ding hier gearbeitet wird, können wir auch alle unsere Geschäfte bei XF Securities wieder aufnehmen, damit der Schein gewahrt bleibt. In den nächsten drei Monaten gibt's nicht mehr sehr viel zu tun. Es ist bald Weihnachten, und ihr könnt euch ganz normal freinehmen. Wenn ihr bei irgendwas in den nächsten Wochen Hilfe braucht, könnt ihr euch Chris und Andy ranholen, sobald sie mit dem Flugzeug fertig sind. Mike übrigens auch, wenn er aus den Staaten zurück ist. Wenn es irgendwelche Probleme gibt, sagt Bescheid. Hast du alles, was du brauchst, Tony?«

»Alles da, Boß. Sollte keine Schwierigkeiten geben.« Ackford stieg die Stufen hinunter und inspizierte auf der anderen Seite des Containers das vorstehende Kühlaggregat. Er runzelte die Stirn. »Hier ist allerdings nicht so viel Platz, wie ich dachte.« Er holte ein Maßband heraus. »Das Kühlaggregat nimmt fast die ganze Heckfläche ein. Es bleiben auf jeder Seite nur ungefähr fünfzig Zentimeter. Ich kann höchstens eine etwa fünfundvierzig Zentimeter breite Öffnung reinschneiden. Reicht das? Was ist denn der größte Gegenstand, der rein muß?«

Howard überlegte. »Der Kühlschrank, würde ich sagen. Alles

andere müßte durchgehen. Am besten sagst du Bescheid, wie groß die Öffnung ist, wenn du damit fertig bist. Falls der Kühlschrank zu groß sein sollte, besorgen wir einen kleineren. Vielleicht kommen wir ja auch an die Hecktüren ran, aber darauf können wir uns nicht verlassen.«

»Ich fang morgen damit an. Bis dahin müßte er warm sein. Ich laß heute nacht die Heizung an. Übrigens, Boß«, fügte Ackford hinzu, »ich kann auch über Weihnachten und Neujahr daran arbeiten, wenn ich dann noch nicht damit fertig sein sollte. Meine Frau macht ihre alljährliche Pilgerfahrt zu ihren Eltern in Dublin, und da kriegen mich keine zehn Pferde mehr hin. Hab keinen Bock, da nur rumzuhocken und den anderen beim Saufen und Fressen zuzusehen. Kannst du mir irgendeinen Wisch geben, mit dem ich ihr beweisen kann, daß ich arbeiten muß?«

»Geht klar, Tony.« Howard lächelte. »Ich laß mir was einfallen. Aber sieh zu, daß du mit den geräuschintensiven Arbeiten vor den Feiertagen fertig bist, okay? Ich möchte nicht, daß wir unnötige Aufmerksamkeit erregen.«

Am nächsten Tag, dem 10. Dezember, begann Ackford mit der Arbeit an dem Container. Er entfernte die acht großen Schrauben, mit denen das Kühlaggregat befestigt war, und nahm es von der Vorderseite des Containers ab. Dann hängte er es an den Kran.

Während der nächsten zwei Wochen arbeitete er am Inneren des Containers und beschäftigte sich vornehmlich mit der Innenverkleidung am geschlossenen Ende. Die Leitungen und Ventilatoren, die für die Luftzirkulation sorgten, lagen zwischen den beiden Metallverkleidungen, die circa einen Meter breit und zwei Meter vierzig lang waren. Als er sie genau betrachtete, stellte er fest, daß die Platten gleich groß waren – sie waren beide gleich gut geeignet. Er entschied sich für die rechte und löste sie behutsam ab. Die Kälteleitungen ließ er unangetastet, aber er entfernte das Isoliermaterial zwischen der Platte und der Außenwand des Containers.

Außen markierte er mit einem Strich die Stelle, an der das Kühlaggregat normalerweise saß. Auf diesem Strich bohrte er zwei kleine Löcher, dann ging er wieder nach innen. Dort zog er eine Linie zwischen den beiden Löchern, dann bohrte er von innen heraus wiederum zwei Löcher, so daß die vier Ecken der geplanten Öffnung markiert waren. Er ging wieder nach draußen, vervollständigte seine Markierungen und holte anschließend eine Elektrosäge, setzte ein passendes diamantbesetztes Sägeblatt ein und sägte aus der Stahlwand des Containers entlang der Linien ein Viereck heraus.

Weihnachten kam und ging; Ackford arbeitete. Es machte ihm Spaß; er genoß die Ruhe und das Alleinsein. Da er nicht gestört wurde, kam er schneller voran, als er erwartet hatte. Am 31. Dezember, einem Dienstag, war der Container fertig; er ging in Hof 8 hinüber und holte Bourne, der kurz vorbeigekommen war, um die Post zu sichten.

Bourne ging um den Container herum und besah ihn sich aufmerksam von außen und innen. Nach zehn Minuten hob er bewundernd die Hände. »Also, Tony, ich geb's auf. Ich hab ihn gesehen, als du das Kühlaggregat abmontiert hattest, und ich hab ihn gesehen, als du das Loch reingesägt hattest. Aber ich kann beim besten Willen nichts Ungewöhnliches mehr daran entdecken. Wie funktioniert das Ganze?«

Ackford grinste. »Komm rein.«

Die beiden Männer stiegen durch die Ladetüren wieder in den Container, und Ackford führte Bourne zur Vorderseite.

Seine Stimme hallte in dem leeren Raum. »Okay. Das Aggregat befindet sich außen an dieser Wand; man sieht die Kälteleitungen hinter diesem Grill, wie üblich. Das Aggregat holt Luft, kühlt sie ab und pumpt sie durch diese Leitungen wieder nach innen. Man kann es auf Frischluft oder zirkulierende Luft einstellen. Manche Frachten, zum Beispiel Blumenzwiebeln, brauchen Frischluft. Also, siehst du die Verschalung hier?« Er wies auf die rechte Platte; sie war angeschraubt, wie ihr Gegenstück auf der linken Seite. Ackford holte einen Schraubendreher heraus. »Bis auf diese drei sind alle Schrauben Attrappen.« Er drehte die besagten drei Schrauben um neunzig Grad, dann zog er an der Platte. Die Verschalung ließ sich wegklappen.

»So«, fuhr er fort, »jetzt siehst du die Tür, die ich in die Außenwand montiert habe. Sie hat hier neben den Leitungen Scharniere und wird von diesen vier Regalen hier gehalten.« Er wies auf die schweren Scharniere neben den Leitungen. »Wenn man die Riegel löst, öffnet sich die Tür nach außen, und es entsteht eine Öffnung, die fünfundvierzig Zentimeter breit und zwei Meter zehn hoch ist. Ich führe das jetzt nicht vor, weil ich sie gerade verspachtelt und die Außenseite gestrichen habe.«

Bourne erwiderte Ackfords Äußerungen mit einem Nicken.

»Die Ritzen, die durch das Schneiden entstanden sind, habe ich verspachtelt, weshalb sich die Tür ziemlich schwer öffnen lassen wird. Deshalb habe ich zwei Ansatzpunkte vorgesehen. Wenn man mit zwei Wagenhebern an diesen Stahlplatten hier ansetzt, läßt sie sich problemlos aufdrücken. Also, soweit zur Luke. Jetzt...« Er klappte die Verschalung wieder zu; sie schloß lückenlos. Ackford schraubte sie wieder fest. »Gut, gehen wir raus.«

Sie kletterten hinaus und gingen um den Container herum, um sich das Kühlaggregat anzusehen. Ackford steckte ein Stromkabel ein. Der Ventilator des Aggregats setzte sich geräuschvoll in Bewegung.

»Fällt dir daran irgendwas auf?« schrie Ackford über den Lärm hinweg und deutete auf das Motorgehäuse des Aggregats.

»Nein, sieht alles genauso aus wie vorher. He, stell das Ding ab. Da kann man ja keinen klaren Gedanken mehr fassen.«

Ackford zog den Stecker heraus. »Tja, sieht genauso aus, funktioniert aber anders. Ich werd's dir erklären. Erst mal ist das hier kein normaler Kühlcontainer zur Verschiffung, sondern ein Transportcontainer, der mit Lastzügen befördert wird. Wir haben uns für diese Sorte entschieden, weil bei einem normalen Container die gesamte Rückwand vom Aggregat eingenommen wird – was heißt, daß wir dort nirgendwo eine Öffnung hätten anbringen können. Also haben wir den hier genommen. Er hat eine sogenannte ›Nase‹ – das Aggregat ragt heraus und nimmt deshalb nicht die gesamte Breite der Vorderseite ein, verstehst du? Das Grundprinzip ist aber gleich, und diese Container werden genau wie die richtigen zur

Verschiffung eingesetzt. Dieses Aggregat hier hat zwei Betriebsmöglichkeiten – über einen Dieselmotor, wenn es keinen Stromanschluß hat, und über einen Elektromotor, der auf 460 Volt läuft. Findest du irgend etwas auffällig an dem Aggregat?«

Bourne studierte es eingehend und schüttelte den Kopf. »Für meine Begriffe sieht alles völlig normal aus. Aber ich bin auch kein Fachmann.«

»Genaugenommen hat sich kaum was verändert«, sagte Ackford. »Der Ventilator funktioniert noch, wie du gehört hast, aber ich habe ein, zwei kleine Eingriffe vorgenommen. Erst mal habe ich ihn auf Frischluft statt auf zirkulierende eingestellt.« Er schraubte das Gehäuse über dem Aggregat auf und klappte es zurück. »Fällt dir etwas auf?«

Bourne machte ein ratloses Gesicht. »Ehrlich gesagt nicht. Ich sehe nur einen Motor, Kondensatoren, Leitungen und so weiter.«

»Was denkst du, wozu diese beiden Dinger da sind?« Ackford deutete auf zwei kleinere Objekte an dem Gerät, die mit einem eigenen System aus Röhren, Schläuchen und Drähten verbunden waren.

»Ach, natürlich. Ich hab's. Jetzt weiß ich, wonach ich suchen muß, ich hab's. Da hast du sie versteckt.«

»Erst hatte ich vor, sie irgendwo innen anzubringen, aber dann hatte ich diese Idee. Warum nicht hier außen? Wenn man nicht direkt danach sucht, würden sie einem nie auffallen. Und sie haben noch einen weiteren Vorteil – sie tropfen, genau wie es das Aggregat normalerweise tun würde.«

»Hab's kapiert. Und das Thermometer?«

»Hier außen. Der Teil gefällt mir besonders gut.« Ackford verschloß das Gehäuse wieder. Die Skala des Thermostaten und die Einstellung der Innentemperatur wurden sichtbar. »Ich hab lediglich den Thermostat auseinandergenommen und ihn falschherum wieder zusammengesetzt. Wenn er auf minus zwanzig Grad Celsius eingestellt wird, sorgt er für zwanzig Grad plus – normale Zimmer- statt Tiefkühltemperatur. Dem Thermometer hab ich auch eine andere Lesart verpaßt – es wird angeben, daß es innen kalt ist, obwohl es nicht stimmt. Du siehst es ja – im Moment zeigt es minus zweiundzwanzig Grad an.«

»Ack, das ist spitze. Das nenne ich Wahnsinnsarbeit. Man würde es nie ahnen, wenn man so hinschaut.« Bourne betrachtete eingehend die Containerwand unterhalb des Aggregats. »Ich sehe nichts von der Luke.« Er prüfte mit dem Finger, ob man eine Unebenheit spüren konnte.

»Vorsicht, die Farbe ist noch nicht trocken...« Ackford grinste, als er einen Farbfleck an Bournes Finger sah. »Schau mal, was du angerichtet hast. Meine Malarbeiten ruiniert. Jetzt muß ich es noch mal machen.«

»Tut mir leid, Tony.« Bourne wischte sich die Hand an seinen Jeans ab. »Ich hab doch nichts versaut, oder?«

»Nee, nee. Die Spachtelmasse ist fest, das ist die Hauptsache. Ist in ein paar Minuten wieder gestrichen.«

»Na, Ed wird begeistert sein. Hast du hervorragend hingekriegt.«

»Er kommt nächste Woche vorbei, um es sich anzusehen. Dann können wir damit anfangen, den Container auszustatten und zu beladen. Sollte nicht allzulang dauern. Eine Woche, vielleicht zwei.«

»Und das ist dann alles? Danach gibt's nichts mehr zu tun?«

»Bleibt nur noch das Gewehr. Wir müssen unseren Schotten herbestellen, damit er und ich die Einzelheiten besprechen können. Langsam wird's sowieso Zeit, daß wir den Burschen mal kennenlernen.«

»Stimmt«, sagte Bourne. »Ich muß zugeben, daß ich auch ziemlich neugierig bin. Also, Tony, ich würde sagen, du nimmst dir jetzt ein paar Tage frei. Du hast es dir wirklich verdient, und im Moment gibt's nichts mehr zu tun. Wir sehen uns dann Montag.«

Ackford nickte. »Ja, ich schätze, ich sollte über Neujahr mal bei meiner Ma und meinem Pa reinschauen. Mal sehen, wie's ihnen so geht. Meine Frau ist immer noch in Irland.«

Nachdem Bourne gegangen war, besserte Ackford die Macke im Lack wieder aus und fuhr danach auf der M4 nach Westen. Auf dem großen Parkplatz am Rastplatz von Leigh Delamere stieg er aus dem für das Unternehmen gekauften Vauxhall Astra und fuhr mit seinem eigenen Honda Civic weiter. Zwanzig Minuten später bog er von der Autobahn auf die M5 ab und hielt sich südlich. Um fünf Uhr nachmittags kam er bei seinen Eltern in Taunton an.

Sieben Stunden später feierten die Teammitglieder – mit Ausnahme von Mike Ziegler, der sich noch in den USA aufhielt – in unterschiedlichen Teilen des Landes die Ankunft des neuen Jahres, jeder auf seine spezielle Art und Weise. Tony Ackford führte seine Eltern in den örtlichen Pub aus, wo sie sich ein paar gepflegte Drinks genehmigten; Mel Harris und seine Frau waren bei einer Party von Freunden in Worchester; Bob Usher lag etwas weiter nördlich, in Manchester, mit einer hübschen Blondine im Bett, die halb so alt war wie er; Johnny Bourne machte in seiner Wohnung in London eine Flasche Sekt auf und stieß mit dem frischgebackenen Detective Sergeant Juliet Shelley auf die Zukunft an; und Andy Denard schleifte Chris Palmer zum Trafalgar Square, wo es ausnahmsweise wenige schwerwiegende Zwischenfälle wegen Trunkenheit gab – wenngleich Palmer den ausgelassenen Piloten nur durch massiven Körpereinsatz davon abhalten konnte, sich zu entkleiden und in einen der Brunnen zu springen.

Ed Howard verbrachte Mitternacht allein in seiner Wohnung in Wandsworth. Er saß mit einem Glas Whisky in der Hand da und war mit seinen Gedanken weit weg. Seine Augen waren ausdruckslos. Als der letzte Schlag von Big Ben im Radio verklungen war, fragte er sich, was das Jahr 1992 wohl bringen würde. Ein dünnes Lächeln spielte um seine Lippen, und er hob das Glas. *Auf deinen fünfundfünfzigsten Geburtstag, Saddam*, dachte er. *Wir werden ihn mit dir feiern, du Schweinehund. Wir werden da sein und dir gründlich das Fest versauen.*

26

Am Morgen des 6. Januar 1992 holte Johnny Bourne die Post aus den drei Briefkästen der Gewerbehöfe und ging ins Büro von Hof 8. Er setzte sich an den Schreibtisch und sah die Post durch. Das meiste war noch vor Weihnachten angekommen, darunter einige der Scheinbriefe, die er selbst regelmäßig von London aus aufgab, um beim Briefträger den Eindruck eines regen Geschäftslebens der drei Firmen zu erwecken; der Rest bestand aus Kontoauszügen von Dezember, drei Telefonrechnungen und den vierteljährlichen Stromabrechnungen für die angemieteten Räume.

Der letzte Brief des Stapels schien interessanter; er war in Portsmouth abgestempelt. Er machte ihn auf; er war von Accuracy International, die einem gewissen »Mr. Arndale« mitteilten, daß seine zwei bestellten Gewehre abgeholt werden konnten.

Er sah bei Ackford herein. »Tony, ich fürchte, jetzt muß einer von uns als er selbst auftreten. Ich werde das übernehmen. Ohne unsere Waffenhandelslizenz von XF Securities können wir die Gewehre nicht in Empfang nehmen. Du hast schon mal mit denen gesprochen – könntest du anrufen und Bescheid sagen, daß ich komme?«

Ackford erledigte den Anruf, und Bourne stieg in seinen BMW und fuhr nach London. Auf dem Langzeitparkplatz am Heathrow Airport nahm er seine Kontaktlinsen und Backenpolster heraus und stieg wie immer in seinen Alfa Romeo um; den BMW parkte er auf einem Platz in der Nähe. Es war furchtbar teuer, hier zu parken – einer der beiden Wagen stand dauernd hier –, aber zwischen den Tausenden von anderen Autos fiel seines nicht auf. Bourne nahm wieder die M4, fuhr kurz auf die M25, dann bog er auf die M3 nach Southampton ab und blieb bis Portsmouth auf der M27.

Um vier Uhr nachmittags stieg er in Heathrow wieder in seinen BMW um und fuhr nach Swindon zurück, im Gepäck zwei lange, schmale Koffer und eine kleine, schwere Kiste. Ackford und er begannen in Hof 8 mit dem Auspacken.

Ackford bekam große Augen, als er die zwei Gewehre sah. »Oh, Mann. Das nenn ich echt gutes Handwerk.« Er nahm eines der zwei schweren Gewehre hoch und betätigte den Kammerverschluß. »Wie sich das anfühlt. Kein Zweifel, wozu dieses Gewehr gebaut ist.«

»Ziemlich eindrucksvoll«, stimmte Bourne zu. »Aber schließ die Dinger nicht allzusehr ins Herz. Du weißt, was du mit dem einen machen mußt.«

»Das ist Vandalismus, Boß. Bin nicht sicher, ob ich das fertigkriege.«

»Am besten, du fängst gleich damit an. Bohr heute abend das Verschlußstück raus und verschweiße den Schlagbolzen. Morgen verbolzt du den Lauf. Dann kannst du das andere für unsere Zwecke als Scharfschützengewehr umarbeiten.«

»Aber welches, Boß?« jammerte Ackford. »Das sind beides Kunstwerke.«

»Was haben sie denn für Seriennummern?« Bourne warf einen Blick auf die im Lauf eingravierten Seriennummern der zwei Gewehre. »Okay; das erleichtert dir die Arbeit. Es sind aufeinanderfolgende Nummern, und sie enden auf 8 und 9. Damit ist es klar. Hier ist die 9. Das darfst du jetzt kaputtmachen. Natürlich nur innen, versteht sich. Mach es richtig hübsch – es muß der Überprüfung standhalten. Es muß von außen noch richtig gut aussehen.«

Ackford marschierte trüben Blickes mit dem Gewehr davon. Wenige Minuten später, als Bourne gerade das andere Gewehr und die schwere Munitionskiste im Safe von Hof 8 verstaute, hörte er das Heulen einer Hochleistungsbohrmaschine. Ackford war dabei, ein nagelneues, ultramodernes Gewehr in ein bedrohlich wirkendes, aber völlig nutzloses Stück Metall zu verwandeln.

Am Mittwochmorgen war es vollbracht. Ackford überreichte das nicht mehr funktionstüchtige Gewehr Bourne, der damit zum Proof House nach Birmingham fuhr. Nachmittags kam er zurück und übergab das Gewehr wieder Ackford. »Okay, Tony, es ist durch. Ich hab das Entschärfungszertifikat. Mach jetzt aus der 9 eine 8. Ich kümmere mich um die Ausfuhrpapiere.«

Bourne ging ins Büro und begann die drei erforderlichen Formulare für das Ausfuhramt auszufüllen. Er gab die Daten des Gewehrs und des Waffenhändlers der kolumbianischen Regierung an, mit dem XF Securities auf legaler Ebene Geschäfte machte. Als er abends nach London zurückfuhr, brachte er die Formulare samt den dazugehörigen Dokumenten zur Post.

Der Antrag würde etwa in vier Wochen bearbeitet sein; für das Gewehr von Accuracy International mit einer 8 am Ende der Seriennummer würde eine Ausfuhrlizenz ausgestellt werden. Das entschärfte Gewehr mit der Endziffer 9 in der Seriennummer, aus der Ackford eine 8 gemacht hatte, würde mit Luftpost an den kolumbianischen Waffenhändler geschickt werden. Beim Zoll in Heathrow würde das Gewehr flüchtig auf Korrektheit der Angaben geprüft werden; man würde feststellen, daß Seriennummer, Typ und Kaliber mit den im Formular angegebenen Daten übereinstimmten. Man würde nicht überprüfen, ob das Gewehr wirklich funktionierte. Warum auch? Wer sollte sich die Mühe machen, den komplizierten Antrag für eine Ausfuhrlizenz für ein Gewehr auszufüllen, das nicht funktionstüchtig war und keine Lizenz brauchte? Der kolumbianische Waffenhändler würde sofort erkennen, daß er ein entschärftes Gewehr vor sich hatte, und sich mächtig wundern. Bourne würde den Mann anrufen, ihn über den Irrtum informieren und ihm raten, es zu verschrotten. Die britischen Behörden würden registrieren, daß das Gewehr mit der Endziffer 8 – das funktionstüchtige – exportiert worden war, und es deshalb aus den Akten tilgen; währenddessen hatte das Gewehr mit der Ziffer 9 seine Existenz als Schußwaffe offiziell beendet – es gab ein Entschärfungszertifikat, mit dem das bewiesen werden konnte. Der Austausch würde nicht entdeckt werden.

Am Dienstag, dem 14. Januar, traf MacDonald mit dem Nachtzug aus Fort William in London ein. Howard holte ihn an der King's Cross Station ab und fuhr mit ihm nach Swindon, wo das Team mit Ausnahme von Ziegler vollständig versammelt war und den Jäger erwartete. Howard stellte einen nach dem anderen vor und erklärte, worauf die Männer spezialisiert waren. Zuletzt war Ackford an der Reihe. »Tony ist dein Waffenschmied. Er präpariert dir das Gewehr jederzeit nach deinen Vorstellungen.«

Ackford und MacDonald verzogen sich in Hof 9, bereits in eine lebhafte Unterhaltung über Schußwaffen im allgemeinen und das große Super-Magnum-Gewehr im besonderen vertieft.

Howard wartete, bis sie verschwunden waren, dann wandte er sich an die anderen. »Na, Tony scheint ja schon gut mit ihm klarzukommen«, sagte er. »Was haltet ihr von ihm?«

»Scheint in Ordnung zu sein«, fing Harris an. »Sieht zäh und wachsam aus, und wenn du meinst, er ist ein guter Schütze . . .«

»Mir gefällt er«, unterbrach ihn Denard. »Schaut einen direkt an. Scheint ein unkomplizierter, zuverlässiger Bursche zu sein. Ich glaube, er wird sich gut halten.«

»Aber Action hat er noch keine erlebt, Boß, oder?« wollte Usher wissen. »Glaubst du, daß seine Nerven dem standhalten? Und ist er fit?«

»Also, das mit Sicherheit«, sagte Howard. »Wenn du als zweiter Jagdaufseher nicht fit bist, hast du den Job nicht lange. Und soweit ich es beurteilen kann, hat er gute Nerven. Er ist ein ziemlich entschlossener Typ. Ich habe das Gefühl, daß er seine Sache gut machen wird, auch wenn er zum ersten Mal mittendrin ist.« Er hielt inne, dachte an seine ersten Erfahrungen im aktiven Militärdienst zurück. Er erinnerte sich daran, daß er anfänglich sein eigenes Verhalten nicht hatte einschätzen können – wie es war, wenn man dem Tod ins Auge blickte oder andere töten mußte. Das Problem war, daß man nie sicher sein konnte, wie andere reagieren würden. Männer, denen man es nie zugetraut hätte, hielten sich bestens, waren ruhig, gelassen und diszipliniert, während andere, die als fähige und verläßliche Soldaten bekannt waren, einfach durchdrehten. Es ließ sich nicht vorhersagen, aber nach einer Weile entwickelte man einen Instinkt dafür, wie jemand sich verhalten würde – häufig bevor er selbst es ahnte. Er sah Usher wieder an und nickte. »Doch, Bob, ich glaube, daß er es hinkriegen wird. Also, ich habe weitere Neuigkeiten. Mike ist auf dem Rückweg. Er schien sehr zufrieden mit sich, als ich mit ihm telefoniert habe. Ich nehme an, er hat alles, was er wollte.«

»Sogar die Nachtsichtbrillen?« fragte Bourne. »Der schlaue Hund. Da muß ihm jemand mehr als nur einen Gefallen schuldig gewesen sein.«

»Ich hoffe, nicht allzu viele«, sagte Howard. »Aber Mike ist zu sehr Profi, als daß er Aufmerksamkeit auf sich lenken würde. Er sagte, es gäbe keine Schwierigkeiten mit der Satellitenausstattung, also gehe ich davon aus, daß er die auch hat. Wir werden es abwarten müssen. Wenn er ankommt, will ich ihn mit Danny nach Schottland schicken. Das Gewehr muß eingeschossen werden. Danny kennt eine Stelle im Glen-Carvaig-Revier, oben in den Bergen, wo sie das ungestört tun können. Bei der Gelegenheit kann Mike ihn ein bißchen testen und einschätzen, ob er so gut trainiert ist, wie er wirkt.«

Die ganze Truppe äußerte sich mit zustimmendem Kopfnicken und machte sich dann wieder ans Ausstatten des Tiefkühlcontainers.

Am nächsten Tag traf Ziegler ein. Er fuhr sofort vom Flughafen aus nach Swindon.

»Ich hab alles, Ed. Du kannst Johnny sagen, es wird nächste Woche als Luftfracht eintreffen. Acht AH-64 Apache-Pilotenhelme und vier Taschenrechner. Lief wie geschmiert.«

»Die Nachtsichtbrillen passen auf die Helme? Das ist Spitze, Mike. Wie hast du das hingekriegt?«

»Frag nicht, Kumpel. Sagen wir, ein alter Bekannter von mir stand vor einer sehr schwierigen Entscheidung, was seine Zukunft anging.« Ziegler grinste.

Howard zuckte die Achseln. »Okay, okay, ich will's nicht wissen. Was sind das für Taschenrechner?«

»Die allerneueste Navstar-GPS-Ausrüstung. Sie sind unglaublich klein. Ich hatte was von der Größe eines Schuhkartons erwartet, aber diese Schätzchen kann man in der Hand halten. Sie haben nur Q-Code, aber damit spart man Volumen, und sie geben dir bis auf hundert Meter genau deine Position überall in der Welt an. Die P-Codes sind bis auf zehn Meter genau, aber sie sind strikt auf militärischen Gebrauch begrenzt. Außerdem brauchst du dafür vier Satelliten über dem Horizont, nicht nur zwei wie für den Q-Code. Jedenfalls haben wir jetzt vier von diesen Dingern.«

»Du scheinst ja wirklich was gearbeitet zu haben. Ich dachte, du aalst dich irgendwo in der Sonne. Okay; dafür gibt's auch eine Belohnung – du darfst einen hübschen Kurztrip nach Schottland machen. Ich hab den richtigen Reiseleiter für dich. Komm, ich stelle ihn dir vor.«

Es war noch dunkel, als Ziegler und MacDonald sich am darauffolgenden Sonntag, dem 19. Januar, in Zieglers Ford Sierra nach Schottland aufmachten. Sie achteten darauf, bei der Polizei keine Aufmerksamkeit zu erregen, und legten die Strecke ohne Zwischenfälle in zehn Stunden zurück. Sie sprachen wenig während der Fahrt; Ziegler hatte anfangs vorsichtige Gesprächsversuche gestartet, aber nur einsilbige Antworten bekommen. Er begriff, daß MacDonald ein Einzelgänger war, ein Mann, der sich nicht leicht öffnete.

Um fünf Uhr nachmittags trafen sie bei MacDonalds Cottage in der Nähe von Fort William ein; MacDonald meldete sich kurz telefonisch bei Duncan Macrae, dann kümmerte er sich ums Abendessen.

»Duncan sagt, es geht in Ordnung mit unserem Ausflug zum See morgen«, berichtete er Ziegler. »Wenn wir wollen, können wir einen von den Argocats nehmen.«

»Ach, wollen wir nicht zu Fuß gehen, Mac?« fragte Ziegler leichthin. »Ich hätte nichts gegen ein bißchen Training.«

MacDonald warf ihm einen raschen Blick zu. »Wenn du möchtest«, gab er zurück. »Aber es ist eine ganz schöne Strecke das Tal hoch, und wir werden einiges zu schleppen haben.«

»Mir wär's recht, wenn du nichts dagegen hast«, sagte Ziegler. Es fiel ihm auf, daß der Jäger ihn musterte, dann entdeckte er eine Spur von Zweifel auf MacDonalds Gesicht. *Das kann doch nicht wahr sein*, dachte er. *Dieser Schotte überlegt sich allen Ernstes, ob ich fit genug bin für so einen Mini-Marsch!* Er grinste. »Ja, ich hab wirklich das Gefühl, ich könnte etwas Training gut gebrauchen.«

MacDonald nickte, sagte aber nichts weiter. Das Eis zwischen ihnen war noch nicht gebrochen; der Jäger war immer noch vorsichtig.

Um sechs Uhr am nächsten Morgen brachen die Männer auf. Der Kofferraum des Wagens enthielt einen vollgepackten Rucksack und ein H-förmiges Tragegestell, auf dem sie die größeren Gegenstände festgeschnallt hatten; beide Gepäckstücke wogen etwa fünfunddreißig Kilo. Der schwerste Gegenstand im Rucksack war ein Bleiakku; auf der Trage waren außer dem Gewehrfutteral ein schweres Stativ und weiteres Zubehör festgeschnallt, darunter der sperrigste und empfindlichste Gegenstand der gesamten Ausrüstung – ein neunzig Zentimeter langer Metallzylinder mit Gummimuscheln am Okular. Alles war in einem düsteren Grau angestrichen. »Das ist ein alter Entfernungsmesser«, erklärte MacDonald. »Gehört meinem Onkel.«

»Sieht aus wie ein Museumsstück«, murmelte Ziegler. »Bist du sicher, daß er funktioniert?«

Sie parkten den Sierra an der Jagdhütte. Es war 6 Uhr 30, und die Januarluft war kalt, frisch und still. Sie luden sich die zwei schweren Lasten auf den Rücken und marschierten den Weg durchs Tal entlang, MacDonald vorneweg.

Der Jäger schritt zügig voran. Als er nach einem Kilometer keine gequälten Laute von hinten vernahm, steigerte er das Tempo. Ziegler hielt scheinbar mühelos mit. MacDonald hörte, daß der Amerikaner nicht einmal heftiger atmete, und ging noch etwas rascher. Auf fünfzehn Kilometern brachten sie einen stetigen, aber mäßigen Aufstieg hinter sich und erreichten nach einer Stunde und fünfundvierzig Minuten das Ende des Tals. Sie befanden sich jetzt in einer Höhe von etwa tausendachthundert Metern, und auf dem Weg lag eine dünne Schneedecke. Keiner der beiden Männer hatte nachgelassen; sie hatten eisern durchgehalten. Es war immer noch dunkel.

»Es steigt jetzt stärker an. Noch etwa sieben Kilometer. An einigen Stellen ist es sehr uneben – paß auf deine Knöchel auf.«

»Kein Problem, Mac.«

Abseits vom Weg war das Vorankommen jetzt erheblich schwieriger; je höher sie kamen, desto dicker wurde die Schneedecke. Die beiden Männer arbeiteten sich mit ihren schweren Lasten mühsam voran und versanken ab und zu knietief im Schnee. Als sie den Gipfel dreihundert Meter oberhalb des Ponystalls erreichten, in dem Howard vor zwei Monaten seine Sandwiches gegessen hatte, spürten beide die Anstrengung. Vom Weg war nur welliger Untergrund geblieben; MacDonald fand in dem unwegbaren Gelände mit schlafwandlerischer Sicherheit einen Pfad und wich den sumpfigen Stellen unter der Schneedecke aus. Als sie schließlich ihr Ziel erreicht hatten, war es zehn Uhr. Sie hatten die zweiundzwanzig Kilometer lange Strecke in dreieinhalb Stunden zurückgelegt. Schon bei Tageslicht und ohne Gepäck wäre es eine Extremtour gewesen; sie hatten es im Dunkeln und jeweils mit fünfunddreißig Kilo auf dem Rücken geschafft.

Als die Dämmerung anbrach, nahm Ziegler die Landschaft um sie herum wahr. Vor ihnen lag, umgeben von schneebedeckten Bergen, ein Süßwassersee, der sich etwa über anderthalb Kilometer erstreckte; er war kaum vereist, und seine glatte schwarze Oberfläche stand im Kontrast zu der stillen weißen Landschaft rundum. Er nahm den Anblick in sich auf. »Warum bin ich hier zum ersten Mal? Es ist einfach *wunderschön* hier, Mac. Phantastisch.«

MacDonald warf ihm einen Blick zu und lächelte. »Ja, ich bin auch gern hier oben.«

Beide Männer begannen, die Ausrüstung vorzubereiten. Sie packten den Bleiakku, das Gewehr, das ballistische Chronometer und den Entfernungsmesser aus, den MacDonald auf sein Stativ montierte und auf einen Hügel stellte. Ziegler ging mit einem hölzernen Scheibenrahmen und einem Funksprechgerät am Seeufer entlang. Nach hundert Schritten wandte er sich um und hielt den Scheibenrahmen längs, während MacDonald durch den Entfernungsmesser sah. MacDonald rief ihn vier Schritte zurück, nahm eine weitere Messung vor, dann war er zufrieden. Ziegler steckte den hölzernen Fuß des Scheibenrahmens fest in den Boden. Das Ziel war fünfundvierzig Zentimeter breit und eineinhalb Meter hoch und gelb angestrichen; vierzehn Zentimeter oberhalb der unteren Latte befand sich ein kleines schwarzes Quadrat von einem Quadratzentimeter, der Richtpunkt. In Swindon hatte Ziegler gefragt, warum die Ziele gelb statt weiß waren, wie sonst üblich; inmitten der schneebedeckten Landschaft wurde der Grund dafür ersichtlich. Er ging zurück zur Schußposition.

MacDonald hatte das Gewehr auf den Hügel gelegt und klappte die beiden vorderen Zweibeine auf. Lauf und Verschluß waren in eine Heizdecke gewickelt, die über den Akku betrieben wurde. Er stellte das Chronometer direkt vor der Erhebung auf; wenn eine Kugel darüberflog, würden die Sensoren die Geschwindigkeit messen. Er füllte einen Sandsack mit feinem Kies vom Ufer des Sees.

»Ideal zum Einschießen – nicht ein Windhauch«, äußerte er. »Wir brauchen die Anemometer gar nicht.« Er las das Thermometer und das Barometer ab und zog ein Notizbuch zu Rate. Auf den Seiten standen nur Zahlen. »Das sind die ballistischen Tabellen, die ich mir für diese Höhe und diese Bedingungen ausgearbeitet habe. Ich werde die Höhenverstellung auf zwölfhundert Meter ansprechen. Nach hundert Metern sollte die Kugel 88,75 Zentimeter oberhalb des Richtpunktes liegen.« Er griff nach dem Thermometer, prüfte die Temperatur im Gewehrlauf, dann wickelte er das Gewehr aus der Heizdecke und legte sich damit in Schußposition, wobei er den Sandsack zum Auflegen benutzte. Beide Männer setzten Ohrenschützer auf.

Der Mündungsknall donnerte und hallte in den Bergen wider. MacDonald entlud, und Ziegler überprüfte die Messung des Chronometers. »898,53 Zentimeter pro Sekunde«, verkündete er.

»Das ist sehr gut«, sagte MacDonald erfreut. »Ich mach noch einen.«

Beim zweiten Schuß betrug die Mündungsgeschwindigkeit 902,8 Zentimeter pro Sekunde; MacDonald war begeistert. »Das ist sehr konstant – und es stimmt mit den Angaben des Herstellers überein – 900,66.« Er legte das Gewehr ab und wickelte es wieder in die Heizdecke, damit der Lauf in der frostigen Januarluft nicht zu sehr abkühlte.

Die zwei Männer gingen zum Ziel hinüber. Zieglers Augenbrauen schossen in die Höhe, als er die zwei dicht nebeneinander liegenden Einschußlöcher sah. »Das nenn ich Schießkunst, Mac«, rief er aus. »Einen Streukreis von einem Zentimeter! Das ist bei einem schweren Gewehr absolute Spitze!«

MacDonald maß mit einem Band die Position der Treffer im Verhältnis zum Richtpunkt ab. Sie lagen 86,25 Zentimeter darüber und nur einen Zentimeter nach links verschoben. Er war sichtlich hocherfreut. »Tja, Accuracy International verstehen ihr Handwerk. Dieses Gewehr ist exzellent. Bei diesem Ergebnis brauchen wir nicht lange, um es einzuschießen.«

Die beiden Männer gingen zur Schußposition zurück. MacDonald entfernte die zwei wasserdichten Kappen von den Absehenverstellungen des Zielfernrohrs. Er schob die vertikale Verstellung um vier Klicks nach oben und die horizontale um zwei Klicks nach rechts; dann befestigte er die Kappen wieder auf den Verstellungen.

»Ich mach noch zwei Schüsse, um das abzusichern«, sagte er. »Wenn es okay ist, können wir gleich auf zwölfhundert gehen.«

Die beiden nächsten Schüsse trafen die Scheibe so dicht nebeneinander, daß Ziegler, der durch das Beobachterfernrohr sah, kaum feststellen konnte, daß zwei Einschußlöcher vorhanden waren. Die Mündungsgeschwindigkeiten, die das Chronometer anzeigte, lagen noch dichter beim Idealwert als bei den vorherigen Schüssen.

Als sie vorgingen und das Ziel in Augenschein nahmen, zeigte sich MacDonald hochzufrieden. »Ich hab noch nie ein Gewehr mit einer so guten Leistung beim ersten Mal gehabt. Es ist wirklich verblüffend. Schau – genau auf der 88,75-Zentimeter-Markierung. Jetzt muß ich beim Zielfernrohr nur noch acht Klick nach links gehen, um bei zwölfhundert Metern den Magnus-Effekt miteinzubeziehen.«

»Na ja«, sagte Ziegler, »es kann nicht nur am Gewehr liegen. Für meine Begriffe ist hier ein erstklassiger Schütze am Werk, Mac. So 'ne Qualität hab ich noch nie zu sehen bekommen.«

Sie gingen wieder zur Schußposition, und Ziegler suchte das Zubehör für einen zweiten Scheibenrahmen zusammen. Er nahm das Walkie-talkie mit und lief im Laufschritt am Ufer entlang. MacDonald blieb an der Schußposition. Zehn Minuten später erreichte Ziegler einen Felsvorsprung, der ihrer Messung nach etwa zwölfhundert Meter von der Schußposition entfernt war. Er stellte das Ziel auf: einen Holzrahmen, einen Meter zwanzig breit und hoch, bespannt mit gelber Leinwand. In der Mitte befand sich der Zielpunkt, ein schwarzer Kreis von fünfzehn Zentimetern Durchmesser. Er meldete sich per Funk bei MacDonald und hielt den Rahmen still, damit der Entfernungsmesser arbeiten konnte.

Eine Minute später antwortete MacDonald. »Das ergibt bei mir eintausendzweihundertfünfunddreißig Meter. Geh fünfunddreißig Schritte in meine Richtung zurück, und ich messe noch mal.«

Kurz darauf schlug Ziegler die Pfosten des Scheibenrahmens in genau zwölfhundert Meter Entfernung von der Schußposition fest in den Boden. Dann ging er hinter einem Felsen zehn Meter weiter in Deckung und gab durch, daß er bereit sei. In der Hand hielt er eine elektronische Stoppuhr mit Zwischenzeit. Dreißig Sekunden später schoß die Kugel mit einem scharfen Pfeifen an ihm vorbei; er drückte sofort den Startknopf an der Uhr. Anderthalb Sekunden später hörte er ein entferntes Donnern, als das Geräusch des Mündungsknalls nachkam. Er hielt die Uhr an und nahm das Funkgerät. »Mac? Das waren 1,46 Sekunden. Paßt das?«

»In dieser Höhe, ja. Das Geschoß hat 1,75 Sekunden gebraucht, und der Schall 3,21. Das heißt, daß das Geräusch des Mündungsknalls anderthalb Sekunden nach dem Geschoß ankommt. Wo ist der Schuß hingegangen?«

Ziegler ging zu dem Scheibenrahmen hinüber. Zuerst konnte er gar kein Einschußloch erkennen; dann entdeckte er es. Er pfiff anerkennend. »Donnerwetter, Mac. Voll ins Schwarze. Beim ersten Schuß, du lieber Himmel!«

»Gut. Ich werd noch drei Schüsse machen, damit ich eine Vierergruppe habe.«

MacDonald ließ sich Zeit zwischen den Schüssen; mit der Heizdecke hatte er das Gewehr warmgehalten, und nun wollte er nicht, daß sich der Lauf durch zu viele Schüsse zu sehr erhitzte. Er behielt das Thermometer im Auge und wartete vor jedem Schuß, bis sich der Stahl auf etwa fünfzehn Grad Celsius abgekühlt hatte.

Als der Knall des letzten Schusses verhallt war, ging Ziegler zum Ziel hinüber. Die vier Schüsse lagen alle innerhalb eines Kreises von zwölf Zentimetern; die Mitte dieses Kreiscs war direkt unterhalb des Schwarzen, zwölf Zentimeter unterhalb von der Mitte des Fünfzehn-Zentimeter-Kreises und siebeneinhalb Zentimeter weiter links. »Wahnsinn, Mac«, meldete er über Funk, »ich kenn einen Haufen Jungs, die froh wären, wenn sie so eine Gruppe aus zweihundert Metern hinkriegen würden – von *zwölfhundert* ganz zu schweigen. Das ist göttliche Schießkunst, Mann.«

»Danke. Ich richte jetzt noch ein paar letzte Sachen aus, dann mache ich noch drei Schüsse. Mit etwas Glück haben wir's dann. Du kannst die Löcher verpflastern.« MacDonald legte das Funkgerät ab und nahm wieder die Kappen von den Absehenverstellungen des Zielfernrohrs ab. Er schob die vertikale Verstellung zwei Klicks nach oben und die horizontale um eines nach rechts; dann befestigte er die Kappen wieder. Ziegler deckte die Einschußlöcher mit kleinen Aufklebern ab und verschwand wieder hinter dem Felsen. Nachdem MacDonald weitere vier Schüsse abgegeben hatte, ging der Amerikaner zum Ziel. Als er das Ergebnis sah, klappte ihm die Kinnlade herunter. Er sagte ins Funkgerät: »Mac, ich kann's einfach nicht glauben. Du hast einen Streukreis von siebeneinhalb Zentimetern, mitten im Schwarzen. Auf diese Distanz ist das unfaßbar. Ich schätze, das war's, wie?«

»Ja, das reicht aus. Es hat wirklich sehr gut geklappt.«

MacDonalds Hochstimmung war nicht zu überhören. »Das ist ein enorm gutes Gewehr, und die Munition ist die stabilste, mit der ich je gearbeitet habe. Ich denke, wir sind im Geschäft!«

Als Ziegler wieder zu ihm stieß, hatte MacDonald den Rucksack bereits gepackt, das Gewehr in seinem festen, gepolsterten Futteral verpackt und auf die Trage geschnallt. Der Amerikaner packte MacDonalds Hand, schüttelte sie heftig und grinste ihn begeistert an. »Mac, für einen Schotten bist du echt ein Wahnsinnsknabe. Das ist einfach... na, mir fehlen die Worte.«

»Du bist auch kein übler Bursche, Yankee.« MacDonald lächelte. »Schotten sind nicht so bescheuert, wie ihr da drüben immer glaubt. Und Schnaps machen können wir auch.« Er zog einen Zinnflachmann aus der Tasche seiner Tweedjacke. »Möchtest du einen Schluck?«

Ziegler setzte die Flasche an und nahm einen kräftigen Schluck. In der erfrischend kalten, reinen Luft der Berge schien ihm dieser Whisky das köstlichste Getränk zu sein, das er je zu sich genommen hatte. Er seufzte zufrieden und gab die Flasche MacDonald zurück.

Sie luden sich die zwei Lasten auf den Rücken. Bevor sie losgingen, drehte sich MacDonald zu Ziegler um. »Ich lege keinen gesteigerten Wert darauf, den Berg so schnell wie möglich wieder runterzukommen, Mike; wenn's dir recht ist, laß uns lieber gemächlich gehen. Ich möchte nicht, daß das Gewehr durchgeschüttelt und das Fernrohr verstellt wird. Das Fernrohr und die Halterungen sind sehr robust, aber sie könnten sich sogar bei einer kleinen Bewegung verschieben, und das möchte ich nicht riskieren. Du hast mir jedenfalls gezeigt, daß du mächtig auf Zack bist. Ich würde gern mal mit dir auf die Jagd gehen. Um mal zu sehen, wie *du* schießst. Du scheinst einiges davon zu verstehen.«

Ziegler lachte laut. »Tatsächlich habe ich mich immer für recht geschickt gehalten, was den Umgang mit dem Gewehr angeht – bis heute. Ich bin noch nicht einmal in deiner *Liga*, Schotte. Und es wäre mir eine Ehre, eines Tages mit dir auf die Pirsch zu gehen. Klar, laß uns bloß langsam tun auf dem Rückweg. Du hast mich beim Aufstieg völlig fertiggemacht.«

Das Eis war gebrochen. Die beiden Männer waren in Hochstimmung, genossen die Schönheit der rauhen Winterlandschaft und das Wild, das sich ab und an zeigte, und unterhielten sich während des gesamten Rückwegs angeregt. Jeder gab Geschichten und

Anekdoten zum besten; beide hatten eine natürliche Erzählbegabung. MacDonald brüllte vor Lachen, als Ziegler eine der unappetitlicheren Geschichten aus seiner Vietnam-Zeit auftischte, in der es um einen Donnerbalken über einem Graben, ein paar wilde Schweine, eine rote Nebelgranate und eine Reihe ranghöherer Offiziere ging. Sie kamen noch vor fünf Uhr an der Jagdhütte an; sie waren fünfundvierzig Kilometer mit den schweren Lasten auf dem Rücken marschiert, aber keiner von beiden war erschöpft. Ihre Freundschaft war besiegelt.

Am nächsten Morgen packte Ziegler das Gewehr und die restliche Ausrüstung in den Sierra und brach Richtung Süden auf.

MacDonald verabschiedete sich von ihm am Hütteneingang. »Gib auf dich acht, Mike. Fahr vorsichtig.«

»Klarer Fall. Wir sehen uns in einem Monat wieder. Hat Spaß gemacht, dich kennenzulernen, Schotte.«

»Ganz meinerseits, Yankee«, grinste MacDonald.

27

»Nimm dir einen Drink, Johnny.« Howard wies auf den Schrank in der Zimmerecke.

»Danke.« Bourne goß sich einen Whisky ein und ließ sich nieder. »Also, auf das große Projekt. So weit, so gut.« Er hob sein Glas.

»Ja, ist alles gut gelaufen. Wir haben nicht mehr viel zu tun, bevor es losgeht. Wann kommt unser Pilot aus Amerika an?«

»Mel hat ihn gestern angerufen. Er trifft in knapp drei Wochen ein, am 28. März. Er kann's offensichtlich kaum erwarten.«

»Muß mit den neunzigtausend Dollar zu tun haben. Komisch, wenn ich dran denke, daß ich ihn vielleicht gar nicht kennenlerne. Wie steht's mit den Visa?«

»Alle beantragt. Sullivan kommt mit Papieren von Darcon rein, die wir ihm zurechtgebastelt haben; wir anderen haben beste Referenzen von PAP.« Pan-Arabian Petroleum war ebenfalls Klient von

XF Securities; Bourne hatte sich in deren Londoner Büro reichlich Daten über Saudi-Arabien-Visaanträge von ehemaligen Angestellten verschafft, und er hatte für die anderen Teammitglieder Arbeitsnachweise von PAP vorbereitet.

»Und du meinst, sie werden alle bewilligt?«

»Wir waren sehr penibel – mußten wir sein. Es ist extrem schwierig, ein Visum für Saudi-Arabien zu kriegen. Sie lassen keine Touristen rein – nur vertrauenswürdige Geschäftsleute und Mekka-Pilger. Sonst niemanden. Du mußt einen hieb- und stichfesten Grund für die Einreise haben sowie makellose Dokumente, unter anderem ein medizinisches Gutachten, vorweisen können. Wozu auch ein AIDS-Test gehört. Aber PAP und Darcon sind dort sehr angesehen, und deren Angestellte hatten noch nie Probleme.«

»Wo wir gerade von Darcon sprechen – was ist mit der zweiten Dokumentenmappe, der für den dortigen Projektleiter? Ist mit dem alles geklärt?«

»Tony Hughes? Ja, der ist versorgt. Er hält alles für koscher. Das Fax, das er von mir gekriegt hat, sieht aus, als käme es von Dartington – wir haben es im Stil der Papiere abgefaßt, die du bei ihm hast mitgehen lassen. Wir haben einen kleinen Wettbewerb veranstaltet, um rauszukriegen, wer seine Unterschrift am besten draufhatte; Bob war Sieger. Hughes ist jedenfalls informiert, daß Dartington ein Team von Gutachtern beauftragt hat, sich dort um ein vertrauliches neues Projekt zu kümmern, und daß er ihnen sämtliche notwendige Unterstützung zukommen lassen soll. Ich dachte, er würde sich vielleicht übergangen fühlen, aber dem war nicht so. Er war sehr hilfsbereit. Nach dem Fax habe ich angerufen und ihm mitgeteilt, was wir alles brauchen.

Wir können diese alten Baubaracken benutzen, die wir ins Auge gefaßt hatten, und er besorgt uns die Fahrzeuge und die anderen Sachen, um die ich gebeten habe. Das läuft alles prima.«

»Hast du Hughes schon mal getroffen?«

»Nein. Er kennt mich nur vom Telefon. Er wird nur Chris und mich zu Gesicht bekommen, und wir haben falsche Ausweise. Er wird glauben, daß alles in Ordnung ist. Er hat nicht den geringsten

Grund, auf die Idee zu kommen, daß wir für eine andere Firma unter anderen Namen eingereist sind.«

»Gut. Wie steht's mit der Organisation in Mombasa?«

»Ist alles geregelt. Der Agent dort weiß, was wir brauchen, und wird alles Notwendige zusammenstellen. Er hat keine Ahnung, worum es geht. Mel wird ihn von Djidda aus anrufen und noch einmal abchecken, daß alles in Ordnung geht. Falls der Agent irgendwas verpatzt, haben wir genug Zeit, es auszubügeln. Und falls es zum Schlimmsten kommt, können wir immer noch die ›Paß verloren‹-Nummer abziehen, mit der man im Sudan eigentlich durchkommen sollte.«

»Das möchte ich allerdings nur machen, wenn alle Stricke reißen. Hör zu, Johnny« – Howard knackte mit den Fingerknöcheln – »nicht mehr lange, und es geht los. Wir sollten jetzt die endgültige Entscheidung treffen, ob du mitkommst oder nicht.«

Bournes Augenbrauen schossen in die Höhe. »Hey, Ed, ich dachte, das hätten wir längst geklärt. Ich hab mich darauf vorbereitet. Du kannst mich jetzt nicht abschieben.«

»Ich weiß, Johnny, ich weiß. Aber ich möchte dich nur dann dabeihaben, wenn du dir voll und ganz im klaren darüber bist, was du tust. Du trägst auch noch für andere Menschen Verantwortung, zum Beispiel für deine Verlobte.«

»Ed, ich bin mir sicher. Einhundertprozentig. Außerdem brauchst du mich.«

»Darum geht es ja gerade, Johnny. Ich möchte nicht, daß du dich für unentbehrlich hältst. Du bist der Beste für diese Aufgabe, aber du bist nicht unentbehrlich.«

Bournes Augen verengten sich vor Zorn. Er beugte sich vor. »Du hast mit jemand anderem gesprochen, stimmt's? Wer ist es? Los, Ed, wer?«

»Ja, ich habe mit jemand anderem gesprochen. Er ist darauf vorbereitet, im Notfall für dich einzuspringen. Es ist jemand, den ich schon seit vielen Jahren kenne, noch aus meiner Zeit vor dem SBS.«

»Wer ist es, Ed?«

»Das spielt keine Rolle, Johnny. Ich sage nur, daß es zur Not auch mit ihm ginge. Sein Arabisch ist ziemlich gut – nicht so gut wie deines, aber es würde reichen –, und er hat noch einen weiteren Vorteil. Er ist ein guter Schütze. Besser als du, ich oder sogar Mike. Falls unserem Schotten bei der Einreise irgend etwas zustoßen sollte, könnte er für ihn einspringen. Aber grundsätzlich würde ich lieber dich haben. Ich will nur zum Ausdruck bringen, daß du das nicht nur machen mußt, weil du uns nicht hängenlassen willst.«

»Quatsch, Ed! Wag bloß nicht, mich jetzt hier auszubooten, nicht nach der ganzen Vorbereitung! Willst du mir erzählen, dieser andere Kerl hätte überhaupt keine Bindungen, nicht mal 'ne Freundin?«

»Er ist sogar verheiratet. Aber das sind Mel und Tony auch.«

»Ach, jetzt hör schon auf, Ed! Du predigst mir hier was von wegen Verantwortung, und dann willst du statt meiner einen heuern, der *verheiratet* ist? Als nächstes erzählst du mir, er hat Kinder!«

»Na ja...« Howard grinste. »Okay, ich geb's auf. Aber du siehst doch ein, daß ich es zur Sprache bringen mußte. Ich muß sichergehen, daß du voll und ganz bei der Sache bist.«

»Wie konntest du überhaupt daran zweifeln?« Bourne grinste breit; mit einem Mal war sein Zorn vollkommen verraucht.

Howard hatte einen gesunden Respekt vor Bournes Stimmungswechseln, und zumindest verbarg er nichts – seine Gefühle und sein Temperament waren offensichtlich. Bei Johnny Bourne gab es keine Finten. Na ja, dachte Howard, eines Tages lernt er es vielleicht noch, gelassener zu sein und seine Gefühle besser im Griff zu haben. Vielleicht.

28

Ein kühler Märzregen ergoß sich über die Landschaft; das Gewitter war ungewöhnlich heftig für die Jahreszeit. Die beiden dahinhastenden Gestalten waren von dem plötzlichen Regenguß überrascht worden, aber sie lachten und platschten durch die Fluten, die den Weg herunterströmten.

Dann rutschte das Mädchen aus und stürzte. Sie stieß einen Schmerzensschrei aus, und der Mann blieb stehen und drehte sich um. Er ging zu ihr zurück. Sie saß auf einem Stein am Wegrand und umklammerte ihr linkes Knie; ihre nassen Jeans waren zerrissen, und ein rotes Rinnsal mischte sich in das Regenwasser. Sie biß die Zähne zusammen und versuchte aufzustehen, aber dann entfuhr ihr ein weiterer Schmerzenslaut. Der Mann fing sie auf, bevor sie wieder stürzte, und nahm sie auf die Arme. Sie fühlte sich klein und leicht an. »Na, komm«, sagte er, »ich trag dich. Wir sollten es zum Stall schaffen, bevor wir hier beide ertrinken.«

»Oh, danke, Danny«, wimmerte Sheila Cameron und biß sich auf die Lippe; der Schmerz war durchdringend. »Das war dumm von mir – es wäre doch nur noch ein kleines Stück gewesen...«

Danny sah kurz auf sie herunter, als er sie den schlammigen Weg entlangtrug. Ihre Haare waren triefnaß und klebten ihr im Gesicht und am Hals, und sie sah jung und verletzlich aus. Er erreichte den Stall, schob den Riegel auf und öffnete die Tür. Innen, im Trockenen, legte er sie auf einen Stapel Strohballen und wischte sich das Wasser aus den Augen. »Verflucht«, sagte er, »das ist vielleicht ein Gewitter. Laß mal dein Knie sehen.«

»Mam wird mich umbringen«, stöhnte Sheila, als er seinen Hirschfänger herausholte und vorsichtig das Loch in ihrer Jeans vergrößerte, um die Verletzung zu untersuchen. Sie klapperte vor Kälte mit den Zähnen und begann zu zittern.

Danny sah hoch zu ihr. »Hier«, sagte er und zog seine Tweedjacke aus. »Sie ist naß, aber trotzdem warm.« Er legte sie ihr um die Schultern.

»Und was ist mit dir, Danny?« fragte sie. »Du hast bloß ein Hemd an, und es ist tropfnaß...«

»Ach, das geht schon«, sagte er. Er sah zur Tür hinaus. Es regnete in Strömen. Er schloß die Tür und rollte einen großen Stein davor, damit sie geschlossen blieb. »Ich glaube, wir sollten hierbleiben, bis der Regen nachläßt.« Bis zur Jagdhütte waren es noch sechs Kilometer. Er sah das Mädchen wieder an; sie zitterte hilflos. Er zog die Stirn in Falten. »Ich werd ein Feuer machen«, sagte er. »Das hilft uns ein bißchen beim Trockenwerden.«

Der kleine Stall war früher ein Cottage gewesen, doch er wurde schon seit Jahren nur noch als Lagerraum und Unterstand für Ponys benutzt. Am einen Ende des Raums befand sich ein alter Kamin; Danny riß einen Packen Stroh aus den Ballen, dann zerbrach er einen herumstehenden, verrottenden Beistelltisch. Das Stroh flammte auf, als er es anzündete; bald würde das alte Holz knistern und krachen.

»Das wird uns guttun«, lächelte er das Mädchen an. »Ich hoffe nur, daß oben auf dem Schlot nicht eine Dohle oder so was ein Nest gebaut hat.« Einige Sekunden lang quoll dicker Rauch aus dem Kamin; dann begann das Feuer zu ziehen, und der Rauch verschwand durch den Rauchfang. »Ah, jetzt zieht es durch. Komm«, sagte er und hob Sheila wieder hoch, »laß uns näher ransetzen.«

Er schob ein paar Strohballen in die Nähe des Kamins und setzte Sheila darauf. Sie zitterte immer noch und hatte ihre Arme unter der Jacke eng um sich geschlungen.

»Tut mir leid, Sheila«, sagte er sanft und ging in die Hocke, um sich ihr Knie noch einmal anzusehen, »ich hätte es ahnen müssen, daß uns das Unwetter überraschen würde. Bist du okay?«

Sie sah ihn an und brachte ein Lächeln zustande. »Ist doch genauso meine Schuld«, sagte sie zähneklappernd. »Es war lieb, daß du mich getragen hast.«

Er schürte das Feuer; es brannte gut, aber der Raum wurde nicht warm. Er setzte sich neben Sheila und legte ihr fürsorglich den Arm um die Schultern. Ihre nassen Kleider begannen von der Wärme zu dampfen. Der Geruch des nassen Tweed stieg ihnen in die Nase.

Das Mädchen kuschelte sich an ihn; dann hob sie den Kopf. »Danny, dein Hemd ist ganz naß. Willst du es nicht ausziehen und zum Trocknen aufhängen?«

Er sah sie einen Moment an, dann stand er auf, streifte sein Hemd ab, wrang es aus und hängte es über einen niedrigen Dachsparren beim Kamin. Sie ließ ihn nicht aus den Augen. »Hör mal«, sagte er schließlich, »du solltest das auch tun. Es ist nicht gut, hier in nassen Klamotten rumzusitzen. Keine Angst – ich schau nicht hin. Zieh dich aus und häng die Sachen auf, dann leg dir wieder meine Jacke um. Du wirst bestimmt schneller warm so. Ich helf dir mit den Stiefeln.« Er schnürte ihre Stiefel auf, zog sie ihr aus, dann pellte er ihr die Socken von den Füßen. Er mußte daran denken, wie er dasselbe vor vielen Jahren getan hatte, als sie – sechs oder sieben war sie vielleicht gewesen – in einen Bach gefallen war. Er hatte sie herausgeholt, und wie heute hatte er ihre nassen Socken ausgewrungen und aufgehängt. Ihre Füße waren kalt; er rubbelte sie mit beiden Händen, damit das Blut zurückfloß, dann stand er auf und wandte sich ab. »Ich schau nicht hin«, sagte er noch einmal.

Sheila begann sich vor dem Kamin auszuziehen. Danny hörte, wie sie das nasse Hemd auszog und es auf einen der Strohballen fallen ließ. Als sie die Jeans über das verletzte Knie zerrte, entfuhr ihr ein kleiner Klagelaut; dann legte sie sich seine Tweedjacke um die Schultern. Sie setzte sich wieder auf den Strohballen. »Autsch! Das sticht ja!« Sie kicherte. »Okay, Danny, du kannst dich jetzt umdrehen.«

Sie klang jetzt fröhlicher, dachte Danny. Er wandte sich um, und da saß sie in seiner dicken Jacke, die nackten Beine zum Feuer gestreckt. Die Jacke reichte ihr fast bis zu den Knien. Das Feuer loderte jetzt heftig, aber fast die Hälfte des alten Beistelltischs war schon verbrannt. Danny sah zu dem Hohlraum über den Dachsparren hoch. Einige alte Balken lagen dort; er griff hoch und zog einige von ihnen herunter. Mit ein paar gezielten Tritten brach er sie in Stücke und stapelte sie dann neben dem Feuer. Er wrang Sheilas Hemd und ihre Jeans aus und hängte ihre Sachen über die Dachsparren.

Allmählich wurde es warm; Sheila bibberte nicht mehr. »Wann war diese Jacke eigentlich zum letzten Mal in der Reinigung, Danny? Die riecht ja, als sei was drin gestorben!«

Danny grinste und sah zu ihr herunter. »Was erwartest du, Mädel? Ich kann's mir nicht leisten, das Ding jeden Tag in die Reinigung zu bringen. Da klebt Schweiß dran, Schafmist, Hirschlosung, Blut, Torf...«

»Oh!« sagte Sheila und zog eine Schnute. »Sei nicht so garstig!« Dann lächelte sie. »Komm, setz dich zu mir und halt mich warm!«

Er setzte sich, beugte sich noch einmal vor, um ihr Knie zu inspizieren. »Könnte schlechter aussehen«, sagte er. »Kannst du's bewegen?«

Sie streckte es und zuckte zusammen, aber sie nickte. »Das geht schon. Es wird 'ne Weile weh tun, aber wenn mir wieder warm wird, ist es okay.« Sie sah ihn direkt an. »Danke, daß du dich um mich gekümmert hast, Danny«, sagte sie sanft.

Er lächelte zögernd und stand auf, um Holz nachzulegen, dann setzte er sich wieder und sah in die Flammen. »Das hab ich doch immer getan, Sheila«, sagte er. »Hoffe ich zumindest.«

»Könntest du noch mal den Arm um mich legen, Danny? Mir ist immer noch kalt.«

Er tat es, starrte immer noch ins Feuer. Ihr Kopf sank an seine nackte Schulter. Danny sagte nichts; plötzlich fühlte er sich unwohl. Sie war kein Kind mehr.

»Hast du viele Freundinnen, Danny?«

Die Frage überraschte ihn. »Ach, Sheila. Warum willst du das denn wissen?«

»Na, wir können doch ein bißchen reden. Wir haben immer geredet, als wir noch klein waren, na ja, zumindest als ich noch klein war. Wie auch immer, ist es so?«

»Na ja, ich...« Er verstummte und hob die Schultern.

»Ist es mit einer was Ernstes?«

»Sheila!« protestierte er. »Du bist aber neugierig!«

»Ach, hab dich nicht so, Danny! Wir kennen uns doch schon ein Leben lang. Mein Leben lang zumindest«, murmelte sie. »Also?«

»Na, wenn du's unbedingt wissen willst: Die Antwort lautet ja, ich habe ein oder zwei Freundinnen gehabt. Aber nichts Ernstes zur Zeit, nein.«

Sie rückte ein bißchen näher an ihn heran. »Für mich hat es immer nur einen Mann gegeben«, sagte sie leise. Die Balken im Feuer knackten. Ihre Wange rutschte von seiner Schulter herunter und kam an seiner nackten Brust zur Ruhe. »Aber ich glaube nicht, daß er es jemals bemerkt hat.«

In diesem Moment wurde Danny MacDonald schlagartig klar, wen sie meinte, und ihm war, als würde in seinem Kopf ein Feuer lodern. Sein Arm umschloß sie unwillkürlich fester, als er begriff, wie blind er gewesen war. Als Sheila den Kopf hob und ihm forschend in die Augen blickte, war er wie erstarrt; in seinem Kopf ging es drunter und drüber, als er versuchte, seine Gedanken zu ordnen. Er hatte immer nur die kleine Sheila gesehen; sie war für ihn wie eine kleine Schwester gewesen, so viel jünger, so klein und zart... Sie hatte es zwar nicht direkt angesprochen, aber er wußte es jetzt, er wußte es jetzt mit absoluter Sicherheit...

Langsam wandte er sich zu ihr. Wortlos nahm er ihr Gesicht in beide Hände. Früher hatte er sie geküßt, weil er sie nett fand, aber das vertraute Gesicht, das ihm nun so nah war, war das Gesicht einer jungen Frau. *Kein Kind mehr, o Gott, nein...* Sie schloß die Augen und näherte ihr Gesicht dem seinen, und als ihre Lippen sich trafen, schlang sie die Arme um seinen Hals. Es war wie ein Schock für Danny, als seine Jacke von ihr herabglitt und er ihren nackten Körper an seiner Brust fühlte.

Danny machte seine Hand frei und zog sein Messer aus einer der hinteren Hosentaschen. Er öffnete es mit einer Hand hinter ihrem Rücken. Die lange scharfe Klinge glitzerte rot im Widerschein des Feuers. Mit einem kleinen Klicken rastete es ein.

Er stach tief in das Stroh, zerschnitt die beiden roten Bindfäden, die die Ballen zusammenhielten. Das Stroh sackte unter ihnen zusammen. Danny warf das Messer weg, das in der Nähe der Tür zu Boden fiel. Er stand auf und zog Sheila auf die Füße. Sie küßten sich wieder, wild und leidenschaftlich diesmal, dann beugte er sich hinunter, um das Stroh auf dem Boden zu verteilen. Er zerrte seine Stiefel von den Füßen und riß sich die restlichen Kleider vom Leib. Als er aufblickte, sah er Sheilas elfenhafte Gestalt vor dem Hintergrund des Feuers. Die sanften Rundungen ihres Körpers waren wie eine Offenbarung für ihn: Sie schien ihm plötzlich das schönste, liebreizendste, verführerischste Wesen zu sein, dem er je begegnet war. Nicht mehr das kleine Mädchen, seine Freundin aus Kindertagen – auf einmal war alles ganz anders...

Sheila Cameron sank neben Danny MacDonald auf das stachelige Stroh. Sie umschlangen sich und vergaßen alles um sich herum. Draußen stürzten die Regenfluten herab, trommelten auf das Dach des Stalls; innen dampfte die Nässe aus den Kleidern auf den Dachsparren. Das Feuer prasselte im Kamin und warf einen flakkernden roten Schein auf die zwei jungen Liebenden.

Er hielt sie ganz fest, bis ihr Schluchzen nachließ; streichelte ihr Haar und ihren Rücken, als sie auf ihm lag. »Sheila, es tut mir leid, es tut mir so leid...«

»Was meinst du damit, Danny, mein Liebster?« fragte sie verträumt. »Was tut dir leid?«

»Es ist meine Schuld... Ich hätte niemals...«

»Danny«, sagte sie sanft, »ich wollte dich. Endlich fühle ich mich wie eine wirkliche Frau. Jetzt weiß ich, was die anderen Mädchen...«

»Aber ich habe dir weh getan...«

»Ein bißchen, zu Anfang. Aber dann...«

»Aber du hast geschrien...«

Sheila hob den Kopf und lächelte, obwohl in ihren Augen noch Tränen standen. »Ja, das stimmt, glaube ich«, sagte sie langsam und küßte ihn. »Aber, Danny, Liebster, das war ein Freudenschrei, kein Schmerzensschrei!«

»Aber weshalb weinst du dann?« fragte er zweifelnd, immer noch unsicher.

»Ich weine gar nicht richtig«, versuchte sie ihm zu versichern. »Aber selbst wenn ich's tue«, stammelte sie unter Tränen, »dann nur, weil ich so glücklich bin!« Sie hielt ihn ganz fest. »Ich war noch nie so glücklich in meinem Leben.«

Er sah ihr an, daß sie die Wahrheit sagte; er war unaussprechlich erleichtert, daß er ihr nicht weh getan hatte. Er umarmte sie fest, liebkoste sie, küßte sie. *Sie war so grazil*, dachte er, *und nun auch so erwachsen*. Eine Welle der Zärtlichkeit für sie überschwemmte ihn; so etwas hatte er noch für kein anderes Mädchen empfunden. Dann verschleierten sich seine Augen. »Sheila, mein Liebes«, sagte er langsam, »ich muß dir etwas sagen. Ich muß in ein paar Tagen weg.«

Ihr Kopf fuhr hoch, und sie sah ihn angstvoll an.

»Es ist bestimmt nur für einen Monat oder so«, fügte er schnell hinzu und sah, wie sich Erleichterung auf ihrem Gesicht abzeichnete.

»Wo gehst du hin?« fragte sie.

»Ein Job im Ausland. Ist gut bezahlt«, sagte er ihr.

»Was ist das für ein Job, Danny?«

»Ich darf nicht darüber sprechen. Du mußt mir vertrauen.«

Sie senkte den Kopf und lag ein paar Minuten lang still an seiner Brust. »Danny?« murmelte sie nach einer Weile. »Hast du viele Freundinnen?«

Er lächelte. »Nur eine«, sagte er und drückte sie an sich. »In meinem Leben gibt es nur eine Frau. Ich habe es vorher nur nicht gewußt.«

29

Wenn jemand am Montag, dem 23. März, und den Tagen darauf die Aktivitäten in der Loundis Road beobachtet hätte, wäre dem Betreffenden wohl eine gesteigerte Betriebsamkeit aufgefallen. Am Montag morgen wurden bei Hof 8 sechs große Sperrmüllcontainer angeliefert; sie wurden nebeneinander in der Halle abgestellt, aus der zuvor der größte Teil der gelagerten Kisten entfernt worden war. Nachdem die Lieferanten verschwunden waren, füllte Usher mit dem Gabelstapler Altmetall und anderen Abfall in die Container. Ackford hatte mit einem Schneidbrenner seine Werkzeuge zu unkenntlichen Metallstückchen verarbeitet; der Rest des Teams hatte systematisch alle anderen Arbeitsmittel zertrümmert und das übriggebliebene Material pulverisiert. Alles wurde in die Müllcontainer geschüttet; nach vierundzwanzig Stunden waren Hof 8 und 9 komplett ausgeräumt. In Hof 10 stand nach wie vor der Auflеger mit dem Tiefkühlcontainer; letzterer hatte Gesellschaft von einem kleineren, sechs Meter langen Kühlcontainer bekommen, dessen Kühlaggregat auf voller Kraft lief. In einer Ecke harrten einige Gegenstände ihrer Verladung ins Flugzeug.

Am folgenden Tag kamen die Laster wieder, holten die Müllcontainer ab und fuhren sie zur städtischen Müllkippe; ihr Inhalt wurde dort auf die Berge von anderem Abfall und Schutt gehäuft.

Am Mittwoch wurde mittags das Gepäck für das Flugzeug in die Autos von Howard, Palmer und Usher geladen, die sich dann im Konvoi in Richtung Airport in Bewegung setzten. Am Flugplatz beaufsichtigten Palmer und Usher die Verladung der diversen harmlos aussehenden Pakete in die Islander. Danach fuhren sie nach Swindon; dort übergab Howard die Schlüssel zu seinem Rover 820 an Denard, der seinen Toyota Corolla morgens in London gelassen hatte und mit Palmer gefahren war. Der Rover hatte Howard gute Dienste geleistet, aber er hatte jetzt keine Verwendung mehr für ihn. Abends fuhr Howard mit Bourne in dessen BMW zum Langzeitparkplatz in Heathrow, wo sie in Bournes Alfa Romeo umstiegen. Etwas später traf MacDonald mit dem Zug aus Fort William ein; er blieb über Nacht in Howards Wohnung.

Am Dienstag, dem 26., fuhr Bourne Howard und MacDonald nach Swindon; dort warteten sie in Hof 10 auf Harris. Er traf um zehn Uhr mit einer schweren Volvo-HGV-Zugmaschine ein. Sie trugen die restlichen Gegenstände in den Container; zuletzt verluden sie mit dem Gabelstapler die Paletten Lebensmittelkisten, die in dem kleineren Container gekühlt worden waren. Dann verschlossen sie die Ladetüren des großen Containers; Harris stieß mit der Zugmaschine zurück, und sie kuppelten die Elektro-, Hydraulik- und Druckluftleitungen an. Der Ventilator des großen Containers erwachte brummend zum Leben. Harris holte sich bei Bourne die Papiere ab und fuhr los.

Bourne schaltete das Kühlaggregat des kleineren Containers ab, der jetzt leer und funktionslos war. Dann ging er ins Büro und vereinbarte mit der Firma, die den Container vermietet hatte, einen Termin zur Abholung. Danach rief er bei Lansing Linde an und beauftragte sie, am nächsten Morgen mit einem Tieflader den Gabelstapler abzuholen; anschließend telefonierte er mit einer Firma für Gebäudereinigung.

Während Harris mit dem Container auf der M4 nach Osten fuhr, gab es einige scheinbar bedeutungslose Ereignisse, die allerdings jeden mit der Verhinderung von Verbrechen befaßten Polizeibeamten dazu veranlaßt hätten, angesichts der Nachlässigkeit einiger Autofahrer verzweifelt die Augen gen Himmel zu verdrehen. In Bristol wurde am frühen Nachmittag ein Vauxhall Astra in einer Wohnsiedlung unweit des Bahnhofs Temple Meads abgestellt; der Fahrer, ein großer, grobknochiger Mann, stieg aus und ging weg. Die Tür des Wagens ließ er unverschlossen, die Schlüssel steckten im Zündschloß, das Fenster war circa zehn Zentimeter weit offen. Am Bahnhof sah Ackford nach, wann der nächste Zug nach London fuhr, und setzte sich auf eine Bank, um dessen Ankunft zu erwarten. In Oxford ließ ein kleiner, blonder Mann einen ebenfalls unverschlossenen Rover 820 auf einem Parkplatz in der Nähe der nördlichen City-Umgehungsstraße stehen. Denard fuhr mit dem Bus ins Zentrum und ging zu Fuß zum Bahnhof; wie Ackford fuhr er mit dem nächsten Zug nach Paddington. In der Zwischenzeit ließen Palmer und Usher in einer Entfernung von knapp einem Kilometer in einer eher zweifelhaften Gegend im Südosten von London einen Peugeot 205 und einen Ford Escort XR3 im Stich; und auf der anderen Flußseite, etwa fünfzehn Kilometer weiter nördlich, ließ Ziegler seinen Sierra in Leytonstone vor einem Pub stehen. Als Denard, nachdem er sich Howards Rover entledigt hatte, wieder in London ankam, fuhr er mit seinem Toyota nach

Wembley. Er stellte den Wagen in einer Seitenstraße zwischen dem Fußballstadion und der U-Bahnstation ab, dann fuhr er mit der Bakerloo-Linie zur Charing Cross Station zurück und nahm sich ein Taxi zum Hotel.

Alle Wagen bis auf den Peugeot 205 wurden innerhalb weniger Stunden gestohlen; der Peugeot blieb seltsamerweise zwei Tage lang unberührt. Der Escort wurde völlig ausgebrannt etwa hundertfünfzig Kilometer weiter in der Nähe von Stoke-on-Trent entdeckt, was darauf schließen ließ, daß ihn ein paar junge Joyrider benutzt hatten; den Rover ereilte ein ähnliches Schicksal im Osten von Oxford; die anderen Autos verschwanden und wurden später Käufern angedreht, die nicht ahnten, daß diese Autos eine andere Geschichte als die in den Papieren vermerkte hatten. Eine Woche später fanden der Golf GTI von Harris und der BMW von Bourne neue Besitzer. Keines der Autos wurde als gestohlen gemeldet; die zuständigen Beamten von der Metropolitan und Thames Valley Police fanden es einigermaßen merkwürdig, daß sich niemand wegen des Verbleibs des Escorts oder des Rovers meldete, aber in beiden Fällen erbrachten ihre Nachforschungen lediglich den Hinweis, daß der letzte gemeldete Besitzer den Wagen an jemanden verkauft hatte, der sich nicht die Mühe gemacht hatte, ihn bei der Zulassungsstelle in Swansea umzumelden. In beiden Fällen tauchte der Verdacht auf, daß das betreffende Auto zu kriminellen Zwekken benutzt worden sein könnte; eine Zeitlang erwog man, ob der frühere Besitzer des Escort, ein Gastwirt aus Southend, vielleicht doch weniger rechtschaffen war, als seine Unschuldsbeteuerungen einen glauben machen wollten; es fanden sich jedoch keinerlei Beweise, weshalb man die Sache nach kurzer Zeit auf sich beruhen ließ. Die nationalen Statistiken wiesen ohnehin einen alarmierenden Anstieg von Eigentumsdelikten in Zusammenhang mit Kraftfahrzeugen auf; der Escort und der Rover verschwanden zwischen Tausenden von niemals aufgeklärten Fällen.

Harris kam um drei Uhr nachmittags am Trinity Terminal in Felixstone an. Er meldete sich bei den Hafenspediteuren, vervollständigte die Papiere, prüfte ein letztes Mal den Dieselgenerator, um sicherzugehen, daß das Kühlaggregat auch ohne Stromzufuhr funktionieren würde, und sah zu, wie ein Kran den Container, in dem der Ventilator brummte, von dem Aufleger hob und ihn auf einen der vierzehntausend Plätze auf der großen Stellfläche absenkte. Harris fuhr nach London; auf einem Parkplatz hängte er den leeren Aufleger ab, entfernte das Nummernschild und ließ ihn dort stehen. Die Polizei bemerkte erst einige Wochen später, daß er besitzerlos war; seine Herkunft wurde zu einem weiteren ungelösten Rätsel.

Der Spediteur in Felixstone reichte das übliche Formular an den Zoll weiter; ein Zollbeamter überflog rasch die Liste der Fracht, addierte im Kopf Gewicht und Größe der angegebenen Lebensmittelladung und prüfte, ob die Summe mit dem angegebenen Bruttogewicht des Containers, sechsundzwanzig Tonnen, übereinstimmte. Dies war der Fall. Allein am Trinity Terminal werden jährlich eine Million Schiffscontainer abgefertigt; bei solch enormen Massen liegt es aus praktischen Gründen nahe, daß die Mehrzahl der Container – vor allem, wenn sie das Land verlassen – niemals untersucht wird. Als der Beamte feststellte, daß als Fracht des Containers kein tiefgefrorenes Fleisch oder andere Materialien aufgelistet waren, die einer Routineinspektion bedurft hätten, stempelte er das Formular ab und autorisierte die Zollplombe; von diesem Moment übernahm das computergesteuerte Container-Kontroll-System des Hafens die Aufsicht über den Container. Einer der vierzig riesigen Portalkräne transportierte ihn zu dem kilometerlangen Kai, an dem neben fünf anderen Containerschiffen das Handelsschiff *Manatee* aus Zypern angelegt hatte. Um zwei Uhr nachmittags wurde der Dieselgenerator, der das Kühlaggregat betrieb, abgeschaltet, und der Container wurde von einem der gigantischen Panamax-Kräne am Kai hochgehoben, über das Schiff geschwenkt und in eine Lücke auf Deck abgelassen, achtern vom Brückenaufbau, wo sich die Stromanschlüsse des Schiffs befanden. Ein Matrose sicherte den Container an vier Halterungen und schloß mit einem Kabel das Kühlaggregat an den Stromkreis an; der Ventilator lief über den Strom des Schiffs und begann wieder zu brummen.

Zwei Stunden später waren die meisten der Container für die sechsundfünfzigste Fahrt der *Manatee* nach Ostafrika an Bord; es waren achthundert an der Zahl, die, jeweils fünf von ihnen übereinander und acht nebeneinander, in zwanzig Reihen auf Deck standen. Am Morgen des nächsten Tages, Freitag, den 27. März, sollte die *Manatee* auslaufen.

Wenn der Zollbeamte beschlossen hätte, den Container auf einer Brückenwaage zu wiegen oder seine Fracht zu inspizieren, wäre ihm auf den ersten Blick nichts Ungewöhnliches aufgefallen. Das Gewicht hätte mit dem in den Papieren angegebenen übereingestimmt, und wenn er die Ladetüren geöffnet hätte, wäre sein Blick auf vier Paletten Lebensmittel gefallen, die im Innenraum gestapelt waren. Der Beamte hätte vielleicht die Präzision bewundert, mit der man die Paletten gestapelt hatte, obwohl er andererseits eventuell auch erwogen hätte, ob diese Form der Lagerung nicht der Kühlung abträglich war: Die Paletten füllten in Breite und Höhe genau den Innenraum des Containers aus. Oben und an der Seite blieben nicht mehr als jeweils zwei Zentimeter. Es sah aus, als seien die Paletten die üblichen Standardausführungen aus Holz, aber in Wirklichkeit waren sie exakt zurechtgezimmert und eingefügt, damit sie genau paßten und die Sicht auf alles dahinter versperrten; aber der normale Zollbeamte hätte lediglich gedacht, daß sich dahinter nur mehr vom selben befand. Wenn er die Temperatur gemessen hätte, wäre er vielleicht zu dem Ergebnis gekommen, daß die Gemüsekisten nicht ganz so gut gekühlt waren, wie es der Fall sein sollte; aber obwohl die Temperatur bei minus dreizehn statt bei minus zwanzig Grad Celsius lag, war äußerlich kein Unterschied zu erkennen. Der Beamte hätte die Differenz vermutlich auf die knappe Lagerung und die daraus folgende schlechtere Zirkulation der Kaltluft zurückgeführt.

Hinter den vier Paletten Gemüse hätte er Paletten mit ebenfalls gefrorener Dosenmargarine finden können. Normalerweise gab es keinen Grund, Margarine einzufrieren, aber bei einer gemischten Fracht wie dieser wurde das gelegentlich gemacht; niemand würde das besonders merkwürdig finden. Die Margarine trug nämlich auch zur Kühlung des Gemüses bei; sie diente als Kühlschicht und isolierte das Gemüse von dem, was sich am geschlossenen Ende des Containers befand.

Hinter der Margarineladung, im Abstand von zweieinhalb Metern von den Ladetüren, schlossen dicke, schwarz gestrichene Isolierbretter den ganzen vorderen Teil des Containers hermetisch ab und sorgten dafür, daß der hintere, neun Meter lange Raum des Containers nicht gekühlt wurde. Die eng gestapelten Lebensmittelpaletten verbargen ihn vor neugierigen Blicken. Der Boden dieses hinteren Teils war mit dreißig Zentimeter dicken Porotonplatten ausgelegt, die einzig und allein als Ballast dienten. Dieser Betonboden war ebenso wie die Wände und die Decke mit einer dicken gummierten Teppichschicht bedeckt, die schallisolierend wirkte.

Es war reichlich eng in dem Raum; an einer Wand waren Vorräte und Teile der Ausrüstung gestapelt, überwiegend in strapazierfähigen, wasserdichten Gummisäcken verpackt. Den Inhalt dieser Säcke hätte der Zollbeamte wahrhaftig hochinteressant gefunden; sie bargen die gesamte illegale Ausrüstung für die Operation – das Gewehr, die Munition, die AK-Schalldämpfer, den Empfänger für den Navigationssatelliten, die Nachtsichtbrillen und andere ungewöhnliche Gegenstände. An der anderen Wand standen dicht an dicht ein Kühlschrank, ein Feuerlöscher, ein Staubsauger und ein Besen, ein Campingkocher, ein Klapptisch, auf dem sich Kessel und Kochtöpfe befanden, Wasser- und Benzinkanister, ein kleiner Holzkasten, der eine chemische Toilette enthielt, ein Tisch und zwei Segeltuchklappstühle. Am anderen Ende, neben den Ventilationsleitungen, befanden sich zwei weitere Gegenstände, bei deren Anblick der Zollbeamte einen Schlag bekommen hätte. Auf dem Boden lagen zwei Matratzen.

Als der Container auf Deck aufsetzte und der Ventilator wieder zu arbeiten begann, schreckte Ed Howard auf, öffnete den Reißverschluß seines Schlafsacks und kletterte heraus. Obwohl der Ventilator nicht lange abgeschaltet gewesen war und die dicke Isolierschicht die Kälte abhielt, hatten die gefrorenen Lebensmittel die Luft im Container empfindlich abgekühlt. Da er jetzt wieder am

Strom angeschlossen war, würde die frische Luft, die von draußen hereingepumpt wurde, die Temperatur rasch ansteigen lassen. Zwei per Thermostat regulierte Airconditioner waren in Gang. Das waren die beiden Vorrichtungen, die Ackford in das Gehäuse des Kühlaggregats mit eingebaut hatte. Sie würden dafür sorgen, daß die zirkulierende Luft eine beständige Temperatur von zwanzig Grad Celsius hatte.

»Vierundzwanzig Stunden müssen wir es, fürchte ich, noch aushalten«, murrte Howard. »Danach sind wir auf See. Morgen abend können wir anfangen, die überflüssigen Lebensmittel und den Ballast über Bord zu werfen und uns hier ein bißchen mehr Platz zu schaffen.« Er schaute zu seinem Begleiter hinüber. »Danny?« *Das gibt's doch nicht,* dachte er bewundernd, *der Bursche hat die Ruhe weg.*

Auf der anderen Matratze lag Danny MacDonald in seinem Schlafsack und schlummerte tief und fest.

TEIL II

Der Schatten

30

Die *Manatee* arbeitete sich im Dunkeln durch die Wellen des Golfs von Biscaya voran, und das Ächzen und metallische Knirschen des Schiffs überdeckte das Geräusch. Es war ein leichtes Knacken wie beim Aufplatzen einer Niete, nicht sehr laut. An der Außenseite des Containers brach, im Dunkel der Nacht fast unsichtbar, eine Ritze auf. Ein Teil der Wand wurde etwa zwei Zentimeter nach außen gedrückt. Die Luke, die Ackford vorbereitet hatte, öffnete sich.

Im Inneren setzte Howard den Wagenheber ab und schob die Luke fünf Zentimeter weiter auf, wobei er durch den entstandenen Spalt spähte. Er hoffte, daß draußen niemand stand; aber es war eher unwahrscheinlich, daß jemand etwas bemerkte.

Durch die schmale Öffnung rechts neben dem Scharnier war niemand zu sehen. Howard stellte fest, daß zwischen dem Container und den Aufbauten etwa zwei Meter Platz war. Auf beiden Seiten waren weitere Container gestapelt, die eine stabile Abschirmung bildeten. Zwischen ihnen war eine Gasse freigelassen, durch die man von einer Seite des Schiffs zur anderen gelangen konnte. Howard stemmte die Luke nicht so weit auf, daß er den Kopf hindurchstecken und nach links schauen konnte, sondern holte einen kleinen Spiegel aus der Tasche. Es war niemand zu sehen.

Zufrieden wandte er sich zu MacDonald um.

»Steht alles zum Besten«, sagte er mit gedämpfter Stimme. »Wir haben jede Menge Platz, um die Luke aufzustemmen, und außerdem sind wir in der untersten Reihe auf dem Containerdeck, wie ich gehofft hatte, nicht ganz oben auf anderen Containern. Ich geh mal los und seh mir das andere Ende an, die Ladetüren. Wenn wir da rauskommen, wäre das ein Riesenvorteil, aber verlassen kann man sich nicht drauf. Bin in fünf Minuten wieder da.«

Draußen drückte er die Luke wieder zu und sah sich um. Ihr Container war der vorletzte in der Reihe; die einzelnen Kästen fügten sich lückenlos aneinander. Auf jedem erhoben sich vier weitere, so daß eine zehn Meter hohe stählerne Wand entstand. Von acht Kästen in der untersten Reihe waren sieben Kühlcontainer, die per Kabel an die Stromquellen des Schiffs angeschlossen waren. An beiden Enden der Gasse führte ein kleiner Niedergang zum Hauptdeck drei Meter tiefer; Howard stieg hinunter und ging nach achtern, wobei er vierzig Schritte abmaß. Nirgendwo regte sich etwas. Er beugte sich über die Reling, sah nach oben und stellte fest, daß zwischen ihrer Containerreihe und der nächsten etwa zwei Meter Abstand waren. Das würde ihnen die Möglichkeit geben, die Ladetüren zu öffnen. Er ging zurück.

»Okay, Danny; sie machen's uns wirklich leicht. Wir kommen an die Türen ran. Außerdem sind wir ungestört. Zu diesem Teil des Containerdecks gibt es keinen direkten Zugang. Nicht notwendig, nehme ich an. Also, es gibt einiges zu tun, bevor es hell wird. Ich möchte, daß wir den ganzen Ballast abwerfen, damit wir die Luke wieder schließen und überstreichen können. Wir müssen jetzt nur noch an die Ladetüren. Los geht's.«

Sie stiegen durch die Luke und drückten sie wieder zu. Die Haken im Inneren rasteten ein; nur die feinen Risse im Lack an der Außenwand wiesen auf die Existenz der Luke hin. Howard wischte mit einem Tuch die Risse sauber; dann drückte er mit einem Spachtelmesser schnellabbindende Spachtelmasse in die Ritzen. MacDonald öffnete in der Zwischenzeit einen kleinen Topf Farbe. Als die Spachtelmasse verteilt war, strich Howard die Ritzen sorgfältig über; die Luke war wieder unsichtbar.

Die beiden Männer stiegen den Niedergang zum Hauptdeck hinunter und bewegten sich lautlos nach achtern; Howard kletterte an einem schweren Stahlträger zum Containerdeck hoch und ging zu den Ladetüren am Heck des Containers. Er befestigte ein dünnes Kletterseil an einer der Containerhalterungen und ließ es zu MacDonald hinunter, der ebenfalls hochkletterte. Sie zogen das Seil hoch und nahmen es wieder an sich. Der Durchgang zwischen den

Containerreihen war, wie Howard berichtet hatte, zwei Meter breit, so daß ihnen genug Raum blieb, die Ladetüren zu öffnen. Das Deck war nicht einmal mit Seilen gesichert; von Steuerbord bis Backbord war da einfach eine Stahlplattform. Stand man am Rand des Decks, hatte man das Meer direkt unter sich.

Howard knipste mit einer Zange die Drähte der Plombe durch und steckte sie in die Tasche. Dann klappte er die Türen des Containers auf und legte sie jeweils an den Seiten an.

Das tiefgekühlte Gemüse war in den vierzig Stunden seit dem Beladen beträchtlich angetaut, aber immer noch sehr kalt; die zwei Männer waren froh über ihre Isolierhandschuhe, als sie die dicken Nylonkordeln durchschnitten und die Pakete von den Paletten hoben. Sie schleppten ein Paket nach dem anderen zum Rand des Decks. Das Aufklatschen fünfzehn Meter tiefer wurde von den Fahrgeräuschen des Schiffs übertönt. Sie arbeiteten langsam und leise. Nach sieben Stunden hatten sie das Gemüse und die Margarine über Bord geworfen. Um fünf Uhr morgens war das letzte Paket und die letzte Palette verschwunden. Sie standen vor der Isolierwand. Sie stemmten die Bretter ebenfalls heraus und ließen sie dem Gemüse folgen. Der Zugang zu ihrer Klause lag frei. Ackfords Luke war überflüssig geworden.

»Okay, Danny. Das reicht für heute nacht. Morgen fangen wir mit den Betonplatten an. Laß uns reingehen und was trinken.« Sie zogen die schweren Ladetüren hinter sich zu.

Nach zwei weiteren Nächten hatten sie es geschafft, sämtliche Betonplatten über Bord zu werfen, den Teppichboden aufzurollen und die Ausrüstung auf eine Seite zu räumen. In dem Raum befanden sich jetzt nur noch ihre Campingausstattung und das Zubehör für die Operation in den Stausäcken. Sie fühlten sich weitaus weniger eingesperrt, nachdem sie nach oben dreißig Zentimeter Raum gewonnen hatten; Howard dachte, daß das klaustrophobische Gefühl vor allem deshalb verschwunden war, weil sie um die zwei Ausgänge – einen an jedem Ende des Containers – wußten. Sie hatten in den drei Tagen keinen von der Crew gesichtet; sie wußten, daß zweimal täglich ein Crewmitglied die Stromanschlüsse kontrollierte, aber sie hatten nichts davon mitbekommen. Sie hatten nicht die ganze Zeit gebraucht, die Howard für die Arbeiten angesetzt hatte; wenn der Zugang zu den Ladetüren versperrt gewesen und das Entladen nur durch die Luke möglich gewesen wäre, hätte das Unternehmen einige Nächte mehr in Anspruch genommen.

Als ihre vierte Nacht auf See kam, hatten Howard und MacDonald es sich angewöhnt, tagsüber zu schlafen und nachts wach zu bleiben. In der vierten und fünften Nacht versteckte Howard sich auf dem Hauptdeck; er wollte die Aktivitäten der Crew beobachten. Er stellte erfreut fest, daß relativ wenig los war und nur selten Kontrollgänge stattfanden, und diese auch nur zu festgelegten, also berechenbaren Zeiten.

In den nächsten zehn Tagen gab es keine körperlichen Arbeiten mehr zu verrichten; deshalb holte Howard seine Arabisch-Bänder heraus und fing an, sein höchst mäßiges Arabisch aufzubessern. Er hatte eine natürliche Begabung für Sprachen und ihre Klangfärbung, aber er war sich darüber im klaren, daß er mit seinen Kenntnissen niemanden länger als ein paar Sekunden würde täuschen können. Er konzentrierte sich vor allem auf die Aussprache; falls er gezwungen war, die Sprache zu sprechen, würde ihn die Aussprache zuerst verraten. Er hoffte jedoch, daß er seine Kenntnisse nicht zum Einsatz bringen mußte.

Seine Gedanken schweiften von seiner Lektüre ab, und er dachte über seine Entscheidung nach, MacDonald und nicht einen der anderen mit in den Container zu nehmen. Es hätte sich angeboten, Tony Ackford mit seiner SBS-Vergangenheit als Reisebegleiter zu wählen, aber Tony war mit technischen Arbeiten beschäftigt, also unabkömmlich. Bob Usher wäre auch in Frage gekommen, aber seit seiner Zeit im Gefängnis von Ankara war seine Neigung zur Platzangst nur zu verständlich; außerdem half er Tony. Mel Harris war damit beschäftigt, sich um Sullivan zu kümmern, und die beiden aus den Ex-Kolonien, Andy und Chris, mußten sich mit dem Flugzeug befassen – und abgesehen davon hatten die beiden keinerlei Erfahrung mit Seefahrt. Johnny Bourne mußte die Büroarbeiten erledigen, und Mike Ziegler... *Nein,* dachte er, *es war richtig gewesen, MacDonald mitzunehmen. Er machte sich gut – er schien keinerlei Probleme damit zu haben, in diesem elenden Stahlkasten eingesperrt zu sein.*

»Wie kommst du mit deinen Tabellen voran, Danny?« fragte Howard MacDonald in der siebten Nacht. Während Howard die Aktivitäten der Crew beobachtete, war MacDonald mit seinem Buch voller Tabellen und Flugbahnen und dem Taschenrechner zugange gewesen und hatte sich zahlreiche Notizen gemacht.

Er sah auf. »Ich bin fast durch, glaube ich. Ich habe jede mögliche Variante durchgerechnet, inklusive einiger extremer Wetterlagen. Es ist ziemlich unwahrscheinlich, daß irgend etwas so Drastisches eintrifft, wie ich es mit einkalkuliert habe. Ich checke nur noch mal die wahrscheinlicheren Faktoren.«

»Also, ich habe hier ein kleines Geschenk von Bob für dich. Ich weiß nicht, ob es was taugt, aber es kann nicht schaden, wenn du es mal ausprobierst. Du kannst ja prüfen, wie es sich zu deinen Tabellen und Notizen verhält.«

MacDonald machte ein verdutztes Gesicht, als Howard einen der Stausäcke öffnete und ihm einen flachen, dreißig Zentimeter breiten und fünfundzwanzig Zentimeter langen Kasten überreichte. Er war blaugrau, kaum fünf Zentimeter hoch und wog nur um die drei Kilo. Howard drückte auf zwei Laschen, und der Kasten sprang auf und gab den Blick auf einen kleinen Bildschirm frei. Er drückte den Power-Knopf an der rechten Seite, und das Gerät gab ein leises Surren von sich. Ein grünes Licht unterhalb des Bildschirms wies darauf hin, daß die Batterie geladen war.

Howard erklärte MacDonald die Eigenschaften des Geräts. »Das ist ein Laptop-Computer, ein Grid 386NX. Bob sagt, der sei besonders gut. Das Verteidigungsministerium hat einige von denen angeschafft. Ziemlich robust, diese Dinger. Über diesen hier weiß ich nicht viel, aber ich verstehe eine Menge von Computern im allgemeinen, falls du festhängst und Hilfe brauchst. Bob hat dir ein paar Befehle aufgeschrieben; er sagt, das Programm sei leicht verständlich. Er hat dich an diesen Tabellen rumbasteln sehen und dachte, es müßte eine bessere Methode geben. Mike hat das Programm entdeckt; es ist ein amerikanisches. Sieh's dir mal an.«

»Ein Computer? Soll das ein Witz sein?« MacDonald warf Howard einen ungläubigen Blick zu. »Ist dir klar, daß der erste April schon vorbei ist?«

»Kein Witz, Danny. Aber ich kann nicht einschätzen, wieviel er dir nützen wird. Das Ballistikprogramm ist vielleicht nicht so präzise, wie es sein müßte. Auf jeden Fall ist es einen Versuch wert.«

MacDonalds Verblüffung wich großer Faszination, als er die einfachen Befehle eingab, die Usher ihm vorbereitet hatte. Er fing mit dem üblichen Bereitschaftszeichen »C:›« an, dann gab er »EXTBAL6.EXE« ein und drückte auf die Enter-Taste. Nach einer kurzen Pause erschien auf dem Flüssigkristallbildschirm das Logo des Computerprogramms »EXTERIOR BALLISTICS OF SMALL ARMS«. Sofort veränderte sich das Bild, und es tauchten Zahlenreihen und -spalten auf, die Munitionswerte für unterschiedlichste Wetterlagen angaben. MacDonald stellte fest, daß das Programm bereits auf die Scharfschützenmunition des .338 Lapua Magnum eingerichtet war und eine Reihe Standardangaben für Temperatur, Höhe, Luftfeuchtigkeit, Entfernung, Luftdruck und Seitenwind mitlieferte. Er sah sie sich genauer an. Er schlug sein Notizbuch an der entsprechenden Stelle auf und folgte weiterhin Ushers Angaben. »Gib jetzt ›SUM‹ ein«, hatte Usher geschrieben. MacDonald tat das. Sofort war der Bildschirm wieder leer, und die Aufforderung »PLEASE WAIT« erschien. Zwei Sekunden später tauchten lange Spalten mit Zahlen auf. Die erste Spalte gab, hundertyardweise gestaffelt, Entfernungen von null bis fünfzehnhundert Yards an; die zweite und dritte für jede Entfernung die Geschoßgeschwindigkeit pro Sekunde und die Geschoßenergie in Fuß; die vierte den Geschoßfall unter die verlängerte Seelenachse in Zoll; und die fünfte die Flugzeit des Geschosses für die betreffende Distanz. In der sechsten und siebten Spalte fanden sich in Winkelminuten und Zoll die Angaben zur Flugbahnabweichung über oder unter den Richtpunkt mit unterdrücktem Nullpunkt, und die achte und die neunte Spalte gaben, wiederum in Winkelminuten und

Zoll, die Windabdrift bei einem Seitenwind mit einer Windgeschwindigkeit von fünf Meilen pro Stunde an.

»Hol's der Teufel«, keuchte MacDonald. Rasch verglich er die Angaben für Höhe und Windabdrift, die der Computer in zwei Sekunden ausgearbeitet hatte, mit seinen Notizen. Sie stimmten fast hundertprozentig überein; die größte Differenz lag bei weniger als einem Zoll auf zwölfhundert Yard. MacDonald neigte eher zu der Ansicht, daß der Fehler bei seinen handschriftlich erstellten Tabellen lag, als bei dem Gerät. Als er merkte, daß er für Variablen wie Temperatur und Luftdruck alle Angaben aufrufen konnte, ging er sie durch und verglich die Ergebnisse jeweils mit den Zahlen, die er sich in tagelanger Arbeit selbst ausgerechnet hatte. Er brauchte eine halbe Stunde, um alle Angaben in sämtlichen Varianten, die er selbst erarbeitet hatte, zu überprüfen; ab und zu sah er zu Howard auf, von Mal zu Mal mit einem anklagenderen Gesichtsausdruck.

Schließlich nahm Howard MacDonalds Blick wahr; er hielt entschuldigend die Hände hoch. »Danny, ich weiß, was du denkst. Du fragst dich, warum wir dir das Gerät nicht früher gegeben und dir die ganze Schinderei mit den Tabellen erspart haben. Du sollst wissen, daß die anderen alle dafür waren, es dir gleich zu geben – bis auf Mike und mich. Wir waren der Meinung, daß es besser wäre, wenn du alle Tabellen selbst erstellst, bevor du mit dem Computer arbeitest, so daß du die Ergebnisse vergleichen kannst. Du hättest dem Gerät wahrscheinlich nicht getraut. Ich glaube auch, daß du durch die Arbeit an den Tabellen jetzt so mit der Munition vertraut bist, daß du all ihre Eigenheiten kennst, und zwar erheblich besser, als der Computer das hätte leisten können. Tut mir leid, Kumpel, aber ich hoffe, du siehst das ein.«

MacDonald warf die Lippen auf, erwog seine Reaktion. Schließlich zuckte er die Achseln. »Du hast recht. Ich hätte ihm vermutlich nicht getraut. Aber ich muß dir sagen, ich bin sprachlos. Es ist irre, das Ding – so schnell. Ich finde, wir sollten beides mitnehmen – den Computer und mein Notizbuch. Falls er schlappmacht oder die Batterie leer ist, habe ich immer noch meine Notizen. Und ich kann mich darauf verlassen, daß beides präzise ist.«

»Genau das wollte ich von dir hören«, sagte Howard. »Also los; es dürfte jetzt wieder dunkel sein draußen. Ich zeige dir noch ein anderes Spielzeug. Wollen mal sehen, wo wir sind, bis auf hundert Meter genau. Mit diesem Ding«, fügte er hinzu und hielt ein zwanzig Zentimeter langes Kästchen hoch. MacDonald sah es sich an; er konnte sich nicht entschließen, ob er es für einen großen Taschenrechner oder eine Fernbedienung für ein Fernsehgerät halten sollte.

»Das ist ein Navigationssatellitenempfänger«, sagte Howard.

31

Am Morgen des 7. April verabschiedeten Harris und Denard Sullivan auf dem Southampton Airport. Harris war bester Stimmung. Der amerikanische Pilot hatte sich während seines London-Aufenthalts vorbildlich verhalten, es mit Partys und Alkohol nicht übertrieben und sich vornehmlich um seinen Job gekümmert. Er hatte den Flugplan durchgesehen, den er von Harris erhalten hatte, und einige sachverständige Änderungen vorgeschlagen. Denard hatte den Flugplan erstellt und später zugegeben, daß die Änderungen des Amerikaners sinnvoll waren; Sullivan sollte nicht erfahren, daß er es mit einem Piloten zu tun hatte. Außer den beiden hatte Sullivan niemanden vom Team kennengelernt.

»Ich schätze, unser Knabe wird sich bestens halten«, sinnierte Harris, als sie der nach Saudi-Arabien startenden Islander nachsahen. »Da draußen in der Wüste für einen Cowboy das Kindermädchen zu machen, kann ganz schön nerven, aber ich glaube nicht, daß wir viel Ärger mit ihm haben werden. Er trinkt nicht mal viel – nur das übliche Bierchen. Was man von dir ja nun wirklich nicht behaupten kann, mein Freund.«

»Du darfst mich Superman nennen«, gab Denard zurück. »Wenn ich fliege, trinke ich nie. Los, fahren wir nach London zurück. Ich geb das erste Bier aus. Wird für lange Zeit unser letztes sein«, fügte er betrübt hinzu. »Diese mistigen Saudi-Gesetze.«

Am Abend desselben Tages verließen vier Teammitglieder London mit Ziel Saudi-Arabien: Bourne, Denard, Palmer und Harris flogen mit British Airways, Flug BA 133, nach Djidda. Am nächsten Morgen folgten Ziegler, Ackford und Usher mit Flug BA 125; sie flogen nach Riad. Die sieben Männer reisten in Saudi-Arabien unter ihren wirklichen Namen und mit ihren echten Papieren ein.

Die Einreisebestimmungen für Saudi-Arabien sind sehr streng. Touristenvisa gibt es nicht; nur zwei Kategorien von Reisenden sind zugelassen. Die erste Gruppe besteht aus Pilgern, die Mekka und Medina, die zwei heiligen Städte, besuchen wollen, und sie dürfen sich auch nur dort und in Djidda aufhalten; die meisten Pilger werden nur während der Hadschi-Wallfahrt ins Land gelassen. Die zweite Gruppe setzt sich aus Geschäftsleuten mit entsprechenden Dokumenten, Arbeitern und deren Familien zusammen; ihnen wird ein bestimmter Bewegungsspielraum zuerkannt, der sich nach ihren Aufgaben im Land richtet, zu den beiden heiligen Städten jedoch haben nur Moslems Zutritt. Für einen Visumsantrag muß ein hieb- und stichfester Arbeitsnachweis durch eine Firma vorliegen, und der Grund für die Anstellung des Betreffenden wird sorgfältig geprüft, bevor ein Visum genehmigt wird. Gelegentlich sichern sich die saudiarabischen Behörden – die saudiarabische Botschaft in London beispielsweise – doppelt ab, indem sie sich mit der betreffenden Firma kurzschließen, um sich zu überzeugen, daß dem Antrag ehrenwerte Motive zugrunde liegen; aber mit einem sorgfältig vorbereiteten Antrag seitens einer gut beleumundeten Firma gibt es bei der Bewilligung eines Visums meist keine Probleme. Die sieben Männer von Howards Team hatten sich auf ihren Anträgen alle als Angestellte von Pan-Arabian Petroleum ausgewiesen, einer Firma, für die siebenhundertfünfzig saudiarabische Bürger sowie fünfundvierzig Briten, zwölf Amerikaner und achtzig Pakistanis in Saudi-Arabien tätig waren. PAP war eine sehr angesehene Firma; da sie dem saudiarabischen Königshaus gehörte, waren ihre Unternehmen selten Gegenstand behördlicher Untersuchungen.

Für Bourne war es in seiner Eigenschaft als Sicherheitsberater von PAP ein leichtes gewesen, für die Teammitglieder entsprechende Arbeitsverträge zu beschaffen. Er hatte Zugang zur Datenbasis im Londoner Büro und in die dortigen Personalakten falsche Angaben über sich und die anderen eingespeist; darüber hinaus hatte er in jeder Akte den Vermerk hinterlassen, daß man sich bei Anfragen an ihn persönlich wenden solle. In den folgenden Wochen behielt er die Personaldatei genau im Auge. Als von der saudiarabischen Botschaft keine Anfragen kamen und die Visa-Anträge ohne Probleme bearbeitet wurden, löschte er die Akten aus der Datenbasis; bei PAP waren sämtliche Spuren getilgt. Nach seiner Rückkehr, sagte sich Bourne, mußte er die Sicherheitsvorkehrungen bei der Personalabteilung verbessern; die zusätzlichen »Angestellten« in den Akten waren niemandem aufgefallen.

Eine Person, die in Saudi-Arabien in einem Arbeitsverhältnis beschäftigt ist, erhält zunächst ein Besuchervisum für einen Monat. Wenn der Betreffende beabsichtigt, sich länger im Land aufzuhalten, muß er sein Besuchervisum im Laufe des ersten Monats in ein »Exit-re-entry«-Visum umwandeln lassen, wofür ein zweiter Brief vom Arbeitgeber erforderlich ist. Dann wird eine Arbeitserlaubnis, die sogenannte *iqaama*, bewilligt. Der Betreffende muß die *iqaama*, ein kleines, sechs Seiten umfassendes Heft mit braunem Umschlag, immer bei sich haben, da er normalerweise seinen Paß – der nach Erhalt der Arbeitserlaubnis mit einem entsprechenden Stempel versehen wird – dem Arbeitgeber überlassen muß. Ohne diese *iqaama* ist ein Ausländer in Saudi-Arabien ein Nichts. Um das Land wieder verlassen zu können, muß der Inhaber einer *iqaama* einen Antrag für ein Ausreisevisum stellen, dessen Bearbeitung vier bis sechs Tage in Anspruch nimmt.

Für den Geschäftsmann, der sich nur einen knappen Monat in Saudi-Arabien aufhalten möchte, ist das Leben also um einiges unkomplizierter; er behält seinen Paß und trägt einen Brief von seinem Arbeitgeber bei sich, in dem die Bedingungen und der Ort seiner Tätigkeit für die Firma aufgeführt sind, nach denen sich seine Bewegungsfreiheit im Land richtet.

Nachdem sie frühmorgens am 8. April in Djidda eingetroffen waren, nahmen sich Denard und Harris ein Taxi und ließen sich direkt zum Sheraton Hotel fahren. Dort bezogen sie die aneinander angrenzenden Zimmer, die Harris auf ihre beiden Namen reserviert hatte. An der Rezeption gaben sie ihre Pässe ab, die bei der Einreise mit dem üblichen Besucherstempel versehen worden waren. Niemand hatte sich zu Denards neuem Schnurrbart oder seiner Haarfarbe geäußert, die dunkler war als auf dem Paßfoto, und es waren ihnen am Flughafen auch keine unangenehmen Fragen über ihre Beschäftigung gestellt worden. Harris fungierte als »leitender Angestellter« – so war es auch in seinem Paß vermerkt – bei Pan-Arabian Petroleum, und Denard war in seinem simbabwischen Paß als »Firmeninhaber« vermerkt, ein Relikt aus der Zeit, als er noch sein eigenes Charterunternehmen besessen hatte; schließlich war ihm in United Air Charters of Zimbabwe ein solcher Konkurrent erwachsen, daß er klein beigeben und mit der großen Firma gemeinsame Sache hatte machen müssen.

Denard ging sofort auf sein Zimmer; drei Tage lang würde er sich in diesen vier Wänden aufhalten müssen, damit niemand sein Gesicht sah. Der Etagenkellner würde die Mahlzeiten in Harris' Zimmer liefern, Harris würde die Rechnung abzeichnen und das Essen dann durch die Verbindungstür an Denard weiterreichen. »Hab mich dumm und dämlich gelangweilt«, war Denards einziger Kommentar, als er nach dreitägiger Gefangenschaft am 11. April wieder auftauchte.

Bourne (gleichfalls »Firmeninhaber«) und Palmer (»Ingenieur«) zogen in ein anderes Hotel, das Marriott. Am ersten Morgen rief Bourne nach dem Frühstück Tony Hughes an, den Chef der Darcon-Niederlassung in Saudi-Arabien. Hughes hatte den Anruf von »Mr. Bryce« erwartet und schickte einen Fahrer, der ihn und »Mr. Potter« vom Hotel abholte. Als sie in seinem Büro saßen, sah sich Hughes die Darcon-Papiere an, die Bourne vorbereitet hatte und die ihn und »Potter« als Geologen beziehungsweise Vermesser auswiesen. Die Fax-Mitteilungen, die Bourne mit Dartingtons Gerät an Hughes geschickt hatte, waren in einem vertraulich-gewichtigen Tonfall verfaßt gewesen, und Hughes war jetzt überzeugt, daß alles seine Ordnung hatte.

Er war ein kleiner, dynamischer Mann, und Bourne verstand, warum Dartington ihm so viel Vertrauen entgegenbrachte. Er schien nicht im mindesten darüber gekränkt zu sein, daß Dartington offenbar hinter seinem Rücken in seinem Gebiet neue Projekte organisierte; Bourne merkte an der Art, wie Hughes sich über Dartington äußerte, daß die beiden seit vielen Jahren befreundet sein mußten. Es war nur gut, dachte Bourne, *daß er in den angeblich von Dartington stammenden Fax-Mitteilungen betont hatte, daß Hughes über diese Angelegenheit am Telefon ausschließlich mit »Mr. Bryce« sprechen sollte.*

»Alles steht für Sie bereit, Jim«, sagte Hughes zu Bourne. »Sie können über die Baubaracken in Badanah frei verfügen. Wie ich Ihnen schon sagte: Sie stehen seit vier Monaten leer – seit wir mit der Neuasphaltierung der TAP-Straße fertig sind. Ich habe Ihnen die vier gewünschten Fahrzeuge dort hinfahren lassen, und ein paar unserer Mechaniker prüfen derzeit, ob alles mit ihnen in Ordnung ist. Sonst gehören drei Wachmänner, zwei Männer für alles, ein Lagerverwalter und ein Koch zu Ihrem Stab. Der Koch ist Pakistani, die anderen sind Saudis. Brauchen Sie sonst noch etwas?«

»Nein, danke«, sagte Bourne, der im stillen beschlossen hatte, als erstes den Saudi-Angestellten drei Wochen bezahlten Urlaub zu spendieren. Den pakistanischen Koch wollte er behalten, aber er würde sich nur in der Küche aufhalten dürfen. *Er würde sich wahrscheinlich freuen, wenn er die saudiarabischen Kollegen nicht mehr sehen mußte, dachte Bourne; die Saudis behandelten farbige Gastarbeiter wie Menschen zweiter Klasse.* »Wir sind bestens ausgerüstet, Tony. Sobald die anderen zu uns stoßen, werden wir meist im Gelände sein. Ich habe sie gebeten, direkt dort hochzufliegen und sich uns anzuschließen. Tja, dann nochmals vielen Dank für Ihre Hilfe.«

Hughes fragte, ob die beiden Männer nicht Lust hätten, abends mit ihm und seiner Frau in seinem Haus zu speisen, und wirkte enttäuscht, als Bourne höflich ablehnte und sagte, sie hätten noch einiges an vorbereitenden Arbeiten zu erledigen, bevor sie nach Norden fahren würden. Palmer und er verabschiedeten sich und begaben sich in ihr Hotel zurück, wo später Ziegler, Ackford und Usher zu ihnen stießen, die mit einem Anschlußflug aus Riad eingetroffen waren.

Am nächsten Tag, dem 9. April, standen Bourne, Palmer, Ackford und Usher früh auf und fuhren mit dem Taxi zum King Abdul Aziz International Airport zurück. Dort flogen sie um 7 Uhr 45 mit der Saudia, Flug SV 738, nach Ar'ar im Norden. Die Baubaracken von Darcon lagen hinter der Stadt Badanah an der Hauptstraße der Trans-Arabian Pipeline (TAP), etwa dreihundert Meter landeinwärts. Sie kamen dort in der heißesten Zeit des Tages, um 11 Uhr 30, an und begannen sich einzurichten. Wie Bourne angenommen hatte, waren die acht saudiarabischen Angestellten hocherfreut, unerwartet drei Wochen Urlaub zu bekommen; sie machten sich hastig aus dem Staub.

Ziegler, der mit den anderen zum Flughafen gefahren war, ging zum Stand der Avis-Autovermietung und mietete das größte vorhandene Fahrzeug an. Es handelte sich um einen geräumigen Dodge-Ram-Charger-Kastenwagen mit Doppelkabine und viel Platz im Ladebereich. Er fuhr Richtung Norden und stieß einen Seufzer der Erleichterung aus, als er den chaotischen Stadtverkehr hinter sich gelassen hatte und sich auf der Autobahn befand. Er fuhr ruhig und gemächlich. Kurz nach Verlassen der Stadt kam er an den ständigen Polizeikontrollpunkt, wo er seinen Paß und seinen PAP-Nachweis vorzeigen mußte. Die Polizisten schienen kein Interesse an einer gründlicheren Untersuchung zu haben, und als Ziegler sie mit ein paar einstudierten arabischen Redewendungen begrüßte, behandelten sie ihn freundlich. Er sah jedoch, daß einige Fahrzeuge mit pakistanischen Insassen einer genaueren Prüfung unterzogen wurden. Der Verkehr ließ nach, als er weiter Richtung Norden fuhr, und nach einer Stunde Fahrt bog er auf die Küstenstraße nach Janbo ab. Er traf dort um die Mittagszeit ein, etwa zur selben Zeit, als Bourne und die anderen sich siebenhundertfünfzig

Kilometer weiter nordöstlich in ihren Baubaracken zum Mittagessen niederließen.

In etwa derselben Entfernung nordwestlich von Janbo näherte sich die *Manatee* nach ihrer Reise durch das Mittelmeer ihrem Zielort. Howards kleiner Empfänger für den GPS-Navigationssatelliten zeigte an, daß das Schiff auf Port Said, die Stadt am nördlichen Ende des Suez-Kanals, zuhielt.

32

Als Sullivan am Morgen des 11. April auf dem King Abdul Aziz International Airport landete, wurde er dort von Harris erwartet. Der Texaner kam mit seinem eigenen Paß und Darcon-Papieren, die Bourne ihm ausgestellt hatte, problemlos durch die Paßkontrolle. Sein entspannter, freundlicher Umgangston kam bei den saudischen Beamten gut an. Sein fröhliches, wenn auch falsch ausgesprochenes »Na, hallo und saalam für dich, alter Junge!« bewirkte ein Lächeln seitens des Grenzbeamten. Für die Einfuhr der Islander mußten weitere Papiere ausgefüllt werden, aber die Saudis waren erfahren im Umgang mit ausländischen Firmen, die ihre eigenen Fahrzeuge mitbrachten, und auch das vollzog sich komplikationslos. Sullivan war jemand, der begriffen hatte, daß man mit einem respektvollen, freundlichen Benehmen weit kam; er war von Natur aus umgänglich und aufgeschlossen und nutzte das zu seinem Vorteil.

Harris fuhr ihn in seinem Mietwagen zum Sheraton. Höflich erkundigte er sich, ob Sullivan einen guten Flug gehabt habe.

»Lief alles bestens«, berichtete Sullivan. »War wirklich ein hübscher Flug. Herr und Vater!« rief er plötzlich aus, als sie nur knapp einem Zusammenstoß mit einem Mazda Pickup entgingen. »Schau sich einer an, wie diese Burschen hier fahren! Sind die lebensmüde oder was?«

Harris schickte dem anderen Fahrer, der weiterfuhr, als wäre nichts geschehen, eine Reihe wüster Flüche hinterher. »Wie Sie sehen können, geht's hier nicht gerade ruhig zu«, murmelte er. »Auf den Straßen herrscht das reine Chaos.« Wenig später wechselte er das Thema und begann seine kleine Geschichte abzuspulen, die er sich für Sullivan zurechtgelegt hatte. »Hören Sie, Ray, wir haben den Plan etwas verändert. Der Boß muß für eine Weile verreisen. Kam recht überraschend. Ich weiß nicht, wann er wiederkommt, aber er sagte, es kann drei oder vier Wochen dauern. Wir beide sind jetzt sozusagen eine Weile arbeitslos, aber ich habe Auftrag, auf Abruf zu bleiben. Wir wohnen im Sheraton. Wir sollen dableiben und uns nicht wegbewegen, bis wir von ihm hören. Sind Sie damit einverstanden?«

»Sie haben das Kommando«, sagte Sullivan. »Ich hab nichts dagegen. Ich mach, was immer Sie sagen.«

»Gut.« Harris fuhr mit seiner Mär fort. »Die meisten Formalitäten habe ich erledigt, aber ich bräuchte noch Ihren Ausweis und andere Papiere für die Rezeption. Alles, was Sie haben. Sie glauben gar nicht, was das hier für ein Papierkrieg ist. Diese Hotels sind so auf Sicherheit aus, die wollen einfach alles sehen. Führerschein und so weiter. Auch Ihre Pilotenlizenz. Bis wir auschecken, behalten sie das alles. Ich mach das schon – ich spreche die Sprache.«

»Okay. Hier ist meine Brieftasche – da ist alles drin.« Er grinste Harris an. »Ich schätze, das alte Ding wird nach diesem Job einen etwas besseren Eindruck machen – um neunzigtausend Pfund dikker, was? Mittlerweile kann ich warten. Und ich werd nicht die kleinste Frage stellen.«

»Danke«, sagte Harris. »Ich hab Ihren Zimmerschlüssel – sechster Stock. Wenn wir ankommen, gehen Sie gleich hoch, und ich erledige den Rest. Setzen Sie alles, was Sie brauchen, auf die Zimmerrechnung – wird bezahlt.«

Wenige Minuten später trafen sie im Hotel ein. Sullivan richtete sich in seinem Zimmer im sechsten Stock ein; Denard hatte es morgens geräumt und wartete nun, mit gepackten Koffern und startklar, nebenan in Harris' Zimmer. Nachdem Sullivan zu seinem Zimmer gegangen war, wartete Harris zehn Minuten, dann rief er von der Rezeption aus Denard an und sagte ihm, daß er runterkommen könne.

Denard marschierte an der Rezeption vorbei und direkt zu Harris' Wagen. Fünf Minuten später stieß Harris zu ihm und gab ihm Sullivans Brieftasche, dann fuhr er ihn zum Flughafen. Denard reichte mit Sullivans Papieren einen Flugplan nach El-Wadj ein, eine kleine Stadt dreihundert Kilometer nördlich von Janbo an der Küste des Roten Meeres; Harris verschwand noch, bevor er abflog.

33

Am Abend des 11. April räumten Howard und MacDonald den Container fast vollständig aus. Howard hatte immer häufiger mit dem kleinen Navigationssatellitenempfänger gearbeitet; die Antenne konnte man durch ein kleines Loch stecken, das Ackford in die Decke des Containers gebohrt hatte, so daß sie die Messungen von innen durchführen konnten. Howard berechnete, daß sie am 12. abends ungefähr an der Stelle sein würden, die er vorgesehen hatte.

Am Abend des 12. stiegen die beiden Männer in schwarzen Neoprenanzügen aus dem Container. Sie begannen zügig, ihn auszuräumen. Die Dinge, die noch gebraucht wurden, stapelten sie in dem schmalen Durchgang bei den Ladetüren. Alles weitere warfen sie über Bord; der Kühlschrank, in dem sie während der Reise ihre Lebensmittel aufbewahrt hatten, erzeugte das lauteste Platschen, als er auf dem Wasser auftraf. Die beiden wußten nicht, daß drei Meter unter ihnen gerade ein Mitglied der Crew stand, das sich mit seinem Kontrollgang zu Einbruch der Dunkelheit um eine Stunde verspätet hatte. Der Kühlschrank fiel direkt an seinem Kopf vorbei. Wenn er, wie üblich, weiß gewesen wäre, hätte der Mann ihn wahrscheinlich gesehen und Rückschlüsse gezogen, aber Ackford hatte das Gerät mattschwarz angestrichen, und so hatte der Mann nur das vage Gefühl von etwas Fallendem. Er blieb stehen, runzelte die Stirn, blickte kurz über die Reling hinunter auf das Wasser, wo er meinte, etwas Ungewöhnliches bemerkt zu haben; doch dann beschloß er, daß er sich getäuscht haben mußte. Er setzte seine Runde fort. Zwanzig Minuten später kehrte er in seine Kabine zurück und hatte den Vorfall längst vergessen.

Howard entfernte mit dem Staubsauger die letzten Spuren ihres Aufenthalts in dem Container, dann zog er das Kabel aus der Steckdose hinter der Aluwand neben dem Kühlaggregat. Er klappte die Wand wieder zu, leuchtete mit der Taschenlampe noch einmal jeden Winkel aus und ging hinaus. Er schloß die Ladetüren und wandte sich zu MacDonald um, der sich auf Deck über den Campingkocher beugte. In einem abgedeckten Topf kochten einhundert Gramm Blei; als es geschmolzen war, goß MacDonald es vorsichtig in einen Gipsabdruck, den Howard von der Original-Zollplombe gemacht hatte. Howard steckte den Draht der Plombe, der durch das Abschneiden etwas verkürzt war, durch den Riegel des Containers und die Enden durch die Bleimasse. MacDonald goß etwas kaltes Wasser über die sich erhärtende Masse, um sie abzukühlen. Nachdem die Plombe vorbereitet war, beförderten die beiden Männer den Kocher, den Staubsauger und die restlichen überflüssigen Gegenstände ins Wasser. Sie machten ein letztes Mal Gebrauch von der chemischen Toilette, dann landete auch sie im Meer. Sie waren froh, das Ding los zu sein. Trotz der frischen Luft, die der Ventilator und die zwei Airconditioner in Umlauf gebracht hatten, hatte der süßliche Gestank der Toilette in den vergangenen zwei Wochen nicht zum Wohlbefinden der Männer beigetragen. Aller Ballast war nun über Bord. Howard sah auf seine Armbanduhr; es war 19 Uhr 56 Ortszeit.

Fünfzehn Minuten später hatten sie es mit Seilen und Flaschenzügen geschafft, ihre gesamte Ausrüstung auf das Hauptdeck zu befördern. Sie wußten, daß jetzt das größte Risiko einer Entdeckung bestand, und beeilten sich, die großen Gummistausäcke und die anderen Sachen zur Reling am Heck zu schaffen. Die große hydraulische Winde auf der Backbordseite der *Manatee* war mit einer schweren grünen ölbefleckten Plane bedeckt und bot ihnen etwas Deckung. In ihrem Schutz fingen sie an, den schwersten und sperrigsten Sack auszupacken. Er enthielt das vier Meter lange, aufblasbare Gemini-Schlauchboot. MacDonald begann das Boot mit Hilfe einer Preßluftflasche für Taucher aufzublasen, während Howard zum Container zurückschlich. Die Bleimasse fühlte sich jetzt kühl an; er brach die Gipsform weg und wusch die neue Plombe mit Wasser ab. Dann nahm er sie im Licht der Taschenlampe kurz in Augenschein; sie würde durchgehen. Er warf die Gipsstücke über Bord, ging dann zu MacDonald zurück und half ihm, das Boot aufzublasen.

Howard wickelte ein sechzig Meter langes Seil um eine schwere Stahlstütze auf der Backbordseite des Schiffs; sechs Meter ließ er frei. Dieses Ende befestigte er an dem Ringbolzen an der Backbordseite des Boots. MacDonald führte denselben Vorgang auf der Steuerbordseite des Boots aus. Dann hievten sie es über die Reling und ließen es mit der Backbordseite zuerst ab. Mit einem Brustgeschirr und einem dritten Seil, das sie um eine mittlere Stütze gewickelt hatten, kletterte Howard zu dem schwankenden Boot hinunter. Er stand auf der Querversteifung des Boots, machte sich mit einer Klemme an einem Ring an der Ducht fest und ließ das Seil los. Dann gab er MacDonald ein Zeichen, und dieser begann, mit dem mittleren Seil die Lasten zu ihm abzulassen. Howard nahm jede Ladung in Empfang und befestigte sie mit Nylonseilen im Boot. Zuerst kam die schwerste Ladung, ein 40-PS-Außenbordmotor, dann folgten Benzin- und Wasserkanister sowie neun schwere Gummistausäcke, die Lebensmittel, Kleidung und den Rest der Ausrüstung enthielten. Schließlich bedeutete MacDonald Howard, besonders behutsam zu sein, als er das große Scharfschützengewehr in seinem stoßfesten und wasserdichten Futteral hinabließ. Howard lächelte, als er das Futteral sachte auffing. *Es war weitaus nicht der empfindlichste Gegenstand der Ladung,* dachte er, *aber es war verständlich, daß MacDonald das Zielfernrohr vor unnötigen Erschütterungen bewahren wollte.* In jedem Fall legte der Jäger die richtige Haltung an den Tag.

Nachdem die Sachen im Boot gesichert waren, stieg Howard

wieder nach oben. MacDonald und er ließen die beiden Seitenseile ablaufen, wobei sie an den Stützen den Druck verringerten, bis das Heckwerk des Boots auf dem Wasser aufsetzte. Die Schiffsschraube der *Manatee* erzeugte heftige Wellen und Gischt backbords, und Howard fürchtete einen Moment, das Schlauchboot könnte kentern; doch als sie den Rest des Seils abließen, sahen sie, daß das Boot glatt aufgesetzt hatte und ihnen fünfzig Meter hinter dem Heck des Schiffs an den zwei Seilen folgte. Howard überprüfte MacDonalds aufblasbare Schwimmweste und machte einen Ring vom Geschirr des Schotten an einem der beiden Schleppseile fest. MacDonald stieg über die Reling. Mit dem dritten Seil bremste Howard die Geschwindigkeit von MacDonalds Abstieg. Er beobachtete, wie der Schotte sich langsam an dem Schleppseil zu dem Schlauchboot hinunterließ.

Howard hatte MacDonald vor den Wellen gewarnt, aber als der Schotte das Wasser erreichte, wurde er von einer Woge gepackt und prallte gegen die Seite des Boots. Er schnappte nach Luft, hielt sich mit einem Arm am Boot fest und zog sich spuckend und triefend hoch. Im Boot machte er sein Geschirr von dem Schleppseil los und statt dessen an einem Ring im Inneren des Boots fest. Er packte das Seil, mit dem Howard seinen Abstieg gebremst hatte, und befestigte es am mittleren Ringbolzen des Gemini; Howard zog es oben straff und wickelte es um die Stütze. Dann schnitt er die zwei anderen Schleppseile ab und warf die losen Enden hinunter. Das Boot wurde nun nur noch von dem mittleren Seil gezogen. Schließlich legte Howard seine eigene Schwimmweste an und schnitt das letzte Seil durch; das Boot trieb jetzt ab. Rasch schnitt er den Rest des Seils von der Stütze und warf ihn über Bord; dann sprang er selbst hinterher.

Er hatte erwartet, zwölf Meter tiefer hart aufzutreffen, aber da das Wasser backbords der *Manatee* bewegt war, geriet seine Landung erstaunlich weich. Sofort nachdem er unter Wasser war, zog er an den Kordeln an der Schwimmweste, und die kleine Gasflasche in der Weste blies sie vollständig auf. Ein paar Sekunden vergingen, und er fürchtete schon, sich verschätzt zu haben und in die Schiffsschraube gerissen zu werden, dann erreichte er die Oberfläche. Eine weitere halbe Minute wurde er vom Kielwasser herumgewirbelt, dann wurde das Meer ruhiger. Es war windstill. Er orientierte sich an den Lichtern der *Manatee* und schwamm in die Gegenrichtung; wenige Minuten später sah er ein Beta-Licht im Heck des Schlauchboots und blinkte mit der Taschenlampe. MacDonald paddelte herüber und zog ihn an Bord. Dann zogen sie die Reste der drei Seile an Bord, machten sie von den Schleppringen los und verstauten sie im Bug.

Howard packte den Außenbordmotor aus, setzte ihn vorsichtig auf seine Halterung auf der Querversteifung und steckte den Benzinschlauch ein. »Wenn er nicht anspringt, dürfen wir kräftig paddeln«, verkündete er, während er den Benzinhahn öffnete und auf Halbgas stellte. »Ich mache so was zum ersten Mal ohne Ersatzmotor, aber wir hatten einfach keinen Platz mehr. Die Küste von Saudi-Arabien ist etwa hundert Kilometer weiter da drüben«, sagte er nach einem Blick auf seinen Armbandkompaß und deutete nach Osten.

Der 40-PS-Motor sprang beim dritten Ruck am Starterzug an. »Dem Himmel sei Dank«, murmelte Howard. »Ich hätte Tony ins Jenseits befördert, wenn er nicht angesprungen wäre.« Er sah wieder auf seinen Kompaß und betrachtete dann den Himmel. Der Polarstern war deutlich zu erkennen, und das »W« der Kassiopeia zeigte ihm an, wo Norden war. Als er zum Nordstern aufsah, flackerte er leicht, als sei gerade ein Schatten über ihn hinweggezogen. Ein kleiner Wolkenfetzen, ansonsten klarer Himmel, dachte er. Er steuerte das Boot Richtung Osten und öffnete die Drosselklappe. Bei dem niedrigen Seegang würde das Gemini vielleicht auf fünfzehn Knoten kommen, schätzte er. Fünf Stunden also, mit etwas Glück. Es war 22 Uhr Ortszeit. Wenn es so windstill blieb, konnten sie um drei Uhr morgens da sein. Und wenn sie wirklich Glück hatten, konnten sie sich vielleicht sogar den Tagesaufenthalt sparen.

MacDonald war an der Westküste aufgewachsen, und Dingis waren ihm wohlvertraut. Er war zu allen möglichen Tageszeiten und in unterschiedlichsten Wetterbedingungen mit Booten auf See gewesen. Dennoch fühlte er sich in diesem Augenblick so einsam und verletzlich wie nie zuvor in seinem Leben. Er dachte kurz an zu Hause und an Sheila ... sie war so weit weg ... eine fremde Welt, ein anderes Leben. Er blickte um sich. Nichts, nur die Lichter der *Manatee,* die langsam von der Dunkelheit verschluckt wurden, während das Schiff seine Reise nach Süden antrat.

Sie kamen schneller voran, als Howard erwartet hatte. Er schätzte, daß sie nach einer Stunde zwanzig Meilen zurückgelegt hatten; um 23 Uhr hielt er an und nahm sich den GPS-Empfänger vor. Er zeigte nichts an. Fünfzehn NavStar-Satelliten umkreisten die Erde, und zwei davon mußten sich über dem Horizont befinden, damit der Empfänger die Position errechnen konnte. Macht nichts, dachte er; wir haben noch eine weite Strecke vor uns. Sie würden jetzt noch nicht auf Land stoßen. In den nächsten zwei Stunden hatten sie stärkeren Seegang, und um 1 Uhr erwog Howard einen erneuten Versuch mit dem GPS-Empfänger, aber das Risiko, daß er dabei naß wurde, war noch immer zu groß. Er schätzte, daß sie trotz des unruhigen Meers weitere dreißig Kilometer und damit die Hälfte der Gesamtstrecke hinter sich gebracht hatten. Kurz nach 1 Uhr 30 legte sich der Wind, und Howard ging auf Vollgas. Bis 3 Uhr fuhr er mit etwa zwanzig Knoten. Er nahm an, daß sie sich jetzt etwa fünfzehn Kilometer vor der saudischen Küste befanden. Er hielt an, und der Empfänger lieferte ihm eine genaue Angabe: 36 Grad 54 Minuten Ost, 25 Grad 31 Nord. Er beleuchtete die Anzeige mit einem Beta-Licht und sah sofort, daß der Wind aus Süden sie einige Kilometer weiter nach Norden getrieben hatte, als er berechnet hatte; sie befanden sich jetzt direkt an der Südspitze von Shaybara, nur wenige Kilometer von der Küste entfernt. Bei Tag hätten sie die Insel deutlich erkennen können.

Eilig bedeutete er MacDonald, den Geräuschdämpfer für den Außenbordmotor auszupacken. Er beschloß, ihn nicht gleich einzusetzen, besann sich jedoch eines Besseren, als MacDonald wenige Minuten später ein Licht entdeckte, das sich ihnen von Süden näherte. Howard steuerte nach Norden, um von dem Licht wegzukommen, aber es näherte sich ständig und war nur noch etwa drei Kilometer entfernt. Ein Suchscheinwerfer zerriß die Dunkelheit. *Saudische Küstenwache oder Marine*, dachte Howard grimmig; *es wurde Zeit, in Deckung zu gehen.*

Sie setzten den Geräuschdämpfer auf den Motor und hielten langsam auf die Küste zu. Das Licht kam stetig näher, und Howard war nicht sicher, ob es Zufall war oder ob man sie auf einem Radarbildschirm entdeckt hatte. Letzteres hielt er allerdings für unwahrscheinlich; das Radarprofil des Schlauchboots war so gut wie nicht erfaßbar. Vor ihnen tauchte ein großer Felsvorsprung auf; Howard steuerte dorthin. Das Tuckern des Motors war fast unhörbar. MacDonald bekam einen Zacken des Felsens zu fassen und hielt sich daran fest, und Howard rollte währenddessen ein großes Tarnnetz auf und warf es über sie und das Boot.

Gerade noch rechtzeitig. Der Suchscheinwerfer erfaßte jetzt das Boot. Die beiden Männer hielten den Atem an; das Licht wanderte weiter. Unter dem dicken tangfarbenen Netz war alles mattschwarz. Selbst wenn man es aus hundert Metern Entfernung angeleuchtet hätte, wäre das Boot nicht als solches kenntlich gewesen. Das Schiff fuhr weiter, zuerst nach Westen, dann nach Süden, bis sich das Licht verloren hatte. Howard verstaute das Netz und bedeutete MacDonald, daß er den Felsen loslassen sollte.

Nachdem sie weitere anderthalb Kilometer zurückgelegt hatten, stießen sie auf die östliche Seite von Shaybara. Howard steuerte nach Norden durch einen schmalen Kanal und arbeitete sich durch die Wasserwege des kleinen Archipels in Richtung Küste vor.

Um 3 Uhr 55 sichteten sie Festland. Howard legte nicht gleich am Strand an; er war zu flach und ungeschützt. Wenn sie sich einen Tag hier aufhalten mußten, liefen sie Gefahr, entdeckt zu werden; die Küstenwache konnte jeden Moment zurückkehren. Sie fuhren langsam an der Küste entlang, bis sie auf eine kleine Bucht mit hohen Felswänden stießen, die als Unterschlupf geeignet war. Von der Küste aus konnte man sie nicht entdecken, abgesehen von dem unwahrscheinlichen Fall, daß jemand am Rand der Klippe vier

Meter oberhalb der Bucht stand. Vom Meer aus lag das Schlauchboot im Schatten der Felswände.

Howard sprang aus dem Boot; MacDonald machte es an einem Vorsprung fest. Howard kletterte an der Felswand hoch und hörte zu seiner Freude sofort ein entferntes Rumpeln; fünf Minuten später sah er in etwa einem Kilometer Entfernung die Lichter eines Lastwagens. Gut, dachte Howard; die Küstenstraße war in direkter Nähe. Er ging zum Boot zurück, und die beiden Männer begannen mit dem Entladen.

Sie pellten sich aus ihren Neoprenanzügen, rieben sich mit Handtüchern trocken und zogen beide schwarze Hosen, schwarze Baumwoll-T-Shirts, Windjacken, Kapuzenmützen und Kampfstiefel an. Dann machte sich Howard mit einem kleinen Nylonsack zur Straße auf. Er hielt aufmerksam nach Fahrzeugen Ausschau und steckte am Straßenrand im Abstand von vierhundert Metern drei kleine Signalfahnen in den Boden – am Ende jeweils eine gelbe, in der Mitte eine orangefarbene. Dann kehrte er zu der Bucht zurück. MacDonald hatte das Boot ausgeräumt und war dabei, es abzulassen.

Um 4 Uhr 40 beobachtete Howard gespannt, wie sich ein Wagen näherte. Sie waren spät dran; in einer Stunde wurde es hell. Das Fahrzeug fuhr an der ersten Markierung vorbei. Dann hupte der Fahrer dreimal lang und einmal kurz. Bei der orangefarbenen Fahne wiederholte er diesen Vorgang, hielt an und schaltete das Licht aus.

Es war Ziegler mit dem Dodge Ram Charger. Er hatte drei Tage lang in der Gegend campiert und war zweimal pro Nacht die Straße entlanggefahren. Howard und MacDonald waren froh, ihn zu sehen, freuten sich aber noch mehr über die große Thermosflasche mit heißem Kaffee, die er mitgebracht hatte. Howard ging voraus und zeigte Ziegler, wie er mit dem Dodge zum Strand hinunterfahren konnte. Um 5 Uhr 15 hatten die drei Männer die Ausrüstung eingeladen und fuhren Richtung Norden.

Um 6 Uhr 45 trafen sie in El-Wadj ein. Denard erwartete sie; er hatte Flugerlaubnis für 7 Uhr 30. Ziegler fuhr mit dem Dodge ans

Flugzeug, wo sie das Gepäck umluden, und anschließend zum Flughafenparkplatz. Er schloß den Wagen ab, steckte die Schlüssel ein und ging zu Fuß zurück zum Flugzeug. Punkt 8 Uhr startete die Islander und flog nordöstlich Richtung Ar'ar.

34

»Ich fürchte, was Waffen angeht, sieht's nicht so gut aus, Ed«, berichtete Bourne, während er Howard und MacDonald beim Verschlingen ihres Essens zusah. Es war Mittagszeit, und die drei Männer saßen an einem Tisch im Küchenhäuschen des Camps in Badanah. »Aber alles andere scheint hinzuhauen. Bob und ich sind auf Arzneimittel und Verbandszeug gestoßen, und wir haben aus dem Landrover, den sie hier für Notfälle hatten, den Sanitätskasten rausgenommen. Tony und Chris haben auch noch ein paar Sachen aufgestöbert, die ziemlich echt wirken. Ich schätze, unsere zwei getürkten Krankenwagen halten einer Inspektion stand.«

»Wie sehen die Wagen aus?« fragte Howard zwischen zwei Bissen. MacDonald und er hatten einen Bärenhunger nach der Reise; der lächelnde Pakistani hatte ihnen eine üppige Mahlzeit zubereitet.

»Ideal. Alle gleich und fast neu. Haben alle nur ein paar tausend Kilometer auf dem Zähler, bis auf einen mit fünfzehntausend. Sind alle gleich gut. Einen haben wir gefleddert, für Ersatzteile. In ein paar Tagen müßten wir mit den technischen Sachen fertig sein, dann werden sie umgestrichen.«

»Gut. Ich schau's mir gleich an. Hmm, ist das gut. Zwei Wochen in einer Büchse zu wohnen und Büchsenfutter zu essen ist kein Vergnügen, das sag ich euch.« Er wischte seinen Teller mit einem Stück Brot sauber. »Ich schätze, wir sollten das mit den Waffen vergessen – damit gehen wir nur ein Risiko ein. Wir werden uns ein paar zulegen, wenn wir im Irak sind. Hatte eigentlich jemand Probleme bei der Einreise?«

»Nein, niemand. Na ja, bis auf Andy, und das war nichts Ernstes. Es ist beim Zoll passiert. Sie haben in seinem Handgepäck ein *Penthouse*-Heft entdeckt und daraufhin seine Taschen durchwühlt, um nachzuschauen, was er sonst noch so hat. Und meine auch noch, weil ich ja mit ihm zusammen war. Wir waren natürlich alle sauber. Du hättest Mels Gesicht sehen sollen – ich könnte schwören, daß er wußte, was passieren würde. Er und Chris standen weiter weg und taten, als hätten sie nichts mit uns zu tun. Sie haben sich den Arsch abgelacht. Zum Glück hatte sich wenigstens keiner im Duty-free Schnaps gekauft.«

Howard seufzte. Das sah Andy Denard ähnlich – der einzige zu sein, der Aufmerksamkeit erregte. Das war noch mal glimpflich abgegangen. »Wie kommt Mel mit seinem Begleiter klar?« fragte er.

»Keinerlei Probleme. Ich hab heute morgen mit ihm gesprochen. Offenbar ist Sullivan ein Typ, der es einem nicht schwermacht – gelassen, ruhig, unkompliziert. Aber Mel ist immer noch ziemlich sauer, daß er nicht mitkommen durfte.«

»Ließ sich nicht ändern«, sagte Howard achselzuckend. »Er hat es von Anfang an gewußt. Ich hatte die Wahl zwischen ihm und Bob, und Bob spricht kein Arabisch. Sullivans Aufpasser muß die Sprache sprechen, falls etwas schiefläuft. Mel hat eine wichtige Aufgabe – außerdem ist er unsere Rückendeckung. Okay«, schloß er fröhlich, »ich bin satt. Schauen wir uns mal um.«

Sie gingen zur Werkstatt des Camps hinüber. Tony Ackford stand unter einer Hebebühne und arbeitete an einem Toyota Land Cruiser. Bob Usher half ihm. Daneben standen zwei identische Wagen und das räderlose Gerippe eines vierten, der zur Ersatzteilbeschaffung ausgenommen worden war.

»Wie läuft's, Tony?« Howard ging zu ihm und sah sich seine Arbeit an.

»Prima, Boß. Hier – ich zeig dir mal, woran ich gerade rumbastle. An diesem Wagen hier manipuliere ich den Auspuffkrümmer. Ich hab vorne an den Armaturen einen Hebel angebracht; wenn man ihn umlegt, können wir den Auspufftopf umgehen, verstehst du?

Es klingt dann, als sei der Auspuff abgerissen. Wie 'ne alte Schüssel. Wir können das nach Belieben an- und ausschalten.«

Howard dachte darüber nach und nickte dann. »Gute Idee – gefällt mir. Machst du das an beiden Wagen?«

»Ich dachte, es genügt bei einem, aber ich kann's auch bei beiden machen, wenn du willst.«

»Einer ist okay. Wie sieht's mit der Elektrik aus?«

»Das dauert nicht lange – total simpel. Muß nur das Blaulicht anpassen – du weißt schon. Ach, übrigens, hast du die Infrarotfilter mitgebracht? Ich muß die Suchscheinwerfer fertig machen.«

»Sind in einem der Säcke«, sagte Howard. »Mike und Danny packen sie gerade aus. Kann ich dir was helfen?«

»Halt doch mal diese Schelle hier, okay? Sie muß ganz grade sitzen. Wenn hier zuviel Dreck in die falsche Richtung gepustet wird, verstopft uns der Luftfilter.«

Juliet Shelley hatte sich kopfüber in Arbeit gestürzt, um sich abzulenken. Sie wollte nicht ständig daran denken, daß Johnny nicht bei ihr war. Sie hatte ihren vorletzten Arbeitstag an ihrer alten Arbeitsstelle. Samstag und Sonntag hatte sie frei, und am Montag würde sie ihre neue Stelle bei Scotland Yard antreten. Vorerst beschäftigte sie sich damit, ihren Schreibtisch aufzuräumen.

Der Abschied würde ihr nicht leichtfallen, dachte sie. Sie waren eine gute Truppe gewesen. Am Abend zuvor hatten die anderen sie zu einem Drink ausgeführt. Einige hatten ein paar Gläser zuviel getrunken, aber insgesamt war die Stimmung gut gewesen. Sogar der Superintendent war erschienen. Das war ein ungewöhnliches Ereignis; sie hatte ihn nie für besonders gesellig gehalten, aber er war die Liebenswürdigkeit in Person gewesen. Der eine oder andere hatte sich mit fortgeschrittenem Alkoholpegel etwas zu weit vorgewagt. Juliet hoffte, daß der Superintendent den Betreffenden keinen Strick daraus drehen würde. Sie verzieh sogar Detective Constable Ford. Er hatte sich wirklich zum Trottel gemacht, woraufhin ihn der neue Detective Superintendent ordentlich zusammengestaucht hatte. Geschah ihm recht, dem trampligen Flegel.

Sie ordnete die Gegenstände auf ihrem Schreibtisch, zog ihren Mantel an. Noch ein Tag, dann wartete eine neue Herausforderung, ein neues Leben. Ein neues Leben...

Während sich der Bus durch den abendlichen Berufsverkehr kämpfte, dachte sie an ihre Zukunft mit Johnny. Sie vermißte ihn so sehr. Er war erst acht Tage weg, und sie vermißte ihn einfach entsetzlich. Noch zwei Wochen, vielleicht sogar drei... nie wieder würde sie erlauben, daß er wegging und sie zurückließ. Nie wieder! Sie zog ihre Brieftasche hervor und sah sich zum hundertsten Mal sein Bild an. Sie mußte das Foto nur ansehen, und schon schlug ihr Herz schneller. Es war absurd.

Der Bus hielt an ihrer Haltestelle, und sie stieg aus. Sie ging nicht gleich nach Hause, sondern zu den Läden um die Ecke. Die Reinigung hatte zum Glück noch auf.

Als sie nach ihrer Abholmarke suchte, stellte sie zu ihrem Ärger fest, daß sie sie irgendwo vergessen haben mußte. »Tut mir leid, aber ich habe die Abholmarke nicht bei mir. Es war auf den Namen Shelley. Ich war heute morgen hier. Es ist ein schwarzer Rock.«

»Die Adresse, bitte?« Juliet sagte sie der Frau, und sie verschwand, um nach dem Rock zu suchen.

Als sie mit dem Päckchen zurückkam, packte Juliet den Rock aus, um nachzusehen, ob er sauber geworden war; tatsächlich. Zum Glück, dachte sie wieder. Sie hätte Detective Constable Ford abgemurkst, wenn er ihr den Rock ruiniert hätte. Bloody Mary, direkt auf ihren Schoß. Sie roch daran; keine Spur mehr von Worcester-Sauce und Tabasco. »Vielen Dank. Was macht das?«

»Zwei Pfund fünfundsechzig, junge Frau. Wollen Sie das andere auch mitnehmen? Das wären dann noch mal zwei vierzig.«

»Welches andere?«

Die Angestellte reichte ihr einen zweiten Drahtbügel, auf dem eine Jeans hing. »Das geht auf dieselbe Adresse.«

Juliet sah auf die Marke; »Bourne« stand da. Johnnys Jeans. »Ja, nehm ich mit. Sie gehören meinem Verlobten.« Sie bezahlte und ging.

Auf dem Heimweg ließ Juliet die Tüte im Rhythmus ihrer

Schritte hin und her schwingen. Warum waren Männer nur so faul, fragte sie sich. Zu faul, die Waschmaschine anzuschmeißen. Es war wirklich albern, die Jeans in die Reinigung zu geben; viel zu teuer. So ein Dummer. Sie lächelte vor sich hin.

Sie schloß die Wohnungstür auf und zog ihren Mantel aus. Dann ging sie ins Schlafzimmer und zog die dünnen Plastikhüllen von dem Rock und der Jeans und öffnete den Schrank. Als sie beides hineinhängen wollte, fiel ihr ein Fleck auf der Jeans auf. Sie runzelte die Stirn. Also wirklich! Wußte der Mann denn nicht, daß man der Reinigung sagen mußte, was für ein Fleck das war? Außerdem hätte man den leicht selbst entfernen können. Sie nahm die Jeans mit in die Küche und suchte in dem Schrank unter der Spüle nach den Fleckentfernern. Die orangefarbene Tube war für Fett und Öl, die gelbe für Klebstoff und Kaugummi, die weiße für Rost, die hellgrüne für Filzstift... ah, da war sie ja. Die dunkelgrüne Tube. Das war die richtige hierfür.

Sie begann den Fleck zu bearbeiten. Fünf Minuten später hielt sie die Jeans hoch und betrachtete sie zufrieden. Der Fleck war verschwunden.

Das Team hatte noch reichlich Zeit zur Verfügung. Die Ankunft in Saudi-Arabien war im wesentlichen von der Fahrtzeit des wöchentlichen Containerschiffs von Felixstowe nach Ostafrika abhängig gewesen. Howard hatte die Zeit üppig kalkuliert, für den Fall, daß es Probleme in Suez oder ein überraschendes Hindernis in Saudi-Arabien gab. Er hatte sich für diese Planung entschieden, obwohl er andererseits den Aufenthalt in Saudi-Arabien so knapp wie möglich halten wollte; ein unangekündigter Besuch von Hughes oder eine Routineüberprüfung seitens der örtlichen Polizei konnte unangenehm werden. Sie sollten Badanah erst am 25. April verlassen.

Denard nahm Howard und Ziegler am 17. zu einem Flug mit. Sie hatten sich für Freitag, den moslemischen *jum'a*, entschieden, weil an diesem Tag mit wenig Flugverkehr zu rechnen war. Denard hatte einen örtlichen Sondierungsflug nach Westen eingereicht, parallel zur Straße der Trans-Arabian Pipeline, und sie hielten sich genau an diese Route. Neunzig Kilometer hinter Ar'ar überflogen sie die Landebahn von Al-Jalamid; dort war alles still. Auf der TAP-Straße herrschte reger Betrieb; es war die Hauptachse, auf der man von Jordanien durch die Wüste in die Golfstaaten gelangte, und hier donnerten Tag und Nacht schwere Laster entlang. Bourne erzählte Howard, daß es sich dabei nur um Fahrzeuge handelte, die in Saudi-Arabien zugelassen waren. Die saudische Regierung, die häufig willkürliche Gesetzesänderungen erwirkte und die Vorschriften änderte, wie es ihr paßte, hatte verfügt, daß der Transportverkehr einzig und allein in der Hand saudischer Firmen liegen sollte.

Die Landschaft unter ihnen war gleichförmig und bot wenig Anhaltspunkte fürs Auge: kilometerweit nichts als steinige Einöde mit vereinzelten Felsbrocken. Howard fiel auf, daß ein grüner Hauch über der Wüste lag; es hatte diesen Winter viel Regen gegeben, und die langlebigen Gras- und Blumensamen regten sich und wuchsen für kurze Zeit zu Pflanzen heran. Weit im Süden sah er das beginnende Sandmeer der Nefud-Wüste.

Etwa zwanzig Kilometer hinter Al-Jalamid deutete Denard auf eine dunkle Linie einige Kilometer weiter nördlich. »Landebahn von Al-Mira«, sagte er durch sein Kehlkopfmikrofon zu Howard.

Howard sah aus dem Fenster, während Denard über der Landebahn kreiste; sie sah verlassen aus. »Willst du hier landen?«

»Nee. Bloß mal schauen, Mann. Wenn deine Karte stimmt, ist der Weg nur ein paar Kilometer entfernt. Falls es nötig wird, können wir hier am besten landen. Die Straße wäre noch besser, aber da ist zu viel los – man würde uns auf jeden Fall entdecken.«

»Das denke ich auch«, pflichtete Howard ihm bei.

Denard hatte seine Inspektion der Landebahn beendet, stieg wieder und flog nach Westen. Sekunden später deutete er schon nach unten auf einen nichtbefestigten Weg, der von der TAP-Straße aus Richtung Norden führte. »Ich glaube, das ist er. Was meinst du?«

»Steig noch etwas höher, Andy. Ich möchte einen Überblick über die ganze Gegend bekommen, damit ich sicher sein kann, daß es der richtige Weg ist. Auf der Karte sind ziemlich viele eingezeichnet, und wahrscheinlich gibt es noch welche, die nicht vermerkt sind.« Denard brachte die Islander auf eine Flughöhe von elftausend Fuß. Howard widmete sich einige Minuten dem Studium der Karte und verglich sie mit der wenig markanten Landschaft unter sich. Er hatte recht gehabt. Das Terrain war durchzogen von mehreren Wegen, die aus der Luft sichtbar waren, und nur einige von ihnen waren in der Karte eingezeichnet. »Gut, Andy, ich bin ziemlich sicher, daß es der richtige Weg war. Geh runter, wir setzen uns Markierungen. Wie weit nördlich schaffst du's, ohne aufzufallen?«

»Auf Radarhöhe vielleicht bis zu fünfzehn Meilen. Mehr nehmen sie mir als Zufallsabweichung nicht ab. Aber es kommt drauf an, wer uns im Blick hat und wie genau sie es mit dieser Region hier nehmen. Ich könnte unter Radarhöhe gehen, aber wenn sie ein AWACS draußen haben, sichtet es uns, und sie werden unser Manöver sicherlich als ungewöhnlich empfinden. Außerdem mögen es die Air-Controller nicht, wenn Leute von ihren Radarbildschirmen verschwinden. Die Aufsicht hier ist militärisch und ziemlich auf Zack. Eigentlich verständlich nach den Ereignissen des letzten Jahres. Ich könnte natürlich so tief fliegen, daß mich nicht mal das AWACS sichtet. Da ist ein Wadi eingezeichnet, das Wadi Al-Mira. Wenn ich da reinkomme, kann ich ziemlich tief fliegen, unter dem Radargürtel. Aber so tief nützt es dir nichts, weil du den Weg nicht mehr siehst und auf der Karte nicht mehr feststellen kannst, wo wir sind. Und falls uns das AWACS trotzdem erwischt, werden sie dann auf jeden Fall mächtig zu grübeln anfangen. Da müßte ich hinterher ein paar Antworten parat haben.«

»Ist einleuchtend. Bleib in einer Höhe, die niemandem verdächtig erscheint, und flieg so lange dem Weg nach, wie es geht, ohne daß sich jemand wundert. Schließlich machen wir einen Sondierungsflug. Falls jemand Fragen stellt, können wir uns immer noch darauf rausreden.«

Nach weiteren zehn Minuten war Howard zufriedengestellt. Denard war dem Weg so weit gefolgt, daß Howard anhand der Karte feststellen konnte, daß die Richtung stimmte. Dann drehte Denard bei und flog zu der Stelle zurück, wo der Weg von der TAP-Straße abging. Howard wandte sich zu Ziegler um, der hinten saß, und bedeutete ihm, sich bereitzuhalten. Ziegler entnahm einer Tasche drei Ein-Liter-Plastiktöpfe und schob die hintere Ladetür auf.

»Okay, Andy«, sagte Howard, »wir können loslegen, sobald du Zeichen gibst. Nähere dich parallel zur Straße von Westen. Achte drauf, wann kein Verkehr ist, und flieg dann so tief, wie du kannst. Mach einen Countdown für Mike – ›eins‹ bei vierhundert Metern vorher, ›zwei‹ für den Abzweig und ›drei‹ für vierhundert Meter danach. Alles klar?«

»Machen wir.« Denard kreiste eine Minute, bis er sah, daß die Straße relativ leer war. Dann ging er in einen steilen Sinkflug. Bei 100 Fuß Höhe fing er das Flugzeug ab, dann ging er bis auf 10 Fuß über der Straße runter. Zehn Sekunden später schrie er »eins«. Ziegler ließ einen der Töpfe hinausfallen, hielt den zweiten bereit. Acht Sekunden später, bei »zwei«, ließ er den zweiten fallen und wiederum nach acht Sekunden bei »drei« den dritten.

Denard zog am Steuerknüppel, und die Islander stieg steil hoch. Howard spürte bei den Flugkunststücken zunehmend seinen Magen. Als sie wieder eine Flughöhe von zweitausend Fuß erreicht hatten, sah er nach unten.

An den Stellen, wo die Farbtöpfe auf den Asphalt aufgeschlagen waren, befanden sich drei leuchtend weiße Flecke. Sie waren nicht zu übersehen, auch im Dunkeln nicht. Der mittlere war direkt neben der Stelle, wo der Weg nach Norden, Richtung Irak, abzweigte.

»Gut, Andy, alles klar. Zurück zum Camp.«

Es dauerte einen Vormittag, um die zwei Fahrzeuge fürs Lackieren zu präparieren. Der dritte Land Cruiser war sandfarben, und sie beschlossen, ihn nicht zu verändern. Er war nur als Ersatzwagen für Denard und Palmer vorgesehen. Bourne, Usher, Howard und MacDonald deckten mit Papier und Klebeband Fenster, Chromteile und andere unlackierte Flächen ab, während Ackford die

Spritzpistole präparierte und sie an dem ausgenommenen Wagen testete.

Schließlich war alles vorbereitet. Die anderen verschwanden und schlossen die Türen hinter sich, damit keine Staub- oder Sandkörner hereinwehen konnten. Ackford setzte wieder seine Schutzbrille und Gesichtsmaske auf und machte sich ans Lackieren. Die Werkstatt war nicht klimatisiert, und nach kurzer Zeit war es heiß wie im Backofen; Ackford war in Schweiß gebadet. Vierzig Minuten später tauchte er wieder auf; schnell schloß er die Türen hinter sich. Die zwei Land Cruiser in der Werkstatt hatten einen frischen weißen Anstrich bekommen.

Sie ließen die Wagen vierundzwanzig Stunden trocknen, dann inspizierten sie Ackfords Arbeit. Die weiße Lackierung war makellos.

»Oh, *großartig*, Tony«, sagte Usher übertrieben begeistert. »Einfach phantastisch. Du hast deine Berufung verfehlt, Junge. Weshalb bist du bloß zur See gefahren? Haben sie dich als Ballast benutzt, oder mußtest du die Bilgen streichen?«

»Sieh dich vor, Kahlkopf«, erwiderte Ackford grinsend. »An dem Job ist nichts faul. Schau es dir an – perfekt. Und du hast dir gerade etwas Sondermaloche verschafft. Du darfst die nächste Schicht machen, wenn wir mit den anderen Sachen fertig sind.«

»Ich dachte schon, du würdest mich hängenlassen. Schütten wir das Öl in die Farbe. Hast du die Spritzpistole saubergemacht?«

»Was denkst du denn. Okay, hier hast du sie. Üb ein bißchen.«

Dann wies Ackford die anderen an, die Wagen an einigen Stellen hübsch zu verbeulen und die Zierleisten sowie in einem Fall die gesamte hintere Stoßstange zu entfernen. Als das Team damit fertig war, ging Usher daran, die zweite Lackschicht aufzutragen. Als sie am nächsten Tag einen Blick in die Werkstatt warfen, hatten die Autos die Farbe gewechselt – jetzt waren sie mattgrün. Ackford beäugte argwöhnisch, wie die Männer Papier und Klebeband abzogen. »Vorsicht mit der Farbe. Die obere Schicht ist empfindlich. Das Band von der Farbe wegziehen, so. Achtung, Danny. Das ist kein Heringsdampfer, Freund.«

Nachdem das Abdeckmaterial entfernt war, begutachteten sie die Land Cruiser. Howard zeigte sich zufrieden und förderte eine von Hand geschriebene Liste zutage. »Okay«, sagte er. »Geben wir ihnen den letzten Schliff.«

Sie gingen um die Wagen herum, sahen auf die Liste und zertrümmerten zwei Rücklichter. Bei einem weiteren nahmen sie das Glas ab und schraubten die Birne heraus, und ein Seitenfenster erhielt einen Schlag mit dem Hammer. Bourne öffnete ein Päckchen mit roten Stickern in Form von arabischen Buchstaben und roten Halbmonden. Er zog einige von ihren Rückseiten ab und klebte sie auf die Kühlerhaube, die vorderen Türen und die Hecktüren. Mit den rotierenden Warnlichtern auf dem Dach wirkten die Land Cruiser jetzt wie paramilitärische Ambulanzen, die oft im Einsatz waren und kaum gewartet wurden.

»Also, Jungs«, sagte Ackford und verteilte große Pinsel, »mit denen wird's gehen. Zeit für den letzten Anstrich. An die Arbeit.«

Ziegler beäugte den Inhalt der großen Büchse, die vor ihm stand. »Was zum Geier ist das, Tony? Sieht widerlich aus.«

»Genau das ist es auch, Bruder«, sagte Ackford fröhlich. »Es handelt sich um ein leckeres Gemisch aus Maschinenöl und Schmierfett. Also, drauf damit. Überall hin, wo Farbe ist. Keine zu dicke Schicht und bitte nicht auf die Fenster – wir wollen schließlich noch ein bißchen Aussicht haben.«

Zwanzig Minuter später waren die zwei mattgrünen Land Cruiser mit einer dünnen, schmutzigen Ölschicht überzogen. »Okay«, sagte Howard, »wir könnten ein bißchen üben, mit den Dingern rumzufahren. Johnny, wir beide zuerst. Sechs Runden ums Camp; zuerst drei mit mir vorne, dann übernimmst du die Führung. Dann wechseln wir mit Mike und Danny, anschließend Bob und Tony. Und daß mir keiner was kaputtfährt.«

»Die sind schon kaputt«, murmelte MacDonald.

Der unbefestigte Weg, der um das Camp herumführte, war etwa anderthalb Kilometer lang. Die zwei Autos wirbelten Sandwolken auf und waren in Kürze völlig eingestaubt. Als Usher und Ackford die letzte Runde fuhren, legte Ackford am Armaturenbrett einen

Hebel um. Das heisere Röhren des Wagens war so laut, daß der pakistanische Koch nach draußen rannte, um nachzusehen, was los war. Bourne lotste ihn schnell wieder hinein und versicherte ihm, daß alles in Ordnung sei.

»Allerhand«, murmelte Howard beeindruckt. »Diese Karren sehen steinalt aus. Sogar ich kann kaum glauben, daß man mit denen weiter als zehn Kilometer kommt. Und unter dem ganzen Schmodder sind sie nagelneu.«

»Ein Glück, daß Tony Hughes sie nicht sieht«, sagte Bourne. »Den armen Kerl würde glatt der Schlag treffen.«

»Ich fürchte, das kommt noch früh genug. Aber hoffentlich nicht so bald.«

Sie fuhren die Land Cruiser wieder in die Werkstatt und schlossen ab. Es war der Nachmittag des 24. April, ein Freitag. Wenn alles nach Plan verlief, würden sie am nächsten Abend die Grenze zum Irak überqueren.

35

Sie verließen Badanah in der Abenddämmerung. Howard dachte bei sich, daß der Anfang einer solchen Operation ihn immer am nervösesten machte. *Albern,* dachte er. *Es ging doch nur darum, etwa hundert Kilometer auf der TAP-Straße hinter sich zu bringen und dann bei den Farbmarkierungen auf die Wüstenpiste abzubiegen. Eine Kleinigkeit.* Aber es bestand die Gefahr, entdeckt zu werden. Eine Polizeistreife; ein Lastwagenfahrer, der durchgab, daß zwei seltsame, schmutzstarrende Ambulanzen mit unkenntlichen Nummernschildern vorbeigekommen seien; eine Panne; vielleicht ein Trupp übereifriger Straßenarbeiter, die die Farbkleckse von der Straße entfernt hatten ... Etwas Pech genügte, um monatelange Arbeit und Planung zunichte zu machen. Wenn später etwas schiefging, war das etwas anderes. Aber jetzt zu scheitern, wäre geradezu entwürdigend. Normalerweise dachte Howard nie über

Derartiges nach; er war extrem zielstrebig und so gut wie nie an etwas gescheitert, was er sich vorgenommen hatte. *Bitte nicht jetzt, nicht so* ... Er zog ein finsteres Gesicht und versuchte den Gedanken abzuschütteln. Er checkte den GPS-Empfänger ein viertes Mal, obwohl es überflüssig war.

Bourne, der am Steuer saß, spürte die Anspannung seines Partners, sagte aber nichts. Er kannte den Druck, unter dem der Ältere stand. Er war ebenfalls aufgeregt, aber er empfand auch Vorfreude – ein Gefühl, das er lange Zeit nicht mehr gehabt hatte. Er dachte kurz an Juliet, und wie immer machte sein Herz einen Sprung. Er versuchte sich ihr Gesicht vorzustellen, aber er sah es nur verschwommen vor sich. Vor knapp zwei Wochen hatte er ihr Lebewohl gesagt und versprochen, daß er nach drei, spätestens nach vier Wochen zurück sein werde. Ihre Hochzeit war auf den 23. Mai festgesetzt – noch genau ein Monat. Aber als er sich von ihr verabschiedet hatte, hatte er einen fremden Ausdruck in den rauchgrauen Augen entdeckt, vielleicht so etwas wie einen Zweifel an ihm. Johnny runzelte die Stirn, als er sich daran erinnerte. Sie konnte nichts wissen. Er war extrem vorsichtig gewesen. Er hatte seine zwei Leben als Bryce und Bourne sorgfältig getrennt gehalten, und sie konnte keinen Verdacht geschöpft haben; sie wußte weder von Bryce noch von dem BMW oder seiner anderen Arbeit. Wahrscheinlich bildete er sich etwas ein. Was er da auf ihrem Gesicht gesehen hatte, mußte Besorgnis gewesen sein, und Traurigkeit, weil sie so lange getrennt sein würden. Er schüttelte den Gedanken ab und sah auf den Tageskilometerzähler des Land Cruiser. »Seit Badanah haben wir genau neunzig Kilometer zurückgelegt, Ed. Wie steht's?«

»Wir müßten jeden Moment in Al-Jalamid sein. Die Abzweigung kommt etwa zwanzig Kilometer danach.«

Im Laderaum des Land Cruiser lag Danny MacDonald auf einer Trage. Auch er gab sich still seinen Gedanken hin. Ab und zu drehte er den Kopf und blickte nach vorne in die Dunkelheit. Zu seiner eigenen Überraschung stellte er fest, daß er alles großartig fand. Er mochte diese Männer. Sie waren so ganz anders als er, was ihren seltsamen militärischen Jargon und ihre Professionalität anging, aber ihm war auch bewußt, daß er einiges mit ihnen gemein hatte. Sie waren zäh, fit und unabhängig – wie er. Er stellte plötzlich fest, daß er bei keinem von ihnen je auch nur ein Anzeichen von Übellaunigkeit gesehen hatte. Sie spürten sicher den Druck – wie er auch –, aber keiner war je ungehalten oder gereizt gewesen. Man kam bestens mit ihnen aus. Ein gutes Team, obwohl alle – wie er selbst – Individualisten waren. Vielleicht fügten sie sich deshalb so hervorragend zusammen – jeder kam bestens allein zurecht, aber sie schlossen sich freiwillig zusammen, um ihre Fähigkeiten gemeinsam zu nutzen. Sie waren nicht eine Gruppe willenloser Gestalten, die sich führen ließen, sondern sechs – mit Mel, Andy und Chris neun – starke Persönlichkeiten, und jeder von ihnen hätte das Kommando übernehmen können.

Danny dachte über jeden einzelnen seiner Partner nach. Da war der wuchtige, ruhige Tony Ackford: unerschütterlich, entspannt, freundlich, ausgeglichen und – obwohl man es bei ihm am wenigsten vermutet hätte – ungemein geschickt mit seinen Händen und extrem geduldig und präzise im Umgang mit Technik. Dann Bob Usher, dieses kleine, zähe Energiebündel mit dem glänzenden Glatzkopf; er wirkte eher zurückhaltend und still, aber er hatte durchaus Humor, und darüber hinaus schien er auch fürsorglich und warmherzig zu sein – schließlich hatte er an Danny mit seinen endlosen Tabellen gedacht und sich die Mühe gemacht, ihm diesen kleinen Computer zu präparieren. Danny kannte die Geschichte von Bobs und Ed Howards Zeit im türkischen Knast, hatte sich aber über die ständigen Anspielungen der anderen auf Bobs Rolle als »Fernsehstar« gewundert. Schließlich hatte er nachgefragt und erfahren, daß Bob zu den ersten gehört hatte, die 1980 bei der erfolgreichen SAS-Operation zur Rettung der iranischen Botschaftsangehörigen in der Londoner Princes Gate durch das obere Fenster der iranischen Botschaft eingestiegen waren. Seit damals waren diese Sensationsaufnahmen dutzendfach im Fernsehen gezeigt worden, und Danny hatte sich oft gefragt, wer wohl diese Männer waren und wie sie lebten. Jetzt konnte er einen von ihnen zu seinen Freunden zählen. Bob und Tony, merkte Danny, fühlte er sich am nächsten.

Mel Harris durchschaute er am wenigsten – ein umtriebiger, dynamischer Typ, der nicht lange stillsitzen konnte und dem nichts entging. Danny nahm an, daß er das hitzigste Temperament hatte, obwohl es dafür bisher keine Anzeichen gegeben hatte. Aber drei sardische Kidnapper hatten es wohl deutlich zu spüren bekommen...

Andy Denard und Chris Palmer bildeten irgendwie ein eigenes Team. Andy war ein Witzbold, aber Danny wußte von Howard, daß er ein fähiger und mutiger Pilot mit messerscharfem Verstand war. Chris dagegen war eher wie Tony – stoisch, unbedingt verläßlich, ruhig und professionell.

Johnny Bourne war ein Thema für sich, fand Danny. Er war schwer einschätzbar, ähnlich wie Mel Harris. An Johnny war etwas Besonderes, aber Danny vermochte es nicht zu erfassen. Ed schien Johnny am meisten zu schätzen, was Danny ein bißchen wunderte; er war der Meinung, daß es naheliegender gewesen wäre, Mike Ziegler zum Stellvertreter bei diesem Unternehmen zu machen.

Howard hatte Danny auf ihrer Schiffsreise einiges über Johnnys Militärzeit erzählt. Johnny war als junger Zugführer im Falkland-Krieg eingesetzt gewesen und nachts mit seinem Zug in ein nicht gekennzeichnetes Minenfeld der Argentinier geraten, kurz vor der Schlacht um Mount Longdon. Sie hatten einfach Pech gehabt. Sein Sergeant trat auf eine Mine und verlor einen Fuß. Ein anderer Soldat geriet in Panik, als er das sah, rannte davon und trat auf eine weitere Mine. Auch er verlor einen Fuß, und ein dritter, der wie befohlen stehengeblieben war, wurde von umherfliegenden Splittern schwer verletzt. Der Sanitäter, ein Corporal, der tapfer versuchte, zu ihnen durchzudringen, um den Verwundeten zu helfen, trat auf eine dritte Mine. Innerhalb von zwei Minuten fand Johnny sich plötzlich inmitten von vier Soldaten mit furchtbaren Verletzungen wieder, um die er sich zu kümmern hatte. Er hob ruhig den verletzten Sergeant auf und führte den Zug aus dem Minenfeld heraus, indem er die Männer anwies, genau in seine Fußstapfen zu treten. Als sie es gerade zu einem schützenden Felsvorsprung geschafft hatten, gingen Leuchtkugeln hoch, und ein halbes Dutzend Maschinengewehrnester eröffneten das Feuer auf sie und pflügten den Boden auf. Johnny Bourne ging dreimal unter heftigem Beschuß zurück und rettete die anderen Verwundeten. Er holte Sanitäter herbei, die den Abtransport der Verwundeten zu einem Feldlazarett beaufsichtigen sollten, dann hielt er dem Rest der Soldaten eine motivierende Rede, bevor er sie gegen den Feind führte, der eine vernichtende Niederlage erlitt.

Howard hatte von dem Ereignis gehört; da er immer auf der Suche nach geeigneten Kräften für XF Securities war, hatte er mit einigen Soldaten von Bournes Zug gesprochen, als sie aus dem Falkland-Krieg heimkehrten. Sie berichteten alle von Bournes großer Tapferkeit, aber auch von der wütenden Härte, mit der er den Angriff auf die argentinische Stellung durchgeführt hatte. Und dennoch... als die Argentinier sich ergaben, hatte Bourne zwölf Gefangene gemacht, und er hatte sie gut behandelt, hatte seine Männer davon abgehalten, sich zu rächen, und sich nicht zuletzt um die argentinischen Verwundeten gekümmert...

Was sollte man von so einem Mann halten, überlegte sich Danny. *Kompliziert, ein Mann, der Stimmungen und Leidenschaften in sich trug, ein tapferer Mann. Und dennoch...* Plötzlich wurde Danny klar, daß Johnny Bourne in seinem Herzen immer noch ein Junge war. Auf eine Art schien es, als sei er nie ganz erwachsen geworden. Seine Begeisterungsfähigkeit, sein Enthusiasmus für seine Arbeit hatten etwas Anrührendes. Nein, unberechenbar konnte er nicht sein. Ed Howard hätte niemals einen Mann ausgewählt, dessen er sich nicht sicher sein konnte.

Warum Ed Mike mitgenommen hatte, war Danny glasklar. Mike war einer der beeindruckendsten Männer, denen er je begegnet war – eine Energiequelle, ein sportlicher, gelassener, humorvoller, exzellenter Soldat. Beim Nachttraining im Camp war Mike aufgetaucht und verschwunden wie ein Geist; Ed hatte ihn beauftragt, Danny einige Techniken des bewaffneten und unbewaffneten Kampfes beizubringen. Danny hatte Mike genau beobachtet – noch nie hatte er jemanden kennengelernt, der in seinen Bewegungen und Tätigkeiten so absolut präzise und sicher war. Er war beeindruckend und bedrohlich, ein Kämpfer vom Scheitel bis zur Sohle. Und ein charmanter, einnehmender Mensch.

Ed Howard selbst blieb Danny ein Rätsel. Man ahnte nie, was gerade in seinem Kopf vorging. Was sollte man von diesen dunklen ausdruckslosen Augen halten und dem berechnenden, eiskalt planenden Hirn, das sich dahinter verbarg? Howard war eine Art Organisationsgenie, und vermutlich war er der beste Soldat des Teams; auf jeden Fall war er der erfahrenste. Die anderen waren, was ihn betraf, nicht sehr mitteilsam; nur Ziegler hatte einmal erzählt, daß Howard mit ihm gegen Ende des Krieges in Vietnam gedient und zweimal für Tapferkeit vor dem Feind für militärische Auszeichnungen der US-Armee vorgeschlagen worden war. Über die Anlässe für die Auszeichnungen hatte er sich nicht ausführlicher geäußert. Danny war verblüfft gewesen. Was hatten britische Soldaten in Vietnam zu suchen? Davon hörte er zum ersten Mal, und er war nicht sicher, ob er das wirklich glauben sollte. Aber es hatte sich nicht nach einem Witz angehört.

Doch was ging in Howards Hirn vor sich? Danny drehte sich wieder um und betrachtete Howards Hinterkopf. Er bezweifelte, daß es jemanden gab, der ihn durchschaute. Howard war der verschlossenste von ihnen. Irgendwo war da Traurigkeit, dachte Danny – vielleicht, weil er mit Menschen nur auf beruflicher Ebene zurechtkam. Er hatte Howards kleine Wohnung in London gesehen; sie war extrem unpersönlich und verriet nichts über ihren Bewohner. Vielleicht hatte er kein Privatleben...

Danny beendete seine Grübeleien. Er wußte, daß man sich auf diese Männer verlassen konnte. Es schmeichelte ihm, daß sie ihn ausgewählt hatten, ihn akzeptierten. Seine anfänglichen Zweifel und Vorbehalte waren schnell zerstreut gewesen. Danny MacDonald dachte einmal mehr an die Aufgabe, die ihm bevorstand, und kalte Wut stieg in ihm hoch. Bald. Nur noch ein paar Tage... Er legte sich zurück und versuchte sich zu entspannen.

Ziegler, der im Wagen dahinter auf dem Beifahrersitz saß,

machte sich ähnliche Gedanken über seinen Freund Ed Howard. *Was erwartet dich nach diesem Auftrag, Ed? Was erwartet uns alle? Alles wird anders sein. Ich hoffe, du findest, was du suchst...*

Ackford, der am Steuer saß, riß Ziegler aus seinen Gedanken. »Irgendwann muß ich rüber in die Staaten. Wollte ich schon immer, weißt du, aber es ist nie was draus geworden. Vielleicht erstmal nach New York, damit das Mädel glücklich ist. Sie ist Irin, und sie redet immer davon, wie viele Iren da drüben sind. Meinst du, es würde mir da gefallen?«

»Klar, Tony, wenn du große Städte magst«, gab Ziegler zurück. Bei sich dachte er, daß Ackford New York verabscheuen würde, vielleicht sogar so sehr wie er selbst. Ihm würde ein Leben auf einer Farm besser bekommen, vielleicht irgendwo im Mittelwesten. »Ja, New York ist eine gute Stadt. Wenn man Städte mag«, wiederholte er.

»Ah ja.« Ackford hatte ihn verstanden. Er dachte ein paar Sekunden darüber nach, während er bedächtig Kaugummi kaute. »Na ja, vielleicht könnte man da auch nur ein paar Tage bleiben. Und dann rumreisen – was vom Land sehen.«

»Das scheint mir passender. Wenn du kommst, sag Bescheid. Dann machen wir was zusammen. Vielleicht eine Kanufahrt, angeln. Was hältst du davon?«

»Klasse, mein Freund. Da vorne tut sich was.« Ackford spähte nach vorn, als der vordere Wagen langsamer wurde. Kurz darauf wurde in der Mitte der Straße ein weißer Fleck sichtbar. »Ich glaube, wir sind da. Hast du die NSBs griffbereit?«

»Klar.«

Beim zweiten Farbfleck bogen beide Autos von der Straße ab. Bourne, der den ersten Wagen fuhr, schaltete sofort das Licht aus und fuhr einen halben Kilometer weiter, bevor er anhielt. Howards Stimmung hob sich, als er Bourne den Fliegerhelm reichte, auf dem zwei optische Vorrichtungen angebracht waren, die wie künstliche Augen wirkten. Bourne setzte den Helm auf, befestigte das Kinnband und schaltete das Gerät ein. Howard und Ackford und Ziegler im anderen Wagen taten dasselbe.

Sie konnten die Landschaft jetzt deutlich erkennen. Die Nachtsichtbrillen sammelten das Restlicht und verstärkten es fünfzigtausendfach; die Nacht wurde zum Tage.

»Versuchen wir's mit den IR-Scheinwerfern«, sagte Bourne zu Howard. Er legte einen Schalter am Armaturenbrett um. Ackford hatte beide Land Cruiser mit zusätzlichen Scheinwerfern ausgestattet; sie waren mit schwarzen Filtern versehen, die jeden Lichtstrahl verschluckten. Lediglich die Infrarotstrahlung drang durch die Filter. Die NSBs reagierten auf Infrarotlicht ebenso wie auf normales Licht, und der Effekt war verblüffend. Die Sichtverhältnisse waren bereits vorher gut gewesen, aber, abgesehen von dem Grünton, der durch die Brille entstand, schien nun die Sonne zu scheinen.

Mit dem bloßen Auge waren die Fahrzeuge in der Dunkelheit nicht auszumachen; für ihre Insassen mit den Restlichtverstärkern war es ein leichtes, den Weg zu erkennen und sich mit normaler Geschwindigkeit vorwärts zu bewegen. Sie hielten sich Richtung Norden. Dort, fünfundsiebzig Kilometer weiter, lag die Grenze zum Irak.

»Da vorne ist Licht.« Bourne klang angespannt.

»Ich seh's«, sagte Howard. »Fahr ganz langsam ran.« Er sah auf den GPS-Empfänger. Er zeigte 39 Grad 40 Minuten Ost, 32 Grad 04 Minuten Nord an. Je nachdem, welche Linie man auf der Karte verfolgte, waren sie entweder kurz vor der irakischen Grenze oder hatten diese bereits überschritten. Und in diesem Bereich war die Karte so ungenau, daß die Linien ebensogut falsch sein konnten... aber das Licht war etwa drei Kilometer entfernt. Damit mußte es sich auf jeden Fall bereits im Irak befinden.

Die fünfzehn Kilometer nach der letzten Kreuzung hatten sie langsam und mit besonderer Vorsicht zurückgelegt. Dieser Teil der Straße war in verheerendem Zustand; er war lange nicht mehr befahren worden. Er wirkte wie aus den Zeiten der Sintflut. Passender Vergleich, dachte Howard. Flutartige Überschwemmungen hatten ihre Spuren hinterlassen. Eben hatten sie die Abzweigung in einer Entfernung von fünfzehn Kilometern hinter sich ausgemacht; Ziegler hatte ihn gesehen und die Lichthupe betätigt. Sie hatten angehalten und sich ein paar Minuten beraten, und Howard hatte beschlossen, daß Ziegler recht hatte. Die linke Abzweigung führte ein paar Kilometer nach Norden, dann im Bogen nach Westen und wieder nach Süden, und schließlich kam man bei Turaif in der Nähe der jordanischen Grenze wieder auf die TAP-Straße. Das entsprach ganz und gar nicht ihren Vorstellungen. Sie hatten den rechten Weg zur irakischen Grenze eingeschlagen.

Die zwei Wagen arbeiteten sich langsam in Richtung des Lichtscheins voran. Das Geräusch der Motoren war beinahe unhörbar. Einen Kilometer vor dem Licht gab Howard Bourne ein Zeichen, und sie hielten wieder an. Sie stiegen aus, spähten hinüber und versuchten zu erkennen, worum es sich handelte.

Jemand tippte Howard auf die Schulter. Es war Ziegler, der ebenfalls ausgestiegen war. »Da bewegt sich was«, flüsterte er Howard ins Ohr. »Ein Mann, ganz sicher. Hast du das kleine Licht links gesehen? Ich denke, das war eine Zigarette. Das Hauptlicht bewegt sich im Wind. Ich schätze, eine Karbidlampe, die außen hängt. Linker Hand, etwas ab von der Straße, befindet sich ein Gebäude. Vielleicht ein Grenzposten.«

»Denke ich auch. Okay, laßt uns näher rangehen.«

Howard, Bourne und Ziegler hatten dieses Thema vor der Abfahrt besprochen. Sie wußten nicht, ob sie auf einen Grenzposten stoßen würden, und wenn ja, ob es ein irakischer oder ein saudischer oder etwa beides sein würde. Sie hatten beschlossen, es auf sich zukommen zu lassen und vor Ort zu entscheiden. Ziegler hatte auf die naheliegendste Möglichkeit hingewiesen. »Ich meine, schaut euch nur diesen gottverlassenen Flecken an«, hatte er gesagt und auf den Punkt auf der Karte getippt, an dem die Straße über die Grenze führte. »Echt heiße Ecke, wie? Sattes Nachtleben, klasse Freizeitanlagen. Der Traum jedes Soldaten.«

»Was willst du damit sagen, Mike?« hatte Johnny gefragt.

»Na ja, wenn du General bei der irakischen Armee wärst, wem würdest du dann die Aufsicht über so ein Dreckloch übertragen?

Ich werd's dir sagen. Einem echten Arschloch. Du würdest jemanden dahin schicken, den du schon immer loswerden wolltest. So nach dem Motto: aus den Augen, aus dem Sinn. Jemanden, den du gerne vergessen möchtest, stimmt's?«

Howard hatte verstanden, worauf er hinauswollte. »Ich glaube, du hast recht. Unfähige oder unwichtige Figuren. Niedrige Arbeitsmoral. Tag für Tag, Nacht für Nacht passiert nichts. Disziplin mager, Aufmerksamkeit gegen Null, Ausrüstung nur vom Nötigsten. Ich glaube auch nicht, daß wir auf viel Widerstand stoßen würden, aber das ist nicht der Punkt. Wie auch immer, wir wollen nicht gesehen werden.«

»Okay«, flüsterte Howard jetzt, der sich die Unterredung wieder ins Gedächtnis gerufen hatte. »Es ist ziemlich genau so, wie wir erwartet hatten. Es genügt, wenn drei von uns gehen. Wir fahren noch etwa vier-, fünfhundert Meter näher ran. Johnny, du bleibst bei den Autos. Ich werde versuchen, irgendwie ein Ablenkungsmanöver zu starten. Mike, du versuchst mit Tony oder Bob ein paar Sachen aus dem Waffenlager zu klauen. Was meinst du, wie lange wir brauchen? Reicht eine Stunde?«

»Setzen wir Punkt 22 Uhr für das Ablenkungsmanöver fest«, sagte Ziegler. »Das ist ein runder Termin. Bis dahin schaffe ich's. Wir treffen uns dann etwa fünfhundert Meter weiter auf der anderen Seite, okay?«

»Alles klar. Johnny, fahr um 21 Uhr 24 so nahe ran, wie du dich traust. Sobald es losgeht, fährst du ohne Licht rüber. Noch Fragen?«

»Ed?« sagte Ziegler. »Hättest du was dagegen, wenn ich Danny mitnehme?«

Howard warf ihm einen kurzen Blick zu, lächelte dann. »Sehr gute Idee. Wird ihm das Gefühl geben, daß er zum Team gehört. Außerdem ist er es von seinem Beruf her gewöhnt, sich lautlos anzuschleichen.«

»Genau das hab ich mir gedacht«, gab Ziegler zurück. Er ging zu Howards Wagen hinüber und flüsterte durch das Fenster: »Mac, der Boß hat dich und mich beauftragt, an den Grenzposten ranzuschleichen und ein paar Sachen mitgehen zu lassen.«

MacDonald fühlte sich plötzlich sehr geschmeichelt, daß man ihn ausgewählt hatte.

Howards Aufgabe erwies sich als einfach. Seine NSB über den Augen, näherte er sich dem Grenzposten. Er konnte das Hauptgebäude, vor dem ein großer Lkw geparkt war, deutlich erkennen. Durch die Nachtsichtbrille erschien das Licht der Karbidlampe gleißend; darunter hockte ein einsamer Wachposten auf einer Holzbank, in einen schweren Mantel gehüllt. Der Mann war höchstens halbwach; jedenfalls war er nicht aufmerksam. Howard sah nach links. Dort befand sich hinter dem Hauptgebäude ein kleinerer Bau und daneben ein niedriger, langgezogener. Den Gebäuden und dem Lastwagen nach zu schließen, hielt sich hier höchstens ein Zug auf, vielleicht sogar eine kleinere Einheit.

Hundert Meter weiter links entdeckte er, was er suchte. Dort befand sich eine niedrige Stellung mit Wänden ohne Dach. Er beobachtete sie fünf Minuten und stellte fest, daß sie nicht bewacht wurde. Er kroch langsam heran und sah durch ein Loch in der Mauer. *Volltreffer*, dachte er. Wie geschaffen für ein Ablenkungsmanöver. Er holte eine Zange aus der Tasche und machte sich an die Arbeit.

Ziegler huschte wie ein Geist durch die Nacht. Danny hinter ihm vertraute ihm blind. Die wichtigsten Handzeichen und Nachteinsatzmethoden, die Ziegler ihm während des Nachttrainings im Camp beigebracht hatte, beherrschte er; und, wie Howard zu Recht bemerkt hatte, war es ein vertrautes Gefühl für ihn, sich lautlos und unsichtbar fortzubewegen. Die zwei Männer pirschten sich an die Rückseite des Hauptgebäudes heran; an der Vorderseite hockte der einsame Wachposten zusammengesunken auf seiner Bank. Ziegler bedeutete MacDonald, sich hinzulegen, und arbeitete sich die letzten Meter allein voran. An der Längsseite des Gebäudes nahm er seine Nachtsichtbrille ab und spähte durch ein Fenster. Er sah einen Tisch, dahinter einen Stuhl. Ein Kerosinofen verbreitete einen matten Lichtschein. Auf einem Stuhl saß schlafend ein

Mann. Seine Schulterstücke wiesen ihn als Leutnant der irakischen Armee aus. Sein Käppi hing ihm schief über den Augen, auf seinen Wangen sprießte ein Mehrtagebart. *Vollidiot*, dachte Ziegler. Zwischen dem hinteren Teil des Gebäudes und der Stube des Wachkommandos lag ein Raum mit Holzwänden und einer Tür, den Ziegler für einen Lagerraum hielt. Er ging zu MacDonald zurück. Es erübrigte sich, durchs Fenster in das zweite Gebäude zu schauen; das laute Schnarchen, das von dort zu hören war, wies es als Schlafbaracke aus. Im dritten Bau waren das Kasino und die Küche untergebracht; dort hockten sechs Männer um einen weiteren Kerosinofen. Der Wachtrupp im Dienst.

»Okay, Danny«, flüsterte Ziegler aus dem Dunkel. »Es gibt drei Möglichkeiten. Erstens, die Männer außer Dienst haben ihre Waffen bei sich in der Schlafbaracke; zweitens, sie sind in dem Lagerraum hinter der Wachstube im ersten Gebäude eingeschlossen; oder drittens, eine Mischung aus beidem. Ich schätze mal, letzteres; daß in dem ersten Gebäude Ersatzwaffen sind. Sehen wir's uns mal an.«

Die Hintertür zu dem Lagerraum war unverschlossen; Ziegler konnte seinen Dietrich steckenlassen. Er zog ein Paar Wollsocken über seine Stiefel, damit er sich geräuschlos auf den Holzplanken bewegen konnte. Mit Hilfe seiner NSB sah er in dem Raum so gut wie im Licht einer schwachen Glühbirne. In einem Ständer an der Wand hingen zwei Dutzend AKM- und AKMS-Gewehre; auf dem Boden daneben standen einige grüngestrichene, etwa fünfunddreißig Zentimeter breite Metallkanister, die wie überdimensionale Sardinenbüchsen aussahen. In einem anderen Ständer fanden sich sechs lange Röhren mit trichterförmigen Enden, RPG-7-Panzerabwehrraketenwerfer, darunter einige Holzkisten, die Projektile enthielten, und in einem weiteren vier leichte RPD-Maschinengewehre, sechs RPKs und ein mittleres Goryunov-Maschinengewehr, dessen zusammengeklapptes Dreibein daneben auf dem Boden lag. Drei weitere Holzkisten enthielten Splittergranaten, und in einer großen Kiste lagerten Panzerabwehrminen. Ziegler reichte MacDonald möglichst geräuschlos sechs AKMS-Gewehre. Er legte sie draußen auf den Boden. Dann checkte Ziegler die kyrillische Beschriftung der schweren Sardinenbüchsen und übergab MacDonald sechs Stück. Den Ständer mit den Maschinengewehren ließ Ziegler unberührt, statt dessen entschied er sich für einen von den RPG-7 und eine Kiste mit Projektilen. Er überprüfte die Kiste mit den Minen und stellte erleichtert fest, daß sie voll war; der Weg draußen war demnach nicht vermint. Schließlich hob er eine der Kisten mit Handgranaten hoch.

Eine Diele quietschte laut. Ziegler erstarrte. *Verflucht!* dachte er, wütend über sich selbst. Doch dann wurde ihm klar, daß nicht er das Geräusch ausgelöst hatte; es war im Nebenraum gewesen. Der Leutnant hatte sich bewegt. Danach war es wieder still, und nachdem Ziegler weitere zwei Minuten reglos verharrt hatte, trug er die Kiste mit den Granaten geräuschlos nach draußen. Unendlich langsam schloß er die Tür hinter sich.

Kurz darauf hatten Ziegler und MacDonald die Sardinenbüchsen in einem Rucksack verstaut; in den anderen packten sie die RPG-Projektile und die Handgranaten. Die lange Kiste mit den Projektilen ragte aus dem Rucksack heraus. Ziegler klebte die AKMS-Gewehre mit Band zusammen, lud sich den einen Rucksack auf und sah auf seine Armbanduhr. Noch knapp zwanzig Minuten. Blieb noch eine Aufgabe – Wasser in den Tank des Lasters zu gießen. MacDonald trug den anderen Rucksack und folgte Ziegler in der Dunkelheit.

Neunzehneinhalb Minuten später geschahen mehrere Dinge gleichzeitig. Als erstes klingelte ein kleiner Wecker in der Wachstube. Der Leutnant wachte auf und gähnte, und der Wachposten vor dem Haus schreckte auf und sah sich schuldbewußt um, ob ihn jemand beim Schlafen erwischt hatte. In diesem Moment war hinter dem Gebäude ein dumpfes *Wuuumpf!* zu vernehmen.

Der Wachposten kam auf die Beine, unschlüssig, was zu tun war. Er blickte um sich, dann klopfte er an die Tür zur Wachstube. Plötzlich nahm er den Brandgeruch wahr, und der Himmel leuchtete rot. Panisch stürzte er in den Raum, wo er mit dem Leutnant zusammenstieß, der gerade nach draußen rennen wollte. Der Leutnant fluchte, rappelte sich auf und rannte hinter das Gebäude, wo er angesichts der Szenerie wie angewurzelt stehenblieb. Er stieß ein wütendes Gebrüll aus; in der anderen Baracke fuhren die Soldaten aus dem Schlaf hoch. Sie suchten schimpfend im Dunkeln nach ihren Stiefeln und Waffen und taumelten in die Nacht hinaus – doch die Nacht war taghell geworden.

Howards Aufgabe war einfach gewesen. In dem Brennstoffdepot befanden sich sechsundzwanzig Tonnen, die jeweils fünfundvierzig Gallonen Benzin und Kerosin enthielten, und eine Tonne mit Maschinenöl. Auf einem Gestell lag eine halbvolle Tonne Kerosin mit einem Hahn im Hauptzapfen. Die Benzintonnen waren übereinander gestapelt; an einer war – ebenso wie an der Öltonne – eine Kreiselhandpumpe angebracht. Mit der Zange lockerte Howard bei zwanzig Tonnen die Zapfen, zog sie aber nicht heraus; um 21 Uhr 50 begann er Öl und Benzin zu pumpen, das auf den Betonboden der Nische floß. Als die beiden Tonnen mit den Pumpen leer waren, öffnete er den Hahn an der Kerosintonne; der Brennstoff vermischte sich auf dem Boden mit dem Benzin und floß durch ein zehn Zentimeter großes Ablaufloch in der Wand draußen in eine Betonsenkgrube. Die Senkgrube lief beinahe über; Howard stand fünf Meter weiter, außerhalb der Abgrenzung, und wartete.

Um genau acht Sekunden vor zehn setzte er mit seinem Feuerzeug einen Lappen in Brand, den er zuvor mit Kerosin getränkt hatte. Dann warf er den Lappen in die Senkgrube und verschwand lautlos in der Dunkelheit.

Die Flamme rannte von der Senkgrube durch den Ablauf und setzte innen mit dem lauten *Wuuumpf!*, das der Wachposten hörte, den Brennstoff in Brand. Doch dieses Geräusch war harmlos im Vergleich zum folgenden.

Die Flammen züngelten um die Benzintonnen. Die leere Tonne, voller Dämpfe und deshalb leichter als die anderen, explodierte als erstes. Ein ohrenbetäubender Knall zerriß die Nacht, als die Benzin-Luft-Mischung hochging; Splitter der Tonne flogen durch die Luft und bohrten sich in drei volle Tonnen in der Nähe, die ebenfalls ausliefen und explodierten. Einige Sekunden später gingen die restlichen in die Luft. Am längsten hielten die Tonnen mit den Hähnen durch, weil sie fest verschlossen waren. Nach fünf Minuten explodierte die letzte. Ein brennender Benzinstrahl, der hoch in die Luft schoß, bot ein bemerkenswertes Schauspiel.

Um 21 Uhr 45, eine Viertelstunde vor dem Ablenkungsmanöver, fuhren Bourne und Ackford die Autos langsam bis auf ein paar hundert Meter an die Gebäude heran. Dann hielten sie an und warteten. Als Bourne die erste Flamme sah, startete er den Wagen; das Geräusch ging im Lärm des Feuers und der Explosionen unter. Ackford tat im Wagen hinter ihm dasselbe. Sie wollten abwarten, wie sich der Wachposten verhalten würde. Bourne war sich darüber im klaren, daß es auf den richtigen Moment ankam.

Nach Wochen oder sogar Monaten ermüdender und lähmender Untätigkeit wurde den unglückseligen Soldaten, die an diesen gottverlassenen Ort verbannt worden waren, endlich etwas Abwechslung geboten. Feuer haben etwas Hypnotisches; als die irakischen Soldaten wach waren, standen sie einfach da und starrten hinüber. Dann traten sie aufgeregt palavernd näher, um sich zu wärmen.

Der Leutnant unternahm einen vergeblichen Versuch, seine Männer zum Handeln zu bewegen, indem er fluchte, drohte und sie über das Prasseln des Feuers hinweg anbrüllte. Die einzige echte Antwort, die er darauf erhielt, bestand aus einer sarkastischen Bemerkung seitens eines großen, zerzausten und hellwachen Corporals; sie besagte, daß der Leutnant gerne mit der nutzlosen mickrigen Pißhandpumpe, dem einzigen Feuerlöscher in dieser Zierde einer militärischen Niederlassung, dieses lodernde Feuer löschen möge, wenn er das Bedürfnis dazu verspüre. Er, der Corporal, würde für des Leutnants prachtvolles Dasein im Himmel beten, wo ihn bestimmt schöne, rundliche, willige Mädchen, seidene Kissen, reines Wasser und köstliche Früchte in Hülle und Fülle erwarteten – in dieser Reihenfolge.

Der Leutnant gab klein bei. Angesichts der Konsequenzen, mit denen er zu rechnen hatte, wenn seine Vorgesetzten von diesem Vorfall erfuhren – was, wie er beschloß, erst in ein paar Tagen der

Fall sein sollte, wenn er hier einigermaßen aufgeräumt hatte –, begann er nervös an den Nägeln zu kauen. Dumpf sah er zu, wie die Reste seiner ohnehin nur mittelmäßigen militärischen Karriere in dicken schwarzen Rauchschwaden zum Himmel stiegen.

Wenn er oder einer seiner Soldaten sich um genau 22 Uhr 02 umgedreht hätte, wären ihm dreißig Meter weiter wohl die Umrisse zweier schmutziger Ambulanzen aufgefallen, die Richtung Norden fuhren.

Aber niemand drehte sich um. Die zwei Autos fuhren unbemerkt vorüber.

Howards Team befand sich im Irak.

36

Als das Alarmlicht blinkte, warf John Kearwin einen Blick auf die Konsole links auf seinem Arbeitstisch. Während der Abtaster rotierte, meldete sich in der Mitte des runden Bildschirms eine Leuchtanzeige. *Positivmeldung von der Defense-Support-Program-Abwärtsfrequenz,* dachte Kearwin geistesabwesend; *das betraf ihn noch nicht.* NORAD würde sich bereits darum kümmern, und er würde früh genug erfahren, ob sie weitere Daten benötigten. Er gab auf dem Keyboard der Konsole den Befehl ein, ein Standardanalyseprogramm zu starten, das sich mit der Spur befaßte, und vervollständigte an seinem Hauptbildschirm die Arbeit an dem Bericht über die Bombenschäden an der Nuklearanlage im irakischen Al-Ateer.

Die Arbeit an Al-Ateer hatte Kearwin stark beansprucht; Hunderte von Stunden hatte er seit den gravierenden Pannen des Golfkriegs damit zugebracht, andere Programme zur Einschätzung von Bombenschäden zu entwickeln und zu verbessern. Bei dem Al-Ateer-Projekt hatte er nun endlich detaillierte Analysen von Bodenbeobachtern, gegen die er anarbeiten konnte. Kearwins Analysen anhand von Satellitenaufklärungsdaten mußten sich an Vor-Ort-

Untersuchungen messen lassen; Kearwin kannte die Ergebnisse des Beobachters nicht, und er würde sie erst zu sehen bekommen, wenn er seine Arbeit abgeschlossen hatte. Das hier lief live ab. Kearwin arbeitete seit vier Stunden daran und stand kurz vor dem Abschluß.

Kearwin mochte Herausforderungen, und er liebte seine Arbeit. Er nahm sie sehr ernst. *All seine Kollegen beim National Reconnaissance Office taten das,* dachte er; aber ihm fiel es schwer, einen lockeren, witzigen Ton beizubehalten, während er arbeitete. Er wußte, daß es sich bei allen um extrem fähige und begabte Leute handelte; und er wußte, daß er selbst gute Arbeit leistete. Das geschah von selbst; er fand sein Engagement für seine Arbeit ganz normal und betrachtete seine Begabung nicht als außergewöhnlich. Nur an dem Respekt, den ihm seine gleichaltrigen Kollegen entgegenbrachten, merkte er, wie sie über ihn dachten, und manchmal verwirrte es ihn, daß sie ihn offensichtlich für ebenbürtig hielten, was seine Fähigkeiten betraf. Sicher, ab und zu hatte er Ergebnisse vorzuweisen gehabt, die ihm Bewunderung einbrachten. Er hielt das für Glücksfälle, aber am meisten schätzte er die freundlichen, verhaltenen Komplimente, die ihm gelegentlich von seinen Kollegen zuteil wurden. Für Kearwin war es am wichtigsten, vom Team als zugehörig betrachtet zu werden.

Er wäre sehr erstaunt gewesen, hätte er erfahren, daß die anderen ihn für eine Art Whiz-Kid hielten; das wäre ihm unbegreiflich gewesen. Er fand sich nicht besser als die anderen und wünschte sich nur, etwas mehr Humor zeigen zu können. Er war vielleicht ein wenig zu ernsthaft, aber weil er so offen und bescheiden war, wurde er von allen aufrichtig gemocht und respektiert.

Eine geheime Befürchtung hatte Kearwin jedoch, und die hatte er seinem Chef, Walter Sorensen, in einem Gespräch vor seiner Anstellung beim NRO anvertraut. Er hatte Angst davor, daß ihm jemand den Spitznamen »Radar« geben würde. Er sah dem Schauspieler aus der Fernsehserie *M*A*S*H* auffallend ähnlich: Er war klein, hatte ein rundliches Gesicht und eine leicht quäkende Stimme, und er trug eine Brille mit runden Gläsern und Metallgestell. Er hatte sich Sorensen gegenüber frei geäußert, und der hatte auf Anhieb erkannt, daß diese Sache dem nervösen jungen Mann wirklich zu schaffen machte. *Kearwin,* dachte sich Sorensen, *hatte ein paar Probleme mit seiner Selbstsicherheit.* Er sah sich die vertraulichen Berichte über Kearwin noch einmal an; die Wissenschaftler, die seine Entwicklung begleitet hatten, ergingen sich in Lobeshymnen über ihn. Kearwin galt als Naturtalent. Sorensen war eine gute Führungskraft, und er wußte, wie man das Beste aus seinen Leuten herausholte. Am Tag bevor Kearwin seinen Job beim NRO antrat, hatte Sorensen die anderen ins Bild gesetzt. Er hatte ihnen Kearwins Qualifikationen dargestellt; sie waren beeindruckt. Schließlich hatte er gesagt: »Und ich möchte, daß ihr uns und ihm einen Gefallen tut, Jungs. Er ist ein wirklich netter junger Bursche. Zieht ihn nicht zu sehr auf. Er kann es auf den Tod nicht leiden, wenn man ihn Radar nennt. Wenn ich einen von euch dabei erwische, daß er ihn so nennt, mach ich ihm die Hölle heiß. Und das meine ich wirklich ernst.«

Sie hielten sich daran. Kearwin dagegen hatte Sorensens Rat beherzigt und sich eine Brille mit eckigen Gläsern zugelegt. Das war vor sieben Jahren gewesen; seit damals war Kearwins Selbstbewußtsein mächtig gewachsen. Er hatte entscheidenden Anteil an der Entwicklung der Analysemethoden des NRO gehabt. Und als jemand einmal zu ihm sagte, daß Sorensen Ähnlichkeit mit einem Walroß habe, hatte er laut gelacht. Der Spitzname »Walroß« war an Sorensen hängengeblieben, der es mitbekam, sich aber nicht daran störte; niemals jedoch hatte man Kearwin »Radar« genannt.

Die Installation der DSP-Satellitenechtzeitkonsole vor vier Jahren war von Kearwin angeregt worden; Sorensen hatte eingewilligt, was Kearwin damals erstaunt hatte.

»Nicht unser Ding, John«, hatte Walroß eindringlich gesagt. »Echtzeit ist nicht unser Ding. Wir beschäftigen uns mit mittel- und längerfristigen Sachen. NORAD macht die Echtzeitanalysen und die Kurzzeitsachen. Das ist ihre Aufgabe. Wir haben den viel interessanteren Teil; wir können später die Feinheiten rausarbeiten, für die sie dort keine Zeit haben.« Und bestimmt zum fünfzigsten Mal hielt Walroß eine seiner Lieblings-Moral-Reden, in denen er jungen Analytikern die Rolle des amerikanischen National Reconnaissance Office erläuterte.

Das gute alte Walroß, hatte Kearwin gedacht; *nach gut drei Jahren beim NRO behandelte ihn der Mann immer noch wie einen Frischling.* Aber er hatte seine Gegenrede gut einstudiert. »Sie haben völlig recht, Walter, aber die Zeitdifferenz läßt mir keine Ruhe. Denken Sie doch mal daran, was passiert, wenn es eine Positivmeldung gibt. Jedesmal wenn die Sowjets einen Satelliten hochschicken oder einen Testabschuß machen, schreien sie ganz oben nach sofortiger Analyse. Okay, so weit ich weiß, rücken sie auch den Jungs vom NORAD zu Leibe, aber hauptsächlich wollen sie von uns irgendwelche Details. Sie glauben, wir haben die Details, also machen sie uns Streß. Jedesmal, mit schöner Regelmäßigkeit. Andererseits bin ich auch nicht derjenige, der sich dann das Geschrei anhören muß ...« Kearwin ließ den Satz unbeendet; er wußte, daß Walter Sorensen ganz Ohr war. Das war ein heikler Punkt beim Walroß; ein sehr heikler Punkt. Der Mann hatte viel Geduld, aber er war außer sich, wenn er immer wieder jedem verdammten Rindvieh, das einen Telefonhörer halten konnte, klarmachen mußte, daß seine Abteilung für Kurzzeitanalysen nicht zuständig war, ganz abgesehen davon, daß er nicht einmal etwas von einer Positivmeldung wußte, weil NORAD noch nicht weit genug war, um sie ihnen durchzugeben. Walroß haßte es, einen uninformierten Eindruck zu hinterlassen.

»Verdammte Rindviecher«, murmelte Walroß; das war seine Standardbezeichnung für die hohen Tiere, die ihn immer wieder nervten, obwohl sie allmählich im Bilde sein mußten. Man konnte sich darauf verlassen; immer wenn er nach einem dieser Gespräche den Hörer auflegte, sagte er: »Verdammte Rindviecher.«

Kearwin fuhr fort: »Ich sehe das folgendermaßen, Walter. Wenn wir nur eine einzige Echtzeitkonsole hätten, sagen wir, von einem DSP-Satelliten, wüßten wir sofort Bescheid, wenn was los ist. Wir müßten nicht so viel Zeit verplempern. Defense Support Program wäre ideal. Nur die DSP-Positivmeldungen machen die Oberen wild. Ich könnte ein schnelles Programm installieren, das uns die wesentlichen Daten ausspuckt. Wir bräuchten nur ein paar Sekunden für jede Positivmeldung, und wir wissen ja, daß fünfundneunzig Prozent sowieso vom NORAD abgehandelt werden und nie bei uns auftauchen. Und mit den restlichen fünf Prozent geben wir uns dann ab. Verlieren würden wir gar nichts – im Gegenteil; eher ein oder zwei Stunden gewinnen, da wir später sowieso dran arbeiten müßten. Und wir hätten gleich eine Antwort für die Oberen parat.«

Sorensen sah nachdenklich aus. Die Idee sagte ihm zu. Er zupfte an den Enden seines langen Schnurrbarts und willigte schließlich ein. »Okay, lassen wir's auf einen Versuch ankommen. Eine Konsole, auf Ihrem Schreibtisch. Es ist Ihr Baby. Sie installieren sie. Ich will nichts davon wissen, außer sie meldet sich. Und nur für einen Satelliten, ist das klar? Ich will nicht, daß Sie mit irgendwelchem 3-D-Zeug rumspielen, mit zwei Satelliten Flugbahnen vorherberechnen oder solchen Mist. Das ist definitiv Aufgabe des NORAD. Nur ein Satellit. Und daß das klar ist, mein Freund«, fügte er hinzu und drohte ihm mit dem Zeigefinger, »ich will nicht sehen, daß Sie den ganzen Tag in das Ding glotzen und Ihre sonstige Arbeit vernachlässigen.«

»Ganz bestimmt nicht«, sagte Kearwin glücklich. »Es ist nur dazu da, Ihnen Antworten für die Oberen zu liefern. Ein- bis zweimal pro Monat, wenn es so bleibt wie bisher.«

Was nicht der Fall war. Kurz nach der Installation der DSP-Konsole auf Kearwins Arbeitstisch im Sommer 1988 trug man dem NRO plötzlich auf, einen Teil seiner üblichen Aufgaben hintanzustellen. Kearwin und fünf andere Analytiker wurden von ihrer Ostblock-Arbeit abgezogen und mit dem Nahen Osten betraut. Sie mußten das irakische Atomprogramm analysieren und arbeiteten einen Monat lang rund um die Uhr an der Beurteilung. Kearwin konnte sich nicht erinnern, daß es je einen solch dringlichen Auftrag gegeben hatte; alles andere schien plötzlich völlig unwichtig. Die CIA steuerte einiges bei, und es gab ein paar Gerüchte aus dem Ausland, von denen sich einige als recht nützlich erwiesen. Das Gutachten war Anfang September 1988 fertiggestellt; sie waren zu dem Schluß gekommen, daß die Iraker mit ihrem Atomprogramm sehr weit fortgeschritten waren und etwa 1994 instande sein würden, selbst Atomwaffen herzustellen. Danach wurde es etwas ruhiger.

Doch die Ruhe hielt nicht lange vor. Zwei Wochen später kam der Auftrag, das Gutachten zu aktualisieren und mit mehr Detailinformationen auszustatten. Damit hatte Kearwin gerechnet; das Gutachten war durchsetzt mit Verweisen darauf, daß man mehr Zeit bräuchte und daß es nur eine Art Vorstudie war. Das gute alte Walroß, dachte Kearwin; aber er hatte recht gehabt. Man konnte nicht einfach die Umlaufbahnen von zwei KH-11-Satelliten verändern und erwarten, daß sie sofort Daten über ein neues Gebiet lieferten. Gut, es hatte Keyhole-Bewegungen über dem Irak gegeben, aber das kleine Team, das sich mit diesem Sektor beschäftigte, konnte nur mit einem bestimmten Maß an Informationen aufwarten, und auch die Datenarchive, die dem Team zur Verfügung standen, waren begrenzt. Außerdem waren diese Männer überwiegend damit beschäftigt gewesen, den Iran-Irak-Krieg zu überwachen; irgend jemand hatte sie »Ersatzhelden« genannt. Dafür konnten sie wenig; sie führten nur Befehle aus.

Also kam der Auftrag: sechs Monate für das Gutachten. Verändert die Umlaufbahnen der KH-11s so, daß maximale Abdeckung des Irak gewährleistet ist. Eine Umlaufbahn am Tag war zu wenig. Kearwin erstellte grobe Kalkulationen, wie sich das auf die Lebensdauer der KH-11s auswirken würde, bevor ihnen der Treibstoff ausging. Es würde sie um die Hälfte verringern, errechnete er, womit ein solcher Vogel jeweils siebenhundertfünfzig Tage halten würde. Und große Vögel waren es – die KH-11s gehörten zu den größten der etwa siebentausend Objekte, die da oben herumschwirrten. Die KH-11s waren zwanzig Meter lang, wogen um die fünfzehntausend Kilo und hatten die Möglichkeiten des NRO, die Sowjetunion im Auge zu behalten, revolutioniert. Lange Zeit hatten die Sowjets keine Ahnung gehabt, wozu das Ding überhaupt da war; dann hatte ein ehemaliger Wachmann im Operations Center ihnen eine Kopie des technischen Handbuchs zum KH-11 verkauft.

Sie hatten gewußt, daß er da war, hatten aber angenommen, er sei nicht aktiv, da er keinerlei Signale auszusenden schien. Im Gegensatz zu seinem Vorgänger, dem KH-9, wirkte der KH-11, als sende er gar nichts. Die Abwärtsfrequenz des KH-11 war raffiniert: Sie gab das Signal in den Weltraum an einen geosynchronen Relaissatelliten weiter, nicht direkt zur Erde. Er schien elektronisch tot zu sein, weshalb sich die Sowjets keine Mühe gaben, geheime Objekte zu verstecken, wenn er auftauchte. Aber den endgültigen Durchbruch schaffte der KH-11 durch seine Kapazität, Daten in Echtzeit zu übermitteln. Die Vorgänger-Satelliten hatten Filmkapseln in Wiedereintrittskörpern ausgestoßen, die später entwickelt und analysiert wurden. Die KH-11s verschlüsselten ihre Daten und sandten sie elektronisch, wodurch eine Sofortanalyse möglich war.

Also sollten sie zwei KH-11s verheizen, um an diese Daten ranzukommen. Es dauerte vier Tage, um ihre Umlaufbahn soweit zu verändern, daß das Perigäum weiter südlich lag, über dem geforderten Breitengrad. Der niedrigste Punkt der elliptischen Umlaufbahn lag in zweihundertfünf Kilometer Höhe; damit war detaillierte Beobachtung möglich. Doch damit gaben sie sich nicht zufrieden; sie wollten auch noch, daß er bei jeder Umlaufbahn einmal »sprang«. Das hieß, daß man das Perigäum über einem bestimmten Objekt bis auf hundertfünfzig Kilometer herunterbringen mußte, um die maximale Information zu bekommen, wobei man den Satelliten mit einem Treibstoffabstoßmanöver hinterher wieder auf normale Höhe bekommen mußte. Die Techniker hatten es geschafft, ihn von dreihundert Kilometer Höhe auf dreihundertfünfzig hochzubringen, aber Kearwin bezweifelte, daß sie damit die Lebensdauer erhöhten. Das Problem mit dem Treibstoff blieb bestehen. Weil ein Bild pro Tag nicht als ausreichend betrachtet wurde, mußte der Satellit jedesmal, wenn er zur Seite abglitt, wieder angetrieben werden, damit er bei jeder Umlaufbahn über das jeweilige Ziel flog.

In einer schematischen Darstellung sähe der Weg, den der KH-11 beschreibt, wie ein Schnurknäuel aus, dachte Kearwin. Wenn man eine Schnur zu einem Knäuel aufwickelte, lag sie immer etwas versetzt zu der vorherigen Stelle. Die Erde lag in der Mitte des Knäuels, und die Öffnungen oben und unten waren Nord- und Südpol. Die Schnur wand sich mehr als zwölfmal täglich um das Knäuel und landete immer an einer anderen Stelle; erst am nächsten Tag landete sie wieder genau am selben Punkt. Um die Schnur öfter an dieselbe Stelle zu bewegen, mußte man sie seitlich verschieben, um die Erddrehung auszugleichen. Der Satellit bewegte sich mit einer Geschwindigkeit von sechs Kilometern pro Sekunde vorwärts und brauchte neunzig Minuten für eine Umlaufbahn, schaffte also sechzehn Umlaufbahnen pro Tag. Sechzehn Treibstoffladungen täglich! Dabei wurde eine Menge Hydrazin verbraucht und die Lebenserwartung des Satelliten reduziert. Aber während diese zwei Satelliten tätig waren, würden sie bestimmt zahlreiche Daten beschaffen können. Und wenn ihre Zeit abgelaufen war? Würden ein paar Titan-4Cs mit Ersatz hochgeschossen werden. Ein teurer Spaß. »Bei dieser Arbeit ist Zeit Geld«, sagte Walroß, und das war nicht als Scherz gemeint. »Ihr Jungs solltet die zwei Schätzchen gründlich nutzen, bevor sie hinüber sind.«

Kearwin und sein Team machten sich mit vollem Einsatz an die Arbeit. Sie sammelten weitere Detailinformationen. Sie hatten mehrere Monate Zeit, um präzisere Ergebnisse zu erarbeiten. Das zweite Gutachten enthielt Informationen über bisher nur oberflächlich erwähnte Einrichtungen und einiges an Material »aus dem wirklichen Leben« von der CIA zum Vergleich. Als das Gutachten erst zur Hälfte fertiggestellt war, äußerte Walroß das voreilige Urteil, daß die Iraker 1993 zur Herstellung einer Atombombe bereit sein würden. In ihrem Abschlußurteil verlegten sie den Zeitpunkt auf 1992 vor.

Peng. Das Gutachten kam wieder zurück, diesmal mit höchster Dringlichkeitsstufe. Man gab ihnen hundert Tage. Definitive Antworten wurden erwartet, individuelle Spekulationen von Grade-II-Leuten waren erlaubt. Ein dritter KH-11 sowie sechs zusätzliche Analytiker wurden eingesetzt, Archivspeicherkapazitäten verdreifacht. Beförderung und eine dicke Gehaltserhöhung für Kearwin. Währenddessen stand die DSP-Konsole auf seinem Arbeitstisch und gab gelegentlich blinkend eine Positivmeldung an. Kearwin kümmerte sich wenig darum in dieser Zeit; das Walroß wurde unangenehm gegenüber den Rindviechern und wedelte fröhlich mit seiner Direktanweisung von Verteidigungsminister Dick Cheney vor ihrer Nase herum, für den Fall, daß sie was zu meckern hatten. Kearwin vertrat die Meinung, daß die Richtlinien für die Indikatoren langfristig an neue Verhältnisse angepaßt werden müßten, und schlug einige neue Parameter vor, mit denen man Entwicklungen in Dritt-Welt-Ländern wie dem Irak richtig einschätzen konnte; die alten Parameter für wankende Supermächte wie die Sowjetunion waren hierfür nicht mehr geeignet. Walroß ließ ihm freie Hand. Er selbst führte lange Gespräche mit altgedienten CIA-Leuten, die schon dabeigewesen waren, als die sowjetische Kernkraftentwicklung noch in den Kinderschuhen gesteckt hatte. Zivile Wissenschaftler wurden hinzugezogen, die über moderne Standardtechnologie berichten sollten, was dazu führte, daß die armen Jungs draußen noch mehr Spuren zu verfolgen hatten. Einige Firmen in Europa wurden gepiesackt und mußten sich fragen lassen, in was sie eigentlich verwickelt waren; einige vermeintlich respektable Industrielle liefen schamrot an, von diversen Regierungen ganz zu schweigen. All das hatte sich mit rasanter Geschwindigkeit vollzogen, erinnerte sich Kearwin; es war bei weitem sein interessantester Auftrag gewesen. Oktober 1989 war der Bericht endgültig fertiggestellt. Kearwins Beurteilung neuerer irakischer Bauprojekte und vor allem der Sicherheitsvorkehrungen in der Umgebung derselben hatten das Feld der Nachforschungen erweitert, und das Gutachten enthielt viele von Kearwins eigenen Einschätzungen. Der Bericht besagte, daß es im März 1991 soweit war; eventuell im Februar. Zu diesem Zeitpunkt konnte der Irak seine erste eigene Atomwaffe herstellen. Bereits in etwa einem Jahr.

Als sie die Umlaufbahn des DSP veränderten, wurde Kearwin klar, wie ernst das alles genommen wurde. Der Satellit war nicht einmal mehr auf den Osten der UdSSR ausgerichtet. Kamtschatka war von seinem Bildschirm verschwunden. Die Defense-Support-Program-Satelliten spielten ein ganz anderes Spiel. Sie machten keine Aufnahmen mehr; sie hielten nur noch nach den starken Infrarot-Strahlungen von Missiles Ausschau und orteten die Abschußrampen. Nach dem Abschuß verfolgten die DSPs die Missile; mittels Messungen von mehreren DSPs wurde innerhalb von sechzig Sekunden ein 3-D-Bild erstellt, von dem sich Flugbahn und angenommenes Ziel ablesen ließen. Die DSPs waren geostationär, sie bewegten sich nicht mit der Erde mit, überwachten also immer dasselbe Gebiet, von dem sie alle zehn Sekunden ein neues Bild lieferten. Um an einem Ort fixiert bleiben zu können, mußten sie in eine wesentlich höhere Umlaufbahn geschossen werden. Der DSP-Satellit, den Kearwin überwachte, war der dreizehnte aus dieser Serie, und bis jetzt war er in einer Position über Sinkiang in Nordwestchina fixiert gewesen. Von seiner dortigen Position achtunddreißigtausend Kilometer über der Erde – mehr als hundertmal höher als die KH-11-Satelliten – hatte er die halbe Erde beobachten können, unter anderem die gesamte Sowjetunion, die Warschauer-Pakt-Staaten, China und den Fernen Osten. Aber nach Fertigstellung des NRO-Berichts war er dreitausend Kilometer weiter geschickt worden, um was zu beobachten? Richtig, die Golf-Staaten. Und das NORAD hatte für sein 3-D-System noch einige andere DSP-Satelliten über diesem Gebiet hängen.

Während der letzten zwei Jahre hatte es einige Positivmeldungen aus dem Irak gegeben; sie waren als Testabschüsse von SS-1-Scud-B-A, Al-Abbas- und Al-Hussein-Raketen analysiert worden. Nicht leicht auszumachen, aber das DSP war ein gutes System. Als größtes Hindernis erwiesen sich Wolken; ein Objekt von der Größe einer Interkontinentalrakete, auf die die DSPs vorwiegend ausgerichtet waren, würden sie bei wolkenlosem Himmel eventuell auch durch eine dünne Wolkenschicht wahrnehmen. Eine Scud-B dagegen war wesentlich kleiner. Ihre Wärmestrahlung war um neunundneunzig Prozent geringer als die einer ICBM, und sie erreichte natürlich nicht dieselbe Höhe. Sie war nicht leicht auszumachen, vor allem bei Wolken. Kearwin hatte dennoch einige zu sehen bekommen. Die Erfahrung hatte sich als nützlich erwiesen. Der Teil des Berichts über Zulieferungssysteme hatte auch Informationen über Scud-Testabschüsse enthalten, obwohl die Hauptdaten hierbei vom NORAD stammten; das hatte die Oberen ein wenig getröstet. Die Scud war ein mieses System – eine Art fliegender Schrotthaufen, mit einem Steuerungssystem aus grauer Vorzeit, höllisch ungenau. Wenn man sie jedoch mit einem Atomsprengkopf ausstattete...

Rückblickend kam Kearwin zu dem Schluß, daß die Oberen gewußt hatten, was die Iraker im Schilde führten. Er fand es tröstlich, daß man informiert gewesen war. Sogar Walroß gab zu, daß die Rindviecher recht gehabt hatten. Kuwait, Wüstenschild, Wüstensturm. Was war das für ein Aufruhr gewesen! Als Walroß einen Haufen Juniors dabei erwischte, wie sie während des Live-Abschusses einer Scud-Rakete um Kearwins DSP-Konsole herumstanden, hätte er um ein Haar Kearwin befohlen, den Stecker rauszuziehen und das Ding wegzuschaffen. Echtzeitanalyse hatte etwas Unwiderstehliches. Kearwin konnte sich der Faszination selbst nicht entziehen.

Er sah es vor sich. Alles war so schnell gegangen. *Wusch;* die Scud ging hoch. Nach zehn Sekunden kam das erste Piepzeichen des DSP. Dann weitere im Abstand von zehn Sekunden. Die Frühwarnstation im Hauptquartier des NORAD in der Tiefe des Cheyenne Mountain in Colorado bestätigte die Meldung und lieferte innerhalb von einer Minute eine mögliche Flugbahn und ein Ziel – sofern keine Wolken im Weg waren. Mit Wolken dauerte es länger. Der DSP gab die Daten an einen TRDSS-Datensatelliten weiter, der sie direkt zum NORAD funkte; wenn die Flugbahn der Rakete dort errechnet worden war, wurden die Informationen an ein MILSAT-Relais gefunkt, das sie wiederum an das Zentralkommando im Golf weitergab. Dreieinhalb Minuten nach dem Abschuß erhielten die militärischen Befehlshaber im Feld die Information, und nach weiteren neunzig Sekunden, also fünf Minuten nach dem Abschuß, waren die Patriot-Batterien in Israel oder Saudi-Arabien gefechtsbereit. Eine Scud hatte eine etwa achtminütige Flugzeit, so daß den Patriots maximal zwei bis drei Minuten blieben, um die Raketen anzugreifen. In einer Patriot-Batterie schlief man mit den Stiefeln an den Füßen und einem offenen Auge. Falls man überhaupt schlief.

Das Problem bei der Patriot war, daß sie für richtige Ziele entwickelt worden war, nicht für Schrottteile wie die Scud oder ihre Varianten, die Al-Abbas oder Al-Hussein. Die Scuds begannen bei Wiedereintritt in fünfzehn oder zwanzig Kilometer Höhe auseinanderzufallen und kamen in drei oder mehr Teilen herunter. Die Heck- und die Seitenflossen fielen ab, und manchmal zerbrach der gesamte Rumpf. Die Standardprozedur sah vor, daß auf jedes Ziel zwei Patriot PAC-2 abgeschossen wurden, was zur Folge hatte, daß teilweise für jede Scud vier oder mehr Patriots abgefeuert wurden: zwei, die dem Sprengkopf folgten, und zwei oder mehr für die anderen Teile der Scud. Einmal gingen in einer Nacht für nur sieben Scuds fünfunddreißig Patriots drauf. Jede kostete eine Million. Die zu Boden fallenden Teile von Scuds und Patriots richteten schließlich mehr Schaden an als die Sprengköpfe der Scuds selbst. In Israel gab es sechzig Prozent mehr Verluste bei jedem Scud-Abschuß, nachdem man mit dem Einsatz der Patriots begonnen hatte, und die Schäden pro Scud verdreifachten sich.

Die Raytheon Corporation, Herstellungsfirma der Patriot, hatte dieses Problem aufgrund von Testabschüssen in White Sands, Arizona, kommen sehen; aber niemand hatte ahnen können, wie instabil und brüchig die irakischen Scuds sein würden. Raytheon erarbeitete in kürzester Zeit eine Lösung; innerhalb von vierundzwanzig Stunden ließen sie Software im Golf einfliegen. Die Operatoren der Patriot konnten nun das System von Automatiklenkung auf Handlenkung umschalten und die Rakete auf das Ziel mit der stabilsten Flugbahn – den Sprengkopf – aufschalten; allerdings war extreme Konzentration vonnöten, um sich innerhalb von etwa vierzig Sekunden für einen von diversen herumfliegenden Scud-Teilen zu entscheiden.

Es ereignete sich nur eine wirkliche Tragödie – der furchtbare Vorfall, als eine Scud in eine Kantine am Luftwaffenstützpunkt Dharan einschlug und achtundzwanzig amerikanische Militärangehörige tötete. Die Patriots griffen die Scud nicht an – aber niemand trug daran die Schuld. Das Problem lag bei der Berechnung der »Keep-out-Zone«. Jede Patriot-Batterie verteidigte eine ganz bestimmte Zone. Diese war genau eingegrenzt – wenn sie zu groß war, war ein erfolgreicher Angriff unmöglich. Also wurde jede Scud, die nicht in diese Zone eindrang, ignoriert. Die »Keep-out-Zone« errechnete sich nach der Flugbahn der Rakete; wenn die Flugbahn niedrig war, vergrößerte sich die KOZ, weil die Scud langsamer war; wenn sie sich jedoch fast vertikal mit hoher Geschwindigkeit näherte, blieb der Patriot weniger Zeit, ihr zu folgen. Die Rakete, die in die Kantine eingeschlagen war, hatte eine ungewöhnliche Flugbahn gehabt, und es war nicht möglich gewesen, das gesamte Gebiet abzusichern. Die Kantine befand sich nur *fünfzehn* Meter außerhalb der nächsten KOZ. Es war einfach Pech, aber wenn diese Patriot-Batterie nur fünfzehn Meter näher an der Kantine gewesen wäre ...

Alles in allem hatte Raytheon mit der Patriot erstaunlich gute Arbeit geleistet, dachte Kearwin. Ursprünglich, rief er sich selbst ins Gedächtnis, war sie nicht als Raketenabwehrsystem entwickelt worden – die PAC-1 sollte gegen Flugzeuge eingesetzt werden. Erst als die Oberen ihre Kapazitäten erkannt hatten, drängten sie darauf, das Steuerungssystem für Raketenabwehr umzubauen. Die PAC-2 war tatsächlich ein sehr gutes System; eine Art Beweis dafür, was alles möglich war. Die Schwierigkeiten spielten keine Rolle, es zählte allein die politische Bedeutung einer solchen Entwicklung. Die Patriot hatte die israelische Öffentlichkeit bis zu einem gewissen Grad beruhigt und war angeblich der Hauptgrund, warum die Israelis nicht in den Krieg eingetreten waren.

Kearwin aber wußte mehr. Der wirkliche Grund dafür war der Nachfolger der Patriot, die Arrow. Die Arrow würde eine Flughöhe von vierzig Kilometern erreichen und eine Reichweite von hundert Kilometern haben, wohingegen es die Patriot nur auf fünf Kilometer Flughöhe und zehn bis zwanzig Kilometer Reichweite brachte. Das Problem bestand nur darin, daß die Arrow teuer war. Die Israelis konnten sie nicht selbst entwickeln. Die israelische Regierung hatte eisern mit den USA verhandelt, hatte Finanzmittel und technologische Unterstützung gefordert. Die USA mußten jedoch sehr vorsichtig sein – der ABM-Vertrag von 1972 verbot »Übermittlung von Technologien«, womit ihnen die Hände gebunden waren. Finanzielle Unterstützung und die Zusage zum Kauf der Arrow waren jedoch etwas anderes, und die USA hatten Israel beides zugesichert. *Deshalb* hielten sie sich heraus, nicht wegen der Patriot.

Kearwin seufzte. Jetzt herrschte wieder grauer Alltag. Der Nahe Osten hatte immer noch Priorität, aber es ging jetzt mehr um die Überwachung der Anlagen, die Beobachtung der Bewegungen und Einrichtungen. Das Gutachten über die Bombenschäden an der Anlage von Al-Ateer war eine willkommene Abwechslung und eine Herausforderung gewesen. Die Informationen von den KH-12-Flügen waren gut. Es interessierte ihn, ob das Gutachten den Anforderungen gerecht wurde. Er war überzeugt davon.

Er rief einen seiner Assistenten zu sich. »Okay, Peter, ich glaube, wir haben's. Machen Sie's fertig und reichen Sie's weiter, ja?«

Der junge Mann nickte und machte sich daran, das Gutachten auszudrucken, um es dem Walroß vorzulegen.

Kearwin rieb sich die Augen, lehnte sich in seinem Sessel zurück und gähnte. Er war seit sechs Uhr morgens im Dienst; mit etwas Glück würde er in einer halben Stunde rauskommen und konnte den Rest des Nachmittags mit Carrie und dem Baby in der Sonne verbringen. Er streckte die Arme, dehnte die Muskeln im Nacken, um die Verspannungen zu lösen.

Die Leuchtanzeige auf der DSP-Konsole zog wieder seine Aufmerksamkeit auf sich. Die Analyse kam durch. Er sah sie sich an und runzelte die Stirn. *Das kann doch nicht wahr sein,* dachte er und forderte zusätzliche Informationen über die Positivmeldung an. Über die Schulter rief er dem Walroß zu: »He, Walter, wir haben eine Positivmeldung auf dem DSP. Im Westen des Irak. Sieht wie ein Scud-Abschuß aus. Wollen Sie mal sehen?«

Sorensen stand von seinem Schreibtisch auf und kam herüber. »Was soll das heißen, eine Scud? Sind Sie irre? Der Krieg ist vorbei, um Himmels willen.« Mit gefurchter Stirn sah er sich die Daten an.

»Ja, aber schauen Sie sich den Ort an.« Kearwin gab weitere

Befehle ein, und eine Landkarte der betreffenden Region und zusätzliche Informationen erschienen auf dem Bildschirm. Er zoomte eine Vergrößerung des Gebiets heran. »Genau an der Grenze, ob man's glaubt oder nicht.«

»Haut die Strahlung hin?« fragte Sorensen, der auf den Bildschirm starrte und an seinem Schnurrbart zupfte.

»Paßt auf die Scud-Parameter auf dem 4.3-Mikrometer-Band, vielleicht etwas knapp auf dem 2.7-Band.« Die Kurzwelleninfrarotsensoren überprüften routinemäßig diese beiden Wellenlängen; das Intensitätsverhältnis der Signale auf den zwei Bändern lieferte den Analytikern reichlich Informationen, denen man entnehmen konnte, welche Raketenart abgeschossen worden war; jeder Treibstoff hatte entsprechend der Raketenart seine eigene Strahlung. Wenn die CIA die Treibstoffart wußte, kannte sie auch die Raketenart.

»Wo ist sie jetzt?«

Kearwin gab einen Befehl ein. Ein paar Sekunden später kam die neueste Meldung. Er zwinkerte erstaunt. »Verdammt, sie hat sich nicht bewegt! Vielleicht ein Maschinentest.«

Auf Sorensens Gesicht breitete sich ein Grinsen aus. »Maschinentest, so ein Quark. Sehen Sie sich doch die neue Zahl auf dem 2.7 an. Höher, nicht wahr? Und was sagt uns das? Maschinentest? Da? An der Grenze? Soll ich Ihnen mal was sagen, Sie As? Was wir da haben, ist eine Öltonne! Hätte nie gedacht, daß Sie darauf reinfallen. He, Jungs!« Walroß drehte sich um und grinste die anderen an. Sie sahen überrascht drein, als er mit seinem breitesten Südstaatenakzent die Neuigkeit zum besten gab. »Johnny-Boy hier hat sich eine Öltonne gefangen! Hat mich speziell herbeordert, um sie mir vorzuführen! Was sagt man dazu!« Er hieb Kearwin die Hand auf die Schulter. »Und nun arbeiten Sie schön weiter, ja, Johnny-Boy?« Er stapfte glucksend davon, während die anderen Analytiker Beifall spendeten. Eine kleine Papierkugel traf Kearwin am Kopf. Er sah leicht belämmert auf und blickte in die freundlich grinsenden Gesichter seiner Kollegen. »Ist ja schon gut, Jungs. Man darf sich ja wohl mal 'nen Patzer erlauben, oder?«

»Echt Spitze, John«, rief ihm einer der Jüngeren zu.

»Klasse gemacht, John«, sagte ein anderer.

»Ja, ja, ich hab's kapiert. Seid ihr jetzt fertig? Macht mal halblang.« Kearwin war nicht umsonst Analytiker. Er spürte, daß die Scherze die Stimmung aufgelockert hatten. Das passierte selten genug, und das freundliche Gefrotzel würde allen guttun, auch wenn es auf seine Kosten ging. Er lächelte und machte sich wieder an die Arbeit.

Aber eine Viertelstunde später ließ ihm sein Irrtum immer noch keine Ruhe. Und da stimmte auch etwas nicht. Warum sollten die Iraker den alten Öltonnentrick abziehen, obwohl kein Krieg war, und noch dazu so dicht an der Grenze? Er dachte an den Krieg zurück, als man bei Scud-Bombenangriffen mit dieser Taktik die F-16 Falcons irregeführt hatte. Während die Patriot-Batterien sich an die Fersen der Scud hefteten, waren die F-16 Falcons schon in der Luft, begleitet von F-11 Wild Weasels, die mit ALQ-131-ECM-Radarstörgeräten ausgestattet waren. Denen folgten wiederum Tankflugzeuge.

Es lag an dem Funkgeplapper, dachte Kearwin. *Die Funkabhöranlagen der Iraker waren wesentlich besser, als die Alliierten glaubten;* die ECMs von den F-111s störten zwar ihre Radarschirme, aber sie wußten von den F-16s aufgrund des Funkverkehrs. Sie knackten sogar die Codes der Scud-Ziele und wußten, welche sie wegschaffen mußten, bevor die F-16s die Bomben abwarfen. Wenn die F-16s dann eintrafen, waren die Scud-Raketenwerfer meist unter einer Brücke oder einem Viadukt versteckt; an ihrer Stelle stand eine von brennenden Öltonnen umgebene Attrappe, deren Wärmestrahlung die Sensoren der F-16s erfaßten. Bei vielen »erfolgreichen« Bombenangriffen waren lediglich Attrappen vernichtet worden. Öltonnen, dachte Kearwin. Und jetzt war er selbst auf den alten Trick reingefallen.

Aber handelte es sich wirklich um eine Öltonne? Und warum? Weshalb an der saudiarabischen Grenze? Es ergab keinen Sinn. Kearwin beschloß, sich die Sache genauer anzusehen. Er gab an seinem Hauptkeyboard den Befehl für die letzten KH-12-Bilder von dem Gebiet ein. Unter der Grafik der Landkarte erschien ein Diagramm, in dem die diversen Flüge der Keyholes über dem Gebiet aufgelistet waren. Sehr gut, dachte Kearwin; vor fünf Minuten war ein KH-12 über das Gebiet geflogen. Die Information war bereits von den Relaissatelliten und der Abwärtsfrequenz weitergegeben worden, und die Digitaldaten wurden jetzt vom Computer entschlüsselt und zur Archivierung gespeichert. Der Computer brauchte einige Minuten, um die angeforderten Koordinaten im Archiv zu finden. Das reichte, beschloß Kearwin. Er würde kurz einen Blick darauf werfen, um festzustellen, was es war, und dann nach Hause fahren zu Carrie und dem Jungen.

Er lehnte sich zurück, dachte nach, dann beugte er sich wieder vor. Während er wartete, konnte er sich auch ein paar von den vorherigen Bildern zum Vergleich zeigen lassen. Er gab einen anderen Befehl ein. Die Daten davor stammten von einem KH-11, der vor zwanzig Minuten das Gebiet überquert hatte, und die würden ausreichend sein. Er rief sie auf. Der Satellit war vor fünfundvierzig Minuten über das Gebiet geflogen, aber die Bahn war relativ weit westlich gewesen und hatte die Koordinaten, die er benötigte, verfehlt. Das war nutzlos zum Vergleich. Der einzige weitere brauchbare Flug lag zwei Stunden zurück. Er rief diesen als Basis auf. Unten im Keller arbeitete der riesige Großrechner die gespeicherten Bänder durch und sortierte Koordinaten aus. Nach einer Minute und fünfunddreißig Sekunden erschien das Bild des letzten Flugs auf Kearwins Bildschirm. Gut, dachte er; keine Wolken. Ein makelloses Bild. Es dauerte etwa eine Minute, bis er die Digitalregelung für den optimalen Kontrast des Infrarotbilds richtig eingestellt hatte.

Sah nach einem wirklich gottverlassenen Flecken aus. Mitten in der Wüste. Von Interesse war nur eine kleine Gebäudegruppe neben einer unbefestigten Straße, die sich von oben nach unten durch das Bild zog; die Gebäude lagen in der Mitte. Neben den Gebäuden schien sich ein kleines Lagerhaus zu befinden. Vor dem Hauptgebäude stand ein Lastwagen. Ein winziger Militärposten. Natürlich – ein Grenzposten. Und offenbar ein ziemlich überflüssiger. *Kein Wunder,* dachte er; *völlig ab vom Schuß – ein reines Pro-Forma-Unternehmen.*

Die Subkonsole blinkte; das Bild von vor zwei Stunden war jetzt bereit. Er rief es auf. Mit bloßem Auge sah man keinen Unterschied. Kearwin ließ die Routine für den Vergleich der beiden Bilder und das Erarbeiten der Unterschiede ablaufen. Er war sich der enormen Rechenkapazität bewußt, die erforderlich war, um diesen scheinbar einfachen Vorgang auszuführen; die fotografische Auflösung des Infrarotbildes lag bei fünfzehn Zentimeter – was kleiner als ein Kinderball war, tauchte nicht mehr auf dem Bild auf. Die weitverbreitete Mär, daß ein Satellit imstande war, aus einer Entfernung von hundertfünfzig Kilometern Nummernschilder von Autos zu lesen, war völliger Blödsinn. Solche Detailinformationen wären absolut nutzlos gewesen – mit einer Auflösung von fünfzehn Zentimetern konnte man bereits kleine Objekte wie Fahrzeuge erkennen, was ausreichend war, zumal man heutzutage per Computer das Bild weiter vergrößern konnte. Vier Pixels – Bildpunkte in unterschiedlichen Graustufen von eins bis sechzehn – stellten jeweils dreißig Quadratzentimeter der Aufnahme dar. Das ergab für eine Fläche von hundert mal hundert Metern eine Drittelmillion Bildpunkte. Für eine Fläche von hundertfünfzig Quadratmetern – wie sie Kearwin gerade betrachtete – ergab das eine Summe von mehr als hundert Millionen Punkten. Jeder einzelne mußte mit dem entsprechenden Pixel aus dem anderen Bild verglichen werden – ein arbeitsreiches Unterfangen. Die Temperaturunterschiede mußten ausgeglichen werden, da einige Körper sich schneller erhitzten oder abkühlten als andere. Die Graustufen mußten sich entsprechend verändern. Doch das stellte bei weitem nicht die schwierigste Aufgabe dar: Der Computer mußte auch dem jeweils unterschiedlichen Blickwinkel jeder Aufnahme Rechnung tragen – die Bilder standen schräg, und die Winkel waren je nach Bahn des Satelliten unterschiedlich.

Kearwin beobachtete, wie der Computer die zwei Bilder übereinanderlegte und sie zu vergleichen begann. Nachdem er zu dem Schluß gekommen war, daß es sich um genau dasselbe Gebiet handelte, begann er die einzelnen Punkte zu vergleichen. Das Bild veränderte sich, als die Pixels sich gegenseitig auslöschten. Nach und nach verschwanden sie, der Bildschirm wurde immer leerer, bis das Bild fast verschwunden war – von zwei kleinen Pixelgruppen am Bildschirmrand und zwei weiteren in der Mitte abgesehen. Kearwin ließ ein weiteres Abgleichsprogramm laufen, das die Unterschiede bei beiden Bildern beurteilte; es gab an, daß die Abweichungen um sechzig Prozent zu stark waren, um ignoriert zu werden. Kearwin rief das gesamte Bild auf den Bildschirm zurück und vergrößerte die Pixelgruppen am oberen Rand. Da waren sie. Die Graustufen wurden noch etwas korrigiert, dann waren sie klar erkennbar. Zwei Fahrzeuge. In dem Bild von vor zwei Stunden, nicht aber in dem vorletzten.

Er ahnte, als was sich die zweite Pixelgruppe in der Mitte entpuppen würde: wieder zwei Fahrzeuge, diesmal im zweiten, nicht aber im ersten Bild. Mit ziemlicher Sicherheit waren es ein und dieselben. Kearwin sann darüber nach, warum sie sich in anderthalb Stunden nur etwa vierhundert Meter weiter bewegt hatten. Im zweiten Bild waren sie nur ein paar hundert Meter von dem Grenzposten entfernt.

Die Leuchtanzeige der Konsole blinkte wieder; das letzte Bild, das von dem KH-12 stammte und die Ursache der Wärmestrahlung aufklären würde, die der DSP gemeldet hatte, konnte geladen werden. Kearwin gab den Befehl für einen Ausdruck der zwei vorherigen Bilder und für Vergrößerungen von den Fahrzeugen ein. Er forderte auch eine digitale Messung der Infrarotstrahlung der Autos an. Dann rief er das neueste Bild auf, behielt die beiden anderen dabei auf dem Bildschirm.

Er sah sein Öltonnenfeuer sofort. Hübsches kleines Feuerchen. Offensichtlich das Brennstoffdepot des Postens. Das Benzin war in die Luft geflogen. Wahrscheinlich irgendein Arsch, der nebendran geraucht hatte, dachte er angewidert. Er verstärkte die Graustufen, bis das Bild beinahe schwarz war und nur noch die Zone um das Feuer herum zu sehen war. Das setzte er fort, bis auch die erhitzten Objekte neben dem Feuer vom Bildschirm verschwunden waren und nur noch das Feuer selbst übrigblieb. Er verstärkte die Graustufen, bis es aussah, als würde das Feuer ausgehen. Dann nahm er die Grautöne zwanzigprozentweise wieder heraus. Er ließ sich von jedem Stadium einen Ausdruck machen und forderte Wärmeanalysen an. Die Ausdrucke würden Informationen über das Feuer und die Wirkung in einem Umkreis von hundert Metern liefern. Die anderen Gebäude schienen nicht betroffen zu sein. Er gab den Befehl zum Ausloggen ein und räumte seinen Tisch auf, damit er nach Hause gehen konnte.

Zehn Minuten später, nachdem er noch bei Sorensen vorbeigegangen und sein Al-Ateer-Gutachten abgezeichnet hatte, wollte er aufbrechen. Er sammelte die Ausdrucke ein und ging zu seinem Tisch. Er würde sie sich morgen ansehen, wenn er Zeit hatte. Er legte sie auf die Ablage neben seinem Arbeitsplatz.

Als er an seinem Tisch vorbeiging, stellte Kearwin fest, daß sein Bildschirm noch arbeitete. Er hatte den »Vergleiche«-Befehl statt des Log-out-Befehls eingegeben. Er war wohl etwas überanstrengt; die Arbeit an Al-Ateer hatte eine Menge Konzentration gekostet. Er hätte den Quatsch mit der blöden Öltonne sein lassen sollen. Auf seinem Bildschirm war jetzt der Vergleich von allen drei Bildern zu sehen.

Da war das Feuer, ein Haufen verstreuter weißer Pixels, die auf den anderen Bildern noch nicht zu sehen waren. Dann waren da die zwei kleinen Gruppen am Rande und in der Mitte – die zwei Autos an den unterschiedlichen Stellen. Und – das erregte seine Aufmerksamkeit – da waren sie wieder, diesmal am unteren Rand des Bildes. Sie entfernten sich von dem Feuer. Warum? Er checkte rasch in seinem Logbuch, wann der DSP-Satellit das Feuer gemeldet hatte. Der Zeitpunkt war dort bis auf eine mögliche Differenz von zehn Sekunden festgehalten. Hier war er: Punkt 15 Uhr nach Eastern Time in den USA, also Punkt 22 Uhr im Irak. Ein sehr genauer Zeitpunkt. Zu präzise für einen Zufall. War das Ganze geplant gewesen?

Er legte die Stirn in Falten und verglich die Zeiten der drei Satelliten-Flüge. Das erste Bild war von einem KH-11 um 20 Uhr 13 registriert worden – irakische Zeit. Das zweite, wiederum von einem KH-11, um 21 Uhr 48, und das dritte – nach dem Feuer – von einem KH-12 um 22 Uhr 12. Er dachte darüber nach. Um 20 Uhr 13 waren die zwei Autos sechshundert Meter vor dem Grenzposten gewesen. Um 21 Uhr 48 waren sie bis auf zweihundert Meter an den Posten herangefahren. Um 22 Uhr 12, nach Ausbruch des Feuers, befanden sie sich fünfhundert Meter hinter dem Grenzposten, auf der anderen Seite der Grenze. Er sah sich die Angaben über die Autos an. Beide waren gleich; klein und kastenförmig. Keine Lastwagen. Normale Pkws – wahrscheinlich mit Vierradantrieb, wenn man den Zustand der unbefestigten Straße in Betracht zog. Und hier war etwas Merkwürdiges: Die Spektralanalyse-Daten ergaben, daß beide Wagen mit Scheinwerferlicht fuhren; das sah man an den Schatten. Aber mit diesen Schatten stimmte etwas nicht. Er sah sich die Analysen genauer an. Die Schatten tauchten im Infrarotband auf, aber nicht bei den kürzeren Wellenlängen, dem sichtbaren Spektrum. Infrarotscheinwerfer!

Kearwins Stirnrunzeln vertiefte sich, während er die Landkarte des Gebiets betrachtete. Die unbefestigte Straße war nur schwach erkennbar. Absolutes Niemandsland, wie er sich gedacht hatte. Er stand auf und ging vor sich hingrübelnd zu Sorensen hinüber. »Walter, ich habe hier etwas ziemlich Seltsames. Vielleicht können es die Jungs von Operations in Langley für uns klären. Könnten Sie sich's ansehen?«

Das Walroß ging gerade die letzten Punkte von Kearwins Gutachten über Bombenschäden durch. »Einen Moment noch, mein Junge. Lassen Sie mich eben das hier fertig machen.« Er blätterte die letzte Seite um, nickte, als er die letzten Paragraphen mit der Schlußeinschätzung überflog. Er zeichnete das Ganze ab und rief dem Junior zu: »Peter, das ist in Ordnung. Schicken Sie's mit einem Kurier in die Observer-Abteilung rüber, damit die es vergleichen können. Gleich.« Er wandte sich Kearwin zu. »Gute Arbeit. Sehr gründlich. Interessiert mich, was beim Vergleich mit den Direktbeobachtungen rauskommt. Was sagten Sie gerade von Langley? Was ist los?«

Während sie gemeinsam hinübergingen, erläuterte Kearwin seine Beobachtungen. »Die Öltonne. Irgendwas war da faul, also hab ich's mir noch mal angesehen.«

Walroß lächelte. »Wissen Sie, was mir an Ihnen so gefällt, John? Sie sind ehrgeizig. Sie können Niederlagen nicht hinnehmen. Sie geben nie auf, wie?«

Das mußte Kearwin zugeben. Er war ein sanfter und bescheidener Mensch, aber er besaß eine Sturheit, die Seltenheitswert hatte. Unaufgeklärte Daten speicherte er tagelang, manchmal monatelang in seinem Gedächtnis, bis er zusätzliche Informationen erhielt, die zu ihrer Erklärung beitragen konnten. Walter Sorensen wußte das; er hatte bei zahlreichen Gelegenheiten feststellen können, wie nützlich Kearwins Sturheit für die Abteilung war.

»Es hat mir einfach keine Ruhe gelassen, Walter. Das war alles. Schauen Sie.« Kearwin ging die Daten durch und rief das letzte Bild mit der Landkarte auf. »Hier ist das Feuer. Das haben wir von einem KH-12, der knapp eine Viertelstunde nach der DSP-Meldung über das Gebiet flog. Der DSP gibt an, daß das Feuer Punkt 10 Uhr abends irakischer Zeit ausbrach. Ein Brennstoffdepot, bei dem kleinen irakischen Grenzposten hier. Zwanzig, vielleicht dreißig Tonnen Benzin, ein bißchen Kerosin, vielleicht etwas Naphthalin. An sich nichts Besonderes – wenn man mal von der Zeit absieht. Punkt zehn Uhr finde ich etwas merkwürdig für einen Zufall.

So, hier haben wir die früheren Flüge der KH-11s.« Kearwin rief die beiden vorherigen Bilder auf. »Das eine Bild ist von 20 Uhr 13, das andere von 21 Uhr 48. Jetzt achten Sie mal auf diese drei Pixel-Gruppen.« Er warf dem Walroß einen Seitenblick zu.

»Zwei Fahrzeuge?«

»Ganz genau. Meiner Meinung nach zwei Geländewagen mit großem Radabstand und Vierradantrieb. Aber sehen Sie sich die Zeiten an. Hundert Minuten vor dem Feuer sind sie hier oben, etwa fünfhundert Meter vor dem Grenzposten.« Kearwin deutete auf die Pixelgruppen am oberen Bildrand. »Zwölf Minuten vor dem Feuer sind sie bis auf zweihundert Meter an den Posten rangefahren. Und dreizehn Minuten nach dem Feuer sind sie über die Grenze und hier unten. Und jetzt schauen Sie mal hier.« Kearwin breitete die Seiten mit der Spektralanalyse aus, auf denen die Schatten der Scheinwerfer zu sehen waren. »Schwach, nicht eindeutig, aber ich gehe jede Wette ein, daß die mit Infrarotscheinwerfern unterwegs sind. Was sagen Sie dazu?«

»Wenn Sie recht haben, könnte es sich um eine getarnte Aktion handeln«, sagte Sorensen. »*Wenn* Sie recht haben«, fügte er mit Nachdruck hinzu. Er betrachtete die Spektralanalyse; insgeheim war er derselben Meinung. Infrarotscheinwerfer, das war ziemlich eindeutig. »Und was denken Sie darüber?«

»Zwei Autos nähern sich der Grenze bei Nacht. Dort laden sie ein paar Männer ab. Die schleichen sich an den Grenzposten heran; die anderen warten im Auto. Fünfzehn Minuten vor der vereinbarten Zeit fahren die Autos so nahe wie möglich an den Posten ran. Um Punkt 22 Uhr stecken die anderen als Ablenkungsmanöver das Brennstoffdepot in Brand. In der allgemeinen Aufregung überqueren die Wagen ohne Licht die Grenze und warten auf der anderen Seite auf die restlichen Männer. Die irakischen Grenzsoldaten haben sie wahrscheinlich nicht mal bemerkt – schauen Sie, keine Anzeichen einer Verfolgung. Der Lastwagen steht am selben Platz.«

»Ja, klingt einleuchtend, aber im Feuerschein muß sie jemand gesehen haben.«

»Das glaube ich nicht. Die Wachen waren mit dem Löschen des Feuers beschäftigt. Vielleicht haben sie auch den Laster lahmgelegt. Hören Sie, Walter, ich möchte, daß Langley uns Bescheid sagt, ob sie da irgendwas am Laufen haben. Ich nehme eher an, daß sie nichts davon wissen – sie hätten uns bestimmt einen indirekten Tip gegeben, damit wir uns nicht darum kümmern. Abgesehen davon sieht es auch nicht nach einer CIA-Aktion aus. Mit Ihrer Erlaubnis würde ich gern auf die E-8A-Datenbanken zurückgreifen. Wir wissen, daß sie jetzt rund um die Uhr E-8As draußen haben, die die Bewegungen Richtung Norden beobachten. Vielleicht auch TR-1-Bilder. Man müßte einfach mal sehen, was sie haben. Könnte sich schon was finden.«

»Also, jetzt mal ganz mit der Ruhe, Sie Heißsporn«, protestierte das Walroß. »Okay, ein paar Jungs haben heimlich die Grenze überquert. Ich verstehe die armen Kerle. Würden Sie an deren Stelle sein wollen? Sie werden wahrscheinlich sowieso bald geschnappt. Wahrscheinlich ganz harmlose Typen. Marschieren schnurstracks zur saudischen Polizei und bitten um politisches Asyl. Denen kann man nur Glück wünschen.«

»Tut mir leid, Walter, ich habe da etwas vergessen. Entschuldigung, mein Fehler. Diese Bilder stehen auf dem Kopf. Am oberen Bildrand ist Süden, nicht Norden.«

Walroß warf ihm einen irritierten Blick zu.

»Sie meinen ...?«

»Ja. Diese Burschen, wer sie auch sein mögen, sind freiwillig in den Irak hinüber. Was ist da Sache? Ich finde, wir sollten das wissen. Lassen Sie mich mit Langley reden.«

Walter Sorensen runzelte konzentriert die Stirn. Er zupfte an seinem Schnurrbart. »Ja«, sagte er, »wer würde so etwas Verrücktes durchziehen?« Tief in Gedanken versunken, starrte er ein paar Momente lang auf das Bild; dann deutete er mit dem Zeigefinger nachdrücklich auf den Bildschirm. »Wir werden's rauskriegen.«

37

Howard hatte beschlossen, vor dem nächsten Halt eine möglichst große Strecke zurückzulegen. Er checkte mehrfach den GPS-Empfänger, der bestätigte, daß sie auf dem richtigen Weg waren; die Straße krümmte sich allmählich Richtung Nordosten. Sie stießen zwar auf Bodenwellen, Schlaglöcher und Furchen, aber Howard dachte bei sich, daß die Piste besser war, als er erwartet hatte.

MacDonald, der hinten im Land Cruiser durchgeschüttelt wurde, war anderer Meinung. Er schimpfte und fluchte, während er ziemlich erfolglos versuchte, die gestohlenen Waffen so zu verstauen, daß sie nicht sichtbar waren und nicht klapperten. Nach zwanzig Minuten gab er es auf und sagte sich, daß die Granaten und Projektile in ihren Kisten sicherer waren, als wenn sie lose auf dem Boden herumrutschten. Er versuchte, die von Ackford angefertigten Schalldämpfer auf die AKMS-Gewehre aufzuschrauben, indem er die Füße gegen das Autodach stemmte. Es gelang ihm, drei von den Schalldämpfern aufzumontieren; das viel kniffligere Unterfangen, die Gasbohrungen anzubringen, nahm er erst gar nicht in Angriff. Es war sowieso zu dunkel. Er fragte sich, wie Usher wohl klarkam, der dasselbe im anderen Auto vor sich hatte.

Bourne, der am Steuer saß, sah den Mast als erster. Er hielt einen halben Kilometer vorher an. »Da ist die Hochspannungsleitung.«

»Gut, laß mal sehen«, sagte Howard. Der GPS-Empfänger gab die Position an; sie hatten fast dreißig Kilometer zurückgelegt. »Kann sein, daß dort Verkehr ist. Auf der Karte ist hier eine Hauptstraße eingezeichnet, die parallel zur Hochspannungsleitung verläuft.« Bourne stellte den Motor ab; er und Howard stiegen aus.

Ziegler stieß zu ihnen. »Meinst du, sie haben Alarm geschlagen?«

Howard dachte darüber nach. »Es gibt keinerlei Anzeichen für eine Verfolgung. Ich hab ihre Antennenkabel runtergerissen, so daß wir etwas Vorsprung haben, bevor sie es durchgeben können, und du hast den Laster lahmgelegt; sie könnten uns also nicht mal folgen, wenn sie's wollten. Aber das macht mir keine Sorgen.«

»Ja«, sagte Ziegler. »Ich hab Ausschau gehalten. Keinerlei Flugverkehr.« Sie wußten, daß in diesem Gebiet patrouillierende Helikopter die größte Gefahr für sie darstellten. Der Mi-24 Hind-Hubschrauber war ein bedrohliches Gerät – was auch die afghanischen Mudjahedin in ihrem Kampf gegen die sowjetischen Besatzer hatten feststellen müssen. Der Hind war mit schweren Waffen bestückt, gepanzert und mit hochentwickelten Radar- und optischen Zielerfassungsgeräten ausgerüstet und konnte so gut wie nie abgeschossen werden. Sie wußten, daß Saddam über Hinds verfügte; aus unerfindlichen Gründen hatte man ihm nicht verboten, sie nach dem Golfkrieg weiterzubenutzen, und er hatte sie eingesetzt, um jedes Anzeichen von Unruhen im nördlichen Kurdistan und im Süden von Mesopotamien niederzuschlagen. Howard hoffte inständig, daß er keinen hier im Westen des Irak stationiert hatte. Wenn sich in dieser verlassenen Gegend ein Hind aufhielt, würde das Team zwangsläufig entdeckt werden; zwei Fahrzeuge, die bei Nacht hier entlangkamen, würden untersucht werden, und das wäre das Ende ihrer Aktion. Wenn sie die Hauptstraße weiter im Norden erreicht hatten, standen ihre Chancen besser.

»Nichts zu sehen. Fahren wir weiter. Ich möchte nach Möglichkeit vor Mitternacht an Rutba vorbei sein.«

Nachdem sie weitere achtzehn Kilometer hinter sich gebracht hatten, ließ Howard wieder halten; sie waren an eine Kreuzung von mehreren Hauptstraßen gekommen, an der sie Richtung Norden nach Rutba abbiegen wollten. Sie fuhren von der Straße in ein flaches Wadi, wo MacDonald und Usher Gelegenheit bekamen, den Rest der Waffen zu verstauen. Den RPG-7-Raketenwerfer steckten sie unter die Matratze der Trage im vorderen Wagen; MacDonald schlitzte die Matratze auf und ließ die Projektile hineingleiten. Die Handschuhfächer der Wagen wurden mit Granaten gefüllt, und jeder der Männer versteckte eines der mit Schalldämpfer versehenen AKMS-Gewehre mit umgeklapptem Schaft unter seinem Sitz.

»Hat jemand einen Dosenöffner zur Hand?« fragte Ackford. »Ich hätte gern eine von diesen russischen Riesensardinen.«

Nachdem sie die schweren Metalldosen zehn Minuten lang mit einer Metallsäge bearbeitet hatten, konnten sie sie öffnen; jede Dose enthielt siebenhundert Schuß 7,62 × 39 mm AK-Munition. Sie wurde verteilt; jeder lud sechs mal dreißig Schuß ins Magazin. Der Rest der Munition wurde unter den Tragen verstaut. Sie ließen die leeren Kisten und Dosen im Wadi liegen und versicherten sich noch einmal, daß sich kein Wagen näherte, bevor sie losfuhren.

Die Straße nach Rutba war kaum weniger holprig. Nach fünfunddreißig Kilometern wurde sie schlagartig besser; sie kamen relativ schnell zu der Hauptkreuzung mit der Abzweigung zum Flugplatz Rutba Süd. Der Flugplatz lag fünfzehn Kilometer weiter südlich, und die Straße, die von dort nach Rutba hineinführte, war teilweise asphaltiert. Howard atmete erleichtert auf. Sie setzten ihre NSBs ab und schalteten das Warnlicht ein; nun mußten sie ihre Krankenwagen-Show abziehen.

Erst zwölf Kilometer vor Rutba tat sich etwas; vier Paar Scheinwerfer näherten sich ihnen auf der Gegenfahrbahn.

»Sieht nach Militär aus«, murmelte Howard.

»Was sollen wir machen?« fragte Bourne.

»Warnlicht, Martinshorn, freundlich winken und was Patriotisches auf arabisch brüllen.«

Bourne hatte verstanden. Die Insassen der vier Fahrzeuge nahmen sie kaum zur Kenntnis, als sie vorbeirauschten. MacDonald sah im Vorüberfahren stumpf und gleichgültig blickende, gegen die Kälte vermummte Männer.

»Landrover, du lieber Himmel«, murmelte Howard. »Vielleicht ein Wachtrupp auf dem Weg zum Flugplatz. Uns scheint jedenfalls niemand zu suchen.«

Die wenigen Lichter von Rutba tauchten in der Ferne auf. Die Stadt wirkte ausgestorben. Man hatte den Strom reduziert, und Howard nahm an, daß der einzige hellerleuchtete Ort, den er etwa einen Kilometer weiter östlich ausmachte, eine militärische Einrichtung mit eigenem Generator war. Während sie durch die menschenleere Stadt fuhren, hörte er hinter sich ein lautes Röhren; Ackford probierte seinen neuen Hebel aus. Keiner, der diesen Lärm hörte, würde auf den Gedanken kommen, daß hier ein Trupp Attentäter versuchte, unbemerkt durch den Irak zu fahren.

Die erste Straße, die sie erreichten, war die 10, die alte Landstraße von Bagdad nach Jordanien. Sie bogen links auf diese Straße ab, dann hielten sie sich an der Kreuzung anderthalb Kilometer später rechts und kamen auf die Straße, die an den geheimnisvoll »H2« und »H3« benannten Luftwaffenstützpunkten vorbei nach Haditha führte. Nach drei Kilometern, gerade als sie glaubten, freie Fahrt zu haben, stießen sie auf das erste Hindernis.

Vor ihnen lagen die Reste der Autobahnbrücke. Man hatte augenscheinlich wenig unternommen, den Schutt zu entfernen; große Betonbrocken lagen herum, und die Autobahn über ihnen führte ins Leere. Ein ausgebrannter Lastwagen, dessen Fahrer offenbar nicht gemerkt hatte, daß es keine Brücke mehr gab, blokkierte zusätzlich die Straße.

»Mist«, sagte Howard. »Weißt du einen anderen Weg, Johnny?«

»Es muß einen geben«, sagte Johnny. »Das hier ist die illegale Hauptachse von Jordanien aus.« Während sie sprachen, sahen sie Scheinwerfer, die auf der Autobahntrasse von Westen her näher kamen. Sie verschwanden und tauchten dann auf der anderen Seite der Böschung wieder auf. Die Männer beobachteten, wie der Wagen um den Schutt auf der anderen Seite herummanövrierte, wieder auf die Autobahn kam und Richtung Osten, nach Bagdad, fuhr.

»Okay. Fahren wir zurück und schauen, wie wir da herumkommen.«

Fünf Minuten später fuhren sie die Böschung hoch, überquerten die Autobahn, fuhren auf der anderen Seite der Böschung hinunter und stießen wieder auf die Straße nach Haditha.

»Glaubst du, daß 'ne Bombe die Brücke hochgejagt hat?« fragte MacDonald.

»Mehrere, würd ich sagen«, antwortete Bourne. »Diese Autobahn haben sie während des Golfkriegs ›Scud Alley‹ genannt. Kanäle und Brücken wie diese fungierten als Abschußpositionen für die Scud-Raketenwerfer. Nach dem Abschuß ließen sie Attrappen draußen stehen und versteckten die echten Raketenwerfer unter den Brücken, damit sie nicht abgeschossen wurden. Die Alliierten haben ziemlich lange gebraucht, bis sie dahinterkamen. Bleibt nur zu hoffen, daß unter dieser Brücke auch einer stand, als sie sie hochgejagt haben.«

Howard war mit der Landkarte beschäftigt. »Der H2-Luftwaffenstützpunkt befindet sich an dieser Straße, etwa dreißig Kilometer weiter. Wir kommen an eine T-förmige Kreuzung; links geht es zum Stützpunkt, wir fahren also rechts. Dann kommen wir an einer Ölförderpumpe vorbei und umfahren den Stützpunkt. Wenn wir nach der Förderstelle rechts abbiegen, kommen wir wieder auf die Hauptstraße.«

»Warum haben sie den Stützpunkt H2 genannt?« wollte MacDonald wissen.

»Keine Ahnung«, sagte Howard. »Aber so steht es hier.«

Der Verkehr wurde stärker, als sie sich dem Stützpunkt näherten; Bourne verhielt sich wie zuvor, winkte und hupte, und man nahm sie kaum zur Kenntnis. Howard dachte sich, daß wahrscheinlich niemand im Irak, das Militär eingeschlossen, über die Aktionen des anderen Bescheid wußte, nicht einmal mitten in der Nacht. Man mußte zwar mit Ausgangssperren rechnen, aber er hoffte, daß man Ambulanzen mit Warnlicht nirgendwo aufhalten würde. Den bisherigen Eindrücken nach zu schließen, befand sich das Land in einem verheerenden und chaotischen Zustand.

Vor ihnen tauchten die Lichter von H2 auf. »Okay, Johnny; wenn wir rechts zu der Förderstelle abbiegen, machst du das Warnlicht wieder an. Ich weiß nicht, wie es da aussieht; vielleicht haben sie einen Wachposten.«

Die Vorsichtsmaßnahme erwies sich als unnötig. Die Förderstelle bestand aus einem Haufen Trümmer. In der Straße waren Bombenkrater; Bourne sah den ersten gerade noch rechtzeitig. Er hätte ein Rad und die vordere Aufhängung des Land Cruiser kosten können. »Das war knapp«, murmelte er und fuhr langsamer. »Die Alliierten scheinen hier ganze Arbeit geleistet zu haben.«

»Das ganze Land scheint in Schutt und Asche zu liegen«, kommentierte MacDonald. »Sieht aus, als würde überhaupt nichts mehr funktionieren.«

»Nicht zu früh freuen«, sagte Howard. »Wir machen jetzt einen Bogen und kommen wieder in die Nähe des Stützpunkts. Hoffen wir, daß dort nicht viel los ist.«

Sie waren im Kreis um den Stützpunkt herumgefahren. Vor ihnen tauchten wieder die Lichter auf. »Die Start- und Landebahnfeuer sind an«, stellte Bourne fest. »Dabei sind militärische Flüge verboten. Was meinst du?«

Sie hörten ein Dröhnen, dann flog ein landendes Transportflugzeug dicht über sie hinweg. Die drei Männer zogen instinktiv den Kopf ein, dann fluchten sie überrascht.

»Mist! Was war das?« rief Bourne aus.

»Großer Transporter. Konnte nichts Genaueres sehen. Größer als 'ne C-130. Eine Antonow vielleicht? Keine Ahnung.« Howard starrte auf die Lichter des landenden Flugzeugs. »Aber das müssen wir auch nicht wissen. Laßt uns lieber verschwinden. Die rechte Abzweigung kommt als nächstes.«

»Erinnere mich zu Hause dran, daß ich den Vereinten Nationen mitteile, daß Saddam sich nicht an die Beschlüsse hält«, sagte Bourne. »Okay, hier ist die Abfahrt.«

Sie bogen ab und fuhren auf der Hauptstraße weiter. »Nur noch neunzig Kilometer bis zum H1«, sagte Howard. »Wenn alles glattgeht, sind wir in einer Stunde da. Etwa um 1 Uhr 45.«

Die Straße führte schnurgerade durch die Einöde. Man sah nichts als steinige Wüste, ab und an Gestrüpp. Sie begegneten wenigen anderen Fahrzeugen und kamen gut voran.

Fünfzehn Kilometer vor dem Luftwaffenstützpunkt befahl Howard zu halten. Sie fuhren ein Stück von der Straße ab und schalteten das Licht aus. »Hier können wir Benzin nachfüllen.« Howard setzte seine NSB wieder auf und nahm die Gegend in Augenschein, ohne jedoch irgend etwas Ungewöhnliches zu bemerken.

Die Tanks faßten jeweils drei Kanister Benzin. Sie ließen die leeren Kanister zurück, erfreut darüber, daß sie im hinteren Bereich der Wagen Platz gewonnen hatten.

Kurz darauf sahen sie die Lichter des Stützpunkts am Horizont glitzern. »Mit etwas Glück könnten wir's unbehelligt schaffen«, sagte Howard. »Die Straße ist gerade und ...«

Etwa sechshundert Meter vor ihnen blinkte ein Licht auf. Weitere Lichter folgten.

»Ein Martinshorn, Johnny! Warnlicht! Ich geh nach hinten zu Danny.« Howard hangelte sich über den Sitz, zwängte sich hastig in einen weißen Kittel. Danny lag bereits auf der Trage und deckte sich zu. »Okay, Danny, Zeit für die Pille. Wenn ich es dir sage, beißt du fest drauf. Laß die Augen zu und stöhne laut.«

Im Wagen dahinter tat Ziegler dasselbe; Usher lag auf der Trage. Die Sirenen der beiden Ambulanzen heulten laut, und Ackford verstärkte den Lärm noch, indem er den Hebel für den Auspufftopf umlegte. Die zwei Wagen rasten auf die Straßensperre zu, kamen mit quietschenden Reifen zum Halt. Ein paar Gestalten rannten auf die Wagen zu, Johnny sprang heraus, gestikulierte heftig und schrie wild auf arabisch herum. Ein Offizier näherte sich, und Johnny redete wie ein Wasserfall auf ihn ein, ließ ihm nicht die Möglichkeit, etwas zu äußern, und zerrte ihn zur Hecktür des Krankenwagens.

»*Jetzt*, Danny«, flüsterte Howard MacDonald ins Ohr, als die Tür aufflog.

Danny biß fest auf die Pille und gab ein überzeugendes Stöhnen von sich. Die Pille schien in seinem Mund zu explodieren, und rote Flüssigkeit spritzte ihm aus dem Mund. Er stöhnte erneut.

Howard hatte vor sich hingemurmelt, während sich der Offizier und Bourne dem Wagen näherten. Als die Tür aufging, fuhr er herum und schrie einige Sätze heraus, die er unter Bournes Anleitung genauestens einstudiert hatte. Sie kamen flüssig. »Machen Sie die Tür zu, Sie Idiot!« brüllte er wütend. »Sehen Sie nicht, daß der Mann schwer verletzt ist? Und machen Sie den Weg frei, sonst sind Sie für seinen Tod verantwortlich!«

Der Anblick des Blutes, das aus dem Mund des Patienten quoll, und die heftige Attacke des »Arztes« waren zuviel für den Offizier. Er fuhr zurück und schloß die Tür. Aber Bourne ließ noch nicht locker. Noch immer fluchend, zog er den Offizier zu der zweiten Ambulanz, aus der Schreie zu hören waren. Bourne riß die Tür auf und zerrte den Offizier näher, damit er hineinsehen konnte. Ziegler, mit weißem Kittel und Stethoskop ausgestattet, versuchte wilden Blickes den strampelnden und schreienden Usher auf die Trage zu drücken. Unter der Decke sah Ushers Bein hervor. Es war blutüberströmt; auf halber Höhe der Wade stach aus einer furchtbaren Wunde in einem grauenhaften Winkel der weiße Knochen des Schienbeins heraus.

Der Offizier hatte genug gesehen. Der Lärm der Sirenen und das Röhren des Wagens ohne Auspuff, bei dem der irr aussehende Fahrer ständig den Motor aufheulen ließ, und das entnervende

Gezeter des Kerls, der ihm ständig ins Ohr schrie, verwirrten ihn völlig; er rannte los, brüllte seinen Männern zu, sie sollten die Straße räumen und die Ambulanzen durchlassen. Bourne ging zu seinem Wagen zurück, stand im vollen Scheinwerferlicht, schrie dem Offizier hinterher und trieb die Soldaten zur Eile an.

»Übertreib's nicht, Johnny-Boy«, murmelte Howard; er war selbst fast außerstande, bei dem Krach einen klaren Gedanken zu fassen.

Die Fahrzeuge, die die Straße blockierten, wurden schnellstens weggefahren; Bourne sprang hinters Steuer und raste mit quietschenden Reifen los. Der zweite Wagen folgte mit ohrenbetäubendem Röhren. Als Bourne an den Soldaten vorbeifuhr, schrie er immer noch und gestikulierte wild aus dem Fenster, und er hörte erst damit auf, als sie nach dreihundert Metern hinter einer Kurve außer Sicht waren. Nach weiteren drei Kilometern schaltete er die Sirene und das Warnlicht aus. Hinter ihm tat Ackford das gleiche und brachte außerdem den lärmenden Auspuff zum Schweigen.

»Dem Himmel sei Dank«, sagte Bourne. »Die elende Sirene macht einen ja wahnsinnig. Von Tonys Auspuff mal ganz abgesehen ... Alles in Ordnung, Danny?«

»Mir geht's gut«, sagte MacDonald. »Glaube ich wenigstens«, fügte er angewidert hinzu. »Was zum Teufel war in dieser gottverdammten Pille?«

»Brause, mein Freund«, sagte Howard. »Gibt's in jedem guten Scherzartikelladen.«

In dem hinteren Wagen pulte sich Usher die Plastikwunde mit hervorstehendem Knochen vom Bein, während Ziegler mit Aufwischen beschäftigt war.

»Wie wär's nächstes Mal mit der Bauchwunde, Bob?« sagte Ziegler. »Nach diesem Gerangel mit dir freu ich mich schon drauf, dir den Eimer Ziegeneingeweide auf den Bauch zu leeren. Wäre doch schade, das Zeug nicht zu benutzen, wo wir's schon von Badanah bis hierher geschleppt haben.«

»Ich hab genug vom Abdecker«, sagte Usher. »Ack ist als nächstes dran.«

»Vergiß es«, sagte Ackford, der fröhlich einen Kaugummi kaute. »Da fahr ich lieber.«

38

John Kearwin hatte sich mächtig ins Zeug gelegt. Walter Sorensen und er hatten schnell erkannt, wo das erste Problem lag – bei den Kompetenzen. Genaugenommen war es nur Aufgabe des National Reconnaissance Office, die Satelliten zu betreiben und das Fotomaterial zu analysieren. Der Direktor, der DNRO, unterstand direkt Verteidigungsminister Dick Cheney, war darüber hinaus aber weisungsgebunden, was die Vergabe von Aufträgen betraf. Die Aufgabenzuordnung war Sache der CIA, ebenso wie die Entscheidung darüber, womit sich die Satelliten und die anderen Geheimdiensteinrichtungen zu beschäftigen hatten.

Sorensen hatte mit dem Direktor, Martin Faga, gesprochen; weil im Irak Nacht und sonst nicht viel los war, gab ihm Faga sieben Stunden Zeit, um mit einem Ergebnis aufzuwarten. »Bis 6 Uhr morgens irakischer Zeit, Walter«, sagte Faga, den die Sache zu interessieren begann. »Das ist 23 Uhr Eastern Time. Wenn sich bis dahin nichts Konkretes gefunden hat, müssen wir, fürchte ich, mit den Routinearbeiten fortfahren.« Insgeheim hoffte Faga, daß Sorensen und sein Team tatsächlich etwas finden würden; es würde die Position des NRO stärken, wenn es mit etwas aufwarten konnte, was alle anderen übersehen hatten. Die CIA wußte mit Sicherheit nichts über einen Einfall in den Irak; aus seiner Sicht war es ermutigend, daß das NRO zuerst darauf gestoßen war. Das Budget des NRO war bedroht; man sprach von Kürzungen um achtzehn Prozent für 1993; ein Erfolg mit einer solchen Sache konnte sich als nützliches Argument gegen die drohenden Kürzungen erweisen.

»Danke«, sagte Walter. »Bekomme ich auch Ihre Einwilligung, daß wir die JSTARS ebenso beanspruchen können wie die KHs?«

Faga dachte darüber nach. »In Ordnung. Ja. Ich gehe davon aus, daß die Crews nichts dagegen haben. Aber vergessen Sie bitte nicht, daß wir die Jungs bezahlen müssen.« Die zwei E-8 A JSTARS-Flugzeuge waren im Golfkrieg gerade noch zur rechten Zeit gekommen und hatten sich voll und ganz bewährt. Sie waren für die Bodenbewegungen das, was die E-3-AWACS-Maschinen für Bewegungen im Luftraum waren; sie konnten mit ihrer Radarausrüstung Fahrzeuge bis zu einer Entfernung von dreihundert Kilometern orten. Im Gegensatz zur AWACS, die oben auf dem Rumpf einen Rotodom hatte, hing die Radarvorrichtung, eine große Gondel, bei der JSTARS unter dem Rumpf. Das Flugzeug war noch im Versuchsstadium, ein Prototyp, der erst getestet wurde, als seine Einsatzmöglichkeit plötzlich erkannt wurde. Der Prototyp war mitsamt seiner Besatzung, die aus zivilen Wissenschaftlern bestand, schnellstens zum Golf geschafft und dort eingesetzt worden. Die promovierten Akademiker an Bord waren hochbezahlte Kräfte; wie sich herausstellte, war ihr Einsatz jedoch alles andere als Geldverschwendung. Nach wie vor waren zwei JSTARS-Flugzeuge, immer noch überwiegend mit ziviler Besatzung, mit Überwachungsaufgaben über dem Golf betraut.

Kearwins erste Anweisung lautete, der JSTARS eine Region zur Überwachung und den Auftrag zu geben, die zwei Fahrzeuge aufzuspüren und zu verfolgen, die an dem Grenzposten aufgetaucht waren. Das war ein leichtes für die JSTARS; das von Kearwin angegebene Gebiet war übersichtlich, und nach kurzer Zeit kam die Meldung zurück, daß man die Wagen sechzig Kilometer südlich von Rutba gesichtet hatte. Da er jetzt Geschwindigkeit und Richtung der Fahrzeuge einschätzen konnte, setzte Kearwin einen KH-12 für einen »Sprung« an. Es war derselbe KH-12, der das Bild vom Feuer am Grenzposten um 22 Uhr 12 irakischer Zeit geliefert hatte. Per Computerbefehl wurde sein Beschleunigungstriebwerk gezündet, und um 23 Uhr 41 ging er bis auf eine Höhe von hundert Kilometern herunter; die Helical-Scan-Kurzzeitkameras traten in Aktion. Als der Flug stattfand, hatte die JSTARS gemeldet, daß sich die zwei Fahrzeuge Rutba näherten und daß ihnen auf der Gegenfahrbahn vier ähnliche Fahrzeuge entgegengekommen waren; Kearwin verband die beiden Zeitangaben und den Ort, und um 23 Uhr 47 erschien das Bild auf seinem Bildschirm.

Er hatte eine Glückssträhne; der Himmel war klar, kein Wölkchen zu sehen. Weil der »Sprung« den Satelliten doppelt so nahe herangebracht hatte wie beim vorherigen Bild, konnte man die Fahrzeuge genauer erkennen. Kearwin zoomte sie heran und rief eine Vergrößerungsfunktion auf. Als er die Schatten überprüfte, stellte er fest, daß sie mit normalem Scheinwerferlicht fuhren, nicht mit den IR-Scheinwerfern. Liegt nahe, dachte er, angesichts des übrigen Verkehrs; wenn man ohne wahrnehmbares Licht unterwegs war, zog man nur unnötig Aufmerksamkeit auf sich. Als er genug wußte, speicherte er das Bild ab, um später Vergleiche anstellen zu können.

Bis jetzt ist alles glattgegangen, dachte Kearwin. Sie hatten es ihm leicht gemacht. Einöde, keine anderen Objekte, die sich bewegten ... aber was passierte, wenn sie anhielten oder anderen Fahrzeugen begegneten? Was planten sie? Und, was noch wichtiger war, wer waren sie, und woher kamen sie?

Kearwin beschloß, daß er vorläufig nichts mehr tun konnte, um die Beobachtung voranzutreiben. Die JSTARS-Informationen waren am wichtigsten, und wenn die Maschine die Spur der beiden Autos verlor, konnte er nur hoffen, sie mit etwas Glück auf einem KH-11- oder KH-12-Bild wiederzufinden. Er rief einen Kollegen an und erklärte die Lage. »Jerry, ich möchte, daß Sie die Entwicklung hier im Auge behalten.« Jerry Friedman war Kearwins Senior-Grade-II-Assistent. »Ich hab jetzt eine gute Schablone von den Wagen – arbeiten Sie damit. Beim KH-11 nehmen wir die Routineaufnahmen, aber vom KH-12 möchte ich bei jeder Umlaufbahn einen Sprung. Walter sagt, wenn wir ihn brauchen, können wir auch den anderen KH-12 einsetzen. Und geben Sie mir Bescheid, wenn die Wagen in die Nähe einer großen Stadt oder in stärkeren Verkehr kommen, okay?«

Kearwin überließ die Überwachung nun Friedman; Peter Stannard, der Grade III Junior, machte die JSTARS-Berichte und gab die Daten an Jerry weiter. Der junge Peter machte sich gut. Ein weiterer Junior kümmerte sich um die Ausdrucke, und ein zweiter Grade II, Jim Morton, legte ein detailliertes Logbuch an. Jim war ein präziser und systematischer Analytiker, der richtige Mann für diese Aufgabe. Soweit war alles geregelt. Jetzt konnte er sich ans Zurückverfolgen der Spuren machen.

Kearwin begann Daten von vorangegangenen Keyhole-Flügen durchzusehen. Auf Abertausenden Kilometern Band waren im Archiv Routinedaten von Satellitenbildern aus aller Welt gespeichert; neues Fotomaterial mit altem vergleichen zu können, war eine der Hauptstärken des NRO. Es ging nur darum, das Foto, das man brauchte, auch zu finden.

Kearwin betrachtete die Landkarte, erweiterte sie so, daß er das nordwestliche Saudi-Arabien zu sehen bekam. Er gab die Koordinaten des Grenzpostens und der späteren Position ein; an den entsprechenden Stellen blinkten Leuchtpunkte sowie Datum und Zeitpunkt auf, die er zusätzlich eingegeben hatte. So weit, so gut. Für die Fahrt von der Grenze nach Rutba hatten sie weniger als zwei Stunden gebraucht, und die Autos waren auf einer offiziellen Route geblieben. Er sah sich die Straßen südlich der Grenze, auf der saudiarabischen Seite, an. Wenn sie auf den Hauptstraßen geblieben waren, konnten sie aus zwei Richtungen gekommen sein: entweder aus Turaif im Westen in der Nähe der Grenze zu Jordanien oder aus Al-Mira, was ziemlich unbedeutend aussah. So oder so mußten sie sich mindestens eine Stunde vor ihrem Eintreffen in der Nähe des Grenzpostens um 20 Uhr 13 auf den Weg gemacht haben. Was war an Material von 19 Uhr 13 vorhanden?

Nach sieben Minuten hatte er die Antwort. Der Computer durchforstete anhand des gespeicherten Schablonenfotos die riesigen Mengen vorliegender Daten von zwei KH-11-Flügen um 19 Uhr 17 und um 19 Uhr 35 und fand die zwei Fahrzeuge um 19 Uhr 35 fünfzehn Kilometer nördlich von Al-Mira. Das Bild war nicht besonders gut, aber auf der Straße bewegte sich nichts anderes, und damit war es Kearwins Ansicht nach als Beweis tauglich. Bestens. Und woher waren sie vorher gekommen? Waren sie quer durch die

Wüste oder auf dieser Pipeline-Straße gefahren? Er ließ die erste Lösung vorübergehend außer acht und befahl dem Computer, das Archivmaterial über die TAP-Straße durchzusehen. Tatsächlich – da waren sie wieder, um 19 Uhr 04; sie kamen aus Ar'ar.

Zehn Minuten später landete Kearwin seinen ersten großen Glückstreffer. Ein KH-11 hatte die beiden Wagen fotografiert, als sie von einem Lager außerhalb von Badanah, in der Nähe von Ar'ar, wegfuhren. Ein Bild vom vorherigen Flug ergab nur eine Differenz. Außerhalb des Lagers stand auf einer kleinen Piste ein zweimotoriges Flugzeug, das nach einem Standardvergleich als Britten-Norman Islander ausgewiesen wurde. Er sah sich ein Bild vom Tag vorher an. Das Flugzeug stand nicht bei den Baubaracken; aber er fand es einige Kilometer entfernt auf dem Flugplatz von Ar'ar, wo es auf dem Vorfeld abgestellt war.

Kearwin lehnte sich zurück und rieb sich die Augen. Im Irak war es 0 Uhr 45, in Washington 17 Uhr 45. Er war seit zwölf Stunden im Dienst; er war müde. Er dachte über seine Resultate nach und kam zu einem Schluß. Er stand auf und ging zu Sorensens Tisch hinüber. »Walter, können wir Langley ein bißchen für uns arbeiten lassen?« Er erläuterte, was er entdeckt hatte. »Vielleicht kriegen sie was über das Flugzeug raus, und über diese Baubaracken. Sieht nach Straßenarbeitern aus. Jemand müßte doch feststellen können, wo das Flugzeug herkam.«

Das Walroß zupfte bedächtig an seinem Schnurrbart und schüttelte den Kopf. »Ich kann's versuchen, John, aber ich glaube nicht, daß uns das jetzt auf die Schnelle irgendwas bringt. Uns bleiben noch fünf Stunden. Denken Sie mal nach. Da drüben ist es nach Mitternacht. Glauben Sie, die Jungs aus Langley können da drüben irgendeinen kleinen saudischen Air-Traffic-Controller aus dem Bett zerren und ihn wegen eines mickrigen Flugzeugs in die Zange nehmen, das er vermutlich nie gesehen hat? Ich glaube, das hat keinen Sinn. Unsere beste Möglichkeit sind die Archive. Checken Sie den Flugplatz. Prüfen Sie, wie viele Flüge da ankommen. Ich schätze, nur wenige. Vielleicht bringen die AWACS-Daten eine Spur.«

Kearwin stöhnte innerlich bei dem Gedanken, das AWACS-Archiv anzugehen. Er erwog das Problem. Es führte kein Weg drumherum. Das Flugzeug war der Schlüssel. Gut – wie lange war es schon da? Das war leicht. Das schaffte er mit dem viel effektiveren Keyhole-Archiv. Pro Tag einen Check, um 18 Uhr oder so. Nicht schwer. Er gab die Befehle ein.

Eine halbe Stunde später bemerkte er, daß das Flugzeug vor dem 17. April eine etwas andere Position gehabt hatte. Es war bewegt worden. Jetzt die AWACS-Daten aufrufen? Nein, noch nicht. Immerhin war das Flugzeug noch da. Er wartete ein paar Minuten, bis die angeforderten Keyhole-Bilder von den vorherigen Tagen erschienen. Am 12. April war das Flugzeug verschwunden. Er sah sich die Bilder der zwei vorherigen Tage an, aber keine Spur davon. Gut; es mußte am 13. eingetroffen sein.

»John?« Es war Jim Morton, der die Arbeit am Logbuch unterbrochen hatte, um den Flugverkehr in Ar'ar zu überprüfen. »Kaum planmäßiger Flugverkehr. Vier Flüge pro Woche nach Riad, einer nach Djidda. Ich hab in der Datenbasis nach dem Ort gesucht. Da ist fast nichts. Ich würde sagen, wir haben es mit einem kleineren Vorposten zu tun.«

»Danke, Jim«, sagte Kearwin. Das nützte nicht viel, aber jetzt hatte er genug beisammen, um sich die AWACS-Berichte vorzunehmen – falls es von diesem Tag überhaupt welche gab. Er beschloß, jemand anderen mit der Aufgabe zu betrauen und sich lieber mit der Echtzeit-Entwicklung zu befassen. Im Irak war es 1 Uhr 45. Wo waren die Burschen inzwischen gelandet? Er ging zu Jerrys Arbeitsplatz hinüber.

»Die JSTARS hat sie in dem Gewühl verloren, John!« Peter Stannards Stimme klang gepreßt.

»Okay. Wann?«

»Jetzt eben, vor einer Minute! Sie melden Stillstand, andere Objekte auf der Straße, wahrscheinlich Fahrzeuge. Sie können sie nicht mehr auseinanderhalten.«

»Sagen Sie ihnen, sie sollen die Stelle beobachten, bis sich wieder etwas bewegt. Vielleicht sind sie auf eine Straßensperre gestoßen oder so was. Entweder sie fahren weiter, oder die Aufgabe ist erledigt.«

Mit einem Seufzer beschloß Kearwin, daß er die AWACS-Daten selbst einsehen mußte; das war höchst unangenehm, da der Prozeß erheblich umständlicher war, als Daten aus dem Keyhole-Archiv anzufordern: Die AWACS-Datenbasis war ein älteres System, das nur mit exakten Vorinformationen arbeitete. Man konnte nicht einfach sagen »alle Details über Leichtflugzeugverkehr am Flugplatz Ar'ar am 13. April, mit Kompaß-Steuerkurs«. Man mußte den Steuerkurs und den Flugzeugtyp eingeben. Es wird wirklich Zeit, dachte Kearwin, daß das System modernisiert wird. Er würde mindestens eine halbe Stunde brauchen, um sämtliche möglichen Steuerkurse einzugeben und auf die Information zu warten. Aber Jerry und Peter konnte er nicht von ihren Aufgaben abziehen. Er seufzte wieder und machte sich an die Arbeit.

Nach einer Viertelstunde fand er es. Ein Flugzeug, auf das die Beschreibung der Islander paßte, war am Morgen des 13. April bei einem AWACS-Routineflug gesichtet worden. Es war auf Magnetkurs 35 Grad nach Ar'ar geflogen. Niemand hatte es beachtet, und als die AWACS-Meldung hereinkam, war es schon unterwegs gewesen.

Kein Problem; er hatte ja den Kurs der Islander. Er gab ihn ein, und auf der Landkarte auf seinem Bildschirm erschien die Flugroute. Bei diesem Steuerkurs kamen zwei Flugplätze in Frage: Sakakah, etwa hundert Kilometer von Ar'ar entfernt, und Al-Wadj am Roten Meer. Er beschloß, es zuerst mit Al-Wadj zu versuchen. Er fragte den Computer nach einer möglichen Abflugzeit und gab ihm als Vorgabe die von der AWACS errechnete Geschwindigkeit über Grund; er kam auf 8 Uhr 05. Im Keyhole-Logbuch war um 7 Uhr 43 ein KH-12-Flug über Al-Wadj vermerkt; das kam hin. Er forderte das Bild an.

Kearwin hatte in dreierlei Hinsicht Glück. Der KH-12 war bei diesem Flug »gesprungen« und auf seiner Umlaufbahn über Kirkuk bis auf hundertfünfzehn Kilometer heruntergegangen. Außerdem war der Himmel wolkenfrei; die Bildqualität war gut. Der dritte

Trumpf bestand weniger darin, daß das Flugzeug in Al-Wadj tatsächlich klar und deutlich zu sehen war, als vielmehr darin, daß direkt daneben ein Auto stand.

Kearwin verdrängte seine Müdigkeit. Das Fahrzeug war klar erkennbar, die Bildqualität exzellent. Es war ein großer Pickup; die Ladefläche war offenbar mit einer Plane überspannt. Wo kam er her? Er sah sich die Karte an; sein Instinkt sagte ihm, daß er von Süden gekommen und die Küstenstraße entlanggefahren war.

»John?« Eine Stimme riß ihn aus seinen Gedanken. Es war Jerry. »Ich glaube, wir haben ein Problem.«

Kearwin sah beunruhigt auf. »Was ist los? Hat die JSTARS sie nach der Straßensperre nicht wiedergefunden?«

»Doch, aber darum geht es nicht. Wir haben sie wieder, sie fahren immer noch auf derselben Straße. Das Problem ist, daß sie jetzt in eine Stadt kommen, Haditha. Eigentlich sind es drei Städte zusammen, aber die Namen der anderen kann kein Mensch aussprechen. Benny-soundso und Hackla-irgendwas. Wir haben uns für Haditha entschieden.«

»Und?«

»Na ja, meiner Meinung nach haben sie da drei Möglichkeiten. Sie können nach Nordwesten fahren – aber da ist nichts außer der Grenze zu Syrien. Dann können sie nach Südosten, nach Bagdad – aber warum sollten sie dahin fahren? Wenn sie nach Bagdad wollten, hätten sie die Hauptstraße genommen, oder?«

Kearwin erwog das. »Okay, und was ist die dritte Möglichkeit?«

»Sie halten sich weiterhin östlich. Das heißt, sie müssen den Euphrat überqueren.«

»Und wo liegt nun das Problem?«

»Schauen Sie sich mal unser Bild von der Brücke an.«

»Wir nähern uns Al-Haqlaniyah, Johnny. Noch etwa sieben Kilometer.« Howard schaltete den GPS-Empfänger aus und betrachtete unruhig die Straße vor ihnen.

»Das Übliche?«

»Mach das Warnlicht an, aber keine Sirene, nur wenn's brenzlig wird. Fahr durch die Stadt und bieg links nach Beni Dahir ab, etwa fünf Kilometer später. Da ist eine große Brücke, die zu der Straße nach Bayji führt.«

»In Ordnung.«

Um 2 Uhr 30 kamen sie nach Al-Haqlaniyah; die Stadt wirkte verlassen. Die Ambulanzen fuhren durch die stillen Straßen, und Howard ließ das Warnlicht ausschalten. Sie kamen auf die Straße nach Beni Dahir und nach fünf Kilometern wieder in eine kleine Stadt. Die Hochebene hatten sie verlassen, sie fuhren jetzt im Flußtal; hier war es merklich wärmer, aber noch immer frisch. Die Straße verlief parallel zum Westufer des Euphrat. Nach der Trokkenheit der Wüste fühlte sich die Luft feucht an; ein scharfer Geruch von Menschen und Tieren zog durchs Fenster herein. Howard rümpfte die Nase, merkte aber, daß Bourne genüßlich die Luft einsog.

»Jetzt müßte rechts die Brücke kommen.« Howard sah auf den GPS-Empfänger. Er gab 34 Grad 6 Minuten Nord, 42 Grad 23 Minuten Ost an. »Ja, da ist... o Scheiße!«

Bourne bremste und hielt an. Stumm saßen sie da und starrten hinaus. Die riesige Brücke lag in Trümmern. Der Hauptbogen war verschwunden; ein Ende ragte aus dem Wasser. Die Anlegestelle auf der anderen Seite war umgekippt. Ein zweihundert Meter breites Loch gähnte ihnen entgegen.

»Gibt es noch andere Brücken, Ed?«

»Es gab mal welche. Aber die drei auf der Karte hier sind eindeutig hinüber. Vielleicht ist die hier zuletzt getroffen worden.«

»Was wollen wir machen?«

»Die nächste Brücke flußabwärts ist dreißig Kilometer entfernt und direkt bei einer Kaserne. Das Risiko möchte ich nur eingehen, wenn uns nichts anderes übrigbleibt. Außerdem kann die Brücke auch in Trümmern liegen.«

»Flußaufwärts?«

»Sieben Kilometer von hier ist ein großer Staudamm von einem Wasserkraftwerk. Danach kommt wegen dem Damm und dem Stausee erst mal sechzig Kilometer nichts mehr.«

»Könnten wir über den Damm fahren?«

»Ist vermutlich streng bewacht – ich glaube, die Möglicheit können wir vergessen. Nein, es muß irgendwo eine Fähre oder so was geben. Fahr langsam weiter, ich halte Ausschau. Wenn wir nichts finden, versuchen wir's mit dem Staudamm.«

Anderthalb Kilometer weiter entdeckte Howard die Pontonfähre. Sie hielten an und schalteten die Scheinwerfer aus. Ziegler stieß zu ihnen, und sie nahmen die Fähre durchs Fernglas in Augenschein. Sie sah verlassen aus. »Es ist bestimmt einer da«, knurrte Ziegler und packte sein AK fester. »Ich werd ihn wohl wecken müssen.«

Nach zehn Minuten sahen sie ein Lichtzeichen von Ziegler und fuhren mit den zwei Land Cruisern den glitschigen Abhang zum Pier hinunter. Ziegler winkte sie direkt auf das große Pontonboot, das dort angelegt hatte. Er selbst war über einen hellwachen irakischen Corporal gebeugt, dem er ein Knie auf die Brust und den Schalldämpfer des AKMS zwischen die Zähne gerammt hatte. Howard und die anderen stiegen aus.

»Das hier ist Corporal Abdul«, sagte Ziegler leichthin. »Er ist so liebenswürdig, heute nacht unser Führer über den Euphrat zu sein. Nicht wahr, Abdul?« Ziegler grinste den irakischen Soldaten an, der kein Wort verstanden hatte. Sein Gesicht war von Haß und Angst verzerrt; die Angst hatte dabei deutlich die Oberhand. »Gut, Abdul. Ich werde dich jetzt meinem Freund Johnny überlassen. Ihr werdet euch prima verstehen. Und du bist ein braver Junge und tust, was er sagt, ja?« Er wandte sich an Bourne. »Sei wachsam, mein Freund. Dieser Abdul ist ein übles Früchtchen. Er wollte mir sein Bajonett vorführen. Ich hab es dem Fluß übergeben; da ist es gut aufgehoben.«

Bourne packte den Corporal, zerrte ihn auf die Füße und redete leise und drohend auf ihn ein. Er blieb dicht hinter dem Iraker, als er zum Heck des Boots ging und den Dieselmotor anwarf.

Der Motor sprang knatternd an; Bourne bedeutete den anderen, die Leinen loszumachen. Das Boot glitt in die träge Strömung des großen Flusses hinaus, arbeitete sich durch das schwarze, ölige

Wasser zum anderen Ufer voran. Howard und Usher achteten darauf, ob ihre Abfahrt am anderen Ufer bemerkt worden war; sie entdeckten nichts.

Als sie angekommen waren, legten sie an und machten das Boot fest. Bourne wandte sich an Howard. »Ed, fahrt mit den Wagen hoch und haltet dort. Ich werd mal ein Wörtchen mit dem Corporal reden.«

Die zwei Wagen fuhren über den Pier und den Abhang hoch. Oben hielt Howard an und wartete; nach ein oder zwei Minuten stieß Bourne zu ihm. »Alles in Ordnung?« fragte Howard, als sie Richtung Osten weiterfuhren.

»Bestens. Er hieß übrigens nicht Abdul.« Bourne hielt inne und fügte dann hinzu: »Er hieß Hamud. Hamud Nasir. Ein verdammt fieser Bursche.«

MacDonald hinten im Wagen bemerkte, daß Bourne in der Vergangenheitsform von dem Soldaten sprach. Er schauderte und sah aus dem Rückfenster. Das Pontonboot war nicht mehr zu sehen.

Sein Instinkt sagte ihm jedoch, daß der Körper von Corporal Hamud Nasir nun mit anderem Treibgut den Euphrat in Richtung Bagdad hinuntertrieb.

Kearwins Augen brannten vor Müdigkeit, aber dann siegte einmal mehr seine Neugierde. Er hatte den Pickup weiter südlich an der Küstenstraße gefunden. Zwei aufeinanderfolgende KH-11-Bilder von 4 Uhr 47 und 5 Uhr 05 am 12. April hatten ergeben, daß der Pickup in den frühen Morgenstunden an einer abgelegenen Stelle etwa hundert Kilometer südlich von Al-Wadj mindestens achtzehn Minuten lang gehalten hatte.

Aber da war nur der Pickup gewesen, sonst nichts. Oder doch? Der Wagen konnte nicht grundlos gehalten haben. Um an der Straße ein anderes Fahrzeug abzupassen? Nein. Es war nirgendwo ein anderer Wagen zu sehen. Außerdem hatte sich der Pickup ein Stück von der Straße entfernt, war Richtung...

Natürlich! Das Meer!

Aber es gab keinerlei Anzeichen eines Boots. Nichts, nur einen winzigen Klecks, zwei Pixel groß, der auf dem früheren der beiden Bilder am Ufer zu sehen war. In der Nähe des Pickup. Etwas extrem Kleines, fast zu klein, um überhaupt bemerkt zu werden. Der Computer hatte es übergangen; für ihn fiel es unter Ungenauigkeit. Kearwin dachte darüber nach. Es war lächerlich. Das Ding war höchstens dreißig Zentimeter groß. Dreißig Zentimeter? Das war doch ein Witz. Es konnte nichts zu bedeuten haben.

Aber es gab eindeutig Wärmestrahlen ab. Ein Mensch? Nein, unmöglich. Es gab kein Satellitenbild mit einer Auflösung, die es möglich gemacht hätte, einen Menschen zu erkennen. Außerdem war dieses obskure Objekt viel zu heiß für einen Menschen. Für ein Feuer war es andererseits nicht heiß genug...

Ein Motor! Es mußte ein Motor sein!

Kearwin hämmerte fieberhaft weitere Befehle in die Tasten und rief ein KH-12-Bild auf, das eine halbe Stunde vor den zwei KH-11-Bildern aufgenommen worden war. Er knabberte nervös an den Nägeln, während er wartete. Allmählich erschien das Bild; er beugte sich gespannt vor. Da war das Meer, einheitlich grau, wärmer als das Land. Er starrte angestrengt darauf. Nein, nichts. Verdammt! Er regulierte die Graustufen.

Dann sah er es. Ein kleiner leuchtender Punkt, siebenhundert Meter vom Ufer entfernt! Das bedeutete...

Ein Boot oder ein Schlauchboot wäre nicht auszumachen gewesen – der Temperaturunterschied war zu gering, vor allem, wenn die Gischt das Boot abkühlte. Aber ein Außenbordmotor...

Ja, es mußte dasselbe Objekt sein. Es war tatsächlich ein Motor! *Jetzt* hatte er etwas, mit dem sich arbeiten ließ!

Eine halbe Stunde später warf Kearwin den Kopf in den Nacken und stieß ein Triumphgeheul aus. Die anderen Analytiker sahen erstaunt auf, und die Arbeit beim NRO kam vorübergehend zum Erliegen.

Walter Sorensen vergaß seine Müdigkeit, sprang auf und hastete zu Kearwins Tisch. Alle sahen ihm verblüfft nach; niemand hatte das Walroß je anders als langsam und gemessen gehen sehen. Aber jetzt gab es keinen Zweifel: Das Walroß rannte!

»Ich hab sie, Walter! Ich hab sie!« Aufgeregt begann Kearwin seine Ergebnisse auszuführen; seine quäkende Stimme war rauh vor Erregung und übertönte sogar noch das Stimmengewirr seiner Kollegen. Sein Bericht veranlaßte die anderen Analytiker, sich um ihn zu versammeln. Kearwin erzählte alles, angefangen bei dem Öltonnenfeuer und seinem Verdacht, den Fahrzeugen, der Rückverfolgung von der Grenze aus, dem Flugzeug bei den Baubaracken, das er anschließend auf dem Flugplatz von Ar'ar aufgespürt hatte; und er erläuterte die AWACS-Berichte und die Berechnung, mit der er das Flugzeug in Al-Wadji wiedergefunden hatte. Dann war da der Pickup, der wiederum von den KH-11s an der Küstenstraße registriert worden war. Und schließlich die zwei winzigen, zwei Pixel großen Kleckse draußen auf dem Meer...

Walter Sorensen hörte sich stolz Kearwins Bericht an. Das hier war einer *seiner* Jungs. Er nahm das aufgeregte Gemurmel der anderen Analytiker nur am Rande wahr, während er über Kearwins Leistung nachdachte. Er, Walter Sorensen, hatte John Kearwin ausgebildet. Und jetzt erklärte der Junge – na ja, vielleicht war er nun wirklich kein Junge mehr – den anderen, wie es lief, gab ihnen eine Darstellung, wie sie vielleicht eines Tages in einem Lehrbuch auftauchen mochte. Kearwins Stimme war deutlich herauszuhören aus dem Geschnatter; er begann die technischen Vorgänge zu erläutern und rief am Computer die entsprechenden Bilder auf, um seinen Bericht zu veranschaulichen.

Das Walroß mochte es kaum glauben. Es war einfach enorm. John Kearwin hatte etwas Außerordentliches vollbracht, etwas, das ihn vielleicht zum Besten von allen machte. Der Junge hatte die ganze Verfolgung – überwiegend durch Intuition geleitet – vom Irak aus geschafft, den ganzen Weg von Saudi-Arabien bis zum Roten Meer zurück. Es war ihm gelungen, über einen Zeitraum von zwei Wochen und in einem riesigen Gebiet Ziele zu finden, die so klein waren, daß sie normalerweise niemandem aufgefallen wären. Und das hatte er nur mit Archivmaterial geschafft – ohne Sonderauftrag.

Gut, dachte Sorensen, *als ich noch jung war, hätte ich so was vielleicht auch hingekriegt. Aber den letzten Teil wahrscheinlich nicht*. Er dachte darüber nach. *Wow*, das würde dem Direktor vielleicht gefallen!

Kearwin hatte ein dreißig Zentimeter großes Objekt auf einer Wasserfläche von hundertzehn Kilometern ausfindig gemacht.

Endlich, nach all den Jahren, hatte Sorensen etwas, was Langley aufhorchen lassen würde. Er konnte sich die Gesichter lebhaft vorstellen. Er hatte alles: die Route, den Zeitplan, die Zeitpunkte, in etwa die Fahrzeugart, das Camp, wo sie hergekommen waren, das Flugzeug; all das konnte er ihnen präsentieren.

Und, was das Beste war: Das riesige Containerschiff konnte er ihnen auch noch servieren.

39

Howard entdeckte das Lagerhaus dreißig Kilometer hinter der Abzweigung nach Haditha als erster. Es fiel ihm nur auf, weil dort eine Kurve war. Er betrachtete müßig die Gegend und sah das stacheldrahtumzäunte Gebäude und die Wachhütte an einem Seitenweg. Er traf einen Entschluß. »Fahr mal rechts ran, Johnny.«

Sie hielten und beobachteten das Gelände. »Rührt sich nichts«, bemerkte Ziegler. »Um vier Uhr morgens eigentlich nicht weiter überraschend.«

»Das kann sich schnell ändern«, sagte Howard. »In zwei Stunden wird es hell. Ich finde, wir könnten mal schauen, ob jemand da ist. Was Abgelegeneres finden wir nicht mehr, und ich möchte nicht zu nahe an Bayji rankommen.«

Sie fuhren die Land Cruiser leise zur Pforte; nichts geschah. Bourne stieg aus, rüttelte am Tor und schrie etwas auf arabisch. Von innen waren Geräusche zu hören, dann erschien ein zerzauster, verschlafener alter Mann. Bourne unterhielt sich etwa eine Minute freundlich mit ihm, dann brachte er sein AK zum Vorschein. Der Alte wurde bleich. Mit verängstigter Miene öffnete er ihnen das Tor.

Sie fuhren auf das Gelände; Bourne befahl dem Alten, das Tor zu verschließen und ihm den Schlüssel zu geben. Er zog ihn zur Hecktür des zweiten Wagens und schob ihn hinein. »Kümmere dich um ihn, Bob. Wir sehen uns mal das Lagerhaus an. Ob du's glaubst oder nicht, er bewacht ein leeres Gebäude.«

Das Lagerhaus war eine Stahl- und Betonkonstruktion. Der Mann hatte die Wahrheit gesagt: Es war leer. Er war der einzige Wachmann. Bourne schätzte ihn auf etwa sechzig, aber er sah wesentlich älter aus. Er bot einen erbarmungswürdigen Anblick. Still und zitternd vor Angst hockte er in dem Land Cruiser, während MacDonald und Howard die zwei großen Tore des Lagerhauses aufschoben.

Nachdem die Wagen untergebracht waren, erklärte Bourne die Lage. »Es ist nahezu perfekt. Das Ding steht laut unserem Freund hier seit über einem Jahr leer – seit dem Krieg. Er und seine zwei Söhne haben den Auftrag, es zu bewachen. Die Söhne tauchen am frühen Morgen auf, um ihn abzulösen. Er bleibt immer nachts hier. Sonst kommt keiner her. Das Lagerhaus gehört einem der staatlichen Landwirtschaftsbetriebe – sie haben früher Lebensmittel drin gelagert. Der Bursche ist nicht mal bewaffnet. Er wird uns keine Schwierigkeiten machen.«

»Okay«, sagte Howard. »Dann können wir jetzt die Wagen durchchecken, essen und uns ausruhen. Bis hierher haben wir unsere Sache gut gemacht. Aber zuerst die wichtigsten Dinge.« Er förderte ein Päckchen Zigaretten zutage. »Hat jemand Feuer?«

40

Harry Cresswell hatte eine Saulaune. Zum einen konnte er es nicht leiden, wenn man ihn morgens um drei weckte. Noch dazu, murmelte er vor sich hin, nach einer langen Nacht. Zum anderen gefiel ihm die ganze Sache nicht im mindesten. Es klang nach einer ausgewachsenen Panik. *Was zum Henker war los? Eine Invasion vielleicht? Hatte jemand eine Atombombe über die Grenze geschmuggelt? Oder was? Wie auch immer, die Sache klang übel. Aber es mußte wohl was Wichtiges sein.* Cresswell fluchte. *Morgen wäre sein erster Urlaubstag gewesen;* das kann ich jetzt wohl in den Wind schreiben, dachte er trübsinnig.

Es führte kein Weg daran vorbei. Die Äußerungen des Deputy Director (Intelligence) waren unmißverständlich und nachdrücklich gewesen. Außerdem schien er ziemlich sauer über irgend etwas zu sein. »Bewegen Sie umgehend Ihren Arsch, und sorgen Sie für Klarheit!« hatte ihn der DD(I) durchs Telefon angeschrien. Dem konnte das ja egal sein, dachte Cresswell mürrisch; in Langley war es auch erst neun Uhr abends...

Ach herrje, das auch noch. Es mußte wirklich wichtig sein. Der DD(I) rief ihn außerhalb der Dienstzeit an.

Nun gut. Als erstes wollte er mal ein paar anderen Leuten den Sonntagmorgen vermiesen; erst dem Botschafter, dann den niedrigeren Chargen. Genau; den Botschafter wollte er sich gleich vornehmen. Er brauchte seine Vollmacht für den Flug, und er mußte den Polizei- und Zollbeamten dort Dampf machen, damit sie spurten. Cresswell nahm den Hörer ab und wählte die Zentrale an. »Geben Sie mir den Botschafter.«

»Sie können ihn direkt anwählen, Mr. Cresswell. Aber sind Sie sicher –«

»Tun Sie's einfach. Sofort! Und wenn ich mit ihm fertig bin, geben Sie mir den Operations Manager von American Airlines im Jomo Kenyatta International Airport. Oder rufen Sie ihn besser gleich privat an.« Dieser Idiot in der Zentrale. Dem sollte mal jemand Feuer unterm Hintern machen.

Cresswell fuhr sich durch die Haare, während er auf das Telefonat mit dem Botschafter wartete. Er gähnte. Irgend etwas stimmte nicht mit der Welt heute morgen, aber er wußte nicht genau, was. Kater? Eigentlich nicht. Kaffee! Das war's! Er brauchte dringend eine Tasse Kaffee.

Zehn Minuten später, als er auf das Gespräch mit dem Chef von American Airlines wartete, fühlte sich Cresswell schon etwas menschlicher. Die Tasse Kaffee hatte Wunder gewirkt. Er wäre gerne morgens besser draufgewesen. Das hatte er seit seinen Kindertagen nie hingekriegt. Er beneidete diese Typen, die mit einem Lächeln auf den Lippen und einem Haufen Energie morgens aus dem Bett sprangen. Er dachte über seine Unterhaltung mit dem Botschafter nach, überlegte sich, ob er zu kurz angebunden gewesen war. Mürrisches Verhalten gegenüber Botschaftern kam nicht gut an, auch wenn man der Stationschef der CIA war. War er grob gewesen? Nein, eigentlich nicht. Nur bestimmt. Er würde später die Dringlichkeit der Lage als Entschuldigung benutzen. Der Botschafter war in Ordnung, ein anständiger Knabe.

Das Telefon klingelte; der Chef der Fluggesellschaft war am Apparat. Cresswell stellte sich vor, erläuterte dem verblüfften Mann, was er wollte, und gab ihm Handlungsvollmacht. Eine Viertelstunde später war er auf dem Weg zum Flughafen; die Straßen waren leer, und er brauchte nicht länger als zwölf Minuten für die Strecke.

Um 4 Uhr 05 erhob sich die American Airlines 747 vom Asphalt der Rollbahn und stieg elegant in den Himmel über Nairobi. Sie ging in Schräglage und auf Kurs nach Südwesten, nach Mombasa.

Harry Cresswell führte sich im Erster-Klasse-Bereich ein warmes Frühstück zu Gemüte. Die irritierten Blicke des Stewards bemerkte er nicht. Er hoffte nur, daß er es schaffen würde, dazusein, bevor das verdammte Schiff anlegte und jemand von Bord ging oder sie mit dem Löschen der Fracht begannen.

Der Steward war zu dem Schluß gekommen, daß die Welt irre geworden war. *Eine ganze 747,* dachte er, *für einen einzigen Fluggast. Wer zum Teufel war dieser Bursche?*

»Sie haben eindeutig angehalten, John. Die JSTARS nimmt seit zwanzig Minuten keine Bewegung mehr wahr.«

Peter Stannard klang besorgt, dachte Kearwin. *Oder war er einfach müde?* Müde waren sie alle. Es war 9 Uhr 25 morgens, und sie waren seit über fünfzehn Stunden im Dienst. Vielleicht war den Burschen in den Autos genauso zumute. *Ja, so muß es sein,* dachte er. Im Irak war es 4 Uhr 25 morgens; vielleicht legten sie eine Pause ein. Er hoffte es. »Lassen Sie sich von der JSTARS eine genaue Position durchgeben, Peter. Jerry, überprüfen Sie bitte das Ergebnis des nächsten Keyhole-Flugs, und lassen Sie einen Vergleich mit Archivmaterial laufen. Vielleicht ruhen sie sich aus, solange es hell ist.«

»Ich hab jetzt hier ein Archivbild«, sagte Friedman. »Schauen Sie mal. Menschenleere Wüste; nur dieses große Gebäude neben der Hauptstraße. Vielleicht sind sie da untergekommen.«

Kearwin wußte, daß sie auf diesen Umstand keine Antwort finden konnten. Aber die Ortsangabe des Gebäudes deckte sich genau mit den letzten Informationen von der JSTARS. Er sah sich das Bild auf Friedmans Bildschirm genau an. Es stand schräg und war von Norden aus aufgenommen. Auf der Südseite, bei der Straße, stand eine kleine Hütte, und das Gelände schien von einem Zaun umgeben zu sein. Sonst war nichts zu sehen. »Wie hoch ist dieses Gebäude, etwa?« fragte er.

»Ungefähr sieben Meter.«

»Okay. Wann kommt wieder ein KH drüber?«

»In zehn Minuten. Es ist der zweite 12er, der für einen Sprung programmiert ist.«

»Gut«, sagte Kearwin. »Sorgen Sie für ein vertikales Foto und eine Schräglage von der südlichen Hälfte, der Seite an der Straße.«

Die zwei Bilder erschienen eine Viertelstunde später. Aus der vertikalen Aufnahme ließ sich entnehmen, daß die Wagen nicht bei den Gebäuden geparkt waren, und auf dem schrägen Bild waren die großen, geschlossenen Tore des Gebäudes zu sehen.

Kearwin besprach sich mit Sorensen. »Ich nehme an, daß sie sich da verkrochen haben und sich den Tag über ausruhen. Sie sind seit fast zwölf Stunden unterwegs. Trotzdem würde ich gerne die JSTARS noch ein paar Stunden dranlassen, nur für den Fall, daß sie doch wieder aufbrechen. Können wir sie darum bitten, oder gibt das Probleme?«

Das Walroß schenkte Kearwin ein amüsiertes Lächeln. »John, im Moment sind Sie in der Lage, alles anfordern zu können. Wenn Sie

sie haben wollten, würden Sie wahrscheinlich selbst die Air Force One kriegen.« Kearwin sah für einen Moment verwirrt aus; das Walroß lächelte wieder und fuhr fort. »Vor einer Stunde hab ich den Direktor angerufen und ihm mitgeteilt, was Sie rausgefunden haben. Ich kann Ihnen sagen, da haben Sie jemanden glücklich gemacht. Er hat mich gerade zurückgerufen. Er ist einigen Leuten in Washington auf die Füße getreten, und in der CIA-Zentrale ist die Kacke am Dampfen. Der DCI tobt. Er möchte gerne wissen, warum zum Geier die CIA da nicht als erster drauf gestoßen ist. Er hat seinem Vize die Hölle heiß gemacht, und der hat seine Leute in Riad und Nairobi zusammengebrüllt. Jetzt sausen sie rum und versuchen, was über das Flugzeug und das Containerschiff rauszukriegen.

Der Direktor hat aus dem Verteidigungsministerium was munkeln hören, daß ein CIA-Mann eine ganze Boeing 747 für sich allein gechartert hat, bloß um so schnell wie möglich nach Mombasa zu kommen. Der Nationale Sicherheitsrat trifft sich in...« Sorensen warf einen Blick auf seine Armbanduhr – »dreißig Minuten zu einer Sondersitzung, und der Nationale Sicherheitsberater des Präsidenten hat bereits mit dem Präsidenten gesprochen. Ja, man kann wohl sagen, daß Sie für einigen Aufruhr gesorgt haben.«

Kearwin sah völlig perplex aus. »Aber weshalb? Worum geht es denn?«

Das Walroß betrachtete ihn einen Moment lang, bevor er antwortete. »Ich denke, Sie waren zu sehr mit der Verfolgung beschäftigt, um darüber nachzudenken.« Er zupfte an seinem Schnurrbart und sah Kearwin mit leuchtenden Augen an. »Der Direktor dagegen hat sehr viel darüber nachgedacht. Er hat ein paar Hypothesen aufgestellt, die ich ebenfalls als ziemlich naheliegend erachte. Diese Burschen haben was vor. Erst schmuggeln sie sich vom Meer aus nach Saudi-Arabien ein, dann schmuggeln sie sich über die irakische Grenze. Sie müssen gut und extrem entschlossen sein. Sie setzen ihr Leben aufs Spiel. Der Direktor meint, daß sie auf was Großes aus sind. Auf was ganz Großes.« Das Walroß hielt einen Moment inne und schürzte gewichtig die Lippen. »Was – oder vielleicht sollte ich sagen, *wer* – könnte da wohl ihr Ziel sein?«

Es entstand eine lange Pause, als Kearwin klarwurde, worauf Sorensen hinauswollte. »Oh«, sagte er lahm. »Da bin ich nicht drauf gekommen. Wow!«

»Eben«, sagte Walroß. »Wow.«

41

Harry Cresswell hatte keine Ahnung, mit wem der Botschafter gesprochen hatte, aber es mußte jemand Wichtiges gewesen sein. Wahrscheinlich der kenianische Außenminister. Präsident Moi würde auf jeden Fall davon erfahren haben, dachte Cresswell; in diesem Land geschah wenig ohne seine Kenntnisnahme. Jedenfalls hatte es den gewünschten Effekt gezeitigt. Als Cresswell in Mombasa eintraf, wurde er vom Chief Inspector der kenianischen Polizei erwartet und umgehend zu den Docks gebracht. Um 5 Uhr 30, im Morgengrauen, kamen sie dort an. Der Hafen war abgeriegelt worden; überall standen finster blickende Männer von der kenianischen Armee mit geladenen FN-Gewehren herum. Sie wirkten, als ob sie nicht lange zögern würden, sie zu benutzen. Draußen im Hafen waren die Lichter der drei Patrouillenboote zu sehen, die die *Manatee* begleiteten, als sie zu ihrem Liegeplatz geschleppt wurde.

Drei Stunden später saß Cresswell im gut klimatisierten Büro des Hafendirektors, legte den Telefonhörer auf und dachte einen Moment nach. Der DD(I) schien jetzt wesentlich besserer Stimmung zu sein als beim letzten Gespräch. Cresswells erster Bericht von der Befragung des Kapitäns der *Manatee* mußte ihn irgendwie beruhigt haben. Nicht daß es viel zu berichten gegeben hätte. Eigentlich war nur die Route des Schiffs von Interesse. Der DD(I) hatte gewußt, daß das Schiff in Port Sudan und Djibouti angelegt und Ladung gelöscht hatte und danach nach Mombasa weitergefahren war. Jetzt hatte er erfahren, daß der Heimathafen der *Manatee* Felixstowe in England war und daß sie unterwegs nur in Suez angelegt hatte, und das schien eine willkommene Nachricht zu sein.

»Und keinerlei Hinweise auf blinde Passagiere an Bord?«

»Wir sind noch am Suchen, Sir. Hier sind etwa hundert kenianische Polizisten dabei, das Schiff auseinanderzunehmen, und diverse Trupps von Zollbeamten haben es auf sich genommen, alle Container zu öffnen. Ich habe ihnen nicht gesagt, daß die Vögel schon ausgeflogen sind – das würde ihnen vielleicht die Motivation nehmen. Der Kapitän schreit Zeter und Mordio, weil die Polizisten seine Kabine durchsuchen, und so wie es von hier aussieht, scheint ihnen nicht viel zu entgehen.«

»Gut. Rufen Sie mich sofort an, wenn sie etwas finden.«

»Mach ich, Sir.«

Cresswell sah wieder aus dem Fenster und staunte angesichts des Tohuwabohus am Dock. Es wäre nutzlos gewesen, sich einzumischen oder gar Ratschläge für ein systematischeres Vorgehen zu geben. Außerdem mochte es zwar chaotisch aussehen, aber immerhin bewegten die Trupps die Container von der Stelle. Das Schiff war bereits zur Hälfte entladen. Cresswell sah Chief Inspector Robert Mwanza, der das Ganze beaufsichtigte. Auf seine Art ging der Chief Inspector durchaus methodisch vor.

Cresswells persönlicher Meinung nach war die Suche ein Schlag ins Wasser. Die Typen waren schließlich über alle Berge, oder? Es machte nicht viel Sinn, jetzt noch große Suchaktionen nach ihnen zu starten. Aber man wußte natürlich nie...

Es klopfte an der Tür, und ein junger Polizist kam herein. »Entschuldigung, Sir. Hätten Sie ein paar Minuten Zeit für den Chief Inspector?«

»Sofort.« Cresswell verließ das Büro und schlenderte die Treppe hinunter. Als er in die helle Morgensonne hinaustrat, brach der Lärm am Kai wie Gewehrfeuer über ihn herein. Er ging zu Chief Inspector Mwanza hinüber, der sich an einem Tisch durch einen Berg Papiere arbeitete. »Wie läuft's, Chief Inspector?«

Mwanza wies über die Schulter auf einen großen gelben Tiefkühlcontainer. »Der dort ist leer.«

»Ist das ungewöhnlich?«

»Der Zoll sagt ja, aber es kommt schon mal vor. Manchmal werden sie leer verladen, wenn die Besitzer für eine Tour keine Ladung kriegen.«

»Was steht auf dem Ladeschein?«

»Das versuche ich gerade festzustellen, Mr. Cresswell.« Mwanza blätterte weiterhin den Stoß Papiere durch.

Cresswell ging zu dem Container hinüber. Vier Zollbeamte untersuchten an den offenen Ladetüren die Zollplombe. Ein Polizist bewachte den Eingang und versuchte wichtig auszusehen. Er wirkte etwas lächerlich bei der Aufgabe, einen leeren Kasten zu bewachen. Cresswell sprach die Zollbeamten an. »Ist die Plombe einwandfrei?«

Einer der Männer sah auf und nickte. »Ja, Sir.«

Cresswell sah ins Innere des Containers. Blitzblank. Er ging langsam um den Kasten herum, sah sich die Außenseite an. Der Ventilator am anderen Ende war eingeschaltet und brummte laut; er hatte offenbar einen eigenen Generator.

Moment mal. Wieso lief das Ding überhaupt? Der Container war doch leer, oder? Irgendein Idiot mußte es versehentlich angestellt haben. Er ging zu Mwanza zurück. »Jemand hat versehentlich die Kühlanlage eingeschaltet.«

Mwanza hob kurz den Kopf, antwortete aber nicht; er nahm seine Suche nach dem Ladeschein wieder auf. Cresswell ging zu den Zollbeamten zurück. »Weiß jemand, wie man dieses Ding hier abstellt?« Er erntete nur leere Blicke. Cresswell zuckte mit den Schultern. Auch gut. Blieb es eben an. Was kümmerte es ihn, wenn sie Energie vergeudeten, um das Ding auf Gefriertemperatur ...

Augenblick mal! *Es war nicht kalt im Inneren.* Cresswell steckte die Hand hinein und betastete die Innenwand. Es war überhaupt nicht kalt. Er rannte wieder zum anderen Ende. Der Ventilator lief unverändert; er tropfte sogar. Und der Temperaturanzeiger gab ... *minus zwanzig Grad* an!

Cresswell eilte zu dem Tisch zurück. »Inspector! Ich glaube, wir haben hier was!«

»Allerdings, Mr. Cresswell. Das glaube ich auch.« Mwanza wedelte mit ein paar Papieren. »Es muß Betrug vorliegen. Laut Ladeschein soll sich in dem Container eine Ladung gefrorener Lebensmittel befunden haben, als das Schiff in Felixstowe ausgelaufen ist.«

Cresswell rannte eine halbe Stunde ungeduldig auf und ab, während die Polizeibeamten den Container auf Fingerabdrücke untersuchten. Sie hatten durchaus Erfolg; jedoch stellte sich heraus, daß die Abdrücke von Cresswell stammten, als er die Innenwand abgetastet hatte. Mwanza warf ihm einen frostigen Blick zu, sagte aber nichts.

Schließlich war die Untersuchung beendet. Jetzt schwärmten mit Schraubendrehern bewaffnete Polizisten ins Innere des Containers und begannen, die Verschalung abzulösen. Fünf Minuten später hatten sie die Wandattrappe entfernt und die Luke entdeckt. Lautes Hämmern war zu hören, als sich ein energischer Polizist mit einem Vorschlaghammer daran zu schaffen machte. Cresswell, der draußen wartete, sah, wie die Farbe an der vormals glatten Außenwand brach, und genau um 9 Uhr 02 schwang die Luke nach außen auf.

Nach einer weiteren Stunde erstattete ein Ingenieur Bericht über zwei Airconditioner, die in das Gehäuse des Kühlaggregats eingebaut worden waren, und über den manipulierten Thermostaten.

Cresswell hatte nicht auf den Ingenieur gewartet. Sowie die Luke aufschwang, raste er zum Hafenaufsichtsgebäude. Drei Stufen auf einmal nehmend, rannte er die Treppe zum Büro des Hafendirektors hoch, riß dort den Hörer vom Telefon und wählte eine Nummer.

Um 3 Uhr 09 Eastern Time klingelte das Telefon im Büro des DD(I) in Langley, Virginia. Der DD(I) knipste das Licht an, erhob sich schlaftrunken von der Couch und nahm ab.

Als er Cresswells Bericht vernahm, war seine Müdigkeit wie weggeblasen. »Dem Himmel sei Dank«, murmelte er, als er aufgelegt hatte. »Von jetzt an hat London die Scheiße am Hals.«

Er konnte freilich nicht wissen, daß er genau sechs Stunden später das Vergnügen haben würde, sich der Sache von neuem anzunehmen.

42

Die Sondersitzung des British Joint Intelligence Committee war beendet und löste sich auf. Als der Commissioner von der Metropolitan Police zur Tür steuerte, sprach ihn ein adretter, grauhaariger Mann mit Regimentskrawatte an.

»Commissioner, dürfte ich einen Vorschlag machen?«

Der Commissioner sah den Mann interessiert an. »Selbstverständlich, Mr. Goodale. Ich bin für jede Anregung dankbar.«

Max Goodale lächelte. »Zuerst möchte ich mein Bedauern über das Vorgehen in der IRA-Sache zum Ausdruck bringen. Ich bin der Ansicht, daß diese Differenz keinesfalls öffentlich und mit solcher Schärfe debattiert werden sollte, und die Mehrheit meiner Kollegen beim MI5 ist bestimmt derselben Meinung.«

Der Commissioner nickte. Im Polizeipräsidium war man extrem verstimmt gewesen, als man seinen Leuten vor kurzem die Verantwortung für die Terrorismusbekämpfung im Lande entzogen und sie statt dessen dem MI5 übertragen hatte; viele hatten sich brüskiert und in ihrem Stolz verletzt gefühlt. »Es freut mich, daß Sie das so sehen, Mr. Goodale. Ich hatte ebenfalls den Eindruck, daß man es anders hätte angehen können.«

»Ich empfinde es als wichtig, daß sich unsere Institutionen nicht durch gegenseitigen Groll behindern. Das betone ich vor allem deshalb, weil ich glaube, daß wir in ein paar Punkten bei dieser Sache hier hilfreich sein könnten.« Der Deputy Director des MI5 achtete genau darauf, ob sich auf dem Gesicht des Commissioners Anzeichen von Ärger abzeichneten; wie er erwartet hatte, war dies nicht der Fall. Der Commissioner war ein äußerst kluger Mann, und Goodale wußte, daß er ebenso wie er selbst über nichtige Streitereien zwischen den Behörden erhaben war. Er fuhr fort. »Natürlich wird bei allen Beiträgen von uns klar sein, daß die Ermittlungen von Ihnen geleitet werden. Mir geht es nur darum, daß uns einige Quellen zur Verfügung stehen, die nützlich sein könnten. Die möchte ich Ihnen anbieten.«

»Mr. Goodale«, sagte der Commissioner, »das ist ein großzügiges Angebot, und ich weiß es zu schätzen.« Er erwiderte das Lächeln des MI5-Manns. »Ich halte das für eine ausgezeichnete Idee, und ich würde gerne darauf zurückkommen. Darf ich fragen, ob Sie das schon mit Ihrer Vorgesetzten abgeklärt haben?«

»Nein, noch nicht«, antwortete Goodale, »aber ich bin sicher, daß sie voll und ganz dahinterstehen wird. Ich würde vielleicht als erstes ein Treffen mit dem Beamten vorschlagen, dem Sie die Leitung der Ermittlungen übertragen wollen. Dann könnten er und ich von da ab zusammenarbeiten.«

»Gute Idee«, sagte der Commissioner. »Möchten Sie vielleicht gleich mit zum Yard zurückfahren? Wir könnten uns zu dritt beim Frühstück darüber unterhalten.«

»Das wäre sehr freundlich«, sagte Goodale.

Sie gingen zusammen zum Wagen des Commissioners; ein schneidiger Police Sergeant salutierte und öffnete ihnen die hinteren Türen. Goodale bedeutete seinem eigenen Fahrer, ihnen zu folgen. Die beiden Männer lehnten sich entspannt zurück, während der Jaguar durch die menschenleeren Straßen fuhr. Sie unterhielten sich über die ungewöhnliche Aufgabe, die der Polizei soeben übertragen worden war.

»Ich werde SO11 mit der Sache betrauen«, sagte der Commissioner. »Es sieht auf jeden Fall aus wie eine Angelegenheit für die Kriminalabteilung, und die anderen Abteilungen werden mitarbeiten – erfreulicherweise nun auch die Ihre. Wissen Sie«, fuhr er lächelnd fort, »wenn Sie es nicht von sich aus vorgeschlagen hätten, wäre ich wohl sogar selbst damit an Sie herangetreten.«

Goodale lachte. »Es ist schön zu wissen, daß wir beide in dieselbe Richtung denken. Hoffen wir, daß wir mit vereinten Kräften gute Erfolge erzielen. Darf ich fragen, wer die Leitung haben wird?«

»Der Commander von SO11. Einer der Besten, wenn nicht *der* Beste überhaupt. Jones. Patrick Jones.«

»Ich bin ihm schon einmal begegnet«, sagte der Deputy Director des MI5. »Aus naheliegenden Gründen haben sich unsere Pfade schon einmal gekreuzt. Wir kommen gut miteinander aus.«

»Wenn es etwas zu finden gibt, wird Jones es finden«, sagte der Commissioner.

43

»Gut, Gentlemen. Folgendes steht an.« Commander Patrick Jones lehnte sich über den Tisch und blickte in die Runde. Dann sah er einen kleinen, untersetzten Mann mit schütteren roten Haaren und engstehenden Augen an. »Hughie, ich möchte, daß Sie sich diese Adresse in Swindon vornehmen. Setzen Sie sich deswegen mit der Polizei in Wiltshitl in Verbindung. Treten Sie den Leuten dort nicht auf die Füße, aber machen Sie klar, daß die Befehle von ganz oben kommen und die Ermittlungen von London aus geführt werden. Falls sie Ihnen Kummer machen, sagen Sie ihnen, sie sollen sich mit ihrem Präsidium in Kidlington kurzschließen. Der Chief Constable dort weiß Bescheid und wird alle Mißverständnisse aus dem Weg räumen. Sie werden vermutlich niemanden unter besagter Adresse vorfinden; lassen Sie die Tür aufbrechen. Untersuchen Sie die Räume sehr gründlich; ich möchte Analysen von jedem Staubkörnchen. Stellen Sie fest, wer die Räume benutzt hat, wem sie gehören. Fragen Sie herum und stellen Sie fest, ob irgend jemand einen der ehemaligen Bewohner gesehen hat. Wenn sie vermietet wurden, ermitteln Sie den Makler und lassen Sie sich alle Informationen über die Mieter geben. Namen, Beschreibungen, das ganze Drumherum. Schnappen Sie sich jeden, der einen der Bewohner gesehen hat. Alles klar?«

Detective Superintendent Hughie Carter hatte sich Notizen gemacht; er sah auf und nickte. Allmählich wurde ihm klar, daß hier eine größere Sache im Gange war. *Als ob er in seinem Bereich nicht genug zu tun hätte,* dachte er säuerlich. *Als erstes würde er mal seine neue Assistentin anrufen und ihr die ganze andere Arbeit übergeben, damit er sich hierauf konzentrieren konnte. Ja,* beschloß er, *das war eine gute Idee. Da konnte sie gleich mal bewei-*

sen, wie gut sie zurechtkam, wenn er nicht da war. Bis jetzt machte sie einen fähigen Eindruck. Wenn man so schnell befördert wurde, dachte er, *mußte man wahrlich fähig sein. Nun, er würde bald wissen, wie es um sie bestellt war.*

Der Commander wandte sich jetzt an einen großen blonden Mann, der eine Brille mit einem schweren Gestell trug und wie ein Gelehrter wirkte. »Paul, Sie und Ihr Team kümmern sich bitte um die Banken. Fangen Sie mit den Zentralen der Clearingbanken an und stellen Sie fest, wo dieses Unternehmen ein Konto hatte. Wenn Sie es gefunden haben, lassen Sie sich Kopien von sämtlichen Kontoauszügen seit Eröffnung des Kontos und von allen Schecks geben, verfolgen Sie alle Transaktionen und stellen Sie fest, an wen Zahlungen gingen oder von wem sie kamen. Lassen Sie sich Kopien des gesamten Schriftverkehrs bezüglich dieses Kontos machen. Suchen Sie die Leute auf, mit denen sie geschäftlich zu tun hatten, und sprechen Sie mit ihnen. Stellen Sie fest, wer ihre Bücher prüfte, und reden Sie auch mit denen. Auch hier brauche ich Namen und Beschreibung der Personen. Ist sonst alles klar?«

Detective Chief Inspector Paul Hallam vom Betrugsdezernat nickte. Das klang interessant. Es war ihm ein Vergnügen, sonntags morgens ehrenwerte Bürger aus dem Bett zu zerren.

Als nächstes sah Jones einen dunkelhaarigen Mann an, der wie ein ehemaliger Mittelgewichtsboxer aussah und das auch tatsächlich war. »Jerry, Sie und Ihre Jungs kümmern sich bitte um das Flugzeug. Wir haben nur das britische Zulassungszeichen. Lassen Sie anhand des Zeichens feststellen, wo sie es gekauft haben. Ist es umgemeldet worden? Wenn ja, auf wen? Die anderen sollen die Spuren von Saudi-Arabien zurückverfolgen. Es ist dort am ...« – Jones warf einen Blick auf seine Notizen – »elften April angekommen. Es wird drei, vielleicht vier Tage für die Strecke gebraucht haben; stellen Sie fest, von wo aus es gestartet ist. Fangen Sie mit den Flugplätzen im Süden von England an. Lassen Sie die beiseite, die keine Zollabfertigung haben. Ziehen Sie zur Verstärkung jemanden von der CAA hinzu. Stellen Sie fest, wer es gesehen hat, und vor allem, wer der Pilot war. Besorgen Sie Namen und Beschreibung.«

»In Ordnung.« Detective Inspector Jerry Willson zweifelte zwar im stillen daran, daß er mit zivilen Flugplätzen am Sonntagmorgen viel Freude haben würde, aber er biß die Zähne zusammen. Wie Hallam war er fest entschlossen, sich für ein weiteres geplatztes Wochenende bei jemand anderem zu revanchieren. Die zivile Luftfahrtbehörde würde sein erstes Opfer sein.

»Jetzt möchte ich Ihnen Mr. Goodale vorstellen. Mr. Goodale ist vom Geheimdienst – MI5.« Einige sahen irritiert drein. Jerry Willson wollte protestieren, ließ es dann aber sein. Jones fuhr fort. »Ich würde vorschlagen, daß sich jeder von Ihnen genau überlegt, womit Mr. Goodale aushelfen könnte. Sie haben alle irgendwann schon einmal mit MI5 gearbeitet. Mr. Goodale wird in London bleiben; wir werden eine Standleitung zu seinem Büro bekommen. Er und ich werden in dieser Sache zusammenarbeiten.« Jones machte eine Pause. Die Männer betrachteten Goodale mit neuem Interesse, als sie begriffen hatten, daß er beim MI5 eine sehr hohe Position innehaben mußte. Jones nickte, als er das Interesse bemerkte. Er würde sich nicht darüber auslassen, um welche Position es sich handelte. Er fuhr fort. »Wie Sie gehört haben, liegt die Betonung auf Zusammenarbeit. Der Commissioner hat mir persönlich einen Teil der Leitung übertragen. Jedem Team wird ein Mann vom Geheimdienst zugeteilt sein. Ich erwarte von Ihnen effektive, reibungslose Kooperation. Und ich erwarte ferner«, fügte er abschließend hinzu, »Resultate. Und zwar schnell.«

Während der nächsten Stunden wurden die Resultate produziert. Die Vorarbeiten waren einfach. Die Angaben auf dem Ladeschein des Containers hatten zur Loundis Road in Swindon geführt, und die Firma, die die Container vermietete, bestätigte, daß der betreffende Container zu Hof 10 geliefert worden war. Bald durchsuchten zwölf Beamte das Gebäude auf Hinweise. Gleichzeitig wurde ein verblüffter junger Immobilienmakler, den man über seine unübersehbare Adresse auf den »Zu vermieten«-Schildern in der Loundis Road gefunden hatte, ohne Umschweife den Armen seiner

Freundin und einem Sonntagmorgen-Techtelmechtel entrissen und von zwei entschlossen und wenig freundlich dreinblickenden Beamten genauestens verhört. Er beschloß rasch, daß es sich hierbei nicht um einen schlechten, geschweige denn um einen guten Witz handelte, und rückte mit allem heraus. Das mit der Spurensuche betraute Team nahm sich auch Hof 8 und 9 vor, und man setzte die Beschreibung von »Mr. Bryce« und seinem blauen BMW 325i mit dem H-Kennzeichen im Umlauf.

Über den Wagen wußte der Immobilienmakler bestens Bescheid. Es war eine blaue viertürige Limousine, sagte er; ein Schaltwagen mit silbergrauen Ledersitzen, und das Chassis hatte die 91er Form. Der Makler konnte sich nur nicht an die vollständige Autonummer erinnern; Hughie Carters Team wurde deshalb darauf angesetzt, von den großen BMW-Händlern in Bracknell eine Liste aller Autos mit entsprechenden Eigenschaften zu besorgen. Die Händler waren schnell mit einer Ausdruckliste zur Hand, auf der sämtliche entsprechende Wagen mit Chassis- und Motornummern vermerkt waren. Von den zweitausendsechshundertneun 1991er BMWs mit H-Kennzeichen waren einhundertsieben blaue viertürige Limousinen mit Schaltung. Die Meldebehörde in Swansea brachte die Chassisnummern mit den Kennzeichen zusammen; keiner der in Frage kommenden Wagen war auf einen Mr. Bryce zugelassen worden. Polizeiwachen im ganzen Land bekamen die Liste mit der Bitte zugestellt, sie so schnell wie möglich zu überprüfen. Sämtliche Besitzer wurden zu Hause aufgesucht. Von den neunundsiebzig Besitzern, die zu Hause waren, als die Polizei anrief, sahen fünf »Mr. Bryce« ähnlich genug, um zu weiteren Verhören zur örtlichen Polizeiwache befördert zu werden. Weitere zwölf wurden unterwegs angehalten; elf von ihnen drohten, nachdem sie nach überdurchschnittlich langen Verhören wieder auf freien Fuß gesetzt wurden, aufgebracht damit, bei der Dienstaufsichtsbehörde der Polizei Beschwerde wegen Belästigung einzulegen. Die zwölf konnten wie die fünf in Polizeigewahrsam nicht eindeutig identifiziert werden. Sechs Fotobögen wurden nach Swindon gefaxt; der junge Immobilienmakler schüttelte jedesmal den Kopf.

Von den verbleibenden sechzehn Besitzern befanden sich vierzehn im Urlaub oder auf Geschäftsreisen; Nachbarn, die man nach Beschreibungen fragte, waren ziemlich sicher, daß die Beschreibung von »Mr. Bryce« auf keinen der Besitzer oder, im Falle weiblicher Besitzer, auf keinen Freund oder Ehegatten paßte.

Die beiden letzten Wagen schienen am vielversprechendsten zu sein. Einer war Mitte Januar gestohlen gemeldet, der andere verkauft, aber nie auf den neuen Besitzer zugelassen worden.

»Sehen Sie sich das Datum an, Trev«, sagte Detective Superintendent Hughie Carter. »Er ist im Januar gestohlen worden. Der Makler sagt, Pausbacke hätte ihn im November gefahren. Das kann nicht derselbe sein. Hat der andere Bursche eine Beschreibung vom Käufer seines Wagens abgegeben?«

»Ja, Sir, aber sie ist nicht eindeutig«, sagte Detective Sergeant Trevor Smith. »Er ist einer von diesen nutzlosen Zeugen, die sich an nichts richtig erinnern können. Sagt bloß, daß der Typ Ende Zwanzig, vielleicht Anfang Dreißig war. Sah ganz normal aus, das war sein ganzer Kommentar.«

»Haben Sie ihm die Beschreibung von Pausbacke gegeben?«

»Ja, aber der Trottel war sich nicht sicher.«

Carter traf eine Entscheidung. »Macht nichts. Es muß der richtige sein. Okay; geben wir die Autonummer an die Medien und warten wir ab.«

Das erwies sich als Sackgasse. Bournes BMW, der gestohlen und völlig verändert worden war, befand sich mittlerweile in Italien. Er war nicht blau, und sein neuer Besitzer war in der glücklichen Lage, nichts von seiner bewegten Vergangenheit zu wissen.

Auch Detective Chief Inspector Hallam konnte Anfangserfolge vorweisen. Die Barclays Bank war kooperationswillig und schnell mit sämtlichen Papieren über die Fracht- und Transportfirma zur Hand, die Bourne gegründet hatte. Dabei kam die Existenz zweier weiterer Briefkastenfirmen zum Vorschein. Hallam setzte auf jede sofort ein Team von Detectives an; er war ganz in seinem Element, ließ sich unglückselige, völlig unschuldige Rechtsanwälte zum Verhör heranschaffen und beschlagnahmte Dokumente zur Abnahme von Fingerabdrücken. Als die Hauptzahlungen an die Bank in Liechtenstein entdeckt wurden, erstattete er Commander Jones Bericht.

Patrick Jones stülpte die Lippen vor und trommelte mit den Fingern auf den Tisch. »Damit müssen wir wohl bis morgen warten, Paul. Ich habe nicht die Handhabe, bei einer ausländischen Organisation zu ermitteln. Aber ich werde sehen, was sich tun läßt.« Er legte auf und runzelte die Stirn. Liechtenstein. Da klingelte es irgendwo. Aber das nützte vermutlich nichts. Pausbacke hatte seine Spuren sorgfältig verwischt. Die Ermittlungen bezüglich der Autos würden sich als Niete erweisen, davon war Jones überzeugt. Die drei Gewerbehöfe waren blitzblank, was Hughie Carters Bericht anging. Keinerlei brauchbare Spuren: Die Räume rochen nach Putzmittel; sie waren offenbar gründlich gesäubert worden. Das einzige, was sie entdeckt hatten, war ein kleiner gelber Farbfleck auf dem Boden; vermutlich die Farbe, mit der man den Container angestrichen hatte. Hughie Carter hatte eine heiße Spur gerochen, als Fingerabdrücke auf einem Türgriff mit denen eines Autodiebes übereinstimmten. Als sie die Wohnung des Verdächtigen aufgesucht hatten, war herausgekommen, daß er für eine Reinigungsfirma arbeitete; sein Chef sagte aus, daß sie alle drei Gewerbehöfe gereinigt, aber keinen der Mieter gesehen hätten.

Die Banken und die Maklerfirma waren äußerst hilfsbereit, aber auf den zur Verfügung gestellten Papieren fanden sich nur die Fingerabdrücke der Bankangestellten und des Maklers. Alle waren ganz sicher, daß Pausbacke bei der Unterzeichnung der Mietverträge und anderer Dokumente keine Handschuhe getragen hatte. Irgendwelche unsichtbaren Überzüge an den Fingerspitzen? Vermutlich.

Dreckskerl, dachte Jones. Er mußte doch *irgendwo* nachlässig gewesen sein. Hughie Carter würde bestimmt etwas entdecken. Irgend jemand mußte in der Loundis Road jemanden gesehen haben. Am ehesten einer von den Lieferanten. Hughie hatte schon mit dem Fahrer gesprochen, der den Container angeliefert hatte, aber er hatte niemanden gesehen außer... Pausbacke. Der Kerl konnte doch nicht allein gearbeitet haben; er mußte Partner haben. Der Fahrer sagte, vor den Höfen hätten mehrere Wagen geparkt – ohne sich dabei an einen erinnern zu können.

Sie mußten sich innen versteckt haben. Pausbacke war der Frontmann. Das hieß, er durfte gesehen werden. Warum? Klarer Fall – er hatte sein Gesicht verändert. Kontaktlinsen, gefärbte Haare, keine Frage. Stimme? Neutral. Klassenlos. Konnte auf der Public School oder woanders gewesen sein. Konnte sogar ein Ausländer sein, der gut Englisch sprach. Ein durchschnittlich wirkender Mann, mittelgroß, manchmal im Anzug, manchmal in Arbeitskleidung... Wenn Hughie nicht noch einen Zeugen auftrieb oder Paul bei den Bankakten auf etwas stieß, war das Ganze eine ziemlich aussichtslose Angelegenheit. Und das Problem war, daß wenige von den Transaktionen in den Büchern vermerkt waren. Von den üblichen Zahlungen wie Strom und Telefon nur der interne Zahlungsverkehr zwischen den drei Scheinfirmen und dem Konto in Liechtenstein. Aber was war mit dem Zubehör, das sie für die Umrüstung des Containers gebraucht hatten? Und dem Zeug, das sie als Fracht benutzt hatten? Bargeld, dachte Jones düster. O ja, Pausbacke hatte seine Spuren gut verwischt.

Das Telefon klingelte; es war DI Willson. »Wir haben das Flugzeug gefunden, Chief. Southampton Airport. Ist am 7. April abgeflogen. Und wir haben es nach Irland zurückverfolgt; da kam es her.«

»Beschreibungen oder Namen?« Jones lehnte sich gespannt vor.

»Ich hatte gehofft, Sie könnten vielleicht ein paar Kontakte zur Garda Siochana in Dublin herstellen, Chief. Die könnten mit den früheren Besitzern der Maschine reden. Wahrscheinlich ist es besser, wenn die die Verhöre selbst übernehmen.«

»Schon geschehen«, sagte Jones herzlich. »Was ist mit dem Piloten?«

»Ich hab das Beste für den Schluß aufgehoben. Wir haben die Daten im Flugplatzlogbuch gefunden. Er heißt Sullivan. US-Bürger, Berufspilotenlizenz. Wir haben seine Adresse, Paßnummer, alles. Er ist allein mit der Islander geflogen. Ich habe mit den

Grenzern und den Flugunternehmen gesprochen, und sie haben mir durchgegeben, wann er in Großbritannien eingereist ist. Ich faxe Ihnen gleich die genauen Infos.«

»Gute Arbeit, Jerry.«

»Danke, Chief.«

»Und nennen Sie mich nicht ›Chief‹.«

»Okay, Chief.«

Jones verdrehte die Augen und legte grinsend den Hörer auf. *Das klang schon besser,* dachte er. *Ein paar konkrete Fakten, mit denen man arbeiten konnte. Und, was noch wichtiger war: Endlich hatte er etwas zu berichten.* Er sah auf seine Armbanduhr; es war 14 Uhr 10. Kein schlechter Schnitt bei nur fünf Stunden Arbeit. Er lehnte sich zurück und wartete auf das Fax.

Der Bericht von Commander Jones wurde zügig nach oben weitergegeben; gleichzeitig wurden die Informationen über Sullivan sofort an die CIA-Zentrale in Langley vermittelt, wo sie um 9 Uhr 25 Eastern Time auf dem Tisch des Deputy Directors (Intelligence) landeten. Der war alles andere als erfreut, als er erfuhr, daß ein amerikanischer Staatsbürger in die Sache verwickelt war, die er schon an London abgeschoben glaubte; wer das Pech hatte, im Laufe der folgenden Stunden mit ihm zu tun zu haben, wurde über seine Stimmung nicht im Zweifel gelassen.

Nachdem er kurz und bündig vom FBI Zusatzinformationen über Sullivan angefordert hatte, erkor der DD(I) James Ansell, den Leiter der Nahost-Abteilung, als nächstes Opfer. »Was denkt dieser Idiot in Riad, mit wem er es zu tun hat? Warum hat er nicht mehr über dieses Flugzeug?«

»Sie meinen Kennings?«

»Ja – Kennings. Machen Sie ihm gefälligst Feuer unter seinen Fettarsch, ja? Ich will, daß er dieses Flugzeug findet, und zwar fix.«

Ansell zog ob der Gereiztheit des DD(I) die Augenbrauen hoch. Er legte keinen großen Wert darauf, angebrüllt zu werden. Wenn der so weitermachte, konnte es durchaus sein, daß ihm der Kragen platzte und er sich beim DCI beschwerte. Er fixierte den DD(I) mit einem kühlen Blick und gab zurück: »Alvin Kennings ist gut. Er hat es geschafft, als erstes an das Zulassungszeichen des Flugzeugs zu kommen. Aufgrund meiner eigenen Erfahrungen kann ich Ihnen nur versichern, daß es nicht leicht ist, den Saudis Dringlichkeit zu vermitteln, vor allem wenn sie keinen triftigen Grund für Nachforschungen haben. Und Sie sagten selbst, daß es nicht in Frage käme, ihnen in diesem Stadium mitzuteilen, worum es geht.« *Doch,* dachte Ansell, *Kennings hatte sich bis jetzt gut gehalten. Er hatte nachgedacht und kombiniert, wo die Islander nach Saudi-Arabien eingereist war, dann hatte er sich auf die Nachforschungen in Djidda konzentriert. Einige Leute waren ihm wohl einen Gefallen schuldig gewesen; anders konnte er nicht so schnell an die Informationen gekommen sein.*

Der DD(I) dachte darüber nach. »Na, bleiben Sie ihm jedenfalls auf den Fersen, ja? Ich hab hier Scowcroft im Nacken sitzen, und das heißt, daß der Präsident Druck macht.«

Ansell sagte nichts. Im stillen dachte er, daß es völlig unnötig war, seiner ersten Mitteilung nach Riad Nachdruck zu verleihen. Kennings würde ihn nicht hängenlassen.

44

Alvin Kennings war wenig Erfolg beschieden; zwanzig Stunden später war die Islander verschwunden. Denard war kurz nach Einbruch der Dunkelheit in Badanah losgeflogen, nachdem er seinen Flugplan nachmittags bei den Air-Traffic-Controllern von Ar'ar eingereicht hatte. Als Zielort hatte er das vierhundertfünfzig Kilometer südwestlich gelegene Tabuk angegeben.

Um 19 Uhr, eine Stunde nachdem Howard mit den Ambulanzen von Badanah aus aufgebrochen war, befand er sich in zehntausend Fuß Höhe, auf dem Kurs, der in seinem Flugplan angegeben war. Nach einer Stunde Flug nahm er an, daß Ar'ar nur noch wenig Interesse an ihm hatte, und er schaltete die Lichter aus, ging in

Sinkflug und flog in niedriger Höhe Richtung Norden, wo er hergekommen war.

Die Wüste war flach und eintönig, aber in der Dunkelheit nur mit dem Kompaß als Orientierung kaum höher als hundert Fuß über dem Boden zu fliegen, forderte sein ganzes Können und jede Menge Nervenkraft. Nach einer halben Stunde war er schweißüberströmt, wagte es aber nicht, höher zu gehen; falls man entdeckt hatte, daß er von den Radarbildschirmen verschwunden war, würde man ihn suchen.

Er hätte jedoch unbesorgt sein können. Sobald der Controller in Ar'ar sich davon überzeugt hatte, daß die Islander korrekt auf Kurs blieb, trat er seine Nachtruhe an. Es waren keine weiteren Flüge gemeldet, und er wußte, daß man ihn wecken würde, wenn es einen Notfall gab. In Ar'ar herrschte alles andere als Hochbetrieb.

Denard flog mit neunzig Knoten über die TAP-Straße Richtung Norden zur irakischen Grenze. Der Fahrer eines schweren Lastwagens hörte undeutlich ein Röhren über sich, aber er döste fast und kam zu dem Schluß, daß es Einbildung gewesen war. Denard schaltete den GPS-Empfänger ein, drehte ab und landete hinter dem fahrenden Laster auf der Straße. Andere Fahrzeuge waren nicht in Sicht. Er überprüfte seine Position anhand der Landkarte: nur drei Kilometer abgewichen. Er stieg wieder hoch, flog achtzehn Minuten weiterhin in niedriger Höhe, dann schaltete er ein stromsparendes VHF-Handfunkgerät ein und sagte nur: »Licht an.«

Zehn Sekunden später sah er die Mini-Leuchtkugel. Sie war anderthalb Kilometer entfernt, etwas nach Steuerbord versetzt. Das kleine Licht stieg nur etwa fünfundvierzig Meter hoch und verlor sich in der Wüste, aber als die zweite Leuchtkugel aufstieg und fünf Sekunden lang strahlte, hatte Denard genug Orientierungshilfe bekommen. Er drehte Richtung Steuerbord ab und hielt direkt auf die Stelle zu, wo er das Licht gesehen hatte. Vierzig Sekunden später entdeckte er zwei parallele Lichterketten am Boden. Er drosselte den Motor und fuhr die Landeklappen aus, dann drehte er eine Runde im Sinkflug und landete schließlich zwischen den beiden Lichterketten. Das Flugzeug kam sachte auf seinen großen Ballonreifen auf, und Denard rollte zum Ende der improvisierten Landebahn.

Palmer wartete in dem dritten Land Cruiser auf ihn. Zwei Tage zuvor hatten sie einen Aufklärungsflug gemacht, den Landeplatz ausgesucht und diesen mit dem GPS-Empfänger genau festgelegt. Sie befanden sich in einer absolut verlassenen Gegend, etwa fünfundvierzig Kilometer nordöstlich von Al-Jalamid im Wadi al Ubayyid, circa fünfunddreißig Kilometer vor der irakischen Grenze.

Denard war erschöpft; der anstrengende Flug hatte ihn ziemlich ausgelaugt. Palmer hatte süßen Tee in einer Thermoskanne dabei, und Denard setzte sich vorn in den Wagen und trank zwei Tassen, während der Ingenieur den Motorschutz anbrachte und das Flugzeug verzurrte und verschloß.

»Wäre eigentlich mein Job gewesen, Chris«, sagte Denard, als Palmer in den Wagen stieg. »Ich beneide dich nicht um die Fahrt. Verdammt öde, dieses Land.«

»Kein Problem, Mann«, antwortete Palmer. »Und du benimmst dich hier, ja?«

»Oh, logo«, sagte Denard sarkastisch. »Was sollte ich hier bitte anstellen?«

»Das kann man bei dir nie wissen«, grinste Palmer. »Hast du die Papiere?«

Denard reichte ihm Sullivans Brieftasche mit den Dokumenten. »Und nun ab mit dir. Fahr vorsichtig und paß auf, daß du kein Kamel überfährst.«

»Und du läßt die Finger von den Ziegen, okay? Wir sehen uns dann in ein paar Tagen.«

Denard stieg aus und ging zu dem Zelt hinüber, das Palmer aufgebaut hatte; er freute sich aufs Ausschlafen. *Morgen,* dachte er gähnend, *werd ich mir den Schnauzer abrasieren und die Haarfarbe rauswaschen. Er mußte nicht mehr wie Sullivan aussehen.*

Palmer ließ den Wagen an und fuhr Richtung Süden zur TAP-

Straße; für die Querfeldeinfahrt im Dunkeln hatte er seine Nachtsichtbrille aufgesetzt. Um 22 Uhr 11, kurz nachdem Johnny mit den beiden Ambulanzen die Grenze zum Irak überquert hatte und die irakischen Wachposten sich an Howards Ablenkungsfeuer wärmten, erreichte er die Straße. Weit über ihm flog der KH-12-Satellit auf seiner Umlaufbahn, die ihn kurz darauf über den Grenzposten führte. Er registrierte automatisch Palmers Land Cruiser, als er auf die Hauptstraße einbog; das Bild würde in der riesigen Datenbank gespeichert, aber nie abgerufen werden.

Palmer richtete sich auf die lange Fahrt nach Djidda ein. Er hatte noch achtzehn Stunden vor sich.

45

»Herein.« Das Klopfen an der Tür war leise und höflich, wie es der DD(I) schätzte. Er beschäftigte sich weiter mit seinen Papieren und sah nicht auf, als der Besucher hereinkam.

»Der FBI-Bericht über diesen Sullivan, Sir.«

Jetzt blickte der DD(I) seinen Besucher interessiert an. Der junge Agent, der vor ihm stand, hielt ihm einen dünnen Stapel Papiere hin.

»Und? Legen Sie los.«

Agent Jim Halsey stotterte nervös, als er vorzulesen begann. »N-name der P-Person: Ray Ed Sullivan, g-geboren am 15. Dezember 1945, Alter: 46 Jahre, US-Bürger, Sozialversicherungsnumm-«

»Ja, ja, ja. Nur die wichtigen Sachen, okay?«

»E-entschuldigung, Sir.« Halsey räusperte sich und fuhr fort. »Ledig, hat nur noch eine Schwester, die in Iowa lebt, und eine Tante und einen Onkel in Vermont. Person wohnte bis vor kurzem in Granite Shoals in Texas und führte ein Ein-Mann-Flugunternehmen auf dem Flugplatz Los Morelos in der Nähe. Person schloß den Betrieb im Januar und verkaufte das Flugzeug, eine zweimotorige Cessna. Am 14. März zog Person aus ihrer Mietwohnung aus, ohne eine Nachfolgeadresse zu hinterlassen. Am 27. März flog Person mit Delta-Airlines-Flug 1 632 von Houston, Texas, nach Atlanta, Georgia, wo sie um 19 Uhr 20 mit Delta-Flug 10 nach London, Gatwick, weiterreiste. Dort traf Person am 28. März um 8 Uhr 10 ein. Es handelt sich um London in England, Sir.«

»Ich weiß. Irgendwelche Straftaten vermerkt?«

»Vor langer Zeit, 1967, eine kleinere Strafe wegen Drogenbesitz. Zehn Gramm Marihuana.«

»Das ist alles? Kein Militärdienst?«

»Nein, Sir. Damit sind wir noch befaßt.«

»Hat jemand mit, äh, der Tante oder dem Onkel gesprochen?«

»Sie sind noch nicht ausfindig gemacht worden, Sir. Aber man hat mit der Schwester geredet. Sie sagt, er sei ein unzuverlässiger Faulpelz, würde aber alles und jeden mit seinem Charme einwikkeln. Offenbar hat er früher starkes Asthma gehabt, was eine Erklärung für die fehlende Militärzeit sein könnte. Sie sagte auch ...« Halsey zögerte; der DD(I) bedeutete ihm, fortzufahren. »Die Schwester sagte auch, wörtlich: Jeder mag ihn, aber er ist einfach ein nichtsnutziger kleiner Penner.«

»Hört sich an, als kämen die beiden nicht sonderlich gut miteinander aus.«

»Offenbar nicht, Sir. Vor sieben Jahren hat er sich von ihr dreieinhalbtausend Dollar geliehen, um das Flugzeug zu finanzieren, die er nie zurückgezahlt hat. Sie sprechen nicht mehr miteinander. Als man sie gefragt hat, ob sie es für möglich halte, daß er mit einer großen kriminellen Organisation in Verbindung steht, hat sie bloß gelacht.«

»Hmm. Sonst noch was über seine finanziellen Verhältnisse?«

»Kopien von Kontoauszügen von den letzten fünf Jahren, Sir. Kein Vermögen außer der Cessna. Er hat es gerade so geschafft, seine Rechnungen zu bezahlen – meistens mit Verspätung.«

»Sonst nichts?«

»Nein, Sir. Soll ich Ihnen die Akte hierlassen, Sir?«

»Danke. Das ist alles, Agent, äh ...«

»Halsey, Sir.«

»Danke, Halsey.«

Nachdem der junge Mann verschwunden war, grübelte der DD(I) mürrisch über den Fall Sullivan nach. Das hatte er nun überhaupt nicht erwartet. Der ganze Aufruhr, und das alles wegen diesem kleinen Penner. Nun, er würde dafür sorgen, daß Sullivan das noch bereuen würde. Wenn er jemals wieder in den USA oder sonstwo auftauchte, wo die CIA ihn schnappen konnte, würde er es bereuen. Und wie er es bereuen würde.

Einen tröstlichen Gedanken gab es jedoch. Ein nichtsnutziger kleiner Penner verfügte nicht über das Know-how und die Durchsetzungskraft, eine große internationale Sache wie diese hier auf die Beine zu stellen. Sullivan mußte bei diesem Unternehmen ein kleines Rädchen sein, nichts weiter als ein Handlanger. Wie aus den letzten Berichten aus London zu schließen war, hatte er nicht wie die anderen seine Spuren verwischt. Und vermutlich war sonst kein Amerikaner in die Geschichte verwickelt. Es sah noch immer wie eine Operation der Briten aus. *Gut,* dachte der DD(I). *Sollen die Briten die Suppe auslöffeln.*

46

Mel Harris legte den Hörer auf und runzelte die Stirn. Er war gleich durchgekommen, es war viel schneller gegangen als erwartet. Aber das war nicht der Punkt. Warum war Patel nicht selbst drangewesen? Man hatte ihm gesagt, wann mit dem Anruf zu rechnen war, und er hatte versprochen, den ganzen Nachmittag dazusein. Irgend etwas stimmte da nicht. Patel stellte niemals Afrikaner an, nur Inder, größtenteils Familienmitglieder. Warum war dann eine afrikanische Stimme am Telefon gewesen?

Das Gespräch war kurz gewesen, und Harris hatte sich nichts anmerken lassen, aber es hatte ihm nicht gefallen, wie die afrikanische Stimme gelassen gesagt hatte, Mr. Patel sei nicht da, wer denn bitte dran sei? Harris hatte sofort aufgehängt.

Falls Patel verhaftet worden war: Was wußte er? Nichts, dachte Harris. Er hatte nur eine Liste mit Dingen, die notwendig waren, um den Container auf den Rückweg zu schicken. Patel war ein erfolgreicher Geschäftsmann, und nichts auf der Liste war schwierig zu bekommen. Er hatte den Job bereitwillig angenommen und versprochen, keine Fragen zu stellen – schließlich bekam er auch dreißigtausend Dollar dafür. Für Patel war der Container nichts als ein normaler Container; die Waren und die Ausrüstung, die er besorgen sollte, waren vollkommen unverdächtig, auch wenn die Mischung seltsam wirken mochte. Nein, dachte Harris; Patel hatte nichts auszuplaudern. Aber wenn er nun wirklich verhaftet worden war... Harris kam zu dem Schluß, daß er nicht sicher sein konnte. Er würde am nächsten Tag noch einmal anrufen. Palmer würde bald mit den Papieren eintreffen; dann konnten sie Sullivan entlassen. Das war ein problematischer Punkt weniger, und er selbst konnte endlich dieses verdammte Hotel verlassen. Harris wanderte unruhig im Zimmer auf und ab und zog nervös an seiner Zigarette. Das Telefongespräch war merkwürdig gewesen. Er dachte, daß man sich gar nicht genug absichern konnte.

Zweitausendvierhundert Kilometer weiter südlich, in Patels Büro in Mombasa, legte Chief Inspector Robert Mwanza den Hörer auf. Wie Harris runzelte er die Stirn. Also hatte der Inder, Patel, die Wahrheit über »Mr. Harmon« gesagt, obwohl dieser seinen Namen nicht genannt hatte. Die Tatsache, daß er aufgehängt hatte, sprach für sich. Englischer Akzent, kein amerikanischer. Warum interessierten sich dann die Amerikaner so brennend für die Sache? Ein Anruf aus Übersee, aber zu kurz, um ihn zurückzuverfolgen. Er ging in Gedanken die Liste durch, die Patel ihm gezeigt hatte. Die meisten Gegenstände waren eindeutig dafür vorgesehen, den Container als Aufenthaltsort für zwei Männer auszustatten. Aber wofür waren die anderen Sachen gedacht – ein Schlauchboot, die Taucheranzüge, die Seile und all das? Je länger Mwanza darüber nachdachte, desto sicherer war er, daß der Amerikaner, Cresswell, ihm nicht die Wahrheit gesagt hatte. Hier ging es nicht einfach um einen

Fall von Schmuggel. Er beschloß, seinem Bericht eine Beschwerde beizulegen. *Wenn er auch sonst nicht viel ausgerichtet hatte,* dachte er, *hatte er doch zumindest irgend jemandem einen Strich durch die Rechnung gemacht.*

47

»Alvin?«

»Ja – wer ist da?«

»Jonathan Mitchell. Nichts Offizielles, aber ich würde es für eine gute Idee halten, wenn wir unsere Kräfte vereinen.«

Kennings war sofort auf der Hut. Er kannte Mitchell gut und mochte ihn, aber er hatte von Langley noch kein grünes Licht bekommen, in dieser Sache mit ihm zusammenzuarbeiten. Er heuchelte Überraschung. »Ich glaube, das müssen Sie mir erklären, Jonathan.«

»Ach, kommen Sie schon, Alvin.« Die englische Stimme am anderen Ende der Leitung klang alles andere als amüsiert. »Haben Sie sich nicht so. Das Flugzeug.«

Kennings wollte nicht nachgeben, noch nicht. »Wovon reden Sie?«

»Also gut«, Mitchell seufzte, »wenn Sie sich rar machen wollen, sage ich es Ihnen eben. Ich weiß, wo sie ist. Die Islander, meine ich. Oder zumindest«, fügte er hinzu, »weiß ich, wo sie sein sollte.«

»Was?« dröhnte Kennings' Stimme durch die Leitung. »Wie haben Sie das herausbekommen? Wo ist sie?«

Vom anderen Ende war ein nicht minder ausdrucksstarkes Schweigen zu vernehmen.

Kennings gab sich geschlagen. »Also, wie ist der Handel?«

»Ganz einfach. Ihre Majestät erlaubt uns keine Flugzeuge. Sie nehmen mich mit, und ich gebe Ihnen die Information.«

Kennings fragte sich, wie es möglich war, daß Mitchell von dem Learjet, den er geordert hatte, Wind bekommen hatte. Egal. Der

Handel war korrekt. Er kapitulierte. »Okay. Geht klar. Wir treffen uns am King Khaled International in zwanzig Minuten. Am Schalter von American Airlines.«

»Okay. Bis gleich.«

Vierzig Minuten später saßen die beiden Beauftragten vom britischen SIS und der amerikanischen CIA in Saudi-Arabien in dem kleinen Learjet, der in ein paar Minuten nach Riad starten würde. Kennings wandte sich zu dem Engländer. »Also, Jonathan, wie haben Sie es gefunden?«

»War eigentlich ziemlich einfach. Meine Leute haben jeden Flughafen und jeden Flugplatz im Land angerufen. An einem Ort namens Tabuk haben sie dann Erfolg gehabt.«

»Was! Ich habe vor einer Stunde mit denen geredet. Sie haben mir nichts gesagt. Und warum fliegen wir nach Ar'ar, wenn die Maschine in Tabuk ist?«

»Da ist sie auch nicht. Es klingt ziemlich unglaublich, aber sie ist in Tabuk seit über fünfzehn Stunden überfällig, und die haben sie nicht vermißt gemeldet. Sie haben erst gemerkt, daß die Islander nicht angekommen ist, als ich danach gefragt habe.«

»Nichtsnutzige Arschlöcher«, sagte Kennings herzlich. »Und warum Ar'ar?«

»Aus zwei Gründen. Erstens ist sie gestern um 19 Uhr von dort aus gestartet. Zweitens hat die Maschine dort in den letzten Wochen gestanden. Oder zumindest in dieser Gegend.«

»WAS!« Kennings platzte schon zum zweiten Mal in einer Stunde der Kragen. Langley mußte das gewußt haben. Und sie hatten sich nicht die Mühe gemacht, es ihm mitzuteilen. Na, die sollten nur warten, bis er ...

Mitchell hatte Kennings' Gesichtsausdruck bemerkt und glaubte zu wissen, was in ihm vorging. Er nahm an, daß das Flugzeug von der CIA entdeckt worden war. »Vielleicht haben die bloß gedacht, das Ganze wäre für Sie nicht so wichtig, alter Junge. Falls es Sie tröstet: Mir hat auch keiner was gesagt. Ich mußte es den Burschen in Ar'ar Stück für Stück aus der Nase ziehen, nachdem ich mit Tabuk gesprochen hatte. Die haben für den Rest des Tages dichtgemacht. Mußten einen Angestellten, der außer Dienst war, sonstwoher holen. Der war allerdings ziemlich hilfreich, nachdem ich ihn eine Weile bequatscht hatte.«

Kennings hörte nur mit halbem Ohr zu. Er kochte vor Wut darüber, daß sie ihn durch die Gegend gescheucht hatten, obwohl Langley genau gewußt hatte, wo sie ihn hinschicken mußten. Er rief sich zur Ordnung und wechselte das Thema. »Erzählen Sie mir was über Darcon, Jonathan. Sind die sauber?«

»Was wollen Sie wissen?«

»Die Papiere der Islander bei der Einreise in Djidda weisen die Maschine als eine von Darcon aus. Ich habe einen Burschen namens Hughes angerufen – er ist der leitende Angestellte von Darcon hier –, aber er sagte, er wisse von nichts. Sagte, es müsse irgendein Irrtum sein. Sie haben ein Flugzeug, aber ein anderes – ein kleines einmotoriges.«

Mitchell sah plötzlich nachdenklich aus. »Das rückt die Dinge in ein neues Licht«, sagte er stirnrunzelnd.

»Wieso?«

»Weil die Islander offenbar vor ein paar Tagen in Ar'ar Erlaubnis erhielt, vorübergehend bei ein paar Baubaracken an der Straße Station zu beziehen. An einem Ort namens Badanah. Mein Kontaktmann in Ar'ar hat mir gesagt, daß der Pilot und seine Freunde dort gewohnt haben. Und das Lager gehört zufällig Darcon.«

»Tja«, sagte Kennings. »Ich glaube, wir sehen uns wohl am besten zuerst mal dieses Lager an, wie? Und danach sollten wir uns noch mal mit diesem Mr. Hughes über seine Angestellten unterhalten. Ich finde, er ist uns ein paar Erklärungen schuldig.«

»Ich hab noch eine bessere Idee«, sagte Mitchell. »Wir rufen ihn jetzt an. Damit sparen wir ein bißchen Zeit. Dieses Ding hat doch ein Telefon, oder?«

Mitchell rief von dem Learjet aus in Hughes' Büro an. Hughes klang aufrichtig verblüfft und empört, bestand aber beharrlich darauf, daß sämtliche Angestellten vertrauenswürdig seien und korrekte Papiere aus London besäßen, die von Sir Peter Dartington selbst unterschrieben worden seien.

»Mr. Hughes«, sagte Mitchell, »ich möchte Ihnen jetzt gleich einen meiner Männer von der Botschaft schicken. Er wird von« – Mitchell warf Kennings einen Blick zu – »jemandem von der Botschaft der Vereinigten Staaten begleitet. Ich wäre Ihnen dankbar, wenn Sie uneingeschränkt mit ihnen zusammenarbeiten würden.«

Hughes sagte das zu.

»Eine Sache noch, Mr. Hughes. Sie sagen, die Männer hätten vier Fahrzeuge verlangt – sind Sie ganz sicher?«

Hughes bestätigte das.

»Gut. Ich möchte, daß Sie sofort bei der Polizei Anzeige erstatten. Sagen Sie, diese Fahrzeuge seien gestohlen worden, und geben Sie ihnen Personenbeschreibungen der Männer. Ich werde in einer Stunde in Badanah sein, und ich rufe Sie von dort an und bestätige, daß die Autos verschwunden sind.« Mitchell beendete das Gespräch und wandte sich zu Kennings. »Soll doch die Polizei die Laufarbeit erledigen, was?«

Der CIA-Mann lächelte. »Prima Einfall, Jonathan«, sagte er. »Gefällt mir. Sehr sogar.«

48

Der konsternierte und wütende Tony Hughes brauchte nicht lange, um die Papiere von den Land Cruisern und die aus England erhaltenen Faxe zusammenzusuchen. Er machte von jedem Dokument drei Kopien: eine für die Polizei und die anderen beiden für die Leute von der britischen und der amerikanischen Botschaft, die auf dem Weg zu ihm waren. Während er auf die Polizei wartete, ließ er sich zum Londoner Büro seines Freundes und Kollegen Sir Peter Dartington durchstellen – wo ihm dessen Sekretärin mitteilte, daß er außer Landes und nicht zu erreichen sei. Hughes wollte sich gerade mit Dorothy Webster, Dartingtons Assistentin, verbinden lassen, um von ihr seine Adresse zu fordern, als es an der Tür klopfte und ein adrett uniformierter saudiarabischer Police Sergeant hereingeleitet wurde. Hughes legte auf, erhob sich und begrüßte den Polizeibeamten höflich.

Die Kriminalitätsrate in Saudi-Arabien ist relativ niedrig, weil die Aufklärungsquoten der Polizei sehr hoch und die Strafen, auch für kleinere Delikte, teilweise drakonisch sind. Es gibt wenig Diebstähle und Raubüberfälle; mit der Aussicht konfrontiert, öffentlich die rechte Hand abgehackt zu bekommen, falls sie geschnappt werden, kommen die meisten potentiellen Verbrecher zu dem Schluß, daß sich eine Straftat auch bei noch so verlockendem Ertrag nicht lohnt. Ganz abgesehen von der qualvollen Strafe – die bereits abschreckend genug ist –, bedeutet der Verlust der *rechten* Hand eine doppelte gesellschaftliche Ächtung. Die rechte Hand wird zum Essen benutzt, wohingegen die linke jenem Teil des Körpers vorbehalten ist, den man ganz und gar nicht in direkte Berührung mit Lebensmitteln bringen möchte. Jemand, der Essen mit der linken Hand entgegennimmt oder weiterreicht, begeht eine Schandtat, die niemals vergessen oder vergeben wird. Für jeden ist ersichtlich, was ein Mensch ohne rechte Hand getan hat; und selbst wenn jemand ausnahmsweise der Meinung wäre, daß dieser Mensch für seine Tat bereits genügend gebüßt hat, wäre seine Anwesenheit bei Tisch doch eine Zumutung.

Der Sergeant, der von seinen Vorgesetzten Weisung erhalten hatte, mit den Ermittlungen im Fall der vier gestohlenen Fahrzeuge zu beginnen, nahm die Sache deshalb sehr ernst. Im Laufe eines zwanzigminütigen Gesprächs teilte Hughes ihm alles mit, was er wußte, und übergab ihm die Akte über »Mr. Bryce« und »Mr. Potter«. Als der Sergeant erfuhr, daß Bryce und Potter sich bei der Einreise in Saudi-Arabien möglicherweise als Darcon-Angestellte ausgegeben hatten, wurde sein Gesichtsausdruck noch ernster. Nachdem er der Meinung war, alle wichtigen Informationen erhalten zu haben, bedankte er sich bei Hughes und ging. Das war Punkt 17 Uhr.

Die saudische Polizei machte sich umgehend an die Arbeit. Beschreibungen der zwei Männer und der vier gestohlenen Land Cruiser wurden an alle Polizeireviere und Streifenwagen im Land durchgegeben. Hughes hatte die beiden Männer treffend beschrieben, ohne dabei ihre wirklichen Gesichter zu kennen. Bourne hatte seine Backenpolster eingelegt und gefärbte Kontaktlinsen getragen, und Palmers Gesicht war durch den Vollbart verändert gewesen, den er mittlerweile abrasiert hatte – gleich nachdem sie in Badanah angekommen waren. Sie waren mit ihren echten Papieren eingereist, und die Fotos auf ihren Visa wiesen wenig Ähnlichkeit mit den zwei Männern auf, die Hughes gesehen hatte. Die Visafotos führten also nicht weiter, und Hughes erkannte die Männer auch nicht, als man ihm später ihre Bilder zeigte.

Darüber hinaus war Hughes einem massiven, wenngleich naheliegenden Irrtum aufgesessen. Palmer hatte zwar bei der Begegnung mit Hughes zwei Wochen vorher nur wenig gesprochen, aber Hughes war dennoch überzeugt davon, daß der Mann mit dem Bart einen südafrikanischen Akzent hatte. Gegenüber dem Sergeant hatte er auf diesen Aspekt besonders hingewiesen, und bei den Saudis kam niemand auf die Idee, diesen Punkt zu hinterfragen – was nicht erstaunlich war; jedoch hegten seltsamerweise auch die britischen und amerikanischen Behörden keinerlei Zweifel an der Richtigkeit der Aussage. Die irischen Garda waren anläßlich ihrer Befragung der ehemaligen Eigentümer der Islander ebenfalls auf Palmers »südafrikanischen Akzent« hingewiesen worden, und die Aussage von Hughes war zusätzliche Bestätigung. Dennoch gibt es feine Unterschiede zwischen dem Akzent eines Südafrikaners englischer Abstammung (im Gegensatz zu den im Land geborenen Afrikaandern) und dem eines weißen Simbabwers. Wenn Hughes davon Kenntnis gehabt und den Unterschied hätte hören können, wäre Palmers wirkliche Identität anhand der Einreisedaten sehr schnell aufgedeckt worden; er war nämlich zu dieser Zeit einer von nur drei weißen simbabwischen Staatsbürgern, die sich in Saudi-Arabien aufhielten – die beiden anderen waren Denard und ein Kindermädchen, das die Frau eines amerikanischen Erdölfirmenmanagers angestellt hatte.

Palmer hatte an diesem Tag doppeltes Glück. Zur selben Zeit, als der Police Sergeant in Hughes' Büro geführt wurde, winkte man

Palmer am Routinekontrollpunkt vor Djidda durch die Sperre. Er war fast am Ziel seiner langen Fahrt, die ihn von der Stelle in der Wüste, an der er Denard und die Islander zurückgelassen hatte, Richtung Süden geführt hatte. Die gelangweilten und gleichgültigen Verkehrspolizisten an dem Kontrollpunkt zeigten wenig Interesse an dem freundlich grüßenden, stämmigen Fahrer des Land Cruisers und knöpften sich statt dessen einen Pickup mit fünf indischen Gastarbeitern vor, der direkt hinter Palmer hielt. Einer der Inder hatte seine *iqaama* nicht bei sich, und der Pickup samt Insassen saß noch immer an der Sperre fest, als die Beschreibung der gestohlenen Land Cruiser vierzig Minuten später durchkam. Die Polizisten hatten inzwischen den passierten Land Cruiser vergessen, und Palmer war nach seiner Marathonstrecke von eintausenddreihundertfünfzig Kilometern im Sheraton in Djidda eingetroffen und entspannte sich in der Lobby bei einem großen kühlen Drink.

Die Verkehrspolizei und die Kriminalpolizei arbeiten in Saudi-Arabien unabhängig voneinander, aber in diesem Fall hatte man beide Institutionen alarmiert und Weisung gegeben, nach den beiden beschriebenen Männern Ausschau zu halten. Alvin Kennings und Jonathan Mitchell waren in Badanah angekommen, wo sie die Baubaracken verlassen vorgefunden hatten, aber noch des pakistanischen Kochs habhaft werden konnten, der allein dort wohnte. Sie begriffen bald, daß der Mann ein naiver Trottel war, quetschten ihn aber trotzdem über die letzten Bewohner des Lagers aus. Der Pakistani war außer sich vor Angst und gab sich deshalb besondere Mühe, hilfreich zu sein. Er bombardierte die Männer vom SIS und der CIA mit Details, vergaß dabei aber, daß ungenaue Informationen mehr Unheil anrichten als gar keine. Wenn man ihm Fragen stellte, auf die er keine Antwort wußte, erzählte er seinen Zuhörern kurz entschlossen einfach das, was sie hören wollten. Kennings merkte bald, daß sie hier zahllose erfundene oder irreführende Einzelheiten vorgesetzt bekamen. Seine Beschreibungen der acht Männer, die er gesehen hatte, waren absolut unbrauchbar.

Kennings zog Mitchell beiseite. »Mit diesem Burschen kommen

wir nicht weiter. Er schwätzt ohne Ende, weil er es uns recht machen will. Die einzige brauchbare Information bis jetzt ist, daß sie zu acht waren, alles Weiße, und daß sie alle letzte Nacht mit den drei Wagen und dem Flugzeug von hier verschwunden sind. Wir können, glaube ich, davon ausgehen, daß zwei der Wagen tatsächlich als Ambulanzen getarnt sind und daß einer davon, wie er sagt, ganz schrecklichen Lärm macht. Das werden die beiden sein, die im Irak sind. Das dritte Fahrzeug ist auch weg, und wir müssen annehmen, daß es sich noch in Saudi-Arabien befindet. Das vierte ist wohl das Wrack in der Werkstatt; ich schätze, die haben sämtliche Ersatzteile ausgebaut. Ich würde vorschlagen, daß wir als Information nur weitergeben, daß nach acht Weißen, drei Fahrzeugen und einem Flugzeug gefahndet werden soll. Wenn wir davon ausgehen, daß Sullivan noch in dem Flugzeug ist, sind also sieben Männer auf drei Wagen verteilt; zwei von ihnen sind, wie wir wissen, im Irak. Wenn wir mehr Details rausgeben, führt das nur zu Verwirrung.«

»Sie haben recht«, sagte Mitchell. »Ich rufe Hughes an und sage ihm, er soll die Informationen an die Polizei durchgeben. Hoffen wir, daß sie diesen dritten Wagen aufspüren.«

Mitchell rief Hughes an, der sofort die saudiarabische Polizei informierte. Die Suche wurde entsprechend ausgeweitet, und man gab Befehl, sämtliche weißen Darcon-Angestellten zu überprüfen. Wenn Kennings und Mitchell selbst in Kontakt mit der Polizei gestanden hätten, hätten sie vorgeschlagen, die Suche nicht auf Darcon-Angestellte zu beschränken; aber sie wußten, daß jegliche direkte Einmischung ihrerseits zu diplomatischen Verwicklungen und weiteren Verzögerungen führen würde. Es war besser, wenn der Fall auf eine Diebstahlmeldung von Darcon beschränkt blieb. Und daß Hughes und die Polizei von der Annahme ausgingen, daß die Kriminellen als Angestellte von Darcon auftraten, war allzu verständlich.

Das Problem bestand nur darin, daß die Annahme falsch war.

49

John Kearwin war schließlich doch von Müdigkeit überwältigt worden. Nachdem er das Schlauchboot bis zu dem Containerschiff zurückverfolgt und sich vergewissert hatte, daß die beiden Fahrzeuge im Irak tatsächlich während des Tages eine Pause einlegten, überließ er die Sache seiner Ablösung und ging in den Freizeitraum. Erschöpft ließ er sich auf eine Couch fallen und schlief zehn Stunden lang.

Schließlich weckte ihn das Gemurmel von ein paar Kollegen, die sich auf eine Zigarettenpause in das Zimmer zurückgezogen hatten. Er stand auf und machte sich auf der Toilette frisch. Auf dem Rückweg holte er sich eine Tasse Kaffee und ging ins Kontrollzentrum zurück.

Seine Ablösung blickte erstaunt auf. »Oh, hallo, John. Ich hatte Sie noch nicht zurückerwartet.«

Kearwin grinste. »Ich kann's nicht lassen. Wie läuft's?«

Jack Fiske zog ein Gesicht und seufzte. »An dem Gebäude, wo sich die Burschen vermutlich ausruhen, tut sich gar nichts. Ich hoffe bloß, daß Sie recht haben und die wirklich dort sind. Aber das ist nicht das Problem. Wir haben eine Menge Druck von ganz oben wegen dem Flugzeug gekriegt. Ich schätze mal, daß Langley es nicht findet.«

»Also, wir hatten es doch gestern um, äh, 18 Uhr 30 saudischer Zeit in Badanah gesichtet, nicht? Da müssen wir doch nur die AWACS-Berichte danach durchsehen, um rauszufinden, wo es jetzt ist.«

»Aber genau das ist das Problem, John. Jemand dort hat rausgekriegt, daß es um 19 Uhr mit Ziel Tabuk in Badanah gestartet ist.« Fiske zeigte ihm die Strecke auf der Karte. »Nur ist es dort nie aufgetaucht. Ich habe die AWACS-Daten schon gecheckt. Die sind natürlich vor der Meldung entstanden. Letzte Nacht war keine AWACS oben – sie haben um 18 Uhr Schluß gemacht.«

Kearwin verzog das Gesicht. »Was haben Sie dann versucht?«

»Es ist ziemlich aussichtslos, John, leider. Die Maschine könnte Hunderte von Kilometern in jede erdenkliche Richtung geflogen sein. Vielleicht hatte sie auch einen Motorschaden, ist abgestürzt oder sonstwas. Sie könnte überall sein. Es ist, als würde man in einem Football-Stadion nach einem Staubkorn suchen – oder noch schlimmer.«

Kearwin sah es ein. Als er die Spuren rückverfolgt hatte und schließlich bei dem Containerschiff gelandet war, hatte er zumindest in etwa gewußt, wo er jeweils suchen mußte. Fiske hatte leider recht. Wenn sie die Islander jetzt finden wollten, waren sie auf den Zufall angewiesen. »Haben Sie eine Theorie?«

»Ich bin von einer Annahme ausgegangen«, sagte Fiske. »Ich nehme an, daß sie freiwillig verschwunden ist. Wenn sie abgestürzt wäre, hätte wahrscheinlich keiner mehr Interesse an ihr. Wenn wir nun davon ausgehen, daß sie noch unterwegs ist, würde ich sie mit Sicherheit nicht auf dem angegebenen Kurs Richtung Tabuk suchen. Mehr kann ich dazu nicht sagen.«

»Ich denke, Sie liegen richtig. Also, wo würde sie hinfliegen?«

»Ich glaube, sie hat die Richtung gewechselt und wartet irgendwo in der Wüste. Könnte sogar im Irak sein.«

Kearwin dachte darüber nach. Im Prinzip stimmte er mit Fiske überein. »Haben Sie versucht, die JSTARS einzusehen?«

»Ich habe die Zuständigen vor einer Stunde gebeten, eine Runde zu drehen.« Fiske deutete auf das Gebiet, einen Teil der Wüste südlich des Grenzpostens, den er willkürlich ausgewählt hatte. »Dann hab ich die Geduld verloren. Wenn wir sie wegen der Sache von dem Gebäude abziehen, könnte es passieren, daß die inzwischen mit den Wagen verschwinden, und dann sind wir auch nicht schlauer. Selbst wenn wir davon ausgehen, daß das Flugzeug höchstens eine Strecke von einhundertfünfzig Kilometern zurückgelegt hat, bräuchten die zwei oder drei Tage lückenlose Radarüberwachung, um es eventuell zu finden.«

»Das sehe ich genauso«, sagte Kearwin. »Das ist zu riskant. Also bleiben uns . . .«

»Die KH-11s und -12s.« Fiske unterdrückte ein Gähnen. »Es sei denn«, fügte er hinzu, »die Maschine startet wieder; dann wird die AWACS sie registrieren. Ich hoffe, Sie haben nichts dagegen, daß ich in Ihrem Namen Rund-um-die-Uhr-Überwachung durch die AWACS angeordnet habe.«

»Das ist völlig in Ordnung«, sagte Kearwin. »Nun, wir probieren es wohl besser mit den Keyhole-Satelliten; vielleicht kommen wir über die Archive an die Maschine ran. Schließlich haben wir so die zwei Fahrzeuge überhaupt entdeckt, oder? Wir müssen auf gestriges Archivmaterial von, sagen wir, 18 bis 23 Uhr saudischer Zeit zurückgreifen. Es wäre sinnlos, irgendwas Neueres einzusetzen – der Motor der Maschine wird inzwischen abgekühlt sein, und dann finden die Satelliten sie nicht mehr.« Er traf eine Entscheidung. »Gut, da können wir auch ein paar Juniors dransetzen. Es wird die langweiligste Arbeit sein, mit der sie sich je beschäftigt haben. Wir müssen nacheinander Tausende von Bildern aufrufen und sie mit der Schablone von dem Flugzeug vergleichen. Es wird Tage dauern, das alles durchzusehen, und wir haben noch nicht mal Bilder von dem gesamten Gebiet. Hoffen wir, daß die Maschine wieder startet. Übrigens«, fragte er, »wissen Sie, wo Walter ist?«

»Sorry, ich hab vergessen, es Ihnen zu sagen«, sagte Fiske. »Er kam vor 'ner Stunde hier reingeschneit. Hab ihn noch nie derart schick gesehen. Hatte seinen Ausgehanzug und Krawatte an. Er sagte, er sei zu einer Sondersitzung des Nationalen Sicherheitsrates abgeordnet worden. Sie ist für 11 Uhr angesetzt.«

Heiliger Strohsack, dachte Kearwin. Das Walroß bei einer NSC-Sitzung. Da meckerte er ewig über die »Rindviecher« – und jetzt sah es ganz so aus, als wollte er selbst eines werden!

50

Um 17 Uhr 55, als Palmer sich in der Lobby des Sheraton gerade den zweiten Drink bestellte, erledigte Harris an der Rezeption für ihn und Sullivan, der noch auf seinem Zimmer war, die Abreiseformalitäten. Zwei Polizeibeamte neben ihm verlangten nach dem Empfangschef, der prompt sein Büro verließ und herbeieilte. Harris hörte, wie der ranghöhere der beiden Polizisten die Gästeliste verlangte; normalerweise hätte er nicht darauf geachtet, aber aufgrund der seltsamen Vorkommnisse im Zusammenhang mit seinem mißlungenen Anruf bei Patel an diesem Nachmittag war er wachsamer als sonst. Er spitzte die Ohren. Harris konnte gerade genug Arabisch, um einen Teil des Gesprächs zu verstehen, aber erst als er das Wort »Darcon« hörte, schrillten Alarmglocken in seinem Kopf. Dann sah er, wie einer der Polizisten die Kopie eines Fotos über den Tresen reichte und den Empfangschef fragte, ob er den Mann kennen würde. Beiläufig rückte Harris näher heran, um einen Blick auf das Bild zu werfen.

Ihm wurde mulmig. Das Foto war nicht sehr scharf, aber Sullivan war eindeutig zu erkennen. Harris konnte gerade noch die ersten drei Buchstaben der arabischen Bildunterschrift entziffern, was die letzten Zweifel beseitigte, dann schüttelte der Empfangschef bedauernd den Kopf und gab dem Polizisten das Bild zurück.

Harris dachte rasch nach. Gott sei Dank hatte er die Vorsichtsmaßnahme getroffen, das andere Zimmer auf Denards Namen laufen zu lassen, und zum Glück waren sie beide als Angestellte von Pan-Arabian Petroleum ausgewiesen. Der Empfangschef hatte Sullivan nicht erkannt, was ein weiterer Glücksfall war. Gut, daß sie darauf bestanden hatten, daß sich der Amerikaner nach seiner Ankunft den Schnurrbart abrasierte.

Aber all das änderte nichts an der Tatsache, daß sie aufgeflogen waren. Er bezahlte für sich und Sullivan die Rechnung, ließ sich Denards und seinen eigenen Paß zurückgeben und ging zu Palmer hinüber. Leise erklärte er ihm die Lage. »Chris, es gibt Schwierigkeiten. Die Polizei ist hinter Sullivan her – ich hab gerade gesehen, wie sie sein Foto an der Rezeption gezeigt haben. Wir müssen davon ausgehen, daß sie auch uns auf den Fersen sind. Mir kam das gestern schon komisch vor, als ich unseren Mittelsmann in Mombasa nicht erreichen konnte.«

»Scheiße«, äußerte Palmer. »Was machen wir nun?«

»Okay, sehen wir's von der positiven Seite. Erstens war deine Reise nicht umsonst. Der Boß hatte recht mit seinen Vorsichtsmaßnahmen. Das heißt, wir lassen Sullivan laufen, und zwar sofort. Auf eine Art hat er ja seinen Zweck erfüllt – im Grunde brauchten wir nur seine Papiere für Andy. Es wäre nicht schlecht gewesen, hinterher die Maschine wieder rauszubringen, aber das ist nicht so wichtig. Ich schätze, wir müssen sie sausen lassen. Also; zuerst gebe ich Sullivan seine Papiere zurück und schaffe ihn zum Flughafen. Von dort aus muß er selbst klarkommen. Unsere Namen kennt er ja glücklicherweise nicht; schlimmstenfalls kann er Beschreibungen von mir und Andy liefern, wenn sie ihn schnappen – die anderen hat er ja nie gesehen.«

»Gut«, sagte Palmer, »aber was ist mit den Autos? Vielleicht haben sie die Nummern.«

»Richtig«, sagte Harris. »Möglich, daß unser Land Cruiser da draußen inzwischen vielleicht heiß ist. Davon müssen wir ausgehen. Ich werde folgendes tun. Ich bringe Sullivan mit dem Taxi zum Flughafen und nehme mir dort einen Mietwagen – nach Möglichkeit einen Land Cruiser in derselben Farbe. Dann montiere ich dessen Nummernschilder an deinen Wagen, damit wir den weiter benutzen können. Mit einem Mietwagen möchte ich lieber keine längeren Strecken zurücklegen – das könnte auffallen. Außerdem wäre es möglich, daß wir ihn aufgeben müssen, und dann führen die Spuren zu mir zurück – ich muß ihn mit meiner eigenen Kreditkarte bezahlen. Es ist besser, wenn wir deinen Wagen mit der Nummer vom anderen fahren – wir können die Schilder abschrauben, wenn wir ihn stehenlassen müssen.«

»Aber wenn wir die Nummernschilder austauschen, ist dein Mietwagen der, den sie suchen. Was haben wir davon?«

»Ah«, sagte Harris. »Ich hab eine Idee.« Er erklärte Palmer rasch den Plan; dann ließ er sich die Aktentasche mit Sullivans Papieren geben und ging nach oben.

Auf dem Weg zu seinem Zimmer huschte Harris in den Personalraum und sah sich um. Auf dem Boden stand die Werkzeugtasche eines Klempners; er öffnete sie, nahm einen Handbohrer, eine Metallsäge und einen Schraubendreher heraus und steckte sie in seine Aktentasche. Seine Augen leuchteten auf, als er eine Resopalarbeitsfläche entdeckte. Mit einem Küchenmesser schnitt er ein Stück Resopal heraus, das er in zwei Stücke brach, die in die Aktentasche paßten. Dann ging er auf sein Zimmer und holte den Texaner ab, der ihn mit gepackten Koffern erwartete. Die zwei Männer gingen mit ihren Koffern in die Lobby hinunter. Harris führte Sullivan rasch an der Rezeption vorbei nach draußen. Palmer blieb zurück; Sullivan wußte nichts von seiner Anwesenheit.

Auf dem Weg zum Flughafen teilte Harris dem verblüfften Sullivan mit, daß sein Auftrag abgeblasen sei, er aber sein Geld wie abgemacht erhalten werde. Er überreichte ihm einen Zettel und gab ihm die notwendigen Informationen über eine belgische Bank, die ihm bei Erhalt der auf dem Zettel angegebenen Codenummer telegrafisch neunzigtausend Pfund an jeden Ort der Welt überweisen würde.

Harris beschloß, daß er dem freundlichen Texaner eine Erklärung schuldig war. »Hören Sie, Ray«, flüsterte er, damit der Taxifahrer nicht mithören konnte, »es kann sein, daß Sie am Flughafen Schwierigkeiten kriegen. Verhalten Sie sich unauffällig. Sie sind im Hotel unter falschem Namen eingeschrieben gewesen. Ich weiß, daß Sie mir niemanden auf den Hals hetzen werden. Aber es kann Schwierigkeiten geben. Können Sie mir folgen?«

Ray Sullivan sagte ironisch: »Ich dachte mir schon, daß es bei neunzigtausend Steinen irgendwo einen Haken geben würde. Keine Sorge, Mitch, ich werd mich so dumm wie möglich stellen. Aber«, fügte er hinzu, »Mitch Hoskins ist auch nicht der Name, den sich Ihre liebe Mutter für Sie ausgedacht hat, wie?«

Harris grinste und überging die Frage. »Falls Sie festgenommen werden, kann es sein, daß man Ihnen eine Weile ziemlich auf die Pelle rückt. Aber Sie bleiben einfach dabei, daß Sie die ganze Zeit im Hotel waren und keine Ahnung haben, worum es eigentlich geht. Es gibt jede Menge Zeugen dort, die Sie identifizieren und das bestätigen können. Ich möchte nur, daß Sie möglichst vage bleiben, falls jemand eine Beschreibung von mir haben will.«

»Kein Problem, Mitch. Hören Sie, war nett, Sie kennenzulernen. Ich würde ja zu gern wissen, worum sich's hier dreht, aber ich frage wohl besser nicht.«

Harris lächelte wieder. Er hatte den lockeren Texaner wirklich schätzen gelernt. »Wäre schlecht für Ihre Gesundheit, Ray. Aber vielleicht lesen Sie eines Tages was drüber. Und übrigens – ich an Ihrer Stelle würde nicht in die Staaten zurückgehen. Wenn die Polizei hier hinter Ihnen her ist, ist sie's dort auch.«

»So schlimm, wie? Aber keine Sorge; ich wollte ohnehin nicht zurück. Ich schulde meiner Schwester noch Geld, aber das kann ich ihr auch telegrafisch anweisen lassen. Ich glaube« – Sullivan nagte nachdenklich an seiner Lippe – »ich werd mich Richtung Osten halten. Ich wollte schon immer mal nach Thailand«, fügte er mit einem schelmischen Augenzwinkern hinzu.

Sie kamen am Flughafen an, und Harris bezahlte den Taxifahrer. Er verabschiedete sich von Sullivan, der den Ticketschalter ansteuerte. Harris marschierte schnurstracks zum Avis-Counter und fragte, welche Autos zur Verfügung stünden; der Angestellte leierte die Marken herunter. »Haben Sie einen Toyota Land Cruiser?« fragte Harris. »Das wäre ideal. Aber wenn, dann möchte ich einen hellen. Dunkle Farben reflektieren die Sonne so schlecht.« Der Angestellte sah ihn seltsam an, bestätigte aber, daß er tatsächlich einen Land Cruiser haben könnte. Harris erledigte die Formalitäten und bezahlte mit seiner Kreditkarte.

Er ging zu dem für Avis reservierten Teil des Parkplatzes, stieg in den cremefarbenen Wagen und ließ den Motor an. Er fuhr die paar Meter bis zum öffentlichen Bereich des Parkplatzes, suchte sich eine Lücke und fuhr rückwärts so weit hinein, daß der Land Cruiser beinahe die Stoßstange des dahinter geparkten Wagens berührte.

Er stieg aus, ging mit seiner Aktentasche zum Heck des Wagens und kniete sich hin. Dann öffnete er die Tasche, holte den Schraubendreher heraus und schraubte das hintere Nummernschild ab. Das andere Auto verbarg ihn vor neugierigen Blicken.

Als er wieder im Wagen saß, schnitt er mit der Metallsäge eines der Resopalstücke zurecht. Er bohrte an derselben Stelle wie bei einem echten Nummernschild zwei Löcher, wobei er darauf achtete, daß das Material nicht splitterte. Dann stellte er mit wasserfesten Filzschreibern eine naturgetreue Kopie des Schilds her. Als er fertig war, verglich er die beiden Schilder. Nicht schlecht, dachte er; die Replik würde ihren Zweck erfüllen. Er dachte kurz nach, wie riskant der Plan war, und fragte sich, ob es nicht doch sicherer wäre, den Mietwagen zu benutzen. Nein, beschloß er; es war richtig so. Wenn sie den Mietwagen stehenlassen mußten, würde man auf seinen Namen stoßen und darüber hinaus feststellen können, wie weit sie damit gefahren waren. Es gab nur die Möglichkeit, den Wagen auszutauschen.

Er stieg aus und schraubte das falsche Nummernschild fest. Er fuhr aus der Parklücke und in umgekehrter Richtung wieder hinein, so daß die Vorderseite verborgen war; dann wiederholte er die Prozedur mit dem vorderen Nummernschild. Er steckte die zwei Original-Nummernschilder und die Wagenpapiere in seine Aktentasche, schloß das Auto ab und ging zum Flughafengebäude zurück; dort nahm er sich ein Taxi zurück zum Sheraton.

Palmer hatte unauffällig im Hotelparkhaus herumgelungert und seinen Wagen im Auge behalten. »Niemand aufgetaucht«, teilte er Harris mit. Harris beschloß, es hinter sich zu bringen. Während Palmer Wache stand, tauschte er die verdächtigen Nummernschilder gegen die des Mietwagens aus. Er war froh, daß der Teil des Parkhauses, in dem Palmer den Land Cruiser geparkt hatte, nur spärlich beleuchtet war. Nach fünf Minuten war er fertig, und beide Männer stießen einen Seufzer der Erleichterung aus. Palmers Land Cruiser trug nun das Kennzeichen des Mietwagens; wenn jemand die Papiere sehr genau studierte, wäre ihm vielleicht der Farbunterschied aufgefallen – cremefarben statt beige –, aber nach Palmers

Tour war der Wagen so eingestaubt, daß man solche Farbnuancen kaum erkennen konnte. Die beiden Männer gingen ins Hotel zurück und nahmen einen kurzen Imbiß zu sich, bevor sie sich auf die lange Rückfahrt zu Denard machten.

Um 19 Uhr 25 verließen sie das Sheraton; Harris hätte sicher mit Freuden vernommen, daß Sullivan problemlos durch die Paßkontrolle gekommen war und nun in der Abflughalle darauf wartete, daß der Flug SV 384 nach Bangkok aufgerufen wurde. Die Maschine sollte um 21 Uhr 10 abfliegen.

Jede Sorge war unnötig gewesen. Die saudische Polizei hatte versehentlich versäumt, der Paßkontrolle mitzuteilen, daß man Sullivan festhalten sollte. Als der Irrtum zwölf Stunden später entdeckt wurde, kostete er den zuständigen Police Lieutenant seinen Job.

Ray Sullivan konnte sich dank dieses Versehens problemlos absetzen.

51

Jonathan Mitchell veranlaßte von dem nach Riad fliegenden Learjet aus, daß Darcons potentielle Beteiligung an der Sache an »das Büro« weitergegeben wurde. Der SIS-Mitarbeiter, der mit Hughes gesprochen hatte, wußte sofort, was Sache war, und faxte Kopien von den Papieren, die er bekommen hatte, an das SIS-Hauptquartier in London; von dort aus gingen sie auf dem schnellsten Weg an Commander Jones bei New Scotland Yard.

Jones las die Faxe – inzwischen Faxe von Kopien von Faxen –, mit denen Hughes dokumentieren wollte, daß er nur auf Anweisung gehandelt hatte. Jones runzelte die Stirn, als er die Unterschrift sah. Er hatte von Dartington gehört. Der Mann war ein bekannter und angesehener Industrieller; es schien unwahrscheinlich, daß jemand wie er an einem solchen Unternehmen beteiligt sein sollte. Aber Jones hatte die Beweise vor sich liegen. Er rief seinen Verwaltungsassistenten an, und einige Sekunden später stand Mike Archer in der Tür.

»Mike, ich möchte, daß Sie DCI Paul Hallam aufspüren. Sagen Sie ihm, er soll seine Jungs von den Bankermittlungen abziehen; ich habe eine andere Sache für ihn, um die er sich persönlich kümmern möchte.«

Archer verschwand, und Jones sann über die Folgen der Untersuchung nach, die er gerade in Bewegung setzte. Doch, dachte er; Paul Hallam war genau der Richtige dafür. Er war es gewohnt, den Reichen und Mächtigen auf die Pelle zu rücken, und er hatte fast einen unfehlbaren Riecher für Lügen oder Halbwahrheiten. Außerdem war er äußerst diskret, was man bei dieser Sache wahrlich auch sein mußte. Das Telefon klingelte. Es war Hallam, der sagte, er könne in einer Viertelstunde dasein.

Während Jones ihn über die jüngsten Ergebnisse unterrichtete, saß Paul Hallam still da und hörte zu. Seine hellen Augen hinter der wuchtigen Brille verrieten nichts von seinen Gedanken. Jones reichte ihm die Papiere und sagte abschließend: »Sie müssen sehr vorsichtig sein, Paul. Es darf nichts rausdringen. Niemand darf davon erfahren, auch nicht seine Mitarbeiter. Ich möchte mir nicht anhören müssen, daß ich Gerüchte über Dartington oder seine Firma in die Welt gesetzt hätte.«

»Keine Frage, Sir. Ich laß mir etwas einfallen, womit ich an seinen Leuten vorbeikomme.« Er sah auf seine Uhr und verabschiedete sich. Es war vier Uhr nachmittags.

Dreizehn Minuten später traf Hallam beim Büro von Darcon ein, und um 4 Uhr 20 erschien er an der Tür zu Dorothy Websters Büro. Er klopfte und ging, ohne die Antwort abzuwarten, hinein. Mrs. Webster fuhr auf und wollte sich beschweren, aber er schnitt ihr das Wort ab, indem er ihr seinen Ausweis unter die Nase hielt. »DCI Paul Hallam von der Metropolitan Police, Madam. Ob ich wohl umgehend Sir Peter Dartington sprechen könnte?«

Mrs. Webster war so überrascht, daß sie keinen klaren Gedanken fassen konnte. Wie um Himmels willen war es diesem Polizisten gelungen, unangemeldet hier hereinzukommen? Sie dachte nicht weiter nach, sondern schaltete auf Routine. »Ich fürchte, ohne Termin wird das nicht möglich sein, Officer. Darf ich fragen, worum es sich handelt?«

Hallam machte sich rasch ein Bild von der Dame vor ihm. Sie befand sich in der Defensive, was aber nicht weiter verwunderlich war angesichts der Tatsache, wie er mit der Tür ins Haus gefallen war. »Darf ich fragen, wie lange Sie hier schon arbeiten, Madam?«

Dorothy Webster blinzelte verblüfft ob dieser unerwarteten Frage, dann richtete sie sich zu voller Größe auf. »Seit fünfundzwanzig Jahren«, sagte sie stolz, »bin ich Sir Peters persönliche Assistentin.«

Gut, dachte Hallam. Seine Einschätzung war richtig. Die Einstellung dieser Dame zu ihrem Beruf war in erster Linie von einer Haltung geprägt: Loyalität. Sie war diskret und schirmte ihren Chef gegen alles ab. Was er selbst nun zu ihr sagen würde, blieb unter ihnen. Er mußte ihr jetzt lediglich eine Geschichte auftischen, die sie niemandem gegenüber erwähnen würde – vor allem nicht ihrem Chef gegenüber.

»Verzeihen Sie, Madam, aber es handelt sich hier um eine, äh, sehr persönliche Angelegenheit, bei der eine junge Dame eine Rolle spielt. Ich fürchte, ich muß darauf bestehen, Sir Peter allein zu sprechen.« Hallam tat so, als sei er persönlich berührt. Er senkte den Blick – was er sonst nie tat –, und als er wieder aufsah, blickte er in Dorothy Websters völlig schockiertes Gesicht. Ihre Wangen waren dunkelrot geworden, und ihr Mund bildete ein stummes »O«. Hallam warf ihr einen entschuldigenden Blick zu und steuerte auf Dartingtons Büro zu. »Sie haben doch nichts dagegen, wenn ich jetzt hineingehe?«

Dorothy Webster fand ihre Fassung wieder. »Das wäre sinnlos, Officer. Sir Peter ist heute nicht in seinem Büro.«

Jetzt war es an Hallam, überrascht zu sein. Er ließ nicht locker. »Könnten Sie mir wohl sagen, wo ich ihn erreichen kann?«

Dorothy Webster war nicht bereit, kampflos aufzugeben. Wie kann dieser Mensch es nur wagen, dachte sie, hier hereinzuplatzen und derart unaussprechliche Dinge über den Chef zu verbreiten?

»Ich fürchte, das wird gar nicht möglich sein, Officer. Sir Peter hat ausdrücklich angeordnet, daß ich seinen Aufenthaltsort unter keinen Umständen bekanntgeben darf.«

»Ich fürchte, ich muß darauf bestehen, Madam.« Hallam sah Mrs. Webster eindringlich an. »Ganz unter uns, Madam: Wir sind der Ansicht, daß es sich hier um eine bösartige Unterstellung handelt. Wir möchten die Angelegenheit so schnell wie möglich klären, um öffentliches Aufsehen auf jeden Fall zu vermeiden.«

Dorothy Webster kapitulierte. Ein öffentlicher Skandal wäre eine Katastrophe. Selbstverständlich würde Sir Peter alles aufklären können. Es mußte sich um ein groteskes Mißverständnis handeln. Sie setzte sich an ihren Schreibtisch und schrieb eine Adresse auf. Wortlos überreichte sie Hallam den Zettel.

O nein, dachte Hallam, als er die Adresse las. *Auf den verdammten Bahamas.*

52

»Nun, Gentlemen, möchte ich erst einmal die Fakten klarstellen.«

Brent Scowcroft, Nationaler Sicherheitsberater von Präsident Bush, blickte in die Runde und setzte zu einer Darstellung an. »In der ersten Dezemberhälfte letzten Jahres kauft ein Mann mit einem südafrikanischen Akzent in Irland ein Leichtflugzeug, eine Britten-Norman Islander. Er läßt die Maschine von deren ehemaligen Besitzern nach Southampton in England fliegen, wo sie vier Monate auf dem Flugplatz bleibt. Ein Mann, auf den die Beschreibung des Südafrikaners paßt, wird wiederholt bei der Arbeit an dem Flugzeug beobachtet; desgleichen fünf, eventuell sechs nicht weiter identifizierte Männer. Währenddessen gründet ein Engländer, der möglicherweise sein Äußeres verändert hat, in Südengland Scheinfirmen und mietet Gewerbehöfe an, und zwar mit Geld vom Konto einer Bank in Liechtenstein, das nachweislich mehrmals gewaschen wurde. Dieser Engländer ist der einzige Mensch, den die Zeugen je auf dem Gelände gesehen haben. Ein Transportcontainer wird bei den Gewerbehöfen angeliefert, und man baut eine verdeckte neue Tür sowie ebensolche Steckdosen und Airconditioner ein. Der Container wird mit offizieller Fracht – gefrorenes Gemüse – nach Mombasa in Kenia verschifft. Zwischenzeitlich verkauft ein texanischer Pilot namens Sullivan seine Flugcharter-Firma und fliegt nach England, wo er am 28. März eintrifft. Er verläßt England in der Islander am 7. April. Am 8. April tauchen der Engländer und der Südafrikaner im Büro einer britischen Baufirma, Darcon International, in Saudi-Arabien auf; sie sind autorisiert, alte Baubaracken im Norden des Landes, in Badanah, zu übernehmen. Die Vollmacht ist vom Geschäftsführer dieser Firma, Sir Peter Dartington, unterzeichnet. Sie schließt ferner ein, daß diesen Männern in Badanah vier Geländefahrzeuge mit großem Radabstand zur Verfügung gestellt werden sollen, was auch geschieht. Die Islander trifft am 11. April in Djidda in Saudi-Arabien ein. Der Pilot fliegt mit der Maschine nach Al-Wadj weiter, wo er sich zwei Tage aufhält; am 13. April fliegt er nach Ar'ar. Er bleibt dort bis zum 23. April; dann holt er Erlaubnis ein, die Maschine ein paar Kilometer vom Flugplatz entfernt bei den Baubaracken abzustellen. In diesem Camp werden acht Männer gesehen; die Beschreibungen von ihnen sind allesamt untauglich. Sie präparieren zwei der Wagen als Ambulanzen und montieren aus einem die Ersatzteile heraus. Gestern, am 25. April, verschwinden abends alle drei Fahrzeuge samt den acht Männern und dem Flugzeug; der Pilot hat einen Flugplan nach Tabuk eingereicht und fliegt zunächst in die angegebene Richtung, kommt aber nie an seinem Zielort an. Heute morgen, am 26. April – also nach unserer Zeit letzte Nacht –, trifft der Container in Mombasa ein; er ist leer. Von der Mannschaft des Schiffes hat niemand etwas Außergewöhnliches während der Fahrt bemerkt.

Das«, erklärte Scowcroft, »sind die bekannten Fakten. Sie wurden von CIA, FBI und Angestellten der britischen Polizei und des britischen Geheimdienstes durch Untersuchungen vor Ort verifiziert. Kommen wir jetzt zu einer Annahme.« Er blickte die Männer am Tisch an. »Dazu muß ich sagen, daß ich anhand der Informationen vom National Reconnaissance Office zu neunundneunzig Prozent sicher bin, daß diese Annahmen zutreffend sind. Sie lauten wie folgt.

In diesem Container aus England verstecken sich zwei oder auch mehrere Männer. In der Nacht vom 12. auf den 13. April, als das Schiff das Rote Meer durchquert, räumen sie den Container aus und setzen sich in einem Schlauchboot mit Außenbordmotor und möglicherweise mit Konterbande an Bord zur saudiarabischen Küste ab. Dort kommen sie in den frühen Morgenstunden des 13. April an, werden von einem Komplizen mit einem Pickup abgeholt und nach Al-Wadj gebracht. Sie fliegen mit der Islander nach Ar'ar, von dort aus die Straße nach Badanah entlang. Gestern nacht, am 25. April, fahren sie querfeldein zur irakischen Grenze, wo sie ein Ablenkungsmanöver starten, indem sie an einem irakischen Grenzposten einen Brand legen. Sie überqueren die Grenze zum Irak und fahren auf der Straße nach Kirkuk Richtung Nordosten. Heute morgen – nach irakischer Zeit – tauchen sie in einem großen Gebäude östlich von Haditha ab, wo sie sich immer noch aufhalten. Das dritte Fahrzeug und das Flugzeug sind seither verschwunden.

All das«, sagte Scowcroft, »muß ich noch immer als Annahme bezeichnen, da ich mit den technischen Möglichkeiten des NRO nicht genügend vertraut bin, um beurteilen zu können, ob man derart spezifische Informationen tatsächlich nur anhand von Satellitenfotografien und Radarbildern erarbeiten kann. Ich denke«, fügte er säuerlich hinzu, »wenn das NRO die Möglichkeiten hat, solch eine kleine und vermeintlich unbedeutende Gruppe von Menschen über Tausende von Kilometern zu verfolgen und ihre Aktivitäten mit solcher Präzision aufzuzeichnen, wäre es an der Zeit, diese Technologie auch in den Dienst der Strafverfolgung im Inland zu stellen.

Aber das tut nichts zur Sache. Bevor wir uns nun dazu äußern, was diese Männer wohl im Schilde führen, möchten Sie alle bestimmt etwas vom Direktor des NRO hören. Ich habe ihn gebeten, zu dieser Sitzung den Senior Supervisor der Abteilung beim NRO mitzubringen, die auf diese Sache gestoßen ist. Herr Direktor, ich wäre Ihnen verbunden, wenn Mr. Sorensen uns erläutern könnte, wie das bewerkstelligt wurde.«

Alle starrten den schweren Mann mit dem dicken Schnurrbart an. Das Walroß sah unbehaglich aus und räusperte sich, setzte zum Sprechen an. Dann schien er es sich anders zu überlegen und flüsterte dem Mann neben ihm etwas zu.

Martin Faga, Direktor des NRO, lächelte und antwortete laut, so daß alle im Raum es hören konnten: »Ja, Walter, Sie können sich darauf verlassen, daß all diese Herren hier die notwendigen Sicherheitsbefugnisse besitzen.« Das Walroß erntete ein paar unfreundliche Blicke, und ein Mann mit einem fahlen Froschgesicht sah ihn vom anderen Ende des Tisches ärgerlich an. Das Walroß erkannte ihn; es war Douglas Longmire, der Stellvertretende Finanzminister.

Zehn Minuten später beendete das Walroß die detaillierte Erläuterung und faßte zusammen: »Sie sehen also, Gentlemen, daß die Entdeckung als solche erst einmal auf einem Zufall beruhte. Die Verfolgung selbst jedoch war hervorragende Arbeit, die größtenteils von einem meiner Analytiker bewältigt wurde. Bei der Routinearbeit würde ein scheinbar unbedeutender Vorfall wie dieser wahrscheinlich nicht beachtet werden; aber er ereignete sich in einer ruhigen Phase, und der Direktor war der Ansicht, daß man ihn weiterverfolgen sollte.« Er zupfte an seinem Schnurrbart und wandte sich an den Nationalen Sicherheitsberater. »Wenn Sie noch Fragen haben, Sir...?«

Brent Scowcroft schüttelte den Kopf und blickte in die Runde. »Hat einer von Ihnen eine Frage an Mr. Sorensen oder den DNRO?«

Der Mann zu Scowcrofts Linken meldete sich zu Wort. »Wenn ich darf, Herr Vorsitzender...?«

»Bitte, John.«

John Kelly, Parlamentarischer Staatssekretär, legte die Fingerspitzen aneinander und sah Sorensen direkt an. »Da ich annehme, daß wir in Kürze darüber sprechen werden, wozu sich diese Angelegenheit entwickeln wird, möchte ich betonen, daß die Sache für die US-Außenpolitik schwerwiegende Folgen haben kann. Im Außenministerium ist man deshalb der Ansicht, daß wir dieser Leute habhaft werden und sie von ihrem Tun abhalten müssen, und ich glaube, daß auch der Präsident diese Meinung teilt. Ungünstigerweise scheinen sich diese Männer im Irak unserem Zugriff entzogen zu haben; solange sind wir machtlos. Es bleiben uns demzufolge nur zwei Ermittlungsmöglichkeiten. Die erste liegt nahe, ist aber eventuell unergiebig: mit Sir Peter Dartington zu sprechen und festzustellen, wieviel er weiß. Falls er an der Sache beteiligt ist, hat er vielleicht die Möglichkeit, die Männer zurückzupfeifen. Die zweite Möglichkeit scheint nicht leicht zu bewerkstelligen: Es dürfte schwierig sein, das Flugzeug aufzuspüren. Andererseits steht der Pilot vielleicht in Kontakt mit diesen Männern und könnte davon überzeugt werden, sie von ihrem Vorhaben abzubringen. Meine Frage ist: Wie groß ist die Chance, das Flugzeug ausfindig zu machen?«

Das Walroß zupfte heftiger als sonst an seinem Schnurrbart, bevor er antwortete: »Ich fürchte, Sir, sehr gering; außer es startet wieder – dann wird es sofort von einer AWACS gesichtet. Das Problem ist: Solange es am Boden bleibt, wissen wir nicht, wo wir suchen sollen. Wir konnten die Route dieser Leute bis jetzt verfolgen, weil wir immer ungefähr wußten, wo wir suchen mußten. Und sogar das war schwer genug. Am besten stünden die Chancen mit der Radarprospektion der E-8A JSTARS-Maschine. Aber die JSTARS können wir nicht von der Beobachtung des Gebäudes abziehen. Wenn uns natürlich mehr JSTARS zur Verfügung stünden...« Er ließ den Satz unbeendet und schüttelte betrübt den Kopf.

»Das ist ein Wort, Gentlemen.« Der Kommentar kam von einem wuchtigen Mann mit kurzen eisengrauen Haaren, der die Uniform eines Generals der US-Luftwaffe trug. Er warf Sorensen einen zustimmenden Blick zu. »Wir fordern schon lange eine Verstärkung der JSTARS. Die Nützlichkeit dieser Maschinen ist 1991 im Golfkrieg und auch gegenwärtig zur Genüge unter Beweis gestellt worden.«

»Danke, General Burnside«, sagte Scowcroft freundlich zu dem stellvertretenden Vorsitzenden der Joint Chiefs of Staff. »Wir haben das zur Kenntnis genommen. Leider müssen wir derzeit mit dem auskommen, was wir haben.«

»Darf ich fortfahren, Sir?« schaltete sich das Walroß ein. »Als ich sagte, wir könnten das Flugzeug orten, wenn es wieder startet... nun, es besteht die Möglichkeit, daß es dann zu spät zum Handeln ist. Wenn das Flugzeug jetzt abgetaucht ist, kann das bedeuten, daß es wartet, bis die Männer in den Fahrzeugen ihre Aufgaben erledigt haben und sich auf den Rückweg machen. Möglicherweise wollen sie mit dem Flugzeug entkommen, und ich nehme an, daß der Pilot irgendwo wartet, bis es soweit ist.«

Ihm gegenüber am Tisch saß Robert Gates, der Direktor der CIA, der sich jetzt mit erhobenem Zeigefinger zu Wort meldete. »Die CIA hält diese Annahme für korrekt.«

»Ich meine«, sagte Scowcroft und nickte dem DCI zu, »daß wir jetzt die möglichen Beweggründe dieser Männer hinterfragen sollten. Oder«, fügte er hinzu, »hat noch jemand eine die Technik betreffende Frage?«

Niemand meldete sich, worauf sich das Walroß erhob.

»Nein, bleiben Sie bitte, Mr. Sorensen«, sagte Scowcroft, »eventuell haben wir weitere Fragen an Sie.«

Das Walroß setzte sich wieder.

»Wir haben«, fuhr Scowcroft fort, »bisher etwas um das Thema herumgeredet, aber ich hielt es für notwendig, jeden möglichen Irrtum in unseren Schlußfolgerungen ausschließen zu können. Unabhängig voneinander sind das NRO, die CIA und das Außenministerium zu demselben Schluß gekommen. Für die Anwesenheit einer so gut organisierten Truppe im Irak scheint es keine andere Erklärungsmöglichkeit zu geben. Um es kurz zu fassen: Wir sind der Meinung, daß diese Männer beabsichtigen, ein Attentat auf Saddam Hussein zu verüben.«

Der froschgesichtige Longmire zog scharf die Luft ein, und General Burnside murmelte: »Wurde allmählich auch verdammt Zeit.« Staatssekretär Kelly warf Burnside einen erbosten Blick zu.

Der General grinste das Walroß breit an, der seinerseits ein Grinsen hinter seinem Schnurrbart verstecken mußte.

»Das hilft uns nicht weiter, General«, sagte Scowcroft fest. »Die Frage ist: Wie gehen wir damit um? Der Präsident möchte Empfehlungen von uns hören.«

Doch Charles Burnside ließ sich nicht abkanzeln. Wenn er bei der Marine gewesen wäre, hätte er mit Sicherheit den Spitznamen »Breitseite« bekommen; da er bei der Luftwaffe war, nannte man ihn dort herzlich »Bomber«. Da Verteidigungsminister Dick Cheney nicht anwesend war, hatte Burnside freie Bahn. »Ich bin dafür, sie gewähren zu lassen. Wir hätten das schon letztes Jahr erledigen sollen, als wir die Chance dazu hatten. Es wird Zeit, daß endlich einer Buletten aus diesem Schweinehund macht. Ich wünsche diesen Burschen viel Glück.«

»Wenn ich darf, Herr Vorsitzender.« Staatssekretär John Kelly schaltete sich mit eisigem Tonfall ein. »Es gibt in der Außenpolitik Punkte, die General Burnside möglicherweise nicht beurteilen ...«

»Politik, Papperlapapp«, sagte Burnside. »Schauen Sie doch, wohin wir mit Ihrer verdammten Außenpolitik gekommen sind. Nirgendwohin, das ist es. Wir kriegen gesagt, daß wir sechzig Milliarden Dollar haben, um diesen Dreckskerl von Saddam fertigzumachen, und dann zieht ihr Idioten im Außenministerium im letzten Moment die Bremse, und nun fängt diese klapprige Tunte vom Finanzministerium da hinten an, am Verteidigungshaushalt rumzuschnippeln.«

»Herr Vorsitzender!« Douglas Longmire war aufgesprungen und rief mit seiner quäkenden Stimme: »Es muß General Burnside untersagt werden, in dieser respektlosen Weise von –«

»Arschloch.« Burnside grinste.

»Meine Herren! Meine Herren!« Scowcroft war ebenfalls aufgestanden und hob in einer versöhnlichen Geste die Hände. »Bitte!« Der stellvertretende Finanzminister ließ sich mit empörtem Gesicht auf seinen Stuhl zurückfallen. Burnside zwinkerte Sorensen zu, der mit offenem Mund zu ihm hinüberstarrte. Scowcroft wartete, bis sich das Gemurmel gelegt hatte, dann wandte er sich an

Kelly. »John, ich glaube, es wäre hilfreich, wenn Sie die Sichtweise des Außenministeriums erläutern könnten. Ich muß sagen«, äußerte er mit einem warnenden Seitenblick zu Burnside, »daß der Präsident mit dem Außenministerium ganz und gar auf einer Linie liegt. Bitte, John.«

Kelly setzte an, wobei er sich bemühte, seine Empörung über Burnsides despektierliche Äußerungen in den Griff zu bekommen. »Nun, es ist einfach so, daß die Zukunft des irakischen Staates auf dem Spiel steht. Der Irak besteht eigentlich aus drei Staaten in einem. Ohne eine starke Persönlichkeit an der Spitze würde dieses Gefüge auseinanderbrechen – vermutlich innerhalb kürzester Zeit. Im Norden würden die Kurden versuchen, ein unabhängiges Kurdistan zu begründen. Im Süden würden sich die schiitischen Moslems absetzen und vermutlich den Versuch unternehmen, in der ehemals zum Osmanischen Reich gehörigen Provinz Basra einen Staat zu schaffen. Damit bliebe der Rest des mittleren Iraks den sunnitischen Moslems überlassen. Der springende Punkt ist, daß vermutlich keines dieser Staatsgebilde als eigene Einheit überleben könnte, wenn man sich die Interessen der Nachbarstaaten vor Augen führt. Ich meine hiermit in erster Linie die Türkei, Syrien und vor allem den Iran. Alle drei würden in das Vakuum gesaugt, das durch den Zerfall des irakischen Staates entstünde.

Sehen wir uns nun einmal diese drei Staaten an«, fuhr Kelly fort. »Die Türkei hat mit ihren zehn Millionen Kurden selbst gravierende innere Probleme. Es ist kaum anzunehmen, daß die türkische Regierung einen neuen und ihr mit Sicherheit feindlich gesonnenen kurdischen Nachbarstaat anerkennen würde, der möglicherweise zu politischen und militärischen Angriffen auf die Türkei ausholt.

Die Reaktion Syriens würde von der des Iran abhängen; die Syrer hassen das Regime von Saddam Hussein und wollen den Irak schon lange in ein großsyrisches Reich eingliedern. Das Regime von Präsident Assad ist dem von Saddam Hussein in vielerlei Hinsicht ähnlich. Mit einer Ausnahme – dem Libanon – hat sich Assad bislang nicht zu Attacken auf andere Länder hinreißen lassen, aber Syrien würde zweifellos den Zusammenbruch des irakischen Staates als willkommene Gelegenheit zur Invasion nutzen. Die Regierungsparteien des Irak und Syriens bezeichnen sich beide als Baath-Parteien und sind nach nationalsozialistischem Modell strukturiert, was sie aber nicht davon abhält, sich gegenseitig zu hassen. Eines ist klar: Assad würde mit Sicherheit keine iranische Intervention dulden. Eine solche würde aber unserer Meinung nach zweifellos stattfinden.«

Kelly hielt inne, um das wirken zu lassen, dann fuhr er fort. »Der Irak und der Iran halten sich seit Jahren gegenseitig in einer Machtbalance. Sie werden sich erinnern, wie günstig – ein besseres Wort fällt mir nicht ein – der Krieg zwischen diesen beiden Ländern war. Der Zusammenbruch des Irak würde den Iran zur beherrschenden wirtschaftlichen und militärischen Kraft in der Golfregion machen, und dieser Prozeß könnte von niemandem gestoppt werden. Das Eingreifen des Iran würde wahrscheinlich zunächst dem der Türkei gleichen. Der Iran hat seine eigenen Probleme mit den Kurden; auch dort leben schätzungsweise fünf Millionen Kurden. Der Iran würde aus denselben Gründen wie die Türkei die Gründung eines unabhängigen kurdischen Staates verhindern wollen. Des weiteren würde der Iran mit an Sicherheit grenzender Wahrscheinlichkeit Streitfragen über die Zugehörigkeit einiger scheinbar unwichtiger Golfstaaten aufwerfen; und während all das vonstatten ginge, bestünde der allgemein bekannte dritte Schritt darin, den islamischen Fundamentalismus mit Vehemenz in den mittleren und südlichen Regionen des Irak und darüber hinaus zu verbreiten.

Einige von Ihnen glauben jetzt vielleicht, daß meine Darstellung schwarzseherisch und der Iran nicht mehr so radikal ist wie noch vor ein, zwei Jahren. Tatsächlich hat es den *Anschein*, als zeige sich im Iran nach dem Tode des Ayatollah Khomeini und dem Regierungsantritt von Präsident Rafsandschani eine vernünftigere Haltung gegenüber dem Westen. Die Betonung liegt auf dem Wort ›Anschein‹. Ich kann Ihnen versichern, Gentlemen, daß dieser Schein rein oberflächlicher Natur ist. Hinzu kommt, daß Rafsandschani nicht fest im Sattel sitzt. Die Hardliner haben nach wie vor großen Einfluß.

Kann einer von Ihnen hier«, sagte Kelly und blickte in die Runde, wobei er sich einen besonders durchdringenden Blick für General Burnside vorbehielt, »wirklich sagen, daß er den Iran gern als alles beherrschende Macht im Nahen Osten und im speziellen in der Golfregion sehen möchte?«

Es herrschte Stille im Raum, während Kelly einen nach dem anderen fixierte. »So. Wir müssen also einsehen, daß der Fortbestand des irakischen Staates für ein Macht- und damit Stabilitätsgleichgewicht in dieser Region unabdingbar ist. Unerfreulicherweise gibt es derzeit nur einen Mann, der dieses Gefüge zusammenzuhalten vermag. Wir verabscheuen den Mann und die Grausamkeit, mit der er sogar sein eigenes Volk behandelt, aber Saddam Hussein ist unbestritten der stärkste Mann des Landes. Er hat sich schließlich auch seiner gesamten potentiellen Rivalen entledigt. Es gibt nur noch ihn. Ich kann Ihnen versichern, meine Herren«, sagte Kelly nachdrücklich, »daß dies die Wahrheit ist. Ich kenne den Mann und hatte über viele Jahre mit ihm zu tun. Wenn Saddam stürzt, bricht der Irak zusammen.

Daraus folgt«, fuhr er fort, »daß dieser Anschlag auf sein Leben – wenn es sich wirklich darum handelt – den nationalen Interessen der Vereinigten Staaten und des Westens fundamental zuwiderläuft. Hier steht der Frieden in dieser Region und möglicherweise der gesamten Welt auf dem Spiel. Deshalb sind diese Männer so gefährlich. Und deshalb müssen sie, wenn es irgend möglich ist, von ihrem Plan abgebracht werden. Folglich gibt es nur eine Frage von Wichtigkeit, mit der wir uns befassen sollten: Wie kann dies bewerkstelligt werden?«

»Wir könnten Saddam warnen.« Alle wandten sich dem neuen Sprecher zu. Es handelte sich um Douglas Longmire. Er zuckte hilflos mit den Schultern, als er den wütenden Gesichtsausdruck einiger der Männer registrierte. »Warum nicht? Wir müssen lediglich diesem Alan Sonstwie, dem irakischen UN-Botschafter, einen Tip geben. Er gibt die Warnung an Saddam weiter. Ganz einfach.«

»Herr Vorsitzender?« Robert Gates, Direktor der CIA, meldete sich zu Wort. »Unglücklicherweise ist es nicht ganz so einfach.

Erstens ist es unwahrscheinlich, daß Mr. al-Anbari einer solchen Warnung Glauben schenken würde, selbst wenn es uns gelingen würde, sie ihm durch eine neutrale Person zukommen zu lassen. Es gibt jedoch auch keine solche neutralen Personen, denen wir die Aufgabe anvertrauen könnten, sowohl die Iraker vom Wahrheitsgehalt dieser Warnung zu überzeugen, als auch die Quelle der Informationen geheimzuhalten. Was uns zu einem weiteren Faktor führt, den wir nicht übersehen sollten.« Der DCI hielt kurz inne und klopfte mit den Handknöcheln bekräftigend auf den Tisch. »Jede Form von Unterstützung eines erklärten Feindes der Vereinigten Staaten – und letztlich ist eine solche Warnung nichts anderes – müßte als ein Fall von Hochverrat betrachtet werden. Wenn Sie glauben, daß wir mit der Iran-Kontra-Affäre und deren Folgen schon genug Ärger haben, dann stellen Sie sich nur mal das nationale und internationale Geschrei vor, das wir ernten, wenn sich herausstellt, daß wir Saddam das Leben gerettet haben.«

Scowcroft räusperte sich und vermied es, Longmires erbostem Froschblick zu begegnen. »Ich denke, von einer Warnung müssen wir unter allen Umständen absehen«, murmelte er eilig. »Hat jemand eine bessere Lösung zu bieten?«

»Wir können lediglich darauf hoffen, daß das Attentat fehlschlägt.« Diesmal sprach der Direktor des Federal Bureau of Investigation. »Bis jetzt haben diese Männer Glück gehabt. In Anbetracht der Qualifikation der Teammitglieder wundert es mich, daß sie überhaupt so weit gekommen sind. Wir haben einiges über den Piloten herausgefunden. Er ist ein Niemand, ein Versager. Der Anführer der Truppe, wer auch immer es ist, hat bei der Auswahl seiner Kollegen scheinbar wenig Geschick bewiesen. Hinzu kommt, daß der Kopf hinter der Sache offenbar ein britischer Industrieller ist – wohl kaum jemand, der in der Kunst militärischer Risikounternehmen besonders bewandert ist. Ich glaube, daß wir berechtigt darauf hoffen können, daß er und die Männer, die er ausgewählt hat, noch mehr Fehler machen werden. Weitere Nachforschungen werden sicherlich einiges zu Tage fördern, mit dem man der Sache Einhalt gebieten kann. Es könnte sich schließlich auch nur um eine Amateuroperation handeln, der bislang unverdienter Erfolg zuteil wurde.«

Das Walroß war ganz und gar nicht überzeugt von der abwiegelnden Rede des FBI-Chefs. Mit einem Seitenblick auf seinen Boß stellte er fest, daß auch Martin Faga skeptisch blieb. Daß die Truppe überhaupt entdeckt worden war, beruhte auf einem Zufall. Bis jetzt hatten sie keinerlei Fehler gemacht, zumindest keine vermeidbaren.

»Es gibt eine Möglichkeit, sie aufzuhalten. Eine sichere.« Alle sahen in die Richtung, aus der die barsche Stimme von General Burnside zu vernehmen war. Gedankenverloren runzelte er die Stirn. Fast zu sich selbst sagte er noch: »Ja, es wäre möglich.«

»Bitte erklären sie uns doch, was Sie im Sinn haben, General Burnside«, sagte Scowcroft ruhig.

»Im Augenblick«, führte Burnside aus, »ist die USS *Missouri* im nördlichen Golf stationiert. Wenn das NRO mir die exakten Koordinaten des Gebäudes geben kann, wo sich diese Burschen verstekken, können sie sofort zur *Missouri* gefunkt werden. Die Raketen könnten innerhalb von fünfzehn Minuten programmiert werden. Dann käme es auf die genaue Entfernung des Ziels an; auf der Karte sieht es aus, als wären es schätzungsweise 750 Kilometer. Die Flugzeit würde also etwa eine Stunde betragen. Ich könnte dafür sorgen, daß in etwa fünfundsiebzig Minuten...« – er warf einen Blick auf seine Armbanduhr – »also etwa um 19 Uhr 45 irakischer Zeit, ein paar BGM-109C Tomahawk Cruise Missiles in die Fenster von diesem Gebäude fliegen und alles in nächster Nähe in Stücke reißen.«

Eine volle halbe Minute herrschte Stille im Raum. Der Nationale Sicherheitsberater des Präsidenten blickte die Männer in der Runde an. Er sah keine Ablehnung. Langsam hob er den Hörer des roten Telefons, der vor ihm stand. Er sprach kurz, dann reichte er den Hörer an Burnside weiter. Das Walroß sah fasziniert zu, wie Burnside der Stimme am anderen Ende lauschte.

»Ja, Mr. President«, sagte General Burnside schließlich. »Ich werde sofort den Befehl zum Abschuß geben.«

53

»Peter, da ist jemand vom Konsulat für dich.«

»Ha?« Sir Peter Dartington zog die Augenbrauen hoch. »Was will er?« Er stellte seinen Planters Punch auf dem Beistelltisch ab, setzte sich in seinem Liegestuhl auf und sah seine Frau an.

»Das hat er nicht gesagt, Schatz. Er wartet in deinem Arbeitszimmer.«

Dartington schlüpfte in seine Sandalen, zog sein Hemd über und brummte: »Verflucht, wie haben die rausgekriegt, daß ich hier bin?«

»Ich nehme an, dein Büro hat sie informiert, Schatz. Möchtest du ihn zum Lunch bitten?«

»Nein.« Dartington gab ein verärgertes Grummeln von sich und verschwand in der Villa. Im Arbeitszimmer fand er den Besucher vor.

»Sir Peter Dartington?« Der Mann erhob sich, als Dartington hereinkam. Er trug einen hellgrauen leichten Anzug, hatte eine hohe Stirn und einen gelehrten Gesichtsausdruck.

Dartington betrachtete ihn kühl. »Ja. Was kann ich für Sie tun?«

»Mein Name ist Smith – Detective Sergeant Smith. Ich arbeite mit dem britischen Konsulat in Nassau zusammen.« Smith förderte einen Ausweis zutage; Dartington bedeutete ihm ärgerlich, ihn stecken zu lassen. »Meine Kollegen in London haben mich gebeten, bezüglich eines Sicherheitsproblems Ermittlungen anzustellen, und wir glauben, daß Sie uns behilflich sein könnten.«

»Was für ein Sicherheitsproblem? Hat das nicht Zeit, bis ich wieder in London bin?« Dartington war vorsichtig.

»Ich fürchte nein, Sir.« Der Mann öffnete seine Aktentasche und holte einen dünnen Ordner heraus. Er nahm das erste Blatt und reichte es Dartington. »Erkennen Sie Ihre Unterschrift wieder, Sir?«

Dartington runzelte wieder die Stirn. »Einen Moment, ich brauche meine Brille. Wo zum Teufel ... ach, da ist sie ja.« Er entnahm dem Schreibtisch seine Lesebrille und setzte sie auf. Smith beobachtete ihn sehr genau, als er das Dokument studierte. »Ja, das ist meine Unterschrift...« Plötzlich veränderte sich Dartingtons Gesichtsausdruck. »Moment mal, was ist denn das? Das ist ein vertrauliches Dokument...« Die Falten auf seiner Stirn vertieften sich, als er die Kopie der Fax-Nachricht durchlas, die Bourne an Hughes geschickt hatte. Plötzlich sprudelte er heraus: »Das habe ich nie geschickt! Worum zum Teufel geht es hier? Das ist eine Fälschung! Woher haben Sie das?«

Smith beobachtete das ärgerliche Erstaunen auf Dartingtons Gesicht, dann den heftigen Widerspruch. War da noch etwas anderes? Er sagte nichts, studierte wortlos Dartingtons Miene.

Nachdem Dartington das Fax zur Hälfte gelesen hatte, war ihm klar, worum es sich handelte. Er war alarmiert; seine unwillkürliche Empörung hatte die Angst gut verborgen. Er hatte ein paar Sekunden gewonnen, um seine Gedanken zu ordnen. Er warf seinem Gegenüber einen scharfen Blick zu. »Ich glaube, Sie schulden mir eine Erklärung, Detective Sergeant Smith.«

Smith war in Wirklichkeit kein Detective Sergeant. Er war beim britischen SIS; man hatte ihn detailgenau informiert, und er hatte mit DCI Paul Hallam haarklein besprochen, wie er die Sache angehen sollte. Er war ein intelligenter, aufmerksamer Mann, wenn auch nicht speziell darin ausgebildet, Leute wie Dartington zu verhören. Hallam wäre Dartingtons Besorgnis vielleicht aufgefallen, auch wenn sie nur für den Bruchteil einer Sekunde zu sehen gewesen war. Smith hatte nichts bemerkt. Jetzt sah er etwas in Dartingtons Gesicht, das nicht zum Ausdruck eines in die Ecke getriebenen Menschen paßte. Er sah Zuversicht. Dartington, dachte Smith, hatte noch einen Trumpf.

Smith lag richtig. Plötzlich war Dartington klargeworden, wie schlau Howard die Sache angepackt hatte. Er wußte schon, was als nächstes kommen würde.

»Sir Peter, bitte werfen Sie doch einmal einen Blick auf den oberen Rand des Blatts. Sie sehen dort eine Reihe Zahlen und Buchstaben.«

»Ja, ja«, sagte Dartington.

»Das ist die Kennung und die Faxnummer des Geräts, von dem dieses Fax geschickt wurde. Würden Sie das bitte mit Kennung und Nummer auf dem zweiten Fax vergleichen?« Smith nahm ein weiteres Blatt aus dem Ordner.

Er reichte es Dartington, der es sich ansah. Es war ein früheres Fax, das er selbst an Hughes geschickt hatte. »Hören Sie mal, wo haben Sie diese Dokumente her? Ich verlange eine Erklärung!«

»Bitte seien Sie so freundlich, Sir Peter, und vergleichen Sie die Zahlen und Kennungen.«

»Es sind dieselben. Datum und Zeit sind unterschiedlich, aber der Rest ist identisch.«

»So ist es. Beide Faxe kommen vom selben Gerät. Jedes Gerät hat eine spezifische Art, die Kennungen aufzuzeichnen und zu übermitteln. Diese Faxe hier wurden von einem Canon Fax-220 geschickt. Behaupten Sie, daß diese Faxe nicht von Ihnen stammen?»

»Allerdings. Das heißt, nein. Das erste ist von mir – ich erinnere mich daran. Aber das zweite – das neuere – ist gefälscht.«

»Ich wiederhole noch einmal, Sir Peter, daß diese beiden Nachrichten vom selben Gerät stammen.«

Dartington runzelte die Stirn. Jetzt mußte er richtig verwirrt aussehen, dachte er. Eine Minute dachte er scheinbar angestrengt nach, dann sprang er auf und ging zu seinem Schreibtisch. Er holte seinen Kalender heraus und blätterte ihn durch, während er zu seinem Stuhl zurückging. Er prüfte die Daten auf den Seiten, dann sah er zu Smith auf. »Das ist die Erklärung«, sagte er, lehnte sich lächelnd zurück und betrachtete Smith mit interessiertem Blick.

Jetzt sah Smith verwirrt aus. Das lief überhaupt nicht, wie er es sich gedacht hatte. »Bitte werden Sie deutlicher, Sir Peter.«

»Am 19. November letzten Jahres wurde nachts in mein Haus in Kent eingebrochen. Jugendliche. Zu den gestohlenen Gegenständen gehörten unter anderem einige Papiere und mein persönliches Fax-Gerät – das, von dem wir reden. Das gefälschte Fax ist vom 2. Dezember. Das Gerät ist eindeutig in die falschen Hände gefallen. Die Nummer hier besagt gar nichts – die muß man von Hand eingeben. Das Ganze sagt uns lediglich, daß der Dieb die Angaben nicht verändert hat. Ich glaube, das dürfte Erklärung genug sein.« Er stieß einen kleinen Seufzer der Erschöpfung aus. »Und nun«, sagte er mit scharfem Unterton, »sind Sie bitte so freundlich und erklären mir, worum es hier geht. Was ist passiert, und was unternehmen Ihre Leute dagegen?«

Smith war konsterniert. Er schrieb sich den Zeitpunkt des Einbruchs auf und vermerkte in Gedanken, daß er London die Hölle heiß machen würde; anders als schlampig konnte man diese Vorarbeit wohl kaum nennen. Dann blickte er auf. »Es scheint, daß wir Ihnen eine Entschuldigung sowie eine Erklärung schuldig sind, Sir Peter. Sie begreifen vielleicht den Ernst der Lage, wenn ich Ihnen sage, daß die Leute, die dieses Fax geschickt haben, allem Anschein nach zu einem Team gehören, das mit der hier angeforderten Ausrüstung in Saudi-Arabien eingereist ist und eine, äh, sagen wir, terroristische Operation durchzuführen plant.«

Dartington setzte sich schlagartig aufrecht hin; seine Überraschung war echt. Aufgrund seiner Verwirrung hatte Smith einen Fehler gemacht, der Hallam nicht passiert wäre: Er hatte nicht die ganze Wahrheit gesagt. Hätte er Dartington mitgeteilt, in welchem Ausmaß man dem Unternehmen bereits auf die Spur gekommen war, wäre Dartington vielleicht merklich nervös geworden. Wenn Hallam noch weitergegangen wäre und behauptet hätte, daß man wisse, wer dem Team angehöre... aber das tat er nicht, und Dartington bewahrte Fassung. »Ah ja«, sagte er mit besorgtem Gesicht. »Du meine Güte. Das erklärt natürlich manches. Sehen Sie, es tut mir leid, daß ich so kurz angebunden war. Ich wußte ja nichts davon. Ich hoffe, Sie schnappen diese Leute. Kann ich Ihnen sonst irgendwie behilflich sein?«

»Vielen Dank, Sir Peter. Es ist sehr freundlich, daß Sie so viel Verständnis aufbringen. Aber Sie werden sicher verstehen, daß wir so vorsichtig wie möglich sein müssen.« Er erhob sich. »Bitte entschuldigen Sie nochmals, daß ich Sie mit diesen unangenehmen Dingen behelligen mußte.«

»Wirklich kein Problem, Detective Sergeant.« Dartington

brachte Smith zur Tür und verabschiedete sich. Als Smith in seinen Wagen stieg, stand Dartington auf der Veranda der Villa. *Von wegen Detective Sergeant,* dachte Dartington. *Dem steht Geheimdienst ins Gesicht geschrieben.*

Julian Smith fuhr langsam los; das Gespräch war ganz und gar nicht nach seinen Vorstellungen verlaufen. Er glaubte Dartington kein Wort. O doch, er war gewandt und überzeugend gewesen. Aber die Geschichte mit dem gestohlenen Faxgerät war einfach zu glatt. Er zweifelte nicht daran, daß sich die Einzelheiten als zutreffend erweisen würden, aber das Ganze war einfach zu lückenlos. Macht nichts, dachte er. Er hatte Zeit gehabt, Wanzen anzubringen, und der Anschluß wurde bereits abgehört. Die zwei Wanzen und das angezapfte Telefon würden in jedem Fall Ergebnisse bringen.

Das Kriegsschiff pflügte durch die Wellen und zog einen schäumenden, glitzernden Schweif hinter sich her, während seine viertourigen Turbinen es mit zweihundertzwölftausend PS bei einer Geschwindigkeit von dreißig Knoten gen Norden schoben.

Auf der Brücke dreißig Meter über dem Wasser stand der Kapitän und gab sich infolge des Befehls, den er zehn Minuten zuvor erhalten hatte, hoffnungsvollen Gefühlen hin. Vielleicht war das eine Gnadenfrist. Dieses Schiff, eines der vier größten Kriegsschiffe, die man je gebaut hatte, und das letzte von ihnen, das noch im Einsatz war, sollte in drei Wochen heimgeschickt und eingemottet werden. Die *New Jersey* hatte als erste gehen müssen; die *Iowa*, das älteste Schiff von den vieren, als nächste; und die *Wisconsin* kurz darauf. Noch drei Wochen, dann war die USS *Missouri* dran. Sollte dies wirklich ihre letzte Reise sein?

Vielleicht nicht. Es war einfach undenkbar. Die *Missouri* war Geschichte, genau wie ihre drei Schwesterschiffe. Mit Ausnahme der unglückseligen japanischen *Yamamoto*-Schlachtschiffe waren diese vier die schwerstbewaffneten Kriegsschiffe, die je gebaut worden waren. Der Kapitän dachte wieder einmal über ihre bewegte Vergangenheit nach. 1943/44, vor fast einem halben Jahrhundert, waren sie in Dienst gestellt worden und hatten im Pazifik gegen die Japaner gekämpft; als Japan am Ende des Zweiten Weltkriegs kapitulierte, fand die Unterzeichnung des Kapitulationsvertrags auf dem Deck der USS *Missouri* statt. Ende der Vierziger wurden drei der vier großen Schiffe aus dem Verkehr gezogen; man betrachtete die Ära der Schlachtschiffe als beendet. Nur die *Missouri* blieb im Dienst, in erster Linie aufgrund ihrer großartigen Geschichte. 1950 wurden ihre drei Schwesterschiffe beim Küstenbombardement im Koreakrieg eingesetzt; die *Missouri* diente außerdem als Flottenflaggschiff des Kommandanten der Siebten Flotte. Am Ende des Korea-Kriegs 1953 wurden sie erneut eingemottet – diesmal alle vier. Das, so sagten die Experten, war nun definitiv ihr Ende.

Die Experten irrten sich. Der Kapitän erinnerte sich mit unveränderter Deutlichkeit an den Moment, als er das Schiff, dessen Kommandant er nun war, zum ersten Mal gesehen hatte. Damals, 1967 – er war Lieutenant im ersten Jahr und diente auf einem Zerstörer –, hörte er, daß die *Missouri* aus der Mottenkiste geholt und im Vietnamkrieg eingesetzt werden sollte. Der junge Marineoffizier empfand eine seltsame Aufregung, als er diese Neuigkeiten hörte, und sechs Monate später erfuhr er, daß sein Schiff der Kampftruppe zugeteilt werden sollte. In der Nacht vor der ersten Begegnung konnte er nicht schlafen; im Morgengrauen sah er aufs Meer hinaus – und da war sie. Der Anblick raubte ihm den Atem. Ehrfurchtgebietend, majestätisch... er fand nicht die richtigen Worte, um sie zu beschreiben. Er sah die Zahl »63« an ihrem Bug, die drei Dreiergeschütztürme mit den Vierzig-Zentimeter-Kanonen und die Zweiertürme mit den Zwölf-Zentimeter-Kanonen und nahm jedes Detail ihres Anblicks in sich auf.

Ihre Beziehung erwies sich als dauerhaft, und es erfüllte ihn mit Trauer, als die *Missouri* kaum zwei Jahre später erneut abberufen wurde. Ein Jahr später, 1970, erhielt er als Lieutenant die zwei Streifen am Ärmel; fünf Jahre darauf wurde er Lieutenant Commander.

1981, ein Jahr nach seiner Beförderung zum Commander und

seiner Versetzung zum Stab im Marineministerium, ging das Gerücht um, daß der neue Verteidigungsminister, Caspar Weinberger, beabsichtigte, alle vier Schiffe der *Iowa*-Klasse zu entmotten. Diese Neuigkeit sorgte für große Aufregung, und nach und nach drangen Einzelheiten über die Neuausrüstung durch. Die *New Jersey* sollte als erste dran sein, dann die *Iowa,* die *Missouri* und die *Wisconsin.* Die 40-cm-Kanonen sollten bleiben. Sie wurden zwar nicht mehr hergestellt, und die Technik war veraltet, aber in den Lagern warteten noch vierunddreißig Reserverohre und über zwanzigtausend Granaten und Treibsätze auf ihren Einsatz. Die neuen Waffen konnten auf relativ kleinem Raum untergebracht werden; dafür entfernte man acht von den zwanzig 12-cm-Kanonen, die als Flugabwehrwaffen überholt waren. Die ganze Neuausrüstung inklusive Renovierung der Kabinen und Versorgungsräume, Modernisierung der elektronischen Systeme und Kommunikationssysteme, Umstellung der Maschinen und Umgestaltung des Achterdecks für die Hubschrauber kostete die Marine weniger als eine neue Fregatte. Als Kapitän wohnte er im Juli 1987 der Zeremonie bei, als die *Missouri* der Pazifik-Flotte zugeteilt wurde; einmal mehr spürte er, daß sein Schicksal mit dem ihren verknüpft sein würde.

Er hatte recht behalten. Der Kapitän erinnerte sich jetzt stolz an den Tag vor achtzehn Monaten, als er nach all den Jahren das Kommando auf der *Missouri* übernommen hatte. Es war der schönste Moment seines Lebens gewesen. Bald würde all das zu Ende sein. Oder bedeutete diese Aktion jetzt eine weitere Lebensverlängerung für die alte Dame?

Er rief sich zurück in die Gegenwart und sagte in das Sprechrohr: »Artilleriechef? Fortschritt melden.«

Commander James Boyd, der Waffenoffizier der *Missouri,* meldete. »Zwei Minuten bis Feuerbereitschaft, Sir.«

»Melden, wenn bereit.« Der Kapitän wandte sich ab und lächelte im Dunkeln vor sich hin. Als er vor zehn Minuten »Alle Mann auf die Posten« angeordnet hatte, war der Besatzung die Aufregung anzumerken gewesen. Der Kapitän sah es vor sich. Sechzehnhundert Mann, die plötzlich alle in Aktion traten. War es das letzte Mal, daß man dieses Kommando an Bord der *Missouri* hören sollte?

Er dachte über den Befehl nach, den er von den Joint Chiefs erhalten hatte. Seltsam. Aber besser als nichts. Er hoffte, daß es etwas Wichtiges war. Mußte es wohl sein, wenn sie *vier* Raketen auf das Ziel abfeuern wollten... Er dachte an die vier flachen Kästen auf Deck zwischen den beiden Schornsteinen der *Missouri*. In jedem Kasten ruhten vier Rohre mit tödlichen Ladungen: insgesamt sechzehn. Und von jedem Raketenwerfer würde heute nacht eine Rakete abgeschossen werden...

Boyd meldete sich. »SLCMs bereit, Sir.«

»Funk? Haben wir Feuerbestätigung?«

»Positiv, Sir«, vermeldete der Offizier.

»Feuer eröffnen.«

Die Zündung des Tandem-Starttriebwerks im ersten Abschußrohr schleuderte die dünne zylindrische Rakete horizontal über das Meer; der verbrannte Treibstoff hinterließ eine weiße Spur in der Luft. Die etwa eintausendsiebenhundert Kilo schwere, sechseinhalb Meter lange und fünfzig Zentimeter starke Rakete schien einen Moment senkrecht in der Luft zu hängen, dann begann sie zu steigen und gewann an Geschwindigkeit. Eine halbe Sekunde nach dem Abschuß klappte ein Paar kurzer, dicker Flügel in der Mitte der Rakete auf, und vier kleinere Ruderflossen entfalteten sich am Heck und arretierten. Auf der Unterseite der Rakete, nahe dem Heck, schwang eine Luftzuleitung auf und ermöglichte die Luftzufuhr zu dem Williams-F107-Marschtriebwerk, das daraufhin zündete. Die Rakete wurde lebendig; das taktische INS-Lenksystem wurde aktiv. Das Marschtriebwerk brannte aus und fiel ab. Die Tomahawk BGM-109C flog in fünfhundert Fuß Flughöhe auf ihrem programmierten Kurs dem Horizont im Nordwesten entgegen. Boyd meldete sich wieder über das Sprechrohr: »Abschußzeit 18 Uhr 52. Flugzeit 57 Minuten. Simultane geschätzte Einschlagzeit auf Ziel 19 Uhr 47 Ortszeit.«

Der Abschuß der vier Cruise Missiles war innerhalb von dreißig

Sekunden vonstatten gegangen. Der Kapitän blickte ihnen stolz und traurig hinterher, wie sie übers Meer flogen und in der Dunkelheit verschwanden.

54

»Wie ist der Verkehr jetzt, Mike?« Ed Howard sah auf, als Ziegler sich zu ihm gesellte.

»Schlimmer als New York während der Rush-hour. Gestopft voll, die Straße. Das muß eine ganze Division sein, die da langfährt, einer am anderen. Kilometerlange Kolonne.« Ziegler goß sich eine Tasse Kaffee ein. »Urgh. Der ist ja kalt.« Er stellte die Tasse angewidert ab. »Wie geht's unseren Gästen?«

»Haben Angst. Johnny redet noch mit ihnen.« Howard deutete mit dem Daumen auf die kleine Gruppe in der anderen Ecke des Lagerhauses.

Der alte Mann war jenseits von Furcht. Er bereitete sich auf seinen baldigen Tod vor. Er hatte von den brutalen *Amerikaaniyeen* gehört und wußte, daß es sinnlos war, auf Gnade zu hoffen. Er trauerte um seine beiden Söhne; er hatte sich gewünscht, daß sie nicht kommen würden, ihn nur einmal nicht ablösen würden. Aber sie waren gekommen, seine guten, pflichtbewußten Söhne, und der alte Mann wußte, daß man sie alle umbringen würde. Er hatte gehört, wie diese Leute waren. Seine Enkel würden keine Väter mehr haben, keinen Großvater, die Frauen keine Männer... Er trauerte um sie. Sie waren arm, hatten keine Besitztümer. Die Wacharbeit in dem Gebäude war wie ein Wunder gewesen; sie hatten endlich ein wenig Geld gehabt, genug zum Leben, es war ihnen besser gegangen als all den anderen. Jetzt war alles zu Ende. Er empfand keinen Zorn, nur Trauer. Er konnte sie nicht hassen, diese *Amerikaaniyeen,* vor allem nicht den, der wie ein Araber sprach. Hatte er ihm und seinen Söhnen nicht zu essen und Kaffee zu trinken gegeben? Wie lange war es her, seit er zum letzten Mal richtigen Kaffee getrunken hatte? Und hatten sie ihn nicht gut behandelt? Waren diese *Amerikaanyeen* nicht höflich gewesen? Hatten sie ihn nicht mit dem Respekt behandelt, der seinem Alter zustand? Er konnte ihn einfach nicht hassen. Der Mann war Soldat, er mußte seine Pflicht tun. Das Schicksal war unvermeidbar; er, ein alter Mann, und seine Söhne – alle drei würden sie sterben.

»*Sha'ib*«, sagte Johnny Bourne. »Alter Mann. Wir werden bald wegfahren. In einer Stunde vielleicht...«

»*Sidi,* ich bin ein *sha'ib.* Ich bin unwichtig«, sagte der alte Mann. »Aber meine Söhne hier, sie...« – er wies auf die beiden jungen Männer, die mit Handschellen an einen Stahlträger gefesselt waren – »sie sind jung. Es sind gute Söhne. Sie achten ihren Vater. Sie arbeiten hart. Sie haben Frauen und Kinder. Ich bin nichts mehr; ich bin ein alter Mann. Ich bin nicht wichtig. Töte mich; meine Zeit ist vorüber. Es ist Gottes Wille. Aber wenn euer Herz es euch erlaubt, meine Söhne am Leben zu lassen, so wird euch Gott sein Lächeln schenken.«

»Wir haben keinen persönlichen Hader mit dir, alter Mann.« Bournes Stimme war flach und kalt.

»Das weiß ich, *sidi.* Du hast uns gut behandelt. Aber du hast vor, uns zu töten. Ich weiß das. Ich bitte dich nur um das Leben meiner Söhne.«

Danny MacDonald saß in der Nähe und verfolgte das Gespräch. Er glaubte, ein paar Worte verstanden zu haben – nicht viele, aber das spielte sowieso keine Rolle. Er wußte, was der alte Mann sagte. Er schien sich in sein Schicksal ergeben zu haben. Als sie ihn gefangengenommen hatten, war er ein erbärmlicher Anblick gewesen: in schmutzige Lumpen gekleidet, dürr und knochig, mit weißen Bartstoppeln. Und nun... Danny bemerkte, daß er Würde ausstrahlte, sogar angesichts des Todes. Danny dachte mit Abscheu daran, daß dieser alte Mann und seine Söhne sterben würden, sobald sie aufbrachen. Sie würden sie nicht am Leben lassen, denn sie konnten jemanden warnen... Danny sah den steinernen Ausdruck auf Johnny Bournes Gesicht. Ein unversöhnlicher, erschrekkender Ausdruck. Er konnte nicht mehr hinsehen. Er stand auf und ging zu Howard und Ziegler hinüber. »Ed? Kann ich dich was fragen?«

»Na klar.«

»Ist es wirklich notwendig, diese drei Wachen umzubringen, den alten Mann und seine Söhne?«

Ed Howard sah Danny aufmerksam an. »Was meinst du damit, Danny?« fragte er vorsichtig. Seine dunklen Augen waren ausdruckslos.

»Schau, Ed, ich bin nicht dumm. Ich weiß, was Johnny mit diesem Soldaten auf der Fähre gemacht hat. Und dasselbe wird er hier tun, nicht wahr? Keine Zeugen, nicht?«

»Setz dich, Danny.« Howard ließ MacDonald nicht aus den Augen. Er wartete, bis dieser sich gesetzt hatte. »Du kanntest die Spielregeln, als du dich uns angeschlossen hast. Wir können es nicht riskieren, daß uns jemand verrät. Das weißt du. Johnny weiß es, wir wissen es alle. Ja, Johnny hat den Soldaten getötet. Er wußte, daß es getan werden mußte. Im übrigen hat ihm das keinen Spaß gemacht, auch wenn der Soldat ein reichlich übler Zeitgenosse war, der Mike mit seinem Bajonett aufspießen wollte. Also muß ich Johnny auch hier nicht sagen, was er tun soll.« Howard hielt inne. »Aber ich werd dir was verraten.« Er beugte sich vor und fixierte MacDonald mit reglosem Blick. »Wir werden sie *nicht* töten.«

»Wie bitte? Warum macht Johnny sie dann so fertig?«

Howard seufzte. »Wir konnten heute alle ein wenig schlafen, nicht, Danny?«

»Ja, aber was hat das mit...»

Howard fiel ihm ins Wort. »Wir haben alle ein paar Stunden geschlafen. Zwei bei der Wache, vier haben sich ausgeruht. Alle, bis auf Johnny. Kurz nachdem die beiden Söhne heute morgen ankamen, hat er mich bei der Wache abgelöst. Er sagte, er wollte etwas versuchen. Es war seine Idee.«

»Was heißt das?«

»Es war Johnnys Idee, nicht meine, sie am Leben zu lassen. Er sagte, wenn er mit ihnen reden, gegenseitigen Respekt schaffen könne, würden sie uns vielleicht nicht hassen und verraten. Zu diesem Respekt gehört jedoch, daß sie Angst vor uns haben, weshalb Johnny sie jetzt schmoren läßt. Wenn er ihnen sagt, daß er sie schont, werden sie ihm dankbar sein. Diese Gefühle haben Entführte oft gegenüber ihren Entführern. Die Sache mit Patty Hearst war ein typisches Beispiel dafür. Sie war dem Kidnapper so überaus dankbar, daß er sie am Leben ließ, und gleichzeitig so wütend auf ihre Familie und die Polizei, daß sie sich ihm anschloß und mit ihm gemeinsam Verbrechen beging. Das ist ein alter psychologischer Trick, Danny. Johnny versucht nur, den gesamten Prozeß auf zwölf Stunden zu verkürzen, der sich sonst über mehrere Tage oder Wochen erstreckt. Deshalb hat er nicht geschlafen.«

MacDonald sagte nichts. Er war völlig überrascht von Howards Aussagen. Er hatte Bourne ganz und gar falsch eingeschätzt. Er fühlte sich leicht benebelt.

Howard sprach weiter. »Und dann wollen wir noch mit einem weiteren Mittel dafür sorgen, daß sie dichthalten«, sagte er vertraulich.

»Johnny droht, wenn sie plaudern, kommen wir zurück und bringen sie um?«

»Das auch, aber so wird er es nicht ausdrücken. Er wird es als Vertrauenssache, Ehrensache darstellen. Aber das meinte ich nicht«, sagte Howard. »Wir werden ihnen Geld geben. Ziemlich viel«, fügte er hinzu.

»Du willst ihr Schweigen erkaufen?«

»Nein. Das hätte überhaupt keinen Sinn. Bei stolzen Menschen hat das den gegenteiligen Effekt, egal, wie arm sie sind. Mit dem Geld entschädigen wir ihn für das, was wir ihm und seiner Familie angetan haben. Es sind keine Verpflichtungen damit verbunden. Er wird das verstehen, und er wird es annehmen. Außerdem« – Howard grinste – »ist es dann sehr unwahrscheinlich, daß sich einer von ihnen bei den irakischen Behörden meldet. Er weiß, daß sie ihn über alles ausquetschen und bei ihren Methoden nicht sehr wählerisch sein werden. Wenn er mit denen redet, stoßen sie früher oder später auch auf das Geld. Und das wäre sein Ende, im übrigen auch das all seiner Verwandten.«

»Oh«, sagte MacDonald.

»Zufrieden?« fragte Howard. »Gut. Dann zu etwas anderem. Es ist fast sieben Uhr; ich möchte so bald wie möglich weg hier, aber es gibt ein Problem. Dieser Konvoi auf der Straße nimmt kein Ende. Wir warten bis acht. Wenn er bis dahin nicht vorbei ist, müssen wir den Rest des Weges querfeldein fahren.«

»Gefällt mir gar nicht«, grollte Ziegler.

»Warum nicht?« fragte Danny. »Sind wir nicht abseits der Straße sicherer?«

»Da fallen wir eher auf«, gab Howard zurück. »Wir können uns nicht gut durchmogeln, wie letzte Nacht. Was haben zwei Ambulanzen auf irgendwelchen Schleichwegen zu suchen? Irgend jemand könnte das seltsam finden. Nein, wir sollten so lange wie möglich auf der Straße bleiben. Aber ich möchte auch nicht zu spät wegkommen.« Er erhob sich. »Also, wir fahren spätestens um acht los. Danny, holst du Tony? Mike macht Tee. Wir essen in einer Viertelstunde.«

MacDonald nickte und machte sich davon, um Ackford zu wekken. Ziegler wandte sich an Howard und sagte leise: »Glaubst du, er macht schlapp?«

Howard steckte sich am Stummel der alten Zigarette eine neue an. »Weiß ich nicht, Mike. Ich glaube nicht. Aber die Sache mit dem Soldaten gestern nacht muß ihm ziemlich an die Nieren gegangen sein. Wir sollten ihn vielleicht ein bißchen sanfter anpacken. Deshalb hab ich ihn in dem Glauben gelassen, daß Johnny die drei am Leben lassen will, weil er ein guter Mensch ist. Ich wollte ihm nicht sagen, daß wir das nur tun, weil man nach ihnen suchen wird, wenn sie verschwunden sind. Ein unauffindbarer Soldat regt niemanden auf – jeder wird annehmen, daß er desertiert ist. Aber drei Wachleute, die plötzlich verschwunden sind? Nein, das fällt zu sehr auf. Komm, werfen wir noch mal einen Blick auf diesen Konvoi.«

Die vier Raketen erreichten die Küste jeweils neunzig Sekunden nacheinander. Zwei waren Richtung Osten, zwei etwas westlicher programmiert. Die beiden östlichen hielten direkt auf die Mündung des Schatt-el-Arab zu, des Flusses an der Grenze zwischen Iran und Irak. Als sie von fünfhundert auf hundert Fuß Flughöhe gingen, schaltete sich das TERCOM-Terrain-Contour-Matching-Programm ein und gab eine kleine Korrektur an das Trägheitsnavigationssystem. Zuerst fielen die Raketen niemandem auf, dann wurden iranische Soldaten in Abadan und Chorramschahr auf sie aufmerksam, als die Missiles über die Trümmer der großen Ölraffinerien und Lagerhäuser kamen. Die Iraner konnten nicht orten, was da im Dunkeln über sie hinwegröhrte, und wurden unruhig. Da sie jedoch strikte Order hatten, nur zu schießen, wenn sie direkt angegriffen wurden, unternahmen sie nichts. Die Raketen blieben über dem Schatt-el-Arab, flogen über irakisches Gebiet und an der östlichen Stadtgrenze von Basra vorbei. Hier wurden irakische Truppen in Alarmbereitschaft versetzt, und während Leuchtspurgeschosse den Himmel erhellten, feuerten Männer von der Hammurabi-Panzerdivision der Republikanischen Garde wahllos in die Wolken. Doch die Raketen, die mit einer Geschwindigkeit von fast 800 Stundenkilometern über dem Fluß entlangschossen, waren längst verschwunden.

Die beiden anderen Missiles blieben über den Wassern des Khawr'Abd-Allah, überflogen die Insel Bubiyan im Norden und kamen an der kuwaitischen Grenze über die Meerenge. Dreißig Kilometer danach fanden sie den Schatt-el-Basra-Kanal und blieben darüber, bis sie wie die beiden anderen Raketen Basra erreichten. Als sie zwischen dem zivilen Flughafen und dem Militärflughafen Basra West hindurchflogen, erzeugten sie einige Aufregung, aber man unternahm wenig. Es wurde lediglich mit Handfeuer- und einigen Flugabwehrwaffen herumgeballert, nachdem die Raketen schon lange verschwunden waren. Sie erreichten das Ende des Kanals und flogen nun über den Khawr-el-Hammar, dann hielten sie sich Richtung Nasiriyah. Die östlich programmierten Raketen kamen zu der Stelle, wo der Schatt-el-Arab und der Tigris zusammenfließen. Sie hielten sich rechts und steuerten über dem Nahr-al-Dijlah – dem Tigris – auf Bagdad zu.

55

»Tony? Hier ist Peter. Könntest du mir vielleicht mal erklären, was zum Teufel da drüben bei euch los ist?«

»Peter! Ein Glück, daß du anrufst!« Tony Hughes war die Erleichterung über Dartingtons Anruf deutlich anzumerken.

»Ich bin im Urlaub. Ich rufe von den Bahamas an. Ich hatte gerade die Polizei hier – es geht um ein paar Leute, die Darcon-Papiere samt meiner Unterschrift gefälscht haben, um an unsere Anlagen in Saudi-Arabien ranzukommen. Um was zum Teufel geht es, und wer sind diese Leute? Was haben sie angerichtet?«

Hughes gab seine Informationen durch und berichtete von seinen Gesprächen mit »Sicherheitsleuten von der britischen und amerikanischen Botschaft«. Dartington fiel ihm häufig ins Wort und stellte Fragen. Hughes berichtete alles, was er wußte, und schloß dann: »Mehr weiß ich selbst nicht. Es scheint auf jeden Fall eine ernste Sache zu sein. Es tut mir furchtbar leid, aber die Papiere schienen völlig in Ordnung, und deine Unterschrift hat mich natürlich auch überzeugt.«

Dartington schwieg kurz. *Dieser Howard ist ein schlauer Hund,* dachte er. Er gab seiner Stimme einen besorgten Unterton. »Hör zu, Tony, ich möchte, daß du in jeder Hinsicht mit den Botschaftsleuten zusammenarbeitest und daß du die Sache an die saudische Polizei weitergibst. . .«

»Schon geschehen, Peter.«

»Gut. Diese Sache macht mich stocksauer«, schimpfte Dartington. »Nicht auf dich«, fügte er dann hastig hinzu. »Dich trifft keine Schuld. Ich habe eine Kopie von dem Fax gesehen, das man dir geschickt hat, und es sah absolut echt aus. Aber meinen Urlaub kann ich jetzt vergessen, und es ärgert mich, daß diese Leute uns zum Narren halten und vor unseren Augen unsere Ausrüstung stehlen. Ich will, daß diese Halunken geschnappt werden«, sagte er nachdrücklich. »Du tust alles, was der Polizei helfen könnte, okay? Die Sache ist ernst. Offensichtlich sind es Terroristen oder so.«

»Ich dachte mir schon so was. Die Männer von der Botschaft sagten nichts davon, aber was auch immer diese Typen im Sinn haben – es wird hier nicht geschätzt.«

»Das kann ich mir vorstellen.« Dartington klang grimmig. »Jedenfalls: Tu dein möglichstes, damit sie erwischt werden. Ruf mich hier an, wenn du weitere Einzelheiten erfährst.« Dartington gab Hughes seine Nummer und legte auf.

»Ist etwas nicht in Ordnung, Schatz?« Lady Dartington war von draußen hereingekommen.

»Scheint so. Es gibt da einen Fall von Betrug oder so, bei dem sich ein paar Kriminelle als Darcon-Leute ausgegeben haben. Bei Gott«, murmelte er vor sich hin, »ich will verdammt sein, wenn ich es zulasse, daß diese Kerle damit davonkommen.« Er machte auf dem Absatz kehrt und verließ das Zimmer.

Dartingtons Wut blieb seiner Frau nicht verborgen. Sie beschloß, sich nicht zu äußern. *O je,* dachte Lady Dartington. *Jetzt ist er für den Rest der Woche schlechter Stimmung.*

Wenn sie Dartingtons Gesicht gesehen hätte, als er aus dem Raum stapfte, hätte sie sich allerdings gewundert. Er grinste wie ein Honigkuchenpferd.

Einige Kilometer weiter seufzte Julian Smith bedauernd und schaltete den Kassettenrecorder aus. *Mist,* dachte er. *Ich hatte gehofft, er würde sich verplappern. Vielleicht sagt er doch die Wahrheit. Oder er ist einfach schlauer, als er aussieht.*

»Johnny?« rief Ed Howard Bourne zu, der noch immer mit den drei zusammengekauerten Arabern in der Ecke des Lagerhauses hockte. »Essen fassen.«

Bourne nickte ihm zu. »Bin in fünf Minuten bei euch, Ed. Ich erkläre ihnen gerade die Lage.«

Einige Sekunden später war aus der Ecke aufgeregtes Gerede zu hören. MacDonald, der damit beschäftigt war, dicke Suppe aus einem Topf in eine Reihe Eßnäpfe zu schöpfen, sah auf. Johnny Bourne nahm den zwei jungen Männern die Handschellen ab. Als sie frei waren, standen sie auf und schüttelten ihm, überwältigt von Dankbarkeit, heftig die Hände. *Er hat es ihnen gesagt,* dachte MacDonald. Zu guter Letzt. Die zwei jungen Männer waren überglücklich und redeten wie die Wasserfälle. Nach einer Minute kamen sie strahlend zu ihnen herübergelaufen und bestanden darauf, den restlichen Teammitgliedern ebenfalls die Hände zu schütteln.

MacDonald sah wieder zu der Ecke hinüber. Im flackernden Kerzenlicht sah er, wie der alte Mann mühsam auf die Füße kam. Er sprach ernsthaft und feierlich zu Bourne; die Hände der beiden Männer verbanden sich in einer Geste der Verständigung. Die Kerze flackerte auf und warf einen hellen Schein auf die beiden Gestalten. Wenn man den kahlen Raum und Bournes Tarnkleidung übersah, wirkte die Szene beinahe biblisch, wie auf einem dieser alten Gemälde in der Jagdhütte in Carvaig. MacDonald starrte wie gebannt auf das Gesicht des alten Mannes. Es war ein zeitloses Gesicht. Die Konturen wirkten milder als zuvor, und er war nicht mehr gebeugt, sondern stand aufrecht. Ungeachtet seines ärmlichen Äußeren strahlte der knochige alte Mann eine Würde aus, wie MacDonald sie noch nie zuvor gesehen hatte.

Howard aß rasch, dann warf er einen Blick auf seine Uhr. Es war 19 Uhr 25. »Hebt einen Teller für Bob auf, Jungs. Ich geh mal zu ihm und sehe nach, wie weit der Konvoi ist. Macht euch startklar.«

Nachdem die zwei westlich gelenkten Missiles Nasiriyah passiert hatten, blieben sie über dem Euphrat. Über Samawah wandten sie sich westlich und überquerten steiniges, unfruchtbares Ödland, die Nedjef-Wüste. Im Flußtal des Euphrat hatte das TERCOM-Führungssystem einige Probleme mit plötzlich auftauchenden Radarcharakteristika von Bäumen gehabt, doch das GPS-Positionierungssystem hatte die Route bestätigt. Auch über flachem, eintönigem Gelände war das TERCOM verunsichert, und das GPS-System lieferte wiederum präzise Positionsangaben. Von der Wüste aus flogen sie weiter westlich auf den Buhayrat ar-Razzazah, einen großen schlammigen See fünfundsiebzig Kilometer westlich von

Bagdad, zu. Die 300-Kilo-Schubleistung des Williams-F107-Bläsertriebwerks wurde vorübergehend gebremst, als die Raketen bis auf hundert Fuß über das Wasser hinunter gingen; vier Minuten später, als sie das nördliche Ufer des sechzig Kilometer langen Sees erreichten, stiegen sie wieder höher. Sie hielten sich links, um der ausgebombten Kernkraftanlage und dem Militärstützpunkt in Majarrah auszuweichen, dann durchflogen sie das Muhammadi-Ramadi-Tal in nord-nord-westlicher Richtung. Mit schrillem Heulen überquerten sie die Hauptstraße von Bagdad nach Amman und den Euphrat und steuerten weiter nach Norden.

Die beiden anderen Raketen hatten sich bis Amarah an den Verlauf des Tigris gehalten, dann hatten sie einen östlichen Kurs zwischen dem Tigris und der iranischen Grenze eingeschlagen. Die Gegend war nur spärlich besiedelt, und kaum jemand bemerkte die Raketen; wer etwas hörte, nahm an, daß die irakische Luftwaffe von einem weiteren Bombenangriff in den Sümpfen im Süden zurückkehrte. Die Missiles machten einen weiten Bogen um Bagdad und überquerten bei Tarmiyah, südwestlich von Baqubah, wiederum den Tigris. Hier bestand das größte Risiko; es handelte sich um eine dichtbesiedelte Region mit zahlreichen Militärstützpunkten und Flugplätzen. Wieder gab es Alarm, aber man war mit den Flugabwehrgeschossen nicht erfolgreicher als zuvor. Nachdem die Raketen den Tigris überflogen hatten, kamen sie wieder über einsamere Gegenden. Sie hielten sich westlich, blieben dicht über dem Boden, wo sie ein schrilles Heulen erzeugten, und näherten sich dem südlichen Rand des Buhayrat ath-Thartar. Den südöstlichen Ausläufer des großen Sees erreichten sie zur selben Zeit, als die beiden westlich gelenkten Raketen den Euphrat überflogen.

Die vier Missiles waren jetzt noch einhundertfünf Kilometer von ihrem Ziel entfernt und näherten sich einander. Die zwei westlich gelenkten verringerten das Tempo; sie waren zwölf Sekunden zu früh. Es war 19 Uhr 41. Alle vier sollten um 19 Uhr 49, genau acht Minuten später, einschlagen.

Die kleine Seitentür des Lagerhauses schwang auf, und Howard kam herein. »Der Konvoi ist weg. Der letzte Wagen ist vor zehn Minuten vorbeigekommen. Fahren wir los.«

Howard und Ackford fuhren mit den Wagen zum Pförtnerhaus; sie benutzten die NSBs und die Infrarot-Scheinwerfer. Usher half Bourne und den drei Arabern, die Tore zu schließen, wobei er sich über die Störung beim Essen beklagte; dann gingen sie alle zum Ausgang. Usher kletterte hinten in den zweiten Wagen und löffelte weiter seine Suppe aus der Blechschüssel. Am Tor sprach Bourne leise und eindringlich mit den drei Arabern; dann schüttelten sie sich wieder die Hand. Nachdem es Bourne gelungen war, sich den wiederholten Dankesbezeugungen zu entziehen, stieg er neben Howard ein, der auf den Beifahrersitz gerutscht war. Die beiden Söhne des alten Mannes machten sich auf Bournes Weisung hin eilig auf den Heimweg; der alte Mann setzte die Nachtwache fort, als sei nichts geschehen.

Howard wandte sich zu Bourne. »Bist du sicher, daß du fahren willst, Johnny?«

»Klar, alles okay.«

»Gut, dann los.«

Alle vier Missiles hatten zwei Minuten vor dem Auftreffen ihre DSMAC-Endanflugführungssysteme eingeschaltet. Die Computer prüften das Gelände vor ihnen und verglichen es mit den Digitalbildern aus ihrem Archiv. Die Zünder in den Gefechtsköpfen waren bereit; die Raketen waren kurz vor dem Ende ihrer Reise.

Der alte Mann ließ die Autos durchfahren, dann schloß er das Tor ab. Dies war eine schöne Nacht, dachte er. Er dankte Allah für seine Güte. Diese *Amerikaaniyeen* waren ganz anders, als er gedacht hatte. Ehrenwerte Männer waren sie; sie hatten ihm und seinen Söhnen Achtung erwiesen. Und jetzt war er ein reicher Mann; das unvorstellbare Vermögen, das sie ihm mit demütigen Entschuldigungen für das erlittene Ungemach übergeben hatten, ließ die Zukunft in goldenem Licht erscheinen.

Er und seine Söhne würden achtsam mit dem Geld umgehen, es nicht übertrieben ausgeben. Es wäre unklug und verhängnisvoll gewesen, den unvermuteten Reichtum zur Schau zu stellen. Er durfte das Geld auch nicht mit sich herumtragen. Nein, dachte er, er würde es sofort verstecken. Er wußte einen guten Ort dafür. Hinter dem Pförtnerhaus befand sich ein großer Felsen, an dessen Fuß sich hinter Gestrüpp und einem flachen Stein eine kleine Kuhle verbarg. Der Felsen gehörte noch zu dem gesicherten Gelände, so daß niemand zufällig das Versteck entdecken konnte. Ja, dachte er, er wollte es gleich dorthin bringen. Er ging zu dem Felsen, schob das vertrocknete Gestrüpp beiseite und kniete sich hin, um den Stein zur Seite zu schieben.

Das rettete dem alten Mann das Leben. Er hörte ein lautes Heulen, als etwas über ihn hinwegflog; dann wurde es plötzlich taghell, und die ganze Welt schien zu explodieren. Der alte Mann, betäubt und halb taub von der Explosion der einhundertzweiunddreißig Kilo schweren Sprengladung, nahm den Einschlag der drei anderen Raketen nicht mehr wahr. Ein kleines Mauerstück von dem Gebäude traf ihn an der Schläfe, und er wurde ohnmächtig.

Fünf Minuten später fanden ihn seine Söhne, die verängstigt zurückgelaufen waren, um nach ihrem Vater zu sehen. Als er aus seiner Ohnmacht erwachte, fand ihr erstaunter Vater nur mehr die qualmenden Ruinen des Lagerhauses und des Pförtnerhauses vor.

Unzählige Male erzählte der alte Mann später die Geschichte, wie er den Luftangriff überlebte, aber weder er noch seine Söhne ließen je ein Wort darüber verlauten, warum er sich just in dem Moment, als die Bomben fielen, hinter dem großen Felsen aufgehalten hatte.

»Großer Gott! Hast du das gesehen?« Bourne trat auf die Bremse und brachte den Wagen abrupt zum Halten. Mit quietschenden Reifen kam auch der zweite Land Cruiser zum Stehen. Die sechs Männer sahen nach hinten.

Howard spähte durch sein Fernglas und sah, daß das Lagerhaus anderthalb Kilometer hinter ihnen verschwunden war. Er legte den Kopf schief und horchte.

»Was zum Teufel war das?« fragte Bourne schockiert.

»Vier Explosionen, sehr kurz hintereinander«, sagte Ziegler aus dem anderen Wagen.

»So sehe ich's auch«, sagte Howard. »Laßt uns möglichst schnell hier verschwinden.«

Sie fuhren weiter. Eine Weile sprach niemand in dem vorderen Wagen. Dann brach Bourne das Schweigen. »Muß ein Luftangriff gewesen sein«, sagte er.

»Das denke ich auch«, sagte Howard. »Zu groß für Panzer oder Artillerie, und wir haben keinen zweiten Knall gehört. Aber ein Flugzeug hab ich auch nicht gehört – du?«

»Zuerst hab ich's gedacht, aber ich bin nicht ganz sicher. Es müssen Bomben gewesen sein. Was glaubst du?«

»Ich weiß nicht«, sagte Howard mit sorgenvoll gerunzelter Stirn. »Aber es bedeutet nichts Gutes, so oder so. Das war kein Zufall, soviel steht fest.«

»Es muß aber so sein«, sagte Bourne. »Wenn sie hinter uns her wären, hätten sie nicht einfach dieses Gebäude hochgejagt. Wir wären längst an der ersten Straßensperre und hätten ein paar Hubschrauber über uns. Vielleicht«, fügte er hinzu, »kommt die Sperre ja noch. Sollen wir nicht doch lieber querfeldein fahren?«

»Nein. Das würde uns nur noch verdächtiger machen, und bis jetzt haben sie zwar keine Helikopter oben, aber das kann sich ändern. Wenn wir jetzt von der Straße abfahren, bieten wir ihnen ein ideales Ziel.«

»Was ist mit dem Konvoi vor uns?«

»Der letzte Wagen dürfte inzwischen etwa fünfzehn Kilometer weiter sein«, antwortete Howard. »Sie haben die Explosionen wahrscheinlich gehört, aber sie halten bestimmt nicht an. Keiner erwartet von denen, daß sie umkehren und nachsehen, was los ist. Außerdem«, fügte er hinzu, »denken sie bestimmt, es sei eine Übung oder so was. Die Gegend hier ist ziemlich einsam. Ich glaube nicht, daß sich jemand Gedanken darüber macht.«

»Ich hoffe, du hast recht.«

»Wenn nicht, sind wir sowieso dran«, sagte Howard grimmig.

»Aber wir können den Konvoi zu unserem Vorteil nutzen. Wir holen ihn ein und hängen uns bis kurz vor dem Flugplatz bei Thartar an den letzten Wagen. Wenn wir auf eine Straßensperre stoßen, halten sie uns für einen Teil des Konvois. Sie fahren nur mit Rücklicht; wenn wir das auch machen, merken die im letzten Wagen nichts von uns.«

Bourne nickte und gab Gas. Eine Viertelstunde später hatten sie den Konvoi erreicht. Bourne stellte erleichtert fest, daß die lange Lichterkette in Bewegung war. In einem Abstand von vierhundert Metern fuhr er langsam hinter dem letzten Wagen her. Bei diesem Tempo, dachte er, würden sie erst in einer Stunde zu ihrem Abzweig kommen.

Howard saß neben ihm im Dunkeln und dachte angestrengt nach. *Irgendwas an diesem Luftangriff,* dachte er, *war faul. Ganz extrem faul sogar.*

56

Die JSTARS hatte die Bewegungen des Konvois verfolgt und weitergegeben; zunächst hatte Kearwin befürchtet, daß die zwei Wagen losfahren und zwischen den Hunderten von anderen Fahrzeugen verlorengehen würden. Dann hatte er sich gesagt, daß die Männer in den zwei Wagen bestimmt keinen Wert darauf legten, sich ausgerechnet einer Division der irakischen Armee anzuschließen. Sie würden warten, bis der Konvoi vorbei war.

Sorensen kam direkt nach der NSC-Sitzung zu ihm hereinmarschiert; es war 12 Uhr 30. Er sah nervös aus und hastete sofort zu Kearwins Tisch hinüber. »John, sind die Wagen noch an derselben Stelle?«

»Klar, Walter.«

»Gut. Ich möchte, daß Sie das Gebäude in den nächsten zwanzig Minuten im Auge behalten. Schauen Sie genau hin. Und ich möchte ein gutes Bild, wenn der erste Keyhole nach 13 Uhr drüberfliegt. Das ist 20 Uhr im Irak. Alles klar?«

»Jawoll.« Kearwin gab Befehle ein und programmierte einen »Sprung« von einem KH-11 um 13 Uhr 05. Dann sah er das Walroß neugierig an.

»Wie war die Sitzung, Walter?«

»Fragen Sie nicht, John. Fragen Sie nicht.« Das Walroß schüttelte angewidert den Kopf. »Verdammte Rindviecher«, stieß er dann abrupt hervor und marschierte zu seinem eigenen Tisch.

Kearwin lächelte in sich hinein und wandte seine Aufmerksamkeit wieder dem Bildschirm zu.

Um 12 Uhr 42 kam Bewegung in das JSTARS-Bild von dem Lagerhaus. Das Walroß sprang auf und rannte wieder zu Kearwins Arbeitsplatz hinüber. »Sind Sie sicher?«

»Absolut. Schauen Sie doch. Zwei Fahrzeuge. Bestens zu sehen.«

Das Walroß starrte wie gebannt auf den Bildschirm. »Vielleicht, vielleicht«, keuchte er.

»Nicht ›vielleicht‹, Walter. Das sind eindeutig unsere beiden Autos.«

»Das meine ich nicht. Schauen Sie genau hin.«

Fünf Minuten später fuhren die Wagen los. »Hol mich der Teufel!« rief das Walroß freudestrahlend aus, als sich die beiden Fahrzeuge von dem Lagerhaus entfernten. »Sie haben's geschafft! In letzter Sekunde haben sie's geschafft!«

»Walter?« fragte Kearwin, der vor Neugierde fast platzte. »Könnten Sie mir vielleicht sagen, was hier los ist?«

»Gar nichts, Johnny-Boy, gar nichts«, sagte das Walroß. »Folgen Sie weiter diesen Wagen.« Er sah auf seine Armbanduhr. »Aber jetzt werfen Sie mal einen Blick auf das Gebäude.«

Zwanzig Sekunden später löste sich das Bild von dem Lagerhaus auf und klärte sich erst ganz allmählich wieder. Als es wieder erschien, war das Lagerhaus verschwunden.

»Es ... es ist explodiert!« sagte Kearwin mit zitternder Stimme. »Das gibt's doch nicht! Es ist einfach in die Luft geflogen! Heiliger Strohsack!«

»Genau«, sagte das Walroß. »Und jetzt kümmern Sie sich weiter um die Autos, ich habe einen Anruf zu erledigen. Er wird mir ein

Vergnügen sein«, fügte er hinzu. »Den Rindviechern eins auf die Mütze geben. Meine Herren!« Kichernd stapfte er davon.

Kearwin starrte ihm ungläubig hinterher, dann wandte er sich wieder seinem Bildschirm zu. Halb benebelt von dem Schock, gab er die notwendigen Befehle für die weitere Beobachtung der Autos ein.

In den ersten anderthalb Stunden, nachdem sie aus Djidda losgefahren waren, unterhielten sich Harris und Palmer; Palmer begann sich nach dem knappen Abgang im Sheraton allmählich zu entspannen. Sie ergingen sich in Spekulationen darüber, wie sie wohl aufgeflogen sein mochten, kamen aber zu keinem Schluß und ließen das Thema schließlich fallen. Harris wollte wissen, was sich in Badanah ereignet hatte, und Palmer schilderte ihm alles. Dann überkam den großen Mann die Müdigkeit; er unterdrückte ein Gähnen. »Mel, falls es dir nichts ausmacht, knacke ich mal ein paar Stunden. Die Fahrt war elend lang und öde, und ich hab letzte Nacht nur zwei Stunden Schlaf gekriegt. Ist es okay, wenn du weiterfährst?«

»Kein Problem. Ich sitze seit Wochen nur rum; ich könnte gar nicht ausgeruhter sein. Schlaf ruhig. Muß ich hier auf irgendwas achten?«

»Ja, auf ein, zwei Dinge schon.« Palmer gähnte wieder. »Nimm dich vor den blöden Kamelen in acht. In der Nähe von 'nem Ort namens Taima bin ich fast in eins reingefahren. Die spazieren über die Straße, und das Üble ist, daß sie auch dieselbe Farbe wie die Wüste haben, das heißt, du siehst sie kaum. In Qulibah hab ich 'ne Karre gesehen, da saß ein totes Kamel auf dem Fahrersitz. Der Fahrer muß mit Vollgas in das Ding reingebrettert sein. Man konnte nicht mal mehr unterscheiden, was die Reste vom Kamel und was die Reste vom Fahrer waren.« Er rümpfte die Nase. »Und das hat vielleicht gestunken ...«

»Vielleicht verziehst du dich lieber nach hinten, man weiß ja nie«, sagte Harris grinsend.

»Mach ich vielleicht«, sagte Palmer. »Oh, und paß auf die Schlaffis in den kleinen weißen Mazda Pickups auf. Fahren einem alle Naselang über den Weg.«

»Den Fahrstil hab ich schon kennengelernt«, sagte Harris. »Aber was meinst du mit ›Schlaffis‹?«

»So haben wir die Terroristen in Rhodesien genannt, bevor es zum Volksparadies Simbabwe wurde«, erklärte Palmer mit sarkastischem Unterton. »Wenn du auf sie schießt, werden sie plötzlich schlaff. Wäre bei diesen Burschen hier bestimmt dasselbe«, brummte er schläfrig. »Okay, ich knack jetzt 'ne Runde ab. Wenn du hier draufdrückst, kriegst du BBC World Service rein, und da rechts Radio Israel. Manchmal mußt du 'ne Weile rumdrehen, bis du die beste Frequenz für den World Service hast. Weck mich, wenn du müde wirst.«

Um 21 Uhr 05, als Sullivans Maschine nach Bangkok startete und Palmers erstes Schnarchen die Fenster des dritten Land Cruiser erschütterte, entdeckte Howard die Abzweigung. Sie hatten gerade das Wadi ath-Thartar überquert; der Fluß floß später in den großen Binnensee, über den vor anderthalb Stunden die zwei östlich gelenkten Cruise Missiles geflogen waren. Die Straße sah okay aus, und laut GPS-Empfänger war ihre Position korrekt. Als die zwei Ambulanzen von der Hauptstraße abbogen, verloren sich die Rücklichter des Konvois in der Dunkelheit.

»Da wären wir«, sagte Howard. »Jetzt müssen wir noch das letzte Stück packen. Sollte kein Problem sein, aber je näher wir an den Tigris rankommen, desto größer ist das Risiko, daß wir entdeckt werden.«

Sie hatten alle Gegenstände sorgsam verpackt und festgezurrt, damit nichts klapperte, und da sie nur knapp dreißig fuhren, waren die Motoren sehr leise. Nach einer Weile begann im vorderen Wagen eine der Federn zu quietschen; Bourne hielt an, und Ackford brachte sie mit einem kräftigen Ölspritzer zum Schweigen. Danach kamen sie fast geräuschlos voran. Auf hundert Meter Entfernung hätte man die Wagen nur hören können, wenn man am Boden horchte. Wenn sie an menschlichen Behausungen vorüberkamen, wurden sie vom üblichen Hundechor empfangen, aber Bourne wußte, daß diese Hunde bei jeder Gelegenheit bellten oder jaulten. Wenn sie nicht direkt verflucht oder von wütenden Anwohnern, deren Nachtruhe gestört war, mit Steinen beworfen wurden, beachtete man Hunde nicht oder schmähte sie als unrein.

Um 23 Uhr nahm Howard an, daß sie nur noch etwa fünfzehn Kilometer von ihrem Zielort entfernt waren; er befahl extreme Vorsicht, und sie fuhren noch langsamer. Jetzt waren häufiger Häuser zu sehen, und um 23 Uhr 20, nachdem sie eine Anhöhe erklommen hatten, sahen sie in der Ferne die Scheinwerfer eines Wagens, der nach Süden Richtung Bagdad fuhr.

»Etwa fünf Kilometer entfernt«, flüsterte Bourne.

»Mmhm. Dieses offene Felsgelände müßte gleich dort vorne links sein. Vielleicht noch ein Kilometer.« Howard benutzte jetzt die Satellitenkarte mit großem Maßstab, auf der alle Einzelheiten der Gegend eingezeichnet waren. Er beleuchtete sie mit dem Beta-Licht und vollzog jede Kurve in der Straße nach, bis er überzeugt war, daß sie ganz in der Nähe ihres angepeilten Verstecks sein mußten. Drei Minuten später sagte er: »Hier.«

Bourne bog links ab und fuhr vorsichtig zwischen Felsen und Gestrüpp eine Anhöhe hinauf. Der zweite Land Cruiser folgte. Nach zehn Minuten tauchten etwa vierhundert Meter vor ihnen die Umrisse eines Gebäudes auf. Howard stieg aus, Ziegler ebenfalls. Die beiden Männer sprachen nicht und bewegten sich rasch und geräuschlos in der Dunkelheit voran.

Zwanzig Minuten später kehrten sie zurück. Howard hatte eine Entscheidung getroffen. »Es ist perfekt hier, Johnny. Wir brauchen nicht zu dem Steinbruch weiterzufahren; wir können die Wagen in diesem Gebäude abstellen. Ist nur noch Fassade, kein Dach drauf. Völlig verlassen; keinerlei Hinweise darauf, daß kürzlich jemand dagewesen wäre. Nur ab und an Schafscheiße, sonst nichts. Ziehen wir los.«

»Sie haben eindeutig angehalten, Walter.« Kearwins Stimme ließ keinen Widerspruch zu. »Zuerst sind sie hier stehengeblieben ...«

– er wies auf eine Stelle auf der Karte auf dem Bildschirm – »... und sind dann weitergefahren. Nur ein paar hundert Meter. Da sind sie jetzt seit einer halben Stunde, und die Autos sind hinter einer Mauer oder so was abgestellt. Ich bin sicher, daß sie den Ort gezielt angesteuert haben. Seit einer Stunde sind sie ganz langsam gefahren. Dort ist es halb eins nachts.«

Das Walroß zupfte nachdenklich an seinem Schnurrbart und nickte. »Sie sind etwa anderthalb Kilometer von dieser Nord-Süd-Hauptstraße entfernt. Vielleicht wollen sie heute nacht nicht mehr weiter. Könnte sein, daß sie morgen nach Bagdad fahren.« Er dachte darüber nach und beschloß dann, daß Spekulationen sinnlos waren. »Okay. Was ist das hier für eine Stadt? Auf der anderen Seite der Hauptstraße?«

Der Name tauchte auf dem Raster nicht auf; Kearwin sah auf der Landkarte nach. »Tikrit. Sagt Ihnen das was?«

»Nee. Ich sage am besten dem Direktor Bescheid. Vielleicht fällt ihm was dazu ein. Bleiben Sie inzwischen dran.«

»Okay«, verkündete Howard mit gedämpfter Stimme, »wir verschwinden jetzt. Johnny, sieh zu, daß du vor dem Morgengrauen sämtliche Reifenspuren verwischst, die wir auf dem Weg bis runter zur Straße hinterlassen haben. Und hau dich vor allem ein paar Stunden hin. Du siehst reichlich mitgenommen aus.«

»Ich werd am Morgen schlafen, Ed. Wir sehen uns in etwa sechsunddreißig Stunden, okay? Und grüßt den Schweinehund von mir.«

»Machen wir.« Howard grinste; seine Zähne schimmerten im Dunkeln. Die anderen halfen Howard, MacDonald und Ziegler dabei, ihre riesigen Rucksäcke auf den Rücken zu packen. MacDonald geriet unter seinem fast ins Schwanken; *sechzig Kilo, wenn's reicht,* dachte er. Die drei Männer winkten und verschwanden, unter ihren schweren Lasten gebeugt, Richtung Hauptstraße.

Bourne sah ihnen nach, dann wandte er sich zu Ackford und Usher um. »Okay, Jungs, an die Arbeit. Wir haben einiges vor uns. Erst mal kratzen wir den Schmodder von den Wagen.«

»Tikrit, sagen Sie?« Der DNRO sah das Walroß interessiert an.

»Ja, Sir. Sieben Kilometer davor. Sie sind ziemlich weit von der Straße entfernt, zwischen den Felsen. Da steht eine Grundmauer oder so was, und dahinter verstecken sie sich.«

Martin Faga dachte eine Weile nach, dann sagte er langsam: »Walter, ich glaube, ich weiß, was sie vorhaben. Ich denke, Sie können sich jetzt entspannen. Diese Fahrzeuge werden sich dort bis übermorgen nicht mehr wegbewegen. Machen Sie mir ein paar Keyhole-Bilder, ja? Ich möchte die ganze Stadt und die Stelle, wo die Wagen stehen. In einer Stunde ist wieder eine NSC-Sondersitzung, und ich möchte auf dem laufenden sein.«

»Wollen Sie auch Kopien von den JSTARS-Bildern, Sir?«

»Nein, ich glaube nicht. Die sind zu kompliziert für Laien. Die Keyhole-Bilder reichen. Können Sie mir in einer halben Stunde Ausdrucke für einen Gesamtüberblick über die Region beschaffen?«

»Kein Problem, Sir.« Das Walroß erhob sich. Er zögerte einen Moment, dann platzte er mit der Frage heraus, auf die er unbedingt eine Antwort haben wollte. »Sir, ich hoffe, es macht Ihnen nichts aus, wenn ich frage – aber glauben Sie, daß sie einen weiteren SLCM-Angriff beabsichtigen?«

Faga betrachtete einen Moment lang eingehend Sorensens Gesicht. »Walter«, sagte er dann freundlich, »Sie werden doch nicht etwa mit diesen Leuten sympathisieren, oder?«

Das Walroß war unangenehm berührt. Er zupfte heftig an seinem Schnurrbart und mußte sich räuspern, bevor er antwortete: »Tut mir leid, Sir, es schien mir einfach nicht *recht* zu sein, wenn Sie verstehen, was ich meine. Und der Junge, äh, ich meine, der junge Kearwin hier, der hat mich angeschaut, als wäre ich ein Monster oder so was, als er sah, was passiert ist.«

Die Stimme des DNRO wurde hart. »Es war nicht Ihre Entscheidung, Walter. Und falls die Entscheidung wiederum so ausfällt, ist es nicht an Ihnen oder Ihren Mitarbeitern, sie zu kritisieren. Vergessen Sie das nicht.« Er sah das Walroß kühl an, als wollte er sich vergewissern, daß er verstanden worden war. Dann sagte er, wieder freundlicher: »Aber wenn Sie mich fragen, ich glaube nicht, daß es ein zweites Mal geben wird. Wenn ich recht habe und diese Leute an ihrem Zielort angelangt sind, gibt es einen sehr triftigen Grund, warum ein Angriff in diesem Stadium ausgesprochen unproduktiv wäre. Mehr möchte ich dazu nicht sagen; vielleicht kommen Sie ja selbst darauf.«

Das Walroß murmelte eine Entschuldigung und wandte sich zum Gehen. Draußen vor der Tür bereitete sich ein fröhliches Grinsen auf seinem Gesicht aus. Er konnte es nicht wissen, aber auch der DNRO in seinem Büro griente bis über beide Ohren.

Sie rückten der schmierigen Schicht auf den Autos mit reichlich Spiritus aus einem Fünf-Gallonen-Kanister zu Leibe; der verkrustete Schmutz begann sich abzulösen. Die mattgrüne Lackschicht war nie ganz fest geworden, da die Farbe mit Öl verdünnt worden war, und ließ sich leichter entfernen, als Ackford und Usher erwartet hatten.

Als die beiden Land Cruiser fast sauber waren, wuschen die beiden Männer sie mit Putzmittel und Wasser ab; dann spülten sie die Reste mit sauberem Wasser weg, dem Ackford etwas Paraffin beigegeben hatte. »Alter Chauffeurstrick, das Paraffin«, sagte er. »Viel besser als dieses neumodische Autowachszeug. Und billiger. Bald sehen diese beiden hier wieder richtig hübsch aus. Ihr werdet sehen, wenn ihr sie abledert.«

Nachdem sie damit fertig waren, räumten sie die Autos aus und putzten sie von innen. Bis auf den Sanitätskasten stapelten sie die medizinische Ausrüstung in einer Ecke des Gemäuers. Die Tragen waren bereits verschwunden; nun entledigten sie sich der Sauerstoffflaschen und der restlichen Ausstattung. Während Usher loszog, um Bourne bei der Wache abzulösen, packte Ackford eine große Kiste aus, die sie unter den Tragen verstaut hatten und in der sich diverse Ersatzteile von dem vierten Wagen befanden. Er und Bourne machten sich daran, zerbrochene Scheinwerfer und gesprungene Fenster zu ersetzen, Radkappen anzupassen und zerdellte Karosserieteile wieder auszubeulen. Sie ersetzten die roten

Kappen über den Warnlichtern auf dem Dach durch blaue; die Infrarotfilter auf den Scheinwerfern entfernten sie nicht. Mit einer Zwinge befestigten sie eine Querstange am Heck der beiden Autos, dann förderte Ackford zwei neue Nummernschilder und zwei große Flaggen zutage.

»Die Fahnen machen wir erst dran, wenn wir abfahren, Tony«, sagte Bourne. »Die Sticker kleben wir drauf, dann werfen wir die Tarnnetze drüber und legen noch was von dem trockenen Gestrüpp obenauf.« Er sah auf die Uhr. Es war 4 Uhr. »Haben wir schnell geschafft. Ich frag mich, wie die anderen wohl vorankommen.«

»Ach, die sind bestimmt okay, Boß«, sagte Ackford leichthin. »Scheiße«, sagte er und spuckte einen Kaugummi aus, »dieser Spiritus macht einem einen Höllendurst. Wie wär's mit was Heißem?«

»Ist nicht drin, Tony. Du weißt, daß wir's nicht riskieren können, den Kocher anzumachen. Du mußt warten, bis es hell wird.«

»Nee«, sagte Ackford glucksend. »Wozu hab ich denn meine Thermosflasche hier? Alles schon fertig.«

»Na dann«, sagte Bourne. Ackford goß ihnen Tee ein, und sie hockten eine Weile schweigend da. »Der arme alte Bob«, sagte Bourne und goß sich noch eine Tasse ein. »Erst wird er beim Abendessen gestört, und jetzt kriegt er keinen Tee.«

»Zur falschen Zeit am falschen Ort, Boß«, sagte Ackford. »Das Warten wird ihm schon nicht schaden. Wir wollen ihn doch nicht zum Saufen im Dienst verführen, oder?«

57

Howard hatte dem Überqueren der Straße mit Besorgnis entgegengesehen, aber es verlief ohne Zwischenfälle. Sie versteckten sich an der Böschung und warteten auf eine Lücke im Verkehr. Es dauerte nicht lange, bis sie für eine Weile keine Lichter mehr sahen und keinen Motorenlärm hörten; sie stiegen gemeinsam die Böschung hinunter, überquerten rasch die Straße und verschwanden zwischen Palmen auf der anderen Seite.

Sie trugen ihre Nachtsichtbrillen, und die Landschaft, die vor ihnen lag, unterschied sich stark von dem steinigen, menschenleren Ödland, wo sie die Autos zurückgelassen hatten. Es war eine bewohnte, kultivierte Gegend mit Obstgärten, Feldern und kleinen verstreuten Häusergruppen. Sie entdeckten Palmenhaine; MacDonald, der hinter Howard ging, stellte fest, daß sie sich immer in der Nähe von Häusern befanden. Die Nacht war wärmer als die letzte, was vermutlich daran lag, daß sie sich im Flußtal des Tigris aufhielten. Vermutlich stand ihnen ein heißer Tag bevor; vielleicht würde es noch heißer werden als in Badanah. *Kein Wunder, daß die Iraker auf ihre Palmen achteten,* dachte er – *sie sorgten nicht nur für Datteln, sondern auch für Schatten.*

Sie sahen nur acht Menschen auf dem Weg Richtung Stadt. Zuerst tauchte aus einer Hütte ein alter Mann auf und erleichterte sich einige Schritte neben dem Haus; später kamen sie an sechs Männern vorbei, die etwa fünfzig Meter neben der Straße um ein verglimmendes Feuer hockten und sich leise unterhielten. Zuletzt kam ihnen auf einem Weg ein Junge entgegengehastet, doch es blieb ihnen genug Zeit, sich hinter einem nahegelegenen Busch zu verstecken. MacDonald beobachtete den Jungen durch seine Nachtsichtbrille. Seine Bewegungen hatten etwas Verstohlenes und doch Selbstsicheres an sich; MacDonald kam zu dem Schluß, daß er seiner Liebsten einen heimlichen Besuch abgestattet hatte. Der traut sich was, dachte der Jäger; er wußte aus Gesprächen mit Bourne, daß vorehelicher Geschlechtsverkehr von den Vätern irakischer Mädchen nicht auf die leichte Schulter genommen wurde.

Anderthalb Stunden später hatten sie eine Hauptbahnlinie und eine zweite große Straße überquert und näherten sich dem Stadtrand; Howard hielt sich Richtung Süden, um die Stadt zu umgehen. Der Weg stieg langsam an. Um 3 Uhr befanden sie sich auf dem Grat einer Anhöhe, die nach Süden hin schräg abfiel. Zu ihren Füßen lag die Stadt, etwa fünfzehn Kilometer dahinter sahen sie die Lichter des Militärstützpunkts Sahara. Zu ihrer Rechten, tief unten, floß der Tigris, und auf der anderen Seite des Flusses lag ein weiterer Flugplatz, Tikrit East.

Die nächsten Häuser waren knapp einen Kilometer entfernt. Howard blieb häufig stehen, um auf die Karte zu sehen und den GPS-Empfänger zu konsultieren, und näherte sich den Häusern. Ab und an stießen sie auf Grasflächen, die jedoch meist halb verdorrt waren. Sie erblickten eine weite offene Fläche. Sie befand sich innerhalb der Stadtgrenzen und war an drei Seiten von Gebäuden umgeben; MacDonald fand, daß es nach einem großen Marktplatz, fast nach einer Arena aussah. Auf der dem Zentrum nahegelegenen Seite erhob sich ein riesiges, angestrahltes Gebilde, das auf der Vorderseite bemalt war, doch MacDonald konnte nichts Genaues erkennen, weil ihn die Strahler blendeten.

Howard war wieder stehengeblieben. MacDonald sah, daß er die Lage der Arena mit dem Kompaß bestimmte; dann hielt er ihn in Richtung der Brücke, auf der die Nord-Süd-Straße über die Bahnlinie führte. Eine dritte Messung in Richtung des Flugplatzes Sahra vervollständigte die Lagebestimmung. »Okay«, flüsterte er MacDonald und Ziegler zu, »meiner Meinung nach sind wir da. Mac, stell den Entfernungsmesser auf und sag mir, wie weit es bis zu dieser angestrahlten Wand ist.«

Dankbar setzten die drei Männer ihre schweren Lasten ab. MacDonald baute das kleine Dreibein auf, montierte den Entfernungsmesser darauf und legte die Batterie ein, mit der die Anzeige beleuchtet wurde. Langsam drehte er das Gerät, bis er die Wand im Blick hatte. Normalerweise wäre es um diese Zeit zu dunkel für eine präzise Angabe gewesen, aber die hell erleuchtete Wand war leicht auszumachen. MacDonald schrak zusammen, als er feststellte, daß die Bemalung der Wand aus einem gigantischen Porträt bestand; unverkennbar Saddam Hussein, der gütig auf nicht vorhandene Fußgänger herablächelte. Er richtete das Schnittbild auf eine Kante der Wand aus, brachte dann die beiden Bilder übereinander und las die Entfernung ab. »Zwölfhundertneunzig«, raunte er Howard zu.

»Gut«, sagte Howard. »Das wird unsere Hauptstellung. Mike, du und Danny, ihr sucht den besten Fleck auf den nächsten zwanzig Metern hier, und ich geh hundertfünfzig Meter zurück und suche den zweiten aus.«

Ziegler untersuchte, einem schnüffelnden Hund gleich, geraume Zeit den Boden vor ihnen. Mehrmals ließ er sich hinfallen und prüfte die Sicht auf die Arena. Schließlich zeigte er sich zufrieden; er winkte MacDonald zu, der herüberkam und sich selbst hinlegte, um die Sichtverhältnisse zu prüfen. Er nickte bejahend. Sie gingen zurück, holten die Rucksäcke und schleppten sie zu dem Platz. Sie packten eine große Plane und zwei Spaten aus und begannen zu graben.

58

Brent Scowcroft trommelte mit den Fingern auf den Tisch und zog die Stirn in Falten. »Also haben die Briten nichts herausgefunden, was diesen Dartington angeht?«

»Offenbar nicht, Herr Vorsitzender«, sagte Robert Gates, Direktor der CIA. »Ein Mann vom britischen Secret Intelligence Service auf den Bahamas hat ihn verhört; dort ist er in Urlaub. Ich habe sämtliche Einzelheiten, aber um es kurz zu sagen: Er hat eine lückenlose Erklärung für das belastende Material. Außerdem hält er sich dort auf, seit die Geschichte angefangen hat, zumindest jedoch, seit die Männer in Saudi-Arabien aufgetaucht sind. Die Daten von der Telefongesellschaft der Bahamas beweisen, daß er in dieser Zeit weder Auslandsanrufe angenommen noch selbst welche geführt hat. Bis heute.« Gates trank einen Schluck Wasser aus dem Glas, das vor ihm stand. »Der Anruf heute wurde vom SIS abgehört; Dartington rief sein Hauptbüro in Saudi-Arabien an. Er schien überrascht über die Ereignisse und ziemlich erbost. Der SIS-Mann hatte die Villa verwanzt, und einigen Gesprächen läßt sich entnehmen, daß seine Frau und einige Gäste unter seiner schlechten Laune zu leiden hatten. Unter anderem hat seine Frau einer

Freundin gestanden, sie hätte ihn nur mit Mühe davon abhalten können, sofort nach Hause zu fliegen.

Ich habe die Bänder von diesen Gesprächen abgehört, und ich muß sagen, daß Dartington überzeugend klingt. Dennoch sind weder wir bei der CIA noch die Briten vollständig von seiner Unschuld überzeugt. Sie werden weiterhin jeden seiner Schritte überwachen.«

»Hm«, sagte Scowcroft nachdenklich. »Halten Sie mich bitte auf dem laufenden.« Er wandte sich an Martin Faga. »Hat das National Reconnaissance Office Neuigkeiten über die weiteren Aktionen dieser Leute?«

Faga legte das große Kombinationsfoto von Tikrit auf dem Tisch aus, und die Männer standen auf, um es sich anzusehen. Der Ort, an dem die Fahrzeuge standen, war mit einem roten Punkt gekennzeichnet. Faga gab rasch einen Überblick über die letzten Ereignisse, dann sah er auf die Armbanduhr und kam zum Schluß. »Zu diesem Zeitpunkt befinden sich die Fahrzeuge seit zweieinhalb Stunden an diesem Ort. Und ich würde annehmen«, fügte er hinzu, »daß das für die nächsten sechsunddreißig Stunden so bleiben wird.«

Scowcrofts Kopf fuhr hoch. »Wie kommen Sie darauf?«

»Weil Tikrit Saddams Heimatstadt ist. Und übermorgen, am 28., hat er Geburtstag. Es könnte sein, daß er dort öffentlich auftritt. Jedenfalls«, er zuckte die Achseln, »sind diese Männer offensichtlich dieser Ansicht.«

Gates schaltete sich wieder ein, sah Faga an und nickte. »Ich möchte mich dieser These anschließen. In den letzten Jahren gab es immer Feierlichkeiten anläßlich dieses Datums, und heute abend hat die irakische Nachrichtenagentur auch für dieses Jahr Feiern angekündigt. Allerdings verlautete weder, daß Saddam an einer dieser Feiern teilnehmen noch daß er sich in Tikrit aufhalten wird. Saddams Aufenthaltsorte sind vermutlich die am sorgfältigsten gehüteten Geheimnisse des Irak. Es wird nie angekündigt, wann und wo er erscheint. Möglich, daß diese Leute es auf gut Glück probieren, aber ich kann nur wiederholen, daß ich daran nicht glaube. Es wäre hochinteressant zu erfahren, wie sie an ihre Informationen gekommen sind.«

»Spielt das eine Rolle?« fragte Scowcroft. »Wenn wir wissen, daß sie an einem bestimmten Ort sind und diesmal auch dort bleiben, können wir doch eine weitere Missile abschießen.«

»Letztes Mal ist es fehlgeschlagen«, quäkte die näselnde Stimme von Douglas Longmire. »Zwölf Millionen Dollar vergeu –«

»Nichts ist fehlgeschlagen, Sie Idiot«, knurrte General Burnside. »Alle vier Raketen haben getroffen, sind genau zum geplanten Zeitpunkt explodiert. Das Gebäude wurde zerstört. Es bestand immer die Möglichkeit, daß die Männer verschwinden, bevor die Raketen eintreffen; das konnten wir nicht beeinflussen. Mr. Chairman« – er wandte sich an Scowcroft – »könnte ich darum bitten, daß das Finanzministerium nur qualifizierte Äußerungen zu Themen vorbringt, in denen es bewandert ist? Da Mr. Quäkmire hier«, er grinste sarkastisch, »zu qualifizierten Äußerungen außerstande und in gar nichts bewandert ist, können wir vielleicht darauf hoffen, daß er langfristig den Mund hält.« Burnside warf Longmire einen süffisanten Blick zu. Dem Stellvertretenden Finanzminister blieb vor Empörung der Mund offenstehen, aber als er den vernichtenden Zug um die Mundwinkel des Generals wahrnahm, sank er stumm in sich zusammen.

Martin Faga und Robert Gates verkniffen sich ihr Grinsen, so gut es ging. Brent Scowcroft setzte mit ermüdetem Gesichtsausdruck zum Eingreifen ein. »Ein –«

»Darf ich, Mr. Chairman?« Faga unterbrach Scowcroft, bevor dieser sich äußern konnte. »Ich habe die Möglichkeit eines weiteren Raketenangriffs erwogen. Um es deutlich zu sagen, ich glaube, daß es dafür zu spät ist. Wenn wir mit unseren Annahmen richtig liegen und Tikrit der Ort des Attentats sein wird, ist es unwahrscheinlich, daß diese Männer bis übermorgen bei den Fahrzeugen bleiben.« Faga sah, daß General Burnside zustimmend nickte. »Die Attentäter«, fuhr er fort, »begeben sich jetzt wahrscheinlich in Position. Die Fahrzeuge brauchen sie nicht. Menschen können wir per Satellit nicht überwachen. Ein Raketenangriff würde die Fahrzeuge zerstören, nicht aber das Attentat verhindern. Wir haben es mit äußerst entschlossenen Männern zu tun. Die einzige Möglichkeit, sie von ihrem Vorhaben abzuhalten, ist, sie vor Ort festzunehmen. Nun wissen wir, daß einer von ihnen, nämlich der Pilot, Amerikaner ist. Wer sagt uns, daß nicht weitere Amerikaner an der Aktion beteiligt sind? Und können Sie sich vorstellen, was es zur Folge hätte, wenn sie festgenommen und den irakischen Fernsehkameras vorgeführt werden?«

Scowcroft brauchte nicht lange, um sich die grauenvollen Propagandaeffekte vorzustellen. Schockiert starrte er den DNRO an, der seine bedrohliche Frage erst einmal wirken ließ. Einige Momente lang sagte keiner etwas. Burnside brach das Schweigen. Er sprach ruhig und leise. »Mr. Faga hat natürlich recht. Das Team, das das Attentat verübt, wird sich längst von den Autos entfernt haben. Im Irak ist es jetzt früher Morgen; sie werden sich auf Position für morgen begeben haben. Jemand wird bei den Wagen geblieben sein. Es sei denn«, fügte er hinzu, »sie brauchen sie nicht mehr und planen, anders zu entkommen.«

»Das klingt einleuchtend«, sagte Scowcroft düster. »Was soll ich also dem Präsidenten mitteilen?«

»Ich meine«, sagte Faga, »daß der Präsident im Augenblick nur darauf hoffen kann, daß das Attentat aus irgendeinem Grund fehlschlägt und den Attentätern danach die Flucht gelingt.«

»Also zurück nach Saudi-Arabien«, sagte Gates, »wo wir sie uns schnappen können.«

59

Sie beendeten die Arbeit an ihrem ersten Versteck, während es noch dunkel war. Erst als Howard sich überzeugt hatte, daß es perfekt war, wandten sie sich weiter oben dem Abhang der zweiten Stellung zu; Howard und MacDonald machten sich an die Arbeit, und Ziegler zog los, um die Anemometer aufzustellen.

Eine Stunde später kehrte er zurück; für zwei der drei Geräte hatte er passende Positionen in vierhundertfünfzig und achthundert Meter Entfernung von dem vorderen Versteck gefunden. Das erste der kleinen Geräte hatte er auf einem Ast in einem großen, kahlen Dornenbusch befestigt, und das zweite hatte er auf einem Strommasten unweit der Arena angebracht. »Scheißdornen«, murrte Ziegler und nahm sich einen Spaten, um den anderen zur Hand zu gehen. »Bin völlig zerkratzt. Tut mir leid, Danny, aber ich hab keinen Platz für das dritte Anemometer gefunden. Hat wenig Sinn, es einfach auf den Boden zu stellen, wo jemand drüberstolpern könnte.«

»Stimmt«, sagte MacDonald, »und wenn es auf dem Boden steht, ist die Messung der Windgeschwindigkeit sowieso nicht einwandfrei. Dann müssen wir eben mit den zweien auskommen.«

Als sie die zweite Grube ausgehoben, abgedeckt und mit Gestrüpp getarnt hatten, zeigten sich am Himmel die ersten Spuren von Helligkeit. Sie verwischten alle Spuren und gingen den Abhang zu dem vorderen Versteck hinunter.

MacDonald schwor, daß er es nicht gefunden hätte, wenn sie den Einstieg nicht mit der kleinen Beta-Lampe markiert hätten. Die Grube war unsichtbar. Den Aushub, den sie auf die Plane geworfen hatten, hatten sie nach und nach weggetragen und in dichtes Dornengestrüpp geschüttet, wo er niemandem auffallen würde; mit dem Rest tarnten sie die Abdeckung des Verstecks. Sie hatten die Abdeckung getestet, indem sie darauf herumgelaufen waren; sie war so fest wie der Boden. Dann hatten sie die Tarnung mit Gestrüpp und ausgerissenen Dornenbüschen vervollständigt.

Ziegler wartete draußen, während Howard und MacDonald hineinkrochen; er tilgte sorgfältig sämtliche Spuren. Schließlich steckte er die Lampe in die Tasche, kroch selbst hinein, zog die Luke hinter sich zu und griff durch einen Schlitz nach draußen, um die Abdrücke zu verwischen, die sie auf der dünnen, sandigen Erde hinterlassen hatten. MacDonald gestand sich ein, daß er müde war. Er hatte hart gearbeitet, sicher, aber das tat er schon sein Leben lang. Die Müdigkeit kam von der Anspannung. Als die ersten

Lichtstrahlen durch die Sichtschlitze in die Höhle drangen, legte er sich hin. Er mußte sich im Geiste kneifen, um sich klarzumachen, daß das alles Wirklichkeit war, daß sie so weit in Feindesland vorgedrungen waren. Begann sich jetzt die psychische Belastung bemerkbar zu machen? Er zwang sich selbst, seine Gedanken zu analysieren. Ja, natürlich hatte er Angst. Andererseits, sagte er sich, war es absolut normal, daß man es angesichts des Bevorstehenden mit der Angst zu tun bekam. Das Unternehmen hatte eine Eigendynamik entwickelt, die ihm sämtliche Macht aus den Händen nahm. Er fragte sich, ob die anderen auch so empfanden.

Er warf einen Blick auf seine beiden Partner. Ziegler schlief bereits. Wie konnte der Mann in einer solchen Situation so entspannt sein? MacDonald war sicher, daß er jetzt kein Auge zutun würde, auch wenn er die Müdigkeit spürte. Howard lag regungslos neben ihm auf dem Bauch und beobachtete durch einen der Schlitze die Arena. Er hatte die erste Wache übernommen; jede Minute drehte er sich so, daß er auch durch die hinteren und die seitlichen Schlitze sehen und jede Richtung beobachten konnte. Sein Gesicht wirkte gespenstisch unter der Tarnfarbe: Es war mit braunen und schwarzen Streifen beschmiert, und seine Augen glitzerten im schwach hereindringenden Morgenlicht. Eine dunkelgrüne *shemagh* bedeckte seinen Kopf und Hals. MacDonald wußte, daß er selbst nicht weniger seltsam aussah.

»Versuch ein bißchen zu schlafen, Danny«, flüsterte Howard, ohne den Kopf zu wenden. »Später wird es zu heiß. Wenn die Sonne rauskommt, ist es hier wie im Backofen.«

»Ich werd's versuchen.« MacDonald starrte an die Decke, die sich wenige Zentimeter über seinem Gesicht befand. Gute Idee, die Krankentragen dafür einzusetzen, dachte er. Es war ein mühseliges Unterfangen gewesen, die stabilen Stahl- und Aluminiumstangen und die zerlegten Rollgestelle der Tragen zu transportieren. Jetzt bildeten sie ein stabiles Gitter, über dem eine schwere Plastikplane lag; eine dreißig Zentimeter dicke Erdschicht bedeckte das Ganze und bildete die Abdeckung des Verstecks.

Doch die Tragen waren bei weitem nicht die sperrigsten Gegenstände in den Rucksäcken gewesen. Über den schwersten Teil hatte MacDonald sich gewundert: fünfundvierzig Liter Wasser. Ein Gewicht von fünfundvierzig Kilo – mehr als ein Viertel des Gesamtgewichts, das sie zu tragen hatten. Aber Howard und Ziegler hatten darauf bestanden. »Normalerweise kommt man mit einem Liter oder einem halben pro Tag aus, wenn man sich nicht bewegt«, erklärte Howard. »Aber wenn man bei Hitze nicht mehr trinkt, fängt man an auszutrocknen. Je nach Aktivität braucht man bei diesen Temperaturen vier Liter täglich. Wenn es sehr heiß ist und man sich viel bewegt, noch mehr. Wenn es Probleme gibt und wir hier nicht wegkommen, sind wir zwei bis drei Tage oder länger auf unsere Vorräte angewiesen.«

Die Lebensmittel – die sie kalt essen mußten, da Kochen nicht möglich war – hatten vergleichsweise wenig Raum eingenommen und wogen weit weniger als das Wasser. Dann hatten sie die drei AK-Gewehre und Munition sowie ein paar Granaten für jeden – MacDonald hoffte inständig, daß sie keinen Gebrauch davon machen mußten – und den Rest der Ausrüstung geschleppt: den Entfernungsmesser, die Anemometer, den kleinen Computer mit Ersatzbatterien, die 35-mm-Kamera mit Motorantrieb ... und natürlich das große Gewehr. MacDonald spürte das gepolsterte Futteral neben sich. In seiner Brusttasche steckte das flache Etui mit zehn Schuß Munition. »Auf dem Rückweg hast du's leichter, Danny«, hatte Usher gewitzelt, »da hast du nur noch neun Schuß.«

MacDonald lächelte, als er daran dachte. Was hatte Bob sonst noch gesagt? Bleib bei Laune. Das war wichtig. Mach dir einen Spaß aus der ganzen Sache, hatte er gesagt. Nimm's nicht zu ernst – sieh alles von der komischen Seite; nur so überlebt man. Bob hatte recht. Humor, sogar schwarzer, war das beste Mittel gegen Angst. MacDonald dachte, daß er das jetzt begriffen hatte. Er begann sich zu entspannen; zwanzig Minuten später war er eingeschlafen.

»Oh, guten Tag, Sir; ich hatte Sie noch nicht zurückerwartet.« Detective Inspector Juliet Shelley blickte erstaunt auf, als Hughie Carter hereinkam. Er sah erschöpft, aufgelöst und erbittert aus.

»Im Moment kann ich nicht mehr viel tun«, sagte der Detective Superintendent und gähnte. »Vierundzwanzig Stunden Arbeit für die Katz. Aussichtsloses Unterfangen, wenn Sie mich fragen. Am liebsten würd ich 's hinschmeißen. Wie läuft's hier?«

»Oh, alles ruhig. Keine Probleme.« Sie zögerte, suchte die richtigen Worte. »Sir«, fuhr sie fort, »Sie sehen müde aus. Wollen Sie nicht heimfahren und sich ein bißchen ausruhen? Ich komme hier gut zurecht.«

»Geht nicht«, sagte Carter knapp. »Ich muß auf Abruf hierbleiben, falls sich was ergeben sollte. Aber vielleicht hau ich mich 'ne Weile nebenan auf die Couch«, räumte er ein. »Rufen Sie mich, wenn einer was will, ja?«

»Ich hole Ihnen eine Tasse Kaffee, Sir«, sagte Juliet entschieden und stand auf. »Möchten Sie noch etwas anderes?«

»Danke, nein. Höchstens ein Brötchen oder so was.«

Juliet ging hinaus. *Ein Brötchen, so so,* dachte sie ärgerlich auf dem Weg zur Kantine. *Der Mann hat wahrscheinlich seit vierundzwanzig Stunden nichts gegessen.* Sie marschierte in die Kantine und gab eine Bestellung auf.

Fünf Minuten später erschien sie mit einem Tablett in Carters Büro. Der Detective Superintendent saß auf der Couch und band seine Schuhe auf. Er sah verblüfft aus, als sie einen kleinen Tisch heranzog und das Tablett vor ihn stellte. »Herrje, Juliet, ich...«

»Kommen Sie schon, Sir. Sie sehen aus, als könnten Sie's brauchen.«

Carter ließ den Blick über den Teller mit Schinken, Spiegeleiern, Würstchen und Tomate gleiten, dann sah er wieder zu Juliet Shelley auf, die mit strengem Gesichtsausdruck vor ihm stand. Plötzlich spürte er, daß er Hunger hatte. Er fing an zu essen und bedeutete Juliet, daß sie sich auf den Stuhl gegenüber setzen sollte. Zwischen den Bissen berichtete er Juliet, wie er in den letzten vierundzwanzig Stunden geschuftet hatte. »Und nicht eine verdammte Spur, ob Sie's glauben oder nicht. Nicht ein Anhaltspunkt, nicht das kleinste Stäubchen. War alles totale Zeitverschwendung.«

»Wieso sind denn alle so aufgeregt?« fragte Juliet neugierig.

»Terroristische Vereinigung, haben sie uns gesagt«, sagte Carter mit vollem Mund. Er schnaubte. »Ha. Terroristische Vereinigung, von wegen. Was sollen denn das für Terroristen sein, die die Operation hier vorbereiten und dann in den Nahen Osten verschwinden? Sollte doch umgekehrt sein, wie? Jedenfalls seh ich nicht ein, was uns das kümmert, wenn sie dem saudischen König den Palast hochjagen. Sollen doch die Araber mal den Arsch hochkriegen«, schimpfte er und fuchtelte mit dem Messer herum. Er kaute, trank einen Schluck Kaffee und wandte seine Aufmerksamkeit wieder dem Teller zu.

»Saudi-Arabien?« fragte Juliet verwirrt. Unruhe erfaßte sie. Johnny war dort. Sie hoffte, daß es ihm gutging, daß er nicht in irgendein furchtbares religiöses Massaker oder so etwas geriet. »Warum denn ausgerechnet dort?«

»Was weiß ich?« sagte Carter und trank noch einen kräftigen Schluck Kaffee. »Wir wissen nur, daß zwei Männer, die sich als Bauarbeiter ausgegeben haben, dort am 8. April aufgetaucht sind. Ein Engländer, ein Südafrikaner. Und ein amerikanischer Pilot gehört noch dazu und ein paar Kerle, die sich sage und schreibe in einem Transportcontainer reingeschmuggelt haben. Sie haben von Swindon aus gearbeitet ...«

Juliet hörte nicht mehr zu. Ihre Gedanken rasten. *Das Datum – der 8. April. Ein Engländer und andere. Johnny war am 7. April abgereist – er mußte morgens am 8. April angekommen sein ...*

Carter redete weiter. »Jedenfalls, ich hab keinen Schimmer. Es ist total undurchsichtig. Man kann bloß raten.«

Juliet dachte angestrengt nach. Sie versuchte sich an Ungereimtheiten, Verdachtsmomente zu erinnern. Aber dann sagte sie sich, daß ihr plötzliches Mißtrauen albern war. Gut, Johnny hatte nicht viel von seiner Arbeit erzählt, aber der Gedanke, daß er in etwas Kriminelles verwickelt war ... Und *Terrorismus*? Nie und nimmer! Sie zwang sich, ruhig zu sprechen. »Sie sagten, sie hätten ihre Basis hier sauber hinterlassen – keinerlei Spuren?«

»Blitzblank. Keine Flecken, keine Haare, keine Fasern – nichts. Nur ein Farbklecks auf dem Boden.«

»Farbe?« Juliet kam es vor, als hätte sich ihr Magen in einen Bleiklumpen verwandelt.

»Ja. Muß von ihnen sein – sie waren schließlich die ersten Mieter. Die Farbe paßt wahrscheinlich zu dem Container.«

»Wie meinen Sie das?« fragte sie kaum hörbar.

»Der Transportcontainer, in dem sie sich in Saudi-Arabien eingeschmuggelt haben«, sagte Carter zwischen zwei Bissen. »Haben scheinbar einen zweiten Ausgang reingesägt und den getarnt. Die Ritzen übermalt, wissen Sie. Mit gelber Farbe – bin sicher, es ist dieselbe, wenn wir die Proben kriegen.«

Vor Juliets Augen schien alles zu verschwimmen. Sie krallte sich an die Lehnen des Stuhls und starrte auf das schüttere rote Haar auf Carters Kopf, als dieser sich über seinen Teller beugte. Sie gab sich einen Ruck, stand auf, schwankte einen Moment. »Entschuldigen Sie mich, Sir«, sagte sie. Ihre Stimme klang gepreßt und fremd; in ihren Ohren rauschte es, und es kam ihr vor, als würde sie gleich in Ohnmacht fallen. »Ich muß noch etwas fertig machen.« Sie wandte sich um, hielt sich noch einen Moment am Stuhl fest und schob sich dann zur Tür, die sich in ewiger Ferne zu befinden schien, am Ende eines langen dunklen Tunnels.

Sie packte den Türknauf und drehte ihn; sie war nebenan. Sie hörte Carter kaum mehr, als er ihr hinterherrief: »Vielen Dank fürs Frühstück, Juliet. Bin Ihnen was schuldig.«

Juliet schleppte sich zu ihrem Schreibtisch und sank auf ihren Stuhl. Mit leerem Blick stierte sie auf die Wand gegenüber. *Gelbe Farbe*, dachte sie wie betäubt. *Dieser Fleck auf Johnnys Jeans in der Reinigung. Der nicht rausging. Das war gelbe Farbe.*

»Mr. President, ich habe jetzt die Verbindung zu Premierminister Major.«

»Danke.« George Bush dachte einen Augenblick nach, dann nahm er den Hörer ab. »John? Hier spricht George. Wie geht es Ihnen?«

»Sehr gut, danke, George. Und wie geht es Ihnen?«

»Gut«, sagte der Präsident, »gut. Äh, hören Sie, John, wir haben hier ein ernsthaftes Problem mit dieser Irak-Sache, äh, diesen Leuten, die Saddam umbringen wollen. Haben Ihre Leute Sie darüber unterrichtet?«

»Allerdings. Das könnte ziemlich unangenehm werden.«

Ziemlich unangenehm, dachte der Präsident. *So kann man's auch sehen. Eine verfluchte Katastrophe ist es.* »Ja. Wie Sie sagen, unangenehm. Sehen Sie, meine Leute hier sagen, daß wir nichts tun können, um sie aufzuhalten. Wir haben keinen Zugriff auf sie. Wir können nur auf zweierlei hoffen: Erstens, daß es schiefgeht, und zweitens, daß Ihre Leute etwas aus dem Chef dieser Firma herausbekommen. Daß sie ihn dazu bringen, die Sache abzublasen. Ist ihnen das geglückt?«

»Sir Peter Dartington? Man hat ihn verhört. Es sieht so aus, als wäre er vollkommen unschuldig. Er ist ein unbescholtener Geschäftsmann.«

Du meine Güte, dachte der Präsident. *Als hätte er damit lebenslang die weiße Weste übergezogen.* »Sicher, John. Aber haben Ihre Leute, äh, ihn ein bißchen in die Zange genommen? Ihm ein bißchen Druck gemacht? Sie wissen, was ich meine.«

Major sagte mit Nachdruck: »Nein, das war leider nicht möglich. Es würde einen Skandal verursachen.«

»Herrgott, ein Skandal ist ein schlechter Witz gegen das, was wir zu erwarten haben, wenn die wirklich Saddam umbringen!« gab der Präsident scharf zurück. *Diese verdammte britische Contenance,* dachte er.

»Ich verstehe, daß das alles frustrierend für Sie ist, George. Aber ich möchte noch einmal auf den anderen Punkt zurückkommen – die Erfolgswahrscheinlichkeit des Unternehmens. Zunächst müssen wir davon ausgehen, daß diese Leute Profis sind. Bis jetzt haben sie keinerlei Hinweise auf ihre Identität hinterlassen. Sehen wir mal von dem Piloten ab, über den Sie ja informiert sind. Die Polizei vertritt die Ansicht, daß diese Leute äußerst fähig sind und diese Operation minutiös geplant haben. Sie wissen, was das heißt – daß die Aktion unter Umständen durchaus erfolgreich verlaufen könnte.«

Der britische Premier hatte dem Präsidenten den gewünschten Einstieg geliefert. »Nun, John«, sagte er, »uns verblüfft vor allem, daß diese Burschen so sicher zu sein scheinen, daß Saddam morgen in Tikrit auftauchen wird. Wir haben keine Ahnung, wie sie an diese Information gekommen sind.« Der Präsident legte eine, wie er hoffte, beziehungsvolle Sprechpause ein, dann fuhr er fort. »Hier weiß niemand etwas über seine Vorhaben, weder bei der CIA noch im Außenministerium. Ich habe das überprüft.« Er hielt wieder inne, fügte schließlich bedächtig hinzu: »Kann von Ihren Sicherheitsleuten jemand bestätigen, daß er sich dort aufhalten wird?«

»Soweit ich weiß, verfügt niemand über irgendwelche Informationen, was Saddams Pläne betrifft.«

Der Präsident dachte, daß das die falsche Frage gewesen war. Zögernd beschloß er, daß er den Premierminister noch weiter bearbeiten mußte. »Nun, John, es stellt sich die Frage, was wir zur Schadensbegrenzung unternehmen wollen. Wir werden ziemlich schlecht aussehen, wenn sie von den Irakern geschnappt werden. Ein US-Bürger scheint an der Sache beteiligt zu sein, und auch mindestens einer, äh, von Ihren Leuten.« Der Präsident sprach die beiden letzten Worte mit leichtem, aber unüberhörbarem Nachdruck aus.

Dieses Mal klappte es. Der Premierminister antwortete sofort, und er klang leicht gereizt. »Es mögen britische Bürger in die Angelegenheit verwickelt sein, George, aber ich kann Ihnen versichern, daß es sich nicht um ›unsere Leute‹ handelt. Wer diese Männer auch sein mögen, sie arbeiten jedenfalls nicht für die Regierung Ihrer Majestät, falls Sie darauf anspielen wollten. Es wäre mir daran gelegen, daß das ganz klar ist.«

»Das wollte ich selbstverständlich nicht andeuten, John«, antwortete der Präsident versöhnlich. »Ich kann Ihnen jedenfalls hundertprozentig versichern, daß die Vereinigten Staaten mit diesem Attentatsversuch nichts zu tun haben.«

Am anderen Ende herrschte einen Moment Stille. *So*, dachte John Major, *deshalb also der Anruf. Der Präsident glaubt, daß die britische Regierung daran beteiligt ist, und er will das bestätigt oder dementiert haben.* Er dachte ein paar Sekunden angestrengt nach, dann sagte er: »Und ich kann Ihnen ebenso eindeutig versichern, George, daß diese Männer nicht im Auftrag der britischen Regierung handeln, weder offiziell noch inoffiziell.«

Der Präsident war einen Moment unentschlossen. Der britische Premierminister hatte ihm sein Wort gegeben. »Nun, John, man fragt sich eben, wer diese Leute sind. Wir haben hier auch die Möglichkeit diskutiert, daß es sich um eine südafrikanische Operation handelt, da ein südafrikanischer Bürger an der Aktion beteiligt ist. Aber wir sehen keinen Sinn darin. Warum sollten sie das Risiko eingehen, die Sache von England aus zu organisieren, wo sie das Ganze von zu Hause aus viel leichter angehen könnten? Außerdem haben sie kein spezielles Interesse an Saddam, soweit wir wissen. Die andere Möglichkeit wäre Israel, aber wir haben, äh, Kontakte zu den Israelis, und wir hätten davon gehört. Und hier stellt sich ebenfalls die Frage, warum die Israelis das Ganze von England aus aufziehen sollten. Wir wissen einfach nicht, wer hinter der Sache stecken könnte. Haben Sie eine Idee?«

Er stellt mir schon wieder eine Falle, dachte der Premierminister. »Ich fürchte, nein, George«, sagte er mit ausdrucksloser Stimme. »Wir wissen nicht, wer es sein könnte.«

Der Präsident war am Ende seiner Möglichkeiten. Er beschloß, daß es an der Zeit war, die Unterhaltung etwas lockerer zu gestalten. »Tja, John, im Augenblick können wir offenbar nicht mehr viel tun. Da fällt mir ein, daß wir uns seit dem 9. noch nicht gesprochen haben. Herzlichen Glückwunsch. Haben Sie mein Telegramm bekommen?«

»Ja, besten Dank. Das war sehr freundlich. Es war ein erfreuliches Ergebnis, muß ich sagen.«

Das klang schon besser, dachte der Präsident. *Der Premierminister hörte sich wesentlich entspannter an.* »Nun, John, Sie können mir glauben, daß ich Sie beneide. Sie haben für die nächsten fünf Jahre ausgesorgt, während ich hier jede Menge Probleme habe. Ich wünschte, ich hätte die Wahl schon hinter mir. Zur Zeit macht mir die Opposition ziemlich Druck. Vielleicht können Sie mir sogar ein paar Tips geben. Sie haben das wirklich mit Stil durchgezogen.«

Der Premierminister war eindeutig hocherfreut und geschmeichelt. »Das ist sehr nett von Ihnen, George. Es hat sich alles sehr positiv entwickelt für uns. In Maastricht ist man auf unsere Forderungen eingegangen, und die Europäische Gemeinschaft marschiert in die richtige Richtung. Die Aussichten sind gut. Aber ich bin sicher, daß sich auch für Sie alles zum Guten wenden wird. Zu Ihrer Beruhigung: Meiner Erfahrung nach bekommen die Kandidaten der Opposition mehr Aufmerksamkeit als Stimmen. Jedenfalls wünsche ich Ihnen durchschlagenden Erfolg, was den Herbst angeht.«

»Danke, John. Wir sprechen uns bald wieder.«

George Bush legte auf und ließ sich die wesentlichen Punkte der Unterhaltung durch den Kopf gehen. *Major war nicht leicht zu durchschauen,* dachte er. *Er schien aufrichtig zu sein, aber man konnte nie wissen. Hatte er die Wahrheit gesagt?*

Der Präsident der Vereinigten Staaten seufzte und kam zu dem Schluß, daß dem so gewesen war.

MacDonald erwachte, als es leise neben ihm zischte. Er schrak zusammen und wollte sich aufsetzen, aber dann fiel ihm ein, wo er sich befand. Er wandte den Kopf und sah, daß Ziegler mit einer Schleuder in der Hand neben den seitlichen Sichtschlitzen hockte. Er hörte ein Meckern, dann hoppelte etwas davon.

»Verfluchte Ziegen«, murmelte der Amerikaner.

Die Luft in dem Unterschlupf war stickig. Die Sichtschlitze stellten die einzige Form von Belüftung dar. Howard war noch wach und hatte seine Stellung nicht verändert. MacDonald warf einen Blick auf seine Armbanduhr. Er hatte fünf Stunden geschlafen; es war beinahe Mittag. Ziegler reichte ihm eine Plastikflasche. »Danke, Mike«, flüsterte der Jäger, zog den Stöpsel heraus und trank einen Schluck von dem lauwarmen Wasser. Es schmeckte nach Plastik. »Was ist los mit den Ziegen?«

»Die verfluchten Viecher grasen hier auf dem Grat. 'ne ganze

Herde, und ich würde mich nicht wundern, wenn sich irgendwo auch ein Ziegenhirt rumtreibt. Ich hab's ihnen mit der Schleuder gegeben. Die kommen so schnell nicht wieder.«

Er lud erneut Schrot in die Schleuder, zog den Gummiriemen zurück und zielte. Er ließ los, und wieder war ein Meckern zu hören. MacDonald sah eine magere Ziege einen Luftsprung machen. Sie entfernte sich und begann wieder zu grasen.

»Danny?« flüsterte Howard. »Ich glaube, wir können darauf vertrauen, daß Mike uns vor den mörderischen Killerziegen beschützt.« Er grinste und deutete auf den vorderen Sichtschlitz. »Da drüben tut sich was.«

MacDonald rollte sich auf den Bauch und sah durch den Schlitz zu der Arena hinunter. Dort schien etwas in Bewegung zu geraten; er griff zu seinem Fernglas und prüfte die Lage.

Überall in der großen Arena waren Männer zugange, die Fahnenstangen aufstellten und Fähnchen aufhängten. An allen Wänden der Gebäude hingen riesige irakische Flaggen. In der Mitte der Arena standen einige schwere Lastwagen, und Arbeiter entluden kürzere Stangen und verteilten sie auf dem Gelände.

»Wozu sind diese kürzeren Stangen?« fragte MacDonald.

»Ich nehme an, das sind Markierungspfosten, entlang denen sich die Zuschauer morgen aufstellen müssen. Aber schau mal zu der Seite mit Saddams Bild hinüber. Hier – nimm das Beobachterfernrohr.«

MacDonald sah hindurch. Durch die sechzigfache Vergrößerung sah er die Szene ganz dicht vor sich. Direkt vor der Wand mit dem Bild wurden von einem Laster Teile einer Holzplattform abgeladen und aufgestellt. Ein Trupp Soldaten verband die Teile mit Bolzen; nach und nach nahm die Plattform Gestalt an. Dann sah MacDonald, wie weiße Gestänge herangetragen und in der Mitte der Plattform aufgebaut wurden. Als alles fertig war, schlugen die Männer an den Ecken Pfosten ein und verbanden sie mit einem dicken weißen Seil. Schließlich erschienen vier Soldaten mit einer kleinen Treppe und brachten sie an der Rückseite an.

MacDonald reichte das Fernrohr Howard, der die Szene auf

einen Blick erfaßte. »Volltreffer«, sagte er leise. »Eine Tribüne. Und genau an der richtigen Stelle. Wenn die Wand mit dem Bild zwölfhundert Meter entfernt ist, dürfte die Tribüne etwa bei zwölfhundertfünfzig stehen. Perfekt. Messen wir die genaue Entfernung.«

Es fiel MacDonald nicht leicht, den großen zylinderförmigen Entfernungsmesser an dem Sichtschlitz aufzubauen, aber nach zehn Minuten hatte er ihn fest auf das niedrige Dreibein montiert und konnte durch das Okular sehen. Er brachte das Schnittbild mit dem weißen Gestänge der Rednertribüne in Übereinstimmung, drehte am Regler und vereinte die zwei Bildhälften. Als er zufrieden war, las er die Entfernung auf der Anzeige ab. »Eintausendzweihundertzweiundvierzig Meter.«

Sie zerlegten den Entfernungsmesser und verstauten ihn wieder.

MacDonald griff nach dem kleinen tragbaren Computer und schaltete ihn ein. Er hatte sich in Badanah mit Unterstützung von Usher weiter mit dem Ballistikprogramm vertraut gemacht und beherrschte es inzwischen bis ins kleinste Detail.

»Okay, machen wir einen Probelauf«, sagte Howard. »Windgeschwindigkeit« – er sah auf die kleine elektronische Tafel neben sich – »ein Knoten, rechts-links. Luftdruck: neunhundertneunundachtzig Millibar. Luftfeuchtigkeit: achtzig Prozent. Lufttemperatur: 31 Grad.«

»Temperatur bitte in Fahrenheit«, sagte MacDonald und gab die anderen Daten ein.

»Pardon. Sechsundachtzig.«

MacDonald gab abschließend »SUM« ein. Einige Sekunden später tauchte das Ergebnis auf. Er las die Angaben für zwölfhundertvierzig Meter ab. »Wenn ich das Absehen so lasse wie bei zwölfhundert Metern, würde das Geschoß zweiundsiebzig Zentimeter tiefer und zwölf Zentimeter weiter links einschlagen. Ich muß das Absehen also um zehn Klicks nach oben und aufgrund der Windgeschwindigkeit um drei Klicks nach rechts verstellen.«

»Gut«, sagte Howard. »Stimmt das mit deinen Berechnungen überein?«

»Ich hab nur in Stufen von fünfundzwanzig Metern gerechnet, nicht fünfmeterweise wie der Computer.« MacDonald blätterte sein Notizbuch durch, bis er die Seite mit den entsprechenden Wetterkonditionen gefunden hatte. »Ja, die Zahlen stimmen. Es muß okay sein.«

»Dann sind wir jetzt ja wohl im Geschäft, Danny«, sagte Howard mit einem Grinsen.

Hinter ihm war wieder das Zischen der Schleuder zu vernehmen. »Verfluchte Ziegen«, grollte Ziegler.

60

Die schwarze Wut war wieder über ihn gekommen.

Je schlimmer die Wut wurde, desto mehr raste er; und je mehr er raste, desto schlimmer wurde die Wut. Es war ein Teufelskreis. Wenn er einen besonders schlimmen Anfall hatte, verlor er beinahe den Verstand und schlug auf alles und jeden in seiner Reichweite ein.

Der große Mann hatte sich gerade noch unter Kontrolle; bösartig flackerte sein Blick über die Speisen, die man auf dem langen Tisch vor ihm aufgetragen hatte, dann fixierte er den Diener, der starr vor Angst an der Wand stand. *Nichtsnutzige, erbärmliche Kreatur,* dachte er. *Alles Nichtsnutze!* Mörderischer Zorn explodierte in seinem Hirn, als ihn die Wut mit aller Macht packte und er die Speisen, das Geschirr, die Gläser und die Flaschen mit einer Armbewegung vom Tisch fegte. Das Klirren des Geschirrs verhallte, dann konzentrierten sich die kalten, dunklen Augen auf die Gestalt an der Wand. Das unergründliche Starren war lähmend; die Stimme war flach, eisig, tödlich. »Hinaus.«

Eine gepreßte, bebende Stimme antwortete. »Eure Exzellenz, soll ich das Geschirr . . .«

»HINAUS!« Der große Mann schlug mit der Faust auf den Tisch. Er erhob sich, knallrot im Gesicht, zitternd vor Erregung. Der verängstigte Diener ließ sich nicht weiter bitten. Mit einem verschreckten Wimmern huschte er hinaus und schloß die schwere Tür hinter sich.

Jetzt versetzte der große Mann seinem Stuhl einen heftigen Tritt, so daß er durch den Raum flog. Er wanderte herum wie ein Tier im Käfig. Er wußte, daß ihn die Wut immer beim selben Gedanken packte; immer dann, wenn er an diese Person dachte. Die Person, die ihn betrogen und belogen hatte. Der eine Ausländer, dem er vertraut hatte und den er für seine Demütigung verantwortlich machte.

Kelly. Der Verräter, der Blender Kelly. Allein der Name trieb den großen Mann zur Raserei. Er bleckte die Zähne und knurrte den Namen in den leeren Raum. Kelly! Er war Kellys Freund gewesen, hatte ihm und den Vereinigten Staaten die Treue gehalten. Aber eines Tages würde er Kelly zu fassen bekommen, und dann war er in seiner Gewalt, wie all die anderen. Dann würde er...

Der große Mann packte die Pistole an seiner Seite und zog sie aus dem Holster. Das Klicken des Verschlusses hallte von den Wänden wider, als er die Pistole entsicherte. Dann senkte er plötzlich die Waffe und schoß zweimal in den dicken Holzboden. Der Lärm war ohrenbetäubend. Eines der Geschosse prallte von der grauen Betonwand ab und durchschlug eine prachtvolle silberne Kaffeekanne am anderen Ende des Tisches. Sie kippte um. Der große Mann ignorierte es. Eine Kaffeelache bildete sich auf dem Tisch und tropfte zu Boden.

Keiner würde kommen, dachte er. Keiner würde es wagen. Nicht nach den Schüssen. Es würde sich rasch herumsprechen. Überall würden die Leute vor seiner Wut zittern, sich kleinmachen wie verschreckte Ratten angesichts der Vorstellung, daß er sie als nächstes rufen würde. *In Furcht und Schrecken...*

Gut, dachte der große Mann. Soll der Pöbel in Schrecken leben. Es würde sie im Zaum halten. Kelly würde man ihm schon bringen, wenn es soweit war. Für ihn würde es nicht die erlösende Kugel geben; endlose Schmerzen sollte er erdulden, einen langsamen Tod mit grausamen Qualen erleiden.

Nach den Schüssen fühlte er sich etwas besser. Abwesend warf er die leeren Patronenhülsen aus der Kammer aus, nahm zwei neue Patronen aus der Schublade und füllte das Magazin auf. Seine Gedanken schweiften ab. Morgen...

Morgen. Draußen, oben in den Straßen, mußte es jetzt dunkel sein. Morgen war ein wichtiger Tag. Sein Handeln war ihm durch die Umstände auferlegt worden. Auferlegt, dachte er wild. Es hatte nur zwei Möglichkeiten gegeben, entweder die Iraner oder die Syrer. Er haßte sie beide. Aber die Syrer haßte er mehr.

Ein Nichtangriffspakt. Es war ihm keine andere Möglichkeit geblieben. Die Wirtschaft befand sich in verheerendem Zustand. Er mußte mit einem von ihnen paktieren, bevor sie sich zusammentaten, um ihn zu erledigen. Der iranische Lakai würde morgen unterzeichnen. Der Mann würde von seiner Machtdemonstration beeindruckt sein, würde begreifen, was alles möglich war. Er würde unterzeichnen.

Aber weder dem Günstling noch den Herrschern in Teheran konnte man trauen. Niemals! Sie würden versuchen, ihn zu täuschen oder zu betrügen oder... Ja. Auch das war noch möglich. Es konnte auch einen Anschlag geben. Überall gab es Anschläge... Nun, er hatte seine Vorsichtsmaßnahmen für morgen bereits getroffen. Es war ganz einfach. Sollte jemand einen Anschlag wagen, würde er fehlschlagen wie all die anderen. Hielten die ihn für so dumm? Nun, sie würden merken, daß er es nicht war. Morgen würden sie es feststellen. Morgen...

Tief unten in seinem Bunkerlabyrinth unter den Straßen von Bagdad lief Saddam Hussein im Dunkeln auf und ab.

Die drei Männer waren erleichtert, als es in ihrem Versteck allmählich kühler wurde. Die frische Nachtluft sog die Hitze aus dem Boden, aus der Abdeckung des Verstecks. Die Temperatur wurde erträglicher. Howard ruhte sich nun auch aus, während Ziegler die Position neben MacDonald eingenommen hatte. Unten in der Stadt blieb es fast überall ruhig. Bei den Unterkünften der Soldaten, die in der Arena gearbeitet hatten, brannte vereinzelt Licht, außerdem waren ein paar kleine Feuer zu sehen. Das nächste befand sich sechshundert Meter weiter unten am Abhang.

Den ganzen Tag über hatte in der Arena rege Betriebsamkeit geherrscht. Menschenmassen hatten sich über den Weg unterhalb der Stromleitung geschoben, an dem Strommasten vorbei, auf dem das zweite Anemometer angebracht war. Die drei Männer hatten die Szenerie aufmerksam beobachtet; niemandem waren die drei kleinen rotierenden Halbschalen aufgefallen. Ziegler hatte sich unbesorgt gezeigt. »Normalerweise sehen die Leute nicht nach oben, Danny. Sie schauen geradeaus oder nach unten. Sie werden es nicht bemerken. Und falls doch, werden sie glauben, daß es dahingehört.« MacDonald fand das einleuchtend. Bei Rotwild war es genauso; die Tiere sahen auch eher einen Abhang hinunter. Wenn man sich auf einem Hügel über ihnen befand, war das Risiko, entdeckt zu werden, geringer.

Der Tag war von Anspannung geprägt gewesen. Danny hatte gemerkt, daß die anderen das ebenso empfanden, auch wenn sie die Zeit zwischen den Wachperioden zum Schlafen genutzt hatten. *Man lernte sich wirklich kennen*, dachte er, *wenn man unter derart primitiven Bedingungen auf so engem Raum zusammenlebte. Diese verschließbaren Plastiksäcke – ein Glück, daß sie die mitgebracht hatten. Einige von ihnen ruhten jetzt in einem tiefen Loch zu Howards Füßen. Ohne die Säcke wäre der Gestank …*

Doch der Tag war auch extrem langweilig gewesen. Sie hatten ihre Zeit mit Nichtstun verbracht, die Umgebung beobachtet, in der es nichts zu sehen gab, oder geschlafen. MacDonald hatte viel Geduld, aber langsam zerrte das tatenlose Verharren an seinen Nerven. Er fragte sich, wie seine beiden Partner damit zurechtkamen. Dieses Warten …

»Ssss.« Das leise Zischen von Ziegler versetzte Danny sofort in Alarmbereitschaft. Er drehte sich um. Der Amerikaner blickte angestrengt durch den linken Seitenschlitz, und MacDonald legte sich neben ihn und sah hinaus. Ziegler griff nach hinten und zog Howard leicht am Ohr. Der wurde sofort wach und griff nach seinem AK-Gewehr. Alle drei blickten durch den Schlitz.

Ein Trupp von zwölf Soldaten patrouillierte über den Grat in ihre Richtung. Mit der Nachtsichtbrille konnte MacDonald ihre Umrisse erkennen; sie waren circa vierhundert Meter entfernt. Als sie näherkamen, hörte er das Scharren ihrer Stiefel. In einer Entfernung von etwa zweihundertfünfzig Metern blieben sie stehen und berieten sich. Nach einer Weile marschierten die vorderen Männer aus dem Trupp weiter – den Abhang hinunter, direkt auf das Versteck zu. Vier waren zurückgeblieben.

Sie kamen näher. Fünfzig Meter, vierzig. Sie würden genau über das Versteck laufen. Sie würden es finden. MacDonald stockte der Atem, während er sein AK umklammerte. Howard hockte am Fluchtausgang, bereit zum Sprung. Zwanzig Meter, zehn...

Die acht Männer marschierten genau auf den seitlichen Sichtschlitz zu. Einer stieß an einen Stein, der durch den Schlitz rollte und auf MacDonalds Rucksack liegenblieb. Dann waren sie am Versteck vorbei. MacDonald sah, wie sie weiter den Abhang hinuntergingen, auf die Lager zu.

Eine halbe Stunde lang beobachteten sie die vier Männer auf dem Grat, deren Umrisse sich gegen den Nachthimmel abzeichneten. Ein Streichholz flammte auf, die Spitze einer Zigarette glühte in der Dunkelheit. Drei der Soldaten hatten sich gesetzt; der vierte spazierte eine Weile herum, hob Gestrüpp und Äste auf. Dann wieder die Flamme eines Streichholzes, und MacDonald sah, daß sie Feuer machten. Es warf seinen Schein auf die Gesichter der im Kreis sitzenden Männer.

Eine Stunde verging; drei von den Soldaten rollten Decken auf und legten sich schlafen. Der vierte blieb sitzen, bis das Feuer heruntergebrannt war; dann stand er auf und ging hin und her, um seine Glieder zu dehnen.

»Danny.« Howards Flüstern war kaum zu hören. »Du bleibst hier. Mike und ich sehen mal nach den Burschen.«

»Aber sie haben uns nicht bemerkt.«

»Nein, aber sie könnten morgen noch da sein. Und wenn du den Schuß abgibst und wir hier heraussteigen, bemerken sie uns mit Sicherheit.«

»Was ist, wenn sie vermißt werden? Oder wenn eine Ablösung kommt?«

»Das Risiko müssen wir eingehen. Wenn die irakische Armee auch nur halbwegs funktionieren würde, wäre das möglich; aber schau sie dir nur an. Das ist ein völlig chaotischer Haufen. Nein, ich glaube kaum, daß diese Truppe hier so schnell vermißt wird. Sie haben kein Funkgerät. Ich schätze, daß sie Befehl haben, hierzubleiben, bis die Sache morgen vorbei ist. Die wissen wahrscheinlich nicht mal, daß ihr großer Boß anrückt.«

MacDonald nickte unsicher, und die beiden brachen auf. Lautlos schob Ziegler die Luke auf und stieg hinaus, dann folgte Howard. MacDonald beobachtete sie, wie sie langsam den Abhang hinaufkrochen. Schon nach zehn Minuten verlor er sie trotz der Nachtsichtbrille im Gestrüpp aus den Augen.

Eine halbe Stunde beobachtete MacDonald unruhig die Wache auf dem Grat. Alle paar Minuten ging der Mann zum Feuer zurück, schürte es, setzte sich eine Weile daneben, stand dann wieder auf und ging hin und her.

Plötzlich schien sich hinter ihm ein Schatten zu erheben, und MacDonald sah, wie er lautlos zu Boden ging. Die drei schlafenden Soldaten rührten sich nicht. Dann, kaum eine Minute später, glaubte MacDonald ein leichtes Zucken zu sehen. Danach geschah nichts mehr. Keine Geräusche, kaum Bewegung. MacDonald hatte erwartet, das leise Husten des AK zu hören.

Sein Herz klopfte. Was war los? Er fühlte sich plötzlich schutzlos, so einsam und verloren wie in dem Schlauchboot auf dem Roten Meer. Was, wenn Ed oder Mike verletzt oder tot waren? Oder gar beide? Wie sollte er es allein schaffen? Die Zeit schleppte sich dahin. Eine Viertelstunde. Zwanzig Minuten. Dreißig. Vierzig. Es mußte etwas schiefgelaufen sein! Warum kamen sie nicht zurück? Warum –

»Danny.« MacDonald fuhr herum. Zehn Meter weiter tauchte Ziegler aus dem Gebüsch auf und näherte sich. Hinter ihm war Howard. Innerhalb von Sekunden verwischten sie ihre Spuren rund um das Versteck und kletterten hinein.

»Was ist passiert?« flüsterte MacDonald heiser.

»Wir haben uns ihrer angenommen«, sagte Howard knapp.

MacDonald sah auf das große Fahrtenmesser, das in Howards Gürtel steckte. »Warum hat es so lange gedauert?«

»Wir mußten danach ein bißchen aufräumen«, erklärte Ziegler ruhig. »Wir konnten sie schließlich nicht einfach da rumliegen lassen, oder?«

»Wo habt ihr die Leichen hingeschafft?«

»Nun«, sagte Ziegler, »sagen wir mal so: Ich hoffe, daß wir nicht unsere Pläne ändern und Gebrauch von dem anderen Unterschlupf machen müssen. Da drin ist es jetzt etwas eng, und wenn die Sonne erst mal raus ist, könnten sich allerhand Gerüche entfalten.«

»Nun«, sagte MacDonald mit gezwungenem Grinsen, »da bin ich ja froh, daß die ganze Graberei nicht für die Katz war.«

Ziegler warf MacDonald einen seltsamen Blick zu, dann wandte er sich an Howard. »Ed? Weißt du was?«

»Was?«

»Ich glaube, wir schaffen es doch noch, einen Soldaten aus diesem Schotten zu machen«, sagte Ziegler.

»So was dachte ich auch gerade, Mike«, sagte Howard.

61

»Von der JSTARS wird starker Verkehr Richtung Tikrit durchgegeben, Walter.«

»Nach was sieht es aus?« Das Walroß marschierte zu Kearwins Tisch hinüber und sah auf den großen Bildschirm.

»Vor allem nach Lkws, und das geht jetzt schon seit über einer Stunde so. Also seit... 7 Uhr irakischer Zeit. Keine Panzer. Ich nehme an, Soldaten. Vielleicht nehmen sie an der großen Parade teil. Sagen Sie«, Kearwin schweifte ab, »stimmt es, daß heute Saddams Geburtstag ist?«

»Soweit ich weiß, ja, John. Wie steht's mit den neuesten Berichten?«

»Hier oben, im Norden. Auf diesem Flugplatz. Der Luftwaffenstützpunkt Sahra/Tikrit Nord. Die AWACS hat in der letzten Stunde regen Hubschrauberverkehr gemeldet, aber seit einer halben Stunde ist es ruhig. Dann kam vor zwanzig Minuten ein Helikopter von Süden rein. Allein. Der steht immer noch auf dem Flugplatz. Und es gab einen großen Panzerkonvoi. Kurz nachdem der Hubschrauber gelandet ist, hat sich der Konvoi Richtung Süden bewegt, auf die Stadt zu. Sehen Sie?«

Das Walroß starrte auf den Bildschirm. Es war schwer, das Bild zu deuten, aber Kearwin erläuterte ihm mit knappen Worten, was Sache war. Das Walroß nickte und sagte sich, daß um ein Uhr morgens nicht mehr Konzentration von ihm verlangt werden konnte.

»Hier nähert sich auf der großen Straße von Süden eine zweite kleine Gruppe von Fahrzeugen – Panzerfahrzeuge und Pkws«, sagte Kearwin. »Sie scheinen sich alle in der Stadt zu versammeln. Glauben Sie, daß etwas passieren wird?«

»Ich weiß nicht, John, aber es sieht so aus. Wissen wir, was für Panzer das sind?«

»Die schweren von Norden her, das sind MBTs. Main Battle Tanks. T-54/55er, T-62er, wissen Sie. Vielleicht sogar T-72er. Die leichteren aus südlicher Richtung sind vermutlich Panzerfahrzeuge und einige Jeeps und Pkws.«

»Okay. Ab jetzt möchte ich, daß jeder Keyhole-Satellit dort einen ›Sprung‹ macht. Wir müssen an der Sache dranbleiben. Und von jedem Flug will ich einen Ausdruck, klar?«

»Aber sicher«, sagte Kearwin. »Wissen Sie, Walter, wir wüßten sehr viel mehr, wenn wir auch noch Aufnahmen von einer TR-1 kriegen könnten.«

»Keine Chance. Ich habe es zur Sprache gebracht. Die Burschen von der Air Force waren der Meinung, ich hätte sie nicht mehr alle. Sie wollen nicht, daß das verdammte Ding abgeschossen wird, und das kann ich sogar verstehen. Erinnern Sie sich an diese Berichte über die Aufstellung der SA-4-Startgeräte? Eines davon soll genau hier stehen, an der Straße zwischen Tikrit und Samarra. Eine SA-4-Flugabwehrrakete könnte eine TR-1 leicht runterholen. Ich schätze, das müssen wir vergessen.«

Kearwin fing an, die Befehle für die Niedrigflüge der Keyhole-Satelliten einzugeben, behielt dabei aber den Hauptbildschirm im Auge. Zehn Minuten später rief er das Walroß wieder herbei. »Die Panzer scheinen sich alle hier bei diesem offenen Gelände am Stadtrand zu versammeln«, berichtete er aufgeregt.

Das Walroß sagte nichts. Er starrte wie gebannt auf den Bildschirm. Hinter ihm versammelten sich andere Analytiker. Als die Fahrzeuge sich alle an einer Stelle gruppierten, wurde das Radarbild immer unübersichtlicher. Niemand sprach ein Wort.

»Hey!« rief Kearwin plötzlich aus, und seine Quäkstimme überschlug sich beinahe. »Der Helikopter ist wieder gestartet. Er fliegt auch dorthin!«

Die drei Männer in ihrem Versteck hörten das Dröhnen der Panzermotoren und das Rasseln der Ketten lange, bevor die Panzer selbst in Sicht waren. In der Arena befanden sich inzwischen Tausende von Menschen, die meisten von ihnen Infanteristen, die mit den überall am Stadtrand geparkten Lkws eingetroffen waren. Die Soldaten standen jetzt in Reih und Glied an allen Seiten der Arena. In der Mitte blieb ein Bereich für Zivilisten, der sich langsam füllte; die Bürger von Tikrit folgten gehorsam dem über Lautsprecher in der Stadt verbreiteten Ruf, an der Zeremonie teilzunehmen.

Im Umkreis der Plattform blieb ein großer Bereich leer. Das Getöse der Panzer wurde lauter. Ein kleiner Konvoi mit BRDM-Panzerspähwagen fuhr in die Arena und bezog rechterhand Stellung. Howard wunderte sich über eine schwarze Limousine in diesem Konvoi; an einer Mini-Fahnenstange an der Kühlerhaube des Wagens hing ein kleiner Wimpel, aber Howard konnte keine Einzelheiten erkennen.

Ein Trupp von fünfzig entschlossen wirkenden Soldaten schien mit der Organisation des Ganzen betraut zu sein. Howard, der durch das Beobachterfenster sah, bemerkte plötzlich, daß sie als einzige Waffen trugen. »Die Leibgarde des Präsidenten«, sagte er atemlos. »Es geht los, Danny, halt dich bereit.«

Das Röhren und Quietschen der Panzer war ohrenbetäubend. MacDonald ließ das große Gewehr aus seinem gepolsterten Futteral gleiten und bugsierte den Lauf durch den vorderen Sichtschlitz. Er nahm die Munition aus seiner Brusttasche und legte sie daneben. Dann ging er mit Howard die Wetterkonditionen durch und tippte die Angaben in den Computer ein.

Um acht Uhr morgens war es noch relativ kühl. »Neunzehn Grad Celsius«, flüsterte Howard. »Wird wärmer. Stell es auf zwanzig ein, Danny. Das sind neunundsechzig Grad Fahrenheit. Mach siebzig.«

»Wind?«

»Kein Hauch. Absolut windstill!«

MacDonald vervollständigte die Angaben. Der Computer gab die Flugbahn an. Er stellte das Absehen des Zielfernrohrs ein. Howard legte den Film in die Kamera ein, die auf dem Dreibein neben ihm stand.

Die Panzer donnerten in die Arena und schwärmten in alle Richtungen aus. Die Rekruten schraken zurück und drängten sich zu den Zivilisten in der Mitte der Arena. Es war ein furchterregendes Spektakel, selbst für die drei zwölfhundert Meter entfernten Männer. Sie ahnten, wie den Soldaten und Zivilisten zumute sein mußte, die dort unten eingepfercht waren. Staubwolken stiegen auf und trübten die Sicht. Minutenlang hielt das Röhren an; dann ließ es allmählich nach. Das Quietschen der Ketten verhallte, die Panzer kamen zum Stehen, und die Motoren wurden abgestellt. Die Luft klärte sich wieder, und die drei Männer im Versteck nahmen die Szenerie in sich auf.

Die riesige Menge war von Panzern und Panzertruppentransportern umgeben. MacDonald schätzte, daß sich dort unten zehntausend, vielleicht mehr Menschen aufhalten mochten. Er war gerade dabei, die Zahl der Panzer zu schätzen, als er ein Knattern hörte.

»Hubschrauber im Anflug!« Howards Stimme klang gepreßt vor Anspannung.

Der große Helikopter tauchte über der Stadt auf. Über der Arena verlor er rasch an Höhe und setzte auf der freien Fläche rechts von der Plattform zur Landung an. Als er dreißig Meter über dem Boden war, wirbelten die Rotoren Staub auf. Bevor alles in einer einzigen Staubwolke versank, sah Howard noch, wie die Fußsoldaten und Zivilisten ihre Kopfbedeckungen festhielten und wie der Wind an ihrer Kleidung riß. Dann wurde das Knattern langsamer. Die Luft klärte sich.

62

Howard sah, wie sich die Tür der Limousine öffnete, die rechts neben dem Helikopter stand. Ein kleiner, schwarzgewandeter Mann mit einem Turban auf dem Kopf stieg aus und ging, von einem Berater und einer Zwei-Mann-Einheit der Amn al Khass, der Leibwache des irakischen Staatspräsidenten, begleitet, auf den Helikopter zu. »Scheint einer von diesen iranischen Ayatollahs zu sein«, murmelte Howard. »Was macht der hier? Ich dachte, die Iraner und Saddam sind Todfeinde.« Der Iraner ging zu dem Helikopter und wartete, bis die Rotorblätter langsamer wurden.

Die drei Männer im Versteck bemerkten, daß das Motorengeräusch des Helikopters leiser wurde. Die Tür öffnete sich, und eine große, kräftige Gestalt in einer olivgrünen Uniform stieg aus; ihm folgten drei weitere uniformierte Männer. Der Kommandeur des Wachtrupps befahl seinen Männern Habachtstellung und brüllte einen Salut. Der große Mann grüßte kurz, dann ging er an der Wache vorbei auf den Iraner zu. Die beiden Männer schüttelten sich lange die Hand und umarmten sich kurz und förmlich. Der Iraner schloß sich dem Gefolge an; er ging einige Schritte hinter dem großen Mann.

Howard beobachtete gespannt jede Bewegung des großen Mannes. Sein Gesicht hatte er unzählige Male auf Fotografien und in den Nachrichten gesehen; es kam ihm unwirklich vor, ihn jetzt so direkt vor sich zu sehen. Jetzt passierte es wirklich. Da war der Schweinehund. »Okay, er ist es«, flüsterte er MacDonald hastig zu. »Mach dich bereit. Er ist der vorderste. Warte, bis er auf die Rednertribüne steigt. Ziggy, alles sauber?«

Ziegler prüfte ein letztes Mal die hintere Umgebung des Verstecks durch die Sichtschlitze. »Alles sauber«, meldete er. »Legt los.«

MacDonald hatte das Gewehr bereits durch den Sichtschlitz geschoben. Er legte sich in Schußposition. Er zog den Verschlußhebel des Gewehrs zurück und schob die große Patrone behutsam mit dem Daumen in die Kammer. Mit einem leichten Klicken rastete sie ein. Er schloß den Kammerverschluß. Er atmete langsam und ruhig. »Ich brauche absolute Ruhe. Rührt euch keinen Zentimeter«, sagte er zu Howard und Ziegler. »Ich muß mich konzentrieren.«

Die wuchtige Gestalt des irakischen Staatspräsidenten stieg auf die Plattform und ging zu der Rednertribüne in der Mitte. Die Menge verstummte. Langsam stieg er die Stufen zur Tribüne empor. Der Iraner und sein Berater standen rechts von der Tribüne, das Gefolge des Präsidenten links. Zwei ältere irakische Berater sprachen leise miteinander. Saddam Hussein trat auf die Tribüne und stand still. Er hob den Arm und nahm den Salut der Truppen ab.

Howard sah plötzlich verstört aus. »Es stimmt was nicht mit –«

Der Knall erschütterte das Versteck, als MacDonald schoß, und Howard verlor die Szene für einen Moment aus dem Blick. MacDonald lud rasch nach. »Ich hab gesagt, Ruhe, verdammt!« schrie er Howard wütend an. »Schau, ob ich getroffen habe!«

Das Geschoß brauchte ungefähr zwei Sekunden, um das offene Gelände zu überqueren. Howard schaltete die Kamera ein, und der Motor surrte leise. Howard und MacDonald spähten durch ihre Fernrohre; plötzlich sahen sie, wie es den wuchtigen Mann auf der Bühne von den Füßen hebelte, als sei eine unsichtbare Kraft am Werk. Er wurde nach hinten geschleudert, stürzte und brach am Fuß des Tribünenaufgangs tot zusammen.

Die Männer auf der Plattform waren starr vor Schreck. Einer von Saddams Beratern zog seine Pistole und hielt sie hoch, als wolle er schießen. Die Berater machten keine Anstalten, sich dem leblosen Körper zu nähern, und blickten wild um sich. Aus der Menge waren die ersten panischen Schreie zu hören.

Crash. Howard und Ziegler waren völlig überrumpelt, als das große Gewehr erneut losging. Dann gab MacDonald einen Schrei von sich, der wie ein lauthals gebrülltes »Allah« klang.

»Was zum Teufel . . .«, fuhr Howard wütend MacDonald an, der immer noch durch das Zielfernrohr sah. »Hör auf, um Gottes willen! Bist du wahnsinnig?«

MacDonald spähte mit leuchtenden Augen durch das Fernrohr. Das zweite Geschoß traf den Berater mit der Pistole in den Bauch. Der Mann krümmte sich vornüber und stürzte zu Boden, wo er, sich windend, liegenblieb. MacDonald sah stolz und siegesgewiß aus.

»Mac, um Gottes willen!« bellte Howard. »Hör auf! Schluß! Das war nicht Saddam, ich sage es dir! *Er war es nicht!*«

MacDonald sah ihn an. »Was soll das heißen? Er ist tot! Ich hab ihn mit dem ersten Schuß in die Brust getroffen. Schau doch selbst, Mann!«

In der Arena war jetzt die Hölle los. Die Leute rannten schreiend und kreischend durcheinander. Die Leibgarde war in Panik geraten und schoß wahllos in die Menge. Der Überschallknall von MacDonalds erstem Schuß hatte sie verwirrt; als der Mündungsknall ankam, war bereits der Lärm losgebrochen, und das entfernte Donnern ging im allgemeinen Tohuwabohu unter. Die Männer aus Saddams Gefolge waren von der Plattform gesprungen und hatten die Leichen ihres Führers und seines Beraters liegenlassen. Der große Mann in der olivgrünen Uniform lag ganz still; der Berater, den MacDonalds zweiter Schuß getroffen hatte, bewegte sich noch. Der iranische Diplomat wurde von zwei Männern der Leibgarde gepackt, mit dem Gesicht in den Staub gedrückt und gefesselt. Die Leibgarde feuerte ohne Unterlaß und traf Zivilisten aus der Menge, die ebenso wie die Rekruten wild auseinanderstoben. Die Getroffenen stürzten verletzt oder tot zu Boden.

BOOM! Der Boden bebte, als aus dem Lauf eines T-72-Panzers links von der Arena eine grauschwarze Rauchzunge hervorschoß. Die 125-mm-Granate pfiff über die Köpfe der verängstigten Zivilisten und Rekruten hinweg. Die Leibgardisten gaben nur noch vereinzelte Schüsse ab und blickten verblüfft um sich.

BOOM! Der T-72 feuerte eine zweite Granate ab. Hunderte und Aberhunderte warfen sich auf den staubigen Boden der Arena. Die Leibgarde stellte das Feuer ein. Das donnernde Echo der zwei Granaten drang zu den drei Männern in ihrem Versteck hinüber; dann herrschte mit einem Mal Totenstille.

»Okay, laßt uns hier verschwinden«, sagte Ziegler ruhig. »Ich lege keinen Wert auf die verdammte Feier.«

»Nein!« zischte Howard, mit einem Auge am Fernrohr. »Warte, ich sage euch, es war nicht Saddam! Es war ein Double!«

»Was zum Teufel soll das heißen?« fragte MacDonald.

»Er trug keine Pistole«, sagte Howard. »Der Dreckskerl trägt immer eine. Niemand hat ihn je ohne gesehen. Es ist praktisch sein Markenzeichen. Der Mann muß ein Double gewesen sein. Wir müssen abwarten.«

Die drei wandten sich um und beobachteten die Szenerie. Seitlich der Arena flogen schwere Stahltüren auf, als eine Reihe BMP-1-Panzertruppentransporter hinter dem T-72 zum Halten kam und ihre Besatzung ausspien. Hundert weitere bewaffnete Männer der Amn-al-Khass-Leibgarde des Präsidenten kamen zum Vorschein; sie stellten sich in Position und marschierten in Zweierreihen auf die Plattform zu. Sie drängten sich ohne Rücksicht auf die am Boden Liegenden durch die Menge zur Mitte der Arena. Der kommandierende Offizier schrie einen Befehl. Die Männer schwärmten aus, richteten ihre Waffen auf die Soldaten des ersten Wachtrupps. Der Offizier brüllte weitere Befehle; die ursprünglichen Leibgardisten legten langsam die Waffen nieder und hoben die Hände.

Die Soldaten des zweiten Trupps marschierten auf die Soldaten des ersten zu, nahmen die Waffen an sich, zwangen die Männer zu Boden und legten ihnen Handschellen an. Wer protestierte, wurde mit dem Gewehrschaft zum Schweigen gebracht.

»Irgendwie kriegen sie die Wachablösung im Buckingham Palace besser hin«, bemerkte Ziegler. »Diese Arschlöcher haben keine Ahnung, was passiert ist.«

Die Männer des ersten Amn-al-Khass-Trupps knieten jetzt allesamt im Staub. Als der Kommandeur zufrieden war, bellte er einen weiteren Befehl. Von sechs Männern eskortiert, blieb er vor dem T-72 stehen und nahm Haltung an.

Die Turmluke hob sich langsam; ein Mann mit akkurat gestutztem Oberlippenbart kam zum Vorschein; sein Gesicht war wutverzerrt.

Schwerfällig stieg Saddam Hussein von dem Panzer herunter und wischte sich sorgfältig den Staub von seinem Uniformhemd. Dann blieb er einige Sekunden stehen und blickte mit bösartig glitzernden Augen um sich. Langsam öffnete er sein Gürtelholster, zog seine Automatikpistole und entsicherte sie. Kein Ton war zu vernehmen. Alle in der Arena schienen das Klacken der Pistole gehört zu haben; einige der auf dem Boden Liegenden hoben die Köpfe und ließen sie dann verängstigt wieder sinken. Der Kommandeur der Leibgarde und seine Männer wirkten eingeschüchtert, während der Tyrann sie mit drohendem Blick fixierte. Er winkte sie mit der Pistole beiseite und marschierte auf die Plattform zu. Die Leibgarde flankierte ihn. Einige der Gestürzten versuchten panisch, davonzukriechen; diejenigen, die sich nicht mehr bewegen konnten, wurden von den Wachen getreten und aus dem Weg geprügelt.

Saddam ließ sich Zeit. Er kostete die Situation aus, war sich seiner bedrohlichen Wirkung bewußt. Howard, MacDonald und Ziegler kam es vor, als sei er der einzige Mensch in der Arena. Er hatte eine zwingende, mächtige Ausstrahlung. Wie alle anderen in der Arena wußten auch sie, daß es diesmal keinen Zweifel gab.

Saddam Hussein blieb vor der Plattform stehen. Er warf einen kurzen Blick auf sein totes Double, dann auf den stöhnenden Berater, aus dessen Bauchwunde unentwegt Blut quoll. Er wandte sich ab und bellte dem Wachkommandeur einen Befehl zu.

Zwei Soldaten zerrten den iranischen Diplomaten auf die Füße, schafften ihn zu Hussein hinüber und warfen ihn dort zu Boden. Der Iraner versuchte wieder hochzukommen; ein Schlag mit dem Gewehrkolben zwang ihn zu Boden. Sein schwarzer Turban löste sich und flatterte in den Staub. Saddam hob die Pistole und schoß den Iraner in den Hinterkopf. Die Leiche wurde fortgeschafft.

Der Kommandeur der ursprünglichen Leibgarde war als nächster an der Reihe. Er wand sich und gab einen verzweifelten Wortschwall von sich, als er vor den Präsidenten geschleppt wurde. Er sah kurz in Saddams Augen und gab auf. Wieder spuckte die Pistole Feuer; der Mann brach tot zusammen.

Einer nach dem anderen von dem ersten Trupp wurde zur Exekution herangezerrt. MacDonald merkte, daß Saddam sich nicht von der Stelle rührte; die Männer wurden einzeln zu ihm hingeschleift. MacDonald spannte sich fast unmerklich an. Howard und Ziegler spürten, daß er sich auf den nächsten Schuß vorbereitete, und rührten sich nicht, sahen nur fasziniert zu.

MacDonald blickte durch das Zielfernrohr. Saddams Gestalt flimmerte leicht; inzwischen war es heißer, und die Mirage wurde stärker. Aus dem Augenwinkel sah MacDonald, wie die schimmernde Luft am unteren Rand des Ausschnitts leicht nach links wehte. *Leichter Wind*, dachte er. Instinktiv zielte er dreißig Zentimeter weiter nach rechts. Er atmete langsam aus. Das Fadenkreuz des Zielfernrohrs war auf den äußersten rechten Rand von Saddams Körper ausgerichtet. MacDonald drückte den Abzug.

Seine Schulter fing den Rückstoß des Gewehrs ab, und das Geschoß flog an den zwei Anemometern vorbei und über die Menge hinweg auf sein Ziel zu – den Tyrannen.

Warum der Schuß tiefer ging, war unklar. Vielleicht ein plötzlicher Luftzug, eine kleine Differenz beim Gewicht der Patrone oder der Ladung, eine Verzerrung der Sicht durch die Mirage, ein winziges Zucken von MacDonald oder die Tatsache, daß der Lauf des Gewehrs sich bei den ersten beiden Schüssen erhitzt hatte: MacDonald würde es nie erfahren.

Saddam Hussein stand mit leicht gespreizten Beinen am vorderen Rand der Plattform; sein Arm mit der Pistole war ausgestreckt zur nächsten Exekution. Das Gewehrgeschoß traf auf den Lauf von Saddams Pistole und glitt ab. Die Pistole flog ihm aus der Hand, und das Gewehrgeschoß fuhr in Saddams Becken. Der Knochen splitterte, und das Geschoß und die Knochensplitter zersiebten seine Genitalien.

Saddam stieß ein grelles Heulen aus und sackte zu Boden. Ein durchdringender Schmerz durchfuhr ihn, und er fiel nach hinten und griff sich zwischen die Beine. Blut tropfte auf die Plattform. Die Umstehenden wichen entsetzt zurück. Jeder in der Arena begriff, wie schwer verletzt der Präsident war.

Eine Sekunde lang herrschte eine tödliche Stille, die nur von Saddams Stöhnen durchbrochen wurde; dann brach die Hölle los. Wiederum ging der Mündungsknall im Tumult unter. Die todgeweihten Männer des ersten Trupps der Leibgarde befreiten sich und stürzten zu ihren Waffen. Der zweite Trupp erholte sich schnell genug, um einige von den Männern zu erschießen, aber dann kam es zwischen den beiden Gruppen der Amn al Khass zum offenen Kampf.

Den Kommandeur erwischte es als einen der ersten, und mit ihm brach der letzte Rest von Ordnung zusammen. Nach kaum einer Minute waren über sechzig Männer der Leibgarde tot oder verwundet; viele aus der Menge wurden im Kreuzfeuer getroffen. Den Soldaten der Leibgarde, die lange Feuerstöße aus ihren Kalaschnikows abgaben, begann die Munition auszugehen, und sie gingen zum Nahkampf über.

Unter den Rekruten, die hilflos zusahen, befand sich ein Regiment der irakischen Artillerie. Es handelte sich um die Überreste von drei Artilleriedivisionen aus dem Golfkrieg 1991 die von amerikanischen B-52-Bombern noch vor dem Bodenangriff der Alliierten praktisch vernichtet worden waren. Allein von einem Regiment waren neunzig Prozent der Männer umgekommen. Die Überlebenden waren ausgemergelte Gestalten, deren Lebenswillen restlos gebrochen war; sie waren teilnahmslos und verroht und überwiegend psychisch gestört. Man hatte sie in einem Regiment zusammengefaßt; doch der Versuch, diese Männer wieder kampffähig zu machen, war fehlgeschlagen. Sie fürchteten sich vor dem Kampf, und ihr ganzer Haß konzentrierte sich auf die eine Person, die sie für ihr eigenes Leid und das ihres Volkes verantwortlich machten. Saddam hatte wahrlich gut daran getan, solche Soldaten bei öffentlichen Anlässen nicht zu bewaffnen.

Als die Leibgarde in die Menge zu schießen begann, waren diese Männer mit den Tausenden von Tikriter Zivilisten panisch auseinandergestoben. Sie waren es gewohnt, mißhandelt zu werden, und unterwarfen sich allen neuen Autoritäten. Sie waren nur noch willenlose Gestalten, unfähig zu eigenständigen Handlungen.

Unter dem Schock der vorangegangenen Ereignisse hätten sie wohl keinerlei Widerstand geleistet, wenn man sie selbst zur Exekution geschleppt hätte. Doch diesmal lagen die Dinge anders. Sie hatten es mit eigenen Augen gesehen. Und wenn sie jetzt aufblickten, sahen sie es immer noch.

Es war schon verblüffend genug, daß sich Saddams Eliteleibgarde selbst vernichtete, aber nun drang das andere Ereignis in ihr Bewußtsein. Vor ihren Blicken wand sich der Diktator mit zerschossenem Geschlecht auf der Plattform. Sie stierten ungläubig hin. Dann fing ein junger Corporal zu kichern an.

Innerhalb von Sekunden brachen andere in tosendes Gelächter aus. Es steigerte sich zur Hysterie; einigen standen vor ungläubiger Wut die Tränen in den Augen. In diesen Männern erwachte der letzte Lebensfunke, den sie selbst erloschen geglaubt hatten. Zunächst noch zögernd, dann immer vehementer, erhoben sich diese Männer und fielen mit furchtbarer Wut über die Amn al Khass her.

Die Leibgarde war in Sekunden überwältigt. Sie wurden von Massen von kreischenden, knurrenden, rasenden Rekruten zertrampelt und in Stücke gehackt. Nach zwei Minuten war die gesamte Leibgarde hingemetzelt. Der Zorn der Rekruten wandte sich jetzt gegen die bewaffneten Truppen; sie stürmten die Panzer und machten die Besatzung nieder.

Auch die Bevölkerung von Tikrit erhob sich. Diese Menschen hatten durch jenen Herrscher, der aus ihrer kleinen Stadt stammte, Gehirnwäsche, Hunger, Armut und Leid ertragen müssen; jetzt lag er hilflos und gedemütigt auf der Plattform. Der Verräter von Tikrit! Sie näherten sich ihm wutentbrannt.

Howard, MacDonald und Ziegler sahen dem Geschehen fassungslos zu. Sie fühlten sich seltsam entfernt von den Ereignissen, die sie ausgelöst hatten, doch der rasende Zorn der entfesselten Menge war greifbar nahe.

»Was ist denn jetzt los?« murmelte Howard vor sich hin.

Eine kleine Gruppe von Zivilisten hatte sich eines Jeeps bemächtigt und fuhr damit in die Mitte der Arena. Der Wagen war sofort von schreienden, aufgebracht winkenden Menschen umgeben. Nach einer Minute gab die Menge einen Weg frei, und der Jeep fuhr weiter. Aufgeregtes Johlen war zu vernehmen. Ein paar Momente war den drei Männern in ihrem Versteck die Sicht versperrt. Dann drang das triumphierende Geschrei der Menge zu ihnen: *»Sahh! Sahh! Sahh!«*

Der Jeep löste sich aus der Menge und drehte eine Runde durch die Arena. Er schleifte den an den Füßen gefesselten Saddam Hussein und seinen Berater hinter sich her.

»Großer Gott!« stieß MacDonald aus. Schockiert sahen sie zu, wie die schreienden Gestalten über Stock und Stein gezerrt wurden und ihr Blut sich mit dem Staub vermischte.

»Hauen wir ab«, sagte Howard.

Eilig begannen die Männer, die wichtigsten Dinge in die Rucksäcke zu packen. Das Gegröle der Menge hielt an. MacDonald zwang sich zur Konzentration, als er das große Gewehr sorgfältig in das Futteral schob. Er steckte die leeren Hülsen der verschossenen Patronen in die Tasche, dann half er Howard. Ziegler kroch aus dem Versteck und hielt Wache.

Nach kurzer Zeit hatten sie die Gegenstände eingepackt, die sie noch brauchen würden: die Waffen, etwas Wasser, die Nachtsichtbrillen, den Film aus der Kamera. Den Rest der Ausrüstung ließen sie zurück. Rasch machten sie sich auf den Weg zu den Wagen.

Über der Arena hing jetzt eine riesige Staubwolke; die drei Männer drehten sich nicht mehr um.

Vor MacDonalds innerem Auge drehte sich alles; stumm folgte

er Howard und Ziegler, die zwischen Palmenhainen und Feldern entlangmarschierten.

Hinter ihnen schienen sich die Schreie von Saddam Hussein und seinem Berater über das entfesselte Johlen der Menge zu erheben; dann verstummten sie allmählich.

TEIL III

Der Schatten weicht

63

Um 1 Uhr 35 kam in Washington das erste Keyhole-Bild durch, das eigenartig genannt werden mußte. Sechs Minuten vorher, um 8 Uhr 29 irakischer Zeit, war ein KH-12 über Tikrit geflogen. Kearwin hatte das JSTARS-Bild beobachtet und die Ankunft des Helikopters gesehen; er hatte nichts Ungewöhnliches bemerkt, bis plötzlich ein kleines Fahrzeug, vermutlich ein Jeep, in der Arena, in der die Panzer versammelt waren, im Kreis zu fahren begann.

Das KH-12-Bild war insofern ungewöhnlich, als es Wärmequellen in der Arena und Rauch anzeigte. Nachdem er das Bild mit einem zwanzig Minuten früher entstandenen KH-11-Bild verglichen hatte, analysierte Kearwin die Wärmequellen. »Walter, hier brennen sechs Fahrzeuge!« sagte er mit überkippender Stimme. »Schauen Sie mal auf diesen Jeep hier. Und sehen Sie diese anderen Fahrzeuge? Alle ordentlich aufgestellt. Hier ist der Helikopter, und das scheint ein Wagen für Stabsoffiziere oder so zu sein. Alles andere sind Militärfahrzeuge – Panzer, Spähwagen, Panzer-Truppentransporter, und alle stehen, bis auf diesen Jeep. Aber warum? Und wenn alles normal ist, wieso brennen dann diese sechs Fahrzeuge?«

Walter Sorensen dachte angestrengt nach. Irgend etwas war vorgefallen, daran gab es keinen Zweifel. Aber was? »Okay, John, denken wir's mal durch. Vor zwanzig Minuten hatten wir eine geordnete Szenerie – Fahrzeuge in Reih und Glied, alles anständig. Ein Hubschrauber landet. Nehmen wir an, Saddam sitzt drin. Er steigt aus, um die Truppen zu inspizieren oder so. Eine Viertelstunde später geht es drunter und drüber. Plötzlich rast dieser verdammte Jeep herum, und sechs Panzer brennen. Was mag da passiert sein?«

Kearwin sagte eifrig: »Es muß sich um ein Attentat handeln. Was sollte es sonst sein? Und da ist noch was«, fügte er hinzu. »Die Arena ist verändert. Es könnte etwas mit dem Rauch zu tun haben, aber das glaube ich nicht. Ich bin mir nicht ganz sicher, was diese Angaben angeht, aber ich glaube, daß sich vorher auf diesem Platz eine große Menschenmenge aufgehalten hat. Alle in Reih und Glied, wie die Fahrzeuge. Vielleicht Fußsoldaten – sehr viele. Jetzt würde ich sagen, daß immer noch Menschen da sind, aber nicht mehr in Reihen. Ich glaube, da herrscht das totale Chaos.«

»Bin ganz Ihrer Meinung. Nehmen wir an, Sie haben recht mit den Leuten. Vielleicht sind sie in Panik geraten. Würde jeder, bei sechs brennenden Panzern. Dazu der herumrasende Jeep. Drei Chaoselemente. Also hat vielleicht tatsächlich ein Anschlag auf Saddam stattgefunden. Womit wir vor zwei Fragen stehen.« Das Walroß starrte auf den Bildschirm und sagte leise: »Erstens, wie ist das einer Handvoll Burschen aus dem Westen gelungen? Und zweitens: Lebt Saddam noch?«

»Er ist tot, Walter«, sagte Kearwin prompt.

Das Walroß blickte den jungen Mann neugierig an. »Wie kommen Sie darauf?«

»Der Helikopter. Er hat sich nicht vom Fleck gerührt. Und die anderen Fahrzeuge auch nicht. Da ist bloß dieser Jeep, der immer noch im Kreis fährt. Wenn Saddam noch leben würde, wäre er doch wohl schnellstens abgehauen, oder? Ich sage Ihnen, er ist tot. Sie haben's geschafft!« Kearwin hatte den letzten Satz mit erhobener Stimme gerufen. Die anderen Analytiker brachen in spontane Jubelrufe aus.

Das Walroß hob die Hände. »RUHE!« bellte er. »Verflucht, das ist kein Anlaß zum Jubeln! Zum Teufel, ich weiß, daß dem Schweinehund keiner eine Träne nachweint, falls es ihn wirklich erwischt hat, aber hier stehen noch andere Dinge auf dem Spiel...«

»Danke, Walter.« Das Walroß fuhr herum, und alle blickten auf den Mann, der unbemerkt den Raum betreten hatte. Es handelte sich um den DNRO. Kearwin sprang hastig auf und nahm wie die anderen Haltung an. »Mr. Sorensen hat recht«, sagte Martin Faga ruhig. »Das ist nicht unbedingt ein Grund zum Feiern.« Er wandte sich an Kearwin. »Sie haben gute Arbeit geleistet, junger Mann. Und alle anderen ebenfalls«, sagte er und blickte in die Runde. Dann verhärtete sich seine Stimme. »Aber bei dieser Sache müssen Sie Ihre persönlichen Gefühle und Meinungen außen vor lassen. Derart disziplinloses Verhalten möchte ich nicht noch mal erleben. Ist das klar?«

Die Analytiker murmelten beschämt Entschuldigungen vor sich hin. Das Walroß war dunkelrot angelaufen und murmelte: »Wird nicht wieder vorkommen, Sir.«

»Gut«, sagte der DNRO. »Sie werden hier weiterarbeiten. Alle. Ich möchte, daß diese Männer weiterhin beobachtet werden. Ich vertraue darauf, daß Sie ihre Spur nicht verlieren. Sie haben bisher hervorragend gearbeitet, und ich bin stolz auf Sie. Ich weiß, daß ich sicher sein kann, daß das so bleibt. Aber jetzt an die Arbeit! Und kein Blödsinn mehr, bitte.« Faga wandte sich abrupt ab und verließ den Raum; die Analytiker sahen ihm schweigend hinterher.

Zehn Minuten später, als die kleinlauten Analytiker wieder eifrig mit ihren Bildschirmen beschäftigt waren, fragte sich Walter Sorensen noch immer, ob seine Abteilung einen deftigen Tritt in den Hintern oder eine mächtige Streicheleinheit erhalten hatte.

64

Auf ihrem Rückweg zu dem Auto machten die drei Männer keine Anstalten, sich zu verbergen. Bei Tageslicht brachte das nichts; außerdem war es wichtiger, schnell voranzukommen. Sie trugen zerlumpte und schmutzige arabische Kleidung und hatten sich die Rucksäcke lässig wie Taschen über die Schulter gehängt. Die AKMS-Gewehre waren mit eingeklapptem Schaft unter ihren Roben verborgen. Den größten Gegenstand, das AW-Gewehr, hatte MacDonald in einem Bündel Reisig versteckt, das er statt des Rucksacks über der Schulter trug.

Sie begegneten wenigen Leuten. Howard nahm an, daß die meisten Anwohner dem Ruf zur Geburtstagszeremonie in Tikrit gefolgt waren. Ab und an trafen sie Frauen und Kinder, die sie teilnahmslos ansahen, als sie rasch vorüberschritten, aber niemand unternahm den Versuch, sie anzuhalten oder anzusprechen. Eine Gruppe von Frauen, die in einem Wassermelonenfeld arbeitete, winkte ihnen sogar zu.

Wie zuvor sah Howard das größte Risiko im Überqueren der Nord-Süd-Hauptstraße; nur hier blieb er stehen und vergewisserte sich, daß sie nicht beobachtet wurden. Weit und breit war kein Auto zu sehen, und sie überquerten die Straße unbemerkt und ohne Zwischenfälle.

Um 9 Uhr 15 waren sie in der Nähe des Verstecks angekommen. Howard holte sein kleines VHF-Funkgerät heraus und meldete »*Thalaatha*« – was auf arabisch »drei« heißt. Bourne antwortete sofort: »*Arba'a*« – »vier«. Fünf Minuten später erklommen sie die Anhöhe und näherten sich dem Gemäuer. Ihre erhobenen Daumen setzten Bourne und die anderen sofort über das Geschehen ins Bild; die drei Männer wurden grinsend und mit heftigem Händeschütteln empfangen. Usher blieb auf seinem Posten, und Bourne geleitete die Männer zu drei Schüsseln mit frischem Wasser; sie entledigten sich ihrer staubigen Gewänder und begannen sich den Schmutz vom dreißigstündigen Aufenthalt in ihrem Versteck abzuwaschen.

»Na, ich schätze, jemand sollte in diesem Land so ein Neueröffnungsschild raushängen«, sagte Ziegler grinsend, während er sich abseifte. »Ich glaube kaum, daß sich schon jemand überlegt hat, wer den Job jetzt übernehmen soll. Scheußliches Ende für Saddam. Nur gut, daß Mrs. Saddam das nicht gesehen hat.«

»Was ist passiert?« fragte Bourne wißbegierig.

»Nun, unser Schotte legt den ersten Burschen astrein um. Mit einem Problem: Es ist nicht der richtige Saddam. Dann wird Mac etwas übereifrig«, berichtete Ziegler stirnrunzelnd und warf MacDonald einen Blick zu. »Er legt los und pustet diesen anderen Kerl neben Saddam um, der da einfach bloß rumsteht. Jedenfalls«, fuhr er fort, »bricht daraufhin die Hölle los, und die Burschen von der

Leibgarde ballern wild in die Menge. Dann spuckt ein Panzer den Leuten ein paar schwere Geschosse über die Köpfe, damit sie sich beruhigen. Und weitere Leibgardisten tauchen auf und nehmen den ersten Haufen fest. Arschlöcher.« Ziegler schüttelte angewidert den Kopf. »Und was glaubst du, wer aus dem Panzer kriecht? Der olle Saddam selbst, kein Zweifel. Scheint wirklich übel drauf zu sein, wenn du verstehst, was ich meine. Er hat also seinen großen Auftritt und nietet ein paar von den Kerlen mit seiner eigenen Pistole um. Zuerst einen iranischen Mullah, was sich sicher nicht so günstig auf die diplomatischen Beziehungen auswirkt, dann einige seiner eigenen Leute. Und dann gibt es Mac ihm.«

»Danny hat ihn mit einem Schuß erwischt?« fragte Bourne mit leuchtenden Augen.

»Nicht so ganz«, grinste Ziegler. »Aber ich sage dir, er hat ihm die Mutter aller Vasektomien verpaßt.«

»Was?« fragte Bourne verblüfft.

»Ja«, sagte Ziegler. »Hat ihm die Eier weggepustet. Echt eklig, Mann, der hat vielleicht gejault. Jedenfalls beschließt die Menge auf einmal, sich einzumischen. Soldaten, Zivilisten, alle. Sie drehen durch. Machen die Leibgarde nieder und steigen auf die Panzer. Dann schnappen sie sich 'nen Jeep. Sie binden Saddam an die Stoßstange und fahren ihn eine Weile rum, damit alle Macs Geschicklichkeit bewundern können. Sah nicht so aus, als hätten sie den alten Knaben sehr geschätzt. Da haben wir dann beschlossen, uns vom Acker zu machen.« Ziegler hielt inne und schrubbte sich die Fußsohlen. »Aber ich sage dir«, redete er weiter, »es war schon ein ziemlich schwachsinniger Einfall, aus dem Panzer rauszuhüpfen, nachdem schon zwei Typen erschossen worden waren. Ich schätze mal, daß Saddam dachte, seine Leibgarde hätte alles voll unter Kontrolle, aber da lag er verdammt falsch. Saddam ist voll in die Scheiße gelatscht.«

»Los, ihr beiden«, sagte Howard, der sich abtrocknete und ein frisches Hemd anzog, »hört auf zu quatschen und laßt uns verschwinden. Johnny, Ack, nehmt die Tarnnetze von den Autos runter und steckt die Flaggen dran.«

Um 9 Uhr 30 waren alle Männer startklar. Sie trugen Zivilkleidung. Bourne, Ackford und Usher waren bereits rasiert gewesen, und MacDonald, Howard und Ziegler rückten ihren zwei Wochen alten Stoppeln mit Rasierern zu Leibe und sahen zu, wie die anderen die Netze von den Land Cruisern zogen. Nachdem der Schmutz und die mattgrüne Farbe verschwunden waren, sahen die Autos so gut wie neu aus.

Sie stiegen ein, fuhren den Abhang hinunter und bogen links ab, um auf die Hauptstraße zu kommen, die an Tikrit vorbeiführte. Da sie jetzt nicht mehr getarnt waren, legten sie ein ziemliches Tempo vor. Um 9 Uhr 45 erreichten sie die Hauptstraße und fuhren Richtung Norden, nach Bayji.

Sieben Zeitzonen weiter stieß John Kearwin in Washington einen Seufzer der Erleichterung aus, als die JSTARS-Meldungen durchkamen.

65

Die Straße war ausgestorben; sie begegneten keinem einzigen Fahrzeug. Bourne saß angespannt am Steuer des vorderen Wagens. Nach einer Weile fragte er Howard: »Was meinst du, wann sie die Luftwaffe losschicken?«

»Keine Ahnung«, sagte Howard achselzuckend. »Mit etwas Glück haben sie jetzt so ein Chaos, daß niemand mehr was auf die Reihe kriegt. In Tikrit rührt sich jedenfalls nichts mehr; die Soldaten haben alles lahmgelegt. Einige Fahrzeuge haben sie auch angezündet. Es hätte gar nicht besser laufen können. Es wird 'ne Weile dauern, bis dort wieder Ruhe herrscht.«

»Wir haben schon fast fünfzig Kilometer hinter uns. Wir müßten bald in Bayji sein ... o Gott«, sagte Bourne, als sie um eine Kurve kamen, »schau dir das an!«

Zweihundert Meter weiter versperrten Militärfahrzeuge und Barrikaden die Straße. Bewaffnete Soldaten sprangen auf und legten auf die zwei Land Cruiser an, die langsam heranfuhren. Flucht war ausgeschlossen. »Die Red Berets«, murmelte Howard. »Verdammter Mist!«

»Republikanische Garde«, sagte Bourne. »Hunderte. Scheiße. Okay, ich oder du?«

»Ich«, sagte Howard, »aber komm sicherheitshalber mit. Danny, du bleibst im Wagen.« Sie hielten vor den Barrikaden an. Howard und Bourne stiegen langsam aus. Sie standen vor Dutzenden von Gewehren und Maschinengewehren, die direkt auf sie gerichtet waren.

»Jetzt sind sie dran, Walter«, stöhnte Kearwin verzweifelt. »Herrje, jetzt haben sie sie. Schauen Sie!«

Das Walroß blickte auf den Bildschirm. Die Lage war unverkennbar. Die beiden Wagen standen vor einer massiven Straßensperre. »Wir brauchen ein Keyhole-Bild, John«, sagte das Walroß sanft. »Ich will so viele Details wie möglich.« Er starrte weiter auf den Bildschirm. Kearwin hatte die anderen Fahrzeuge identifiziert, und es handelte sich eindeutig um Militärfahrzeuge. Panzerfahrzeuge und Lkws, und zwar nicht zu knapp. Kearwin hatte recht. Diesmal waren sie in die Falle gelaufen. »Verdammte Idioten!« wetterte das Walroß.

Major Hassan Omair sah verärgert auf, als ein Lieutenant unangemeldet in sein Zelt stapfte. *»Shu tureed?«* bellte er.

»Ghurb«, gab der Offizier frech zur Antwort und deutete mit dem Daumen über die Schulter. *»Ta'al.«*

»Was soll das heißen, Ausländer? Was für Ausländer? Und nehmen Sie Haltung an, verflucht! Sie sprechen mit einem Vorgesetzten!«

»*Inglizi*. Engländer. Sie wollen Sie sprechen – Sir«, leierte Lieutenant Saleh Masoud mit einem abfälligen Grinsen herunter.

Der Major erhob sich erstaunt und trat hinter seinem Untergebenen hinaus in die Sonne. Zwei weiße Männer lehnten lässig an dem vorderen Wagen. Einer trommelte ungeduldig mit den Fingern auf die Kühlerhaube, der andere sah demonstrativ auf seine Armbanduhr. Der Major grinste. »Sie Idiot«, sagte er verächtlich. »Haben Sie noch nie solche Wagen gesehen?« Der Lieutenant sah ihn unsicher an, und der Major fügte beißend hinzu: »Haben Sie ihre Papiere geprüft? Nein? Sie werden nicht mal mit so einer winzigen Gruppe fertig? Gehen Sie zurück auf Ihren Posten, Sie Vollidiot.« Er wedelte angewidert mit dem Arm. »Ich erledige das selbst. Und nehmen Sie sich zusammen!«

Lieutenant Saleh Masoud stapfte, wütend vor sich hinmurmelnd, davon.

Der Major ging zu den Wagen hinüber und sprach den älteren der beiden Männer an. *»Sabaah al-khayr«*, sagte er. »Guten Morgen.«

Der große Mann überließ es seinem Begleiter, zu antworten. *»Sabaah an-noor«*, sagte der andere Mann in flüssigem Arabisch; er fügte höflich hinzu, er hoffe, daß der Major sich wohl befände, dann stellte er sich und seinen Partner vor.

»Ich beglückwünsche Sie zu Ihren hervorragenden Sprachkenntnissen«, sagte der Major auf arabisch. »Das wird unser Gespräch einfacher gestalten. Darf ich bitte Ihre Ausweispapiere und die Ihrer Kollegen sehen?«

»Selbstverständlich, Major«, gab Bourne auf arabisch zurück. »Wir haben sämtliche Papiere im anderen Wagen. Wenn Sie vielleicht . . .« Er wies auf den zweiten Wagen; der Major und er gingen hinüber.

Ziegler kurbelte das Fenster herunter und lächelte den Major an. »Hi«, sagte er.

Der Major sah leicht verblüfft drein.

»Die Papiere, Mike«, bat Bourne auf englisch.

»Oh, klar«, sagte Ziegler und griff unter das Armaturenbrett. Er brachte eine kleine Mappe zum Vorschein und reichte sie hinaus.

Der Major inspizierte die Papiere mit ausdrucksloser Miene. Hinter ihm hatten drei Soldaten mit Gewehren Stellung bezogen. Zieglers Hand schloß sich um das AKMS unter seinem Sitz.

»Woher kommen Sie heute, Sayyid Bourne?« fragte der Major.

»Aus Bagdad, Major«, antwortete Bourne.

»Was sagt er, Johnny?« fragte Ziegler beiläufig, noch immer lächelnd.

»Nun, Mr. Bourne«, sagte der Major freundlich und wechselte dabei ins Englische, »unglücklicherweise spreche ich Ihre Sprache nicht nur, sondern kann sie auch lesen. Auch hatte ich erst kürzlich Gelegenheit, derlei Papiere zu prüfen. Vor einigen Wochen hielt sich ein gewisser Mr. Kay im Irak auf, und er erwies sich als äußerst lästig. Leider waren seine Papiere unanfechtbar. Was man in Ihrem Fall«, fügte er hinzu, »leider nicht behaupten kann. Diese Dokumente hier ermächtigen Sie nicht zu einem Aufenthalt in diesem Teil des Landes.« Er blickte Bourne jetzt mit unverhohlenem Interesse an. »Nun, Mr. Bourne?«

Während der Major sprach, hatte Ziegler gesehen, daß Howard sich ganz allmählich näherschob und den drei Soldaten die Sicht auf den Major versperrte. Der Major griff zur Pistole in seinem Gürtelholster.

»Lassen Sie das, Major«, knurrte Ziegler und hielt dem Major den Lauf des AKMS vor die Nase. »Das hier ist ein AK mit Schalldämpfer. Ein echtes. Rühren Sie sich nicht.« Das Lächeln um seine Mundwinkel wurde noch breiter.

Bevor dieser reagieren konnte, sagte Howard hinter ihm mit freundlicher Stimme: »Gut, Major. Wie mein Kollege sagt: Tun Sie nichts Unüberlegtes. Wir sind alle bewaffnet, und wir werden schießen, wenn es nötig ist. Schauen Sie auf diese Papiere und hören Sie mir gut zu. Sie werden jetzt genau tun, was ich Ihnen sage. Haben Sie mich verstanden?«

»Ja«, flüsterte der Major mit angstvoller Stimme.

»Gut. Zuerst tun wir etwas ganz Einfaches. Wenn ich es Ihnen sage, drehen Sie sich hübsch langsam um. Dann entlassen Sie bitte diese drei Soldaten hinter uns. Befehlen Sie ihnen, auf ihre Posten zurückzukehren. Und kommen Sie nicht auf die Idee, sie zu warnen – wie Sie gehört haben, spricht Mr. Bourne hier sehr gut arabisch. Ein Wort von ihm, und Mr. Ziegler wird Sie erschießen. Sind Sie bereit, Major?«

»Ja.«

»Gut. Dann los.«

Der Major drehte sich mit ausdruckslosem Gesicht um. »Ihr drei da drüben«, schnarrte er auf arabisch, »zurück auf eure Posten.«

Die Soldaten gehorchten. Howard sagte: »Sehr gut, Major. Als nächstes gehen wir jetzt ganz langsam zu dem anderen Wagen. Mr. Ziegler hat sie im Schußfeld, und in dem vorderen Wagen dort sitzt Mr. MacDonald. Sein AK ist ebenfalls auf Sie gerichtet. Sehen Sie ihn?«

»Ja«, antwortete der Major. Er sah MacDonald; er konnte nicht wissen, daß der Jäger keine Ahnung von dem hatte, was sich draußen abspielte. MacDonalds AKMS lag noch unter seinem Sitz.

»Prima. Jetzt gehen wir da rüber. Wenn wir dort sind, möchte ich, daß Sie sich mit dem Rücken zur Fahrertür stellen. Ist das klar?« Der Major nickte, und sie gingen zu dem anderen Wagen hinüber. Howard sagte aus dem Mundwinkel: »Danny, richte dein AK auf den Kopf des Majors. Wenn Johnny Feuer sagt, erschießt du ihn auf der Stelle. Und nun, Major«, sagte er noch immer freundlich und richtete sich auf, »werden wir etwas Kompliziertes tun. Ich will es Ihnen genau erklären.«

MacDonald hatte bei Howards Äußerungen fast der Schlag getroffen; er griff nach seinem AK und richtete es unterhalb der Windschutzscheibe auf den Rücken des irakischen Offiziers. Er hörte, wie Howard dem Major Instruktionen gab und ihn ab und zu fragte, ob er verstanden habe.

Der Major stand noch unter Schock, und Howards unablässige Anordnungen ließen ihm keine Zeit zum Nachdenken. Er nickte. Nachdem er begriffen hatte, was Howard wollte, sagte er: »Damit werden Sie nicht durchkommen!«

Um Howards Mund spielte noch ein Lächeln, aber seine Augen waren kalt. Er fixierte den irakischen Offizier. »Wir haben nichts zu verlieren, Major. Das wissen Sie. Wenn es darauf ankommt, sind wir bereit zu sterben. Ich bin sicher, Sie verstehen«, fügte er scharf hinzu, »daß aus unserer Sicht der Tod einer Gefangenschaft deutlich vorzuziehen wäre. Aber wenn wir sterben, sind Sie zuerst dran.

Wenn Sie dagegen alles tun, was ich sage, besteht dazu keine Notwendigkeit. Haben Sie mich verstanden?«

»Ja.«

»Gut. Geben Sie die Anweisungen.«

»Sind Sie sicher, daß Sie diesen speziellen Offizier...?«

»Er ist mißtrauisch. Ich will ihn im Auge behalten. Rufen Sie ihn her. Und geben Sie die Befehle.«

Der Major erwachte aus seiner Lähmung. Er deutete auf einen der Soldaten an der Barrikade und befahl: »Holen Sie sofort Lieutenant Saleh Masoud her.« Der Soldat zog gehorsam ab und kehrte zwei Minuten später mit dem verdrossen blickenden Lieutenant zurück.

Als der Major erklärte, was zu tun sei, verdüsterte sich das Gesicht von Saleh Masoud. Er versuchte dem Major zweimal zu widersprechen. Der Major verlor angesichts der Aufsässigkeit seines Untergebenen die Geduld und brüllte: »Halten Sie den Mund! Führen Sie die Befehle aus! Sofort!«

Der Lieutenant öffnete ein weiteres Mal den Mund, um zu protestieren, überlegte es sich jedoch angesichts der wutverzerrten Miene seines Kommandeurs anders und marschierte davon.

»War das okay, Johnny?« fragte Howard.

»Alles vollkommen korrekt«, antwortete Bourne.

»Okay«, sagte Howard. »Bis jetzt haben Sie Ihre Sache gut gemacht, Major. Jetzt gehen wir folgendermaßen vor: Sie steigen hier vorne ein, Mr. Bourne fährt. Mr. MacDonald und ich sind hinten im Wagen. Sagen Sie Ihrem Lieutenant, daß wir vorneweg fahren. Er soll in dem BDRM-Panzerfahrzeug hinter uns bleiben; danach kommt unser zweiter Wagen und am Ende die beiden Laster. Verstanden?«

»Wenn Sie meinen.«

»Und ob«, herrschte Howard den Mann an. »Wenn Sie bereit sind, rufen Sie die Kommandeure der Fahrzeuge her und erklären ihnen den Plan. Und zwar so, daß es überzeugend klingt. Dann bleiben wir alle am Leben.«

Zehn Minuten später war der kleine Konvoi startbereit. Ackford hatte ein paar Meter zurückgesetzt, damit der BDRM-Panzerspähwagen sich zwischen die beiden Land Cruiser schieben konnte; zwei Lkws, in denen jeweils fünfzehn Mann der Republikanischen Garde saßen, schlossen sich hinten an. Lieutenant Saleh Masoud, ein weiterer Offizier und zwei Feldwebel erstatteten dem Major Meldung, der den Plan erläuterte.

»Diese Ausländer«, sagte er, »haben Erlaubnis, nach Trebil an der jordanischen Grenze zu fahren und aus dem Irak auszureisen. Ich habe beschlossen«, sagte er in einem schwachen Versuch, seine Wichtigkeit zu betonen, »daß wir ihnen einen Konvoi mitschicken, um sicherzugehen, daß sie nicht von ihrer Route abweichen und die nationale Sicherheit des Irak gefährden. Ich werde in ihrem Fahrzeug vorne mitfahren. Der Rest der Eskorte folgt in dieser Aufstellung. Lieutenant Aziz Ali«, fuhr er fort und wandte sich an den zweiten Offizier, »Sie bleiben hier. Sie haben das Kommando über den Posten. Sie kennen die Befehle.« Der Offizier nickte diensteifrig. »Wir werden morgen vormittag zurück sein«, schloß der Major. »Schaffen Sie jetzt die Barrikaden fort, damit wir losfahren können.«

Hocherfreut über die ihm übertragene Verantwortung, begann Lieutenant Aziz Ali, den Soldaten an den Barrikaden Befehle zuzubrüllen. Bei dem Gedanken, daß sein Intimfeind Saleh Masoud zwei Tage in einem heißen, unbequemen BDRM zubringen mußte, konnte er ein Grinsen nicht verhehlen. Die Barrikaden wurden zur Seite geschafft, und der Konvoi setzte sich in Bewegung. Als sie den Posten passierten, schrie der grinsende Aziz Ali seinem Kollegen in dem BDRM etwas zu. Die umstehenden Soldaten lachten.

»Ich nehme an«, sagte Ziegler zu Ackford, »daß du gerade die arabischen Worte für ›Schönen Tag‹ gehört hast.«

»Für meine Begriffe klang das mehr wie ›Du kannst mich mal‹«, bemerkte Usher. »Puh«, sagte er mit einem Seufzer der Erleichterung, »ich glaube, das haben wir grade noch mal geschafft.«

John Kearwin beschäftigte sich gerade mit einem vergrößerten KH-12-Bild, als sich die Fahrzeuge auf dem JSTARS-Bildschirm wieder in Bewegung setzten. Kurze Zeit war nichts klar zu erkennen; dann setzten sich fünf Fahrzeuge deutlich von den stehenden ab. *Ein Fahrzeug war gepanzert, zwei hatten Planen, und bei zweien handelte es sich um kleinere Wagen,* dachte er. Das Bild war zu verschwommen, um eine klare Deutung zu ermöglichen, aber Kearwin hielt die zwei kleineren Fahrzeuge nicht für die Land Cruiser. *Warum sollte einer von ihnen den Konvoi anführen? Nein,* beschloß er, *das konnten sie nicht sein.*

Er nahm sich den Keyhole-Ausdruck von dem zehn Minuten zurückliegenden Bild vor. Darauf waren die beiden Land Cruiser vor der Straßensperre deutlich erkennbar. Sie hatten nicht versucht, ihr auszuweichen, und sie waren auch nicht hineingerast.

Man muß sie festgenommen haben, dachte Kearwin. Aber wieso sollten sie so schnell aufgeben, nachdem sie es so weit geschafft hatten? Das ergab keinen Sinn. »Jerry? Überwachen Sie bitte weiter diese fünf Fahrzeuge mit der JSTARS, ja?« Kearwin studierte erneut das Keyhole-Bild. Es war jetzt 10 Uhr 37 im Irak. Zum ersten Mal waren die Land Cruiser bei Tageslicht unterwegs. Am Tag zuvor, innerhalb des Gemäuers, waren sie von etwas verdeckt gewesen, und erst als Kearwin die Infrarotbilder mit den Bildern des sichtbaren Spektrums verglichen hatte, war ihm klargeworden, womit er es zu tun hatte. Das mußten Tarnnetze sein. Die Infrarotstrahlung konnten sie damit natürlich nicht verdecken. Aber nach der ersten Nacht, am Morgen nach ihrer Ankunft in Tikrit, hatten die Wagen trotz abgekühlter Motoren und Tarnnetzen irgendwie verändert gewirkt.

Er ging zu Sorensen hinüber: »Walter, diese Ambulanzen sollen doch angeblich mattgrün sein, nicht?«

»So hat man's mir gesagt.«

»Nun, ich weiß, daß wir mit einem Keyhole-Bild keine Farben ausmachen können, aber ich gehe davon aus, daß irakische Panzerfahrzeuge ebenfalls mattgrün sind, und diese beiden Wagen hier haben eine andere Farbe. Sie geben eine andere Strahlung ab.«

»Vielleicht sind die irakischen Panzerfahrzeuge sandfarben, nicht mattgrün. Das würde es vielleicht erklären. Ich weiß nicht.

Bis jetzt hab ich mich noch nie gefragt, wie die da drüben ihre Fahrzeuge lackieren.«

»Spielt keine Rolle«, sagte Kearwin. »Selbst wenn sie wirklich sandfarben sind, sind unsere Fahrzeuge immer noch heller. Schauen Sie sich das Bild an.«

Sorensen betrachtete den Ausdruck und seufzte. »Ich seh kaum einen Unterschied, John.«

»Aber da ist einer«, insistierte Kearwin. »Ich glaube, daß sie sie umgespritzt haben.«

»Na, dann erklären Sie mir mal, wie diese Burschen es geschafft haben, mitten in der Wüste zwei Autos umzuspritzen? Und vor allem, *warum* hätten sie das tun sollen?«

Kearwin ließ nicht locker. »Die haben sich wieder irgendwas ausgedacht, da bin ich ganz sicher. Warum sollten sie bei hellichtem Tag direkt auf diese Straßensperre zuhalten? Sie hätten doch wie immer erst bei Dunkelheit losfahren können. Hey!« schrie er plötzlich und hieb sich mit der Faust in die Innenfläche seiner Hand. Seine Augen leuchteten. »Ich bin ganz sicher! Die ziehen hier wieder eins ihrer Dinger durch.«

»John«, sagte das Walroß ruhig. »Denken Sie doch nach. Was haben sie davon, in normalen, nicht getarnten Wagen herumzufahren? Denken Sie nach. Sie würden es doch herausfordern, geschnappt zu werden, oder?«

Kearwin beachtete das Walroß gar nicht. »Walter, der CIA-Mann aus Riad ist nach Badanah gefahren, nicht? Er hat berichtet, daß die Fahrzeuge mattgrün waren, nicht wahr? Lassen Sie mich mit ihm reden. Jetzt gleich!«

Das Walroß blickte Kearwin ergeben an. »Also gut, John, wie Sie wollen. Aber ich weiß nicht, was das bringen soll.«

Kearwin schnappte sich das Telefon und verlangte bei der Vermittlung des NRO eine Direktverbindung zur amerikanischen Botschaft in Riad. Während er darauf wartete, rief er Friedman aufgeregt zu: »Jerry! Verlieren Sie bloß die fünf Fahrzeuge nicht! Sie sind es! Ich weiß es ganz sicher!«

Zehn Minuten später hatte Kearwin ein Gespräch mit Alvin

Kennings aus Riad geführt. Der CIA-Mann hatte anfänglich nicht verstanden, was Kearwin von ihm wollte, und war etwas ungeduldig geworden, als dieser ihn über die Werkstatt bei den Baubaracken in Badanah ausgefragt hatte. Ja, sagte er, er habe einige Farbtöpfe gesehen. Nein, er wußte, daß die Land Cruiser mattgrün waren, weil das der pakistanische Koch ausgesagt hatte. Doch, sicher waren da Farbkleckse in der Werkstatt gewesen. Mattgrün, ja, wie bereits gesagt. Aber wenn er es sich recht überlegte, dann hatte es den Anschein gehabt, als hätte man an dem ausgenommenen vierten Wagen Tests mit der Spritzpistole gemacht... Ja, genau...

Kearwin legte verwirrt auf. »Weiß. Glänzend, Walter. Welcher Irre würde wohl im Irak mit einem weißen...?«

Walter Sorensen und John Kearwin starrten sich perplex an, als ihnen gleichzeitig ein Licht aufging. »Das gibt's doch nicht«, schnaufte das Walroß, und sein Mund verzog sich zu einem breiten Grinsen. »Diese Burschen haben wirklich Nerven! Das schlägt doch dem Faß den Boden aus! Sie treten als UN-Beobachter auf!«

66

Major Hassan Omair saß auf dem Beifahrersitz des Land Cruiser und brütete wortlos vor sich hin. Den ersten Schock hatte er überwunden. Jetzt wurde ihm bewußt, daß er hätte versuchen müssen, das Geschehen zu verhindern; doch der große Engländer, Howard, hatte ihm keine Zeit gelassen, auch nur einen klaren Gedanken zu fassen. Und der andere Mann, Bourne, sprach perfekt arabisch – für jeden Versuch, seine Soldaten zu warnen, hätte er selbst mit dem Leben bezahlt. Oder doch nicht? Er dachte darüber nach. Doch, beschloß er. Diese Männer waren extrem entschlossen. Er zweifelte keine Sekunde daran, daß sie meinten, was sie sagten. Und dieser Howard hatte recht. Gefangenschaft war wirklich keine wünschenswerte Erfahrung für sie. Wenn sie in die

Hände der Mukhabarat, der irakischen Geheimpolizei, fielen, würden sie unglaubliche Qualen und einen furchtbar langsamen und schrecklichen Tod zu erleiden haben. Der Major verzog angewidert das Gesicht. Er verabscheute die Methoden der Mukhabarat. Tiere, dachte er zornig; erbarmungslose Tiere, die ihrem despotischen Herrn gehorchen.

Der Major haßte Saddam Hussein und sein Regime. Er wahrte den Schein, wie seine Kollegen, und plapperte die verlangten Loyalitätsbekundungen nach, von denen alle wußten, daß sie bedeutungslos waren. Jeder haßte Saddam, das wußte er – jeder außer den Speichelleckern, den Gaunern, den Karrieregeilen, denen, die man nicht mehr als Menschen bezeichnen konnte. Er kannte diese Kerle nur zu genau – Männer wie diesen unverschämten Hund Saleh Masoud, der an nichts anderes als an Beförderung dachte, überall seine hirnlose Rechtfertigung von Saddams grausamer Herrschaft herumposaunte und nach jeder vernichtenden Niederlage weiterhin Saddams absurdes Siegesgerede verteidigte.

Aber wer waren diese Spione, fragte sich der Major, und was taten sie hier? Woher hatten sie diese UN-Wagen? Vielleicht hatten sie sie in Bagdad gestohlen. Sie schienen echt zu sein. Die schwarzen »UN«-Buchstaben an den Türen konnte man vielleicht noch fälschen, nicht aber die blauen Fahnen mit dem weißen Weltkugel-Motiv mit dem Lorbeerzweig. Und die Autos selber... Doch, sie mußten aus Bagdad kommen, wie Bourne gesagt hatte.

Oder doch nicht? Es gab Straßensperren bis runter nach Samarra. Wußte der Himmel, warum. Die Kompanie des Majors war zum Elektrizitätswerk Bayji abgeordert worden, um dort die Straße zu blockieren. Eine weitere Kompanie seines Regiments hatte Befehl, eine Straßensperre in Samarra zu errichten; der Rest der Tawakalna-Division der Republikanischen Garde hielt sich noch in Kirkuk auf und schlug sich mit diesen elenden Kurden herum. Wie hatten die Spione es geschafft, Straßensperren im Norden und im Süden zu umgehen? Sie konnten nicht aus Bagdad kommen – man hätte sie in Samarra festgehalten. Sie mußten also irgendwo nördlich von Samarra zugefahren sein – vielleicht in ad-Dwar oder ... Großer Gott! Tikrit!

Der Major wurde bleich, als ihm klarwurde, was das zu bedeuten hatte. Wenn seine Theorie stimmte, machte das auch die Straßensperren plausibel. Er fragte sich, wieso ihm das nicht früher eingefallen war. Wie üblich hatte er einfach Befehle ausgeführt, ohne die Hintergründe zu erfragen. Er hatte es schon vor langer Zeit aufgegeben, den Sinn der Befehle begreifen zu wollen, die er und seine Männer ausführen mußten. Jetzt dachte er angestrengt nach. Die Feierlichkeiten heute, sie mußten der Grund sein. Saddam mußte sich in Tikrit gezeigt haben – seiner Heimatstadt. Das war die einzig mögliche Erklärung. Hatten diese Spione also ...? Grundgütiger, sie mußten ein Attentat auf den Präsidenten verübt haben! Er warf einen raschen Seitenblick auf den Engländer Bourne. Auf dem Gesicht des Mannes lag ein Lächeln, und seine Augen leuchteten, bemerkte der Major; er sah zufrieden und selbstsicher aus. War es wirklich möglich ...?

Howard unterbrach die Gedanken des Majors, indem er von hinten fragte: »Was ist denn da passiert, Major?« Er wies auf die Trümmer eines großen, von den Überresten eines Stacheldrahtzauns umgebenen Gebäudes zur Rechten.

»Wie? Oh – ich weiß nicht. Bombenschäden, nehme ich an. Warum?«

»Nur so. Ich dachte, Sie wüßten es vielleicht.« Howard grinste. Bourne sah kurz nach hinten und zwinkerte Howard zu; beide hatten die kleine Gruppe gesehen, die neben der Ruine des Lagerhauses stand, und die schmale Gestalt des alten Mannes erkannt. *Hat der alte Bursche also überlebt,* dachte Howard. *Alles Gute, mein Freund.*

Der Major deutete die Blicke zwischen den beiden Männern falsch. Er runzelte zornig die Stirn. »Ich finde es nicht im mindesten komisch, daß Ihre Luftwaffe so viele Gebäude in diesem Land zerstört hat.«

»Glauben Sie mir, Major, wir finden es nicht komisch.« Howard legte ebenfalls die Stirn in Falten. Er überlegte wieder, was der

Angriff auf das Lagerhaus zu bedeuten hatte. »Ich dachte nur, Sie wüßten etwas über dieses spezielle Gebäude hier.«

»Nein«, knurrte der Major. »Warum auch? Über derlei Dinge werden wir nicht informiert.«

Gut, dachte Howard. Der Major ärgerte sich offenbar massiv darüber, daß er nicht besser informiert wurde. Das hieß, daß er vermutlich auch nichts von einem verschwundenen Wachposten an der Fähre in Haditha wußte. Vielleicht ahnte er nicht einmal, daß die Brücke in Trümmern lag. An diesem Punkt wurde es wieder gefährlich; die Eskorte mußte anhalten, und der Major konnte auf dumme Ideen kommen – wenn er etwas wußte.

Der Major hatte tatsächlich keine Ahnung vom Zustand der Brücke. Andernfalls wäre er vielleicht auf eine Finte verfallen. Er hatte beschlossen, daß diese Spione nicht einfach so davonkommen sollten. Was und wer sie auch waren – im stillen mußte er zugeben, daß er eine gewisse Bewunderung für sie empfand. Sie waren zweifellos extrem fähig und absolute Profis. Wenn sie Saddam erledigt hatten, hatten sie dem Irak einen Gefallen getan. Dennoch durfte man sie nicht entkommen lassen. Der Major haßte Saddam zwar, aber er war ein ehrenhafter Mann, und er war Patriot. Die Geschichte seines Landes – und des gesamten Nahen Ostens – war geprägt von Ausbeutung und Einmischung seitens des Westens, und diese Männer hier waren nur ein weiteres Beispiel dafür. Der Major hatte entschieden, was er tun wollte. Wenn sie in Trebil an der Grenze zu Jordanien anhalten mußten, konnte er handeln.

Eine halbe Stunde später bog Bourne von der Straße ab und hielt sich Richtung Euphrat. »Wo fahren wir hin?« fragte der Major überrascht.

»Die Brücke ist zerstört, Major. Zerbombt. Wir müssen mit der Fähre übersetzen.«

Kurz darauf kamen sie zur Rampe, und der Major sah die Überreste der Brücke. »Woher wußten Sie das?«

»Luftfotografien, Major.«

»Aha.«

Sie hielten am Pier. »Steigen Sie langsam aus und bleiben Sie an der Tür stehen«, sagte Howard. »Wenn der Lieutenant oder einer der anderen Soldaten aussteigen will, befehlen Sie ihnen, in den Wagen zu bleiben.«

Lieutenant Saleh Masoud hatte beschlossen, daß dies eine günstige Gelegenheit war, sich die Beine zu vertreten. Doch kaum war er aus dem Panzerfahrzeug ausgestiegen, befahl ihm sein Vorgesetzter, wieder einzusteigen. Er protestierte lautstark, fügte sich aber. Der Major unterdrückte ein Grinsen. In dem BDRM mußte es brütend heiß sein. Geschah dem Scheißkerl recht.

Die Pontonfähre lag am anderen Ufer, und sie mußten eine Viertelstunde warten, bis sie bei ihnen anlegte. Sie war nicht mehr wie bei ihrer ersten Überfahrt nur mit einem Soldaten bemannt, sondern mit einer Gruppe von fünf Pionieren, die von einem Sergeant befehligt wurden. Der Sergeant warf einen Blick auf den Major, nahm sofort Haltung an und winkte die Fahrzeuge höflich an Bord.

»Sprechen Sie nicht mit ihm, Major«, sagte Howard. »Befehlen Sie ihm nur, uns überzusetzen.«

Die UN-Wagen irritierten den Sergeant etwas, aber er beabsichtigte nicht, dem barschen Major von der Republikanischen Garde irgendwelche Fragen zu stellen. Er hatte schon zwei Tage zuvor genug Ärger gehabt, als man festgestellt hatte, daß einer seiner Corporals offenbar desertiert war.

Die Überfahrt verlief ohne Zwischenfälle. In den kleinen Städten am anderen Ufer, Haditha, Beni Dahir und Haqlaniya wimmelte es von Menschen. Zur Verblüffung des Majors schaltete Howard Sirene, Scheinwerfer und das Warnlicht an, das jetzt rot statt blau blinkte; Ackford, der am Steuer des zweiten UN-Wagens saß, tat dasselbe. Licht und Sirenen hatten den gewünschten Effekt. Die Leute hasteten aus dem Weg und starrten dem seltsamen Konvoi stumpf hinterher.

Um 13 Uhr 30 erreichten sie die Straße nach Rutba und fuhren auf derselben Route zurück, die sie vor drei Tagen gefahren waren. Wegen den zwei Lkws am Ende kamen sie langsamer voran, aber

Howard war zufrieden. *Das größte Problem,* dachte er, *war der Major. Der Mann hatte eindeutig seine Fassung wiedergewonnen. Man mußte ihn im Auge behalten.*

67

»Sind Sie ganz sicher?« fragte der DNRO, während er Kearwin eingehend musterte.

»Hundertprozentig, Sir. Darf ich Ihnen mal zeigen, was ich habe?«

»Bitte.« Faga beugte sich über den Tisch, als Kearwin die diversen Ausdrucke der Keyhole-Bilder ausbreitete.

»Hier sehen wir sie an der Straßensperre, Sir. Aus der Strahlenmessung läßt sich ersehen, daß die Autos eine andere Farbe haben als die irakischen Panzerfahrzeuge. Ich habe daraufhin mit dem CIA-Agenten gesprochen, der die Baubaracken in Badanah untersucht hat, und er hat mir bestätigt, daß dort weiße Farbe benutzt worden ist.« Kearwin hielt inne; Faga blickte ihn aufmunternd an, also fuhr er fort. »Wir haben sie mit der JSTARS nach der Straßensperre verfolgt. Über diese Strecke haben wir keine Bestätigung, aber dann mußten sie am Fluß anhalten. Ich habe hier ein zweites Keyhole-Bild. Der Schablonenvergleich paßt. Sie sind es, mit einer Armee-Eskorte. Wir haben sie weiter überwacht.«

»Woher wissen Sie, daß sie nicht einfach festgenommen worden sind?«

»Aus zwei Gründen, Sir. Erstens, wenn es so wäre, warum sollten sie dann auf dieser Straße fahren? Ich nehme an, dann würde man sie nach Bagdad bringen. Das hier ist die Straße nach Jordanien. Zweitens fahren sie auf derselben Strecke zurück. Das kann kein Zufall sein.«

»Sind Sie auch dieser Meinung, Walter?« Faga wandte sich an Sorensen.

»Ja, Sir. Zuerst war ich nicht ganz überzeugt, aber es paßt alles.«

Martin Faga nickte. »Nun, ich glaube, daß Sie recht mit der Annahme haben, daß sie sich als UN-Team ausgeben. Erstens wüßte ich nicht, wie sie jemandem von der irakischen Armee überhaupt ihre *Anwesenheit* im Irak erklären wollten. Man hätte sie mit Sicherheit verhaftet, vielleicht sogar sofort erschossen. Und es gibt einen zweiten Umstand, der darauf hinweist, daß sie die Fahrzeuge verändert haben müssen. Sie verstoßen gegen die älteste militärische Regel, und das läßt darauf schließen, daß sie ihre Aufmachung radikal verändert haben.«

»Wie meinen Sie das, Sir?« fragte Kearwin. »Welche Regel?«

»Sie waren nie beim Militär, Kearwin; kein Wunder, daß Sie das nicht wissen«, sagte der DNRO. »Ganz einfach. Wenn Sie in Feindesland eine Operation durchführen – ob sie kurz oder lang ist, offensiv, wie in diesem Fall, oder nur Aufklärungszwecken dient, ob sie am Boden, in der Luft oder auf See stattfindet: Diese Regel gilt immer. Niemals begibt man sich auf dem Weg zurück, den man zum Erreichen des Ziels benutzt hat. Man wählt immer eine andere Route. Sonst fordert man es geradezu heraus, in einen Hinterhalt zu laufen.« Faga wies auf das Keyhole-Bild und nickte wieder. »Diese Leute hier wissen das, vermutlich besser als jeder andere. Sie würden niemals dieselbe Route benutzen, wenn sie nicht völlig verändert auftreten könnten. Meiner Meinung nach bestätigt das Ihre Theorie. Die UN-Idee paßt. Es muß sich so verhalten.«

»Genau, Sir«, sagte Kearwin. »Ich verstehe nicht viel von militärischen Dingen. Aber ich glaube, daß wir ein Gespür für diese Leute entwickelt haben. Sie sind schon von Anfang an unorthodox vorgegangen. Sie haben ein paar Tricks abgezogen, die uns völlig überrascht haben. Es paßt im Grunde wie die Faust aufs Auge, daß sie nun auch gegen diese Regel verstoßen.«

Faga lächelte. »Ich muß noch einmal sagen, Kearwin, daß Sie hier exzellente Arbeit geleistet haben. Sie auch, Walter – alle, die daran beteiligt waren. Ich werde diese Einschätzung beim NSC vortragen. Wenn die von den falschen UN-Wagen hören, trifft sie wahrscheinlich der Schlag. Ich muß Ihnen wohl nicht sagen, was es für ein Theater geben wird, wenn das an die Öffentlichkeit dringt.

Was«, fügte er hinzu und hob die Augenbrauen, »gegenwärtig unvermeidbar scheint. Jedenfalls danke ich Ihnen beiden. Und bleiben Sie dran.«

Als sie das Büro des DNRO verließen, platzte John Kearwin fast vor Stolz. So etwas von Faga zu hören war eine echte Auszeichnung.

68

Der große hagere Mann am Kopfende des Tisches beugte sich vor. Das Gesicht unter den hennarot gefärbten Haaren war von häßlichen Pockennarben verunziert. Sein Blick strich ruhelos über die Gesichter seiner Kollegen. Ihm fiel auf, daß auch sie nervös umherblickten; alle schienen unruhig, verunsichert, vielleicht sogar, ja ... verängstigt. Alle bis auf den wachsgesichtigen bebrillten ehemaligen Außenminister auf der linken Seite des Tisches; er lächelte unergründlich, wie immer. Oder war da ein Schweißfilm auf seiner Stirn? *Es sah so aus,* dachte der rothaarige Mann. Als er ihnen vor fünf Minuten die Neuigkeiten verkündet hatte, waren sie alle völlig verblüfft gewesen. Der Gestank von Panik zog durch den Raum wie übelriechender Dunst. Aber er hatte jetzt keine Zeit, sich große Gedanken über den Geisteszustand seiner Kollegen zu machen. Er mußte schnell und tödlich zuschlagen wie eine Schlange; er durfte ihnen keine Zeit zum Nachdenken, keine Chance zur Diskussion geben. Darin lag seine Hoffnung. Er durfte jetzt keine Schwäche zeigen. Wenn er versagte...

Er hatte es schon zur Hälfte geschafft. Er hatte sich den Stuhl angeeignet – den Stuhl, auf den sich die anderen nicht zu setzen wagten. Die Bedeutung dieser Handlung war ihnen nicht entgangen. Es war keine große Kunst gewesen, ihre verwirrten und entsetzten Blicke zu deuten, als sie den Raum betreten hatten. Es mußte ihnen sofort klargewesen sein, was das zu bedeuten hatte.

Es war vollkommen schlüssig, dachte der rothaarige Mann. Als

Vizepräsident war er der angestammte Nachfolger, der dafür ausersehen war, den Stuhl zu übernehmen, wenn die Zeit kam, was nun der Fall war. Aber wenn einer der anderen die Neuigkeit zuerst erfahren hätte, wäre das gar nicht so sicher gewesen; vielleicht säße er, Izzat Ibrahim, jetzt nicht auf diesem Stuhl. Einer von den anderen hätte sich darauf breitgemacht – wahrscheinlich diese räudige Hyäne von einem Vizepremierminister.

Aber Sa'adi Tumah Abbas, ehemaliger Verteidigungsminister, der kürzlich zum Militärischen Berater des Präsidenten degradiert worden war, hatte ihn, unterwürfig bis ins letzte, aufgesucht und nach Instruktionen gefragt. Izzat hatte gewußt, daß dieser Tag kommen würde. Hatte er dem Mann nicht geschmeichelt, ihn gehegt, seine Fähigkeiten gepriesen? Hatte er ihn nicht dazu gebracht zu glauben, daß der Einfluß des Vizepräsidenten durchaus Gewicht hatte? Und hatte der Tölpel ihm nicht alles abgekauft? Doch. Und Sa'adi Tumahs Loyalität gedieh auch noch auf fruchtbarerem Boden: dem schlau plazierten Gerücht über den schlechten Gesundheitszustand des Vizepräsidenten. Er, Izzat Ibrahim, Vizepräsident des Irak, Stellvertretender Vorsitzender des Revolutionsrates und Stellvertreter des Oberbefehlshabers der irakischen Armee, war nicht gesund. Er mußte sich bald einer Operation unterziehen. Es würde der Tag kommen, an dem er zurücktreten müßte, und dann ...

O ja; das war der glitzernde Preis, den der Tölpel nun in seiner Reichweite glaubte. *Hah,* dachte Izzat Ibrahim. *So* schlecht ging es ihm nicht. Er hatte einen Termin für die Operation; in ein paar Wochen würde er nach Jordanien fliegen und bei bester Gesundheit zurückkehren. Doch jetzt sollte Sa'adi Tumah Abbas zuerst noch die andere Lektion lernen. Die anderen sollten die Arbeit erledigen, die Säbel schwingen. Izzat Ibrahim sprach ihn direkt an. »Bruder Sa'adi, wir sind alle zutiefst bekümmert nach Ihrem Bericht. Haben Sie noch etwas hinzuzufügen?«

Der Militärische Berater des Präsidenten sah mit unbehaglichem Blick in die Runde. »Leider nicht, Bruder Izzat Ibrahim«, sagte er. »Die Einzelheiten sind noch immer nicht klar ...« Er wiederholte einige der ihm zugetragenen Informationen. *Vielleicht,* dachte Izzat Ibrahim, *glaubte er, damit bedeutender zu wirken. Nun, er sollte früh genug erfahren, wie unbedeutend er tatsächlich war.* Izzat hatte festgestellt, daß mindestens zwei Personen am Tisch beinahe vor Wut platzten. Der eine, zu seiner Linken, war Sa'adi Tumahs Nachfolger auf dem Posten des Verteidigungsministers, der *khinzir* Hussein Kamil Hassan. Izzat sah ihm an, wie ärgerlich er darüber war, daß man ihn nicht früher informiert hatte. Der zweite, zu seiner Rechten, war der Ministerpräsident, die Hyäne Taha Yasin Ramadan. *Er war der Gefährlichere von den beiden,* dachte Izzat, *aber keineswegs die einzige Gefahr. Welcher von beiden würde zuerst aus der Haut fahren?*

Die Hyäne schlug mit der Hand auf den Tisch und brachte Sa'adi Tumah Abbas mit einem giftigen Blick zum Schweigen. »Sie meinen, mehr haben Sie uns nicht mitzuteilen? Daß unser geliebter Bruder, der Staatspräsident, ermordet wurde und es einen Aufstand gegeben hat? Einen *Aufstand*? Ausgerechnet in *Tikrit*? Was für Beweise gibt es dafür? Und was wird dagegen unternommen?«

»Und warum hat man mich nicht umgehend informiert?« Der wütende Ausruf kam von Hussein Kamil, dem Verteidigungsminister und Schwiegersohn von Saddam Hussein. Izzat studierte Hussein Kamils Gesichtsausdruck und kam zu dem Schluß, daß er ihn falsch gedeutet hatte. Das dominierende Gefühl, das sich auf dem schweinsartigen Gesicht zeigte, war Panik, nur oberflächlich als Wut getarnt. Es handelte sich hier lediglich um einen Versuch, sich bemerkbar zu machen. Der Mann war schwer erschüttert und deutlich verängstigt.

Sa'adi Tumah Abbas versuchte überzeugende Antworten auf die Fragen zu finden. Er scheiterte kläglich; es gab keine. In den nächsten Minuten wurde er Zielscheibe weiterer Fragen und Vorwürfe seitens der anderen am Tisch. Izzat Ibrahim sagte nichts; er lehnte sich zufrieden zurück und ließ es zu, daß die anderen mit Schmähungen und Bosheiten über den Mann herfielen. Fast hätte er Mitleid mit Sa'adi Tumah Abbas gehabt.

Schließlich entstand eine Pause; Izzat Ibrahim hob die Hände.

»Brüder, Mitglieder des Revolutionsrates, mit großer Trauer muß ich der Ansicht Ausdruck geben, daß dieser Bericht offenbar die Wahrheit zu sein scheint. Tapfer müssen wir nun vorerst unsere grenzenlose Trauer im Zaum halten und uns der Tatsache stellen, daß unser geliebter Bruder und Führer Saddam Hussein einem verräterischen und feigen Mordanschlag zum Opfer gefallen ist. Ich kann Ihnen allen bestätigen, daß er heute morgen nach Tikrit reiste« – Izzat hielt inne und genoß den Ausdruck von Haß und Neid auf den Gesichtern derjenigen, denen man diese Information vorenthalten hatte – »aber er ist nicht zum vorgesehenen Zeitpunkt nach Bagdad zurückgekehrt. Sein Helikopter ist nicht aufgetaucht; wir haben erfahren, daß er zerstört wurde. Wie unser Bruder Sa'adi Tumah Abbas berichtet hat, sind unsere Versuche, mit dem Kommandeur der Leibgarde des Präsidenten Kontakt aufzunehmen, gescheitert; es gab jedoch Augenzeugen von den Ereignissen heute morgen. Der Kommandeur des dritten Regiments der Medina-Division der Republikanischen Garde kam mit dem Leben davon, ebenso einige Mitglieder seines Stabs. Sie scheinen die Ereignisse miterlebt zu haben und dann geflohen zu sein. Hohe Beamte der Mukhabarat haben diese Männer verhört. Sie haben ... nun, nicht viel Zeit mit dem Erfragen von Informationen vergeudet. Bevor diese Männer auf meinen Befehl wegen Feigheit erschossen wurden, gaben sie alle dieselbe Schilderung der Lage. In Tikrit herrscht Aufruhr; der Kommandeur der Medina-Division ist mit Hubschraubern der Luftwaffe dorthin unterwegs, um den Aufstand niederzuschlagen. Auf mein Geheiß wurde die Stadt abgeriegelt. Informationen werden nur über den Kommandeur der Division nach außen dringen, und er wird diesem Rat direkt Bericht erstatten.«

Izzat gestattete sich einen weiteren Blick auf den schweinsgesichtigen Verteidigungsminister, Hussein Kamil. Der Mann war sprachlos vor Wut darüber, daß man ihm offensichtlich die Befehlsgewalt über seine eigenen Truppen entzogen hatte. Izzat entblößte lächelnd seine gelben Zähne. »Ich bin sicher, Bruder Hussein Kamil, Ihr vergebt mir, daß ich in dieser Angelegenheit Gebrauch von meiner Autorität als Stellvertreter des Oberbefehlshabers der Streitkräfte gemacht habe, ohne zuvor mit Ihnen Rücksprache zu halten. Es mußte schnellstens gehandelt werden, und Versuche, Sie um die Mittagszeit herum zu erreichen, erwiesen sich als... äh... wenig erfolgreich. Sie scheinen sich vorübergehend nicht im Ministerium aufgehalten zu haben; man teilte mir mit, daß Sie mit anderen wichtigen Aufgaben in der Khulafa-Straße beschäftigt waren.« Izzats abscheuliches Grinsen drückte jetzt offenen Hohn aus. Er wußte, wo Hussein Kamil gewesen war, und mit wem. Ja, er wußte, welchen stinkenden Trog die Schweineschnauze erkundet hatte. Hussein Kamil war plötzlich kreidebleich geworden; er öffnete den Mund, klappte ihn dann wieder zu. Izzat sah, daß er nervös schluckte. O ja, dachte Izzat. Das war ein Leckerbissen, von dem sogar der Psychopath Kusai, Saddam Husseins zweiter Sohn und Chef der Mukhabarat, nichts wußte. Keiner wagte es, Kusai zu erzählen, daß seine Hure von einem Weib eine Affäre mit seinem Schwager hatte. Aber ihm, Izzat, hatte man das zugetragen...

Es herrschte Stille; auf einigen Gesichtern zeichnete sich die interessierte Frage ab, ob dieser Informationsfetzen von Bedeutung war. Schließlich gelang es Hussein Kamil zu antworten. »Ihre Handlungsweise war zweifelsfrei völlig korrekt, Bruder Izzat Ibrahim«, brabbelte er.

»Danke«, säuselte Izzat Ibrahim. Er zeigte wieder seine gelben Zähne, dann wandte er sich an die anderen. »So. Die Frage, die wir uns nun stellen müssen, ist einfach. Welche Schritte stehen an, mit denen eine größere Krise und weiterer Aufruhr vermieden werden kann? Die Antwort, so scheint es mir, ist gleichfalls ziemlich einfach. Es darf keine Lücke in der Führung des Landes entstehen. In dieser tragischen und gefährlichen Übergangszeit muß ein starker Führer an der Spitze unseres großartigen Staates stehen. Es steht außer Frage, daß mit allen zur Verfügung stehenden Mitteln weitere Uneinigkeit, wo sie auch auftreten möge, verhindert werden muß. Es sind harte und drastische Entscheidungen vonnöten. In dieser furchtbaren Zeit finde ich trotz unserer gemeinsamen Betroffenheit Trost in einer Sache: daß ihr, meine Brüder, die ihr hier versammelt seid, die Größe und die heroische Entschlossenheit besitzt, der Führung die notwendige Unterstützung zukommen zu lassen.« *So,* dachte Izzat Ibrahim. *Er hatte es gesagt. Es war wohl kaum möglich, daß jemandem die Botschaft seiner Worte entgangen sein konnte. Sogar Sa'adi Tumah Abbas würde kapiert haben, daß dies der direkte Griff nach der Präsidentschaft war.* Izzats Augen glitzerten, als er sich, einem Geier gleich, über den Tisch beugte und in die Gesichter seiner Kollegen blickte.

Das erste Anzeichen von Widerspruch regte sich von einer ganz und gar unerwarteten Seite. »Ich glaube kaum, daß einer von uns, Bruder *Vizepräsident*«, sagte der Innenminister zynisch, »die Notwendigkeit einer starken Führung anzweifeln würde. Es stellt sich lediglich die Frage, in welchen Bereichen der Politik Stärke – und Erfahrung – zum Einsatz kommen müssen.«

Izzat war verwirrt. Er hatte Pro-forma-Protest von Taha Yasin Ramadan erwartet, aber das hier kam für ihn völlig überraschend. Von allen Anwesenden hatte dieser sabbernde tollwütige Hund für alle Aufgaben, mit denen man ihn betraut hatte, die skrupelloseste und effektivste Form der Lösung gefunden. Seine Vorgeschichte war ebenso beeindruckend wie schauderhaft. Er war für die Gasangriffe auf die Kurden 1977/78 verantwortlich, und nach der Invasion 1990 hatte Saddam ihn zum Gouverneur von Kuwait ernannt. Gemeinsam mit seinem bösartigen Spießgesellen, Ala'a Hussein Ali, hatte er die Plünderung und Vergewaltigung der »neunzehnten Provinz« des Irak vorangetrieben. Danach hatte man Ali Hassan al-Majid als Innenminister damit betraut, die Aufstände der Kurden im Norden und der Schiiten in den Sümpfen im südlichen Irak niederzuschlagen – eine Aufgabe, die er mit brutaler Gewalt erledigt hatte. Wenn jemand die richtigen Referenzen für die Unterdrückung weiterer innerer Unruhen hatte, dann er. So, dachte Izzat, er greift also auch zur Macht, wie? Das konnte er vergessen. Er hatte zu viele Feinde, wurde von zu vielen gefürchtet – sie würden sich gegen ihn verbünden, um sicherzugehen, daß er keinen Zugang zur absoluten Macht hatte. Über die Aufsässigkeit und den sarkastischen Unterton, mit dem Ali Hassan al-Majid ihn »*Vizepräsident*« genannt hatte, zutiefst verärgert, holte Izzat zum Gegenschlag aus und beschloß, ihn den anderen zum Fraß vorzuwerfen.

Die Hyäne schritt umgehend zur Tat. »Unser Bruder, der Innenminister«, knurrte er, »hat in einer Hinsicht recht: Erfahrung auf der Führungsseite ist zweifellos erforderlich. Aber Erfahrung, die sich ausschließlich auf die Innenpolitik beschränkt, kann kaum als Basis für eine solide Regierungspolitik betrachtet werden. Wir sind von Feinden umgeben, die ohne Zweifel versuchen werden, Vorteile aus dem Unglück zu ziehen, das am heutigen Tag über den Irak hereingebrochen ist. Wir werden Stärke und eine unerschütterliche Treue gegenüber den Prinzipien zeigen müssen, die unser geliebter Bruder Saddam Hussein vertreten hat – möge Allah im Paradies an seiner Seite sein. Das wird im Umgang mit den räuberischen Fremden, die uns auch jetzt im Fadenkreuz haben, unverzichtbar sein. Saddam hat uns erst vor drei Tagen ins Gedächtnis gerufen, daß der Irak in bisher ungekanntem Ausmaß Angriffen auf seine Souveränität ausgesetzt ist. Die Führung des Irak darf diese Gefahren nicht unterschätzen. Geschick, äußerste Entschlossenheit und Härte im Umgang mit den inneren und äußeren Feinden des Irak ist jetzt von höchster Wichtigkeit.«

Izzat blinzelte verblüfft. Die Hyäne hatte ihm direkt in die Hände gespielt. Taha war so versessen darauf, Ali Hassan al-Majids Griff zur Macht zu verhindern, daß er nicht einmal für sich selbst gekämpft hatte. Und als ob das nicht schon genug gewesen wäre, hatte er darüber hinaus keinerlei Angriff auf Izzats Position gestartet. Die Spieler mit den besten Karten hatten das Wort gehabt; jetzt war wohl alles ohne weitere Diskussion geklärt! Seine Ernennung würde bestätigt werden!

»Unser Bruder Taha hat recht.« Verdutzt fuhr Izzat herum. Auf halber Höhe des Tisches erstrahlte ein breites Lächeln auf dem bebrillten Gesicht des ehemaligen Außenministers. »Es klang beinahe, als wolle er mit seiner Betonung der Erfahrung in der Außenpolitik mich als künftigen Präsidenten vorschlagen.« Tariq Aziz kicherte fröhlich über seinen eigenen Scherz; Izzats Augen verengten sich mißtrauisch. Was hatte dieser schleimige alte Fuchs im Sinn? »Selbstverständlich würde ich ablehnen, wenn man mir ein solch ehrenhaftes Amt anbieten würde.« Tariq Aziz blickte ernster. »Ja, meine Brüder, ich würde diese höchste Ehre nicht annehmen können. Ich glaube, daß das Amt des Staatspräsidenten vorerst unbesetzt bleiben muß.«

Izzat Ibrahim war wie vor den Kopf geschlagen. Am Tisch erhob sich erstauntes Gemurmel; aus dem Augenwinkel sah Izzat, wie sich die Hyäne, Taha, mit einem höchst zufriedenen Gesichtsausdruck zurücklehnte. Die zwei steckten unter einer Decke! Ein Hinterhalt! Aber was führten sie im Schilde? Auf Izzats pockennarbigen Wangen bildeten sich hektische rote Flecken, als er versuchte, des Wirrwarrs in seinem Kopf Herr zu werden.

»Es wäre nicht nur verfrüht, in diesem Stadium einen Ersatz für den Präsidenten finden zu wollen«, fuhr Tariq Aziz fort. »Meiner Meinung nach würden wir das Unglück mit einer solchen Ernennung sogar geradezu heraufbeschwören. Ich möchte hinzufügen«, sagte er mit entwaffnendem Lächeln, »daß ich damit nicht zum Ausdruck bringen möchte, daß sich in diesem Raum keine geeigneten Kandidaten finden ließen. Weit gefehlt. Ich bin froh, meine Brüder, feststellen zu können, daß viele von euch in der Lage wären, die Bürde des gewichtigen Amtes zu tragen, das unser geliebter Bruder Saddam Hussein bis vor kurzem innehatte. Nein; der Grund dafür, daß wir noch keinen neuen Präsidenten suchen dürfen, ist wesentlich zwingender. Er ist sogar verblüffend offensichtlich.«

Izzat hatte völlig den Überblick verloren. *Worauf, bei der Güte Allahs, wollte dieser grinsende Fuchs Tariq Aziz hinaus?*

»Jede Veränderung könnte eine Katastrophe zur Folge haben«, verkündete Tariq Aziz. »Es wäre ein Anzeichen von Schwäche, was sich sofort zu unserem Nachteil auswirken würde. Wie stark und fähig ein neuer Präsident auch sein mag – die Autorität des Amtes selbst würde geschädigt. Wenn bekannt würde, daß unser geliebter Bruder Saddam ermordet wurde, würde es den Anschein haben, als sei *das Amt des Präsidenten* selbst, nicht nur der Präsident als solcher angreifbar. Wenn wir verlauten ließen, daß ein anderer an seine Stelle getreten sei – eine verbrecherische Tat, die das Angedenken an unseren Bruder beschmutzt –, würde man das als ein Anzeichen von Uneinigkeit und damit Instabilität dieses Rates betrachten. So oder so würde die Führung des Irak einen Schlag hinnehmen müssen, von dem sie sich kaum erholen könnte. Allah weiß, daß der Irak von innen und außen von vielen Feinden bedroht ist, die eine solche Neuigkeit sofort zu nutzen wüßten. Wir müssen deshalb weiterhin so verfahren wie zuvor. Es darf keine Veränderung sichtbar werden.«

»Das ist absurd!« schrie Izzat Ibrahim, der nun völlig die Fassung verlor. Wütend deutete er mit dem Zeigefinger auf Tariq Aziz. »Wie können wir weiter verfahren wie zuvor, jetzt, wo Saddam tot ist?«

Das Lächeln des ehemaligen Außenministers verrutschte nicht einmal. Er wandte sich an Taha Yasin Ramadan. »Taha, mein Bruder«, fragte er, »wie viele von den *tawagit* gibt es noch?«

Die Hyäne grinste höhnisch und blickte Izzat Ibrahim an, der schlagartig erbleicht war. »Neun«, antwortete er. »Von diesen neun sehen fünf« – er hielt die rechte Hand mit ausgestreckten Fingern hoch – »unserem verstorbenen Bruder und Führer nur oberflächlich ähnlich. Diese fünf wurden in der Vergangenheit bei Konvois eingesetzt, um dem Volk einen kurzen Ausblick auf seinen geliebten Präsidenten zu ermöglichen. Zwei weitere« – er zählte sie an der linken Hand ab – »können mit anspruchsvolleren Aufgaben betraut werden; diese sind bereits bei Inspektionen von Militärstützpunkten eingesetzt worden, darüber hinaus in kurzen Filmausschnitten zu sehen. Nahaufnahmen waren dabei jedoch nicht erlaubt; die Soldaten, die in diesen Filmen auftraten, waren jeweils verkleidete Mitglieder der Amn al Khass. Diese Filme haben einen wichtigen Zweck erfüllt – es wurde demonstriert, daß der Führer sich nicht scheut, in der Öffentlichkeit aufzutreten.« Die Hyäne machte eine Pause und hielt zwei weitere Finger hoch. »Die restlichen beiden sind die Besten, Überzeugendsten. Beide haben sich einer speziellen Gesichtsoperation unterzogen. Der erste, der *tagut* Bakr Abdullah –«

»Ist tot.« Izzat Ibrahims Stimme war nur ein Zischen. »Er wurde heute morgen erschossen, wie der Präsident selbst.«

Das Gesicht der Hyäne verzerrte sich vor Entsetzen; nun wurde er bleich. »Woher wissen Sie das?«

»Ich habe auf demselben Weg«, schnarrte Izzat und klopfte mit den Knöcheln auf den Tisch, »davon erfahren wie von dem Attentat. Durch das Verhör der Zeugen. Und nun erklären Sie uns bitte, was diese Erwähnung der *tawagit* zu bedeuten hat. Was können sie uns nutzen? Sie sollten vernichtet werden.«

»Im Gegenteil«, gab die Hyäne, jetzt wieder gefaßt, scharf zurück. »Sie sind wichtiger denn je für die Sicherheit des Irak.« Er stierte Izzat Ibrahim an. »Der ehemalige Außenminister und ich« – er wandte sich zu Tariq Aziz, der lächelnd nickte – »haben heute morgen den Eindruck gehabt, daß etwas nicht wie geplant abläuft. Eine ausländische diplomatische Delegation kehrte nicht aus Tikrit zurück, und es kamen uns noch weitere Gerüchte zu Ohren ... Gerüchte, die sich leider als wahr erwiesen haben. Wir hatten die Gelegenheit, das Thema vor dieser Sitzung kurz zu besprechen.«

Das steckt also dahinter, dachte Izzat Ibrahim, der von Wut und Panik gepackt wurde. *Die zwei haben eine Intrige angezettelt!* Langsam stieg eine furchtbare Ahnung in ihm hoch.

»Die Nachricht vom *tagut* Bakr Abdullah ist betrüblich«, fuhr die Hyäne fort, »aber er kann zweifellos ersetzt werden, falls das notwendig sein sollte. Der wichtigste Mann, der *tagut* Muhsen Hashim, steht uns weiterhin zur Verfügung. Er ist der beste von allen.«

»Was also schlagen Sie vor?« Izzat Ibrahim war jetzt recht sicher, daß er es wußte.

»Das ist sehr einfach. Niemand wird von dem Attentat erfahren. Es wird keinen neuen Präsidenten geben. Statt dessen wird so bald wie möglich ein Film gedreht werden; das läßt sich in zwei bis drei Tagen bewerkstelligen. In diesem Film wird der *tagut* Muhsen Hashim auftreten. Man wird ihn ausführlicher zu sehen bekommen als früher. Ich weiß, daß er das leisten kann; ich habe seine Ausbildung unter Anleitung unseres verstorbenen Bruders Saddam Hussein persönlich überwacht. Unser verstorbener Bruder war sehr besorgt angesichts der zahlreichen öffentlichen Auftritte, die man von ihm erwartete, und wünschte, daß die *tawagit* immer dort auftreten sollten, wo er selbst nicht unbedingt erforderlich war. Deshalb wird alles weitergehen wie bisher. Außer den Verrätern, die für das Desaster dieses Morgens verantwortlich sind, und den hier Anwesenden werden nur wenige die Wahrheit kennen. Verräter, Zeugen sowie alle, die Gerüchte gehört haben, werden ausgeschaltet. Wenn das geschehen ist, werden diejenigen eliminiert, die den Verrat untersucht haben. Und der *tagut* wird an die Stelle des Präsidenten treten.«

Izzat Ibrahim war sprachlos. Das Undenkbare war geschehen: Seine Hoffnungen, an die Macht zu kommen, waren auf hinterhältige – und wie er zugeben mußte, äußerst geschickte – Weise zerschlagen worden. Er dachte schnell nach. Vielleicht war noch nicht alles verloren. Der *tagut* würde nicht so stark geschützt werden wie der Präsident selbst... »Sind Sie der Meinung, daß dieser *tagut* dem Rat angehören soll? Daß er einer von uns werden soll?«

»Selbstverständlich nicht«, schnaubte die Hyäne verächtlich. »Er wird nur Weisung von uns erhalten. Er wird tun, was man ihm sagt.«

»Darf ich fragen«, zischte Izzat, »wen Sie dafür ausersehen haben, ihm Weisung zu erteilen?«

»Das Thema ist bedeutungslos«, bellte die Hyäne. »Die Weisungen selbst sind von Bedeutung, aber wie sie von diesem Rat zu dem *tagut* gelangen, ist unwichtig. Es wird lediglich notwendig sein, dem *tagut* mitzuteilen, wann und wo er zu erscheinen und was er zu tun hat – sonst nichts. Da Sie dem jedoch unbegreiflicherweise solche Bedeutung beimessen, Bruder Izzat Ibrahim«, kicherte er mit siegesgewissem Unterton, »dürfte ich vielleicht vorschlagen, daß Sie diese Aufgabe selbst übernehmen?«

Die tödliche Beleidigung, die mit diesen Worten einherging,

machte jeden in der Runde sprachlos. Einen Moment lang dachte Izzat Ibrahim, er hätte nicht recht gehört; dann dämmerte ihm, daß man ihm wahrhaftig unterstellte, daß er eine niedere Tätigkeit für bedeutungsvoll hielt – und, was noch unglaublicher war: Man hatte ihm diese Tätigkeit angeboten! Sein hageres pockennarbiges Gesicht verzerrte sich vor Wut, als er bitter erzürnt zu der Hyäne hinübersah; schließlich brüllte er rasend vor Wut: »Diese Idee ist ja absurd! Sie ist das Produkt eines kranken Hirns! Es wird niemals funktionieren! Ich nehme an, Teil dieses schwachsinnigen Planes ist es, daß der *tagut* auch die *tabanja*, die Pistole des Präsidenten, tragen soll?«

»Nein!« bellte die Hyäne und schlug mit der Faust auf den Tisch. »Das nicht! Diese Bestimmung darf nicht verletzt werden. Der *tagut* muß merken, daß er nur ein Handlanger des Rates ist. Er darf unter keinen Umständen davon erfahren, daß er eine Schlüsselrolle innehat, und er darf sich nichts auf seinen Posten einbilden. Wenn er sich in ein paar Monaten als ausreichend willfährig erwiesen hat, wird er vielleicht bei einigen Gelegenheiten die *tabanja* tragen dürfen, falls das zur Aufrechterhaltung des Scheins notwendig ist. Aber wenn ich Ihren ersten Punkt beantworten soll, Bruder Izzat Ibrahim, dann tue ich das hiermit. Dieser Plan ist weitaus weniger absurd als jede Alternative. Ihre Reaktion«, knurrte er verächtlich, »ist zweifellos ein reiner Reflex. Ich dagegen habe diesen Plan sorgfältig überprüft. Er wird funktionieren. Er *muß* funktionieren. Unser Bruder Tariq Aziz hat bereits erkärt, warum das unser einziger Ausweg ist. Wenn er scheitert, dann sind wir alle hier, jeder einzelne...« – die Hyäne hatte jetzt ganz die Oberhand und blickte drohend in die Runde – »dem Untergang geweiht.«

Izzat Ibrahim war geschlagen. Er stierte die Hyäne Taha Yasin Ramadan an. In den kleinen Augen in dem pockennarbigen Gesicht lag unverhüllter Haß.

69

Lieutenant Saleh Masoud war kurz davor zu explodieren. Obwohl die Sonne jetzt rasch unterging, war es in dem Panzerfahrzeug noch immer brütend heiß; man hatte ihm keine Gelegenheit gegeben, sich auszuruhen oder zu essen. Er nahm an, daß die Wachposten in den Transportern hinter ihm ebenso übellaunig waren wie er selbst. Sein Fahrer jedenfalls hatte ihn ausführlich davon in Kenntnis gesetzt. Dessen durchdringende Stimme war dem Lieutenant schließlich so auf die Nerven gegangen, daß er dem Mann wütend befohlen hatte, den Mund zu halten.

Aber natürlich hatte der Fahrer recht. Warum sollte die Republikanische Garde diese verhaßten Ausländer verhätscheln? Man hätte sie einsperren und verfaulen lassen sollen. Statt dessen eskortierte man sie, bot ihnen *Hilfe* an – diesen Leuten, die dem Irak die Würde nehmen wollten! *Ja,* dachte der Lieutenant, *wenn seinem Fahrer so zumute war, dann ging es den anderen genauso.* Wenn es zu einer weiteren Auseinandersetzung mit diesem arroganten Major Hassan Omair kam, hatte er die Männer hinter sich.

Der verfluchte Major, dachte er empört. Das sah dem Kerl ähnlich, in dem bequemen Auto mit den Ausländern zu fahren, während seine Männer in diesen Ratterkisten durchgeschüttelt wurden. Vor allem in diesem BDRM. Er, Saleh Masoud, hätte wirklich gern diesen Idioten von einem Russen in die Finger bekommen, der das Ding quasi ohne Federung und mit einem Motor konstruiert hatte, der die gesamte Wärme in den Innenraum statt nach draußen abgab. Der Russe sollte verflucht sein, der Major sollte verflucht sein, und zehntausendmal sollten diese elenden Ausländer verflucht sein. Der Lieutenant traf eine Entscheidung. Er wollte ihnen noch eine halbe Stunde geben. Wenn sie bis dahin nicht angehalten hatten, würde *er* anhalten. Einfach so. Er würde sich weigern, auch nur noch einen Meter weiterzufahren. Sollte den Major der Teufel holen – er konnte faseln, was er wollte. Er, Saleh Masoud, hatte auch ein paar Wörtchen mitzureden.

Der Lieutenant hatte sich daran gewöhnt, daß sie dem Wagen vor ihnen folgten, und war so damit beschäftigt, seine durchschlagende Rede für den Kommandeur zurechtzulegen, daß er nicht bemerkte, als Bourne von der Hauptstraße nach Trebil und Jordanien abbog. Der Konvoi war kurz vor Rutba; Bourne fuhr eine scharfe Kurve und schlug ihre alte Route an den Trümmern der Brücke vorbei und durch die Stadt ein. Er hielt Richtung Süden auf die saudiarabische Grenze zu, wo sie hergekommen waren. Der Lieutenant in dem BDRM nahm an, daß sie wegen der Brücke einen Umweg fuhren, und achtete kaum auf die Strecke. Er warf einen Blick auf seine Armbanduhr. Noch zwanzig Minuten, dachte er. Danach würde er einfach anhalten lassen.

70

Im Gegensatz zu seinem erbosten Untergebenen hatte Major Hassan Omair sofort bemerkt, was passiert war. Es hatte keinen Anhaltspunkt dafür gegeben. Howard und Bourne hatten nichts besprochen, und letzten Endes hatte auch alles für die Straße nach Trebil gesprochen. Es war schließlich für Spione, die das Land verlassen wollten, die naheliegende Route.

Plötzlich fuhren sie Richtung Süden – ins Niemandsland. Rasch dachte der Major nach. Sein Plan, die Spione festnehmen zu lassen, wenn sie in Trebil anhielten, war jetzt zum Teufel. Er mußte sich etwas anderes einfallen lassen. Er beschloß als erstes, sich nicht anmerken zu lassen, daß er die Veränderung bemerkt hatte. Vielleicht blieben sie entspannt. Wenn sie wußten, daß ihm die veränderte Route aufgefallen war, ahnten sie vielleicht, daß er etwas im Schilde führte. Vielleicht kapierte dieser Idiot Saleh Masoud in dem BDRM, was geschehen war. Wenn ja, würde er vielleicht etwas unternehmen. Vielleicht sogar die 14,5-mm-KPTV-Kanone abfeuern. Das wäre wenigstens mal was.

Aber was machten die Spione nun? Dieser Howard hatte Bourne

einen Fliegerhelm gereicht, der irgendwie seltsam aussah – vorne war so etwas wie ein Fernglas draufmontiert. Bourne setzte den Helm auf und stellte das Fernglas ein. Natürlich – ein Restlichtverstärker! Und der Mann war kurz abgelenkt...

Howard, der auf dem Sitz hinter Bourne saß, hatte den Major scharf beobachtet. Der Major hatte keine Miene verzogen, als sie von der Straße abgebogen waren, aber Howard wußte, daß der Major sich bestens verstellen konnte, und nahm an, daß er alles genau mitbekam. Als er nach seiner Nachtsichtbrille griff, war Howard klar, daß der Major sowieso bald wissen würde, wo sie sich befanden. Sie waren an der Abfahrt zum Flughafen Rutba Süd vorbeigekommen, und in zwei bis drei Kilometern würden sie auf die unbefestigte Straße stoßen. Er reichte MacDonald seinen Helm und gab den anderen nach vorn.

Bourne setzte ihn gerade auf, als mehr oder weniger zwei Dinge gleichzeitig geschahen. Weil er mit dem Aufsetzen des Helms beschäftigt war, merkte er nicht, daß der BDRM hinter ihm stehenblieb; wenn er in den Rückspiegel gesehen hätte, wäre ihm das sofort aufgefallen.

Gleichzeitig griff der Major, der gemerkt hatte, daß dies vielleicht seine einzige Chance war, die Ausländer aus dem Tritt zu bringen und seine Männer in den hinteren Fahrzeugen zu warnen, nach dem Steuer. Bourne war völlig unvorbereitet auf den Angriff; Howard dagegen nicht. Er schlug dem Major mit der Handkante seitlich an den Hals; der kippte bewußtlos auf Bournes Schoß. Bourne reagierte schnell und schob den Iraker auf seinen Sitz zurück.

Das Ganze dauerte nicht länger als vier Sekunden, aber mittlerweile war zwischen dem Land Cruiser und dem Rest des Konvois ein Abstand von etwa siebzig Metern entstanden. Howard und Bourne bemerkten es beide gleichzeitig; Bourne bremste abrupt.

»Stoß zurück, Johnny. Langsam. Es gibt Ärger. Danny, wenn ich es sage, springst du sofort raus.«

Ziegler, Ackford und Usher, die in dem anderen Wagen zwischen dem BDRM und dem ersten Transporter fuhren, nahmen sofort wahr, daß etwas nicht stimmte. »Noch nicht«, sagte Ziegler gepreßt, »laßt uns warten, bis wir wissen, was los ist.«

Lieutenant Saleh Masoud war ausgestiegen. Er sah, daß der vordere Wagen nicht gleich stehengeblieben war. Er war noch ein Stück weitergefahren, aber vermutlich würde er gleich umdrehen. Dann würde er dem Major gehörig die Meinung sagen.

Inzwischen, beschloß der Lieutenant, würde er diesen Ausländern mal ein bißchen einheizen. Er ging zu dem Land Cruiser. »Aussteigen«, bellte er Ziegler an und deutete mit dem Daumen nach hinten.

Ziegler hob sein AKMS und schoß den Lieutenant in den Hals. Mit dem Ellbogen bedeutete er Ackford und Usher, daß sie sich rühren sollten. »Sofort raus«, befahl er. Alle drei Männer sprangen aus dem Wagen und rollten sich ab, ohne sich um die Leiche des Lieutenants zu kümmern.

Der Sergeant am Steuer des vordersten Transporters war ein Veteran des Irak-Iran-Kriegs. Er hörte das gedämpfte Husten des AK und sah den Lieutenant tot umfallen. Er reagierte schnell. »Raus aus dem Wagen!« schrie er den Männern hinter sich zu, sprang heraus und lud sein AK 47. Er wollte gerade feuern, als jemand etwas auf englisch schrie. Zu seinen Füßen schoß ein greller Blitz empor, und er stürzte tot zu Boden.

Er hatte gehört, wie Ackford »Granate!« brüllte. Usher und Ziegler hatten fast gleichzeitig Handgranaten auf die beiden hinteren Lkws geworfen. Die erste explodierte zwischen den Vorderrädern des ersten Transporters, setzte den Wagen in Brand und tötete den Sergeant. Die zweite explodierte am Heck des Lkw, erledigte drei Soldaten, die gerade ausstiegen, und verwundete vier weitere. Die dritte Granate, die Ziegler auf den hinteren Transporter geworfen hatte, ging nicht los.

Ackford und Usher setzten die zwei Laster unter Maschinengewehrfeuer. Viele von den Soldaten schafften es nicht mehr nach draußen, aber die dreizehn Mann in dem zweiten Fahrzeug, das von den Granaten verschont geblieben war, sprangen heraus und erwiderten das Feuer. Ziegler zielte auf die Scheinwerfer der Lkws und traf, worauf es schlagartig dunkel wurde. Jetzt bestand die einzige Lichtquelle aus den Scheinwerfern des BDRM, die aber in die falsche Richtung wiesen.

Trotz seines niedrigen Rangs hatte der Fahrer des BDRM erstaunlich schnell und besonnen reagiert, als die erste Granate explodierte. Er warf sich aus seinem Sitz nach hinten, packte den Griff der 14,5-mm-KPTV-Kanone im Turm und feuerte ohne zu zielen drauflos. Die Kanone war geradeaus auf die Straße gerichtet, und von den zwanzig Schüssen trafen drei den rückwärts fahrenden Land Cruiser. Das Auto kam von der Straße ab, stürzte um und fing Feuer.

MacDonald spürte einen Schlag am linken Arm und ließ das AK fallen. Kurz darauf drehte sich alles um ihn, und er fiel auf den Kopf. Der NSB-Helm rettete ihm das Leben. Er öffnete die Tür und hangelte sich aus dem Wagen.

Während MacDonald zur Seitentür hinauskletterte, warf sich Howard nach hinten und stieß die Hecktür auf. Der RPG-7-Panzerabwehrraketenwerfer lag unter dem Rücksitz; er packte ihn, ließ sich ausrollen und zielte mit der Waffe auf den BDRM. Als er feuerte, gab es einen ohrenbetäubenden Knall; das Projektil explodierte sofort auf seinem Ziel und bohrte sich durch die dünne Panzerung. Der vordere Teil dcs Panzerfahrzeugs brach auseinander, und der Rest stand in Flammen. Der Fahrer war sofort tot.

Johnny Bourne hatte weniger Glück gehabt. Das Geschoß, das MacDonalds Arm durchschlagen hatte, hatte Bourne nicht getroffen, dafür aber das nächste, und zwar in die Wade. Das Bein schien sofort gefühllos zu sein. Das dritte der drei schweren Geschosse hatte ein Hinterrad getroffen und völlig zerfetzt, weshalb der Wagen vom Weg abgekommen und auf die Fahrerseite gestürzt war. Dabei rutschte der bewußtlose Major wieder auf Bourne und machte ihn bewegungsunfähig. Der Wagen begann zu brennen.

MacDonald fühlte sich völlig hilflos. Er konnte nicht schießen, weil er Angst hatte, Ziegler, Ackford oder Usher zu treffen, die sich einen ohrenbetäubenden Schußwechsel mit den restlichen irakischen Gardisten lieferten. Das gemeine Krachen der AK-Geschosse, die über seinen Kopf hinwegflogen, ließ ihn die Nerven verlieren; er hatte nie zuvor etwas so Entsetzliches erlebt. Er warf sich flach auf den Boden und sah sich nach Howard und Bourne um, um sich an ihnen zu orientieren. Er erkannte Howard, der zu einer Flanke hinüberrannte.

Plötzlich fiel MacDonald ein, daß Bourne nirgendwo zu sehen war. Der Land Cruiser hinter ihm fing an zu brennen; schlagartig wurde MacDonald klar, daß Bourne nicht ausgestiegen war. Er rannte hinüber und warf sich durch die Hecktür ins Innere. Er fand Bourne und zerrte mit seiner unverletzten Hand den Major von Bournes Bein herunter.

»Danke, Danny«, schrie Bourne heiser über das Getöse hinweg, wand sich hinter dem Lenkrad hervor und hangelte sich hinter MacDonald zur Hecktür hinaus. Draußen warfen sie sich zu Boden und krochen weg von dem Wagen, der jetzt in Flammen aufging.

»Was wollen wir tun, Johnny?« schrie Danny.

»Im Moment nicht viel«, schrie Bourne und schnitt eine Grimasse. »Mein Bein ist eh hinüber. Am besten hierbleiben und abwarten.« Beide Männer schalteten ihre Nachtsichtbrillen ein und beobachteten die Szenerie.

Ackford waren die Granaten ausgegangen. Er kroch flach am Boden zurück, um Nachschub zu holen. Als er die Tür des Wagens aufriß und sich hineinbeugte, krachten Schüsse in nächster Nähe, und er spürte einen heftigen Schlag an seinem NSB-Helm. *Scheiße*, dachte er; dann überlegte er es sich anders. *Gut, ich kann noch denken. Ich muß okay sein.* Er kroch von dem Wagen weg, zog die erste Granate ab und zielte auf das Mündungsfeuer der AKs neben dem zweiten Lkw. »Granate!« schrie er. Irgendwo rechts feuerte Usher.

Howard hatte gesehen, daß Usher und Ackford die rechte Flanke übernommen hatten. Er rannte zur linken, auf der sich Ziegler befinden mußte. Langsam zeigte das Kreuzfeuer Wirkung. Die Iraker sahen nichts im Dunkeln, waren desorientiert, übermüdet und völlig überrascht. Einer nach dem anderen wurde von den

Beinen geholt. Von den fünfunddreißig Männern waren nur noch acht am Leben.

Zu ihnen gehörte der Sergeant aus dem zweiten Lkw. Wie sein Kampfgenosse aus dem vorderen Lkw war er ein erfahrener Soldat, und er hatte den rechten Moment abgewartet. Er war in Deckung gegangen; er wartete ab, in welchem Rhythmus die Schüsse kamen. Ihm wurde bald klar, daß er es bei diesen Feinden mit verdammt fähigen Männern zu tun hatte. Sauber gezielte Schüsse kamen von einer Stelle – er sah das Mündungsfeuer –, aber danach tat sich nichts mehr. Der Schütze wechselte zu einer anderen Position. Keiner schoß zweimal von derselben Position aus. Sie feuerten, dann wechselten sie die Stellung. Einen hatte er am Wagen gesehen, als dieser die Tür geöffnet hatte; er hätte schwören können, daß er ihn getroffen hatte, aber der Mann war weiter dabei, wenn der Sergeant auch nicht mehr sicher war, wo er sich befand.

Mit einem lauten Knall explodierte der brennende Land Cruiser. Die Flammen waren zum Tank vorgedrungen. Major Hassan Omair starb, ohne das Bewußtsein wiedererlangt zu haben. Die Explosion erhellte plötzlich die Szenerie; der irakische Sergeant entdeckte einen der Feinde. Er feuerte sofort. Die Gestalt zuckte und lag dann still. *Erwischt*, dachte der Sergeant. Dann fuhren plötzlich mächtige Schläge durch seinen Körper. Ein nasser, salziger Geschmack stieg in seinen Mund, und dann begann der Lärm um ihn herum langsam zu verklingen. Bevor er begriff, was geschehen war, tat der irakische Sergeant mit überraschtem Gesichtsausdruck seinen letzten Atemzug.

Das Krachen der Schüsse verebbte; der letzte irakische Soldat war tot.

»Mike?« rief Howard.

»Hier. Bin okay.«

»Johnny?«

»Hier«, rief Bourne mit gepreßter Stimme. »Schußwunde in der rechten Wade.«

»Wie schlimm?«

»Nicht gebrochen.«

»Gut. Danny?«

»Hier. Schußwunde im linken Arm.«

»Tony?«

»Hier. Mein Helm hat was abgekriegt, aber ich glaube, der Inhalt ist unversehrt.«

»Bob?«

Es herrschte Stille. Ackford sagte: »Ich glaube, er ist hier drüben, Boß.«

»Okay. Ich glaube, wir können weiter. Mike, du übernimmst das Kommando. Stell fest, welcher Wagen noch funktionsfähig ist.« Howard ging zu Tony hinüber, der neben Usher kniete. Drei Kugeln hatten ihn in Kopf und Brust getroffen. Er war sofort tot gewesen.

»Verfluchtes Pech, Boß«, sagte Ackford. »Fast hätten wir's geschafft.«

71

Kearwin fühlte sich wie betäubt, als er das Keyhole-Bild auf seinem Bildschirm studierte. Die Fahrzeuge hatten sich zehn Minuten an derselben Stelle aufgehalten; das Satellitenbild war vor drei Minuten entstanden, und es gab keinen Zweifel mehr, was passiert war.

Aus irgendeinem Grund war es zu einem Kampf mit den Irakern gekommen. Das »UN-Team« hatte sich offenbar zu wehren gewußt; das Panzerfahrzeug – entweder ein BTR oder ein BRDM – brannte, das ging aus der Strahlungsmessung hervor. Ebenso wie einer der Lastwagen und einer der UN-Wagen. Außerdem war noch etwas anderes damit; die Umrisse waren verändert. Aber es mußte der UN-Wagen sein – die anderen vier Fahrzeuge des Konvois hatte er schon abgehakt. Vielleicht war das Auto umgestürzt. Es ließ sich nicht eindeutig bestimmen.

Sie hatten es so weit geschafft, dachte Kearwin, *und nun scheiterten sie.* Er fühlte mit diesen Männern. Er wußte, daß man sie früher oder später erwischen würde – das war unvermeidlich. Wenn sie nach Saudi-Arabien kamen, konnten sie nicht mehr entkommen. Aber da wären sie zumindest am Leben geblieben, wohingegen sie jetzt...

Kearwin fragte sich, ob sie alle tot waren. Besser als Gefangenschaft war es allemal. Es mußte ein grauenhaftes Los sein, in die Hände der irakischen Geheimpolizei zu fallen – Folter, öffentliche Erniedrigung im Fernsehen, erneute Folter, die Hölle eines irakischen Gefängnisses, vielleicht sogar grausame Hinrichtung... der Gedanke daran war unerträglich. *Nein,* dachte er heftig, *es war besser, wenn sie alle tot waren.*

Aber vielleicht lebten sie. Vielleicht hatten sie die Iraker besiegt! Bald würde er es wissen. Es kam darauf an, welcher Wagen sich bewegte, der andere Land Cruiser oder der Lastwagen. Das schienen die beiden einzigen unbeschädigten Fahrzeuge des Fünfer-Konvois zu sein. Einer würde weiterfahren. Wenn es der Lkw war oder ein anderes Fahrzeug auftauchte, hatten die Iraker gesiegt. Wenn es der Land Cruiser war...

»John! Bewegung bei der JSTARS!« schrie Jerry Friedman.

»Land Cruiser oder Lkw?« fragte Kearwin sofort.

»Der Lkw.«

»Oh.« Kearwins schlimmste Befürchtungen bestätigten sich. Er sackte in sich zusammen.

»Fährt auf der Piste Richtung Süden«, sagte Friedman.

»Süden? Haben Sie *Süden* gesagt? Ganz sicher?«

»Ja. Absolut.«

»Überwachen Sie den Laster!« schrie Kearwin. Sie hatten es geschafft, sagte er sich. Die Iraker würden nicht nach Süden auf die Grenze zufahren. Dem Himmel sei Dank. Irgendwie hatten diese Burschen wieder die Oberhand behalten.

»Dieser Scheißlaster fährt sich saumäßig«, schrie Ackford über das Dröhnen des Motors hinweg.

»Erwartest du was anderes bei 'nem platten Vorderreifen?« antwortete Howard. Er lächelte schwach, um sein Unbehagen zu überspielen. Der zweite Land Cruiser war von mehreren Geschossen aus den irakischen AKs getroffen worden; der Verteiler und die Batterie waren zertrümmert, und Säure und Bremsflüssigkeit waren im Motorraum verspritzt. Sie hatten ihre Ausrüstung aus dem Auto geräumt, und Ziegler hatte den Inhalt des letzten Benzinkanisters über die Sitze geleert. Dann hatte er einen brennenden Lappen hineingeworfen. Anderthalb Kilometer hinter ihnen war das brennende Fahrzeug noch zu sehen; Howard bemerkte im Seitenspiegel die Stichflamme, als der Wagen explodierte. *Gott sei Dank fuhr wenigstens der zweite Lkw,* dachte er, *auch wenn der Reifen zerschossen war.*

Howard hatte den Ort des Kampfes so schnell wie möglich verlassen wollen. Daß das Licht des Lkw nicht funktionierte, spielte keine Rolle; sie hätten es sowieso nicht benutzt. Ackford hatte seinen zerschossenen Helm mit der Nachtsichtbrille abgelegt und den von Bourne aufgesetzt.

»Fahr so weit du kannst, Tony«, sagte Howard. »Ich möchte, daß wir möglichst schnell von diesen Wracks wegkommen.«

»Ich tu mein Bestes, Boß.«

Howard hörte ein Klopfen an der Fahrerkabine und wandte sich um. Ziegler sah unter der Plane hervor. »Andy ist unterwegs, Ed. Ist gestartet. Hast du schon Koordinaten für ihn?«

»Noch nicht, Mike. Er wird mindestens eine halbe Stunde brauchen, bis er hier ist. Wir fahren noch ein paar Kilometer weiter und halten nach einem guten Landeplatz Ausschau.«

»Okay.«

»Wie geht's Johnny und Danny?«

»Danny ist okay. Ein großes Loch, aber glatt durch den Muskel. Blutet nicht so stark. Bei Johnny bin ich mir nicht sicher. Ich hab einen Druckverband angelegt, aber er verliert ziemlich Blut. Wir sollten irgendwo anhalten und es uns ansehen. Er hat noch immer kein Gefühl im Fuß.«

»Die Knochen sind in Ordnung?«

»Soweit ich das nach dem Rumtasten im Dunkeln beurteilen kann, ja.«

»Wir müssen noch eine Weile durchhalten. Wir können jetzt nicht anhalten.«

»Okay.« Zieglers Kopf verschwand hinter der Plane.

Howard fiel noch etwas ein. Er steckte wieder den Kopf aus dem Fenster. »Mike?«

Zieglers Kopf tauchte wieder auf. »Ja?«

»Haben wir tote Iraker an Bord?«

»Ja. Zwei, die nicht mehr rausgekommen sind. Ich wollte sie gerade rausschubsen.«

»Mach's nicht. Wir brauchen sie noch.«

»Wozu?«

»Ich bin ziemlich sicher, daß wir bei den Saudis drüben aufgeflogen sind«, sagte Howard. »Wir müssen das Flugzeug vermutlich bei der Ankunft abstoßen und uns etwas anderes einfallen lassen.«

»Scheiße«, sagte Ziegler. »Wie kommst du darauf?«

»Der Luftangriff auf das Lagerhaus«, sagte Howard. »Ich bin ganz sicher, daß das nicht die Iraker waren.«

Der irakische Colonel der Luftwaffe, der das Kommando über den Luftwaffenstützpunkt Rutba Süd hatte, blickte überrascht auf, als ein lautes Klopfen an der Tür zu hören war. »Herein«, rief er.

Die Tür flog auf, und ein aufgeregter Captain der Armee erschien. »Sir, es hat eine Meuterei gegeben!«

»Wie? Werden Sie deutlicher!«

Der Captain erklärte die Lage. Er sagte, er sei auf dem Rückweg nach Rutba gewesen, als er drei Kilometer vor dem Abzweig zum Stützpunkt einen Brand gesehen habe. Dann hatte es eine Explosion gegeben, sagte er. Er war sofort dorthin gefahren und hatte die Fahrzeuge und die herumliegenden Soldaten entdeckt. »Alle tot«, sagte er.

Der Colonel war äußerst aufgebracht. »Was hatten die da zu suchen?« fragte er. »Es war kein Konvoi angemeldet für diese Woche.«

»Ich weiß nicht, Sir«, sagte der Captain. »Aber die Republikanische Garde setzt uns über ihre Pläne ja sowieso nie in Kenntnis.«

Das war dem Colonel bekannt. Er ärgerte sich schon lange darüber. Wie sollte er in dieser Region alles unter Kontrolle halten, wenn sie einem so etwas nicht mitteilten? Aber... *Moment mal!* »Captain, sagten Sie Republikanische Garde?«

»Ja, Sir. Zwanzig oder dreißig Mann. Alle tot.«

Bei Gott! dachte der Colonel und sprang auf. Er rannte hinaus, der Captain ihm hinterher. Das war ein Ernstfall! Und wenn er sich nicht darum kümmerte... »Geben Sie Alarmstufe eins, Captain!«

»Ja, Sir!«

Der Colonel hastete zu seinem Wagen und raste über das Vorfeld zum Tower. Überall auf dem Stützpunkt gingen Lichter an, als die Sirenen zu heulen begannen. Der Colonel rannte die Treppe zum Tower hinauf, während hinter ihm mit quietschenden Reifen ein Jeep hielt. Er hatte entschieden, was zu tun war. »Holen Sie mir über Funk den Luftwaffenstützpunkt H3 ran! Ich will mit Colonel Suba Ali sprechen! Schnell!«

»Ja, Sir!« antwortete der Offizier und salutierte. Dann eilte er hinaus.

Genau, dachte der Colonel. *Hier in Rutba Süd hatten sie nur Verkehrsmaschinen. Auf dem H3-Stützpunkt, sechzig Kilometer weiter westlich, stand dagegen eine Staffel Mi-24 Hind-A Kampfhubschrauber. Und hier war scharfes Geschütz vonnöten.*

»Die AWACS hat die Islander, John!« rief Peter Stannard zu Kearwin hinüber. »Fliegt gerade über die Grenze – nach Norden, in den Irak!«

»Stellen Sie fest, wie weit sie vom Ziel entfernt ist.« Kearwin hatte diese Entwicklung erwartet, aber etwas ließ ihm keine Ruhe. Er gab Stannard die Koordinaten des Lkw, der jetzt angehalten hatte. Man hatte wahrscheinlich einen geeigneten Landeplatz gefunden. Aber woher, fragte er sich, hatte der Pilot des Flugzeugs gewußt, daß er losfliegen sollte? Und woher wußte er seinen Zielort? Sie konnten den Landeplatz nicht vorher bestimmt haben. Die Männer in dem Lkw handelten jetzt unter Ausnahmebedingungen. Kearwin war sicher, daß sie den Piloten der Islander sonst nicht aufgefordert hätten, in irakisches Gebiet zu fliegen.

Während Stannard die Meldungen der E-3 AWACS abrief, ging Kearwin zu Sorensen hinüber. »Walter, ist die ELINT absolut sicher, daß es in diesem Gebiet keinen Funkverkehr gegeben hat?«

»Sie sagen, sie haben es überwacht. Nichts.«

»Gar nichts?«

»Nur das übliche, auf arabisch. Es gibt mehrere Luftwaffenstützpunkte in der Gegend. Da entgeht ihnen nichts.«

»Können wir das noch mal prüfen lassen? Vielleicht haben sie was von außerhalb der Stützpunkte. Wir wissen genau, wo der Lkw entlangkam und wo er jetzt steht – er hat angehalten und wartet auf das Flugzeug.«

Das Walroß griff zum Telefon und sprach mit dem für die Überwachung verantwortlichen Supervisor der ELINT. Er hörte sich an, was dieser zu sagen hatte, dankte und legte dann auf. »Nichts, John, nur Funkverkehr auf arabisch von irgendwo in der Nähe des Luftwaffenstützpunktes Rutba Süd und aufgeregtes Geplapper zwischen Rutba Süd und dem Stützpunkt H3.«

»Was ist los?«

»Rutba hat Luftunterstützung angefordert. Hat vermutlich was mit der Sache hier zu tun. Ich schätze, die haben was von dem Kampf zwischen den irakischen Soldaten und unseren Jungs mitbekommen.«

»Das meine ich nicht. Ich meine die Funkmeldung von dem Lkw. Können wir ein Band und eine englische Übersetzung des Gesprächs kriegen?«

Das Walroß nickte, nahm rasch wieder den Hörer ab. »Ich weiß, was Sie denken. Sie glauben, die reden arabisch … Oh, Eddie«, sagte er, »hier ist noch mal Walter. Ja. Hören Sie, Eddie. Wir glauben, daß sie sich auf arabisch verständigen. Könnten Sie uns eine Übersetzung von der Übertragung geben, die ich Ihnen gerade durchgegeben hatte, aus der Wüste südlich von Rutba? Ja. Und eine Kopie von dem Band. Und Ihr Sprachexperte soll bitte die Sprachmuster analysieren, ja? Nochmals danke, Eddie.« Er legte wieder auf. »Er sagt, er macht es sofort.«

Andy Denard flog so tief wie möglich. Auf 350 Grad Magnetkurs war er über die irakische Grenze geschossen und hielt direkt auf die letzte Position zu, die das Team durchgegeben hatte. Harris auf dem Kopilotensitz bekam zehn Minuten später neue Koordinaten, und Denard korrigierte den Kurs auf 342 Grad.

Denard war überzeugt davon, daß das Team wußte, daß etwas schiefgelaufen war. Harris und Bourne hatten über Funk nur das Nötigste gesprochen; Bourne hatte nichts davon gesagt, wie die Operation verlaufen war, und Harris hatte nicht gefragt. Sie mußten wissen, daß sie aufgeflogen waren. Denard fragte sich, woher. »Wie haben sie sich angehört, Mel?« fragte er knapp, ohne zur Seite zu sehen.

»Schwer zu sagen, weil Johnny arabisch geredet hat und ich krampfhaft versucht habe, nichts zu vergessen. Ich weiß nicht. Angespannt. Aber das bin ich auch, so wie du hier rumfliegst.«

»Keine Sorge, Mann. Wir sind gleich da. Noch zehn Minuten.«

»Bis dahin bin ich um zehn Jahre gealtert!«

»Mach die Augen zu und denk an Titten, Mann.«

»Kann ich jetzt nicht«, sagte Harris. »Und du läßt das bitte schön auch bleiben!«

Denard lachte. Harris sah den Piloten von der Seite an und bemerkte zum ersten Mal, daß seine Augen nicht mitlachten. Scheiße, dachte er grimmig. Wenn Andy mulmig zumute ist, dann sind wir wirklich dran.

Der Mi-24 Hind-A befand sich ganz in der Nähe des gemeldeten Ortes. Der irakische Pilot der Luftwaffe war irritiert. Was sollte dieser Aufruhr wegen der Republikanischen Garde? Was hatte es auf sich mit der ganzen Metzelei? Dem Piloten gefiel die Sache nicht. Es klang nach einer großen Meuterei. Das bedeutete Ärger. Der Pilot lebte gern ruhig. H3 war ein angenehmer, ruhiger Ort. Oder war es zumindest bis jetzt gewesen. Nicht wie Nasiriya oder

Basra im Süden. Er hatte dort kürzlich Dienst getan, auf dem Stützpunkt Talli außerhalb von Nasiriya. Mit dem dort erteilten Auftrag hatte er sich ganz und gar nicht anfreunden können. Tagaus, tagein über die verfluchten Sümpfe zu fliegen und Zivilisten umzumähen gehörte nicht zu seinen Lieblingsbeschäftigungen. Es war ihm zuwider, und er war erleichtert gewesen, als man ihn vor zwei Monaten zum H3 versetzt hatte. Es war nicht so, daß er die Männer in den Sümpfen besonders geschätzt hätte – sie waren ihm egal. Aber diese Aufgabe war nicht ehrenhaft, vor allem, wenn man es mit mutigen Menschen zu tun hatte.

Doch, sie waren mutig, diese Männer in den Sümpfen. Aber wußten sie denn nicht, daß es sinnlos war, Widerstand zu leisten? Sie hatten nicht den Funken einer Chance. Und dennoch hatten sie sich widersetzt, obwohl sie wissen mußten, daß es nutzlos war, mit Gewehren oder MGs auf einen Hind zu schießen. Der Hind war der bestgepanzerte Hubschrauber der Welt. Mit Handfeuerwaffen konnte man einen Hind niemals herunterholen. Die Geschosse waren von der Panzerung abgeprallt, und er hatte sich vollkommen sicher gefühlt; es war sogar komisch gewesen. Er erinnerte sich noch an das entsetzte Gesicht des neuen Kopiloten, als er absichtlich direkt vor einigen der Schützen in Schwebeflug gegangen war. Wie die Patronen herumgespritzt waren! Der neue Kopilot hatte vor Angst geschrien, bis ihm schließlich eingefallen war, daß ihm nichts passieren konnte. Der Pilot grinste beim Gedanken daran.

Der Navigator und Bordschütze unterbrach seine Gedanken. »Nähern uns dem Ziel. Ein Kilometer.«

Der Pilot sah es sofort. Vier brennende Fahrzeuge, wie berichtet. Zwei waren schon fast ausgebrannt. Der Pilot kreiste über der Szenerie. Überall lagen Leichen herum; es hatte ein Massaker gegeben. Wo waren die Verbrecher? In welche Richtung waren sie verschwunden? Er sagte in sein Mikrofon: »Was sagt das FLIR?«

Der Beobachter sah auf den Vorwärtssichtradar-Bildschirm und antwortete: »Nichts außer einem Flugzeug, das von Süden reinkommt. Dreiunddreißig Kilometer entfernt. Aber die Infrarotstrahlung zeigt eine ungewöhnliche Spur, die in diese Richtung führt. Da ist vor kurzem ein Fahrzeug losgefahren. Sieht aus, als hätte es ein schadhaftes Rad.«

»Ein Flugzeug, das von Süden reinkommt? Sind Sie sicher? Was für ein Typ?«

»Läßt sich noch nicht sagen. Signal ist nicht konstant. Fliegt sehr tief.«

»Wir kümmern uns drum«, sagte der Pilot. »Hier gibt es keine Luftwaffenstützpunkte, außerdem sind in diesem Gebiet keine Flüge vorgesehen. Und in diesem Fahrzeug sitzen vielleicht die, die das Massaker zu verantworten haben.«

Der Hind flog eine Kurve, hielt sich Richtung Süden und legte an Tempo zu.

MacDonalds Arm begann höllisch zu schmerzen. Bourne lag neben ihm mit hochgelegtem Bein auf dem Boden, während Ziegler den Verband anlegte. MacDonald sah, daß sein Gesicht schmerzverzerrt war; Bourne hatte es offenbar schlimmer erwischt als ihn. Ein Krankenhaus in Saudi-Arabien, dann eine lange Gefängnisstrafe, dachte MacDonald stumpf; das war alles, was sie zu erwarten hatten. Und dabei hätten sie es fast geschafft.

»Ich glaube, ich hör das Flugzeug, Boß«, rief Ackford.

»Stimmt«, sagte Howard. »Die Lichter!«

»Viereinhalb Kilometer noch, Mel. Halt nach den Lichtern Ausschau.«

»Ich seh noch nichts.«

»Ich geh ein bißchen höher.«

»Gott sei Dank«, sagte Harris.

Denard stieg auf zweihundert Fuß hoch. Zwei Minuten später sahen sie eine Reihe Fackeln am Boden. Denard ging in Schräglage, flog eine Kurve und setzte zur Landung an; Harris spürte einen heftigen Ruck, als die Reifen auf den Boden aufsetzten. Sie waren gelandet. Er öffnete seinen Gurt und bereitete sich aufs Aussteigen vor. Die Islander rollte aus und blieb dann mit laufenden Motoren stehen.

»Das Flugzeug ist gerade gelandet«, meldete der Vorwärtssicht-Beobachter im Hind. »Es ist ein zweimotoriges Leichtflugzeug. Das Fahrzeug hat daneben gehalten.«

»Entfernung?«

»Zehn Kilometer.«

Der Pilot meldete sich beim Navigator und Bordschützen. »Fahrzeug angreifen. Eine AT-3 abschießen. Dann Angriff auf Fahrzeug mit 12,7-mm-Buggeschütz vorbereiten. Wir wollen doch ein bißchen Spaß haben.«

Der Navigator/Bordschütze machte eine der vier AT-3-Sagger-Panzerabwehrraketen auf dem Steuerbordflügel gefechtsklar und schaltete das Ziel auf. Er wartete, bis sie sich dem Ziel bis auf einen Kilometer genähert hatten, dann feuerte er. Die Rakete schoß in die Nacht hinaus.

MacDonald hörte die Rakete nicht einmal kommen. Der Lkw ging vierzig Meter hinter ihm in Flammen auf; die Wucht der Explosion warf ihn um. Als er sich verdutzt wieder aufsetzte, hörte er etwas über sich hinwegdonnern. Er stellte seine Nachtsichtbrille ein.

»Hubschrauber!« schrie Bourne, packte sein AK und versuchte aufzustehen, um zu schießen. »Ein Hind! Danny! Hol das Scharfschützengewehr und lade es mit panzerbrechender Munition! Nur damit können wir ihn aufhalten!«

»Geht nicht!« brüllte MacDonald zurück. »Ich mußte es in dem brennenden Land Cruiser lassen!«

Harris war gerade aus der Islander gesprungen, als er sah, wie der Lkw hundert Meter weiter in die Luft flog. Der Knall der Explosion kam eine Drittelsekunde später bei ihm an, aber das Dröhnen der Islander übertönte das Donnern des Hind. Er sah in dem Flammenschein, daß Ackford und Bourne auf etwas in der Luft schossen. Er vergeudete keine Zeit. Er rannte zu ihnen. »Was ist los?« schrie er.

»Da oben ist ein Hind!« brüllte Ackford. »Scheiße!«

Plötzlich sah Harris den Helikopter durch seine Nachtsichtbrille. Er kehrte um und kam zurück. Er hatte es auf die Islander abgesehen. »Wo ist noch 'ne Waffe für mich?« brüllte er.

»Da hinten, bei Johnny und Mac«, bellte Ackford. »Und bring Munition mit!«

Harris rannte zu den anderen.

Denard hatte nicht gewartet. Er rammte die zwei Gashebel nach hinten und rollte los. Er hatte einen kurzen Blick auf den Hind erhascht und wußte, daß er ein ideales Ziel bot. Er wußte auch, daß er in der Luft nicht besser dran war. Die zwei 300 PS-Lycoming 10-540-K1B5-Motoren heulten auf, als Denard die Bahn entlangraste und an den Gashebeln und dem Seitenruder riß, um ein paar wilde Drehungen zustande zu bringen. Etwas anderes blieb ihm nicht übrig. Er mußte sich darauf verlassen, daß die anderen den Hubschrauber trafen. Er war hilflos.

Der Pilot des Hind hatte die kläglichen Fluchtversuche der Islander wahrgenommen; er lächelte. Das schien ja unterhaltsamer zu werden, als er gedacht hatte. Jetzt prallten Geschosse gegen die Flanken des Hind; wie in alten Zeiten, dachte der Pilot. Er kümmerte sich nicht darum und ging in Schwebeflug, um mit dem Buggeschütz einen sicheren Schuß abzugeben. Das machte mehr Spaß als die 57-mm-Raketen. Gute Zielübung. Dann würde er diese Idioten fertigmachen, die mit Gewehren auf ihn schossen. Das 12,7-mm-Buggeschütz fing unter seinen Füßen an zu rattern.

Harris kam zu Howard, der den RPG-7 soeben geladen hatte. »Laß mich das machen«, schrie er, »ich kenn mich mit den Dingern aus!« Howard nickte und warf ihm die Panzerabwehrwaffe zu. Harris schulterte den RPG und richtete ihn auf den zweihundert Meter entfernten Hind. Er feuerte.

Der Kopilot sah neben den Überresten des Lkw plötzlich etwas aufleuchten und kurz darauf in der Dunkelheit etwas an ihm vorbeizischen. »Rakete!« schrie er.

Der Pilot hatte sie nicht gesehen, weil er vollauf mit dem Flugzeug beschäftigt war, das kein so leichtes Ziel abgab, wie er gedacht hatte. »Was für Raketen?« fragte er.

»Hat uns nur knapp verfehlt! Ganz sicher!«

Der Pilot runzelte die Stirn. Das rückte die Dinge in ein anderes Licht. Darauf mußte er sofort reagieren. Er schob die Steuerung vor und gab Gas, um wieder aufzusteigen. In diesem Moment traf ein RPG-7-Projektil auf das dicke Panzerglas des Cockpitseitenfensters. Die Hohlladung in der Geschoßspitze war dafür geeignet, eine fünfzehn Zentimeter dicke Panzerplatte zu durchschlagen; sie detonierte und schlug ein zentimetergroßes Loch in das Glas. Ein Strom von weißglühendem, flüssigem Metall schoß durch das Fenster ins Cockpit, explodierte dort mit einem grellen Blitz und tötete alle Insassen auf der Stelle. Der Hind schwankte und raste mit der Nase zuvorderst nach unten. Er stürzte vom Himmel wie ein toter Vogel, bohrte sich in die Erde und ging in Flammen auf.

Harris und Howard verharrten ein paar Sekunden reglos in ihrer knienden Stellung und starrten schweigend auf das brennende Wrack des Hubschraubers. Dann murmelte Harris: »Gut nachgeladen, Boß.«

»Ich meine eher, das war ein verdammt guter Schuß, Mel«, sagte Howard. Sie sahen zu, wie Denard mit seinen waghalsigen Manövern aufhörte und auf sie zugerollt kam. Howard stand langsam auf. »Los, weg hier. Ich glaube, mehr Streß kann ich heute nacht nicht mehr ertragen.«

72

Kearwin hatte das Geschehen südlich von Rutba genau verfolgt. Der Übersetzer aus der ELINT hatte durchgegeben, daß ein Mi-24 Hind-Hubschrauber angefordert worden war; Kearwin starrte schockiert auf seinen Bildschirm, als der Hubschrauber kurz nach der Landung der Islander auftauchte. Dann verschwand er. Es ließ sich nicht feststellen, was passiert war; erst das nächste Keyhole-Bild fünfundzwanzig Minuten später würde Klärung bringen.

Aber was auch geschehen war: Sie hatten es offenbar geschafft, das Ding abzuschießen. Das Walroß hatte John kurz über den Hind informiert und hinzugefügt: »Ich fürchte, diesmal erwischt es sie, John.« Aber sie waren ein weiteres Mal davongekommen. Das

Flugzeug war wieder gestartet! Zur Grenze waren es nur noch circa fünfzig Kilometer. Was würden sie tun, wenn sie den Irak verlassen hatten?

Es gab zwei Möglichkeiten, dachte Kearwin. *Entweder sie flogen weiter durch saudischen Luftraum, vielleicht Richtung Jordanien, oder sie landeten und fuhren auf der Straße weiter.* Kearwin spielte beide Varianten durch. Die erste kam nicht in Frage, wie er schnell feststellte. Das Flugzeug war abgetaucht, und der Pilot, Sullivan, wußte, daß man ihn ins Verhör nehmen würde, selbst wenn er nichts von der großangelegten Suche nach ihm ahnte. Es war kein Flugplan eingereicht worden. Nein, Saudi-Arabien konnten sie vergessen.

Also mußten sie landen. Die Frage war, wo. Kearwin kam zu dem Schluß, daß die Islander an ihren Startplatz zurückkehren mußte. Dort stand vermutlich das dritte Fahrzeug. Das Problem war nur, daß die AWACS das Flugzeug nicht direkt nach dem Start gesichtet hatte – es war zu tief geflogen. Kearwin hatte die Angaben über die allererste Meldung und den Bodenradar der JSTARS auf dieses Gebiet angesetzt. Sie hatte nichts gefunden. Er beauftragte die JSTARS, die Strecke zurückzuverfolgen, die die Islander geflogen war, aber bisher war nichts aufgetaucht. Es war nicht wichtig. Wenn das Flugzeug landete, würde er von dort aus das dritte Fahrzeug überwachen können. Sie hatten noch etwa zwanzig Minuten Flugzeit zur Grenze.

Kearwin spulte die Kassette zurück, die die ELINT herübergeschickt hatte, und hörte sich noch einmal das Gespräch an. Er hatte recht gehabt. Die erste der beiden Stimmen, die ELINT in dem Gebiet nahe des abgestellten Lkw geortet hatte, klang angestrengt. Das überraschte Kearwin nicht. Der Sprachanalytiker hatte angegeben, daß das Arabisch flüssig und perfekt, der Akzent jedoch nicht saudiarabisch sei. Er konnte es nicht mit Bestimmtheit sagen, neigte aber zu der Einschätzung, daß es sich bei dem Sprecher nicht um einen Araber handelte. Bei dem zweiten Sprecher in dem Flugzeug war das nicht zu überhören: Er antwortete stockender, und der Analytiker hatte den Mann sofort als Engländer identifiziert. Seine mangelhafte Aussprache der Kehllaute hatte ihn verraten. Die wenigsten Engländer oder Amerikaner kamen mit den Kehllauten zurecht, sagte der Analytiker. Er war der Meinung, daß der Sprecher sein Arabisch vermutlich während seines Militärdienstes in Bahrain oder Oman gelernt hatte.

Kearwin seufzte. Es war an sich unwichtig. Er hatte das Band angefordert, weil er die Stimmen dieser Männer hören wollte. Er hatte sie sprechen hören wollen. Er war ihren Spuren jetzt so lange gefolgt, und es war aufregend für ihn, wenigstens von zwei Beteiligten die Stimmen zu hören.

Er spulte das Band zum vierten Mal zurück und hörte es sich noch einmal an. *Wer seid ihr?* fragte er sich, als die erste Stimme aus dem Lautsprecher drang. *Ich werde euch nie kennenlernen, aber ich würde viel darum geben, zu wissen, wer ihr seid...*

73

»Noch acht Minuten, Ed. Ich geh jetzt in Steigflug.«

Howard sah zu Denard hinüber. Das Gesicht des Piloten war bleich und angespannt. Schweiß stand ihm auf der Stirn, und er hatte mit zusammengebissenen Zähnen gesprochen. Er flog nicht so lässig wie sonst und nicht so niedrig wie bei ihrem gemeinsamen Aufklärungsflug. Howard runzelte kurz die Stirn, dann wandte er sich um und schrie den anderen im hinteren Teil Anweisungen zu. Die Islander stieg höher. Er wandte sich wieder zu Denard. »Na los, Andy. Schalte auf Autopilot und laß dir einen Fallschirm verpassen.«

»Zwecklos, Ed.«

»Wie? Was soll das heißen, zwecklos?«

»Ich bin verwundet.« Denard hustete.

Howard war wie vor den Kopf geschlagen. Denard stand der Schmerz ins Gesicht geschrieben. »O Gott, Andy! Warum hast du nichts gesagt? Wo? Wie schwer?«

»Irgendwo in der Bauchgegend. Starker Blutverlust. Ich spür meine Beine nicht mehr. Ist dir nicht aufgefallen, daß ich seit dem Start ohne Seitenruder fliege?« Denard versuchte zu lächeln, dann biß er wieder die Zähne zusammen. »Mit mir ist es aus, Ed.«

»Das kriegen wir wieder hin, Andy! Du darfst jetzt nicht aufgeben! Mann, du packst es!«

»Nein!« stieß Denard laut hervor. Er hustete wieder; Blut rann ihm über das Kinn. Er flüsterte mit letzter Kraft: »Der Autopilot ist im Arsch. Hab's schon vor fünfzehn Kilometern versucht. Der verdammte Chopper hat uns beide erwischt. Ihr springt jetzt ab. Ich geb euch ein Zeichen.«

»Andy, *hör auf damit!* Wir landen statt dessen! Ich bring dich in ein Krankenhaus! Ich laß dich nicht einfach hier!«

»Nein, Ed«, flüsterte Denard. Howard mußte sich vorbeugen, um ihn zu verstehen. »Kann Knast nicht ausstehen. Verdammter arabischer Fraß. Keine Mädchen. Halt ich eh nicht durch. Los jetzt. Hier sind meine Papiere. Grüß Chris von mir.«

Wie betäubt vor Trauer stolperte Howard nach hinten und fing an, sich auf den Absprung vorzubereiten. Erst Bob, nun auch noch Andy. War es das alles wert? Automatisch befestigte er das Gurtwerk des Fallschirms. Er hatte gehofft, daß sie um einen Absprung herumkommen würden, aber nachdem man ihnen auf die Spur gekommen war, blieb ihnen nichts anderes übrig. Harris' und Palmers Bericht über ihren knappen Abgang in Djidda hatte seine Ahnung bestätigt. Sie hatten alles entfernt, womit man Usher hätte identifizieren können; nun hatte Howard auch noch Denards Papiere in der Tasche.

Er sah auf; die anderen waren bereit. Er sah ihnen an, daß keiner bemerkt hatte, was mit Denard los war. Ziegler schob die große Ladetür auf, und die Nachtluft wehte herein. Das Team begann alle Waffen und anderes belastendes Material hinauszuwerfen; es würde irgendwo in der Wüste landen.

Howard beobachtete Denard; als er das Zeichen gab, schlug Howard MacDonald auf die Schulter. Der Schotte machte die Augen fest zu und sprang hinaus. Er zählte langsam bis drei, zog dann an der Reißleine. Hinter ihm halfen Howard und Ziegler dem verletzten Bourne aus dem Flugzeug. Sofort danach sprangen Ziegler, Harris und Ackford ab. Howard wandte sich ein letztes Mal zu Denard um; sie sahen sich an, dann war Howard verschwunden.

Als er langsam zu Boden schwebte, hörte er, wie sich das Motorengeräusch der Islander nach und nach in der Nacht verlor.

74

Kearwin war verwirrt. Er zwang sich, nicht weiter auf das Keyhole-Bild von dem brennenden Lkw und dem zerstörten Hubschrauber zu starren, und konzentrierte sich auf den AWACS-Bericht von der Route der Islander. Das Flugzeug hatte den Kurs geändert. Es flog nicht dahin zurück, wo es hergekommen war. Wo wollte es landen? Er zuckte die Achseln. Das war im Grunde unwichtig. Dort, wo es landete, würde jedenfalls das Fahrzeug stehen; diesem konnte die JSTARS dann folgen, bis man entschied, es aufzuhalten. Die saudische Luftwaffe würde die Maschine bereits auf dem Radar gesichtet haben. Kearwin fragte sich, warum der Pilot diesmal keinen Versuch unternahm, in Deckung zu bleiben. Die AWACS meldete jetzt, daß das Flugzeug sich in zehntausend Fuß Flughöhe befand; vorher war es dicht über Grund geflogen, und sogar die AWACS hatte es kaum mehr überwachen können.

Die Route auf Kearwins Bildschirm veränderte sich. Die Islander hatte jetzt die TAP-Straße überflogen. Er hatte erwartet, daß sie früher landen würde, aber jetzt hielt sie geradewegs auf die Nafud-Wüste zu – eines der größten Sandmeere der Welt. Wo wollte sie hin? Vermutlich war ihr die saudische Luftwaffe schon auf den Fersen. Sie würden eine Kampfstaffel schicken, vermutlich Hubschrauber… Das war der erste dumme Fehler, den die Jungs machten.

Doch Kearwins Instinkt sagte ihm plötzlich, daß er sich irrte. Diese Männer machten keine Fehler. Das Flugzeug mußte blind fliegen. Sie waren nicht mehr drin. Aber da war nichts, mit dem sie den Kampfort verlassen haben konnten – sie *mußten* mit dem Flugzeug über die Grenze geflogen sein! Aber es war nicht gelandet, und das bedeutete... »Jerry!« schrie er. »Die JSTARS muß entlang der gesamten Route des Flugzeugs nach Fahrzeugen suchen! Seit es die irakische Grenze überflogen hat! Abseits der Straße! Fangt bei der TAP-Straße an! Sie sind abgesprungen!«

Zwei Minuten später hatten sie es gefunden. Es war knapp gewesen. Kearwin sah sofort, wie schlau das Team es angestellt hatte. Die JSTARS hatte den Wagen gerade noch rechtzeitig entdeckt; sie hatte ein Fahrzeug auf dem Radar gesichtet, das von Al-Mira, einer Start- und Landebahn, die nur fünf Kilometer von der TAP-Straße entfernt und außer Betrieb war, losfuhr. Fünf Minuten später, und sie hätten es zwischen den anderen Autos auf der Straße nicht mehr ausmachen können. Die JSTARS war sicher – das Fahrzeug war nah genug, um es eindeutig identifizieren zu können. Kearwin konnte sich selbst davon überzeugen; das JSTARS-Bild stimmte mit der Schablone eines Land Cruisers überein. Nun war endlich der dritte Wagen aufgetaucht.

Die sieben Männer in dem Land Cruiser waren still und bedrückt. Howard hatte von Denard berichtet, und die Neuigkeit war allen an die Nieren gegangen. Harris und Ackford hatten sich auf den vorderen Beifahrersitz geklemmt; Palmer kutschierte sie mit grimmigem Gesicht so ruhig wie möglich über die Asphaltpiste. Er wußte, daß die anderen hinter ihm auf Erschütterungen und Stöße verzichten konnten, und Howard hatte angeordnet, vorläufig nicht haltzumachen.

MacDonald saß mit Ziegler im hinteren Teil des Land Cruisers. Es war eng zwischen dem Gepäck des Teams, aber MacDonald fühlte sich recht wohl; der Amerikaner hatte ihm eine Spritze mit einem schmerzstillenden Mittel gegeben, und er fühlte sich seltsam leicht und entfernt von allem.

»Okay, Mac, das wird jetzt weh tun«, sagte der Amerikaner, als er die Aderpresse von der Wunde wegschnitt. »Ich muß das hier saubermachen. Aber es sieht nicht allzu schlecht aus, wirklich nicht.«

MacDonald sah gleichgültig auf den Arm hinunter. Das Geschoß war glatt durch den Muskel an der Innenseite des Arms gegangen und hatte ein großes Loch hinterlassen, das jetzt mit Blut und Stofffasern verklebt war. Seine Hand fühlte sich kalt und leblos an. Ziegler goß desinfizierende Lösung aus einem Plastikbeutel in eine Schüssel, die er zwischen den Knien hielt, und begann die Wunde mit sauberem Mull abzutupfen. Nach und nach lösten sich der Schmutz und das verkrustete Blut. MacDonald fühlte sich merkwürdig entspannt. Er begriff nicht, warum es nicht weh tat. Er spürte alles, aber es schien vollkommen bedeutungslos. »Was zum Teufel war in dieser Spritze, Mike?« fragte er verträumt.

»Morphium«, grinste Ziegler. »Zehn Milligramm Morphiumsulfat. Du bist jetzt ein Weilchen am Fliegen. Genieß es. Mehr kriegst du nicht. Wenn es nachläßt, wirst du's mit Pillen schaffen müssen. Ich will dich nicht zum Junkie machen.« Ziegler betrachtete die gereinigte Wunde und nickte zufrieden. »Gut, das geht so. Ich werd's jetzt verbinden. Halt still.«

Während Ziegler einen frischen Verband anlegte, schweiften MacDonalds Gedanken in weite Ferne. Das war Schmerz, dieses Gefühl, stellte er gelassen fest. Ja, das mußte Schmerz sein. Irgendwie schien es ihn überhaupt nicht zu berühren. Glen Carvaig entstand vor seinem geistigen Auge, und er flog sanft über die Berge.

Bourne lag auf dem Rücksitz; sein verletztes Bein hatte er auf Howards Schoß gelegt. Als sie ihn nach dem Absprung gefunden hatten, war er fast bewußtlos gewesen, und Howard hatte sofort am Knie eine Aderpresse angelegt und einen Plasma-Expander angebracht. Die Halbliterflasche Hetastarch-Lösung hing am Haltegriff an der Wagendecke, der Schlauch führte zu einem Katheter, der in einer Vene an seinem Unterarm steckte. Bournes Blutdruck hatte sich stabilisiert, aber er war sehr blaß. Er war sofort weggedämmert, nachdem sie ihn ins Auto geschafft hatten, und Howard nutzte jetzt seinen halbbewußtlosen Zustand, um sein Bein zu verarzten. Er reinigte schnell die Wunde und legte einen frischen Verband an. Die Wunde sah schlimm aus. Howard war nicht ganz sicher, aber es sah danach aus, als hätte es eine Arterie am Wadenmuskel erwischt. Wenn das stimmte, mußte Bourne innerhalb der nächsten vierundzwanzig Stunden operiert werden, sonst würde er das Bein verlieren. Zumindest hatte die Blutung aufgehört. Howard fragte sich, wieviel Blut Bourne verloren hatte. Vermutlich etwa einen Liter, vielleicht mehr; er war im Schock. Howard legte die Stirn in Falten. Irgendwie mußte Bourne es durch die Kontrolle am Flughafen schaffen. Er wußte, daß Bourne ein zäher Kerl war, aber es sah nicht allzu vielversprechend aus.

Nachdem Howard abgesprungen war, hatte Denard, der den Tod kommen fühlte, das Trimmruder eingestellt. Das Flugzeug flog jetzt ohne weitere Navigation ruhig geradeaus. Denard, der nur noch mit Mühe etwas erkennen konnte, behielt den Vertikalgeschwindigkeitsanzeiger im Auge, der Höhenverlust oder -gewinn anzeigte; er hatte es so eingerichtet, daß das Flugzeug pro Minute hundertfünfzig Fuß an Höhe verlor. Theoretisch würde es fünfundvierzig Minuten dauern, bis das Flugzeug runterkam, aber der Treibstoffverbrauch würde das Gewicht verringern und somit den Prozeß beschleunigen. Er versuchte sich zu konzentrieren, doch seine Gedanken verschwammen. Sollte er noch etwas tun? Vielleicht...

Er starb siebzehn Minuten nachdem er die TAP-Straße überquert hatte. Die Islander flog von selbst und verlor dabei kontinuierlich an Höhe. Zehn Minuten später geriet sie in ein Luftloch; Denards Körper fiel nach vorne. Er hatte, kurz nachdem er getroffen worden war, seinen Gurt losgemacht, um freier atmen zu können; jetzt sackte sein Körper auf den Steuerknüppel und schob ihn nach vorne, worauf das Flugzeug steil nach unten raste. Dann begann es sich zu drehen. Es stürzte in weniger als einer Minute zu Boden. In einem entlegenen Gebiet nordwestlich von Sakaka schlug die Islander auf und begann zu brennen; nur die AWACS beobachtete das Geschehen.

Die AWACS der US Air Force gab die Information über den Absturz direkt an die saudiarabischen Air-Traffic-Controller weiter, und Armee und Luftwaffe machten sich gemeinsam an die Untersuchung des Vorfalls. Eine Dreiviertelstunde später trafen die ersten Hubschrauber vor Ort ein; das Flugzeug war inzwischen fast vollkommen ausgebrannt. Die Trupps beleuchteten die Szenerie mit Bogenlichtlampen, löschten die Reste des Feuers und begannen das Wrack zu durchsuchen.

Sie fanden die Überreste von drei Leichen: die von Denard und den zwei irakischen Soldaten aus dem Lkw. Erst am nächsten Tag entdeckten sie, daß es noch eine vierte gab – die von Usher. Alle vier waren bis zur Unkenntlichkeit verbrannt.

Die Autopsien, die von der saudischen Polizei durchgeführt wurden, brachten keine eindeutigen Ergebnisse, aber die Schußwunden und der Kurs des Flugzeugs wiesen darauf hin, daß die vier Männer bei dem Versuch, aus dem Irak zu fliehen, erschossen worden waren. Die Polizei vermutete, daß es sich bei dem Piloten, der offenbar am Steuerknüppel gestorben war, um den Mann handelte, den sie gesucht hatten – Ray Sullivan.

75

MacDonald war immer wieder aufgewacht und aufs neue weggedriftet, während der Land Cruiser durch die Nacht raste. Er hatte keine Ahnung, wo sie sich befanden oder wie lange sie schon unterwegs waren. Das gleichmäßige Surren der Räder auf dem Asphalt war einschläfernd, und er überließ sich vertrauensvoll der Obhut seiner Partner.

Gegen Mitternacht ließ die Wirkung des Morphiums nach, und sein Arm begann zu pochen; zunächst war der Schmerz nicht stark, doch dann wurde er schlimmer, und gegen zwei konnte er nicht mehr schlafen. »Wo sind wir, Mike?« fragte er Ziegler flüsternd, um Bourne nicht zu wecken.

Ziegler ignorierte die Frage. »Was macht der Arm, Mac?« fragte er.

»Tut sauweh«, gab MacDonald zu.

»Wundert mich nicht«, sagte Ziegler und suchte aus dem Arztkoffer eine Packung Tabletten heraus. »Das war ein 14,5-Millimeter-Geschoß, also mehr als ein Zentimeter Durchmesser – das schlägt ein großes Loch. Du hast dich tapfer gehalten, bist bis jetzt ohne Schmerztabletten ausgekommen. Kannst du die Finger bewegen?«

»Gerade so, aber es tut weh.«

»Das wird wieder. Hier« – Ziegler reichte ihm zwei kleine Pillen und eine größere Kapsel und eine Wasserflasche – »nimm die.«

MacDonald schluckte die Pillen mit etwas Wasser. »Was ist das?« fragte er.

»Die Kapsel enthält Magnapen, ein Antibiotikum. Die zwei Pillen sind Pethidin, jeweils fünfzig Milligramm. Es ist zwei Stufen schwächer als Morphium, was die Schmerzbetäubung betrifft, aber trotzdem noch ziemlich stark. Sollte den Schmerz für ein paar Stunden im Zaum halten. Wenn wir in Djidda ankommen, kriegst du welche, die noch zwei, drei Stufen schwächer sind. Nicht, daß du völlig high durch den Flughafen stolperst.«

»Wie Sie meinen, Doktor«, sagte MacDonald mit einem trockenen Grinsen. »Wie lange dauert es, bis die wirken?«

»Zehn, fünfzehn Minuten etwa.«

»Wo sind wir jetzt?«

»Ich hab keinen Schimmer«, sagte Ziegler. »Mel hat die Navigation übernommen. Elend ödes Stück Wüste, soviel ich weiß.«

»Sonst alles glattgelaufen?«

»Keine Probleme. Alles ruhig. Na ja, halbwegs. Vorhin ist ein Streifenwagen hinter uns aufgetaucht, aber als die das Nummernschild gesehen haben, haben sie das Interesse verloren. Mel hat es in Djidda ausgewechselt. Zum Glück liegt Johnny noch, und wir beide hocken hier hinten – wenn die Burschen uns zu siebt in dieser Wüste gesehen hätten, wären sie vielleicht doch auf die Idee verfallen, uns anzuhalten.«

»Sie nähern sich Al-Qulibah«, berichtete Kearwin Sorensen. »Ich bin gespannt, für welche Straße sie sich dort entscheiden.«

»Welche Möglichkeiten haben sie?« fragte das Walroß.

»Entweder sie fahren geradeaus weiter nach Tabuk, dann nach Duba am Roten Meer, oder sie halten sich links, wo sie nach Shuraif, Medina und Djidda kommen. Ich weiß nicht. Es ist unmöglich, die Schritte dieser Burschen vorauszuahnen.«

»Sagen Sie mir Bescheid, wo sie hinfahren. Langley will informiert werden. Kann nicht mehr lange dauern, bis sie sie eingekreist haben.«

»Okay«, sagte Kearwin mit leichtem Bedauern. »Aber etwas wundert mich, Walter. Der Wagen, den sie fahren, ist heiß. Die saudischen Behörden haben die Nummer. Ich frage mich, warum man sie nicht angehalten hat.«

»Die Polizei hat vielleicht Feierabend gemacht für heute«, sagte Sorensen.

»Wahrscheinlich«, sagte Kearwin resigniert.

»Jonathan? Hier spricht Alvin Kennings.«

»Hallo, Alvin«, sagte Mitchell. »Was gibt's Neues? Wo fahren sie hin?«

»Ich habe gerade mit Langley gesprochen. Sie haben in Al-Qulibah die Straße nach Tabuk genommen. Von Tabuk aus haben sie nur zwei Möglichkeiten. Entweder bleiben sie an der Küste, oder sie fahren links ab nach Medina. In beiden Fällen sind sie dran. Ich glaube, ich muß jetzt los. Wir wollen sie nach Möglichkeit vor der Polizei schnappen.«

Mitchell runzelte die Stirn. »Das war doch anders geplant. Warum das jetzt?«

»Order von ganz oben. Wir sollen sie bei der erstbesten Gelegenheit anhalten und identifizieren. Je nachdem, wo sie herkommen, kriegen wir dann neue Anweisungen.«

»Ob Sie mir das erklären könnten, Alvin?« fragte Mitchell neugierig.

»Es wundert mich, daß man Ihnen nichts gesagt hat, Jonathan.

Langley ist der Ansicht, daß diese Leute Agenten sind, die im Auftrag, äh, einer ausländischen Regierung, handeln. Sie haben auch eine Vorstellung, um welche es sich dabei handelt, und wollen das bestätigt wissen. Es wundert mich wirklich sehr, daß man Ihnen nichts davon gesagt hat.«

»Was – meinen Sie, weil sie für eine befreundete Regierung arbeiten, will die CIA den Deckel draufhalten?«

»So was in der Art«, sagte Kennings. »Der Präsident ist sich nicht ganz sicher, aber Langley. Wenn der DD(I) recht hat, würde Washington aufgrund der engen Beziehung zu dieser Regierung Gefahr laufen, in die Affäre verwickelt zu werden.«

Mitchell wurde langsam ärgerlich; Kennings sprach in Rätseln. »Warum? Von welcher Regierung gehen sie denn aus?«

»Von Ihrer, Jonathan«, sagte Kennings. »Von euch Briten.«

»O Gott«, stöhnte Mitchell. »O Grundgütiger.«

76

James Ansell, Leiter der Nahost-Abteilung der CIA, sah schweigend zu, wie der Deputy Director (Intelligence) die Kopien der Meldungen las, die gerade hereingekommen waren. Der DD(I) las hochkonzentriert und mit angespannten Wangenmuskeln. »Sind die wortwörtlich?« fragte er.

»Ja, Sir, absolut.«

»Dieser Bericht von der iranischen Nachrichtenagentur ist sehr präzise«, sagte der DD(I). »Das paßt alles zu unseren Kenntnissen über das Team und seine Vorgehensweise. Ich meine, hier steht, daß Saddam angeschossen wurde. Sie sagen nicht, daß er tot ist, nur daß man ihn angeschossen hat – gestern um acht Uhr morgens irakischer Zeit. Und von ihren Leuten kam auch einer um, ein Diplomat. Warum sollten die Iraner behaupten, daß er angeschossen wurde und dazu noch eine Zeitangabe machen, wenn es nicht stimmt? Sie hätten ihn in die Luft jagen oder erstechen, vergiften oder sonstwas mit ihm machen können.« Der DD(I) hielt inne und dachte kurz nach. »Von der Tatsache abgesehen, daß alles mit den Schritten der Attentäter übereinstimmt: Gibt es Bestätigung aus anderen Quellen?«

Ansell nickte. »Das Ganze paßt zu einem Gerücht, wonach der erst kürzlich ernannte iranische Botschafter des Irak verschwunden ist. Er hatte gestern abend einen Termin in der schwedischen Botschaft in Bagdad, ist aber nicht erschienen. Zunächst hatte die iranische Botschaft keine Erklärung dafür. Dann haben sie aus Teheran einen ganzen Schwall COMINT-Signale bekommen, mit deren Entschlüsselung sie noch immer beschäftigt sind. Es scheint alles zusammenzupassen. Ich denke, wir müssen es ernst nehmen.«

»Aber dann ist da noch der andere Bericht«, schnaubte der DD(I). »Schauen Sie sich das an. Die irakische Regierung hat das Ganze als albernes Gerücht abgetan. Sie haben Bilder von Saddam bei einer Sitzung des Revolutionsrates gesendet – des irakischen Kabinetts also. Sie behaupten, das Ganze sei völliger Quatsch.«

»Was soll man von der irakischen Nachrichtenagentur sonst erwarten«, sagte Ansell. »Ich kann mich nicht erinnern, daß die in den letzten zehn Jahren ein wahres Wort verbreitet hätten. Pure Propaganda, alles erfunden. Sehen Sie's mal so. Wenn Saddam wirklich ermordet wurde, legen sie bestimmt Wert darauf, daß das niemand erfährt, zumindest so lange nicht, bis sein Nachfolger ernannt ist. Dem irakischen Staatsapparat muß daran gelegen sein, diese Nachricht zu unterdrücken, bis ein neuer Präsident an der Macht ist und die Fäden in der Hand hat.«

»Hm«, grunzte der DD(I). »Nun, ich neige dazu, Ihnen zuzustimmen. Der ausschlaggebende Punkt ist aber, daß alles genau mit den NRO-Berichten über die Schritte der Attentäter übereinstimmt.«

»Das hat mich auch überzeugt«, sagte Ansell. »Sonst hätte ich der Sache nicht so viel Bedeutung beigemessen.«

Der DD(I) starrte nachdenklich aus dem Fenster. »Warum um acht Uhr morgens?« dachte er laut. »Komische Zeit, um sich erschießen zu lassen, nicht? Was hatte Saddam zur Frühstückszeit bei einer Parade zu suchen?«

»Die Hitze«, sagte Ansell.

»Wie?«

»Tikrit liegt sehr niedrig, im Tal des Tigris«, erklärte Ansell. »Nach zehn Uhr vormittags wird es da unangenehm heiß und feucht, sogar um diese Jahreszeit. Wenn man im Freien arbeiten muß, tut man das entweder früh, bevor die Hitze aufsteigt, oder spät am Tage, vor Sonnenuntergang. Ich würde mal sagen, daß Saddam keine Fernsehbilder von hitzegeschwächten, halbohnmächtigen Soldaten haben wollte.«

»Ah ja«, sagte der DD(I). »Nun, ich danke Ihnen, James. Ich werde jetzt den DCI ins Bild setzen. Ich schätze, er will dem Präsident Bericht erstatten.«

»Mr. President, ich habe die Verbindung zu Premierminister Major.«

»Danke.« Der Präsident nahm den Hörer ab. »John? Hier ist George. Tut mir leid, falls ich Sie geweckt habe.«

»Das macht nichts, George«, antwortete John Major schläfrig. Er war erst eine halbe Stunde vor dem Anruf zu Bett gegangen. »Was kann ich für Sie tun?«

»John, die iranische Nachrichtenagentur hat gemeldet, daß Saddam Hussein gestern morgen angeschossen worden ist. Meine Leute hier halten den Bericht für korrekt.«

»Oh«, sagte Major, schon wacher. »Sind sie ganz sicher?«

»Das können sie nicht sein«, sagte der Präsident, »aber es stimmt alles mit unserer Satellitenüberwachung von diesen Leuten überein, die in den Irak eingedrungen sind. Wir haben jeden einzelnen ihrer Schritte überwacht, und alles paßt genau. Es fragt sich, was wir nun tun sollen. Auf diplomatischer Ebene müssen wir uns wohl auf einen Zerfall des irakischen Staates einstellen. Auf der praktischen Ebene müssen wir beschließen, was mit diesen Attentätern geschehen soll. Ich würde mich freuen, wenn Sie mir sagen könnten, was Sie dazu meinen.«

John Major ordnete seine Gedanken. »Auf diplomatischer Ebene wird es sehr unangenehm, denke ich. Wenn Saddam tot ist, hängt alles davon ab, wer nach ihm an die Macht kommt. Wenn es wieder eine starke Führerfigur ist, könnte der Zerfall gestoppt werden.«

»Das wäre möglich«, schnarrte der Präsident, »aber wir haben diesbezüglich wenig Hoffnung. Wir glauben, daß sie niemanden haben, der stark genug ist. Es ist interessant, daß Bagdad die ganze Sache dementiert. Wenn sie jemanden hätten, der die Position ausfüllen könnte, wäre er schon an der Arbeit.«

»Wen halten Sie für den kommenden Nachfolger?« fragte Major.

»Wir denken, daß es vier Anwärter gibt; die beiden Söhne von Saddam, Udai und Kusai, fallen aus, das sind nur Rowdys. Der erste ernst zu nehmende Kandidat ist Saddams Halbbruder Barzan, der sich als ständiger Vertreter des Irak bei der UN in der Schweiz aufhält. Normalerweise hätten wir angenommen, daß er die Macht an sich reißt, aber er ist nicht im Lande, wodurch er schlechte Karten hat. Was denken Sie?«

»Ich stimme Ihrer Einschätzung zu«, antwortete der Premierminister. »Einen Coup von außerhalb zu landen, ist selten erfolgreich.«

»Was wollen Sie damit sagen?« erwiderte der Präsident ärgerlich. »In diesem Fall hat es doch auch funktioniert, oder?«

»Ach so«, sagte Major. »Sie glauben, Barzan steckt hinter dieser Sache?«

»Natürlich nicht«, platzte der Präsident entnervt heraus. »Ich wollte damit sagen, daß ... Ach, zum Teufel, das bringt nichts. Machen wir mit den Kandidaten weiter. Der nächste wäre Tariq Aziz, der während des Krieges Außenminister war und jetzt Vizepremierminister ist. Wir glauben, daß sein Einfluß nicht groß genug und er selbst nicht raffiniert genug ist, um seine Rivalen aus dem Feld zu schlagen. An dritter Stelle wäre Taha Yasin Ramadan, der Ministerpräsident. Er ist gerissen – vielleicht gerissener als alle anderen –, aber deshalb halten wir seine Position für relativ unsicher. Was denken Sie über diese beiden?«

»Tja«, sagte Major langsam, »ich weiß nicht viel über Taha Yasin, aber Tariq Aziz würde ich nicht ausschließen wollen. Als ich Außenminister –«

»Ja, ja«, unterbrach ihn Bush. »Ich erinnere mich auch an meine Zeit als DCI, aber das hat nichts zu sagen. Machen wir weiter. Der vierte Anwärter ist Izzat Ibrahim, Saddams Vizepräsident. Er ist ein Hardliner, und er ist in der richtigen Position. Wir glauben, daß er versuchen wird, die Macht an sich zu reißen. Was meinen Sie?«

»Da bin ich nicht ganz Ihrer Meinung«, antwortete Major. »Er ist wohl ein Hardliner, aber ich glaube, er hat zu wenig Substanz, um sich lange an der Spitze halten zu können. Es gibt außerdem Berichte, denen zufolge sein Gesundheitszustand ziemlich schlecht sein soll.«

»Im wesentlichen stimmen wir da Ihrer Einschätzung zu, John«, sagte der Präsident. »Und damit wären wir beim Thema. Wir glauben, daß er sich nicht halten kann. Glauben Sie, daß es ihm zumindest vorläufig gelingen wird, den Irak zusammenzuhalten?«

»Es ist nicht ganz auszuschließen«, sagte der Premierminister, »obwohl er an sich nur einer von Saddams Lakaien war. Er war Saddam treu ergeben, und man kann vermutlich davon ausgehen, daß er mit denselben Methoden versuchen wird, an der Macht zu bleiben und das Land zusammenzuhalten. Falls es ihm gelingt, an der Spitze zu bleiben.«

»Okay«, sagte der Präsident, »nehmen wir der Einfachheit halber an, daß er sich nicht lange halten kann. Dann stehen wir vor dem Problem eines Aufruhrs im Nahen Osten. Der Irak wird in drei Splitterstaaten zerfallen – die Kurden im Norden, die sunnitischen Moslems in der Mitte und die Sumpf-Araber im Süden. Wir glauben, daß auch diese drei Staaten nicht von Dauer sein werden.«

»Schiiten«, verbesserte ihn Major. »Wir sollten die Araber im Süden immer als Schiiten bezeichnen. Ihrer Religion nach sind sie es. Wenn wir sie ›Sumpf-Araber‹ nennen, klingt das so harmlos, und nachher verlangt noch irgend jemand, daß wir uns für diese Leute einsetzen.

Der Begriff ›Schiiten‹ dagegen hat einen üblen Beigeschmack – die Leute halten die Schiiten für Fanatiker, und keiner würde erwarten, daß wir für die einen Finger rühren.«

»Na gut, von mir aus Schiiten«, brummte Bush. »Aber das unterstreicht nur mein Argument. Die Iraner sind auch Schiiten, und sie werden das als Vorwand nehmen, um sich einzumischen. Das sehen wir als Hauptbedrohung an – ein Eingreifen des Iran. Das könnte sich verheerend auswirken.«

»Die Verhältnisse im Iran haben sich aber gebessert«, widersprach Major. »Sie hatten vor kurzem Wahlen, und Rafsandschani vertritt eine gemäßigte Linie. Wir glauben, daß er nicht weiterhin Terror und Revolutionstiraden verbreiten wird.«

»Da sind wir weniger optimistisch«, sagte der Präsident. »Wir nehmen an, daß es dort keine politische Kursänderung geben wird.«

»Nein, das halte ich nicht für eine überzeugende Theorie, George. Ich habe den Eindruck, daß die Situation im Iran weitaus vielversprechender ist als noch zu Zeiten von Khomeini.«

»Nun, Meinung gegen Meinung«, verkündete Bush. »Diese verfluchten Ayatollahs und Hardliner haben immer noch jede Menge Einfluß. Wie auch immer – ich denke, wir sollten dem Iran gegenüber eine einheitliche Position beziehen. Wir sollten Rafsandschani unsere Unterstützung anbieten. Der Konfrontationskurs gegenüber Khomeini hat letztlich ja zu nichts geführt; bei seinem Nachfolger kommen wir vielleicht mit einer freundlicheren Haltung weiter, was uns auf politischer Ebene durchaus zum Vorteil gereichen könnte.«

»Das finde ich sehr vernünftig, George«, sagte Major. »Wirklich sehr vernünftig. Vielleicht sollten sich unsere beiden Außenminister zusammensetzen und ein paar Richtlinien erarbeiten.«

»Ganz meine Meinung«, sagte Bush. »Nun müssen wir noch eine Entscheidung bezüglich dieser Attentäter treffen. Die CIA müßte sie bald gefaßt haben. Stellt sich nur die Frage, was wir mit ihnen machen.« *Majors Antwort darauf wird interessant sein*, dachte der Präsident.

»Ich denke, wir überlassen die ganze Sache der saudischen Polizei«, antwortete der Premierminister knapp.

Der Präsident war verblüfft. »Wie? Sie meinen, sie einfach den Saudis überlassen?«

»Ja«, antwortete Major. »Diese Männer haben gegen die saudiarabischen Gesetze verstoßen. Ich finde, wir sollten uns da nicht einmischen.«

»Ist Ihnen klar, daß auf den Bändern vom Funkverkehr dieser Leute zwei der Männer unverkennbar mit englischem Akzent sprechen?«

»Ich finde, wir sollten uns nicht einmischen«, sagte Major fest. »Von allem anderen abgesehen, ist die Wahrscheinlichkeit, daß Details über ihre Aktion nach außen dringen und ein großes Presseecho auslösen, auch weitaus geringer, wenn sie dort verurteilt werden. Es ist nicht anzunehmen, daß die Saudis Milde walten lassen werden. Stellen Sie sich doch mal vor, was ein britischer oder amerikanischer Verteidiger aus dieser Geschichte machen würde. Nein, ich halte es eindeutig für besser, wenn sie dort verhaftet und verurteilt werden. Wenn die Saudis die Todesstrafe verhängen, können wir uns immer noch einmischen und darauf dringen, daß das Urteil in eine lebenslängliche Gefängnisstrafe umgewandelt wird. Aber ich bin keineswegs bereit, diesen Leuten in irgendeiner Weise entgegenzukommen. Damit würde man nur die Saudis verärgern.«

»Nun, ich würde jedenfalls gerne wissen, wer hinter dieser Sache steckt«, sagte Bush mit Nachdruck. »Die machen einem Haufen Leute jede Menge Arbeit, und die Situation in dieser Ecke ist vertrackt genug, auch ohne irgendwelche Leute, die Staatsoberhäupter ermorden, so widerwärtig sie sein mögen.«

Der Premierminister erwog seine Reaktion. »Es wäre bestimmt interessant zu wissen, wer dahintersteht«, sagte er langsam. »Trotzdem – ich glaube, wir können nur noch der Gerechtigkeit ihren Lauf lassen.«

»Nun, ich möchte Sie nicht weiter stören. In jedem Fall war es ein sehr erhellendes Gespräch.«

»Gute Nacht, George«, sagte der Premierminister erleichtert, wenngleich er nicht sicher war, ob ihre Unterhaltung irgend etwas geklärt hatte.

George Bush legte auf. Er war ziemlich perplex über den Verlauf der Unterhaltung. Er beschloß, John Major nicht mehr zu so später Stunde anzurufen. Der Mann war offenbar nicht recht bei sich, wenn man ihn aufweckte. Der Präsident dachte über den letzten Teil des Gesprächs nach. Vielleicht hatte die CIA doch recht; dann war Major wirklich ein gemeiner und gerissener Hund. *Nun gut,* dachte er; *wenn der britische Premierminister seine Agenten in einem saudiarabischen Gefängnis verrotten lassen wollte, dann war das seine Sache.*

77

Howard hatte wachgelegen und nachgedacht; er hatte kein Auge zugetan. Ein paar Teile von diesem Puzzle paßten einfach nicht. Seine Vermutungen über den Luftangriff auf das Lagerhaus hatten sich erhärtet; man war ihnen eindeutig auf die Spur gekommen. Jetzt mußte er nur noch herausfinden, wieviel die wußten. Er wandte sich an Ziegler. »Mike? Was weißt du über Luftüberwachung?«

»Was meinst du – Luftaufnahmen und so was?«

»Vielleicht. Schau, wir sind davon ausgegangen, daß die Saudis das Flugzeug auf ihren Radarbildschirmen entdeckt haben. Aber was ist, wenn man uns mit irgendwas Präziserem überwacht hat?«

»Du meinst AWACS? Ja, das wäre möglich. Die Saudis haben welche.«

»Ich habe nicht an die Saudis gedacht, Mike.«

Ziegler dämmerte, was Howard meinte. »Scheiße!« sagte er. Er setzte sich kerzengerade auf, soweit das im Gepäckraum des Land Cruisers möglich war. »Du meinst, es waren unsere eigenen Leute?«

»Ich fürchte, ja. Ich kann es mir nicht anders erklären. Ich glaube, daß sie uns schon ziemlich früh entdeckt haben. Und aus irgendeinem Grund sind sie uns nicht freundlich gesonnen. Das Lagerhaus ist Beweis genug. Die Frage ist, wenn sie mit AWACS arbeiten: Wie weit können sie einen damit überwachen? Können sie Fahrzeuge verfolgen?«

»Nein, das glaube ich nicht«, sagte Ziegler nachdenklich. »Zum Teufel, Ed, ich glaube, du hast recht. Ich hätte selbst drauf kommen müssen. Es paßt. Der Angriff auf das Lagerhaus – das waren lasergelenkte Bomben oder Cruise Missiles. Die Iraker haben so was nicht.«

»Genau mein Gedanke«, sagte Howard. »Aber zurück zu meiner Frage. Können sie Fahrzeuge verfolgen? Haben sie uns vielleicht von Anfang an überwacht? Meinem Gefühl nach, ja. Ich wüßte nicht, woher sie sonst wissen konnten, daß wir in dem Lagerhaus waren.«

»Ich weiß nichts über die neueste Technologie. Aber da gab es irgendwas, mit dem sie während des Golf-Kriegs die irakischen Panzer überwacht haben. Es war so was Ähnliches wie die AWACS. Und wenn sie Panzer verfolgen konnten...«

Howard traf eine Entscheidung. »Okay. Wir gehen auf Nummer Sicher. Ich glaube, wir müssen davon ausgehen, daß sie uns im Moment auf irgendeinem Bildschirm sehen können. Wir werden folgendes tun.«

»Sie kommen eben durch Al-Wadj, Walter«, rief Kearwin. »Sie halten nicht an. Wo sind die Jungs von der CIA jetzt?«

»Kümmern Sie sich nicht um die«, sagte das Walroß. »Lassen Sie den Land Cruiser keine Sekunde aus den Augen. Es wird jetzt dunkel, und auf der Straße wird bald mehr Verkehr sein.«

»Das macht nichts. Die JSTARS ist praktisch direkt über ihnen. Sie könnte den Wagen nicht mehr verlieren, auch nicht bei stärkerem Verkehr.«

Kearwin beobachtete auf dem Bildschirm, wie der Land Cruiser die Küstenstraße nach Janbo und Djidda entlangfuhr. Er kam schnell vorwärts. Kearwin fragte sich, was sie tun würden. Würden sie an der Stelle halten, wo sie das Schlauchboot verlassen hatten? Aber was wollten sie auf dem Meer? Da kamen sie nicht weiter. Oder würden sie direkt nach Djidda weiterfahren? Kearwin hätte es gern gewußt. Irgendwo dort wartete ein CIA-Mann auf sie. Und die saudische Polizei.

Dreißig Kilometer hinter Al-Wadj hielt der Land Cruiser kurz an; dann fuhr er weiter. *Etwa zehn Sekunden,* dachte Kearwin. *Hatten sich wahrscheinlich am Steuer abgewechselt. Die Straße war leer – kein Verkehr. Der neue Fahrer hatte es nicht ganz so eilig. Zu der Stelle, wo sie mit dem Schlauchboot gelandet waren, waren es noch etwa siebzig Kilometer. Würden sie dort anhalten? Er lehnte sich zurück und wartete ab.*

Fünfundvierzig Minuten später fuhr Kearwin hoch. Der Land Cruiser war tatsächlich dort stehengeblieben. Er war abgebogen und fuhr aufs Meer zu. Sie wollten wirklich mit dem Boot ablegen! Ja, das Fahrzeug war eindeutig am Ufer stehengelieben. Und nirgendwo war ein anderes Fahrzeug in Sicht.

Fünf Minuten später wurde die Information zur amerikanischen Botschaft in Riad gefunkt; von dort wurde sie zu Alvin Kennings durchgegeben, der unterwegs war und sich nördlich von Janbo befand. Kennings warf einen Blick auf die Landkarte und fluchte. Er war mindestens eine Stunde von der Stelle entfernt, wo der Land Cruiser angehalten hatte, sie konnten längst mit dem Boot losgefahren sein, bis er ankam. Aber es machte nichts. Dreißig Kilometer vor der Küste lag ein Kriegsschiff der US-Flotte, eine Fregatte der Klasse FFG-7. Es hatte zwei Sikorsky SH-60B Seahawk-Hubschrauber an Bord, die jederzeit losfliegen konnten. An denen kam kein Schlauchboot vorbei. Womit sich etwaige Probleme mit der saudischen Polizei von selbst erledigten. Kennings trat das Gaspedal durch.

Was Kennings jedoch nicht wußte, war, daß sich kurz vor Ankunft des Land Cruisers in Al-Wadj, etwa eine Stunde früher, die Hecktür des Land Cruisers geöffnet hatte. Ziegler, der in diverse Kleiderschichten gewickelt war und den letzten der NSB-Helme aufgesetzt hatte, ließ sich herausfallen. Der Land Cruiser hielt nicht an. Ziegler prallte bei sechzig Stundenkilometern auf die Straße und rollte, wie ihm schien, mindestens eine Minute lang auf dem

Asphalt aus; es dauerte jedoch nur wenige Sekunden. Er rappelte sich hoch, befreite sich von den Klamotten und dem nun fast zertrümmerten Helm und kam zu dem Schluß, daß er, von leichtem Schädelbrummen und ein paar Schrammen abgesehen, unversehrt war. Er winkte dem Land Cruiser hinterher und setzte sich auf einer Seitenstraße Richtung Nordwesten in Bewegung. Er wußte, daß es etwa sechs Kilometer bis zum Flugplatz von Al-Wadj waren. Es war immer noch warm in der Abenddämmerung, aber nicht zu heiß zum Laufen. Er schätzte, daß er die Strecke in fünfundzwanzig Minuten zurücklegen konnte. Autos waren keine unterwegs.

Dreißig Kilometer hinter Al-Wadj hielt der Land Cruiser kurz, was Kearwin auf dem JSTARS-Bildschirm bemerkt hatte. Wie er annahm, wechselte tatsächlich der Fahrer; Harris übernahm. Was Kearwin jedoch nicht wissen konnte, war, daß in diesem Moment alle anderen ausstiegen. Howard und Ackford hoben Bourne heraus und trugen ihn zum Straßenrand, während Palmer und MacDonald das Gepäck ausluden. Als der Land Cruiser ausgeräumt war, fuhr Harris los. Für das ganze Manöver hatten sie nur knapp zehn Sekunden gebraucht.

Sie trugen Bourne und das Gepäck hinter ein Gebüsch abseits der Straße und versteckten sich dort. Howard ging zur Straße zurück und steckte zwei kleine Signalfahnen in den Boden – die erste zweihundert Meter vor ihrem Versteck, die zweite genau auf Höhe des Gebüschs. Dann warteten sie.

Ziegler war um 6 Uhr 45 am Flugplatz angekommen, etwa zur selben Zeit, als die anderen aus dem Land Cruiser ausgestiegen waren. Er ging direkt zum Parkplatz und stieg in den gemieteten Dodge Ram Charger, mit dem er Howard und MacDonald nach ihrer Bootsfahrt abgeholt hatte. Er fuhr auf die Hauptstraße durch Al-Wadj und auf derselben Strecke zurück, die eine halbe Stunde zuvor der Land Cruiser zurückgelegt hatte. Um 7 Uhr 18 entdeckte er die erste Signalfahne, fuhr langsamer und hielt an, als er die zweite sah. Er vergewisserte sich, daß kein anderes Auto in Sicht war, und hupte dann dreimal. Howard und die anderen kamen aus ihrem Versteck und liefen mit Bourne und dem Gepäck auf den Wagen zu. Sie stiegen ein; Ziegler fuhr weiter Richtung Djidda.

Harris hatte eine gute halbe Stunde Vorsprung. Als er zu der Stelle an der Küstenstraße kam, die Howard ihm beschrieben hatte, bog er ab und fuhr zum Strand hinunter. Er montierte mit einem Schraubendreher die Nummernschilder ab und lief in zügigem Tempo die Straße entlang. Er wollte möglichst weit weg sein von dem Land Cruiser, bevor die anderen ihn auflasen.

Eine halbe Stunde später war Harris fast acht Kilometer von dem Land Cruiser entfernt. Als er das verabredete Hupsignal hörte, sah er sich um und bereitete sich auf den Aufsprung vor. Der Pickup fuhr Schrittempo; Harris ließ ihn vorbeifahren, rannte dann los und warf sich durch die geöffnete Hecktür ins Innere. Es war 7 Uhr 51.

»Er ist drin, Mike«, sagte Howard.

Ziegler gab Gas. Er sah Howard an. »Glaubst du, wir haben's geschafft?« fragte er.

»Ich hoffe es«, sagte Howard. »Spätestens in Djidda wissen wir's genau.«

Exakt fünfunddreißig Minuten später, um 8 Uhr 26, kam der Ram Charger an einer großen Chevrolet-Limousine vorbei, die in die Gegenrichtung fuhr. Im morgendlichen Verkehr fiel keines der beiden Autos auf. Um 8 Uhr 52 kam der Chevrolet an dem Ort an, wo der Land Cruiser stand; Alvin Kennings und zwei bullige Marines von der amerikanischen Botschaft stiegen aus.

»Da ist keiner«, sagte einer der Marines überflüssigerweise.

Kennings achtete nicht auf ihn. Er suchte mit seinem Fernglas das Meer ab. Wie weit konnten sie gekommen sein? Er setzte sich über Funk mit der Botschaft in Verbindung, und eine halbe Stunde später sah er weit draußen einen Hubschrauber kreisen. »Die Seahawks werden sie schon erwischen«, murmelte er vor sich hin. Er hielt weiterhin Ausschau.

Erst eine ganze Stunde später, um 10 Uhr 32, erhielt er die Nachricht, daß weder das Radarsystem der Fregatte noch die Seahawk-Hubschrauber ein Boot geortet hatten. Der Kapitän der Fregatte verneinte kategorisch: Hier draußen war kein Boot. Alvin Kennings wurde schnell klar, daß das Team in ein anderes Fahrzeug umgestiegen und noch unterwegs war, aber weder er noch der mehrere tausend Kilometer entfernte John Kearwin erfuhren jemals genau, wie die Männer das mit einem einzigen Zehn-Sekunden-Stopp geschafft hatten.

78

»Es hat also den Anschein, meine Herren, daß diese Männer vorerst durch das Netz der CIA geschlüpft sind.« Der Direktor von MI6, dem britischen Secret Intelligence Service, beendete seine Zusammenfassung und sah von seinen Notizen auf. Einige zogen die Augenbrauen hoch; ansonsten zeigten die Männer des Joint Intelligence Committee wenig Reaktion.

»Danke, Sir Arthur«, sagte der Intelligence Coordinator. »Gentlemen, bevor wir die Vorgehensweise dieser Individuen weiter erörtern, hielte ich es für nützlich, die möglichen Folgen ihrer Handlungen im Irak zu erwägen.« Der Coordinator, ein ehemaliger Direktor des SIS, hielt einen Moment inne und blickte in die Runde. »Zunächst sollten wir vielleicht die Ereignisse genau darstellen. Das Hauptereignis wurde Ihnen soeben von Sir Arthur geschildert: Der amerikanische Geheimdienst ist zu dem Schluß gekommen, daß Staatspräsident Saddam Hussein gestern morgen von einem Scharfschützen getötet worden ist. Der iranische Nachrichtendienst – mit dessen Glaubwürdigkeit es sonst ja nicht gerade zum besten steht – meldete das Geschehen mit präziser Zeit- und Ortsangabe. Diese Angaben decken sich mit Beobachtungen von amerikanischen Überwachungssatelliten. Die Übereinstimmungen sind frappierend. Es gibt jedoch auch andere Meldungen, vor allem aus dem Irak. Die offizielle irakische Nachrichtenagentur hat die Nachricht in mehreren Berichten dementiert; im Fernsehen wurden Aufnahmen von Saddam Hussein in einer Sitzung des Revolutionsrates gezeigt, und es gab auch aus diversen Städten Aufnahmen von Feiern anläßlich seines gestrigen Geburtstages.« Der Intelligence Coordinator legte die Hände zusammen, atmete hörbar ein und fuhr fort. »Wir sind davon überzeugt, daß diese Berichte aus dem Irak gefälscht sind. Abgesehen davon, daß diese Agentur für gezielte Falschmeldungen bekannt ist, haben wir festgestellt, daß die gezeigten Aufnahmen aus den Archiven stammen. Wir haben in den BBC-Archiven genau dieselben Bilder gefunden; sie wurden vor etwa sechs Monaten im britischen Fernsehen gezeigt. Daraus folgt, daß gestern keine Aufnahmen von Saddam Hussein gemacht wurden oder daß sie absichtlich unter Verschluß gehalten werden. Außerdem wurde mir mitgeteilt, daß die Bilder von den gestrigen Feiern definitiv nicht in Tikrit entstanden sind; bei dem gezeigten Ort handelt es sich um Al-Mahmudiya, einen Ort im Süden von Bagdad. Ein Journalist, der dortgewesen ist, konnte das eindeutig bestätigen; er ist sich seiner Sache absolut sicher. Ich glaube, anhand dieser Fakten können wir die irakischen Meldungen getrost außer acht lassen.

Ein weiterer Bericht scheint weniger leicht zu entkräften. Er erschien« – der Coordinator hielt eine Zeitung hoch – »in der *Times* von heute. In dem Artikel wird ausführlich über die gestrigen Feiern in Tikrit berichtet; dort ist von Zehntausenden von Menschen die Rede, die dem Präsidenten in seiner Heimatstadt huldigten. Darüber hinaus wird berichtet, daß Saddam selbst sich wegen Attentatsbefürchtungen nicht in Tikrit aufhielt. Normalerweise wäre man geneigt, diesem Artikel Glauben zu schenken, doch zwei Tatsachen sprechen dagegen. Zum einen: Der Journalist, der ihn durchgab, tat dies von Kairo aus. Er hielt sich nicht einmal im Irak auf, geschweige denn in Tikrit. Er war in Ägypten. Zum zweiten gibt er unumwunden zu, daß er seine Informationen aus der irakischen Zeitung *Al-Jumhuriyah* bezogen hat, die, wie Sie sicher wissen, das offizielle Organ der irakischen Regierung ist.

Ich nehme an, daß Sie sich deshalb unserer Meinung anschließen werden«, fuhr der Coordinator fort, »wonach die iranischen Meldungen zutreffend zu sein scheinen. Ich möchte jetzt das Vorgehen der Regierung in dieser Sache kurz umreißen. Heute morgen hatte ich eine kurze Unterredung mit dem Premierminister und dem Außenminister...«

Max Goodale, Deputy Director des MI5, dem Security Service, gestattete es sich, seine Gedanken abschweifen zu lassen, während der Intelligence Coordinator die neue, sanftere Linie erläuterte, die die Regierung gegenüber den Iranern einzuschlagen beabsichtigte. Goodale ließ sich alles durch den Kopf gehen. Ein Scharfschütze war es also gewesen. Das hörte er zum ersten Mal. Interessant. Er dachte noch einmal über die im Sande verlaufene Spurensuche und die merkwürdige, nicht bewiesene Verbindung zu Sir Peter Dartington nach. Er kam zu dem Schluß, daß es noch ein paar Dinge gab, die er herausfinden wollte; er konzentrierte sich wieder auf das Geschehen im Raum. Der Coordinator kam zum Schluß.

»Das, meine Herren, ist die offizielle politische Linie der Regierung Ihrer Majestät. Falls niemand mehr Einwände hat, würde ich jetzt gerne auf die Attentäter und unser weiteres Vorgehen kommen.«

Goodale meldete sich zu Wort. »Herr Vorsitzender, ich glaube, es wäre für uns alle hilfreich, wenn wir uns ein Bild von den Leuten machen könnten, mit denen wir es hier zu tun haben. Wir haben uns sicher alle eine Meinung gebildet, aber ich denke, es wäre sehr interessant, dazu die Ansicht des Direktor der Special Forces zu hören.«

Der Intelligence Coordinator sah etwas überrascht aus, aber er nickte. »Ja, Mr. Goodale, das könnte hilfreich sein.« Er wandte sich an einen Mann am anderen Ende des Tisches. »Herr Brigadegeneral? Würden Sie uns bitte aufklären?«

Der Direktor der Special Forces war früher Befehlshabender Offizier beim 22. Regiment des Special Air Service gewesen; jetzt koordinierte er die Einsätze des SAS und des SBS von einem Hauptquartier in London aus. Er trug wie immer keine Uniform. Seine Äußerungen waren knapp und konzentriert. »Angesichts der Erfolge dieser Männer kann man davon ausgehen, daß sie hochkompetente Profis sind. Mit Sicherheit waren ehemalige Berufssoldaten an der Operation beteiligt; höchstwahrscheinlich Special-Forces-Leute. Diese Männer sind unkonventionell, aber äußerst effektiv und überlegt vorgegangen, sie waren hochmotiviert und äußerst entschlossen. Aber einen Punkt finde ich höchst erstaunlich.«

»Ja, Herr General?« hakte der Coordinator nach. »Worum handelt es sich dabei?«

»Um die Frage, wo sie ihre Informationen herhatten. Die wenigsten Profis könnten so eine Sache durchziehen; diejenigen, die dazu imstande wären, sind erfahrene Soldaten oder ehemalige Männer vom SAS oder SBS. Aber keiner von ihnen«, sagte der Brigadegeneral mit Nachdruck, »hätte diese Operation ohne Informationen durchführen können. Wenn man uns beauftragt hätte, wären wir die Sache natürlich angegangen, aber ich muß betonen, daß wir ohne Zusatzinformationen keinerlei Aussicht auf Erfolg gehabt hätten – es wäre sinnlos gewesen, überhaupt anzufangen. Ich spreche von Informationen über Saddams Aufenthaltsorte. Diese Männer müssen über derlei Wissen verfügt haben. Es wäre sicher interessant zu erfahren, woher sie ihre Informationen hatten.«

Der Coordinator war zusammengezuckt, als der Brigadegeneral von den Fähigkeiten seiner Männer sprach; er war ängstlich darum bemüht, das Gespräch wieder auf den Ausgangspunkt zurückzubringen. »Danke, Herr General. Ich bin überzeugt, daß uns die Frage nach der Informationsquelle noch länger beschäftigen wird. Vielleicht könnten wir uns nun dem Problem zuwenden, was mit diesen Männern geschehen soll, wenn sie gefunden werden. Auch wenn sich das von selbst versteht, möchte ich dennoch vorab betonen, daß der Premierminister großen Wert darauf legt, daß der Regierung Ihrer Majestät peinliche Offenbarungen erspart bleiben . . .«

Goodale dachte angestrengt nach. Er ließ sich die Worte des Brigadegenerals noch einmal durch den Kopf gehen. Er überlegte sich, welch ein Typ Mensch man sein mußte, um eine solche Operation durchzuführen. Der Brigadegeneral hatte seine eigenen

Thesen bestätigt. Goodale war solchen Männern schon begegnet. Er hatte sogar einmal erwogen, sich zum SAS zu melden, aber statt dessen hatte es ihn in die dunklere Welt des militärischen Geheimdienstes verschlagen...

Eine halbe Stunde später löste sich die Sitzung des Joint Intelligence Commitee auf, und Goodale machte sich auf den Weg zurück zu seinem Büro. Als er in seinen Wagen stieg, ließ ihm etwas keine Ruhe, etwas, das er vergessen hatte. Es war eine Kleinigkeit, etwas, das ihn auf die Idee brachte, ob nicht vielleicht...

»George«, sagte er plötzlich zu seinem Chauffeur, »wir ändern die Route. Fahren Sie mich bitte nach Edgware raus.«

»Jawohl, Sir.« Der unerschütterliche Chauffeur drehte um und fuhr Richtung Norden.

Drei Stunden später traf Goodale mit leuchtenden Augen in seinem Büro ein. Er griff zum Telefon und rief einen alten Freund an. Sie sprachen ein paar Minuten, und Goodale stellte eine Frage. Er erhielt die Antwort, die er erwartet hatte. Dann machte er zwei weitere Anrufe; unter der ersten Nummer erreichte er nur einen Anrufbeantworter mit der Nachricht, daß die betreffende Person verreist sei; bei dem anderen Anschluß nahm keiner ab. Genau wie er es erwartet hatte. Er ging in den Keller, suchte sich sechs Akten heraus, nahm sie mit ins Büro und las sie nacheinander durch. Als er damit fertig war, lehnte er sich zurück und gab sich seinen Gedanken hin.

Es klopfte, und seine Sekretärin kam herein. Sie sah beunruhigt aus. »Sir? Hätten Sie eine Minute Zeit für mich? Es geht um, äh, etwas Persönliches, wegen einer Freundin von mir.«

»Sicher, Janey. Kommen Sie, setzen Sie sich.«

Die junge Frau ließ sich erleichtert nieder. Ihr Boß hatte eindeutig gute Laune. Sie platzte mit ihrer Geschichte heraus. »Sir, eine meiner ältesten Freundinnen hat ein Problem. Sie hat da diesen Freund, wissen Sie, und ich sagte, Sie wüßten bestimmt, was man da tun soll. Ich meine, sie weiß nicht, wer Sie sind, aber sie weiß, daß ich bei der Security bin. Es ist okay – sie ist Police Inspector. Es geht um ihren Freund. Oder vielmehr ihren Verlobten. Sie glaubt, daß er in eine üble Sache verwickelt ist, und sie weiß nicht, was sie tun soll. Sie würde gern mit Ihnen reden.«

Max Goodale lächelte. »Dieser Verlobte, Janey«, sagte er und warf einen Blick auf eine der Akten auf dem Tisch, »der heißt nicht zufällig Bourne, oder?«

79

»Noch dreißig Kilometer bis zum Polizeikontrollpunkt vor Djidda, Boß«, teilte Harris Howard mit.

»Okay, Mel. Wie läuft das da ab?«

»Sollte kein Problem sein. Wenn du nett lächelst, lassen sie dich normalerweise einfach durch.«

»Prüfen sie die Papiere?«

»Ja. Pässe, Fahrzeugpapiere – du weißt schon. Kein Problem.«

»Ich fürchte, doch. Danny und ich haben kein saudiarabisches Visum.« Howard dachte einen Moment nach. »Ich weiß was«, sagte er. »Du reichst ihnen alle Pässe zusammen raus, aber statt meinem und Dannys geben wir ihnen die von Andy und Bob. Bleibt natürlich das Risiko, daß sie die Gesichter vergleichen, aber besser, als wenn ihnen auffällt, daß wir keine Visa haben.«

»Okay, Boß.«

Howard wandte sich zu Bourne, der, mit dem verletzten Bein auf Howards Schoß, quer auf dem hinteren Sitz lag. Howard rüttelte ihn sachte an der Schulter. »Johnny? Aufwachen. Wie fühlst du dich?«

Bourne schlug die Augen auf. Er war noch immer kreidebleich. »Schwach«, krächzte er. Er räusperte sich und fügte hinzu: »Mir ist etwas schwindlig. Aber der Schmerz hat nachgelassen. Ist nicht so schlimm wie vorher.«

»Gut«, sagte Howard. Die Schmerztabletten taten ihre Wirkung. Nach Mitternacht hatte er Bourne eine zweite Morphiumspritze gegeben, aber danach hatte er nur noch Pethidin-Tabletten und einen Wasser-Glukose-Mix bekommen, der ihn bei Kräften halten sollte. Am schlechtesten ging es Bourne, wenn die Aderpresse halbstündlich für ein paar Minuten abgenommen wurde und das Blut in das Bein zurückströmte. Howard hatte den Verband vor einer Stunde gewechselt; die Blutung hatte aufgehört. Sie hatten Bourne intravenös siebenhundertfünfzig Milliliter Hetastarch zugeführt und an beiden Beinen einen Druckverband angelegt, um die Blutzufuhr zu regulieren. Die Behandlung schien anzuschlagen, aber Bourne war nicht in der Verfassung für Aktivitäten; er sollte im Krankenhaus liegen, dachte Howard. Wie auch immer, es ließ sich nicht ändern. »Hör zu, Johnny. Wir kommen jetzt an einen Kontrollpunkt. Du mußt dich aufsetzen und einen halbwegs normalen Eindruck machen, wenn wir da halten. Schaffst du das?«

»Klar«, sagte Bourne. Er stützte sich auf einen Ellenbogen auf. »Hilf mir mal hoch, bitte.«

»Noch nicht.« Howard bedeutete ihm, liegenzubleiben. »Nur mit der Ruhe. Wir warten bis zur letzten Minute. Also«, wandte er sich an die anderen, »rasiert euch und zieht frische Hemden an. Wir wollen schließlich wie achtbare Bürger wirken.«

»Gelungener Auftritt«, grinste Ackford. »Achtbar? Wir sehen aus, als wären wir gerade aus dem Knast getürmt.«

»Und genau dort landen wir, wenn wir's verpatzen«, rief Ziegler von hinten. Er wühlte in den Taschen nach sauberer Kleidung und reichte die Sachen nach vorne.

Am Kontrollpunkt hatte sich eine lange Schlange gebildet; Harris und Palmer gaben zu bedenken, daß ihre Durchfahrt zügiger vonstatten gegangen war, aber Howard beruhigte sie. »Sie wissen nichts von diesem Pickup. Wenn sie nach einem Fahrzeug suchen, dann nach dem Land Cruiser. Und sie wissen nicht, wer wir sind oder wie wir aussehen. Sie haben nur ein paar falsche Namen. Sie wissen nicht mal, wie viele wir sind. Solange sie nicht anfangen, die Paßbilder zu überprüfen, wird alles glattgehen.«

»Was ist mit Bobs Bild?« fragte Harris. »Von uns hat keiner 'ne Glatze. Das muß ihnen doch auffallen.«

»Das Bild ist schon etwas älter«, sagte Howard. »Der Paß stammt noch aus der Zeit, als wir zusammen in der Türkei einsaßen. Damals hatte er noch ein paar Haare. Nicht viele, aber wenigstens ein paar.«

Als noch zwei Wagen vor ihnen waren, half Howard Bourne auf. Er sah, daß Bourne entschlossen die Zähne zusammenbiß, aber wenige Sekunden später verzog er das Gesicht; das Blut floß in sein Bein zurück, und mit ihm kam der Schmerz. Der Schweiß stand ihm auf der Stirn, und Howard fürchtete, daß er das Bewußtsein verlieren würde.

Harris lächelte den gelangweilten saudischen Polizeibeamten an. *»As-salaam aleikum«*, begrüßte er ihn in seinem besten Arabisch, *»kayf haalak?«* Er reichte ihm die Pässe, die Wagenpapiere des Ram Charger und seinen Führerschein.

Der Polizist schien sich eine Ewigkeit mit den Papieren zu beschäftigen, lehnte sich dann ins Auto und sah prüfend in jedes Gesicht. Bourne schaffte es irgendwie, ein Lächeln zustande zu bringen, unternahm aber keinen Versuch zu sprechen. Dann verschwand der Polizist und sah nach hinten zu Ziegler und MacDonald herein. *O Gott*, dachte Howard, *er schaut sich die Gesichter genau an.*

Plötzlich kam der Beamte zurück. Er reichte Harris die Papiere und Pässe und winkte ihn durch. Als der Wagen losfuhr, unterdrückte Bourne einen Aufschrei; Howard half ihm, sich wieder zurückzulegen, und nahm das verletzte Bein hoch. »Ed«, murmelte Bourne schwach, »ich weiß nicht, wie lange ich noch durchhalte. Laßt mich besser hier. Ich schaff es nie bis ins Flugzeug.«

Howard traf eine Entscheidung. »Ich geb dir noch eine Morphiumspritze, Johnny. Du darfst nur nicht einschlafen. Am Flughafen besorgen wir dir einen Rollstuhl.«

»Was ist mit den Pässen, Boß?« fragte Harris. »Wie sollen wir das machen? Einen Verkehrspolizisten bluffen, das geht ja noch, aber die Grenzer sind ein anderes Kaliber. Du und Mac, ihr seht Bob und Andy kein bißchen ähnlich.«

»Ich werde die Fotos austauschen. Du, Mike und Tony, ihr setzt uns am Flughafen ab und geht ein bißchen einkaufen.« Howard gab Harris eine Einkaufsliste.

Harris nickte. »Glaubst du, es wird hinhauen, Boß?«

»Nein. Im Leben nicht«, sagte Howard trocken und grinste. »Aber zumindest muß ich nicht wieder Wochen in diesem verdammten Tiefkühlcontainer zubringen. Und fällt dir was Besseres ein?«

Als sie am Flughafen ankamen, liefen Howard und MacDonald los, um eine Fotokabine ausfindig zu machen, während Ziegler und Palmer sich auf die Suche nach einem Rollstuhl machten. Harris fuhr den Pickup zu einem Zeitparkplatz und wartete mit Bourne und Ackford auf die Rückkehr der anderen. Es war elf Uhr morgens, und die Sonne brannte heiß; Harris ließ den Motor laufen und drehte die Klimaanlage voll auf. Zehn Minuten später näherten sich Palmer und Ziegler mit einem geliehenen Rollstuhl.

»Die Luxusausführung, Johnny«, grinste Ziegler. »Mit Beinstütze, damit du deinen Fuß hochlegen kannst.« Sie hoben Bourne in den Rollstuhl, und Palmer steuerte mit ihm zum Terminal. Ziegler setzte sich zu Harris und Ackford auf den Vordersitz. »Also, Jungs, gehen wir einkaufen. Dann muß ich diesen Untersatz hier abliefern.«

»Ich meinen auch«, erinnerte ihn Harris. »Aber ich sollte wohl noch ein paar Kilometer draufkriegen. Kommt, wir fahren mit meinem.«

»Nein«, sagte Ziegler. »Sie halten alle Land Cruiser an. Laß es uns so machen – Tony und ich erledigen die Einkäufe, und du fährst mit dem Mietwagen eine Weile auf dem Parkplatz rum.«

Eine halbe Stunde später versammelte sich das Team in der Abflughalle; Ziegler und Ackford kamen nach einem Blitzeinkauf im Supermarkt als letzte an. Howard hatte allen Tickets für die nächsten Flüge besorgt; er und MacDonald würden eine andere Maschine als der Rest des Teams nehmen. Harris hatte die Originalnummernschilder des Land Cruisers wieder aufmontiert und den Wagen mit zwölf Kilometern auf dem Zähler abgegeben; der Angestellte hatte sich nicht dazu geäußert. Die falschen Resopalschilder hatten sie in kleine Stücke gebrochen und mit dem Inhalt des Arztkoffers – von den Pethidin- und Coproxamol-Tabletten für MacDonald und Bourne abgesehen – in eine Abfalltonne geworfen. Ziegler überreichte Howard eine kleine Tasche und zog los, um den Ram Charger abzuliefern.

Howard sprach kurz mit den anderen; dann verschwand er auf der Toilette und schloß sich in einer Kabine ein. Er holte ein Skalpell heraus und durchschnitt sorgfältig die Klebefolie an den Rändern von Ushers Paßfoto. Dann lockerte er das Foto mit der Schneide. Der Klebstoff war fest, und es gelang ihm nur, die Ecken zu lösen. Aber das war ausreichend; das falsche Foto würde den Rest abdecken. Dann begann er mit einem Prägewerkzeug und einem Satz einfacher Matrizen den offiziellen Stempel auf ein Foto von sich zu übertragen, das er in einer Fotokabine gemacht hatte. Es war eine mühselige Arbeit, aber nach zwanzig Minuten und einem zweiten Anlauf war er einigermaßen zufrieden. Es war nicht perfekt, und ein britischer Grenzbeamter würde sich vermutlich keine Sekunde davon täuschen lassen, aber es war die einzige Möglichkeit. Er legte sein Foto auf die Reste des Fotos von Usher, richtete die Ränder aus und klebte es leicht fest. Dann nahm er eine dünne durchsichtige Klebefolie und schnitt ein Stück heraus, das er auf die Seite des Ausweises legte. Mit dem Skalpell schnitt er es genau auf Form zurecht. Er schloß die Kabine auf und ging mit dem Paß zum Handtrockner neben den Waschbecken. Zwei Minuten lang hielt er die Seite unter den heißen Luftstrom, dann legte er den Paß mit der Seite nach unten auf die ebene Fläche neben den Waschbecken und drückte fest zu. Die Klebefolie, die durch die Wärme weich geworden war, verschmolz mit dem geprägten Muster. Howard betrachtete das Ergebnis. Sein eigenes Gesicht starrte ihm aus Ushers Paß entgegen; er hoffte nur, daß der saudische Grenzbeamte den Größenunterschied nicht bemerken würde – er war fast zehn Zentimeter größer als Usher. Denselben Vorgang wiederholte er dann mit Denards Paß und dem Foto von MacDonald.

Um 12 Uhr 45 trat Howard wieder in Erscheinung; MacDonald

hockte allein da. »Sind die anderen gut weggekommen, Danny?« fragte er.

»Jaja«, sagte MacDonald mit seltsamem Gesichtsausdruck. Er sah Howard an. »Irgendwie kam es mir falsch vor, mich jetzt hier von ihnen zu verabschieden. Sie sind allesamt prima Kerle«, fügte er hinzu, »sie werden mir fehlen.«

»Irgendwann mußten wir uns trennen, Danny«, sagte Howard sanft. »Mit zwei Verletzten im Schlepptau hätten wir bei unserer Ankunft nur unnötiges Aufsehen erregt.«

»Und warum fliegen wir zuletzt? War Bourne so 'ne Art Versuchskaninchen, um zu prüfen, ob es klappt?«

»Nein«, gab Howard zurück. »Ganz im Gegenteil. Ich glaube nicht, daß sich für ihn irgendwelche Probleme ergeben. Mel und Tony kümmern sich um ihn. In der ersten Klasse kann er den Fuß hochlegen und wird schon klarkommen. Sie werden ihn wohlbehalten nach Hause schaffen – Mel ist gelernter Arzt, weißt du. Aber wir beide sind der größte Risikofaktor, wegen der gefälschten Pässe. Deshalb fliegen wir zuletzt, damit die anderen davonkommen.«

»Und was ist drüben? Kommen wir damit durch die britische Paßkontrolle?«

»Müssen wir nicht«, sagte Howard. »Sobald wir im Flugzeug sind, reiße ich die zwei Dinger in kleine Stücke und spüle sie ins Klo. In Rom lassen wir uns zurückfallen und hängen uns an irgendeine Schlange aus einem anderen europäischen Land. Dann gehen wir mit unseren eigenen Pässen durch die italienische Paßkontrolle. Wir haben EG-Ausweise, die nicht gestempelt werden. Ich verabschiede mich dann in Rom – du mußt dir dort ein Ticket für den nächsten Flug nach England holen. Nichts in deinem Paß wird darauf hinweisen, daß du jemals Europa verlassen hast. Komm, wir müssen los.«

Als sie vor der Abflughalle durch die Paßkontrolle gingen, hatte MacDonald das Gefühl, daß ihn alle Leute anstarrten. Er warf Howard einen Blick zu.

»Nur die Ruhe, Danny«, murmelte Howard beiläufig.

Wie in Trance reichte MacDonald dem Beamten Denards Paß. Er versuchte, locker und unbekümmert zu wirken, aber als der Beamte den Paß durchblätterte, klopfte ihm das Herz bis zum Hals.

Dann krachte der Stempel auf den Paß; der Beamte gab ihm das Dokument zurück. »Danke, Mr. Denard«, schnarrte er auf englisch. »Ich hoffe, Sie hatten einen guten Aufenthalt in Saudi-Arabien.«

»O ja«, sagte MacDonald, der unvermittelt grinsen mußte. »Es war absolute Spitze.«

TEIL IV

Ein greller Blitz

80

Der Wagen bog von der Straße nach Spean Bridge in die Auffahrt zu dem Cottage ab und hielt an; der Deputy Director des MI5 stieg aus und ging zum Haus hinüber. Er klopfte zweimal und betrachtete müßig eine Werkbank, die unter einem Dachvorbau stand, während er wartete.

Die Tür ging auf. Danny MacDonald, den einen Arm in einer Schlinge, stand im Flur. Er sah überrascht aus, dann erfreut. »Guten Tag, Sir! Das ist ja eine Überraschung! Kommen Sie doch herein!«

»Danke, Danny«, sagte Max Goodale. Er folgte MacDonald ins Wohnzimmer. Es war ein behaglicher, anheimelnder Raum; eine hübsche junge Frau mit kupferrotem Haar war damit beschäftigt, leuchtend bunte Vorhänge an den Fenstern anzubringen. Als Goodale eintrat, stieg sie von ihrem Stuhl herunter.

»Sir, ich möchte Ihnen meine Verlobte vorstellen, Sheila.« MacDonald machte die beiden bekannt; Sheila errötete und lächelte.

»Erfreut, Sie kennenzulernen«, sagte Goodale und lächelte ebenfalls. »Und woher kennen Sie den jungen Danny hier?«

»Ach, ich wohne in der Nähe«, sagte sie. »In Carvaig. Meiner Mutter gehört die Gastwirtschaft dort, und ich helfe ihr.«

»Oho«, sagte Goodale mit einem Zwinkern. »Und jetzt muß sie die ganze Arbeit alleine machen, wie?«

»Oh, nein, ganz und gar nicht!« widersprach Sheila heftig. »Sie ist in Urlaub – es war wirklich mal nötig. Sie hat seit Jahren keine Ferien mehr gemacht. Sie hat sich ganz spontan dazu entschlossen.«

»Oh, tut mir leid«, entschuldigte er sich. »Ich wollte nicht unhöflich sein. Verzeihen Sie mir. Ich hoffe, sie hat sich einen schönen Ort ausgesucht?«

»O ja – Italien«, sagte Sheila und lächelte wieder. »Sie ist in Rom. Die Glückliche – aber sie hat's wirklich verdient. Und nun, Mr. Goodale« – sie legte die Hand an den Hals – »möchten Sie vielleicht eine Tasse Tee?«

»Das wäre sehr nett«, sagte Goodale. »Und dann muß ich Danny für eine Weile unter vier Augen sprechen, so leid es mir tut. Ich hoffe, es macht Ihnen nichts aus?«

Sheila sah verwirrt aus, aber Danny nickte ihr beruhigend zu. Sie verschwand in der Küche, um das Wasser aufzusetzen, und die beiden Männer ließen sich nieder. Während sie auf den Tee warteten, betrieben Goodale und MacDonald Konversation; dann kam Sheila mit einem Tablett herein, auf dem Teetassen und ein Teller mit Shortbread standen. Goodale bedankte sich, und sie ging wieder in die Küche.

Ein paar Sekunden lang herrschte Schweigen, dann setzte Goodale zum Sprechen an.

»Böse Verletzung, Danny«, sagte er ruhig. »Waren Sie bei einem Arzt?«

MacDonald sah verunsichert aus. »Nur ein Schnitt, Sir, nichts Ernstes.« Er lächelte gezwungen.

»Soweit ich weiß, ist es ein verdammt großes Loch, kein Schnitt«, sagte Goodale, und seine Augen nahmen einen harten Ausdruck an.

MacDonald wich das Blut aus dem Gesicht. »Wer... wer um Himmels willen hat Ihnen das gesagt, Sir?«

»Ich habe gestern mit einem Freund von Ihnen gesprochen«, antwortete Goodale, der MacDonald nicht aus den Augen ließ. »Ein Bursche namens Johnny Bourne. Aber Ihren Namen habe ich nicht von ihm. Ich wußte es schon vorher. Und daß Sie so hübsch braun sind«, fügte er bissig hinzu, »bestätigt meine Annahmen.«

MacDonald war sprachlos. Er öffnete den Mund und schloß ihn wieder; dann flüsterte er: »Was wissen Sie?«

»Das meiste. Und den Rest möchte ich gerne von Ihnen erfahren.« Goodale starrte ihn durchdringend an.

Leise sagte MacDonald: »Was wird mit mir geschehen?«

»Das hängt von Ihren Antworten ab, Danny«, sagte Goodale sanft.

»Aber wie haben Sie es herausbekommen? Wer hat uns verraten?«

»Niemand. Es war ein Zusammentreffen von mehreren Faktoren. Hauptsächlich Pech und reiner Zufall. Aber davon berichte ich später. Zuerst möchte ich Ihnen eine Geschichte erzählen. Verbessern Sie mich bitte, wenn etwas nicht stimmt.«

MacDonald nickte stumpf.

»Ich wußte nie, wie Ihr Bruder Fergus ums Leben gekommen ist«, begann Goodale und sah neugierig auf das Foto auf dem Kaminsims, »aber am letzten Mittwoch ist mir etwas eingefallen, was ich in den Zeitungen gelesen und damals nicht mit Ihnen in Verbindung gebracht hatte. Also ging ich in die Bibliothek und sah mir ein paar alte Ausgaben durch. Fergus war mit einem Mädchen aus Bahrain verheiratet, nicht?« MacDonald widersprach ihm nicht, also fuhr Goodale fort. »Er ging nach Kuwait und arbeitete dort für eine Ölfirma. Er heiratete und ließ sich dort nieder. Als die Iraker einmarschierten, nahm man ihn und seine Familie gefangen. Er wurde gefoltert, und seine Frau und seine Tochter wurden geschlagen, vor seinen Augen mehrfach von irakischen Soldaten vergewaltigt und dann verschleppt. Ihr Bruder wurde als Geisel gehalten und von Saddam Hussein als ›menschlicher Schutzschild‹ benutzt; er starb drei Monate nach seiner Freilassung, als gebrochener Mann. Stimmt das?«

»Ja, Sir«, sagte MacDonald heiser; die Erinnerung war schmerzhaft. Dann stieß er hervor: »Ich habe mich nur seinetwegen auf diese Sache eingelassen!«

»Ich weiß, Danny.« Goodales Tonfall war weich. »Ed Howard wußte auch von Fergus, nicht? Damit hat er Sie rumgekriegt?«

»Ja«, sagte MacDonald. »Er sagte, er wüßte drei Gründe, warum ich den Auftrag annehmen würde, und ich habe ihn sofort verstanden. Fergus, seine Frau und seine Tochter.« Dann zog er die Stirn in Falten und sagte: »Wie haben Sie von Ed erfahren?«

»Ein Bekannter von mir, Henry Stoner, erinnerte sich, daß

Howard nach Ihnen gefragt hatte. Sie haben von Stoner gehört. Er hat Ihnen geschrieben, weil er Sie für sein Schützenteam haben wollte.«

»Ja, genau.«

»Die British Newspaper Library hat mir die Verbindung bestätigt. Im November letzten Jahres hat Howard sich die betreffenden Zeitungsausschnitte geben lassen. Als ich bei Howard anrief, war da eine Nachricht auf dem Anrufbeantworter, daß er verreist sei. Als ich bei Ihnen anrief, nahm auch niemand ab. Es schien alles zu passen. Und nun, Danny« – Goodale sah MacDonald wieder streng an – »beantworten Sie bitte meine Fragen. Erstens: Was genau hat sich an diesem Tag in Tikrit ereignet?«

»Hat Ed es Ihnen nicht erzählt?«

»Ich habe nicht mit ihm gesprochen, nur mit Bourne. Und ich weiß, daß Bourne nicht dabei war – er bewachte die Wagen. Ich höre.«

Danny MacDonald berichtete. Er brauchte annähernd eine Stunde dazu; er beschrieb die Ereignisse plastisch und detailliert. Goodale unterbrach ihn selten. Danny erzählte voller Leidenschaft; seine Augen leuchteten, als er von Saddams Tod berichtete, verdunkelten sich, als er traurig von den zwei toten Freunden erzählte.

Als er geendet hatte, fand Goodale die Sprache wieder. »Können Sie irgend etwas davon beweisen? Außer einigen Gerüchten aus dem Iran gibt es keinerlei Bestätigung für diese Ereignisse; Bagdad streitet sie rundweg ab.«

MacDonald schien zu überlegen. Dann nickte er. Er stand auf, ging zu einer Schublade, öffnete sie und entnahm ihr einen Umschlag, der einen Stoß vergrößerter Schwarzweißfotos enthielt. Er gab ihn Goodale. »Ed hatte auf einem kleinen Dreibein eine Kamera mit Konverter und Motor installiert. Er hat die Fotos gemacht.«

Goodale betrachtete die Bilder fasziniert. Es war verblüffend. Auf den ersten war deutlich die Erschießung von Saddams Double und dem Berater zu sehen; dann traf der echte Saddam ein, und der iranische Diplomat wurde erschossen; schließlich kam der Tod des Tyrannen selbst. Er sah auf. »Hat Howard Ihnen die geschickt?«

»Sie waren heute in der Post.«

Goodale bemerkte die italienische Briefmarke. *Lieber Himmel,* dachte er. *Kann es sein, daß Howard und Sheilas Mutter...?* Er beschloß, sich vorläufig nicht damit zu befassen, sondern nahm wieder MacDonald aufs Korn. »Wer war der andere Mann, den Sie erschossen haben, Danny? Der neben Saddams Double auf der Tribüne stand?«

»Das war Ala'a Hussein Ali«, sagte MacDonald langsam. »Als die Iraker Kuwait überfielen, war er bei der irakischen Geheimpolizei, der Mukhabarat. Saddam ernannte ihn nominell zum Premierminister von Kuwait, der sogenannten neunzehnten Provinz des Irak. Er hat die Folterung meines Bruders persönlich beaufsichtigt – das hat Fergus mir vor seinem Tod gesagt. Er hat mir ein Foto von ihm gezeigt. Ich habe ihn wiedererkannt.« MacDonalds Stimme war hart und angespannt. »Ich habe absichtlich tief gezielt, damit das Schwein leidet, und weiß Gott, das hat er getan. Ed hat mich nie gefragt, warum ich auf den Mann geschossen habe, aber ich glaube, er wußte es. Der dritte Mann, der mit uns in dem Versteck war, hat gedacht, ich sei durchgedreht. Er dachte, ich hätte ›Allah‹ geschrien, wie in einem religiösen Wahn oder so. Aber in Wirklichkeit hab ich den Namen von diesem Schwein gerufen, Ala'a.«

Goodale schwieg eine Weile. Dann sagte er: »Meine nächste Frage, Danny. Sie haben keine anderen Namen erwähnt. Sie haben nur zugegeben, daß Sie Bourne und Howard kennen. Sagen Sie mir bitte, wer die anderen waren.«

MacDonalds Blick verdüsterte sich, und auf sein Gesicht trat ein Ausdruck eiserner Entschlossenheit. »Es tut mir leid, Sir, aber ich beabsichtige nicht, meine Freunde zu verraten. Die Namen müssen Sie auf andere Weise herausfinden.«

Goodales Gesicht blieb unbewegt; MacDonalds Reaktion war ihm Antwort genug. Der Schotte weigerte sich, die Namen seiner Partner zu verraten, obwohl seine Zukunft auf dem Spiel stand. »Eine Frage noch, Danny.« Er hielt inne und sah MacDonald durchdringend an. »Wissen Sie, wer der Hintermann der Operation war? Wer Howard den Auftrag erteilt hat?«

Die Antwort kam prompt. »Nein. Ed hat es mir nie gesagt. Wir haben uns das oft gefragt. Ein paar von uns haben darüber gerätselt, wer es wohl sein könnte. Wir kamen zu dem Schluß, daß es die britische Regierung sein mußte.«

Goodale schien zufrieden. »Gut, Danny. Ich glaube Ihnen. Sie haben mir die Antworten geliefert, die ich haben wollte.« MacDonald sah ihn irritiert an; Goodale sprach weiter. »Ich werde Ihnen jetzt sagen, was weiter geschehen wird, und weshalb. Doch zuvor möchte ich, daß Sie mir Ihr Wort darauf geben, daß Sie niemals mit jemandem darüber sprechen werden, was Sie getan haben. Sie werden nicht mehr darüber nachdenken, welche Person oder Organisation Howard diesen Auftrag erteilt hat. Und Sie werden mit niemandem je über unsere heutige Unterhaltung sprechen. Haben Sie mich verstanden?«

MacDonald nickte. »Sie haben mein Wort, Sir«, sagte er schlicht.

Goodale nickte ihm zu. »Gut. Also: Natürlich könnte man Sie, Howard, Bourne und die anderen unter Anklage stellen. Sie haben sich einer Anzahl von Straftaten in diesem Lande schuldig gemacht. Die Liste ist lang – Verstoß gegen das Schußwaffengesetz, Betrug, Raub, Schmuggel ... aber das muß ich wohl nicht weiter ausführen. Für einige Jahre Zuchthaus würde es in jedem Falle reichen. Und ich spreche nur von den Taten in Großbritannien. Habe ich mich verständlich ausgedrückt?«

»Ja, Sir«, antwortete MacDonald geknickt.

»Dennoch«, fuhr Goodale fort, »würde jeder Verteidiger, sogar ein mittelmäßiger, den Hintergrund dieser Geschichte und die Einzelheiten Ihrer Taten im Ausland gründlich für seine Zwecke ausschlachten. Zweifellos würde die ganze Geschichte ans Tageslicht gezerrt werden. Die Zeiten, zu denen man solche Prozesse unter Ausschluß der Öffentlichkeit und der Presse abhalten konnte, sind lange vorbei. Und wenn die Geschichte allgemein bekannt würde, gäbe es auf jeden Fall ein riesiges Spektakel. Von den verheerenden Auswirkungen auf die diplomatischen Beziehungen zu einigen anderen Ländern – vor allem Saudi-Arabien – abgesehen, steht für mich außer Frage, daß Ihre Anklage sinnlos wäre. Ist Ihnen klar, worauf ich hinauswill?«

»Nicht genau, Sir«, murmelte der völlig verblüffte MacDonald. Sollte er nun doch nicht angeklagt werden?

»Ganz einfach, Danny. Wenn die ganze Geschichte an die Öffentlichkeit dringt, würden Sie und Ihre Partner im Handumdrehen zu Helden stilisiert. Vermutlich weltweit. Ich wüßte nicht, welches Gericht im Lande länger als zwei Minuten über das Urteil nachdenken würde. Wie erdrückend die Beweislast auch sein würde – man würde sie ignorieren und Sie freisprechen. Im Gerichtssaal würde es ein höllisches Theater geben, alle würden sich heiser schreien und Ihnen die Hand schütteln wollen. Und wahrscheinlich gäbe es im ganzen Land nicht einen Menschen – den Richter eingeschlossen –, der nicht genauso empfinden würde. Verstehen Sie? Sie würden einfach davonkommen.«

»Oh«, sagte MacDonald.

»Also«, erörterte Goodale weiter, »beabsichtige ich, dem britischen Steuerzahler die Kosten für einen überflüssigen Prozeß zu ersparen, der zudem gegen das Rechtssystem verstoßen würde – was irgendwelche Hitzköpfe auf den Gedanken bringen könnte, daß Sie so etwas andernorts auch versuchen und ungestraft damit davonkommen könnten. Natürlich obliegt es nicht mir, zu entscheiden, ob Sie nun angeklagt werden sollen oder nicht, aber in diesem Fall kommen drei weitere Faktoren hinzu, die mir die Entscheidung erleichtern. Erstens hat die Regierung zu verstehen gegeben, daß sie mit dieser Affäre nicht behelligt werden möchte. Zweitens hatte ich gestern eine Verabredung mit dem Generalstaatsanwalt. Es war noch jemand dabei, der ein persönliches Interesse an der Sache hatte, und wir hatten, ohne Namen zu erwähnen, ein privates Gespräch zu dritt. Der Generalstaatsanwalt bezog in dieser Sache eine eindeutige Position. Er versicherte mir und der anderen anwesenden Person, daß eine Anklage nicht im Interesse des Staates wäre. Der dritte Punkt ist, daß nur ich und diese andere Person Ihre Identität und die Ihrer Freunde kennen, so daß keinerlei Gefahr besteht, daß die Geschichte nach außen dringt; die polizeilichen Ermittlungen sind inzwischen auf Geheiß des Innenministers eingestellt worden. Es sieht also so aus«, schloß Goodale, »als ob Sie und Ihre Kollegen ungeschoren davonkommen. Aber denken Sie *nicht im entferntesten* daran, so etwas je wieder zu tun.«

MacDonald war völlig perplex. Er räusperte sich. »Vielen Dank, Sir«, brachte er mit vor Erleichterung zitternder Stimme heraus.

Goodale lächelte und entspannte sich. »Ich soll Sie übrigens von Johnny Bourne grüßen. Sein Bein wird nicht mehr ganz wie früher sein, aber er wird wieder gehen können. Und ich kann Ihnen versichern, daß er, wenn es soweit ist, als erstes einen Marsch besonderer Art vor sich hat. Er wird nämlich« – Goodale kicherte – »in drei Wochen durch die Kirche zum Traualtar spazieren. Haben Sie seine Verlobte mal kennengelernt? Nein«, fuhr er fort, ohne die Antwort abzuwarten, »wohl eher nicht. Sie ist Detective Inspector bei der Metropolitan Police. Ein bemerkenswertes Mädchen. Sie kam zu mir, wissen Sie. Es muß die schwerste Entscheidung ihres Lebens gewesen sein – ob sie ihre Pflicht als Polizistin erfüllen oder zu ihrem Mann halten sollte. Sie hatte rausgekriegt, daß Johnny in die Sache verwickelt war. Sie war die Person, die ich mit zum Generalstaatsanwalt genommen habe. Als ich Bourne später traf, schien er mir sehr kleinlaut. Ich schätze, sie hat ihm eine gehörige Lektion erteilt; jedenfalls wird er sich in Zukunft mit Sicherheit vorsehen.«

»Und wie sind Sie auf Johnny gekommen?« fragte MacDonald.

»Nachdem ich Howard hatte, mußte ich nur noch zwei und zwei zusammenzählen«, antwortete Goodale. »Es lag nahe, daß Howard sich von den Leuten aus seiner Firma Bourne aussuchen würde. Nun, ich würde ja gerne eines Tages Howard selbst kennenlernen, aber er scheint, nun ... nicht auffindbar. Bis jetzt zumindest«, sagte er und dachte an Sheilas Mutter. »Ich schätze, dann war da noch Ziegler, und vielleicht Harris und Usher ... ich weiß es nicht genau. Der amerikanische Pilot, Sullivan, ist mir ein Rätsel. Und der Südafrikaner ... aber ich erwarte nicht, daß Sie es mir erklären, und ich will es auch gar nicht. Nächsten Monat gehe ich in Ruhestand – diesmal endgültig«, sagte er mit einem Grinsen, »und da habe ich genug Zeit, darüber nachzudenken und mir alles zurechtzulegen. Faszinierend. Aber lassen wir's und vergessen wir die ganze Geschichte. Was halten Sie davon?«

MacDonald hatte das Gefühl, als sei ihm eine gewaltige Last von den Schultern genommen worden. »Ich weiß nicht, was ich sagen soll, Sir. Ich bin Ihnen enorm dankbar. Ich...«

»Unsinn, Danny, Unsinn«, strahlte Goodale. »Aber diese Fotos behalte ich wohl besser, wie?« Ohne die Antwort abzuwarten, öffnete er seinen Aktenkoffer, ließ den Umschlag hineinfallen und die Schlösser wieder zuschnappen. »Wäre doch nicht gut, wenn sie in die falschen Hände geraten würden, oder?« Er lächelte wieder. »Und an Ihrer Stelle«, fuhr er fort, »würde ich die drei Patronenhülsen nicht auf dem Kaminsims stehen lassen. Sehen ein bißchen zu wuchtig für die Pirschjagd aus – sie könnten Aufmerksamkeit erregen. Reichlich riskant ohnehin, solche Souvenirs durch den Zoll zu schmuggeln.« Goodale schüttelte mißbilligend den Kopf bei der Vorstellung. »Und nun«, sagte er und erhob sich, »muß ich los. Herzlichen Glückwunsch zu Ihrer Verlobung – Ihre Sheila scheint ein entzückendes Mädchen zu sein. Und ich freue mich schon auf unseren alljährlichen Jagdausflug im Oktober, in die Berge von Glen Carvaig. Aber«, betonte er, »diesmal ohne Schüsse auf weite Distanz, ist das klar?«

Danny MacDonald grinste. »Auch darauf gebe ich Ihnen mein Wort, Colonel.«

81

Sir Peter Dartington saß in seinem Büro in London und dachte über die außergewöhnlichen Ereignisse des Tages nach. Dienstag, der 5. Mai 1992; diesen Tag würde er so schnell nicht vergessen.

Als erstes hatte er an diesem Morgen das Arbeitszimmer seines Landhauses betreten. Ganz oben auf dem Poststapel lag ein brauner Umschlag aus Italien. Er öffnete ihn und sank auf seinen Stuhl, als er die Fotografien sah. Es gab keinen Zweifel mehr – die Fotos hatten einen Zeitstempel; sie waren offenbar mit einer motorgetriebenen Kamera gemacht worden. Die Ermordung von Saddam Hussein war deutlich zu erkennen. *Großer Gott*, sagte er bei sich, *Ed Howard hat es geschafft. Er hat es geschafft!* Eilig schloß er die Fotos in seinem Safe ein und fuhr nach London.

Als er in seinem Büro eintraf, zeichnete sich das zweite außergewöhnliche Ereignis des Tages ab. Zunächst war er völlig überrascht von dem überschwenglichen Empfang, den man ihm bereitete. Jedermann lächelte, schüttelte ihm die Hand, gratulierte ihm. Verwirrt fragte er, was los sei. Dorothy Webster teilte ihm die Neuigkeiten mit. Darcon hatte den Zuschlag für drei der großen Aufträge erhalten, für die sich die Firma beworben hatte. Nicht einen, nicht zwei, sondern drei! Er war triumphaler, überschwenglicher Stimmung. Ein leichtes Schuldgefühl beschlich ihn, als er sich vergegenwärtigte, wie zwei von den Aufträgen zustande gekommen waren, aber es hielt nur ein paar Sekunden an.

Er dachte über die zwei Verträge nach, die man ihm als Bezahlung für die Durchführung des Attentats versprochen hatte. Ja, zwei von diesen drei Verträgen mußten so zustande gekommen sein. Einer war eindeutig – der Autobahnausbau in Nordengland –, aber Dartington konnte sich nicht vorstellen, wie die Regierung an die beiden anderen gekommen war. Doch das spielte keine Rolle. Er machte ein paar Flaschen Champagner auf und feierte den Anlaß mit seinen begeisterten Angestellten.

Und dann kam es zu dem dritten Ereignis. Dorothy Webster kündigte einen Besucher an, der offenbar darauf bestand, Dartington unter vier Augen zu sprechen. »Ein Mr. Goodale, Sir Peter. Er hat mir seinen Ausweis gezeigt. Er ist von der Polizei.«

Dartington hatte bald erfahren, wer Goodale wirklich war. Er war keineswegs von der Polizei. Der Mann war gleich zur Sache gekommen; Dartington war völlig erschüttert.

Jetzt saß er vor seinem immer noch randvollen Glas Champagner. Nachdem Colonel Goodale gegangen war, hatte er etwas

Stärkeres gebraucht; ein inzwischen fast leeres Whiskyglas stand auf dem Tisch. Die Worte des Mannes vom MI5 gingen ihm im Kopf herum. Goodale, der rüstige kleine Mann mit diesen leuchtend blauen Augen, denen nichts entging. Dartington hatte sich gefühlt wie ein aufgespießtes Insekt. Diese Augen... Dartington konnte sich nicht erinnern, sich jemals so unbehaglich gefühlt zu haben. Darcon würde die drei Verträge bekommen, aber MI5...

Er war tief in Gedanken versunken. Was hatte Goodale über die Verträge gesagt? Einen Moment lang, als Goodale ihm sagte, daß er über die Aufträge Bescheid wisse, war Dartington zu erschrocken gewesen, um sich zu konzentrieren. Dann, als er gegangen war, hatte Goodale noch etwas gesagt. »Denken Sie mal ein bißchen über diese beiden anderen Verträge nach, ja? Was glauben Sie wohl, wer Ihnen die beschaffen konnte?« Das war alles. Was hatte er bloß damit gemeint?

Es ergab keinen Sinn. Überhaupt keinen, grübelte Dartington, es sei denn... Nein. Das war lächerlich. Wenn das stimmte, bedeutete das... Dartington überdachte rasch die Konsequenzen. Sein Unbehagen verwandelte sich in nacktes Entsetzen, als ihm klarwurde, daß es eine lückenlose Erklärung für das Ganze war; es paßte zu allen Fakten. Und dann auch noch Asher, der nach seinem Tod als Lügner und Betrüger ersten Ranges entlarvt worden war. Ein Lügner... O Gott, NEIN! Es war unmöglich! Es konnte nicht wahr sein!

Die Wahrheit, plötzlich glasklar, unverkennbar, traf Dartington wie ein Faustschlag. Das verheerende Ausmaß seiner Tat wurde ihm bewußt. Er verbarg das Gesicht in den Händen.

82

Der Minister war im siebten Himmel. Das Treffen mit dem Staatspräsidenten war besser gelaufen, als er zu hoffen gewagt hatte. Als er in seinem Wagen saß, schwelgte er in den Erinnerungen an die Lobeshymnen, die ihm seitens des Staatspräsidenten zuteil geworden waren.

Man hatte ihm ausgiebig zu dem Erfolg seiner Unternehmung, der Ermordung von Saddam Hussein, gratuliert und ihm einen höheren Posten in der neuen Regierung zugesagt.

Asher hatte er natürlich loswerden müssen. *Schade,* dachte der Minister; *der Mann hatte sich jahrelang als nützlich erwiesen. Ein widerliches Schwein, ungezügelt, gefräßig und verkommen – aber nützlich. Skandale hatten gedroht; Asher war bis zum Hals in irgendwelche finanziellen Spekulationen verstrickt gewesen. Wenn man ihm auf die Schliche gekommen wäre… Nun, er hatte sich um die Sache gekümmert.*

Der »Unfall auf See« war seine Idee gewesen, und es hatte perfekt funktioniert; seine Leute hatten keine Fehler gemacht, keine Spuren hinterlassen. Die Gerüchteküche hatte die Sache hinterher wunderbar vernebelt. Schließlich hatten sich sogar die Versicherungen geweigert zu zahlen, weil sie seinen Tod für Selbstmord hielten. Auch darüber hatte sich der Staatspräsident erfreut geäußert, und er hatte bereitwillig die Zusage für die zwei Bauaufträge für Darcon unterzeichnet. Ja; der Minister hatte allen Grund, sich bestens zu fühlen.

Der Mercedes bog auf die Auffahrt zur prachtvollen Villa des Ministers in einem Vorort der großen Stadt ab. Sein Chauffeur öffnete den Wagenschlag, und nach der angenehmen Kühle im Wagen traf die Hitze den Minister wie eine Flutwelle. Sogar für diese Jahreszeit war es außergewöhnlich heiß.

Ein Diener kam die Stufen der Eingangstreppe herunter und brachte dem Minister eisgekühlte Limonade. Er nahm einen Schluck; in der Ferne war der Mittagsruf des Muezzin zu hören. Er lächelte und stellte das Glas zurück; jetzt, da er Protokollchef der iranischen Regierung war, konnte er es sich nicht mehr leisten, die Gebete zu verpassen. Er beschloß, der Seele des in Ausübung seiner Pflicht verschiedenen iranischen Botschafters ein Gebet zu widmen.

EPILOG

Am Mittwoch, den 6. Mai 1992, sendete das irakische Fernsehen in seinen Abendnachrichten einen kurzen Beitrag als Aufmacher. Er hatte keinen speziellen Informationswert; er diente eindeutig Propagandazwecken. Man sah den irakischen Staatspräsidenten bei einer Routineinspektion auf einem Militärstützpunkt am Rande von Bagdad. Der Präsident wurde kurz gezeigt, wie er eine Ehrenformation abnahm; im Hintergrund war eine große Panzergruppe zu sehen. Die Soldaten standen in Habachtstellung neben den Fahrzeugen. Der Präsident sprach jedoch nicht mit den Soldaten, und er hielt auch keine Rede; er marschierte lediglich an den Truppen vorbei und schien dabei relativ uninteressiert. Er wurde von Izzat Ibrahim, dem hageren Vizepräsidenten, und einer Reihe von Beratern in Uniform begleitet. Einer der Berater hielt eine Zeitung in die Kamera, als er vorbeiging. Es war eine Ausgabe der *Oaddissiya*, der Zeitung des irakischen Verteidigungsministeriums – die Ausgabe vom Vortag, dem 5. Mai.

Der amerikanische CNN, die britische BBC und einige andere Sender brachten den Beitrag, da er seit Wochen die ersten Bilder von Saddam Hussein enthielt und damit das Gerücht entkräften konnte, das seit einigen Tagen umging. Immerhin war der Mann noch von Interesse, auch wenn er sich mit etwas so Langweiligem abgab. Die Redakteure von CNN peppten den Beitrag etwas auf, indem sie einen Off-Kommentar darüberlegten, in dem über anhaltende Unruhen und Repressionen in den kurdischen Gebieten im nördlichen Irak berichtet wurde. Etwa vierzig Millionen Menschen weltweit sahen diese Bilder. Die meisten sahen uninteressiert hin, schalteten dann aus und vergaßen sie wieder.

Einige aufmerksamere Zuschauer jedoch hatten den Eindruck, daß der irakische Präsident unsicherer als sonst wirkte. Er stolzierte nicht einher wie gewohnt; seine Gesten wirkten weniger lebhaft als sonst. Irgendwie schien er an Ausstrahlung und Autorität verloren zu haben. Saddam Hussein wirkte wie ein Schatten seiner selbst; er war nicht mehr die übermächtige Herrscherfigur, als die man ihn früher im Fernsehen erlebt hatte. Man konnte nicht konkret sagen, woran es lag, aber... irgendwie schien er nicht mehr derselbe zu sein.

Eine Handvoll Zuschauer sahen jedoch sehr genau hin. Ihnen fiel ein besonderes Detail auf, und sie fuhren aus ihren Sesseln hoch und griffen zum Telefon. Etwas fehlte. Das Gürtelholster des Präsidenten war leer. Der Mann war unbewaffnet.

ANHANG

Glossar

ABM = Antiballistic Missile: Raketenabwehrrakete
AWACS = Airborne Warning and Control System: Aufklärungsflugzeuge, die den Luftraum einer bestimmten Region überwachen
BRDM = sowjetischer Panzer-Truppentransporter
BTR = sowjetisches Panzerfahrzeug
CAA = Civil Aviation Authority: Zivile Luftfahrtbehörde Großbritanniens
COMINT = Fernmeldeaufklärung
DD(I) = Deputy Director (Intelligence): Stellvertretender Direktor der nachrichtendienstlichen Abteilung der CIA
DSP = Defense Support Program: Programm zur Unterstützung von Verteidigungsmaßnahmen
ECM = Electronic Countermeasures
ELINT = Electronic Intelligence: Elektronische Fernmeldeaufklärung
FLIR = Forward-looking imaging radar: Vorwärtssichtradar
GPS = Global Positioning System, auch bekannt als Navstar: erdumspannendes amerikanisches System von Navigationssatelliten
ICBM = Intercontinental Ballistic Missile: Interkontinentalrakete
JSTARS = ultramodernes Aufklärungsflugzeug (für Bodenbewegungen)
MI5 = British Security Service, ehemals Sektion 5 des militärischen Geheimdienstes, heute jedoch auch mit allgemeinen Geheimdienstaufgaben betraut
NSC = National Security Council: Nationaler Sicherheitsrat der Vereinigten Staaten

NORAD = North American Air Defense Command: Nordamerikanisches Luftverteidigungskommando
PAP = Pan-Arabian Petroleum
RAF = Royal Air Force: britische Luftwaffe
SAS = Special Air Service, Spezialeinheit der britischen Armee
SBS = Special Boat Service, Spezialeinheit der britischen Armee
SIS = Secret Intelligence Service: der britische Geheimdienst
SLCM = Sea Launched Cruise Missile: vom Schiff aus abgefeuerter Lenkflugkörper
TAP = Trans-Arabian Pipeline
UAC = United Air Charters (of Zimbabwe)
USAF = US Air Force: Luftwaffe der USA
VHF/UHF = Very High Frequency: Wellenbereich mit Frequenzen von 30...300 MHz; Ultra High Frequency: Wellenbereich mit Frequenzen von 300...3000 MHz
VFR = Visual Flight Rules, Sichtflugregeln: Vorschriften für Flüge nach Sichtverhältnissen

Danksagung

Kurz nachdem ich im März 1992 mit der Arbeit an diesem Buch begonnen hatte, wurde mir klar, daß ich den Aufwand, der bis zu seiner Fertigstellung nötig sein würde, gründlich unterschätzt hatte und daß neben dem Schreiben kaum Platz für andere Tätigkeiten sein würde. Seit diesem Zeitpunkt war ich selten imstande, mich mit anderen Dingen zu beschäftigen. Meine Freunde haben mich während der ganzen Zeit intensiv und vorbehaltlos unterstützt, und ich möchte vor allem Tim Nicholas, Jock Tillotson, George Plumptree und meinem Bruder Robert Mason besonders herzlich für ihre Ideen, Ratschläge und Anregungen danken.

Schreibtischarbeit teilt die Menschheit in zwei Gruppen: jene, die es irgendwie bewerkstelligen, alles in schöner Ordnung zu halten, und jene, die aus irgendeinem Grund dazu nicht fähig sind. Unseligerweise gehöre ich eindeutig zu letzterer – und die Heilungschancen stehen schlecht. Hätte es nicht Tricia Joyce und seit jüngstem Sarah Nethersole gegeben, die mir beistanden, wäre ich wohl schon vor Monaten von Bergen nicht abgehefteter Dokumente und nicht beantworteter Post erdrückt worden. Ihnen gilt meine große Dankbarkeit. Die vielen Menschen, die verzweifelt und erfolglos versucht haben, meine Aufmerksamkeit für andere Dinge zu gewinnen, bitte ich um Entschuldigung.

Mrs. Hilary Thomas recherchierte für mich in London, und James Edwards half mir, in den Nachrichten und der Medienberichterstattung nichts zu übersehen. Nigel Cooper in Saudi-Arabien opferte viele Stunden, um mich über dieses Land zu informieren und Fakten und Zahlen zu ermitteln, die mir nicht bekannt waren. Captain Rodion Cantacuzène von der United States Navy (a. D.) war so freundlich, mich in bezug auf die US Navy und einige ihrer Verfahrensweisen zu beraten. Kenner der Geschichte der US-

Marine werden bemerken, daß ich mir bezüglich der Einsätze der USS *Missouri* einige Freiheiten erlaubt habe: Sie war nicht, wie von mir dargestellt, am Vietnam-Krieg beteiligt; und während der im Buch beschriebenen Operation 1992 war sie bereits außer Dienst gestellt.

Frank Sutton und Sheila Dewart haben mir sehr bei der Beschaffung von Statistiken geholfen, und Dr. Michael Kenworthy-Browne war so freundlich, einige Lücken in meinen medizinischen Kenntnissen zu schließen. Derek Cannon hat mir eine Übersetzung aus dem Lateinischen erstellt, die ich schändlicherweise selbst nicht zustande brachte. Graham Markham lieferte mir sehr nützliche Informationen über Schiffscontainer, und Stan Walker beriet mich bei Fragen zur Schiffahrt im allgemeinen. Soweit ich weiß, gibt es kein Handelsschiff *Manatee*; es ist einem anderen Schiff nachempfunden, das tatsächlich zu dem beschriebenen Zeitpunkt diese Route zurücklegte. Dem Kapitän und seiner Crew zuliebe hoffe ich, daß das Schiff in Mombasa nicht das im Buch beschriebene heftige Interesse der Polizei und der Zollbehörden erweckte.

In diesem Buch finden sich zahlreiche Details über Gewehrschießen und Ballistik. Obwohl ich auf diesem Gebiet selbst einige Erfahrung habe, hätte ich ohne die Unterstützung von John Leighton-Dyson und vor allem von Malcolm Cooper, Member of the British Empire, nicht überzeugend darüber schreiben können. Malcolms Erfahrung und Kenntnisse auf diesem Gebiet sind unübertroffen, und ich bin ihm außerordentlich dankbar, daß er mich daran teilhaben ließ. Leser, die es unangebracht finden mögen, Details zu solch tödlichen Vorgängen zu veröffentlichen, möchte ich wissen lassen, daß die Zahlen von mir an einigen Stellen geringfügig verändert wurden.

Dr. Dave Slogett weiß vermutlich mehr über Satelliten und Weltraumtechnologie als jeder andere. Seine Ausdauer und sein Enthusiasmus waren enorm, und ich danke ihm ganz herzlich für seine umfassenden Hilfestellungen. Seine Unterstützung machte es mir möglich, einige Informationen über dieses hochspezialisierte Gebiet zu vermitteln; auch halfen mir seine Kenntnisse dabei, keine geheimen Informationen preiszugeben – was sonst möglicherweise unabsichtlich geschehen wäre. Vier weitere Personen waren von unschätzbarem Wert bei der Vermittlung von Wissen, das eine präzise Darstellung bestimmter Themen ermöglichte; aus Sicherheitsgründen kann ihr Name hier nicht erscheinen, aber sie wissen, wie dankbar ich ihnen bin.

Meine Agentin, Vivienne Schuster, war eine unerschöpfliche Quelle der Ermutigung. Ich habe es vor allem ihr zu verdanken, daß das Buch in einem vergleichsweise kurzen Zeitraum fertiggestellt werden konnte; tatsächlich ist es nicht zuletzt ihr Verdienst, daß es überhaupt fertig wurde.

Ich habe einmal irgendwo gelesen, daß Autoren grundsätzlich ein angespanntes – oder sogar regelrecht gestörtes – Verhältnis zu ihrem Verleger haben. Dies mag in vielen Fällen zutreffen, nicht jedoch in meinem. Die Unterstützung und Ermutigung, die mir von jedem bei Bloomsbury, vor allem von Nigel Newton, David Reynolds und Penny Phillips zuteil wurden, war beispielhaft. Ich bin ihnen zu großem Dank verpflichtet.

Meine Arbeit an diesem Buch war zwangsläufig von großer Beharrlichkeit gekennzeichnet. Infolgedessen war ich den meisten anderen Themen gegenüber wenig aufgeschlossen, aber meine Frau Monique hat im Umgang mit mir enorme Geduld gezeigt. Manchmal muß ich sie fast zur Raserei getrieben haben, aber sie war mir stets eine Stütze. Mein größter Dank und meine Liebe gelten ihr.

D. P. M.

Elizabeth George
bei Blanvalet

Mein ist die Rache
Roman. 478 Seiten

Gott schütze dieses Haus
Roman. 382 Seiten

Keiner werfe den ersten Stein
Roman. 445 Seiten

Auf Ehre und Gewissen
Roman. 468 Seiten

Denn bitter ist der Tod
Roman. 478 Seiten

Denn keiner ist ohne Schuld
Roman. 672 Seiten

Aus dem Amerikanischen von Mechthild Sandberg-Ciletti

»Am Anfang ist der Mord. Er gebiert Plot und Charaktere, Szenen und Verwicklungen und markiert gleichzeitig den Schlußpunkt: Die eigentliche Geschichte ist immer schon vor dem ersten Satz passiert. Auf diese klassisch englische Art funktionieren die Krimis von Elizabeth George. Dabei ist die inzwischen mehrfach preisgekrönte Newcomerin Amerikanerin.

Nichtsdestotrotz spielen ihre Romane in England und nur in England. Mit so britischem Personal wie einem adeligen Scotland-Yard-Inspector namens Thomas Lynley und einer proletarischderben Assistentin namens Barbara Havers. Die Handlung ist brillant konstruiert, mit falschen Fährten, die auch gewiefte Krimileser todsicher in die Irre führen, und Lösungen, die nicht unerwartet, sondern auch plausibel sind. Perfekt beherrschtes Handwerk.«

Christa von Bernuth

Ruth Rendell
bei Blanvalet

Eine entwaffnende Frau

Roman. 476 Seiten. Gebunden
Aus dem Englischen von Christian Spiel

Ruth Rendell ist mit der Gestalt des Inspector Wexford das Kunststück gelungen, aus Kriminalromanen hochkarätige und vergnügliche Literatur zu machen.
»Eine entwaffnende Frau« ist Wexfords erschreckendster Fall. Denn zwei Frauen machen Wexford blind für die wahren Vorgänge auf Tancred Dorst, wo rüde Herrschsucht und geschändete Liebe zu tödlichen Wahn verschmelzen: Daisy Flory, einzige Überlebende eines blutigen Massakers und Alleinerbin von Tancred House, und Sheila, Wexfords eigene Tochter.

Der Krokodilwächter

Roman. 414 Seiten. Gebunden
Aus dem Englischen von Cornelia Walter

Souverän und präzise schildert Ruth Rendell die Untiefen menschlicher Seelen. So auch von Liza und ihrer Mutter Eve, die von klein auf völlig abgeschieden im Gesindehaus eines englischen Landsitzes wohnen. Mit seinen unendlichen Wäldern und prächtigen Parks, mit Zimmerfluchten voller Geheimnisse und Wunder ist Shrove House der Mittelpunkt ihres Lebens. Ein Garten Eden, in dem die Zeit stillzustehen scheint. Doch als Liza erwachsen wird, erkennt sie allmählich die Schatten des Paradieses, das ihre Mutter gegen jeden Eindringling von außen verteidigt, wenn nötig mit tödlicher Gewalt.

Sidney Sheldon
bei Blanvalet

Die Pflicht zu schweigen

Roman. ca. 400 Seiten. Gebunden
Aus dem Amerikanischen von Gerhard Beckmann

Angeklagt: Eine junge Ärztin.
Ihre Schuld: Sterbehilfe.
Das Urteil: Eine Sensation.

San Francisco, Oberster Gerichtshof: Zum Aufruf kommt ein Fall, der Menschen und Medien bis zur Schmerzgrenze aufgewühlt hat. Der Staatsanwalt fordert die Todesstrafe, und das Urteil scheint bereits gefällt. Denn auf der Anklagebank sitzt Dr. Paige Taylor, eine junge, erfolgreiche Ärztin, die einem betagten, schwerkranken Krebspatienten auf dessen Wunsch aktive Sterbehilfe geleistet hat. Und – sie gesteht. Doch als die Anklage zynisch Paiges bisheriges Leben aufrollt, wird statt der gewissenlosen Frau ein Mensch sichtbar, der seinen Beruf über alles liebt, trotz der schier untragbaren Zustände am Embarcadero County Hospital. Brutale Zeitpläne, chaotische Arbeitsbedingungen und egoistischer Karriereneid zwingen sie oft zu Entscheidungen am Rande der Legalität, aber immer zum Wohle der Patienten. Doch gerade dieses hohe Ethos machte Paige für Verleumdungen anfällig...

Wie ein brillantes Schachspiel treibt Sheldon die Handlung aus mehreren Blickwinkeln gleichzeitig voran. Und zeichnet so das Bild eines Berufsstandes im Kreuzfeuer der Kritik und von mutigen Frauen, die sich trotz allem auf das Risiko einlassen, ihren Mitmenschen unter allen Umständen zu helfen.